贺绍俊 著

沉思的旅程（下册）
贺绍俊文学批评自选集

春风文艺出版社
·沈阳·

目 录

第四章

文本的密语

寻找男子汉 / 003
从《无字》看现实主义在当代的发展 / 010
宁夏的意义 / 016
我们今天到底希望草原上升起什么 / 022
麦家的密码意象和密码思维 / 028
以和平的"福音"敲开通往天堂的大门
——评刘醒龙的长篇小说《圣天门口》 / 033
从庄之蝶到刘高兴看贾平凹进入城市的心路历程 / 042
盲人形象的正常性及其意义
——读毕飞宇的《推拿》 / 048
"文学湘军五少将"的硬汉精神
——兼及七十年代出生作家的"重" / 056
把李国文理想化的一次冒险 / 061
一座凝聚着"盼望"、连接着时间的"博物馆"
——读阿来的《空山》 / 068
中国的"小林多喜二"在追问
——读曹征路的《问苍茫》 / 077
后现代综合征的当代典型
——论吴玄小说中的陌生人形象 / 087

五十年代生人的精神之旅

——读张炜的《你在高原》 / 092

从激情的莫言到思想的莫言

——读莫言的《蛙》 / 097

做官与做人

——王跃文"官场小说"主题析 / 100

中国知识分子成长的沉重主题

——读谢冕的《1898：百年忧患》 / 106

林那北北北：一体两面 / 111

怀着孤独感的自我倾诉

——读刘震云的《一句顶一万句》 / 117

从新历史小说到新政治小说

——周梅森研究导论 / 123

曹文轩的文化姿态及其作品分析 / 136

先锋性的空洞化以及《匿名》的冒险 / 149

短篇小说：铁凝的福地

——读铁凝的小说集《飞行酿酒师》 / 154

以小说的方式布道弘法

——谈谈徐兆寿长篇小说《鸠摩罗什》 / 159

中庸之美

——读老藤的长篇小说《刀兵过》 / 166

应物兄的不思之思 / 175

做祛邪除恶的侠士

——读"铁西三剑客"的小说 / 184

笑看历史 依旧青春

——评王蒙的《笑的风》以及乐观的人道主义 / 187

匍匐在污泥中的和平天使，你恐惧什么？

——评邓一光的《人，或所有的士兵》 / 192

重述爱情的意义

——读钟求是的长篇小说《等待呼吸》 / 204

胡冬林：一位和熊站立在一起的英雄　　　　　　　　　　/ 213
个人化的宏大叙事
——读林白的《北流》随感　　　　　　　　　　　　/ 217
一个温情的怀疑主义者　　　　　　　　　　　　　　　/ 223
身体的乌托邦和美丽性
——读须一瓜的《五月与阿德》及其他　　　　　　　/ 231
东北土地的魂魄书
——津子围《十月的土地》人物析　　　　　　　　　/ 239
"有"的哲学与"无"的爱情
——评鲁敏的《金色河流》　　　　　　　　　　　　/ 246
国有企业情怀的叙事诗
——评李铁的长篇小说《锦绣》　　　　　　　　　　/ 251
在日常生活叙述中长出的大树
——《谁在敲门》的读书笔记　　　　　　　　　　　/ 260
当文学做为一种信仰
——重读蒋韵的《你好，安娜》　　　　　　　　　　/ 268

第五章

年度记录

体会明亮和温暖的精神内涵
——关于2003年小说的一种解读　　　　　　　　　/ 275
小说家的"居安思危"
——关于2004年的中短篇小说　　　　　　　　　　/ 284
波澜不惊的无主题演奏
——2008年中短篇小说述评　　　　　　　　　　　/ 308

第六章

时代回望

《山乡巨变》中的隐形身份转变　　　　　　　　/ 323
冯牧的延安时代评述　　　　　　　　　　　　/ 330

后　记　　　　　　　　　　　　　　　　　　/ 347

附　录
点亮一盏度人的文学之灯
——贺绍俊访谈录　　　　　　　　　张晓琴 / 350

第四章

文本的密语

寻找男子汉

我记得二十多年前上海的剧作家沙叶新写过一部话剧《寻找男子汉》，曾经轰动一时。这部话剧反映了社会对男人的不满情绪。在一场可怕的政治浩劫结束之后，男人们感到卸下了沉重的担子，热衷于追求轻松、消遣。于是，影视屏幕上充斥着奶油小生、嗲声嗲气的男人形象，而敢于承担责任的阳刚之气则荡然无存。话剧的女主人公一直在寻找她心目中的男子汉，话剧在两个小时后就落幕了，没想到这场寻找男子汉的行动却一直延伸到今天。今天，在媒体上常常出现"阴盛阳衰"的说法，尽管这个词语令当今的男人们十分沮丧，但在相当长的一段时期内，我们的文学叙事的确在印证着"阴盛阳衰"，我们很难从小说中看到一个顶天立地的男子汉。这可以说是一种物极必反所留下的后遗症。因为当代文学在革命宏大叙述的笼罩下，曾经是男子汉唱主角的文学，在这些文学作品中，充溢着男人的血性，男人的阳刚之气。但这样一种文学趋势逐渐走向极端，把男人完全等同于革命，小说中的男子汉就被彻底地意识形态化和政治符号化，于是男人们在文学作品中成为出生入死的战士，成为拯救世界的英雄，成为品德高尚的楷模，然而就是缺乏做为父亲、丈夫、儿子的血肉之躯。后来，人们花很大的力气解构了这个革命的宏大叙述，但这力气用得过猛，因此在解构的同时也把男子汉应有的气概舍弃掉了。在这样一种社会思潮的影响下，文学走到另一个极端，仿佛把男子汉塑造成战士、英雄或者楷模就是一种错误，一种羞耻；反过来，觉得只有强盗土匪地痞流氓才称得上是真正的男人。于是我们在小说中读到的就是把男人的血性等同于兽性、野性、蛮荒性、原始性，等同于欲望化。应该说，这样的文学变化具有历史的合理性，它有助于恢复男子汉的血肉之躯，但这样的文学变化显然携带着谬误，甚至是极大的谬误。它在否定过去对男人的政治符号化的同时也把男性精神应该必备的责任感、使命感和献身精神、英雄精神统统否定了。放眼今天的社会，我们不是会切身地感受到，男性精神的这些必备元素实在是太稀缺了吗？这就是为什么我读到《我的大爹》（作者韩天航，载《清明》2004年第5期）后感到格外兴奋的原因，我从这篇小说中，发现了阳刚之气和男人血性的回归。

《我的大爹》写的是真正的男子汉。尤其是小说的主人公杨自胜，他很早就离家参加了革命，与家乡、与母亲从此失去了联系，他一生也没有结婚，可以说他没有过父亲、丈夫乃至儿子的正式名分，但通篇小说读下来，你会承认，他才是真正的、有血有肉的父亲、丈夫和儿子，他真正履行了一个父亲、丈夫和儿子应尽的责任和义务，他也真正抒发了一个父亲、丈夫和儿子的情感。他收养了成为孤儿的姬进军，他问孩子该怎么称呼，少年懂事的姬进军给他取了一个新的称呼：大爹。这是一个纯真孩子的脑筋急转弯式的回答，但这回答又是一种亲情的自然流露，它饱含着这样一层寓意：虽然不是亲爹，可是比亲爹还要伟大。小说重点表现了这样一种超越血缘和伦理的、伟大的父亲情怀。同时，这位大爹也应该是一位伟大的丈夫，可惜命运使他错过了实践伟大丈夫的机会。但他深爱着柳月，他像一位真诚的丈夫关心、帮助着他心上的恋人，他本来有机会成为名正言顺的丈夫，但世俗性的错觉让他犹豫了片刻，这片刻的犹豫却使他永远失去了心爱的恋人，他为此愧疚一生。当他老去的时候，他从埋藏着柳月美好记忆的地方，挖回当年柳月用来砸麦粒的三块鹅卵石，把它们砌在院内的丁香树下，他将丈夫情意物化在鹅卵石上，终于可以与心爱的恋人相伴在一起。另一方面，杨自胜这个人物形象又与我们惯常说的"红色经典"中的男人形象有相似之处，小说从他解放战争年代做为解放军的一名副团长写起，他参加解放大西北，胜利之后又开进新疆大沙漠，垦荒造田，历经各种政治风云，直到改革开放，这不是一种典型的革命宏大叙述吗？这不是典型的战士、英雄或楷模的形象塑造吗？从这一点来看，他与红色经典确有相似之处，但小说在相似之中又赋予其新的内容，这就是父亲、丈夫和儿子的血肉之躯。在杨自胜身上，战士、英雄和楷模与父亲、丈夫和儿子成为水乳交融的统一体，他做为男人的责任感和使命感以及献身精神是从他做为父亲、丈夫和儿子的天性中流泻出来的。小说不仅写了杨自胜，还写了好几个具有阳刚之气和血性精神的男子汉，如自叙者姬进军，如有着知识分子宽广胸怀和美好情操的姬元龙，以及朴素踏实的李松泉。作者韩天航也是有意要书写"这些至今还保持着这种献身精神的男人们"，写出他们身上"独特的人情味和他们的男性魅力"。（语见韩天航的创作谈：《世上需要这样的男人》，《小说选刊》2004年第12期）这样的男子汉并非远离我们的生活，只不过是由于社会形态的改变，他们从社会流行的价值观和审美观中被剔除了出去。所以，我把这篇显得有些不合时宜的《我的大爹》看作是一篇呼唤男性精神回归的作品。

男性精神首先体现为一种责任感和使命感。男子汉的肩膀应该是最有力量的。我们现在很羞于谈责任感和使命感，这是一种反常的现象，人们往往把这种现象归咎于政治。如果说在政治极端化的年代里确实使这两个词变了味，那么时至今日，还在翻历史旧账，就完全是一种托词了。它不过是人们为放纵欲望和屈服于金钱的行为进行开脱的托词。但是在晓航的小说中，我们听到了一种勇于承担的呼唤。晓航显然是2004年的一位值得关注的作家，这位业余作家是学理科出身的，至今仍在从事与理科有关的工作，所以他的小说多半与科学及科学家有关。但晓航把这些科学及科学家的故事讲得趣味丛生，完全与他的小说观有关。他反对把小说理性化和观念化，而强调要把小说的故事写得充满可读性。他的小说的确具备这样的特点。而且从他结构故事的机智中，可以看出他经过理科训练的思维长处。我在读《当鱼水落花已成往事》（载《人民文学》2004年第8期）时，最感兴趣的就是他如何将物理学的材料拼贴成一个诡秘的故事的。他设计的物理学界泰斗吴文清与杜及峰为哥德诺系统而打赌的情节，莫非是受到那位世界著名物理学家霍金为量子力学而打赌的逸事的启发？不过，晓航反对小说的理性化和观念化，并不意味着他对文学精神的放弃。文学精神对于小说家而言，更多的时候不是主动、自觉追求的结果，而是与小说家的文化素养、精神品格有关。晓航的小说虽然以故事性取胜，但没有沦为庸常的通俗小说，就在于作者在讲述故事中渗透了他对科学家的精神境界的情感倾向。《当鱼水落花已成往事》讲述的是物理学家打赌的故事，却让我们感到了科学家的可爱之处。晓航把他的人物安排在欲望化时代，但这些用科学知识装备起来的人物，无论是吴文清、杜及峰，还是吴的学术接班人孔落，都在恪守着共同的精神承诺。因为精神承诺，这些科学家不得不采取欺骗的方式，但这是一种多么可爱的欺骗。晓航的另一篇小说《师兄的透镜》也写到了可爱的欺骗,他通过可爱的欺骗为读者塑造了一位十分可爱的科学家形象。这位科学家叫朴一凡,他真是一个绝顶聪明的天才,只要看看他的研究课题就会让我们惊叹不已的,他的任务是发现宇宙中的第一缕星光。自然他成了研究所的台柱子,没有他,"星空瞭望"的研究课题就要告吹。这位聪明的天才不是只会凝望星空的,他把智慧也用在了生活及勾搭姑娘方面,所以他变得非常可爱。这种可爱更表现在他不动声色地设计了一个骗局,把课题组的全体人员都装进这个骗局。骗局最终有了一个圆满的结果,但天才仍然是天才,他把宇宙的秘密暗示给了他的师弟,让师弟在学术上取得了巨大的成功。朴一凡的可爱就在于,他有凡人的一面,他尤其要摆脱制度化对人的约束,摆脱虚假的光环,追求凡人生活的情趣;但同时他并不因此就泯灭了科学家应有的使命感和责任感,当他从名利圈走出来后,也要用另一种方式默默地将科学的成果传达出去。这同样是一种精神承诺。

池莉在《托尔斯泰围巾》中塑造了一个很有意思的男人形象老扁担。老扁担是一位在城市打工的农民,属于我们常说的弱势群体。弱势群体成为文学关注的对象,这可以说是沿袭了五四以来的思想传统,表达了知识分子应有的人道主义情怀。这也常常构成池莉小说的思想基调。写日常生活,写身边琐事,这本来就是池莉所擅长的。她把我们带到汉口的一个居住小区,守传达室的寡妇,装修的民工,还有互相算计着的邻居,这些仿佛就是我们身边常见到人和事。但为什么是托尔斯泰围巾,池莉好像完全忘记了这个题目,直到故事讲了一大半,我们才发现那位老扁担的脖子上围着一条华贵的围巾,这条围巾戴在收破烂的老扁担身上,和他一身臃肿破旧的棉袄棉裤配在一起,也许显得非常滑稽。小说最后才点题,老扁担非常喜欢俄国作家托尔斯泰,学托尔斯泰的样子弄了一条长围巾戴着。于是池莉将这条围巾命名为托尔斯泰围巾,这样的命名代表了一次庄严的仪式,因为在我们的连卖破烂的斤斤两两都要计较的日常生活里,恐怕难以注意到这样一条围巾,池莉赞美它"是一点人工色彩,是一段春种秋收之外的童话"。我注意到,因为这条系在民工脖子上的围巾,池莉的写作姿态都发生了某种位移,她先是把读者带到关于生活琐事的、邻居之间为蝇头小利而争吵斗气的场景之中,她以一种近似唠叨的叙述非常贴切地表现出这种场景的庸常性,她的叙述也恰如其分地宣泄了自己的愤懑和冤屈的情绪。但她从字里行间流露出的愤懑和冤屈,在托尔斯泰的围巾面前就很知趣地戛然而止。这是一种向贤良和高雅表示敬意的姿态。在池莉的笔下，身为弱者的老扁担不再是一名被怜悯的对象，而以其自在的精神世界而变得高大起来。因此在这篇小说里，我们也许读解到女性作家对于男性的某种精神期待。

从本质上说，所谓男子汉形象，应该是一种精神指向，是一种超凡脱俗的精神境界。在崇尚工具理性主义和商业拜金主义的今天，男性精神往往与竞争、拼搏、残忍、野心、铁面无情等功利性很强的因素画上等号，这其实是对男性精神最大的曲解，因为这个原因，我对2004年曾非常畅销、也得到众多好评的一本长篇小说《狼图腾》并不以为然，我觉得小说对狼性的推崇是有问题的，这个问题正是人们曲解男性精神的一种表现。网上对这部小说展开了热烈的讨论。我记住了其中一位网友陈鸿桥的话，他说："我们需要的不是所谓的狼性，而是一种勇于进取的、积极向上的民族精神，是一种自唐代以后逐渐被遗忘的开放的、尚武的阳刚之气。看看今天我们的同胞们，自卑、怯懦、脆弱、堕落，天天沉迷于声色犬马、香车美女，还有什么理想志向？还会有'男儿何不带吴钩，收取关山五十州'的激情吗？还会有'安得广厦千万间，大庇天下寒士'的胸襟吗？还会有'他年我若为青帝，报与桃花一处开'的理想吗？自宋以来，我们的人民特别是男同胞在退化，我们已经丢失了汉唐精神，身为男儿我也深感耻辱！但我们汉民族并非一直孱弱，我们的耻辱不代表我们祖先的耻辱，是我们辱没了祖先的英灵！"这可以说是一种振聋发聩的声音，足以让从事文学写作的作家们面对男性精神很好地深思。

有些作家通过自己不流俗的精神向往，在作品中塑造了一个隐性的男子汉形象，这个隐性的男子汉形象寄托了作者自我的精神追求。韩少功的《月光二题》应该就是这样的作品。韩少功是一位很出色的小说家，同时也是一位很有社会责任感的思想家，他始终以文学的方式表达他对当代社会精神退化的忧虑。《月光二题》包括的两个短篇都是现实性很强的故事。《空院残月》写一农家，夫妻俩为供孩子上学，妻子出外打工，丈夫有病不治，终于让儿子进了大学，可是读大学的儿子却相信网上推销的彩票透视眼镜，想借钱买一副去发财致富。这肯定是那位最终被疾病夺去性命的父亲料想不到的。在这个故事里韩少功所担忧的显然包含着精神退化的现实性。那个父亲曾经生活的院子，父亲曾种满了瓜藤，如今瓜藤到处蔓延，开出花朵，笼罩在月光下，这一切变成一处寓意性很浓的意象。作者可以想象秋天来临时这里会有遍地金灿灿的南瓜，可是我们能够想象出那位儿子的未来吗？《月下桨声》中的月光同样是忧郁的月光。在这篇写姐弟俩为挣学费下湖打鱼的故事，作者的情感更为直率地袒露，虽然小女孩坚持退还多给的买鱼钱，这是一个很流行的情节模式，但用在作者营造的语境中，不仅不显得做作，而且还充满了真情。对于《月光二题》，其实还有一个文体问题值得讨论。我估计，说这是两篇随笔或者说是两篇散文，甚至比说它是两篇小说让人更容易接受一些。但这丝毫不妨碍我们把它当作小说来读。（当然，这里也表现出韩少功对于小说文体突破的思考，把理念化的思想世界、虚构的想象世界和现实的生活世界这三个空间打通，这是他始终在做的一桩文学实践。）韩少功将其确定为小说文体，也就暗示读者这里包含着虚构和想象的成分。一般而言，小说应该以虚构的想象世界取胜，小说家也是通过把想象世界弄得纷繁复杂来显示自己的才华。但与此相反，韩少功在《月光二题》中却是尽量使想象世界趋于简单，从而凸显出想象世界中所包蕴的思想内涵。

  这个世界需要阳刚，也需要阴柔，这样我们才拥有一个和谐的世界。表现女性之阴柔倒是时有好作品出现，尤其出自女性作家的笔下。这里我想介绍迟子建的一篇作品：《采浆果的人》（载《收获》2004年第5期）。这篇小说充满了生活的灵性。迟子建的笔调是饶有情趣和色彩炫丽的，她在描写生活图景时是一点也不吝惜笔墨的，但她在思想表达上却趋向于简单。她在这篇小说中通过一次收浆果给金井村民带来的变化，告诫人们不要贪图眼前的小利。我们同样也可以把迟子建的《采浆果的人》视为这样一篇趋向于简单的小说。但这是另一个向度的简单。迟子建不同于韩少功，她并不爱炫耀思想，而是以生活的灵性取胜。这篇小说就充满了生活的灵性，迟子建的笔调是饶有情趣和色彩炫丽的，她在描写生活图景时是一点也不吝惜笔墨的，但她在思想表达上却趋向于简单。她在这篇小说中通过一次收浆果给金井村民带来的变化，告诫人们不要贪图眼前的小利。迟子建确实是在讲述一个如此明白晓畅的道理，这个道理看似人人都懂，人人也都会讲，然而并不是每个人都能像迟子建这样可以把简单的道理讲得美丽动听。我以为这篇小说就像是一篇美丽的童话，更准确地说，迟子建是以童话的叙述来结构这篇小说的。童话从来不讲复杂的道理，但它把一个简单的道理装饰得像一个绚丽的花坛，因此它对儿童（也包括儿童以外的读者）充满着诱惑力。其实，从精神承担的角度看，很多看似简单的道理需要文学去反复渲染。因为越是简单的道理越容易从我们的精神世界里遗失掉。

男子汉精神说到底应该是支撑文学精神的脊椎。我们呼唤男子汉精神，其实是为了我们的文学更有力度。面对每年近千部长篇小说的出版，还有近百份文学期刊的发行，我们完全可以把中国称为"小说大国"，我其实很不愿意把这样一件明摆着的事实大声地说出来。但我由此想到的是另一个问题，这么多的小说被源源不断地生产出来，意味着小说不再是作坊式的个体劳动，而更像流水线上的批量生产。文学生产方式的变化除了给商人们带来巨额利润外，我看再没有什么好处，更糟糕的是，它给文学带来了灾难，这就是它逐渐消解了小说的文学精神。这是一种渐变式的灾难，就像防洪大堤上的一个小小的管涌，开始只不过一点点渗漏，随着洪水的侵蚀，最终将会造成大堤的塌陷。所以这场文学的灾难说小也小，说大也很大。但人们并没有感到这灾难的可怕，继续在追逐利润的道路上乐此不疲。面对这一状况，我以为凡是真正热爱小说的人都应该联合起来，进行一场捍卫文学精神的斗争。

相对而言，文学精神更多地保存在中短篇小说中，而长篇小说越来越变成受市场支配的产品。在今天，长篇小说和中短篇小说基本上分野为两种不同的文学生产方式。市场化左右着长篇小说的生产流程，作家不得不为此而妥协，否则你的作品就将被这个生产流程所拒绝。现在有一个词非常流行：文化产业。它就像是上帝在二十一世纪赐给人类的一块淘金宝地，人们觊觎着它，都想从文化中淘出黄灿灿的金子。长篇小说的生产说得上是像模像样的"文化产业"了。所幸的是，中短篇小说还没有被"文化产业"所吞噬。这是因为，中国大量的文学刊物还没有被完全推向市场，他们基本上还保留着传统的文学生产方式。我也知道，他们是在艰难地维系着这一隅之地，因此，我觉得应该向这些文学期刊表示敬意。正是在这些文学期刊上，我们能够看到文学精神那恃傲的身影。出于这样的原因，我们应该给中短篇小说以更多的关注。这也是我们捍卫文学精神的最为实在的行动。

2004年

从《无字》看现实主义在当代的发展

现实主义与中国现当代文学结下不解之缘，在讨论当代小说创作时，现实主义显然是一个绕不开的话题。当代作家对待现实主义有一种复杂的情感，有的爱之尤深，有的恨之入骨，但无论以何种情感对待，每一个作家都没有走出现实主义这株大树的树荫。从这个角度说，即使在今天各种现代主义后现代主义思潮已经变得像家常便饭一般，现实主义仍是值得我们正视的话题。然而也由于我们情感之复杂折射到现实主义上面，使现实主义的面貌变得暧昧不清，如果我们从现实主义的角度来考量当代小说创作的话，就会发现人们对现实主义的理解和表达不仅存在着越来越深的困惑，而且在这种理解和表达中逐渐丢失掉一些现实主义最重要的东西。第六届茅盾文学奖刚刚结束，从它酝酿评奖开始到宣布评奖结果，前后拖延了一年多的时间，这样一种蜗牛似的评奖行为，透露出主办者的谨慎和提防，但即使如此，仍挡不住人们对评奖的尖锐批评。从评奖开始到评奖结果公布，批评声不绝于耳。考察这些批评的内容，就发现主要是针对现实主义而发的，批评者的一个基本论点是，坚持现实主义的原则导致评奖的失败。有意思的是，主办者的谨慎态度同样是源于现实主义的考虑，他们之所以在评奖过程中显得有些犹疑不决和谨慎小心，是因为觉得参评作品在现实主义方面力度不够。这样摆在我们面前的就是两种截然相反的结论：面对同一个评奖行为，批评者认为太现实主义了，而主办者担心还不够现实主义。

现实主义是一个外来词。十九世纪末二十世纪初正是中国新旧文化更替的关键时期，西方现代思潮被大量引进，成为建设中国新文化的基本理论资源。

但在众多的理论概念中，现实主义受到了特别的礼遇，这显然与当时中国社会激烈的政治改革的现实有关。政治家思想家寻求改革的新途，把文学也纳入政治的行列。梁启超于1902年发表在《新小说》创刊号上的《论小说与群治之关系》一文，现在被广泛征引。在这篇文章中，梁启超强调了文学为政治服务的特殊功能，他说"欲新政治，必新小说""欲改良群治，必自小说界革命始；欲新民，必自新小说始"，可以说是为新文学的启蒙主题定下了基调。现实主义是欧洲十九世纪兴起的艺术理论，最初是由法国一些画家提出来的，后来移植到文学，特别成为小说家所倡导的一种理论。而这种强调与现实世界关系的小说理论很快被以启蒙为己任的文学家和思想家所看重。当现实主义与启蒙、革命结合起来后，情况就逐渐发生了改变，现实主义被赋予了多层的含义，它不再仅仅是一种小说理论了。更重要的是，现实主义在与政治和革命的密切结合中，越来越加重其意识形态性，因而它对于文学创作的影响就大大超出文学理论的范畴了。但是，从新时期文学起始，人们就开始反思在现实主义问题上的迷失和挫折。这种反思可以说一直延续至今，但反思的结果绝对不是说使我们有了一个对于现实主义的完整统一的认识。恰恰相反，理论在阐释现实主义时显得更加迷惘。也就是说，理论上关于现实主义的种种言说，虽然相对于过去的阐释有了明显的突破和拓展，却无法有效地应对当代文学创作丰富多彩的实践。所以人们还在沿用现实主义对当代文学进行批评，无论这些批评是褒扬还是攻讦，在我看来这些批评多半都显得苍白无力。这就是现实主义理论在当下的窘境。造成这种窘境的原因主要在于，当年文学界对现实主义进行反思时，基本上只是放在历史的背景下进行，是一种试图"正本清源"的反思，这种反思未能与新的创作实践结合起来。而新时期以后的文学创作实践早已冲决了过去的理论教条的樊篱，在以先锋文学为标志的现代派运动的推动下逐渐生长出许多崭新的因素，把当时流行的文学理论远远地抛在了身后。这些崭新的创作因素不仅成为先锋文学的标志，而且也渗透到整个的创作实践中，悄悄地改变着传统作家们的创作思维，因此，即使是从现实主义的角度来看，二十世纪九十年代以来的现实主义写作已经大大不同于传统意义上的现实主义写作了。就以第六届茅盾文学奖为例，不少进入初评的作品既是现实主义的，又融进了很多现代的东西。而人们在评价这些作品时可能会持截然相反的意见，因为人们对现实主义的理解完全不同。以我对现实主义的理解，《英雄时代》并不是一部充分现实主义的作品，因为作者的观念化，损害了现实主义的真实原则。《檀香刑》的现实主义精神则因为作者完整的叙述将其表现得更加彻底。当然，《檀香刑》最终没有得到三分之二的评委的认可，但不少评委还是充分肯定这部作品的成就。这是一部争议特别大的作品。一部文学作品引起争议并不是坏事，有时候，争议恰恰说明一部文学作品的内涵深厚复杂，包含着新的素质。有关《檀香刑》的争议一句话说不清楚，但我以为，其中有一个原因，就是人们对于现实主义的理解不尽相同，有的人并不接受《檀香刑》在现实主义方面的深化和发展。至于一些媒体认为，《檀香刑》最终没有获奖是因为它不是现实主义的作品，这大概迎合了一种社会流行的看法，但这种流行的看法显然是建立在对现实主义的普遍误解和无知的基础上的。

这样看来，现实主义的确是检视当代小说创作成果的重要标尺。自新时期以来，在二十余年的探索、突破、发展的过程中，作家们逐渐卸下现实主义厚厚的意识形态外衣，在现实主义的叙述中融入更多的现代性意识，大大丰富了现实主义的表现能力。在创作观念越来越开放的背景下，我们应该认真总结现实主义在艺术表现上的无限可能性。因为从一定意义上说，现实主义是最适宜于小说的叙述方式。现实主义遵循的是常识、常情、常理的叙述原则，这不是一个艺术风格或艺术观的问题，而是一种讲故事的基本法则。所以小说家进行革命，哪怕采取反小说的极端方式，革命可能带来艺术上的重大突破，但最终小说叙述还是会回归到现实主义上来（当然回归的现实主义与过去的现实主义相比已经有所变化）。茅盾文学奖强调现实主义，但它也在跟踪着现实主义创作的发展和突破，对比从第一届茅盾文学奖到第六届茅盾文学奖的获奖作品，就可以看出这一点。同时也不可否认，评奖者的眼光总是滞后于创作实践的，因而面对那些大踏步向前迈进的现实主义作品多少显出犹疑不决的态度。然而我们如果因此就否认茅盾文学奖也在不断地扩大评奖的视野，也是与创作实践同步向前发展的话，那显然是有失公允也有悖事实的。

张洁的《无字》获得了第六届茅盾文学奖，这是作者第二次获奖，她也成为在茅盾文学奖中"梅开二度"的第一位作家。此前她以《沉重的翅膀》获得第二届茅盾文学奖的。张洁基本上是一位现实主义的作家，她和她那一代作家一样，在中国五四新文学开创的现实主义传统的浸染下确立了自己的创作路子。这种创作路子的一个重要特点就是作者力图寻找到社会和时代的思想主流。中国新文学的现实主义传统与欧洲十九世纪批判现实主义以及俄国现实主义有着渊源的关系，后者都强调文学的社会性。新时期以后开始创作的张洁自然也受到这种创作思潮的影响，她的第一篇小说《从森林里来的孩子》就可以归入到当时的伤痕文学之列，与所有的伤痕文学一样，充满了"救赎意识"和理想主义。她在《爱，是不能忘记的》中借钟雨之口表白："我只能是一个痛苦的理想主义者。"这一特点延续在《沉重的翅膀》的写作之中。但张洁写《沉重的翅膀》的时候，中国文坛已经发生的很大的变化，现实主义遭到一再的质疑和贬责，先锋文学和现代派则几乎左右了小说创作的走势，很多现实主义作家试图改变自己的创作方法，而新生代的作家似乎有一种现实主义厌恶症。二十世纪九十年代初的新写实就是在这样的背景下出现的。新写实是对现实主义的一次拙劣的改写，它摒弃了现实主义的理想成分，却对其客观性作了过度的发挥，小说叙述成为一种越来越形而下的现实摹本。这个时期兴起的改革文学基本上就是采取的这种叙述方式，这种叙述方式得到了商业化和后现代文化思潮的有力支撑，它消解终极意义，完全以农民式的兑现主义态度处理现实，带有扁平化、世俗化、媚俗化等大众文化特征。《沉重的翅膀》算得上是典型的改革文学，但张洁并没有在新写实的蛊惑下而放弃自己的现实主义叙述，她仍以理想的姿态处理现实生活中的改革事件。当然，新的文学环境也使得张洁有可能比较彻底地摆脱意识动态的影响，从而使她的现实主义叙述比较纯粹。可以这么说，就在现实主义从整体上处在大溃败、大改组的时刻，张洁一如既往地以现实主义的方式完成了她的《沉重的翅膀》。她内心坚定的理想使她的现实主义叙述在当时的改革文学中鹤立鸡群。当时就有论者认为《沉重的翅膀》中的主要角色郑子云具有"浓烈的理想主义色彩"。

更重要的是，张洁的现实主义充满了活力，具备极大的可塑空间。《无字》使我们看到了另一个张洁，而另一个张洁通过《无字》也让我们看到了现实主义的多样性。张洁在《无字》的写作中充分吸收了现代思想成果，她对历史和现实的把握更加清醒更加透彻。在深刻认知历史和现实的基础上，她内心的理想也就褪掉了过去那一层虚幻色彩，由一位情者张洁蜕变为一位智者张洁。

虽然我一再强调张洁的理想，但理想并不能说是构成张洁的独特性，因为理想是现实主义文学所共有的，张洁的独特性在于她的执拗的情感倾诉。在她以往的现实主义文本中，她始终是以一个情者的姿态出现的。二十多年前张洁给我们讲"爱,是不能忘记的",那是以一种多么感情澎湃的方式,点燃了我们内心蕴藏着的爱的火花,而今她的《无字》,又未必不是一个伟大的爱情故事,可是她不再是以"爱,是不能忘记的"的肺腑之言来煽起我们的感情波涛了,她以一种始终如一的智者的叙述,把感情作了一次冷凝的处理。当小说一开始,吴为与胡秉宸在茫茫大雪中,在四野空寂的田间小路上,迎面相见时,这就注定了两颗孤独的心将撞出爱情的火花。不过,随着作者一点一滴地回溯往事,我们便不知不觉中穿行在纷繁的社会人生之中。这时候,智者张洁替吴为冷峻地解剖着她的爱人胡秉宸的历史,这种解剖几乎到了毫不留情的地步,它充分展露出胡秉宸的双重人格。做为革命者的胡秉宸忠诚于革命事业,也必须服膺于革命原则;做为恋人的胡秉宸忠诚于自己的爱情,敢作敢为。做为恋人的胡秉宸可以为吴为献出一颗炽热的心;但做为革命者的胡秉宸又不得不违背自己的情感屡屡伤害吴为。更重要的是,张洁并没有拘泥于这样一个爱情故事里,爱情故事只是一支主干,作者让这支主干生发出许许多多的根须,蔓延到社会历史的广阔的泥土里。如此一来,我们就发现,是社会历史一步步铸造了胡秉宸的双重人格,胡秉宸的复杂性无不映照着社会历史的复杂性。在这八十万字洋洋洒洒的叙述中,我们就感觉到现实主义在塑造人物和表现历史这二者之间的统一性。智者张洁通过一个爱情故事来回顾和总结历史,涉及政治、文化、经济各个方面,但张洁驾驭自如。她对历史的认知达到了一定的深度和高度,这种深度和高度是建立在工具理性基础上的传统现实主义所无法达到的,这是现代思想烛照的结果。也就是说,我们从《无字》中可以看到现实主义在思想背景上的发展和丰富。

现代思想的烛照同样表现在小说的艺术形式上。《无字》的叙述方式、修辞风格和故事结构完全不同于经典的现实主义传统。张洁首先在时间逻辑上就没有遵循一般现实主义的物理时间的逻辑,而是以现代的心理时间逻辑重新编绘历史地图。这无疑是一种更高明的叙述,这样张洁就将自己的主体意识通过主人公吴为的心理流程不露痕迹地表达出来,并以自己的主体意识左右着对历史的充分展开。一方面,作者对历史的描述是现实主义的,但另一方面,作者在描述中通过心理时间的重新编绘,摆脱了现实主义的客观局限性。小说反映的历史既是客观真实的历史,又是作者主观认知的历史。作者叙述历史的时间逻辑完全是现代派的,但她认知历史的思想立场又完全是理性的,因而决定了小说仍然是一个现实主义的文本。说到底，《无字》是一部个人化的历史，从文学的角度说，正是这种个人化赋予了小说的独特性。从结构上说，本书可以看成是一部个人的心灵史，但同时又把一个四代女性的家族史镶嵌在个人心灵史中，这样一种繁复的、心灵与历史交织的结构也是很难与传统的现实主义相协调的。而在修辞风格上，小说充满了反讽、错位等后现代的修辞方式，因此，《无字》这个现实主义的文本，是一个有着现代后现代色彩外壳的现实主义文本。现实主义之所以在张洁的笔下仍然充满着活力，就在于她完全拆除了现实主义的边界，敞开双臂迎接四面来风。但她坚守着现实主义的根本，这就是理性精神和理想精神。

对比二十世纪初中国新文学对现实主义的接受，当代的现实主义形态发生了根本性的变化。这也许是现代社会背景下文学发展的趋势：各种创作方法的边界越来越模糊，相互渗透；其思想基础也在不断地扩充和更新。《无字》也许给我们一个启示：如果我们进一步廓清在现实主义认知上的种种混乱和恐慌，当代小说的创作会获得现实主义精神更大的神助。

2005年

宁夏的意义

宁夏的年轻作家们最近专程到北京参加"宁夏青年作家作品研讨会"。会议是由中国作家协会和宁夏回族自治区党委宣传部联合召开的，明显透着高端的阵式，因此来参加会议的年轻作家们显出一脸虔诚的表情。我觉得这真有点当年的学子们赴京城赶考的感觉，都期待着考上状元、榜眼，来一个鲤鱼跳龙门。但在会上，我的感觉却颠倒了过来，我发现宁夏的作家从边远的地区来到中心的北京，他们并不是来赶考，而是来考我们当下的文学。考试卷子就在他们的手上，是他们写出的作品。这既包括宁夏专门编辑出版的一套《宁夏青年作家作品精选》四卷（宁夏人民出版社出版），也包括宁夏作家最近一段时间相继推出的新作，如陈继明的长篇小说《一人一个天堂》、张学东的长篇小说《西北往事》，等等。我们面对这些试卷，应该解答一个最关键的问题，宁夏的文学是否存在着特别的意义。我在会上听了大家的发言，有些发言很精彩，但总的来说，我以为人们并没有完全解答出这份试卷给出的问题。然而宁夏文学确实是一份值得我们认真解答的试卷，在解答中将测出我们当下的文学批评是否真正够得上"及格"的标准。出于这一想法，我愿把宁夏文学做为一个典型的个案，就它的特别意义做出我的解答。

宁夏属于大西北，以经济的眼光来衡量，大西北不属于中国的先进地区。虽然我们现在说现代化应该是物质文明和精神文明的全面发展，但落到实处，现代化最后还是化作了一系列的经济和物质的数据。比如GDP，比如人均收入，甚至比如高速公路新修了多少公里。我们习惯于以进化理论来描述历史，按照进化的观点，人类社会总要迈向现代化的进程，而现代化之前的社会就被称做为前现代社会。西方的发达国家觉得自己的现代化已经发展得过头了，就称之为后现代社会。中国是一个后发国家，真正进行现代化建设比西方晚了很多。后发国家有个好处，就是可以把别人的成功经验搬过来，发展起来更加快。虽然我们通过这种搬用能够加速经济的发展，但同时也加速了现代化弊端的蔓延和放大。历史已经证明，现代化不是完美无缺的。生态环境的破坏，精神价值的贬值，人际关系的冷漠，都是现代化带给我们的弊端。我以为，现代化的弊端从根本上说是因为现代化以一种粗暴的和极端的否定态度处理前现代社会的文化所造成的。所以，后现代的思想家们往往把目光投向前现代，表现出一种复古的倾向，通过接续起人类文明的链条来纠正现代化的弊端。中国的现代化是在全球化的背景下强行启动的，从内部来看条件尚不充分，但后发的特点又使得我们能很快地效仿现代化最先进的范式，因此中国构成了多重社会形态和文化形态，前现代、现代和后现代共存于一体。中国的前现代社会形态和文化形态还很强大，大量的农村以及许多不发达地区的城市，都应该说是还处在前现代。大西北则是前现代的大本营。我觉得这是中国走一条更具独特性的、更为健康的现代化道路的重要条件。西方的思想家为解决现代化的弊端要与前现代接续起文明的链条，但前现代对他们来说只是一种历史，他们只能通过历史去寻找精神资源。但中国的前现代不仅仅构成历史，而且仍是强大的现实存在，这就不会像西方那样，仅凭着精神资源在思想上影响现代化，而是直接嵌入了中国现代化进程，中国的现代化无论是在策略上、政策上还是制度上都得考虑到它的存在，因而它牵制着、调整着、校正着中国的现代化实践。

　　这样也就说到了宁夏文学的意义。如果说中国的现代化需要前现代的社会形态和文化形态提供一种精神合力的话，那么文学是传达这种精神合力的重要途径。宁夏文学生长在前现代的土壤上，感受到现代化的阵阵季风。多年前，宁夏文学来到北京隆重地举行研讨会，当时被命名为宁夏的三棵树，如今已经不只是三棵树了，而是一片树林。这种比喻非常好，因为树是长在土地上的，离开了土地，也就离开了宁夏的文学。宁夏的文学当然不是封闭的，它在现代化的季风的吹拂下，把自己最为亮丽的一面展示出来。宁夏的文学相当精准地表达出建立在前现代社会基础上的人类积累的精神价值，它是由伦理道德、信仰、理想、人与自然之间的生态关系、人与人之间的情感交流等构成的。这些往大了说，是中国现代化建设不可缺少的精神资源，往文学方面说，则是提升和丰富了当下文学的精神内涵。因此我们不能小看了宁夏文学的意义。比方说,季栋梁有一篇小说《军马祭》,写生产队从上面领回一匹军马,交给"我"的父亲养。这匹军马在这个乡村与乡民们一起经历了农村改革,当土地承包后,父亲将军马调训为一头耕地的牲口。显然这匹军马具有象征意义,作者通过这匹军马的遭遇祭奠着英雄时代的逝去。可贵的是,作者并没有把重点放在"祭"上,而是通过"我"——一个孩子纯真的眼光去看军马。军马的英武、胸襟、不同凡响与孩子眼光中的景仰、惊异、敬重,共同烘托出英雄时代的精神价值,而"祭"只是做为点睛之笔出现在最后,这样一种轻重安排,不是把读者的情感引向失落、哀伤的悲观一面,而是唤起我们的珍惜之情。而在石舒清的小说中,我能读到一个隐藏在所有情节后面的重要角色——时间,石舒清让自己的人物和事件都严格遵循着古老时间的运行秩序,缓缓徐行,张弛有秩,没有急躁,没有焦虑,这其实透着一种人生观,一种洞明世事后的心归于平静。平静可以说是石舒清小说的基本主题,比如他的《农事诗》,在徐缓地记述农家日常景象中时间停滞了,凝固成一幅恬淡的图画,传达出一种静穆的情感。这里面无疑包含着一种精神价值。

这样说也许容易引起误解,以为我们推崇宁夏文学,只不过因为它保存着前现代的文化,只不过因为它做为一种落后的时代,可以对现代性起到一种参照和对比的作用。这种误解必须消除。我们肯定宁夏与前现代的关系,不是肯定它与落后的关系。因为我们在这里所说的前现代,不同于西方现代化版图中的前现代,在西方现代化版图中,前现代已经成为一种历史;而我们这里的前现代是活生生的现实,是在变动着的,我们说它牵制着、调整着、校正着中国的现代化实践,这种实践同时就包括着前现代社会形态向现代化形态过渡。从思维方式上说,我们看重宁夏文学的前现代精神价值,不是从反现代性的策略出发,而是从后现代性的策略出发。

宁夏为作家们领悟前现代文明的精神价值提供了适宜的土壤,但这句话的背后其实隐含着另一层意思,即宁夏相对发达地区来说是封闭的。封闭对于作家来说构成一种思想上的危险,他们有可能固守的这片土地上,看不到外界的变化,从而造成思想陈旧僵化,缺少创新精神。有人也这样提醒宁夏的年轻作家,而且的确在一些宁夏作家的创作中,应该说是存在着守旧的倾向的。因此面对这样的提醒,宁夏的年轻作家应该保持足够的警惕。但我以为,这在宁夏文学中并不是主要的倾向。也就是说，宁夏的作家身处前现代文化形态，虽然这使得他们的目光更多的是往回看，但他们并没有陷入过去，而是能够甄别出哪些资源是已经死在历史的岁月里，哪些资源仍带着活力。这首先是因为全球化、信息化的时代潮流完全拆除了地理的、人文的障碍，现代化的季风毫无挂碍地吹拂着宁夏的大地，同时，全面的现代化建设同样也带动着宁夏。另外，年轻一代作家大多接受了高等的教育，这使得他们在文化准备上就与他们的父兄们拉开了距离。比方说，陈继明最新的长篇小说《一人一个天堂》，写"文革"时期一个麻风病院发生的故事。一个患上麻风病的造反派伏朝阳仍然忘不了他的革命使命，在病院里掀起了造反的浪潮。而杜仲为了躲避"文革"的风暴自愿报名来到了麻风病院工作，在这里他仍逃避不了风暴的侵袭，而且还会受到爱情的拷问。麻风病，"文革"，这对于现代思想来说，都是非常值得深究的对象，但陈继明并没有纠缠在具体事件上，而是着力表现人的孤独感，将人的孤独感置于麻风和"文革"这双重的困境中。孤独的原因多种多样，陈继明追问的是那种标举清高之后的孤独。这样的思想表达能说是封闭的吗？但他所表现的孤独又不完全是现代性所滋生的孤独，显然他对此认真学习过。真正萦绕在他内心的还是士大夫出世的孤独感，一种长在田园上的、前现代文化结晶的孤独感。这种孤独感其实可以有效地弥补现代意义上的孤独感所伴生的绝望、厌世情绪。

宁夏文学并不是一种风格，每一位作家的气质和性格不一样，叙述方式也不一样，但在立足于前现代文化形态这一点上各种风格的作家却都是一致的，因此他们共同表现出对某些人类精神价值的坚守姿态。这种坚守姿态决定了宁夏文学的一些共同特点。就我的阅读印象而言，以下两点是十分突出的：

其一，神圣感。宁夏的作家多多少少都怀有一种宗教情怀，他们以一种虔诚的姿态对待写作，因此在他们的文学叙述中流露出神圣感来。他们面对自己的写作对象心中充满了神圣感，自然、人民、土地、生命——这些足以令我们敬畏的内容自然就成了他们描写的主要对象。

其二，纯净的心灵。宗教的情怀使他们的心灵变得纯净、澄清。他们怀着善意面对世界。他们的风格往往与此有关，如了一容的小说有一种晶莹透明的感觉，漠月的小说有一种毫不雕凿的诗意，而这种透明，这种诗意，显然都来自他们看世界的善意。

因此宁夏作家更多的是以一种氛围、一种情调来构筑的文学世界，读他们的小说所获得的首先并不是故事，而是一种精神享受。不停留在故事层面，这对于小说创作来说，才是一种更高的境界。在今天越来越拘泥于写实的文学环境里，能够超越故事性就是一件很不简单的事情。因为不依赖于故事，所以宁夏的作家不太热衷于写长篇，或者说他们不太善于写长篇，尤其是当今流行的长篇。他们把精力都放在中短篇上。

好像有种观点，认为宁夏的作家们写苦难太多，写乡村太多，应该从苦难中走出来，应该把注意力放到城市来。这种建议显然是符合现代化的要求的。但我以为宁夏的作家不应该丢失掉苦难和乡村，苦难和乡村并没有拖他们的后腿。宁夏的作家写苦难是不一样的。宁夏的作家更多的不是从社会的层面去写苦难，而是从哲理的层面去写苦难。比方像郭文斌的《剪刀》，你可以说这篇小说的基本素材都是关于苦难的，在那样的艰难的生存环境下，一个女人又病痛缠身。女人不仅为了解脱自己，更是为了解脱别人，她用一把剪刀结束了自己的生命。这是一个非常惨烈的故事。但你能说作者是在写苦难吗？你大概不会这么认为，因为作者丝毫不去对苦难的悲苦进行渲染；那么你能说作者是在将苦难审美化吗？你一定会更加表示否定，因为你能从叙述中明显感受到作者对人物所怀有的同情和体恤，只有关闭自己的情感阀门以冷静态度对待苦难对象的作家才会将苦难作审美化的处理。这篇小说中，郭文斌其实是通过苦难而走向生命本身，他由此超越了苦难，他在苦难中领悟到了生命的意义和生命的伟大。在小说中，女人最后用一把剪刀亲手结束了自己的生命，这是非常重要的细节，这个细节具有极强的震撼力，但作者并不因此去渲染这个细节，而是采用虚写的方式，苦难的震撼力留了下来，却回避了苦难的悲情和恐惧感。

同样，乡村在宁夏的文学不仅仅是一个地理的概念，不仅仅是一个描写对象的问题，而是体现为对乡村精神的认同。宁夏的文学并不需要改变他们对乡村精神的认同，这是它的独特性所在。我们谈到宁夏文学的地理方位时，不会说是银川，而会说是西海固，就因为银川仅仅在行政和政治上具有重要性，而西海固在乡村精神的重要性上是银川所不能比拟的。

在追求故事奇幻刺激的文学时尚中，我们会觉得宁夏的作家讲的都是陈旧的故事，会指责他们为什么不对今天那么多稀奇古怪的事情感兴趣。这其实是把文学降低为单纯讲故事了，宁夏文学的好处就是它追求一种超越世俗的精神性，在普遍弥漫着物质主义和欲望的时代，宁夏文学对人类的一些具有永恒性的精神起到了一种保鲜的作用。

2006年

我们今天到底希望草原上升起什么

祖国的北疆覆盖着一片广袤的草原，在蓝天白云下，骏马奔驰，牛羊遍地，我们往往把它当成生长诗意和爱情的地方，就像歌曲中所吟唱的那样："美丽的夜色多沉静，草原上只留下我的琴声。"但草原不仅仅为我们的诗意烘托背景，它也是培育中华传统文化的重要基地。对于后一点，我们多多少少有所忽略。这不足为奇，因为中国的历史是一个以农耕文化为主的历史。问题在于，当全球化、都市化的钢筋水泥的大军大面积地侵占下生长着大豆高粱的土地时，农耕文化像一位卑微的弃妇退缩到人们的视线后面，建立在农耕文化秩序上的一切伦理道德观念逐渐在人们的心目中变得无足轻重，人们迫切需要为攻陷后的行动找到观念的依据，于是不约而同地找到了草原文化。这也许是这些年来为什么草原上的生物如此引起人们兴趣的文化背景。人们或者把狼奉为当今社会的图腾，或者视藏獒为最忠实的伙伴，或者从狐狸身上看到文明的危机。人们在注目草原文化时首先想到的是那些在草原上的动物，正是这些动物的野性和放纵更典型地象征了草原文化的自然法则。先有2004年的《狼图腾》，后有2005年的《藏獒》。难道是人们真要退回到动物时代，奉动物为楷模，唯有这样才能拯救问题丛生的人类社会？

我不知道今天的社会如果真的按狼的生存原则重新组织，会是一个什么样的结果，也不知道是不是很多人都期待着实施狼的法典，但《狼图腾》这本书倒的确是卖得红火。不仅在中国火，还在国外火，据新闻报道，《狼图腾》的国外版税卖了一个令人咋舌的好价钱。狗是人类文明的产物。现在我们都知道，狗是从狼演变而来的，没有人类文明，狗们大概仍旧只会在黑夜的荒原上嗥叫。从这个角度说,从狼到狗是一道文明的履痕。既然如此,我们在狗年来临之际的确可以多一些对狗的怀想,但最能咬合住这道履痕的怀想,不是那些憨态可掬的卡通玩具,而是一本长篇小说——杨志军在狗年尚未到来时写就的《藏獒》。

《藏獒》自然可以归入到动物小说系列,一群剽悍不羁、威风凛凛的藏獒是小说的主角。我们惊异于这些动物生灵的勇猛表现,也会被它们的深沉情感所打动。一部小说带给我们这些阅读的愉悦已经足矣,何况小说还挟着大量鲜为人知的关于藏獒的知识,这些知识在这个时候传达给我们有着特别的意义。今天,人类与狗的关系看似越来越亲密,在欲望之河横流的城市,人们相互之间缺少了沟通和理解,弥漫着冷漠和孤独的情绪,于是只有与那些不谙世事的宠物狗们相依为伴。既然如此,我们更应该了解什么是狗的精神。真正的狗的精神是从那些在公寓楼前草地上跑着碎步、嬉戏翻滚的宠物狗上了解不到的。当你读了《藏獒》,看到獒头冈日森格为了保护主人如何机智勇敢地与众多藏獒周旋,看到大黑獒那日在大雪灾中如何用自己的奶汁救活了被困在帐篷里的尼玛爷爷一家四口人,看到白狮子嘎保森格在失败后为了自己的尊严而跳崖自杀,你就会发现,藏獒身上所表现出的狗性在很大程度上是与人性相通的。

一般说来,动物小说虽然写的是动物,但最终写的还是人。《藏獒》同样如此,作者是将自己对人性的美好愿望寄寓在一群藏獒身上,因此小说中的藏獒都是人化的藏獒。小说必然写到藏獒与人的关系。藏獒是在与人的交往中才被人化的,通过藏獒与人的对比和映衬式的描写,作者也表达出自己的批判性:人们在复杂的社会交际中把人性中很多美好的东西都丢弃了。在小说中有一个最重要的人物形象,那就是"父亲"。父亲是作者笔下的一个英雄,父亲与众多英雄式的藏獒一起共同完成了一支"英雄交响曲"。毫无疑问,父亲才是这支英雄交响曲中的主旋律,他像是人类文明的化身,他真正懂得藏獒的内心,是在他的感化和启迪下,互为仇敌的藏獒才会由恨转为爱。这就是文化的力量。但作者赋予了父亲更大的文化使命,他在草原上开办学校,以教育启迪人性,净化人性,使人们从仇恨和对抗中解放出来。他的教育不包括一点,让人们真正认识藏獒,从藏獒身上学习到被人们逐渐淡忘的可贵精神。

但另一方面,狗是从狼变异过来的,狗与狼的联系我们在藏獒身上看到更为真切。就像小说中所写的,父亲来到西部草原,见到第一只藏獒时,他以为是见到了狼。这是因为藏獒虽然成为文明的产物，但它仍然生活在草原上，仍保留着最原初的生存习性，所以它与狼的血缘印记非常清晰。进一步探究的话，也许可以说，狼的血缘印记主要是留在藏獒的体型外表和生活习性上，而人类文明则熔铸在藏獒的血液里和灵魂里。藏獒据说是世界公认的最古老、最稀有的犬种，其特征是"体大如驴，奔驰如虎，吼声如狮，仪表堂堂"。藏民将藏獒视为他们的护卫犬和保护神。一种动物，不仅能够与人类朝夕相处，而且被人类尊为保护神，这只能是文明之光照耀的结果。根据科学家的研究，从狼到狗的演变花了一万四千多年的时间，在这样一个漫长的时间里，文明一点点剥蚀掉狼身上的野蛮性和自私性，又一点点地呵护和培育着狼身上的可贵品性。藏獒最为人所称道的是它的忠诚和英武，而这些品性显然是与狼的群居性和等级性分不开的。从狼到狗也是自然选择的结果。美国的生物进化学家罗伯特·韦恩告诉我们：早期的人类并不是有意识地把狗当作可以驯养的对象，更可能发生的情景是狗的祖先为了自己的目的与人类纠缠在一起，同时以某种方法说服了人类不向它们丢石块或把它们当作食物。现代社会中为人类所称道的狗的保护与救生本领不过是它们原始本能的显露，而屡屡发生的狗攻击人类的事件更显示出它们恃强凌弱的固有本性。因此可以说，从狼到狗的演变，是文明与自然携手导演的一场历史剧，是文明与自然互动下给人类的一份馈赠。可是藏獒始终生活在草原。人类把自己关进城市以后，也就把真正的狗性遗落在草原上，而跟随着人类进入城市的狗也就跟着人一起异化，于是我们今天谈起狗，首先想到是奴性这样的字眼。但这说到底并不是狗的堕落，而是人的堕落。

人类从草原迁入城市，这是文明的一种进步，但从人类开始分享文明的盛宴时，也就开始了自身的堕落。人们头上的道德光环逐渐消失，而欲望越来越主宰一切。这时候，人们的精神世界可以说又回到了人类最原始的草原时期，处在弱肉强食的生存竞争的焦虑和恐惧之中。正是在这种处境下，有人呼唤起狼的图腾。也许对每一个体来说，使自己成为一只狼，会夺得更多的食物。但几万年过去了，狼始终是狼，并没有走出草原半步。因此我以为对狼的呼唤绝不是明智的选择。纵然我们今天的精神世界回到了最原始的草原时期，我们想到的也不应该是狼，而应该是曾经与人类相依为伴的狗，是真正代表狗性的藏獒。当年，正是人类与狗的相互忠诚，才能共同走过草原的黑暗时期，最终把辽阔的草原变成了人类文明的牧场。想当年，水肥草美、风吹草低见牛羊的大草原曾是人类的精神家园，今天，人们关在水泥铸就的城市里疲于奔命，却任草原一点点被沙漠吞噬。这不应该是文明的进步，而是文明的悲哀。我们由此失去了许多宝贵的东西，包括与人类最亲密的伙伴，比如狗，以及维系这种亲密伙伴关系的道德精神。从这个角度说，理一理从狼到狗的文明履痕，绝不是一桩生物考古学的工作。杨志军说得好："我们需要在藏獒的陪伴下从容不迫地生活，而不需要在一个狼视眈眈的环境里提心吊胆地度日。"这大概可以说是他写作《藏獒》的初衷，也未尝不是《藏獒》在当代的文化意义。

草原上的动物当然不止狼和藏獒，还有骏马，还有牛羊。曾经有一段时间，骏马就成了草原的英雄、草原的代言人。"骏马奔驰在辽阔的草原"，那是多么豪迈的气势。不过，现在看起来草原已经不再属于骏马了。人们绝不会想着写一部骏马的小说，倒宁可让狐狸成为草原的救星。郭雪波最新的一部小说《银狐》就基本上是这么一个主题。听说《银狐》在书店卖得也很好，看来人们同样认可这样的观点。当然从史书记载看，远古时代也曾有过狐图腾，但真要追根溯源的话，狐图腾不属于草原文化，而应该属于农耕文化。《山海经》中有狐的记载。据学者考证，大禹时代活动在今河南西南部一带的涂山氏就是崇拜狐图腾的。在《银狐》中，作者借狐狸在草原上遭到物种毁灭性的杀戮，来批判人类对待大自然的野蛮态度。这种敬畏大自然的精神应该受到尊敬，不过他在小说结尾为人类设置的去向实在有些不可思议。作者在小说的最后为我们描绘出一幅理想的图景：在荒原上，经过一番拼搏纠缠，始终与狐狸为敌的老铁子、神志不清的珊梅，还有白尔泰和银狐，终于发现相互之间谁也离不了谁，他们找到了前辈留下的粮食，也找到了前辈的精神教义。在银狐"呜呜"的呼唤声中，珊梅、白尔泰，最终还有老铁子，纷纷放弃了回村子的念头，转身朝着银狐的方向，朝着荒野的深处走去，"人和兽都融入大漠，融入那大自然……"当我读到这样的结尾时确实有些惊愕，尽管人类对待大自然的态度需要深刻地反省，但是否就一定要走到放弃文明、回归野兽的环境中去的地步呢？

不过怎么说，作家们如此热衷于到草原上去寻找动物英雄，而这些动物英雄又能引起社会的好感，它反映出当今时代的一种文化焦虑。我以为我们所处的时代是一个社会大转型的时代，变动中的社会需要重构时代的精神，那么到哪里去寻找适合新的时代精神的元素？大家都在寻找。人们不约而同地找到了草原。既然这样，我们就应该很好地认识草原精神。在中国的文化谱系中，草原文化本来就是一个重要的元素构成，但过去我们也许忽略了草原文化对中国文化传统的建设性作用。从这个角度说，我倒不看重以上那些借动物托草原之魂的作品，而是看重那些正面写草原历史的作品。最近值得一读的就有冉平的《蒙古往事》和李兴叶的《帝国的草原》三部曲。《蒙古往事》是写成吉思汗的，小说写得富有诗性。《帝国的草原》则是写草原文化的开创者之一冒顿单于。这个历史人物今天可能不大为人所知。冒顿单于是匈奴王国的开国领袖，正是通过他的努力，在两千多年前的北方草原上才崛起一个强悍的帝国。从文化的角度看，冒顿单于可以说体现了草原精神的最初形态。匈奴所处的历史时期是中原汉朝兴起的时期。匈奴与汉朝的冲突不可避免。匈奴与汉朝的冲突，一般来说可以说是草原文化与农耕文化的冲突。问题在于，我们应该如何认识这两种文化的冲突以及这种冲突在整个传统文化建构中所起的作用。以儒家思想为代表的中国农耕文化是一种精致的文化，匈奴时期的草原文化基本上还处在酝酿初期。文明做为一种发展的事物，自然有先进和落后之分，从当时的文化形态上看，可以说汉朝的农耕文化处于先进的阶段。但文化是很奇妙的，从历史进程看，先进的文化不一定要取代落后的文化，两种文化的关系往往是互补的关系，才有可能带来文明的新生。比方，我们从《帝国的草原》这部小说中读到，冒顿所处的时代正是北方草原文化开始走向成熟的时代，在这个时候，他们的生活形态还带有明显的原始的痕迹。用今天的眼光看，当时冒顿的一些行为也许属于野蛮、凶狠，如他为了从父亲手中夺到至高无上的大权，不惜杀死自己的爱骑、爱妻，杀死最忠实于自己的卫士，但我以为冒顿的行为与建立起完整的道德秩序社会下残酷的政治争斗有所区别。冒顿逃过了多少次的生死劫，矢菊阏氏为了让自己的儿子昆脱王子顺利地继承王位，一直要把冒顿王子置于死地，矢菊阏氏告诫昆脱王子，他的哥哥冒顿王子是跟在他身后的"灰狼"。但最终是冒顿这头灰狼取得了胜利。这是一个以狼制狼、以恶制恶的时代，今天我们会将此阐释为"狼图腾"。但狼图腾只是草原文化兴起之初的特征，而草原文化最本质的特征就是其兼容性和动态性。草原上的游牧民族是在不断地迁徙和征战中，迁徙和征战也在不断地改变着草原上的政治格局和文化形态，特别是当草原文化与南方业已成熟的农耕文化交锋时，两种文化的巨大差异性更促成了二者的交融和互补，草原文化的开拓进取、刚健有为的品质逐渐嵌入到乐于守成的汉代文化之中。这正是冒顿单于的匈奴大军将汉高祖刘邦围困在白登山上的文化意义。小说所描写的白登之围具有浓厚的传奇色彩，一场军事的较量被作者处理成与女人的斗智斗勇。刘邦的最终解围既不是靠军事上的实力，也不是靠战场上的智谋，而是利用女人嫉妒心的弱点。刘邦的使者悄悄带着一幅绝色美人的画去见冒顿单于的娇妻兰霞阏氏，她担心画上的美人将夺去她的宠爱，就力劝冒顿单于放刘邦一条生路。这看上去似乎是将一个重大的历史事件轻写了，其实正是这种轻写，才有可能触摸到历史文化的脉搏。比如那幅帛画《戚夫人拈花图》，"见过的人都赞不绝口，戚夫人国色天香跃然帛上"，戚姬才会把它当成爱情信物留在刘邦身边，即使出外征战也让他随身携带。这样的绘画显然是文化高度发展的产物，而兰霞阏氏能被帛画上的美人打动，也说明她能接受到这种精致文化的信息。当然还有像太一神的"两雄比肩，天下太平"，使臣的"划地而治，一南一北"，这样一种战略性的观念则是建立在深厚的文化积累之上的，它的传递却又需要通过一种神化的方式，正符合当时的文化心理特征。这一仗对于中华文化的发展有着非同寻常的意义，它奠定了汉代的"和亲"政策，深深影响到两种文化的交融。冒顿单于体现出草原文化的英雄本色，他是最初的种子，遍撒在草原上，发展成后来绚丽多彩的草原文化精神。而且我们还知道："在冒顿单于称雄草原的年代，倒也没有再发生过像白登之战那样规模的战斗。"

我读过陶克套先生阐述草原文化精神的文章，他认为北方的草原文化在与中原农耕文化的碰撞交融过程中"丰富和发展了中国传统思想文化的多样性内容"。为此他还引用了英国历史学家赫·乔·韦尔斯的一句充满情感色彩的话："我们血管里流着的血液既是在耕地上，也是在草原上酿成的。"但这样一种多姿多彩的文化传统是在漫长的历史过程中逐渐形成的，假如我们真的对这一历史过程感兴趣，那么我们最好溯源到两种文化之流最初汇合的地方开始我们的考察和思索。有一首歌曲唱道："草原上升起不落的太阳。"今天，我们有这么多的人神往草原，那么，我们倒是该好好想想，我们到底希望草原上升起什么。

2006年

麦家的密码意象和密码思维

我猜想，麦家有一段时间肯定是对密码着迷到了走火入魔的程度，这才会有了《解密》《暗算》等几本诡奇玄妙的小说。不管麦家以后是不是还会写有关密码的小说，这几本小说已经构成了麦家写作生涯中的一个独具意义的阶段。这个阶段无疑与密码有关。这似乎是在说题材取胜，是在以题材决定论来评价作品。非也。因为即使我们把密码看成是一个题材领域，也不是谁进入到这个领域就会有所收获的，在这里，题材丝毫起不到决定的作用。这就像我们在麦家小说中所读到的情景一样。701所里哪怕聚集了众多的能人专家，面对在渺渺环宇飘荡的超高级密码"紫密""黑密"，他们却像是面对天书一般，一个个束手无策。只有像容金珍这样的旷世天才，才能破解密码中藏匿的信息。因此麦家进入到密码领域，不是这个题材带给他写作的成就，而是他给这个题材带来了显赫的声誉。他解开了密码所携带的有关文学的秘密信息。当我反复阅读《解密》《暗算》这两部小说时，慢慢地才发现小说中暗藏着玄机。在麦家的这两本书中，除了有我们正常读小说时所读到的人物和故事之外，还有一种神秘的符码以不规则的频率向我们暗送秋波。

我想说的是，我们不要仅仅把麦家的这几本关于密码的小说当成小说来读。当然，这是地道的小说，而且是很好看的小说，充满了曲折生动的故事性，也不缺少富有个性的人物形象。但这些并不构成麦家的独特性，因为有很多故事性很强的小说以及小说中栩栩如生的人物形象，并不比麦家的这几部小说逊色。当然，我们也可以说，是麦家给我们打开了一个神秘的大门，这就是小说中的701所，一个专门破译密码的机构。麦家并不是第一个写到破译密码的作家的，所不同的是，虽然有些作家也写到了密码，但那顶多是引我们站在"701所"的门外，透着门缝朝里窥视了两眼而已。我记得小时候读柯南·道尔的《跳舞的人》时，曾对福尔摩斯破解跳舞人形密码的智慧赞叹不已。现在就知道，书中所描写的密码只算得非常低级的水平，福尔摩斯运用的方式可以叫频率统计法，在密码破译上大概也是最不伤神的方式吧。因此密码在这里顶多是为柯南·道尔写侦探小说增加了一些神秘性，还谈不上进入到了密码本身。吴宇森导演的《风语者》（Wind Talkers）也讲述了密码，它大概算得上是给我们打开了一条比较大的门缝。电影反映的是第二次世界大战期间，美国利用印第安纳瓦霍土著语言作密码的故事。纳瓦霍语言在二战期间为美国立下奇功，以该语言编制的密码是唯一没有被日军破译的密码，这段尘封的辉煌历史只是在近半个世纪后因为《风语者》这部电影才为世人所知晓。尽管如此，密码在吴宇森的眼中只是一个故事元素，只有麦家才真正为我们推开了密码这扇大门，从而让我们走进去上上下下地查看个遍。更准确地说，应该是我们对此一无所知，完全是由麦家引领着，我们所看到的只不过是麦家所认可的。那么，麦家对于密码的个性化的解读就是最值得我们关注的问题。

对于密码，麦家的解释是"由几个简单的阿拉伯数字演绎的秘密"，正是这种秘密造就了"男子汉的最最高级的厮杀和搏斗"，正是这该死的密码，把一个个甚至一代代天才埋葬掉，因此麦家说破译密码的事业是"人类最残酷的事业"。就我有限的知识积累，发现这种人类最残酷的事业却有着非常悠久的历史，也许是伴随着人类文明的诞生就开始了。我从史书上读到，早在公元前五世纪，古希腊人用一条带子缠绕在一根木棍上，沿木棍纵轴方向写好明文，解下来的带子上就只有杂乱无章的字母。这大概就是最早的密码之一了。解密者需要找到相同直径的木棍，再把带子缠上去，沿木棍纵轴方向即可读出有意义的明文。为什么最早的密码会选择木棍做为工具？是不是用木棍猛击人的头部，可以让人闷闷地倒下去？麦家的小说中写到一个叫"紫密"的密码，我知道历史上是真有"紫密"的，历史上的紫密的确是要人命的。二战期间，日本鬼子的"九七式"密码就叫作"紫密"，美国人将这个紫密破解后，准确无误地炸死了日本舰队总司令山本五十六，总算报了偷袭珍珠港的仇。因此也可以说，山本五十六是死于"紫密"的。麦家用残酷二字来形容密码是再贴切不过的了。密码是用于人际间交流信息的，可是交流信息却偏偏放弃最常用的交流语言，这就说明在交流中有些信息是不能让所有的人知道的。信息的保密在于人类社会的争斗，人类社会的争斗又无不是由利益和欲望而引起的。因此我以为密码的根缘还在于人性之恶。密码随着人类文明的发展不断地升级，它集聚了人类文明的智慧，然而这智慧之果却是在为人性之恶服务的。这就是残酷的根本所在。好了，麦家发现了这个根本。他要做的是来颠覆这个根本。他要在残酷的地方找到美好的东西。所以他又给密码下了另一个结论：密码是反科学的科学。其实，沿着麦家的这一思维，我以为对密码可以有着多种的破译：密码是反智力的智力，也是反人性的人性，也是反世俗的世俗，也是反常识的常识。在这些结论里包含着一个常数，这就是在对立的境遇里返求自身。麦家在《暗算》中借陈二湖的课堂对此作了更形象的解说："在密码世界里，没有肉眼看得到的东西，眼睛看到是什么，结果往往肯定不是什么，你肯定不是你，我肯定不是我，桌子肯定不是桌子，黑板肯定不是黑板，今天肯定不是今天，阳光肯定不是阳光。世上的东西就是这样，最复杂的往往就是最简单的。"我将这看作是麦家通过小说为我们揭示出的一种"密码思维"，以这种密码思维让我们对世界和人生有了别一番体认。

"密码思维"带有极大的神秘性，这使我想起了博尔赫斯的"迷宫思维"。迷宫是博尔赫斯最钟爱的意象，迷宫也是博尔赫斯认知世界的表征，所以他说："写小说和造迷宫是一回事。"我不知道博尔赫斯的迷宫是否引起过麦家的兴趣，但在某一点上麦家是与博尔赫斯相似的，麦家的内心在说："写小说和制造密码、破译密码是一回事。"他写的《解密》《暗算》或许是他制造的"紫密"和"黑密"，他写完后或许觉得自己就是那位制造密码的高手希伊斯，或许他在等着看有没有一个容金珍似的天才破译他的密码。而迷宫与密码都具有反常性和神秘性，麦家应该明白这二者的内在一致性。他在小说里曾提到过迷宫，他把下棋比做"走迷宫"一样。会破译密码的容金珍也会"走迷宫"，他特别善于出其不意地在棋盘上走出一条新路，抵达迷宫的深幽之处。希伊斯特别愿意与容金珍一起下棋，与其说他是要同容金珍比棋艺，还不如说他是要在棋盘上窥探出容金珍破译密码的思路。在这里，麦家无意中将密码思路与迷宫思路对接起来了。毫无疑问，当我们读到下棋的这段故事时，自然而然地会将下棋与密码联系起来。下棋实际上就是双方在互相制造密码又在破译对方的密码："出招拆招，拆招应招，明的暗的，近的远的，云里雾里的。"麦家这一段对下棋所发的议论，我看更像是议论制造密码和破译密码。麦家在《解密》中不断地暗示我们，现实世界里充斥着各种密码。下棋是其中的一种。小说的开头看上去是要给我们讲一个家族的故事，但回过头一想，那位被噩梦折磨的老奶奶不就是被密码所折磨吗？梦其实就是上天发送给我们人类的密码，所以老奶奶必须把自己最喜欢的小孙子容自来送到海外去学习释梦之术。释梦之术就是对梦的"解密"。容自来没有去学释梦之术，却学了另一套破译密码的方法——数学。数字，多么简单的符号。但麦家在叙述中分明暗示我们，也许正是一连串简单的数字，代表了一个玄而又玄的密码。那个遭人歧视的大头虫正是凭着对数字的痴迷，后来成为了破译密码的高手。他对数字的痴迷在于他对数字传递的密码信息有一种天生的领悟。比如他未曾在学校接受正规的数学教育时，就能以一套自己的办法计算出他的老爹爹的寿命。我以为麦家在书中的这一段对于数字的饶有兴趣的叙述，是在为我们演示解密的神秘过程。

最困扰我们人类的密码还是人自身。这大概是麦家最终要完成的一个主题。人性的善恶，人的情感，人的命运，它们的真实信息多半都以密码的方式在我们耳边回响。如果我们也能像《捕风者》中的那位瞎子阿炳捕捉到声音的点滴差异，也许我们人与人之间就不会有那么多的猜疑、误解、怨恨和暗算了。人与人之间的交往，其实就是在相互破解密码。破译人的密码，也就是揭开一个人的真相，有时候真相一旦揭开，也许我们反而失去了生存的勇气。同样是那位瞎子阿炳，他天生一对顺风耳，虽然眼睛瞎了，却比那些明眼人对身边的事物更能明察秋毫，就是因为明眼人看到的只是事物的表象，真相隐藏在"密码"里面，而阿炳尽管看不到事物的表象，却能从对声音的分辨中找到解开密码的钥匙，为此他成为了701所的大功臣。但人世间有太多的密码，他能破译在天上像风一样无影无踪的密码，却不能破译身边的密码，他不谙人情，不识人心，而一旦获得一点生活的真相时，他就只好自杀了。而在《陈二湖的影子》里，我们看到了真相的另一种状态。魔鬼密码的诡秘性只能让陈二湖在梦呓中寻觅到破解的路径，也许正因为这一原因，他对完全不存在着诡秘性的"那件事"的真相始终也不敢相信，他只能以诡秘性的思路去处理一切，他也只能生活在诡秘性的情境之中，一旦离开了诡秘性情境的"红墙"，他的记忆就发生故障，他就无法正常生活。

破解人的密码，耗费了我们毕生的智力。因此，麦家也是在暗示我们，作家要做的事其实就是不断地破译人——这个最玄幻的密码。而人的密码玄机全部藏在人的大脑里，是由人的智力所控制的。我们不妨将《解密》看成是麦家对容金珍这个密码的破译过程。麦家破译的这个密码是一个绝世天才的密码。容金珍把《世界密码史》神奇地搬进了自己的房间，他对历史了如指掌，什么复杂诡异的密码都难不倒他，然而他终于在黑密面前倒下了，不是黑密多复杂，恰恰是黑密根本没有上锁。复杂和简单这一对立的元素就这样在性质上发生了颠覆。在颠覆中麦家也完成了对容金珍的破译。这样一个智力非凡的天才，面对最棘手的难题都有着坚韧的意志，但他无法解决生活中最简单的事情。一个普通小偷一次最拙劣的偷窃行为，就导致了容金珍的精神彻底崩溃。在麦家的眼里，容金珍也许就是一个没有上锁的黑密，因此他虽然智力非凡，意志坚定，目标明确，但他的精神并没有"上锁"，从本质上说是脆弱的。精神没有"上锁"，可以从多方面去理解，而在小说中所表现出来的最重要的一点就是容金珍对于世俗社会丝毫没有设防。容金珍的悲剧在于，当他把全部智力投入到抽象的数字世界时，他就对具象的现实世界懵懂无知。

最后，我还想回到麦家的密码思维和博尔赫斯的迷宫思维的比较之中。迷宫思维构建起博尔赫斯的世界观，从而将文学意象升格为哲学意象。他将写小说当成是造迷宫，他的想象力被迷宫激活，他的思想则在迷宫的行走中不断遭遇"交叉小径"的选择，所以他说他对任何哲学问题都没有得出结论，甚至他觉得在迷宫中他已走失，他怀疑正在写作中的博尔赫斯是另一个博尔赫斯，由此他写了《博尔赫斯和我》，他对读者说："我不知道在我俩之中是谁写下了这一页。"这一切就使得博尔赫斯迷宫一般的小说有了更大的诱惑力，它让我们在其中可以不断地走下去。麦家的密码思维也有这样的趋势，但他似乎没有紧紧抓住，传奇性、故事性分散了他的精力。还有最重要的一点，麦家完全有可能将密码的意象拓展开去，而不是仅仅在破译密码的具体情境中进行密码思维。也就是说，走出701所这个具体的场景，麦家还可以把写小说当成制造密码和破译密码的事情来做，用他自己的密码思维来解开世界的神秘性和未知数。

2007年

以和平的"福音"敲开通往天堂的大门
——评刘醒龙的长篇小说《圣天门口》

刘醒龙的《圣天门口》以大别山区的天门口镇为舞台，上演了一出展现二十世纪中国历史风云的正剧。小说从二十世纪初一直写到二十世纪中期，这样一种历史时段的选择显然包含着作者对小说主题的确认。这一历史时段正是世界风云变幻最为剧烈的时段，暴力、战争和革命构成了这一历史时段的基调。一个作家若想在宏阔的背景下本质性地反映二十世纪的历史，就绕不开暴力、战争和革命的内容。另一方面，也正是暴力、战争和革命，成就了一批二十世纪的伟大文学作品。特别对于中国现当代文学史来说，暴力、战争和革命几乎成为中国作家笔下的主角。而暴力是主角中的主角，战争和革命不过是暴力的两种表现形态而已，因此归结起来，可以说二十世纪的中外历史就是以暴力演绎的历史。暴力对于二十世纪而言，不仅是一个实践的问题，也成为二十世纪的思想和理论的出发点。甚至可以说，以暴力为出发点的思想理论基本上统治了二十世纪的社会主潮。

毫无疑问，如果没有暴力革命，也就不会有推翻旧中国、建立新中国的历史。这也决定了暴力的绝对合法性。当然，暴力被纳入到阶级斗争理论中，就具体区分为革命暴力和反革命暴力两种不同性质的暴力，革命暴力至高无上，而反革命暴力是必须加以反对的。问题在于，反革命的暴力只有用革命的暴力才能制止，由此进而推出革命暴力是推动历史前进的唯一手段。在相当长的一段时期内，当代文学是以革命暴力为灵魂来叙述历史的。这种叙述不仅决定了文学结构基本上由革命暴力搭建成，而且对革命暴力加以道德化、审美化，从而形成一套完整的暴力美学。二十世纪五六十年代期间反映历史的小说基本上都是以暴力美学的模子铸造出来的文本。在这样一个创作实践过程中，暴力美学几乎成为中国当代文学的潜在意识和思维定式，继续弥漫在新时期以后的小说中，直至当下。

暴力美学本来是一个描述后现代文学和艺术的概念。它首先源于电影界，是指在电影中将暴力元素加以审美处理的一种艺术趣味和形式探索。代表作品有昆廷·塔伦蒂诺的《低俗小说》《天生杀人狂》《杀死比尔》；吴宇森的《喋血双雄》《英雄本色》《变脸》；沃卓斯基兄弟的《黑客帝国》系列等。显然，这里所说的暴力美学是与大众文化的娱乐原则有关的，是建立在文化消费主义基础之上的。尽管如此，暴力美学这个词完全可以用来概括在当代文学创作的历史叙述中所呈现的对暴力进行道德化和审美化的倾向。历史叙述中的暴力美学主要体现在两个方面，一是将暴力视为历史的主要动力，二是在叙述中以审美的方式处理暴力行为。色情与暴力，这是人类释放欲望的两大通道，所以它们成为了娱乐文化的基本元素。但暴力美学对于人的精神和心理的破坏作用也是显而易见的，许多国家都对艺术作品中的暴力元素加以限制便是证明。我们在历史观上有了很大的变化，作家们完全超越了阶级论的局限，可以从民族文化的角度、从生命意识的角度、从欲望的角度去把握历史，甚至以反历史主义的方式去解构历史，为我们描画出不同的历史图景。但在所有的历史图景中，暴力似乎是一个挥之不去的阴影。我以为，刘醒龙是清醒地意识到了这个问题，他的小说《圣天门口》莫若说是他为了质疑暴力的历史合法性而写作的。因此他在这部小说中鲜明地贯穿着反对暴力的主题。

天门口在刘醒龙的心目中应该是中国社会的一个缩影。这大致上是一个历史家族小说的框架。但事实上，刘醒龙的野心决定了他不仅要通过这部小说反映中国近现代以来的一百多年的历史，还要表达他对中国自有文明以来的几千年历史的认知。他从几千年的历史中发现了一个重要规律，就是历史总是以暴力做为动力而向前推进的。如果说鲁迅先生当年发现中国历史是吃人的历史的话，那么，刘醒龙今天则发现中国历史是暴力的历史。因此他在小说中设计了一个说书人的环节。说书人不断地为我们讲述"自从盘古开天地"的历史，与小说所叙述的天门口的故事相互印证。甚至雪柠提出来的一个无人回答的问题"历史上第一个被杀的人是谁"，也是在暗示我们，暴力的历史可以上溯到无穷远。

如同大部分的历史家族小说一样,天门口也有两大家族的矛盾,雪家和杭家左右着天门口的生活进程。刘醒龙将雪杭两家的矛盾解释为文与武的矛盾,雪家是读书人,杭家是习武者,雪大爷的父亲小时候就考上了县里的文童,而杭大爷的父亲则考上了县里的武童,看似不相上下,但"读书人儿女情长,习武者英雄气短",在设置这一对文武矛盾时,刘醒龙的情感明显偏向于雪家。有意思的是,刘醒龙却借用了民间文学的手法,演绎了一个粗野人嘲弄读书人的故事。在雪家的酒宴上,杭家人给雪家人出了一副上联:李白李太白李太太白李太太太白。雪家人对不出下联,受到了杭家人的羞辱。在民间文学中这类嘲弄读书人的故事无非是在证明这句话的真理性:"卑贱者最聪明,高贵者最愚蠢。"不过,刘醒龙在其叙述中,并不是刻意地渲染杭家人身上的民间式聪明,而是突出了杭家人的暴力倾向。他似乎是在给我们暗示一个历史的前提:读书人营造的知书达礼的秩序总会受到暴力的破坏。我以为这是刘醒龙对中国历史的一个基本概括。读书人建立起秩序,暴力来破坏秩序,无序的社会等待着新的秩序的建立,而在秩序建立的同时早有新的暴力在背后蠢蠢欲动,如此循环反复,演绎出二十四史。到了二十世纪初,现代化的曙光在天边升起,它激发起中国的志士文人为了民族的振兴而奋起抗争,一个显而易见的事实是,中国一个世纪来为争取民族解放和振兴所采取的手段基本上是革命和暴力的手段。难道历史注定只能起暴力的方式吗?也许刘醒龙带着我们走进天门口这个缩影式的历史舞台,其目的就是要对这个问题求得一个解答。所以一开始,说书人董重里慷慨陈词:"处在雪杭两家矛盾之中的天门口民众急切需要正确的引导。"既然需要正确的引导,就有两个至关重要的人物走进了天门口,一个是梅外公,一个是傅朗西。他们对待暴力的态度截然相反。"梅外公是一个对任何暴力行为都深恶痛绝的人,他有一句名言:任何暴力的胜利最终仍要回到暴力上来",傅朗西则认为要改变社会的现状唯有以暴力为手段才能达到。其实梅外公和傅朗西可以说同属于中国现代化运动中诞生的一代革命者。梅外公曾参与过推翻满清王朝的武昌起义,但十几年的军阀混战让他对革命和暴力有了彻底的反省。中国二十世纪的历史可以说是以革命和暴力做为主旋律的,但在强大的主旋律的声音背后,还有一个像梅外公发出的不和谐音,这正是刘醒龙塑造梅外公这一人物形象的深意。他在这部小说中就是要从历史中挖掘出被湮没了的声音，他通过梅外公以及梅外公的后续者，告诉人们，历史上对待暴力还有另外一种声音，如果过去忽略了这种声音是一种遗憾也无法弥补的话，那么，今天我们再对这种声音漠然处之就是一种罪过了。于是梅外公就走进了天门口。其实他本人并没有到过天门口，只是当来自天门口的雪茄成为他的女婿之后，他的精神便通过梅外婆和爱柩，通过雪柠和雪蓝等人，深深地渗透进天门口人的心灵。傅朗西同样也深深影响了天门口人的心灵，他带给天门口的影响是对暴力的无比推崇。傅朗西完全是以一个革命者的身份走进天门口的，他的目的非常明确，就是要发动群众起来以革命的暴力推翻现有的秩序。傅朗西无疑在天门口获得了成功，他也成为了天门口的权威和偶像。刘醒龙对暴力的质疑就是从天门口的这两个引路人开始的。

先说傅朗西。傅朗西是一个属于近代以来最先觉醒的知识分子群体中的一员。这个知识分子群体有着伟大的胸怀，寻求救国救民的道路。其中一批知识分子找到了革命这条道路，并以极大的热情去实践革命的道路。他们的实践最终书写了中国二十世纪的历史。所以可以说傅朗西代表着历史的正统。傅朗西这个名字有点俄罗斯的味道，不知刘醒龙是否特意为他取的，因为这暗寓着他的革命理论来源与俄罗斯有关。傅朗西在天门口以小教堂为据点，让说书人常天亮以说书的方式宣传革命道理："北方吹来十月的风，盘泥巴的穷人闹暴动，富人上武汉搬救兵，不许小蛇变大龙。"傅朗西进行革命暴动一帆风顺，常守义、杭九枫等穷苦人在他的启发下最先站立出来，成立独立大队，铁沙炮一响，县城就被革命者攻破了。宣传发动民众只是一个方面，他还要激化社会矛盾，利用天门口雪杭两家的仇隙自然是傅朗西的首选。这近乎阴谋的手段当然收到了非同寻常的效果，雪大爹在天门口精心营造的慈善、济贫的形象顷刻间就崩溃了，人们像看戏一样眼看着押在戏台上的雪大爹被革命的大刀断送了性命。尽管傅朗西的革命事业历经坎坷，屡遭挫折，但他仍一步一步走向了胜利。他也成为革命胜利后的功臣，他当上了一级政府的大官，而对于天门口来说，他几乎成为一个偶像和权威。傅朗西的经历分明证明了革命是历史的主人，主宰着历史的胜利者还有什么值得质疑的吗？刘醒龙的质疑是从几个方面展开的。首先，刘醒龙揭示了革命和暴力是以杀戮性命为代价的。小说一再地渲染杀人的场面，兹在强调革命和暴动与死亡的关系。傅朗西让常守义去杀马镇长的理由就是"革命不需要你杀狗，而是要你杀人。再心慈手软，我们这些革命火种就要被他们一泡尿浇熄灭"。其二,刘醒龙揭示了革命者在目的和手段上的分离。傅朗西就是这样教育和开导有一颗诚实之心的董重里的:"暴力只是手段,是为了建立自己的政府。"董重里是一个非常诚实的人,他参加革命是因为他信服革命的理想,但当他发现革命过程中目的与手段不相一致时,他的诚实本性使他难以接受,所以他经常会与傅朗西争论,以致他把傅朗西看成是一个搞阴谋的不光明磊落的人。诚实的董重里最终逃离了独立大队,有人认为董重里是叛徒,但傅朗西仍然原谅了他,因为傅朗西也明白,董重里背叛的不是革命,只是暴力而已。其三,傅朗西因为暴力成为胜利者而最终自己也遭到了暴力的伤害,这是最有力的质疑。"文革"的时候,傅朗西被红卫兵押解到天门口镇进行批斗,具有讽刺意味的是,批斗傅朗西和杭九枫的会场,就是这两位革命暴动的先驱者当年亲手缔造的。回到天门口,当年他成功进行革命暴力的发源地,傅朗西有了满心的惭愧,因为他觉得自己过去的行为只是在空耗和浪费自己的生命,他在错误地运用着理想,错误地编织着梦想。

他站在批斗会的台上,面对天门口的村民,激动地说,革命可以是做文章、可以雅致、可以温良恭俭让,可以不用采取一个阶级推翻另一个阶级的暴力行动。傅朗西虽然对暴力有了切身的领悟,但他的领悟并不能唤醒被暴力煽动起来的民众,他万万想不到的是,他的肉体不仅被疯狂的民众践踏,而且他的死再次引发了更大的暴力行动。

再说梅外公。梅外公精神的核心就是反对暴力,他的名言是:"任何暴力的胜利最终仍要回到暴力上来。"而傅朗西在天门口发起的暴力实践恰恰印证了梅外公的这句话。他曾与傅朗西有一场讨论,他为了劝傅朗西放弃暴力的思想,对中国历史作了总的清点,认为革命和暴力虽然是为了推翻一个黑暗的旧政府,但它对社会进步的破坏却要比被推翻的旧政府还有过之而无不及,所积累的文明,也跟着玉石俱焚。梅外公很早就被军阀暗杀了,但梅外公的精神传承给了梅外婆以及雪柠等后辈们。梅外公这条线索的意义在这部小说中无疑是非常重要的。他的意义兹在表达刘醒龙对于历史的一个重大"发现"。刘醒龙"发现"我们的历史虽然是由革命和暴力书写出来的。但是,在历史的长河中,始终存在着一支反暴力的潜流。

我之所以在这里要将发现一词加上引号,是因为事实上这并不是刘醒龙第一次发现的,在这之前,不少思想家和社会活动家都提出了类似的观点。但我仍要以"发现"这个词来描述刘醒龙,则是因为这种声音在当代文学的历史叙述中几乎听不见,当代文学的历史叙述几乎就被暴力美学格式化了,作家们有意无意地都在暴力美学的框架内来展开历史的叙述。刘醒龙显然是有意识地要跳出这个框架,在历史叙述中引出这股一直被遮蔽、被忽略的潜流。因此完全可以把这部以史诗为构架的作品看作是刘醒龙在彰显这股潜流,展示这条潜流是如何顽强地延伸下来的。这就是为什么梅外公早在革命暴力的浪潮刚刚兴起就被暗杀了,他的精神却死不了的缘故。梅外婆是梅外公的化身。梅外公如果说是反暴力的理论创造者的话,那么梅外婆就是这一理论的实践者了。为什么一定要让理论创造者先死去,由另一人来实践其理论?这除了小说情节结构上的考虑之外,恐怕也与刘醒龙的女性观有关。恐怕刘醒龙是视女性为天生的和平使者,在小说中,刘醒龙塑造了梅外婆、雪柠、雪蓝等一群伟大而又美丽的女性,她们以无私的精神拯救那些被暴力所害的人们。雪柠是传承梅外公精神的重要人物。刘醒龙浓墨重彩地书写了雪柠的出生和她小时候的奇怪性格,雪柠一生下来就不能看活鱼被宰杀,只要看到鱼被宰杀了她就大哭不止,刘醒龙特别强调这一细节的意义:"如此幼小就懂得心疼一条有生命的鱼,这种珍贵,已经是无价宝物中的极品。"雪柠在她的天性里就包含着珍惜生命、怜爱生命的因素,也许每个人的天性都有拒绝暴力的一面,只不过有些人开发了这种天性,而更多的人扼杀了这种天性。为什么那么多的人在暴力面前表现得那么疯狂,就因为现实世界太依赖暴力,太推崇暴力。雪柠从一开始就保持着与世俗现实的距离,她的眼睛看着天空,她痴迷于天上的白云,她整天想着的就是白云的二十四种形态。雪柠通过一系列神圣化的叙述变成了一个天使的形象,而后刘醒龙又将其抛至苦难的深渊里,让雪柠经受千难万苦的煎熬。雪柠就像一个虔诚的信徒,她的信仰则是人类永久的和平,她为了这个信仰,早已把自己的肉身奉献了出来。

  从天门口的两个引路人的各自经历可以看出,倡导暴力的傅朗西表面上给天门口带来了新生,但新生之后是越演越烈的暴力,天门口多少人由此死于非命。而倡导反暴力的梅外婆唤醒了人心,拯救了许多被暴力所困或所惑的人,人心的解放才是真正的解放。对于天门口的人来说,经历了"文革"的洗劫之后,人心彻底被唤醒,今后将会书写一部真正属于"圣天"的历史。

  反对一切暴力的绝对和平主义,当然不是刘醒龙强加给历史的假想物,事实上，在暴力话语统治天下的历史上，始终有一种呼唤和平的声音。许多伟大的作家也是人类和平的坚定倡导者，他们不仅通过自己的写作，也直接参与到社会实践之中，比如，在作品中以浪漫的激情讴歌和平的法国作家雨果当年就在日内瓦成立起"和平和自由同盟"，这是一个具有广泛影响的和平主义组织。在革命暴力汹涌澎湃的形势下，和平主义大概也就只有俗语"秀才遇到兵，有理也说不清"的结局。但即使历史是被暴力推着走过来的，我们今天仍然很有必要来重新认识和平主义的价值。二十世纪的思想大师卡尔·波普尔就说过："暴力革命造成的一个并非本意的后果，常常就是独裁……因此看来，革命理想的拥护者，几乎总是成了革命的受害者。"刘醒龙的《圣天门口》可以说是用小说的方式诠释了波普尔的论断。中国二十世纪的历史舞台上演着以暴制暴的悲剧，革命暴力不仅没有止住暴力，反而暴力越演越烈，连革命最初的理想也被践踏了，这场悲剧到了"文化大革命"得到了总的爆发。

历史走到这一步时，就应该拐向和平主义的正途。刘醒龙通过一批幡悟者强调了这一历史走向。我想这也是刘醒龙要在小说中写一个"后巴黎公社"的用意。当然，《圣天门口》不仅仅是提供了形象化的解说，不仅仅是在用反暴力的路径重绘一张二十世纪的历史地图，刘醒龙在勾勒反暴力的轨迹时也在探寻关于暴力与反暴力的根本理由。在刘醒龙看来，一方面，暴力倾向是人的一种天性，它尤其活跃在那些不愿意循规蹈矩的人身上。在小说中伴随着暴力的主题还始终有一个性的主题游离在左右，每一个对暴力充满狂热的人都有着不可遏止的性的冲动，而暴力有时候就成为转移性冲动的宣泄渠道。小说中有一个不太起眼的细节，杨桃伺候雪大爹洗脚，挑起了他的性冲动，他在惬意享受着杨桃的伺候时情不自禁地对杨桃说，你今后也要像这样伺候闹暴动的董重里，"让他幸福得不再幻想暴动，也不再幻想革命"。而梅外婆在给杭九枫治伤时为劝诫杭九枫也说了一句颇有意思的话，她说："世上有两样人事最相似，杀人和嫖婊子，前者是因为得不到人心，后者是得不到人爱。"也许在刘醒龙看来，性欲与暴力其实是人的本能的两种表现方式。要彻底解决人类的暴力问题，必须从其根源即人的本能入手。另一方面，也是更重要的方面，刘醒龙是将暴力放在与文明相对立的位置的。文明必然是反暴力的。天门口的雪杭两家代表着两种文化。雪家之所以成为革命的对象，自然由于他们是天门口的首富。

在刘醒龙的笔下，雪杭两家的矛盾并不是由贫富悬殊造成的，杭家人并不是因为仇富的心理才有了暴力倾向，而是因为他们缺少文明的修炼。社会存在的不公和丑恶靠暴力来解决反而是越演越烈，只有以文明来改变人心才能从根本上解决社会的问题。因此刘醒龙在小说中提出了一个"文明革命"的口号，他认为，在革命不可避免的情形下，要避免重复中国历史式的革命弊端，就应该采取文明革命的模式。这也就回答了前面的问题，如何从人的本能入手解决暴力的问题，唯有人类文明而已。

在暴力问题上，刘醒龙并不是一个悲观主义者，他对和平至上的精神充满了信心，他将这种精神视为人类的"福音"，相信这种精神终究会主宰人的灵魂，所以他反复展现梅外婆、雪柠等人的韧性和忍耐精神，展现她们对和平的坚定信仰。他更是放眼全球，乐观地看待人类的未来，认为放弃暴力，回归和平，这应该是人类文明的总的走向。因此，小说由追问"历史上第一个被杀的人是谁"开始，最后终结于"历史上谁是最后一个被杀死的"这样一个关乎人类命运的问题。小说的结尾便升起了一道明亮的曙光：杭九枫这个骨子里都填满了暴力因子的、一生都维系在暴力之上的男人真正与雪柠走在了一起也想在了一起，天门口的雪家和杭家的世代恩仇让雪柠和杭九枫共同画上了一个句号，杭九枫甚至抢在雪柠面前回答了那个关乎人类命运的问题，愿意自己成为"历史上最后一个被杀死的"。当杭九枫这样的暴力狂也情愿为了人类的永久和平而自我牺牲时，当杭九枫与雪柠心照不宣地共同推崇梅外婆时，这是否意味着，天门口真正成为了圣天门口，它通往天堂的大门开启了。

《圣天门口》可以看作是刘醒龙对历史上的暴力行动和暴力观念进行全面的讨伐。这体现出刘醒龙的深邃的识见。尽管我们今天处在一个和平的年代，但暴力的幽灵始终在全世界的上空游走，暴力几乎是无孔不入，它既在左右着国际政治，也渗透进日常生活的娱乐精神中，所以刘醒龙抓住反暴力的主题。这是一个世界性的主题，具有倡导人类普泛精神价值的现实意义。但暴力从来都是以征服他人为宗旨的，它不会轻易地服输，事实上它就像是无处不在的病毒一样，人类稍有不慎就会被暴力的病毒所感染。刘醒龙以一种勇敢的姿态进入到暴力美学的大本营，抱着彻底清算暴力美学的决心，但他无法做到对绝对的免疫力与暴力美学抗衡。何况在对一个世纪来的暴力历史进行清算的叙述里就包含着一个悖论，既不能回避暴力的肆虐，又要清算暴力的影响，那么该用什么方式来描述暴力呢？小说中有不少描述杀人的场面，也有不少性爱的场面，杀人场面和性爱场面被刘醒龙写得有声有色。我发现，在这类叙述中，作者的情感相当地投入，带有一种自我陶醉的状态，这其实对于读者来说也是一件好事，我们会通过这种自我陶醉的叙述文字获得一种沉浸的意境。我想这也说明另一个问题，暴力和性爱对于文学来说，也许都是一种吗啡，它能给作家和读者带来精神幻觉的快感，但它也具有让人沉湎其中的危险。我从这个角度感到了对《圣天门口》的不满足，就是说，作者在全面清算暴力历史叙述时，缺少了一种与暴力美学告别的新的美学表现方式。

2007年

从庄之蝶到刘高兴看贾平凹进入城市的心路历程

贾平凹从本质上说属于乡村，他很早就离开乡村，进入了城市，但他却把最重要的感官留在了乡村，最重要的感官不是眼睛也不是耳朵，而是感知精神气象的内心。他把内心留在了乡村，因此一直能够触摸到乡村精神的脉动。他是对乡村精神有最深体悟的当代作家之一，从他最早涉入文坛开始，近三十年的写作生涯里，乡村文化是他最主要的写作资源。他将乡村精神置于当代文化的语境中，做出了他所独有的阐释，也许这应该说是贾平凹创作中最有分量的文学价值。但贾平凹的身子已经离开了乡村，享受着城市文明，这就使得他的身与心处于相异的状态。也许他想把心也牵到城市来，但他的内心始终留恋着乡村的温馨，这使他在通往城市的路上频频地回头看，回头看到的是一片温馨，他又怎能融入城市的灰暗色调之中。身心相异所带来的是城市文化和乡村文化这两种文化的碰撞和冲突。这种碰撞和冲突也正是贾平凹作品中的活力，它构成了贾平凹的多种叙述方式。另一方面，身心相异也构成了贾平凹的精神焦虑，他力图让身心合一，但他的心已经在乡村扎下了根，并不适合安妥在城市。为此，贾平凹的身躯在城市苦苦地挣扎，想在城市里为内心营造出一块合适的小天地，从而达到自我的一体性。未曾想，这种挣扎是如此的艰难，又是如此的耗费精神。他的小说写作历程真实地记录了他寻找自我一体性的艰难过程。寻找自我一体性也就是求得身心合一的境界。从这个角度看，贾平凹多少年来始终是一位"在路上"的作家，在从乡村走向城市的漫长道路上。虽然贾平凹较早地走进了城市，但他走进城市时把心遗留在了乡村，只要他的身心相异的状态没有改变，他的精神实际上就仍处于"在路上"的流浪状态中。这就决定了他在写以城市生活为题材的小说时,会呈现出精神困惑不安、变动不居的状态。这使得贾平凹的小说多了一份特殊的精神价值,他在作品中忠实记录了自我寻求精神价值平衡和统一的痛苦迷茫过程。

从寻求身心合一的角度来看,发表于2007年的长篇小说《高兴》也许是一部标志性作品,它标志着贾平凹从痛苦迷茫中走了出来,走到了一个豁然开朗的阶段。如果我们要了解这一点,就有必要将《高兴》这部作品与他的《废都》对比着分析。这两部作品都是以城市为背景的,当然,主人公的身份并不一样,《废都》的主人公是文化人,而《高兴》的主人公是一个进城出卖劳力的农民工。虽然主人公的身份不一样,但从骨子里说,两部作品都在抒发作者面对城市的感慨,主人公的身上都包含着作者本人的影子。因此可以说,从庄之蝶到刘高兴的变化,也暗含着作者本人面对城市的思想变化和情感变化。

《废都》写于二十世纪九十年代初。这是贾平凹的第一部直接以城市为背景的小说。贾平凹写《废都》的时候已经是一位非常有影响力的作家了,他立足于自己的家乡商州,这里有着取之不尽的写作资源,让他运用起来得心应手,在乡土文学这个领域进行了非常成功的开拓。他完全可以恪守着商州这块独自的小天地,做一个福克纳式的作家。其实贾平凹最初进行写作时是很看重商州这块福地的,他在1984年写的一篇创作谈中就表示他要"从民俗学和风俗方面着手",着眼于考察和研究商州的地理、风情、历史、习俗。(见贾平凹《变革声浪中的思索》,载《十月》1984年第6期)他在回答一家文学刊物的采访时也说过:"对于商州的山川地貌,地里风情我是比较注意的,它是构成我的作品的一个很重要的因素。一个地区的文学,山水作用是很大的。"(《贾平凹答〈文学家〉问》,载《文学家》1986年第1期)他的很多作品都描写了家乡淳朴、美好的精神品格。但他又不能像沈从文那样与家乡保持着一段观照的距离,不可能将家乡想象成一个田园的乌托邦。因为他最初直接进入城市,可以跳出乡村的环境来看乡村,更重要的是,在最初接受城市文明时,他领略到城市文明的进步层面,以此来反观乡村文明,体会到乡村文明的落后层面对人性的否定,在这段时期的乡土小说中,他反复表达了他这方面的认识。比如这段时期写的《天狗》,我的研究生高丽艳在她的关于乡土文学的学位论文中就分析了这篇作品面对乡村的双重性,她认为这篇作品"揭示出了传统的伦理规范在维系人伦关系中所起到的积极作用,展示出人性美好向善的一面,但另一方面又揭示了这种传统的道德伦理对自然人性的扼杀，使人背负起沉重的精神枷锁。贾平凹一方面肯定了天狗的道德力量与奉献精神，知恩报德，在陷于与师娘的不伦之恋时内心深处强大的道德力量所进行的自我救赎，这些都非常符合乡土社会中的伦理道德规范，但同时贾平凹又对这种理性束缚发出深重的悲悯，因为它直接造成了李正和师娘越来越重的情感负债，无以偿还，最终导致李正自杀的悲惨结局"。正是这种城乡冲突带来的思想情感上的双重性，使得贾平凹内心的商州面向外在的世界畅通无阻地打开了，他以后即使不断地书写商州，也不是把商州当成一个封闭的乡村来书写的。城市的影子总会折射进来。

贾平凹越来越意识到乡村文明的破灭，这使他的内心充满忧伤，在他八十年代后期的作品中，我们能够感受到这种忧伤。而贾平凹最终将这种忧伤迁怒于城市，他对城市的抵触越来越大。当他内心盛着一个偌大的商州时，他又怎能与城市的生活和思维相谐调呢？身心相异的状态变得异常的激烈，贾平凹就是在这样的状态下开始写《废都》的，所以贾平凹曾经解释过，他写《废都》是为了安妥自己破碎的心。庄之蝶这一文化人的形象几乎就是贾平凹的精神化身，他通过这个人物进行了一番最坦诚也是最痛苦的精神自白。同样做为作家的阿城对于贾平凹写作《废都》的动机看得非常透彻，当时他就说过这样的话："平凹的文化功底在乡村世俗，他的近作《废都》，显然是要进入城市世俗，不料却上了城市也是农村这个当。"的确贾平凹是要进入城市，但我想说他写《废都》是上当倒不见得很准确，上不上当并不重要，重要的是他进入城市却始终处在进而不入的痛苦煎熬的地步，他不得不写出自己的感受。庄之蝶的意义就在于他真实表现了像贾平凹这类带着乡村精神的理想进入城市后的精神处境。表面看上去，庄之蝶是一个从乡村进入城市的成功者，他成为了西京的一位著名作家，有许多的女人都倾慕他的才华，愿意委身于他。可是我们发现，真正维系着庄之蝶与这些女人关系的，并不是他的才华，他的精神魅力，而是赤裸裸的性欲，是庄之蝶身上保留着旧时代的颓废、奢靡的、充满感性的性趣味和性嗜好。也许这正是贾平凹写作《废都》时最为痛苦的问题，因为他感觉到，庄之蝶尽管有一个冠冕堂皇的文化身份，但实际上这个文化身份已经徒有其名，他的精神内涵完全被抽空；或者说他的精神内涵虽然代表着乡村文明的精华，却在城市里变得无所用处，唯有用处的是附着在这种精神内涵上的性趣味和性嗜好。由物质主义和理性主义建构起来的城市给人的欲望提供了无限扩张的空间，试图进入城市、要在城市站住脚跟的庄之蝶也就只能凭着旧文人的性趣味和性嗜好在欲望扩张的空间里为自己找到一席之地。在这欲望扩张的空间里庄之蝶可以忘却精神的困惑和痛苦，但只要离开这个空间，他就会发现城市并不属于自己。庄之蝶这个人物给我们展示了身心相异的极端程度。在庄之蝶的行为中，精神完全死去，只剩下了欲望化的身体。另一方面，贾平凹也通过庄之蝶这一形象表达了他对城市的判断：城市是一个残缺不全的城市，它并不需要精神的抚养，只任身体的欲望宣泄。阿城对此也有一个精准的评价。他认为贾平凹所写的《废都》并不是颓废之都，而是残废之都。我以为这样的评价正是真正读懂了贾平凹的用心。

身心相异，进而不入，面对城市文化的这两种精神困惑一直缠绕着贾平凹的写作。在他以后的一系列作品如《土门》《高老庄》《怀念狼》中都围绕着这两种精神困惑来展开主题。"城市"残缺，"乡村"不再，也就始终是贾平凹作品中最突出的意象。在这种意象里，徘徊着一个从乡村走出来的文化人。到贾平凹写《秦腔》的时候，他甚至有了一种念头，不如来一次身体的阉割，让乡村文化摆脱欲望的纠缠。于是他设计了一个自残的引生。引生偷了白雪的胸衣后遭到痛打，他为此对自己的行为痛恨不已，便用刀割去了自己的性器官，从此他就变得头脑清醒。陈晓明认为引生的阉割是对《废都》的一次割舍，是贾平凹"对《废都》的唤醒和逃离。这个去除欲望之根的动作是对庄之蝶的欲望历史的割裂，他不再书写欲望的器官历史，这是一个无根的欲望，无论如何，贾平凹再也不可能施展那个器官的威力"。因此，贾平凹在写《秦腔》的时候，仿佛是一次精神的喘息和调整，他可以平心静气地面对城市了。

《高兴》出现在《秦腔》之后就是自然而然的事情了。

《高兴》的开头就像是一段谶语，它预测了刘高兴这位向往城市生活的农民的未来。刘高兴带着五富一起到西安，如今他却要背着五富的尸体回乡。即使是一具尸体也永远回不了家乡，刘高兴被城里的警察抓住，尸体也送往了城里的焚尸炉。今天，成千上万的农民离开土地奔向城市，在乡村通往城市的路上，农民像潮水般地往城市涌去，但《高兴》的开头莫非在揭示这么一个严峻的事实：对于农民来说，这将是一条不归路，因为城市像一个巨大的磁场，牵引着他们的心。但即使如此，他们也变不了城市人，像刘高兴、五富这样的农民，他们身在城市，灵魂却还遗落在乡村，他们在城市的生活或许可以说就是一种失魂落魄的生活。贾平凹在《高兴》中写出了农民进城后失魂落魄的生活状态。刘高兴也许深深地被城市文明所吸引,但对于五富来说,城市的诱惑不过是在这里可以挣到比农村要多得多的钱。除此之外,城市毫无可留恋之处。他痛切地说:"城里不是咱的城里,狗日的城里!"问题在于,他要回到他的"快乐的乡里"也不是那么轻易地就能回去。

农民工,不仅成为了当代社会的一个关键词,也成为了当代文学的一个主要角色。包括这些年特别引人注目的底层文学,作家们关注得最多的就是在城市里拼搏的农民工。但像《高兴》这样揭示农民工在城市的漂泊感和失魂落魄的精神状态,应该说还是不多见的。

刘高兴无疑是一个乡村的精灵,他充满智慧,富于幽默,不甘现状,耽于幻想。他终于瞄准了西安,雄心勃勃地上路了。他不仅自己上路,还带上一个随从,五富。"五富最丑,也最俗",也很憨笨。这么两个乡下人朝着西安进发,怎么看都觉得像是塞万提斯笔下的堂吉诃德带着他的随从桑丘,开始了仗义行侠的旅程。刘高兴当然不是那个行为怪诞、不谙世事、近乎迂腐的堂吉诃德,但他的身上多多少少还有一种堂吉诃德的精神。堂吉诃德精神就是一种幻想的精神,一种不向现实妥协的精神。刘高兴把名字改为高兴,但困窘的现实并不会给他带来高兴。这没有关系,他可以用想象和幻想来弥补现实的不足。在想象中他做出一锅美味可口的糊涂面,但过于现实主义的五富却做不到这一点,他只能看到现实中他们只有一把盐,因此他只能抱怨和愁眉苦脸。诞生于三百多年前的《堂吉诃德》最近在一次世界性的评选活动中被评为世界最佳作品,我想大概就因为这部作品揭示出了人生永远也无法解决的难题:理想和现实的矛盾。堂吉诃德这位喜剧性的老先生之所以越来越被人们所爱戴,就因为他在内心理想的指引下,可以手执长矛朝着庞大的风车冲杀过去。到了今天,沉重的世俗生活几乎湮没了理想的光芒,我们是不是需要倡导一点堂吉诃德的精神呢?于是,我们很高兴地看到,刘高兴怀着乡村田园般的理想朝我们走过来了。他没有长矛,却有着乡村的智慧和勇气,因此他在与城市的较量中屡屡得手。他三言两语就摆平了刁难五富的门卫,穿一身西服和皮鞋就为翠花讨回了身份证,甚至他勇猛地扑在汽车前盖上,英雄般地制服了肇事逃逸的司机。但对于刘高兴来说,城市就是一个更为庞大的风车,他与这个庞大的风车周旋,已被周旋得筋疲力尽。所幸的是,他比堂吉诃德要清醒,最终他还在这个城市待了下去。他多像他住所边一堆泥土上自然生出的苞谷苗儿，"反正它是一颗种子，有了土有了水有了温度就要生根发芽的"。或许我们可以把众多的农民工看成是遍撒在城市的苞谷种子，一有了水就生根发芽，可是它们生得不是地方，难免"被铲除运走""不可能开花结果"的命运，但你挡得住铺天盖地的苞谷种子生根发芽吗？对于刘高兴来说，虽然回乡是一条不归路，但他继续待在城市，我们仍难预料是什么样的结局。如果把刘高兴看成是乡村走出的一个清醒的堂吉诃德的话，或许他将会改写堂吉诃德的不幸历史。

说到底，刘高兴身上还烙着贾平凹本人的印记，如刘高兴与孟夷纯那小资式的爱情，如刘高兴的审美情趣，如刘高兴的机智语言。因此我更愿意将刘高兴视为贾平凹的自我写照。更重要的是，刘高兴这个人物透露出贾平凹困惑于乡村与城市之间的心迹。在《废都》里，庄之蝶以纵欲的方式来获得占有城市的虚幻满足，以此掩饰在精神上的溃败。但庄之蝶也暴露出乡村精英的致命弱点，他们离开土地之后就缺少了强大的生命活力。每当贾平凹回到乡村的题材，尽管排遣不了城乡冲突的困惑，但只要通过乡村资源而接上乡土的地气，他就会去除庄之蝶的阴影。面对乡村精神的衰败，也痛下决心，以阉割的方式摆脱城市的欲望诱惑，让自己毫无旁骛地守护乡村精神。尽管如此，他仍然无力应对城市的挑战。但是，来自底层的刘高兴给贾平凹带来了民间的智慧。刘高兴给了他化解现实矛盾的武器，这就是一种高兴的精神状态。尽管从物质层面说乡村无法与城市抗衡，但在精神层面上足可以与城市抗衡，于是他面对城市这个庞然大物不再困惑，不再畏缩不前，哪怕这高兴的心态带有十足的堂吉诃德的精神。从庄之蝶到刘高兴的变化，是从乡村旧文人形象到底层农民工形象的变化，这就意味着贾平凹对乡村精神的体认发生了从精英到民间的变化。民间的智慧使得贾平凹的身心能够合而为一，理直气壮地以自我本真的姿态站立在城市。在这一刻，身心相异与进而不入的状态不复存在了，因此，贾平凹是真正的高兴了。但必须看到，这种高兴是建立在堂吉诃德式的虚幻性上的，并不能彻底解决现实性的问题。《高兴》之后，贾平凹又会以什么样的方式去处理城乡冲突，又会怎么处理乡村文化资源，怎么体认乡村精神，我对此充满了想象也充满了期待，因为我觉得，在解决这些问题时，贾平凹很有可能给我们带来更有价值的写作。

2008年

盲人形象的正常性及其意义
——读毕飞宇的《推拿》

每一部小说其实都是作家在表达自己对世界的体验，如果承认这一点的话，那么从体验世界的方式来说，大概可以把作家分为两种类型，一种是向外辐射式的作家，一种是向内收敛式的作家。所谓向外辐射式，是指作家将自己的感知向外辐射，力图进入到所感知对象的内部，毫不走样地传达出感知对象的信息。所谓向内收敛式，是指作家将自己的感知收敛到内心。向内收敛式的作家多半都是自我为主体的叙述，即使是非常客观写实的作品，我们总能从貌似客观的叙述后面感觉到一个强大的作者自我的影子，作家不过是把个人的经验以各种艺术的方式投射到叙述对象身上。像十多年前兴起的充满自恋情结的个人化写作就是最为典型的向内收敛式的叙述。当然，向外辐射式也好，向内收敛式也好，只是作家不同的表达的方式，因为不同的表达方式，也就构成了不同的小说风格。于是，我们可以与两种不同类型的作家相对应，将小说风格也分为两大类型，借用美学大师王国维的观点，这两大类型可以称之为"有我之境"和"无我之境"。这两种风格按说应该没有高下之分，但如果我们强调小说艺术是一门虚构的艺术，强调小说的伟大之处就在于想象一个来自生活却又高于生活的艺术世界，那么我们就有理由更看重向外辐射式的小说叙述，因为向外辐射式的小说叙述是一种"无我"的艺术境界，作家必须摆脱个人经验的约束，完全以"他者"的感知方式来构建世界。

绕这么远来讨论毕飞宇的新作《推拿》，是想强调毕飞宇在叙述上的独特性，《推拿》则把这种独特性推向了极致。毕飞宇是一位很讲究叙述的作家，其实在我看来，讲究的背后仍然是一个体验世界的方式问题，毕飞宇始终是以向外辐射的方式去表达自己对世界的认知的。毕飞宇的向外辐射式体验还有一个非常重要的特点，这就是他力图处在一种"无我"的思想状态中去体贴入微地揣摩叙述对象的精神和心理。既然要彻底避免"我"的干扰，无疑毕飞宇去写与自我相去越远的对象越能达到他所要追求的艺术目的。比方说，他写异性就获得了巨大的成功，他因此还被赞誉为"写女性心理最好的男作家"，其实这样的赞语还不足以显示他写女性的成功，更让我们体会到这一点的应该是女性对他的评价。一位女性读者是这样来评价毕飞宇的："他对异性的揣度和想象让生为女人的我为之汗颜。"毕飞宇所塑造的女性形象能得到女性读者如此高的认同，足以证明他的体贴"他（她）者"的超凡能力。《推拿》则是毕飞宇为我们讲述盲人的故事，盲人这一形象对于毕飞宇来说也许比女性具有更大的差异性，因此盲人这一形象注定了应该由毕飞宇来写。在这部小说里，毕飞宇充分发挥了他的向外辐射的"体贴"，为我们真正打开了盲人的精神世界。

盲人在人们的心目中显然属于一个特殊的群体，因为他们与正常人相比缺少了一项最重要的功能——视觉的功能。我们在感知的基础上建构起一个客观世界，而支撑这个客观世界的主要元素就是视觉。盲人心目中的客观世界显然缺乏了视觉的元素，我们因此很难想象盲人是怎么建构这个客观世界的。但是，我们若想打开盲人的精神世界，首先就必须了解他们所建构的客观世界是怎么样的状况。我想，这大概就是毕飞宇为什么选择了一个盲人推拿中心做为小说的基本场景的原因吧。《推拿》的故事多半就发生在"沙宗琪推拿中心"这狭小的空间里，而这个空间完全是盲人们的天下。毕飞宇带着我们走进这个盲人的天下，并认识了一群盲人。他们虽然眼睛看不见，可是这似乎并不妨碍他们感受世界的细微变化。他们其实时刻都在"看"身边的人和事物，甚至他们比我们这些有眼睛的人"看"得更加透彻。他们是用心，用敏感的听觉、触觉，乃至用他们的第六感觉来"看"世界的。毕飞宇写出了盲人们感知世界的特殊性。对于这种特殊性有时候我们这些明眼人可能会觉得很好笑，比方徐泰来"看"到金嫣的美貌是怎样的印象呢，他告诉金嫣，你比红烧肉还要好看。也许我们能够用通感的审美特性来解答红烧肉与美貌之间的关系，但对于有着正常视力的人来说，失去了颜色、线条、明暗等要素就基本失去了判断美的依据，是很难在红烧肉与美貌之间找到一条相通的情感线的。虽然我不敢保证毕飞宇一定能够体会到红烧肉的美貌是多么的美貌，但毋庸置疑的是，他对盲人的体验充满了理解，当他这么去理解盲人时，实际上是在尽量摒除自我的干扰，达到一种"无我"的境界，也就是王国维所说的"无我之境"。因此我们读《推拿》，首先感觉的是一种新鲜，因为盲人的世界我们并不了解，我们平时只是用明眼人的思维去揣度身边的盲人，想象着他们的内心是一片黑暗。然而毕飞宇告诉我们，盲人的内心同样丰富多彩。我们读着读着，甚至忘记了在眼前活跃着的人物一个个都是盲人。比方说，平时沉稳老实的王大夫，在面对几个前来逼赌债的流氓时，竟会做出用刀砍自己胸部的激烈之举；又比方说，沙复明与张宗琪这两位合作者的关系因为人员去留背后的利益纠葛而产生微妙的变化；又比方说，金嫣在听到一个痴情的故事后便爱上故事的主人公，毅然离家去寻找心中的恋人，他们的喜怒哀乐，他们的处事方式，他们演绎出来的轰轰烈烈或平平淡淡的故事，与我们平常在其他小说中所读到没有什么两样。但通过很多很多的细节，毕飞宇又在不断地提醒我们，他们是一群与正常人有差异的盲人，他们需要手牵着手走回自己的宿舍，他们需要凭听觉去感知对方的表情。正是因为没有看似很平常的"一瞥"，都红扶在门框上的手指被关闭的门压断，一个缺少眼睛关照的细末之处马上就改变了心气高傲的都红的生活轨迹。读到这些细节时，我就有一种强烈的真实感，相信小说提供的这一切都是最真实的。

实际上，小说中的"沙宗琪推拿中心"比我们在生活中看到的任何一个盲人推拿中心都要真实，因为在生活中看到的推拿中心是我们带着自己的眼睛去"看"的，我们将色彩、明暗涂抹在我们所看到的盲人身上，然而盲人的世界并没有色彩和明暗，因此，这种"看"是看不到盲人的真实心境的。这也就是我所强调的"无我之境"要比"有我之境"更有难度的原因。有学者分析了王国维这两种艺术境界是来自中国古代哲学思想中的体物观，有我之境是"以我观物"，而无我之境是"以物观物"。北宋思想家邵雍认为观物有以目观、以心观、以理观三个层次，但以心观和以理观才算得上真正的观物。然而他又认为这两种观物方法也有深浅之别，观之以心，不免失之于"有我"，即局限于一己之见；观之以理，即以天下普遍之理体验万物，便能跳出"有我"（一己）之局限而获"天下之真知"。这种所谓"观之以理"的观物方法，他称为"以物观物"。"以物观物"达到了一种"无我"的至高境界："我亦人也，人亦我也,我与人皆物也。此所以能用天下之目为己之目,其目无所不观矣;用天下之耳为己之耳,其耳无所不听矣;用天下之口为己之口,其口无所不言矣;用天下之心为己之心,其心无所不谋矣。"也就是说,有我之境所表现的内容只是以一己之见观物、以凡人之心观物而获得的体验,这是一种有限之观物的体验。而无我之境所表现的内容是以万物之理观物、以道心观物所获得的体验,这种体验是无限之观物的体验。两种观物方法的主体都是人,都可以说是"我",但前者一己之我没有彻底超越,是为"有我",后者一己之我彻底超越而与物合一,"自我"消失,是为"无我"。在《推拿》中,毕飞宇已经消失,或者说他也转化为一位盲人,他以盲人之"道"去观察世界,因而获取了盲人才能感受到的体验。毕飞宇说他写不出来的时候就闭上眼睛,我相信即使闭上眼睛也进入不了盲人的思维路径,因为闭上眼睛虽然与盲人的状态相似,但我们闭上眼睛后仍然有着一个睁开眼又能看见光明的期待,而盲人是没有对于光明的期待的,他们没有了这种期待,也就会使自己的思维更加纯粹地朝着一个方向奔去。毕飞宇却能够触及盲人之道,这功力是他睁开眼睛的时候练就的。毕飞宇曾在特殊教育学校当教师,那时候就接触过不少盲人学生,也许那时候他就开始修炼这种功力了,后来他又结识了许多盲人朋友,盲人推拿中心是他经常光顾的处所。这似乎是在为深入生活的理论提供又一条证据,但我以为,《推拿》的成功不是简单地用深入生活的道理可以解释清楚的。事实上,不少作家也有关于与盲人交往的生活经验,作家在小说中也写过不少盲人形象,但那些盲人形象多半都是以正常人的视角获取的形象,正常人首先看到的是盲人的不正常。

《推拿》最伟大之处就在于,作者毕飞宇将盲人做为正常人来写。他改变了千年来几乎固定不变的成见。这个成见就是认为盲人是非正常人。这个成见也基本上左右着文学中的盲人形象的塑造,盲人形象往往成为一个符号或象征,盲人做为正常人的资格长期被剥夺了。

因为人们把眼睛看得非常重要,人们不能想象失去眼睛以后还怎么正常生活。但盲人不仅生活在正常人的周围,而且他们以其超常的第六感觉去体验世界,甚至"看见"了人们用眼睛也无法看见的内容。这让人们非常吃惊,于是便将盲人神秘化,这似乎是东西方文化共同的现象,无论是先秦的中国,还是西方的古希腊时代,盲人往往充当了卜算命运、预言未来的巫师类的角色。在古希腊的文学经典中最著名的盲人巫师就是忒瑞西阿斯，在索福克勒斯的悲剧《俄狄浦斯》中，只有"瞎眼的先知忒瑞西阿斯"看清了所有的阴谋和灾难，他敢于向公众宣布："忒瑞西阿斯不是瞎子，忒瑞西阿斯是个眼睛明亮的人。"但中国古代神话传说中缺少一位忒瑞西阿斯式的先知人物，盲人却是以反面形象登场，传说中的舜的父亲就是一位盲人，称之为瞽叟。瞽叟做为中国最早的圣贤君王之一舜的父亲，却是一个生性顽劣、凶残狠毒的人，他为了讨后妻的欢心，几次三番要杀死自己的亲生儿子舜。两种盲人形象多少也透出东西方文化对待盲人的不同态度，但尽管有不同的态度，在将盲人看成是特别的人群这一点上则是一致的。因此在文学作品中出现的盲人形象多半都被赋予特别的象征意义，这种象征意义一般来说体现为两种极端，一种是将盲人做为承载着上帝旨意的具有高尚品格的正面形象，他们的失明是由于他们伟大的承载而付出的代价。歌德在《浮士德》中所塑造的浮士德便是这样一位典型形象，他为了追求崇高的事业而自强不息乃至失明，而失明后的浮士德终于抵达造福于人类的最高思想境界，于是上帝派天使将他的灵魂接到了天国。另一种就是将盲瞽看成是上帝对人类邪恶的惩罚，瞎眼对应着内心的歹毒。中国传说中的舜父瞽叟即是这一类型。文学赋予盲人太多的意义，他们因此在文学的世界里反而失去了自我。基督教最初的教义就以盲人形象来比附未受神示的人仍处在愚昧无知的状态，西方文学的盲人形象往往成为了基督教的释义者，由盲人喻义人生的盲目感。这一点恰好与现代主义者对社会人生的困惑和悲观相吻合，因此，在现代派的文学中不断出现盲人形象来暗示这个世界的不可知。如贝克特的《等待戈多》中日复一日等待的结果是等来了瞎子波佐，品特的《生日宴会》中众人在黑暗里玩"摸瞎子"的游戏；艾略特在《空心人》中描写一群瞎眼的"空心人""聚在混浊的河岸旁，一起瞎摸，互不说话"；梅特林克的《盲人》中干脆出现十二个陷入茫茫森林的瞎子，等待着已经死去的教士来搭救。这些都是通过盲人形象极写了现代人浑浑噩噩、麻木不仁的生存状况和找不到出路的绝望情绪。

西方文学的盲人形象自然影响到中国现代小说的创作，但中国传统文化对于盲人象征意义的处理态度使中国作家在塑造盲人形象时取另外一种途径。如曹禺早期的创作尽管明显受西方现代戏剧的影响，但他在《原野》中塑造了一个典型的中国式的盲人形象焦母，焦母被设计为瞎子形象，固然有出于戏剧效果的形式考虑，但我以为也不排除传统文化思维习惯使然。在这个复仇故事里，焦母代表着邪恶的一方，她是剧中每一个角色的统治者，她是焦大星的母亲，是金子的婆婆，也是复仇者仇虎的干妈。曹禺充分表现了焦母内心阴毒的一面，身为瞎子的焦母甚至承认瞎子的心眼就是狠毒的，她咒骂金子心眼毒辣时，就说："你真毒，你要做婆婆，比瞎子心眼还想得狠。"这恰恰是焦母形象中所包含的社会义化认同，这就是认为盲人因为看不见，所以心眼会更狠毒。当代文学中也有成功的盲人形象，如史铁生的《命若琴弦》，如余华的《世事如烟》，不过在这两篇作品里，盲人仍然担当的是一种象征和寓意的角色功能。《命若琴弦》是一篇典型的"有我之境"的小说，老瞎子与小瞎子共同与命运拼搏，哪怕知道了改变他们命运的药方不过是白纸一张时，仍绷紧那根命运的琴弦。而在《世事如烟》这篇表现死亡和神秘主题的小说中，那个坐在湿漉漉街道上的沉默的瞎子是一个引导读者通向思想深处的关键人物。当然我们可以举出航鹰在二十世纪八十年代创作的小说《明姑娘》，这是一篇完全写实性的小说，主人公是一位心地善良、品格高尚的盲人姑娘，作者并没有将盲人形象当成象征性的符号。不过，作者采用的是英雄叙事的方式，她看到的是盲人的非凡性一面，是通过盲人的眼睛失明更加凸显其"心明"的英雄品质。这类盲人形象还可以举出雨果的《笑面人》，小说中的盲女蒂纯洁美丽，只有她才会爱上面目奇丑的笑面人。蒂并不在乎她的眼睛看不见，因为她觉得看见就是把真相隐藏起来，而她能够看见笑面人的灵魂，发现笑面人"道德的神秘容貌"。也许我们可以武断地说，非正常的视角基本上统领了以往文学作品中的盲人形象塑造。这些盲人形象或者具有神性，或者具有魔性，或者具有非凡性，却缺少了盲人正常的人性和盲人的日常性。

　　《推拿》是关于盲人的日常生活叙事。而要走近盲人的日常生活和日常心理，并不是一件容易的事情。毕飞宇发挥了他的体贴他人的长处，于是他有很多发现，比如他说："盲人的不安全感是会咬人的，咬到什么程度，只有盲人自己能知道。"比如他说："看起来盲人最大的障碍不是视力，而是勇气，是过当的自尊所导致的弱不禁风。"毕飞宇以他体贴入微的理解在提醒我们，盲人有着与我们一样的情感和欲望，有着与我们一样的思想和人性。我们应该尊重他们的生活方式和情感表达方式。但是真正要做到这一点又是很不容易的。因为正常人与盲人各自以不同的感知方式构建两个不同的客观世界，这两个客观世界往往很难通约。事实上，在盲人的日常生活中，始终存在着一个正常人的阴影。盲人的日常生活也就多了一项内容，这就是如何摆脱正常人阴影的干扰。这种干扰是如此的强大，无处不在，又无所不能。毕飞宇对此理解得特别透彻。有时正常人无意的，甚至好意的举动都会给盲人的日常心理造成伤害和破坏。如一群拍电视剧的艺术家惊叹都红的美貌，就在无意中将一个美的意象植根于沙复明的心中，让沙复明陷入无穷无尽的苦恼之中，改变了他的生活态度。对于沙复明，毕飞宇写道："'美'是灾难。它降临了，轻柔而又缓慢。"又如都红凭着自己的音乐天赋，很快学会了弹钢琴，在一次慈善晚会的演出上，女主持人也许是出于真心的对都红表达的怜悯和赞美，却深深刺伤了都红的心，"都红知道了，她到底是一个盲人，永远是一个盲人。她这样的人来到这个世界只为了一件事，供健全人宽容，供健全人同情。她这样的人能把钢琴弹出声音来就已经很了不起了"。都红因此决绝地放弃了弹钢琴。再比如，沙宗琪推拿中心还有几位正常人，她们的眼睛看得见，也正是因为她们的"看得见"，才挑起了一场比较饭盒里羊肉块多寡的风波，这场风波把几乎所有的盲人都卷进了一场矛盾纠葛之中，使推拿中心弥漫着不信任感，直到最后沙复明患病到医院抢救，人们才在共同感悟生命珍贵的情绪里弥合了相互间的缝隙。

"无我之境"就是纯粹客观的叙述吗？不是。从根本上说，任何写作都不可能做到纯粹客观地再现，都有一个主体性的问题，因此"无我之境"并非真正的"无我"，它只是超越了一己的小我，而让"小我"与"大我"重合在一起，这种"大我"可以看作是对"道"的把握。在《推拿》中，毕飞宇的"道"既是盲人之"道"，也是民主平等的人道主义之"道"。在这部小说中，毕飞宇将其集中体现在"尊严"这个词上，也就是他在序言中所说的："我很欣慰尊严没有方位感，它不分南方的尊严与北方的尊严，也不分东方的尊严与西方的尊严。它没有性别，也没有年龄。"当然，小说让我们感受到的远远不是尊严的问题。也许我们从来就没有以正常的心态对待过盲人。从这个角度看，毕飞宇对于盲人的日常生活叙事，其意义就非同小可。其实，面对盲人们的正常的生活，大有令我们这些正常人反思的地方。比方说，毕飞宇对"自食其力"这个词的一番议论，就很耐人寻味："'自食其力'，这是一个多么荒谬、多么傲慢、多么自以为是的说法。可健全人就是对残疾人这样说的。在残疾人的这一头，他们对健全人还有一个称呼，'正常人'。正常人其实是不正常的，无论是当了教师还是做了官员,他们永远都会对残疾人说,你们要'自食其力'。自我感觉好极了。就好像只有残疾人才需要'自食其力',而他们则不需要,他们都有现成的,只等着他们去动筷子;就好像残疾就只要'自食其力'就行了,都没饿死,都没冻死,很了不起了。去你妈的'自食其力'。健全人永远也不知道盲人的心脏会具有怎样彪悍的马力。"读完毕飞宇的《推拿》,对比沙宗琪推拿中心的一群盲人,我会想到一个问题,在我们正常人与盲人之间,到底谁正常谁不正常,还真说不准呢。

2008年

"文学湘军五少将"的硬汉精神
——兼及七十年代出生作家的"重"

"文学湘军五少将"指的是湖南省近几年来崭露头角的五位七十年代出生的作家，他们分别是谢宗玉、马笑泉、沈念、田耳和于怀岸。这个称号非常有气魄，让我们感到千军万马就在身后。拿破仑说，不当将军的士兵不是好士兵，但湖南的作家更加豪迈，一上来就要当将军，就自信我们就是将军的料。我以为这就是湖南人的性格。不过我对这个称号也有一些不满足，因为这个称号尽管让我们看到文学湘军的自信心，尽管证明了文学湘军的后继有人，但还不能够体现出这五位年轻作家在文学上的新质。在阅读他们的作品中，尽管感到每位作家的风格和个性有很大的区别，但仍觉得他们具有一些共同性，这些共同性从某种意义上说带有文学新质的特点，丰富了当代文学的表现力。因此他们的写作不仅仅具有湖南的地域意义，也具有当代文学的整体意义。

从他们的文学新质出发，我愿意将他们命名为"七十年代出生的文学硬汉"。

他们都出生于二十世纪七十年代，带有这个时代的鲜明印记。但是我们对七十年代出生的作家缺乏准确的、全面的认识。曾经，七十年代出生成为文学界热烈关注的词汇，但这种热烈关注是由棉棉、卫慧以及所谓美女作家引起的。美女作家实在是太炫目了，以至于遮蔽了我们的视线，因此当我们谈起七十年代出生的作家时，就想到了美女，想到了酒吧、咖啡，想到了调情、矫情。有人就把七十年代出生的文学写作称之为中产阶级写作、白领写作、都市化写作，等等。显然这只是七十年代出生作家写作的一部分，现在看来，这一部分正在萎缩、衰退。但我们从湖南的五位年轻作家的写作中，丝毫看不到白领的影子，看不到中产阶级趣味，看不到都市的幻觉。他们提供了七十年代出生作家的另一层面的内容。从一定意义上说，他们在为七十年代出生的作家正名。

当然，七十年代出生的作家为我们塑造的文学世界是丰富多彩的，有不少风格独特的作家，远远不是美女作家、白领写作这样的词汇可以概括的，并不是只有湖南湘军的五少将提供了七十年代生人的独特性，比如陈家桥、李修文、刘玉栋，即使所谓美女作家，像魏微、戴来、朱文颖等都表现出自己的独特性。那么，湖南这五位七十年代出生的作家有什么独特性呢？

硬汉性格，也许可以说就是他们写作的独特性。他们的叙述硬朗、冷峻，他们笔下的人物往往具有意志刚强的性格，外表冷酷却内心热烈，处事果敢，责任心强，既有铁面无情的一面，又有柔情似水的一面。这样一种硬汉形象让我想起了日本电影中高仓健所塑造的形象。也许由于七十年代出生的作家成长经历的缘故，使得高仓健与他们今天在文学写作中所表现出的硬汉性格有某种关联。他们的童年和少年时期正是"文革"结束后一切都在拨乱反正的时期。在"文革"的长期政治打压下，中国的社会变得紧张禁闭，男子汉精神丧失得干干净净、彻彻底底。孩子在成长中需要从父辈那里找到楷模，特别是对于男孩子来说，他们内心的荷尔蒙种子迫切需要得到阳刚和昂扬精神的浇灌，但当时普遍是一种萎靡不振、小心谨慎、提心吊胆的父亲形象。恰好在这时候，高仓健来了，弥补了这一精神的缺失，在他们的少年记忆里留下深刻的印象。当然，更重要的还是与他们的生活经验有着最直接的关系。在他们的心理断乳期，正遇上拨乱反正的社会秩序大变动时期，曾被压抑的个人主义得到无节制的释放，于是他们这一代人在集体无意识中选择了硬汉形象做为自己的人生偶像。当我多年前第一次读到马笑泉的小说时，就感到了作者内心的冷峻和刚强。他的小说以七十年代生人的成长为主要素材，塑造的人物也主要是敢于对抗社会的少年形象，他们具有强烈的反叛、造反、抗争的行为和言论，体现出湖南人的刚烈性格，他们的冷酷、疾恶如仇显然又与他们在成长时期缺少爱的浇灌有很大关系，我曾以"后'文革'征象的冷叙述"来概括我读马笑泉小说的印象。比如在他《愤怒青年》《打铁打铁》等小说中的少年主人公，让我们想起了塞林格的《麦田里的守望者》中的经典的坏孩子形象。坏孩子形象往往有一种刚强的品格，他们的坏不过是对恶浊社会的叛逆，骨子里却保留着孩子最可贵的纯真。马笑泉笔下的坏孩子之所以是成功的，就在于他们同样不失"童心"，如《愤怒青年》中的楚小龙可以凶狠地杀人，却对知识和他所崇拜的英雄怀有敬畏之心。这就给冷叙述中添加进了热血的温度，这也恰恰是硬汉形象不可或缺的内容。沈念也是一种冷叙述，透着对硬汉精神的追求，但他的冷叙述中有一种轻盈的东西，这与他的精神价值有关。如《断指》中的"我"将自己的手指与剽记的手指绑在一起，一刀砍了下去，一个硬汉形象就站立起来了，重要的是在这个细节中不仅体现出好汉做事好汉当的气魄，而且捍卫着精神价值的尊严。

荒诞感是这几位七十年代出生作家的另一明显特征。荒诞感可以说是时代留给七十年代出生作家的印记。"八〇后"是没有荒诞感的，他们更多的是一种游戏精神，一种不屑的态度。荒诞是现代主义最重要的审美特征，为什么会在七十年代人身上表现突出呢？因为荒诞感来自人的荒诞意识，荒诞意识表达的是人类生存终极目的的困惑。人类一直是很自信的生物，自古希腊以来，开始了对万事万物的终极追问，对一切做出了明确的解释，并由此建立起理性的体系。但二十世纪的现代主义兴起以来，以尼采宣布"上帝死了"为标志，过去建立起的理性体系一一遭到怀疑，但现代主义并没有放弃终极追问，只不过终极追问悬置在那里，没有结果，于是就产生了荒诞意识。所以有的学者认为，荒诞意识的诞生有两个前提：一是对生存的终极目的的终极追问，二是人对自己的终极追问既不能给出肯定的回答，也不能做出否定性的结论，而只能采取暧昧的悬搁态度。为什么说"八〇后"缺乏荒诞感，因为他们是在弥漫着后现代的文化环境中长大的，后现代培育了他们对一切都不屑一顾的习惯，他们已经对终极追问不感兴趣了。而对于湖南的这五位七十年代出生的作家来说，他们不满足于对形而下的书写，不满足于对生活的直接呈现。他们都有一种终极追问的倾向，他们要问：生存的目的是什么，生命的意义是什么。但他们没有现成的答案，因为他们并不认同过去的价值判断，于是他们内心就有一种困惑，一种暧昧的悬搁态度，这就带来了他们写作中的荒诞感。所以他们也很容易地与卡夫卡等现代作家产生共鸣。像于怀岸的《你认识小麻子吗》，就有明显的卡夫卡味道。于怀岸的小说多写现实底层的生活，但在非常质朴的、写实性的叙述中透出一丝荒诞感。而这种荒诞感源于他面对底层社会种种反常现象的疑惑，对生活中价值失范的疑惑。他们不是彻底的荒诞派，荒诞感就像淡淡的乡愁一样从他们日常生活的叙述中流露出来。但正是这种类似于淡淡乡愁的东西，最贴切地传达出他们的精神追求和精神境界。比如，田耳的《衣钵》写一个大学生回到家乡跟着父亲学做道士，以此做为自己的实习，并决定毕业后就回来做一个乡村道士，这本身就是一件看似很荒诞的事情，作者却写得很正常，很平静。小说弥散着的是典型的乡愁，但乡愁中又包含着作者对传统精神边缘化的无奈。

我们在谈论这几位作家的荒诞感时，决不要忽略了他们的荒诞感的思想动力来自他们内心的终极追问。他们在寻找着当今世界的精神价值，所以他们的写作中包含着一种宏大叙事的企图。毫无疑问，过去的宏大叙事他们是不认同的，他们和这个时代的大多数作家一样消解了旧的宏大叙事，但他们并没有沿着后现代的思路走下去，以彻底的消解和颠覆来构建自己的文学叙述。所以他们有一种建设新的宏大叙事的企图。无论是在他们挚爱的硬汉形象的精神内涵中，还是在他们荒诞感背后的终极追问，我们都能感觉到他们对意义的重视，但意义在他们的思考中又是不确定的。不确定既带来他们的惶惑，也促使他们继续寻找下去。谢宗玉的散文集《遍地药香》可以说是代表了他们在精神价值上的追求。《遍地药香》以田头山野可以入药的植物为题，书写乡村记忆和情感。叶梦说这是"与世隔绝的乌托邦"，所谓乌托邦，其实就是作者为自己建造的一座精神价值的大厦，这不就是一种宏大叙事吗？湖南的这几位年轻作家都来自乡村，乡村精神，包括民间的道德精神，农业文化传统，是他们重要的精神资源。他们把乡村精神带入到七十年代出生作家的写作之中，区别于那些目光仅仅关注城市的所谓小资写作、白领写作或美女写作。他们同样面对城市，但他们不是站在乡村文明与城市文明截然对立的立场上面对城市，不是以一种仇恨、对抗城市文明的姿态出现，他们有一种自信心，自信能够在城市文明中获得发展。这应该是他们建立自己的新的宏大叙事的基础。

我们现在热衷于以年代为作家命名，继"六十年代"之后，我们相继遭遇了"七十年代""八〇后"，如今"九〇后"这个新词又浮出了水面。以年代命名的举动可以看作是文学批评面对复杂的文学局面缺乏思想和智慧的表现，但另一方面，也说明了在这个信息爆炸的时代，代际更迭的频率越来越快，不到十年的工夫，社会的文化时尚、审美倾向乃至人生价值取向就发生了剧烈的变化，这种变化通过一代又一代的新人带到了当代文学的进程之中。以年代为作家命名其实也包含着对新的审美特征的关注。七十年代出生的作家已经处在"知天命"的黄金阶段,他们正在挑起当代文学的大梁。所以对七十年代出生的作家多作一些客观公正的分析,是很有必要的。虽然过去我们对七十年代的讨论也不少,但不说含有一些偏见的话,至少也主要是看到七十年代出生作家的"轻"的一面,比如说在都市文学中的小资情调。事实上,七十年代出生的作家还有"重"的一面,湖南的文学五少将所表现出的硬汉精神就是突出的证明。

2008年

把李国文理想化的一次冒险

　　编辑朋友希望我能写一篇重读李国文作品的文章,我答应了,因为我很喜欢李国文的作品,自认为对他的作品还了解,重读更没问题。但事后才知道这太冒失,因为李国文的文章不是随便可以写的,这倒不在于李国文是不是一位不能轻易碰的大作家,虽然他的身材的确显得很强壮。问题是他的创作丰富,内涵也很深厚,关于李国文创作的论文曾经发过不少,如果现在想回过头去重新认识或理解这样一位至今仍有影响仍在创作且其创作仍不可小看的作家,不坐在家里埋头读上几个月的作品和资料,是找不到真正属于研究性和学术性的头绪的,是不会产生自己的有意义的新见解的。还有一层为难之处,据说这篇文章将被列入"寻找大师"的栏目之中。大师是一个很可怖的名词。一位头脑清醒的作家,内心里即使希望自己能成为一名大师,也会很厌恶别人称自己为大师的,因为他不愿被大师之名所累。李国文显然是一位头脑清醒的作家。大师这个词对于评论者来说更是一个预设的陷阱,因此我不想将这篇重读李国文的文章当作是寻找大师之举。既然我没有坐在家里埋头读上几个月的作品和资料,既然我害怕掉进大师的陷阱,那么我就写这样一篇偷巧的文章,首先它不是研究性的论文,其次它不是对大作家的全面整体的评价,谈不上是在寻找大师或别的什么。它只是挑李国文相隔十多年创作的两篇小说作比较,谈一点阅读感受。这两篇小说分别是创作于二十世纪八十年代初的《车到分水岭》和创作于一九九七年的《垃圾的故事》。为什么单单挑了这两篇?就因为这不是李国文的代表作。像他的《月食》,他的《危楼记事》,当年都是获过全国小说奖的,更有他的长篇小说《冬天里的春天》《花园街五号》,则属于谈李国文必不可少的内容。代表作多有定论，而我希望绕开代表作，窥探到李国文先生的某些深藏的东西。

《车到分水岭》写得很精致，特别是在八十年代初期，我相信这篇小说在当时带给读者的感受一定是十分新鲜的。现在读起来，仍不失其精致，不过其结构对于今天的读者来说也许就有一种模式化的感觉。小说以第一人称带出，"我"在列车上结识了一位来自东北的知青姑娘，姑娘办好了返城的手续，这是在回家的途中。姑娘在车上不断地将她的身世经历讲给"我"听。"我"就知道了，她在农村学会了养蜂，她很依恋蜂场，依恋养蜂的伙伴。最具戏剧性的情节设计是结尾，车到了分水岭。她通过车窗上一只飞舞的"意大利"蜂，发现了一列货车上正装载着她们蜂场的蜂箱，以及押车的伙伴。我想将这种把故事浓缩在列车上的小说归类为车厢小说。不少作家愿意把故事安置在行进中的列车车厢里，这是使结构紧凑的一种好方法。也有一些发生在车厢里的故事十分成功，但车厢毕竟太小，读多了就会有一种模式化的感觉。不过这对于《车到分水岭》来说是很次要的问题，因为这篇小说写作的年代正是中国的文学刚刚复苏的时期，小说的样式相对来说还比较贫乏。

我今天重读《车到分水岭》最感兴趣的是其中的一个细小设计。那位知青姑娘向作者谈及的一位她所敬重的伙伴，名叫李响。直到小说最后，我才明白，这是作者精心设计的一个细节。这位伙伴是一个英俊的年轻人，真实的名字叫刘平。但是，姑娘说："生活在理想里的人是幸福的，所以他们管他叫'理想'！"你可以认为作者在这里是玩了一个小小的文字游戏，但即使在今天我读到这里仍觉得有一种感动在心中涌动。正是"理想"这个词，使我顿时感到已经抓住了探究李国文先生的一条重要线索。对于李国文的创作，有一些几乎成为人们公认的论断。比方说，有人把李国文称为文学界的一尊佛。这不仅指他的外观，更指他的内心，由此而延伸至他的创作，因此他的作品往往透出一份善良。再比方说，他的小说的市民性。他本人就直率地说："我根子还是小市民，容易满足，容易退让，容易忘却，容易轻信。研究我自己和别人身上的小市民心态，倒成了我在作品中常常探求的主题。"再比方说，人们谈到李国文的豁达，有论者更说他是"活得潇洒"。这使得他的作品带上一种智者的幽默感。但我想，我们在阐释这些把握得非常准确的见解时，还是不要忽略了"理想"二字。假如说，李国文的确活得很潇洒，他的写作看上去也似乎是一件很愉悦的脑力劳动，那么这在很大程度上要归之于"理想"二字的作用。那位姑娘在《车到分水岭》中所说的那句话"生活在理想里的人是幸福的"，这其实也是李国文说给自己听的。

所谓"理想"，更大程度上并不意味着某个具体的目标，它对于人生的意义也许还在于它是人们在人生道路上的一种精神支撑。它同信仰相关联，甚至它对某个人来说会起到宗教的作用。因此，理想总是被崇高、壮丽、伟大等字眼所修饰。当我们从这一角度来理解理想的时候，就会发现，理想可以用来概括某一时代的作家的共同特征。在我看来，新中国成立以后开始创作的作家一直到"文化大革命"后兴起的知青作家都是在理想的熏陶下成长起来的，理想精神浸入到他们的骨子里，他们的创作以及风格的流变，往往与他们对理想的认识和态度有内在的关系。而具体就李国文来说，这位从五十年代开始写作，直到今天仍活跃在文坛的作家，理想之于他的意义，不仅因为他的创作贯串在能以理想做为主题词的那一段文学时期里，还因为理想自始至终都是以正效应影响着他的创作主题和他对人物的把握。可以说，在李国文的心中一直燃烧着火烫烫的理想精神。他是以处女作《改选》走上文坛的，也是因《改选》而遭受了几十年的政治厄运。《改选》就表现出了作者在理想鼓动下的激情。若谈到这种理想的内涵，我想它显然是同当时的新中国成立后的高扬的政治环境相和谐的。它是一种人民当家作主的理想。《改选》正是出于这一理想精神，要为人民而呼喊，作者的感情明显倾注在那位"关心群众疾苦、有广泛的群众联系，并且得到群众爱戴的党员老工人"（出自当年批判《改选》的一篇重要文章）的身上。人们在评论李国文的创作时，比较一致地认为他的作品具有一以贯之的人民性，关心人民，同情人民，站在人民的立场说话。从《改选》起，到二十多年后的《月食》，到新时期以来一发而不可收的创作，无不留下这一鲜明的思想轨迹。我想在这里引用两段《中国当代文学》中的评价。这是由华中师范大学《中国当代文学》编写组汇集一批当代文学研究专家和教授集体讨论撰写的，其评价有一定的普遍意义，至少它不是非常个人化的论断。书中在谈到李国文在新时期的创作时说："对现实与历史的严肃思考和对人民群众的深切依恋，是李国文小说的主旋律。《月食》是他宣示这一主旋律的第一个作品。作者叙说了一个感人肺腑的爱情故事，把自己的思考融在浓馥的诗情中。那蓝色的'勿忘我'花和二十二双整齐放置的新鞋，如同跳动的音符，深情地吟唱着主人公伊汝淡忘的记忆,在读者的心弦上引起强烈的共鸣。小说以'失去'和'寻找'为契机,把党和人民血肉相连之理寓于夫妻别离聚散之情中,一个严肃的主题由此而焕发出美轮美奂的诗意——人们啊,'毋忘人民'是至真之理,也是至美之情。""相似的主题以更大的规模在《冬天里的春天》中展开。这部雄奇的作品以大幅度的时空腾挪展现了近半个世纪期间中国革命的变幻风云和艰难历程……再加上主观色彩极浓的绘景状物和比喻象征,使得'人民是母亲''春在人民心田里'的主题勃发出强烈的艺术感染力。"

读者也许会说,从上面的分析思路来看,我所表述的"理想",应该说是特定时代在作家身上留下的烙印,因而它不是李国文所独有的。的确如此,与李国文同一时代的,尤其是有其相似政治遭遇的所谓"重放的鲜花"的那一批作家,大致上都可以从"理想"这个切入点进入他们的创作。但是,如果说当年这批作家最初开出的鲜花,都明显带有一个新政权建立后整个社会洋溢着的蓬勃向上的青春气息,那么,在后来的急风暴雨摧打的过程中,他们不得不对心中的美好理想进行沉重的反思,因而理想在他们后来创作上的投射,就会留下各自不同的身影:有的是以一种愤懑之情回首那段理想被毁灭的岁月苦难,有的是对当年理想激情下的狂热成分作一种平实的检讨,有的是在以忘却当年理想冲动的情绪之中透露出对理想的眷念。李国文有他最突出的特点,在他后来创作的作品里所包含的理想的正向延伸的痕迹最重。你或者可以说,李国文是不改初衷的。

说到不改初衷,这话题自然就可以引向中篇小说《垃圾的故事》,因为这是李国文去年才创作的,算得上最新材料。当时我读到这篇小说,眼睛为之一亮,心头为之一爽。记得《上海文学》在卷首语中把这篇小说推崇为生态小说的佳作。从题材来看,这篇以城市垃圾问题为主要情节的作品自然是可以拉来为生态小说壮威的,更何况生态小说绝对是当代前沿思想的产物,李国文老先生能写生态小说就是他的创作思想仍很先锋的证明。但我觉得这其实是委屈了这篇精彩的《垃圾的故事》,小说固然表达了对城市垃圾问题的忧虑,但垃圾在小说里只不过是做为背景存在着的,作者最为忧虑的还是生活在城市里的人,制造着垃圾又被垃圾所害的城市人。我是这样理解这篇小说的主题的,人类一方面在创造着辉煌的文明;但另一方面为了创造文明而不得不付出代价,这就是制造出大量的垃圾。最可怕的是,人类只顾自我陶醉于文明的辉煌之中，而忽略了垃圾的存在和垃圾的危害。李国文要通过这篇小说揭示这一事实：人性中最为珍贵的东西正在被人类自己制造的垃圾慢慢地侵蚀。李国文还要进一步警示大家，人类不仅制造着有形的物质的垃圾，而且在制造着无形垃圾，即一种精神的垃圾；精神的垃圾对人性的侵蚀更为可怕。这就是为什么小说中的那位要同城市中的垃圾作战的丁丁是那样的不被人接受。因为他身边的人既是垃圾的制造者又是垃圾的受害者，他们正受到垃圾的侵蚀却执迷不悟。对于丁丁来说，他的认死理，他的不愿随大流，他的在垃圾问题上的义无反顾，就因为有一种理想的追求在支撑着他的精神意志。李国文将心中的理想精神赋予了笔下的这位年轻人，他对这位年轻人充满了爱怜，哪怕这位丁丁也犯有当下年轻人一样的毛病，但做为老者的李国文都能谅解，甚至当老伴有所抱怨时他还要为这位年轻人辩解。老作家最欣赏的自然是丁丁对于理想的执着。当丁丁决定要写一部关于中国垃圾的通俗小册子时，老人全然不顾身边小姐的脸色投了赞成票。老作家还特别渲染了一番丁丁的理想精神烛照下的勇气和志气。他写丁丁在他的书房里如何激动地说："总得要有人站出来，不能都缩着脖子，装着看不见。"他写丁丁是带有一点宗教传道士的狂热说出"作家应该呐喊"来的。

在粉碎"四人帮"以后，李国文和与他相似经历的一批作家们终于可以痛快地拿起笔来时，压抑在他胸中的理想精神借助他的笔也痛快地宣泄出来，写于这时的《车到分水岭》正是表现了这种情绪。因而整篇作品在理想的主题表达上显得十分单纯、明了，理想也没有包含太深的内涵指向。在这篇以第一人称写就的小说里，"我"是一位长者，从身份看，"我"像年轻人理想的一位引导者、评判者和鉴赏者。作品透露出一种内在的情绪：做为长者"我"十分欣慰地感到"我们"这一辈的理想终于延伸到了年轻一代的身上。甚至我觉得作者将"我"设计为一位女性正是为了更准确地表达这种意图，"我"因此具有了母亲的慈爱，"我"以一种慈爱之心默许了后代的成长。而这以后的创作中，李国文内心的理想精神不断地注入了理性的思考，有了越来越深的内涵指向。所以到了《垃圾的故事》，同样是一篇以第一人称写就的小说，"我"同样是一位长者，但这位长者显然就不像《车到分水岭》中的那一位是以一种俯视的目光去注视晚辈的行为了，也缺乏后者在晚辈面前的那种自信和自得。这位身为作家的"我"始终以一种平等的态度去接纳年轻的丁丁，甚至对这位年轻人带有某种崇拜的信任,仿佛他的内心在真诚地对年轻人说:"希望寄托在你们身上!"将理想转移到年轻人身上,从年轻人那里看到理想的延伸。这恰恰应该是李国文以后创作的最大特点,如果说他们这一代作家因为执着于理想精神而始终怀着一种对社会的忧患意识和使命感的话,那么,由于坎坷人生经历的敲打,他们中间更多的作者是在清理历史、审问现实,表现出一种沧桑感,一种对理想流逝的沉重和追恋。虽然不能说在李国文的创作中没有包含这样的因素,但他创作中最强的音符显然是明快的,乐观的,是一种眼睛朝前看的进行曲式。所以他愿意从年轻人那里寻找到理想的延伸,他对年轻人采取非常宽容的态度。就像《垃圾的故事》里的年长的"我",在丁丁面前都显出一种孩童般的天真的谦让。这大概也是所谓的"老小老小"吧。

还有一点必须看到,李国文后来作品中的理想精神是越来越厚重。他不会一味停留在《车到分水岭》时表达的一种单纯同时也嫌单薄的理想。因为李国文还是一位典型的现实主义作家,他的理想精神与他的现实精神以一种一体的方式构成了他的文学思想。他以理想精神的眼光去观照现实社会,他对现实的批判又鲜明地指归到理想的未来。《垃圾的故事》也可以说是一个未来题材,一个关系到人类高质量发展的生态问题,一个寻求人与自然和谐相处的最完美境界的问题。但这只是做为思想出发点藏在背后,作品凸现出来的则是对现实的深刻批判。作品中的一个个人物几乎都摆脱不了物欲的诱惑,各自图谋着个人的打算,而那些伟大的东西那些精神性的东西只是他们为了实现各自打算的手段。作品中唯一的一位理想追求者丁丁在谈到他与别人的区别时就非常地一针见血:"我和高田不一样,他把垃圾当作手段,达到他的目的,我没有其他目的,我的目的就是垃圾。"这就是失去理想与追求理想者之间的区别。因为人们被物欲膨胀的非理想化现实所包围,追寻理想化的丁丁便显得像一位独往独来的、走火入魔的痴迷者。李国文创作的现实批判性实际上是很强的,也很深刻。如他近年写的数篇以文化人为题材的小说《当令》《涅槃》等,基本上都涉及知识分子独立品格的这样一个当代敏感的话题。但他对现实的批判从来都是指归到理想的未来。有的作家对现实也取一种强烈的批判态度,但这种批判往往指归到过去,指归到逝去的理想,因而他们的作品多带有一种伤感、阴郁的情调。李国文的作品尽管有时是采用白描的手法去揭示现实的问题,但仍不失明亮、洒脱,在我看来,这就是因为理想的正向延伸使他始终保持着这样一种艺术的境界。

  李国文是一位典型的现实主义作家，人们在讨论李国文的创作时，无不注意到这一点，而我在这篇文章中，却偏偏要从理想精神的角度进入李国文的创作，这是不是有点"南辕北辙"？但我想也许能够"殊途同归"。强调李国文的理想精神，正是想说明李国文的现实主义创作有个性。他不是一位只顾低头盯着脚下的现实主义者，他还有一双心中的眼睛在远眺。他也不是一位爱张扬的、浪漫的理想主义者，他把理想精神埋在了心中。他的一段话也许可以做为我这武断的结论的注脚。他说："我主张文以载道，但也不必篇篇载道，字字载道，作者痛苦，读者更痛苦的事情，何必多作。但又不可不作，篇篇风花雪月，不敢直面人生，也未免太怯懦了些。我主张作家还是应该尽量真诚，把爱献给大多数人。"为此，我有一个预感，李国文最有分量的作品不是在过去，也不是在现在，而是在未来。

2009年

一座凝聚着"盼望"、连接着时间的"博物馆"
——读阿来的《空山》

多年以前，阿来说他要写一部"花瓣式结构"的长篇小说《空山》，接着他将一片又一片的"花瓣"相继呈现在人们面前，似乎每一片"花瓣"都引起了人们的兴趣，当然也就更加激发起人们对整部作品的期待。阿来选择这样一种似乎是比较松散的结构方式，是缘于他对乡村生活的认识，他认为乡村生活是零碎的拼图。

《空山》首先在命名上就给人们带来些许的麻烦。从已先后出版的三本书来看，《空山》由六个相对独立成篇的小说组成，这六篇小说分别叫《随风飘散》《天火》《达瑟与达戈》《荒芜》《轻雷》《空山》。每两篇小说又组合成一本书，这三本书分别叫"空山""空山2""空山3"。这是典型的"三部曲"样式，我们或许可以将其称为"空山"三部曲。但是，在书的封面上还有另外一个名字，叫"机村传说"，三本书分别被冠以"机村传说壹""机村传说贰""机村传说叁"。那么，我们是该把这部作品称之为"空山"三部曲还是"机村传说"三部曲呢？我不以为这是阿来在命名上的轻率之举，也许对于阿来来说，"空山"还是"机村传说"，这两个名字都是他难以割舍的。这其实透露出一层信息，这两个名字所蕴含的内涵对于这部作品来说都是至关重要的。"机村传说"强调了这部作品与一个乡村的实在关系，它说明了阿来所要写的是一部乡村的兴衰史。阿来尽管强调他讲述的故事是互不关联的"碎片"，但实际上几个故事大致上是循着历史发展的脉络延续下来的。更重要的是，机村曾经是一个文化自在自足的乡村，阿来所要讲述的机村的历史不是它的自在自足的文化史，而是从外来文化进入到机村以后，本土文化与外来文化相撞击后的乡村历史。"随风飘散"拉开了文化相撞击的序幕，带来了一个又一个的文化冲突的"机村传说"。在《随风飘散》里，机村人在新秩序的强大磁力作用下，无法再用传统的情感态度和伦理方式来处理他们与私生子格拉以及他的母亲的关系。而在"天火"中，时间推移到"文革"，大自然的天火在精神世界的"天火"的助力下，摧毁了机村的物质世界。第三个故事和第四个故事大致上仍发生在这一时间段，进一步演绎了文化冲突所造成的荒诞性和变异性。从第五个故事起，机村传说进入到了当下，社会形态的巨大变化也使得机村的文化冲突变换了另一种方式。但仅仅将小说定位在"机村传说"上显然是不够的，这让人误以为阿来就是以非常写实的方式来再现一个乡村的历史。阿来更需要表达的是"机村传说"背后的意蕴，因此"空山"这样一个充满象征性和诗性的名字对于这部小说来说又是必不可少的。空山会让人联想起古典诗歌中的意境："空山新雨后，天气晚来秋""空山不见人，但闻人语响""落叶满空山，何处觅行迹""又闻子规啼夜月，愁空山"。在古代诗人的眼里，空山既是一个精神寄托处，也是一次超凡的精神意识活动。阿来也许就是像古代诗人那样进入到空山的意境中来处理这部小说的叙述的，当他整理那些原汁原味的"机村传说"时发现："现在中国乡村面临的问题就是：乡村文化瓦解以后，自身不能再成长出新的文化。"他的发现其实就是一个"空山"的意象。如此看来，我在这篇文章正式开始之前对小说的名字做一点辩证仍是非常必要的。我以为，实在化的"机村传说"与虚拟化的"空山"，这是两条进入小说的路径，二者缺一不可。

阿来把这部小说称为"花瓣式结构"，我以为并不是十分妥帖，至少容易给人造成一种误解，以为这不过是由几个相对独立的中篇组合起来的。阿来在几年间不急不慢地陆续将其抛出的方式，更是诱导人们顺着这种误解的思路去阅读他的作品。人们以为每一篇作品就是一个独立的花瓣，匆匆忙忙地加以评说。然而当《空山》的终结篇出现在人们面前的时候，再去看这些匆忙的评说，就会感到这些评说没有切中多少要害。事实上，《空山》被拆散开来发表时并没有拆散它的整体性，这个整体性始终坚定不移地藏在阿来的思路中。在我看来，《空山》的结构更像是由数条支流汇集成主流的结构方式。每一个"机村传说"就是一条支流，每一条支流都流向同一条主流，这条主流就是阿来心目中的"空山"意象，随着一条条支流的汇入，主流越来越浩荡。从这样一种结构方式来考察，组成《空山》的六个故事就不是一个完全并列的关系了，因为前面的故事汇入主流后，就会影响到后面的支流，当支流不断汇入，到了第六个故事，便是全面展示主流面貌的时刻了，因此，阿来断然就将第六个故事称之为"空山"。这是一个总结性的章节，在这个章节里，前面几个故事中的一些主要人物也相继来报到，甚至连阿来本人也忍不住从背后站到了前台，成为了从机村走出去的一名作家，直接进入到故事之中。小说出现一个"我"的叙述，大概会让读者感到十分突兀，按照教科书上对小说的规定，阿来在这里完全是犯规了，然而恰是这种"犯规"，让读者意识到这一章节的非同寻常之处，所有该聚集的人物都聚集到了这里，他们把曾经发生过的故事的余绪也带到了这里，与"我"一起将"空山"的意蕴烘托得更加鲜明浓艳。小说最终结束在"空山"的意象之中："雪落无声。掩去了山林、村庄，只在模糊视线尽头留下几脉山峰隐约的影子，仿佛天地之间，从来如此，就是如此寂静的一座空山。"

但是，阿来营造的这座寂静的空山并非空空如也。空，只不过在一阵热闹纷繁之后归于平静的心境，是一种洞悉世事之后的悟性，是清理了一切尘土污垢世俗羁绊之后的洁净的心灵。我想探究的是，阿来所营造的这座空山到底包含着什么意蕴呢？

空山的意蕴显然与阿来对乡村文化的思索有关。阿来的思索是建立在机村传说的基础之上的。如前所述，阿来所讲述的机村传说是关于文化冲突的传说。这种冲突又在两个层面展开。一个层面是机村本土的藏文化，与外来的汉文化的冲突；一个层面是机村本土的乡村文化，与外来的城市文化的冲突。两个层面的冲突交织在一起，使得空山的意蕴更加复沓。小说的结尾似乎是一个悲剧性的结尾，因为在小说结尾，机村即将被新修的水库所淹没，机村的传说从此只会存留在阿来的书本上，而实实在在的机村将不再存在，更不会生产一个又一个的传说了。这看上去很像是我们比较熟悉的乡村文化的挽歌。如果要说《空山》是阿来通过机村的兴衰为乡村文化唱一首挽歌的话，似乎也有充分的道理。在叙述之中，我们分明能感受到阿来对机村传统文化的眷念之情。比如在《随风飘散》里，阿来在叙述中表达了对新秩序的破坏力的忧虑："这就是机村的现实，所有被贴上封建迷信的东西，都从形式上被消除了。寺庙，还有家庭的佛堂关闭了，上香，祈祷，经文的诵读，被严令禁止。宗教性的装饰被铲除。老歌填上了欢乐的新词，人们不会歌唱，也就停止了歌唱。"又如在《轻雷》里，阿来以最为尊敬的口吻书写老人崔巴噶瓦，这是一位始终捍卫着古老的乡规民约和伦理道德精神的老人，年轻人拉加泽里卷入到滥伐山林的活动之中，但他在老人崔巴噶瓦面前感到了自己的罪孽，当他从监牢里出来后，首先关心的就是老人崔巴噶瓦保卫的林子现在怎么样了。在阿来的笔下，老人崔巴噶瓦之所以被拉加泽里视为村里最高尚的人，就在于他保卫的不仅是一些大树，而且是祖辈们寄托灵魂的去处。阿来对于外来文化的质疑也有一个轻重缓急的区别，他对于二十世纪曾经成为主流的革命的、激进的文化，似乎持一种明确的否定态度，这方面的书写占据了《空山》较多的篇幅，在六个故事里就有好几个故事发生在"文革"这一特殊的历史年代。《天火》讲述的是"文革"中发生的一场火灾，这场将物质焚烧得干干净净的"天火"明显带有一种精神的指向，阿来借巫师多吉之口不无忧虑地叹息道："山林的大火可以扑灭，人不去灭，天也要来灭，可人心里的火呢？"在这里，"人心里的火"明显是喻义革命的、激进的文化理念。除了在对待革命和激进文化的否定比较坚定以外，阿来处理文化冲突时其实更多的时候表现出一种复杂的心态，因此并不能简单地认为阿来是在为乡村文化唱一首挽歌。我猜想阿来应该熟知，乡土文学中的挽歌已经唱得很久也很多了，从来不愿步人后尘的阿来怎么会将一部凝聚了几年心血的作品归入到挽歌的合唱阵营中去呢。但他要超越挽歌式的乡土叙事又具有一定的难度。因为在处理现代性主题时，作家更愿意站在乡土文化的立场，站在乡土文化的立场更像一名精神上和文化上的卫士，从而对现代性带来的种种弊端保持足够的批判性。这似乎成为了乡土文学中最基本的叙事伦理。

阿来怎么超越这个难度的呢？他找到一个切入点：盼望。他发现，文化的冲突不仅仅是造成强势文化对弱势文化的侵害和吞并，也带来文化的新的生长点。对于机村人来说，外来文化让他们滋生出新的"盼望"。当阿来从盼望切入到机村传说时，机村五十多年的变迁史就呈现出亮光。机村人几百年来甚至上千年"是不盼望什么的"，达瑟说："以前的人，这么世世代代什么念想都没有，跟野兽一样。"这句话包含着阿来对机村本土的乡村文化和藏文化的一种否定性的思索，这种否定性的思索是"盼望"的角度带来的。当外来文化嵌入进来后，很快就改变了这种状态，机村变成了"人们总要为一些新鲜的东西而激动，而生出许多盼望的时代"。阿来将"盼望"植入他对现代性的质疑之中，因此就抓住了不同文化之间的可融合之处。其实，在每一个故事里，阿来都做了这样的铺垫。尽管在第一篇《随风飘散》中，做为文化冲突的序幕，阿来集中描述了新秩序下人们的惶惑、恐惧，因而相互之间滋生着怨恨和猜忌，格拉可以说是被这种怨恨和猜忌所杀死的。但阿来并没有表现出一种绝望，相反，他让格拉在临死之际看到了希望的征兆。他写到，格拉在魂魄开始消散时勉力朝还俗僧人恩波一家人走去，尽管恩波和勒尔金措看不见他，但"他们新生的女儿好像看见了，对格拉露出了一个含义并不明确的笑靥。他想，奶奶说得对，他们已经把仇恨忘记了"。这个不明确的笑靥，不妨看作是阿来对未来的一种信念。接下来的故事里，阿来反复告诉我们的，是人们如何努力去适应文化冲突的新环境，这种努力就是一种文化融合的努力。因此，尽管在前面的几个故事里，阿来强调了机村遭到的文化破坏。但阿来始终把握了一点：外来文化对于机村来说，并不是洪水猛兽，并不是一场毁灭性的"天火"，在新的秩序下照样会有机村的传说发生。让阿来懊恼的是，机村曾经长久地深陷于蒙昧时代，一点像样的记忆都没有留下，"要是那个时候的人也像今天这个时代的人盼望这个又盼望那个，并且因此而振奋复又失望的话，应该是有故事会流传下来的"。其实，阿来所理解的"蒙昧时代"，是一个没有文化交流和文化冲突的时代。

但是，因为盼望而产生的故事并非都是美好的故事。索波有了盼望之后却杀死了达戈，更秋家五兄弟则是在盼望的诱导下走上了犯罪的道路。盼望更是使得机村人想方设法要离开机村。《空山》先后写到三对年轻人的爱情，他们的爱情都是被"盼望"拆散的。也就是说，年轻的姑娘都把自己的"盼望"寄托在机村外面的世界，当她们的爱情没法帮助她们实现自己的"盼望"时，她们都选择了放弃爱情。央金的"盼望"完全是爱她的索波一点点催生起来的，已经成为新秩序主角的民兵排长索波以为凭着他的身份优势可以征服央金，但没想到正是他的身份优势为央金实现自己的"盼望"提供了方便，当央金成为国家干部后，再也不会理睬机村里的索波了。(《天火》)达戈本来是解放军战士，与机村的色嫫一见钟情，他放弃了所有的事业和前途，来到机村追寻爱情，但色嫫本来就是指望通过达戈离开机村，所以她无法接受一个与外面世界不再有关系的人做她的爱人。(《达瑟与达戈》)拉加泽里放弃学业，回到机村，也就失去了他的女友，女友考上大学，仍愿意等他，但条件是他继续念书考大学。(《轻雷》)"盼望"有着多面性,一方面它带来村庄的发展和进步,另一方面,它又改变着人性和人生,它破坏了一些本来美好的、恬静的东西。当然,最重要的是,"盼望"从根本上说是文化的一种体现方式,没有文化,也就没有人的"盼望"。因此,阿来在处理文化冲突这样一个乡村叙事难以绕开的主题时,找到了"盼望"做为突破口。"盼望"帮助阿来绕开了乡村叙事伦理的陷阱,这使得阿来在呈现一个即将消失了的村庄时没有陷入悲观绝望的境地之中,但他又必须将"消失的村庄"与机村的未来统一起来。这是阿来在《空山》的最后一个故事里所要完成的使命。

做为终结篇,第六个故事与前面的几个故事从结构上说就不是一种平行的关系,它是由前面几个故事的"支流"汇集而成的一条"大河",在这条大河里,阿来直接站出来,要对机村传说的种种疑惑种种谜团做一个了结了。让我特别感到惊奇的是,阿来在这个故事里采取了一种反常的叙述方式,他不再是让故事来呈现意义和情感,而是将自己的思想脉搏直接裸露出来,给读者提供一条明确的阅读路径。或许是他担心形象的不确定性和多义性会影响到人们对他的思想的理解?还是他对小说中的人物少了一份自信?反正,阿来直接站了出来,把他的思想脉搏直接裸露出来,我们都能触摸到它的跳动。小说中那位突兀出现的"我"完全可以看成是阿来的自我呈现。阿来告诉我们,"我"是一位从机村走出去的大学生,如今成为了一名作家,他经常回到机村看看,他掌握了许多机村的传说,他为了搞懂这些传说,到国外旅行时,还专程去了国外不同民族的村庄,有白人的村庄、黑人的村庄、印第安人的村庄,甚至去寻访当地土著民族。"我是想知道,所有这些村庄终将走在怎样一条路上;我想知道,村庄里的人们,最后的归宿在什么地方?"显然,阿来是要把机村的传说放在世界文明的大背景下来考察的。他相信,在机村这个中国村庄里所发生的故事,应该包含着所有村庄共同性的东西。

有两个人物特别值得我们关注,一个是机村的藏族人索波,一个是红军经过机村时留下来的外来者驼子,他们的共同处就是都在主动去适应另一种文化,而他们自身的文化母体又是不相同的,因此这两人具有一种互文性的效果。也许从个人经历的角度看,他们的努力都是失败的。年轻的索波追求进步,成为机村的民兵排长,却在纷纭的政治意识形态风云的席卷下变得迷茫。驼子骨子里是一个农民,爱土地爱得死去活来,但也就是在机村的环境里,他经常可以摆脱一个农民的老实巴交的轨迹，做出一系列匪夷所思的行动。阿来让这两个人物在终结篇的第六个故事中会合了——当然，驼子此刻已经死去，他是让自己的儿子林军来参加这次的会合的。在第六个故事里有一个不那么显眼的情节。机村人为了从政府那里获得更多的赔偿，纷纷扩建自家的房子。这情景让索波很愤怒，他要给县里写信反映问题。林军也打算扩建房子，索波则是以他的父亲为理由教训他："想想，你父亲是什么人！他活着是不会让你这么干的！"林军被索波的教训吓住了，他说："也许，他老人家真要不高兴了。"这两位失败者却在新的形势下取得了共识，这种共识体现在他们的内心都有了一种敬畏，一种行为准则的自觉性。这不能不说是机村的文化冲突在他们身上刻下的烙印。因此在达瑟的眼里，索波已经变回他自己了，达瑟也就原谅了索波，不再为他的朋友达戈找索波算账了。而一直畏畏缩缩的林军在看到父亲的名字进入了博物馆后，激动万分。索波和林军的故事其实就是在回答阿来的问题了："村庄里的人们，最后的归宿在什么地方？"这个问题的答案就是：在博物馆里。

博物馆，在第六个故事的开头一句就是博物馆，一个对于机村人来说的"新鲜的词"。而对于《空山》来说，它就应该是一个揭示小说内涵的关键词。关于博物馆，"我"对村民们作了很多解释："历史啦，纪念啦，记住过去就像手握着一面明镜可以看见未来啦之类的，好多好多说法。"但无论怎样解释，对于阿来来说，他终于为消失的村庄找到了最恰当的去处，这个去处就是博物馆。也就是说，阿来在处理机村的传说时，也许曾经为机村不断消失的东西而生出忧虑，但他继而发现，消失的东西并非真正彻底地消失，显性的、物质层面的东西可能是彻底消失了，但隐性的、精神层面的东西并没有消失，它们以另外一种方式流传了下去。比方说，它们就保存在传说里面，又通过传说影响到现实的生活。所以，阿来设计了一个充满希望和诗意的结局：一方面，机村将因为建水电站而彻底地消失；另一方面，"鉴于最新的考古发现，新机村增设一个古代村落博物馆"。当副县长把机村人召集起来宣布了这一移民方案时，村民们都激动了，对于机村人来说，机村的被淹没不是机村的消亡，而是机村的新生。阿来让大雪来为机村的新生进行洗礼。已经十多年都没有下过雪的机村忽然飘起了雪花，阿来充满诗意地描写人们在雪花中欢庆的场景："人们或者端着酒杯，或者互相扶着肩膀，摇晃着身子歌唱。滋润洁净的雪花从天而降。女人们也被歌声吸引，来到了酒吧。久违了！大家共同生活在一个小小村庄的感觉！"

大雪是一种美好的象征，象征着机村的未来。到此，阿来同样写了一个即将消失的村庄，却没有给我们带来挽歌的调子，相反，人们像过节一样，"所有人都手牵着手，歌唱着，踏着古老舞步，在月光下穿行于这个即将消失的村庄"。

阿来对于文化冲突的阐释并没有到此为止，他在结尾部分让时间来了一次伟大的汇合：过去，现在，未来，时间的三个向度同时聚集在了机村。"现在"，自然是一个即将消失的村庄，"未来"，则是副县长宣布的移民方案；更重要的是，还有"过去"的蹒跚脚步。阿来为"过去"的蹒跚脚步做了充分的铺垫。他在第六个故事里特地请来了一位民俗学的女博士和一群考古队的队员来做他的证人。在机村人重修湖水的工地上，发现了古代村落的陶片，于是考古队赶来了。考古队们从地底下挖掘出一个古代村庄的遗址，这个村庄里也许就生活着机村人的祖先。这一发现让机村人兴奋万分，他们唱歌跳舞，杀猪宰牛，全村大宴！连考古队长都感叹道，在他漫长的考古生涯中，还从来没有见过，一个遗址的发掘，对一群人的感情有如此巨大的震荡。至于阿来安排一位年轻的女博士来到机村，显然不会是为了给拉加泽里增加些绯闻，而是要通过女博士的民俗学的专业角度来证明机村人的行为方式是有着深厚的文化积淀的。考古队员和女博士分别从两个方面证实了，机村有着悠久的历史，机村的历史尽管被掩埋在地下数千年，但机村的文化从过去一直绵延到今天。阿来以此安慰人们，不要为眼下的一些衰亡消失而哀怨，因为变化和新生就蕴藏在衰亡消失的过程中。未来才是值得人们珍视的。在过去、现在、未来之间，兴衰起落或隐或现，但始终会有一条线将其沟连着，这条线就是一条文化的生命线。

阿来也许还想告诉人们的是，最重要的是要抓住这条文化的生命线，抓住这条文化生命线，也就抓住了未来，对一个人来说是这样，对一个村庄来说也是这样。再放大了看，对一个民族一个国家来说，又何尝不也是这样。这也就是在《空山》第三卷中，阿来重点塑造拉加泽里的用意。拉加泽里这位年轻人，本来是一块读书的料，但他为了挣钱改变家庭的窘境，放弃学业回到机村，加入到盗伐买卖木头的商潮之中，在这复杂的人际关系和风险之中，他有失有得，也遭遇了牢狱之灾。但经历坎坷之后，拉加泽里抓住了文化的生命线，这就是机村人的神湖色嫫措湖。他从牢狱里出来后放弃所有的世俗举动，年年在山上栽树，当他栽下数万棵树后，他又要在山上修一道堤坝，让色嫫措湖重现。达瑟也是一位抓住了文化生命线的机村人，他从书本里找到了这条文化生命线，但他生不逢时，所以那个时候他只能将书本藏匿在树上。如今他从拉加泽里的行动中看到了那个美好的未来："等水关起来，重新成了湖，山上长满树，那对飞走的金野鸭又要飞回来了。"归根结底，这个美好的未来其实早就植根于过去，即使是在那个荒诞的年代里，达瑟栖身于树上，从那些百科全书里就发现了未来的种子，正是这些未来的种子给予了达瑟诗歌的灵感。而他当年在诗歌中营造的意境，终于在今天的现实中显现：

雨水落下来，落在心的里边——和外边！
苍天，你的雨水落下来了！

机村人一齐唱着这诗句，有了一种"复活了"的感觉。诗人阿来于是以诗歌的方式完成了他对文化冲突和文化传承的畅想。

现代化凸显了文化的冲突，在反映现实生活的小说中，文化冲突是一个绕不开的主题。美国亨廷顿的《文明的冲突》曾经启发了我们的思想，而小说在处理这一主题时基本上都是沿着亨廷顿的思想路径走下去的。小说不仅这样处理中西文化冲突，也这样处理城乡文化冲突，也这样处理汉藏文化冲突。但自从新世纪以来，文化融合的声音越来越强大。显然，文化融合、文化对话、文化对垒，这都为我们拓展主题空间打开了一扇窗口。也许可以认为阿来是在这样一种文化思潮的启发下来写作《空山》的，至少我们能从小说中捕捉到不少这样的思想资源。阿来写了机村一个小村庄的多种文化的交织、冲突、沟通、融合的状况，而阿来本人的思想基础也可以说是多种文化融合的基础。做为烘托主题的一个最基本的意境——空山，难道就与汉文学的古典诗歌意境毫无关联吗？在文章的一开始，我列举了一系列写空山的诗词名句，也就是想提醒人们注意，这部小说本身就是多种文化的融合体。

《空山》是阿来为一个村庄建立起来的一座"博物馆"，他把村庄的过去、现在和未来一起联结到这里；也把人们的不同"盼望"凝聚到这里。而阿来自己主动担任起解说员的职责，他把自己的感情融入到解说中，也把自己的迷惑藏匿在解说中。这大概也是《空山》更加迷人的地方吧。

2009年

中国的"小林多喜二"在追问
——读曹征路的《问苍茫》

从中篇小说《那儿》起,曹征路进入到文学论争的聚光灯下,以后他的多篇小说都引起关注。也只有随着时间的推移,曹征路的文学意义才逐渐显现出来,当我读到他的长篇小说新作《问苍茫》时,我对这一点体会尤其深刻。我以为,此刻我们非常有必要来讨论《问苍茫》这部小说以及曹征路的文学意义。我的看法是,《问苍茫》是新世纪的《子夜》,而曹征路的文学意义则在于,他是当代中国的"小林多喜二"。

一

为什么说《问苍茫》是新世纪的《子夜》呢?

茅盾的《子夜》写于二十世纪三十年代。当时社会正在进行中国社会性质的论争。中国社会急剧动荡,政治格局不断变化,大革命的失败让人们对"中国向何处去"产生了极大的困惑,现实逼迫着不同阶级不同政党的人都要分辨清楚中国社会的性质,只有把中国社会性质搞清楚了,才能确定中华民族的发展前途。中国共产党内的"托派"以及资产阶级学者认为,中国已经资本主义化了,民族资产阶级将引领革命的前程。而党内的革命派认清了中国社会的半封建半殖民地的性质,以马克思主义的原理分析社会各阶级状况,逐渐酝酿成熟了新民主主义革命的理论,新民主主义革命的理论回答了中国向何处去,指出了资本主义不是中国的前途,资产阶级不是拯救中国的救星。茅盾也在思考这一重大的社会问题，他接受了新民主主义革命的理论，并以这一理论为指导分析社会，创作了长篇小说《子夜》。茅盾是以小说的方式表达了他对中国社会性质的认识，他以民族资本家吴荪甫的命运为主线，重点讲述了吴荪甫和买办金融资本家赵伯韬之间的矛盾和斗争，从而揭示了中国民族资本家的先天性的弱点，说明在帝国主义压迫和国民党的专制统治下，资本主义道路是走不通的，必须进行无产阶级的革命。

曹征路写作《问苍茫》的当下语境，也是一个人们对中国社会性质的认识充满疑惑和分歧的语境。毫无疑问，新世纪的中国以一个崛起中国的形象引起世界的瞩目，我们坐在飞奔的现代化列车上，体会着一再提速成功的惊喜。我们为国家的强盛而骄傲，津津乐道于各种证明国家经济实力的数据在国际排行榜上飙升。这一切都源于上个世纪末开始的社会转型，社会转型带来中国经济、观念、文化乃至政治的巨大变化，而这种巨大变化自然就包含着一个重新认识中国社会性质的问题。这个问题也引起世界性的关注，人们在观察，什么是"中国特色的社会主义"。有一位日本学者就认为，中国现在挂的是社会主义的"羊头"，卖的却是资本主义的"狗肉"，在这位日本学者的眼里，中国的市场经济和私有财产正在向经济的每个角落渗透，其社会性质更接近于"原始资本主义"。这种观点在国内竟得到了许多人的认同，有的人更是不满足于以挂"羊头"的方式卖"狗肉"，提出要让资本主义合理化和合法化，要在资本主义化方面走得更加彻底。曹征路做为一名有着强烈现实精神和社会使命感的作家，不会不正视到这一关乎"中国向何处去"的问题，他就像当年的茅盾一样，要以小说的方式做出他的回答。《问苍茫》堪称新世纪的《子夜》，就在于作者通过这部小说揭示了中国当代社会在新的经济形态和经济活动的推动下不同阶层的现状和矛盾。与《子夜》所不同的是，曹征路并没有像茅盾那样依据一种理论对现实做出了明确的判断，他的态度如同他的小说标题所示，是以一种发问的方式面对复杂多变的现实。也许今天我们更需要曹征路的方式而不是茅盾的方式。因为今天社会的复杂程度大大超过我们的想象，这种复杂性还没有一种现成的理论能够解释清楚。从另一方面说，这大概说明了中国人民正在以其创造性的实践丰富和发展着人类文明。然而我们也许正处在一个关键性的十字路口，不能再满足于"摸着石头过河"，现在需要理清社会现状，认真思索中国的道路将怎样延伸的问题。

《问苍茫》首先抓住了复杂现状的关键，这就是中国当代社会的"资本主义"因素。私营企业、外资企业或台资企业，老板、经理、股东……在经济至上的时代，这些词汇浑身上下都散发出光芒，显得趾高气扬。也正是这些词汇使得人们对社会性质心生疑窦，而这些词汇背后的主体也携带着这些词汇的能量企图来左右中国前进的方向。曹征路非常真实客观地写出了"资本主义"因素迫切希望将中国社会的性质确定在"资本主义"上的现实场景。投机者马明阳感叹道："中国劳力市场乱就乱在没有一个伦理规范。"这句话背后的意思就是抱怨目前中国还没有确立资本主义的领导地位。但他们又对资本的力量充满信心，认为"资本趋利避害天经地义"，因此他们深信"中国才是真正的投资天堂"，连曾在国有企业做过书记的常来临也从他们的言谈中明白了他们的愿望就是"中国在救资本主义"。应该说，一些人把拯救资本主义的希望放在中国有其现实的合理性。曹征路在小说中通过各色人物展示了这一点。资本主义因素的一时放纵给了马明阳这样的投机者无限的商机，他的嗅觉极灵，不放过任何一点腥味，而他唯一的本事就是利用秩序的不健全，将投机发挥到极致，这样的无赖却被推崇为"企业界的又一颗新星"。文念祖完全是这个时代的特殊农民，正是在新的经济形态下，他才会靠出租土地发财致富，成为先进经济的代表。而在深圳不费劲就赚到了钱的台资老板陈太还在不断地抱怨政府对她不公平，抱怨政策变来变去。更让人震惊的是，像赵学尧这样的知识分子、何子钢这样的国家公务员，也心悦诚服地为资本主义的合理化鸣锣开道。何子钢教训他的老师说，现代社会不是马克思所描绘的样子，"重要的是资本在流动，是现金创造了财富"。持有这种理念的人如鱼得水，顺利升迁。最为深刻的一笔就是几位为资本主义抬轿子的学者和老板、经理们凑在一起商议着要为他们的资本世界确立核心价值观。他们希望当代中国让"新三纲五常"来统领，他们设计的"新三纲五常"是资为劳纲，官为民纲，西为中纲；是权、钱、信、爱、耻。他们扬言要把新三纲五常变成"一部全面指导新时期的大书，纲领性的，全面性的，伦理性的，贯穿一个时代的"，要搞得"振聋发聩，举国撼动"。

在所有人物中，我以为最为成功的人物是台商陈太。陈太也是苦出身，她的第一桶金饱含着辛酸和血泪。她有女人的可爱和娇柔，也有家庭妇女式的日常情感；她不乏怜爱之心，却缺乏商人的精明，每到公司出现危机时就束手无策。但这样的女人只要当上了老板，就不由自主地遵循资本的本性行动。资本的本性是趋利避害。于是，她可以为了给司机送一份生日礼物，开着车跑遍全城的精品店，买了一盒酒心巧克力双手捧过头顶献给司机。然而，这么一个体恤下情的女老板，面对工人毛妹严重烧伤，需要付给工伤补偿时，却是冷冰冰地问一张脸值这么多吗？从陈太这一人物的表演中，人们或许明白了，很多事情不是人的本性在起作用，而是资本的本性在起作用；进而也就明白了，一个追求人民普遍幸福的社会要扼制住资本的本性是至关重要的，一个社会是选择以资本为核心的体制还是选择以其他什么东西为核心的体制，应该三思而后行。

《问苍茫》中的众多人物都有强烈的现实性，各自的性格特征和言谈举止都与人物身份相吻合，拿捏得相当到位。但每个人物被赋予的意义指向也相当明确，曹征路也许过于注重人物的意义指向，在达到了意义指向的目的后，他大概觉得人物所承载的任务也就基本完成了，因此没有在人物本身的丰满性上继续下功夫。从人物塑造的角度说，这是一个欠缺，曹征路多少也犯下了茅盾写《子夜》时的毛病。茅盾因为过于追求以小说阐释理论，使人物存在着明显的概念化倾向。

半个多世纪前，中国人在做一个资本主义社会的美梦，茅盾以其小说《子夜》告诫人们，这个美梦是虚幻的。今天，曹征路则通过小说《问苍茫》提醒人们，中国人的资本主义美梦从来就没有消失过，如今气候正合适，这个美梦重新萦绕在许多人的头脑里，变得越来越清晰，似乎是即将美梦成真。现实生活就是这么的严峻，而我们仍有很多天真的人整天面对阳光高唱着颂歌，却不知阴云正在袭来。

二

当人们在讨论社会性质和未来走向时，立场将决定各自的选择。而曹征路在小说中鲜明地站在了工人一边，他从工人的立场出发去看待现实中出现的种种资本主义因素，也为了绝大多数工人的利益呼吁人们要注意资本主义因素的恶性膨胀，因此我将曹征路视为当代中国的"小林多喜二"。

小林多喜二是日本著名的现代作家，被称誉为日本最杰出的无产阶级作家。他以文学为武器为无产阶级革命而呐喊，而且还身体力行地参加革命活动，为日本无产阶级革命事业献出了自己年轻的生命。年长一些的中国读者大概都听说过这位日本作家。早在二十世纪二三十年代，小林多喜二的作品就经鲁迅等一批作家翻译介绍到国内，成为中国左翼文学的精神养料。小林多喜二的作品中有一个明确的主体，这就是工人大众，他是站在工人大众的立场进行写作的。当年，鲁迅闻讯小林多喜二牺牲，十分悲痛，用日文写了一篇唁函寄去。鲁迅在唁函中说："日本和中国的大众，本来就是兄弟。资产阶级欺骗大众，用他们的血划了界线，还继续在划着。但是无产阶级和他们的先驱们，正用血把它洗去。小林同志之死，就是一个实证。"[1]鲁迅的话语充满了对小林多喜二坚定立场的赞誉，在鲁迅看来，小林多喜二的伟大之处就在于他揭露了资产阶级的欺骗性，他是和人民大众站在一起的。

曹征路自觉地担当起为工人兄弟和底层民众代言的责任，这种责任贯穿在他这些年的写作之中，因此曹征路被视为底层文学或新左翼文学的代表。从《那儿》到《霓虹》，从《贪污指南》到《豆选事件》，我们同样能够感受到一个明确的主体，这个主体就是底层民众。《问苍茫》更是突出地体现出这一主体性。因此他在这部小说中有一个关于世界观的基本定位，在曹征路的思索路径中，那些资本主义因素的恶性膨胀都被归结到一点，就是一个世界观的问题，一个为谁的利益说话的问题。何子钢身为城市劳动局的官员，本该以维护劳动者的权益为职责，但他讨好资本偏袒资本，就在于他的世界观发生了根本变化，所以他才会这样劝导他的老师："你要把立足点移过来，把屁股坐在老板一边，全心全意拥抱这个时代。世界观解决了，一切都好办。""你是一根毛，必须附在老板这张皮上。"小说揭示了现实中最为严峻的变化，这就是面对新的经济时代，人们的世界观在悄悄地发生变化。曾在国有企业当书记的常来临的变化具有典型性。常来临在工厂破产后来到深圳闯荡，一开始并不适应资本至上的游戏规则，他第一次帮助陈太解决劳资纠纷，其立足点还是站在打工者一边的，他为工人们争得了部分利益，他也有了一种成就感，于是他主动接近工人们，关心工人们的生活问题，取得了工人们的信任。常来临逐渐得到老板陈太的重用，他的情感也逐渐向老板方面倾斜，他幻想着老板与打工者是

---

[1] 见《鲁迅全集第8卷·集外集拾遗补编》，人民文学出版社2005年版。

一个整体，为了"共同的事业"绑在了一起，他试图抹平二者之间的矛盾，他对工人们的态度慢慢地发生了变化，他从维护老板利益的角度出发，去劝说、去拉拢、去哄骗工人们。但陈太最后的撤资潜逃让他的幻想彻底破灭，他"再次站到了工人面前"，鼓动工人们罢工闹事，为此他付出了代价，被公安以组织煽动工人罢工的罪名拘留了起来。常来临身处一个工人被边缘化的环境中，他的立场和态度不可能不发生变化。在这种环境里，区政府的领导把老板看成是"新阶层"，怂恿他们炮轰政府；在这种环境里，甚至工人们自己也失去了主体性，"只认董事长总经理"。曹征路特意设计了一个细节，让常来临在员工大会上宣泄了一通情感："维护工人权益有错吗？捍卫劳动法有罪吗？这话在深圳讲，好像是有点怪怪的，深圳人不这么说话。但我还是要告诉你们，深圳还是中国的土地，深圳不是香港，香港也是中国的。"这段话我宁愿看作是曹征路不得不借小说人物之口将他憋在心底的话一吐为快。对于怀有社会使命感的作家来说，这一点也许是他最感担忧的事情：在这个"工人阶级主体地位没有了"的环境下，还有谁来为工人说话？曹征路在自己的小说中鲜明地表达了自己的立场和姿态，他要站出来当工人阶级的代言人。

　　为此他精心塑造了柳叶叶和唐源这两位具有工人主体意识的工人形象。特别是柳叶叶这位来自落后乡村的打工妹，她的工人主体意识则是在打工经历中逐渐成熟起来的。柳叶叶的爱情伴随着她的主体意识的觉醒而萌动。她不愿意选择她的几位女同伴那样的生活，就在于她们的选择都是在丧失了主体性的基础上完成的。在柳叶叶与几位女同伴决定以"开处"的方式获取去深圳打工的资格的那个晚上，柳叶叶认识了常来临，并对他怀有感恩的心情。在第一次罢工事件中，柳叶叶才算真正认识了常来临，"他是晓得工人难处，懂得工人苦处的"，这使得柳叶叶对常来临"有了另外一种亲切，另外一种感动，另外一种秘密"。在常来临的关照下，柳叶叶写出了打工诗歌，有了一种"人人都可以当太阳"的信心和追求。于是她崇拜他，也暗暗爱上了他，为此也拒绝了夏悦、唐源的示爱。但随着一次劳资双方的冲突，她看到常来临在两者之间的和稀泥，看到他卖力地为老板说话，终于明白"他和自己根本不是一样的人"。小说结束在柳叶叶与唐源在医院的会面别有深意。柳叶叶对唐源说一定要把为工人维权的春天服务社办下去，任何力量也阻拦不了他们俩，柳叶叶无意中将她与唐源看成了一个整体，她的爱情终于和她的工人主体意识碰撞到了一起，也融合为一体。曹征路将柳叶叶的工人主体意识的成熟过程与她的爱情历程巧妙地糅合在一起,让我们想起了现代文学中的左翼文学"革命+爱情"的叙述模式。但曹征路的叙述要显得圆熟得多。柳叶叶和唐源做为工人形象,显然不同于过去的文学作品中的工人形象,这两个工人形象完全是用新的社会形态下的因素塑造出来的。尽管这两个工人形象明显带有作者的理想成分,缺乏丰满的血肉,但他们带给文学的新的信息却是不容忽视的。

正是在主体性的问题上,曹征路的《问苍茫》和茅盾的《子夜》区别开来。就是说,尽管两部小说都是从社会经济关系的角度入手,探寻中国社会的出路,但两位作家的主体意识是不相同的。茅盾是以革命者的身份来写《子夜》的,工人只是做为革命群众进入到茅盾的视野之中,因此《子夜》尽管写到了工人群众的罢工,但工人形象却是淡薄模糊的。后来茅盾自己也承认:"描写革命运动者及工人群众的部分则差得多了。"[①]事实上,从中国现代文学诞生以来,还没有产生真正以工人为主体的小说。1949年以后进入到当代文学史阶段,文学界有了工业题材小说的概念,一批以表现工人生活为主要内容的工业题材小说应运而生。但题材意识首先是一个意识形态的产物,工业题材这个概念的提出就已经预设了意识形态的要求,它体现了计划经济的时代特征,题材的背后是一种文化领导权的确认,因此工业题材小说尽管唱主角的可能是工人,但并不见得表达了工人的主体意识。二十世纪九十年代以来,随着市场经济的全面推开,支撑工业题材小说的文化领导权逐渐旁移,工业题材小说也就越来越式微。近些年来出现了几部反响较好地反映工业生活的小说,如肖克凡的《机器》、王立纯的《月亮上的篝火》、贺晓彤的《钢铁是这样炼成的》等。这些小说在九十年代以来的底层文学兴起和平民意识的影响下,大大突破了工业题材的约束,但从这些小说中仍能看出工业题材文学惯性的痕迹。相对而言,曹征路的《问苍茫》具有更加鲜明的工人主体意识。正是在这一点上,曹征路类似于日本作家小林多喜二。

也许人们会发问,今天我们还需要小林多喜二吗?有意思的是,小林多喜二的代表作《蟹工船》的中译本近日由译林出版社再版了。据说,小林多喜二的作品在日本也再一次火了起来,《蟹工船》在2008年重新出版后就一直稳居

[①] 见《茅盾选集·自序》第一卷,第2页,四川人民出版社1982年出版。

日本畅销书排行榜的前列。人们分析小林多喜二再度受欢迎的原因是与金融危机有关。世界性的金融危机也严重打击了日本的经济，日本进入到一个"格差社会"，即贫富差距日益扩大，由此也出现了"新穷人"一族。到书店去购买《蟹工船》的人大多是"新穷人"。日本的文学评论家高桥在谈到《蟹工船》再次受欢迎时认为，一个重要的原因是"目前日本社会出现的贫困阶层跟《蟹工船》当时受压榨受剥削的情景十分相似"[①]。中国社会与日本社会并不相同，但是，在发展市场经济的过程中，工人以及底层群体日益被边缘化却是不争的事实，即使从社会和谐发展的角度看，我们也需要提升工人及底层的主体意识。

三

《问苍茫》这一小说标题让我注意到曹征路的思想资源。"问苍茫"是从毛泽东的诗句"问苍茫大地，谁主沉浮"脱化出来的。当年，中国阴云笼罩，前途渺茫，年轻的毛泽东站在橘子洲头，胸怀着"挥斥方遒"的志向，而发出"问苍茫大地，谁主沉浮"的感慨。这种感慨也传达出"五四"新一代知识分子的探寻中国现代化道路的热忱。但是，自近代以来，世界风云纷繁复杂，我们眼前的道路时而宽广，时而迷茫，这使得知识分子对于道路的探寻在一个世纪的岁月里就没有中断过。"路漫漫其修远兮，吾将上下而求索。"这种探寻的精神又是多么的可贵。但是，现代化在推进经济和观念的进步的同时，也在逐渐使社会趋向于体制化。知识分子在经过体制化的分化整合后，逐渐成为了技术型的知识分子或学者型的知识分子，以及知识官僚。真正担当公共知识分子使命的人员越来越少，或者说，公共知识分子使命意识在知识分子群体中越来越淡薄。《问苍茫》的意义就在于，作者曹征路在顽强表现知识分子探寻精神的同时，还对知识分子自身的演变进行了反思。

对于知识分子自身的反思突出体现在赵学尧这一大学教授形象的塑造上。赵学尧是一所大学的教授，却毅然离开大学到深圳这块热土来发展。赵学尧自认为是一个有良心的知识分子，也自认为很有思想。公平地说，赵学尧的自我评价并不离谱。其实，良心和思想是知识分子立身的基本条件。赵学尧的选择

---

① 转引自《小林多喜二〈蟹工船〉再版》，《京华时报》2009年2月16日。

可以放在九十年代以来知识分子独立品格逐渐觉悟的大背景下来理解，在这种大背景下，中国的知识分子普遍追求自我价值的认定和自我价值的实现。赵学尧以为在深圳会有更多的自由空间，会寻找到实现自我价值的机会。机会的确来了，市场经济不是蛮干，它需要知识分子的思想和智慧。赵学尧于是在幸福村当起了顾问。赵学尧未尝不想做出点有意义的事情来。他觉得他是"真正深入基层投身实践"，他觉得他才是"真正抓住了中国变革的一根筋"，他甚至感叹"而今的经济理论界实在浮浅无聊"。他在他的那本书中的确花费了不少思想智慧。赵学尧追求自我价值的实现并没有错，但他在追求的过程中犯了一个致命的错误，就是误把交易当成了自由。他到幸福村当顾问的机会并不是免费的午餐，这是一种"公平"的交易，资方要用金钱买下你的思想和智慧。你的思想和智慧必须为资本服务。最后，幸福村的老板文总横夺他的专著的署名权，让他有所清醒，他才看清自己的一切所谓追求都是虚伪的，他不过是从一个知识分子沦落为了一个知道分子。

但曹征路不会止步于赵学尧，他要去寻问解决社会矛盾的途径在哪里。宝岛电子的劳资矛盾短时间内有所缓解，但在生产出现困难的时候，老板陈太采取了撤资逃逸的恶劣做法，导致劳资矛盾白热化，工人们涌上街头堵塞了交通，最终是由政府出面解决矛盾，"这次真是政府出了大血，不但工资加班费照发，愿意回家的还出了车票"。也许有的读者会对这样的结局不满，认为这是作家添加的一个光明尾巴。我并不认为这是光明尾巴。事实上，在中国社会发展的进程中，政府应该起到越来越重要的作用。这本来就是"中国特色社会主义"的题中应有之义。曹征路的"问苍茫"之问，其实就是要问出中国自己的特色、中国自己的经验在哪里。他从"资本主义"因素进入故事，而故事的结局揭示出"资本主义"因素的困境，他显然是对于纵容资本主义因素持否定态度的。但他的小说并非简单地暴露现实问题，他在揭示资本主义美梦做不得的同时，还提醒人们，应该注意那些真正属于自己的新的因素。比方说，民间维权；比方说，劳动法。更重要的是，曹征路在人物故事的背后强烈暗示出，中国人是在自己的思想历史和思想资源的浸染下长大的。

在美国的金融风暴席卷全世界的大背景下来看曹征路的《问苍茫》，就发现作品的现实意义更加明显。目前，世界经济仍处于严冬的时刻，人们都在寻求出路，许多人把希望寄托在中国身上，国外有的学者还提出"北京共识"的概念，认为"在有一个强大重心的世界上，中国正在指引世界上其他一些国家保护自己的生活方式和政治选择"[①]。当别人对中国的发展道路充满兴趣时，中国人自己是否胸有成竹了呢？是否我们还在对未来犹疑不决呢？是否我们还满足于"摸着石头过河"呢？这一切不仅是在考量中国政治领导的核心，也是在考量中国的知识分子。曹征路以其《问苍茫》应答了这种世纪性的考量。无论人们如何挑剔这部小说的描写，我以为都不能抹杀曹征路在这部小说表现出的一位中国知识分子的责任和良心。

2009年

[①] [美] 乔舒亚·雷默：《北京共识》，转引自胡伟：《现代化的道路与模式：中国因素》，《文汇报》2008年12月13日。

后现代综合征的当代典型
——论吴玄小说中的陌生人形象

我比吴玄年长了许多,加之他又总是装出一副谦逊的姿态,所以我就可以俨然以兄长的口吻对他说话,我就可以用"可爱"这样的词来形容他。吴玄的确是一位非常可爱的作家。说他可爱,首先是因为他既率真又率性。我们的时代几乎成了一个假面具舞会的时代,率真而又率性的吴玄显然不愿戴着假面具去参加舞会,他要么放弃在舞台中心风光的机会,要么裸露着真容上场,所以他很难在各种体制或秩序下滋润地生活。这是他写作《陌生人》的自身条件。但从朋友交往来说,他的这一品性就显得特别的可爱了。他的可爱同样体现在他的写作中。比如,他很有思想却不张扬。吴玄是一位有思想的作家。在中国当代作家中,能够冠上有思想这三个字的屈指可数。思想是一个作家伟大不伟大的证据之一,所以很多作家要装得很有思想,就把小说写得非常玄虚非常深邃,但这些思想一看就知道是贴上去的,是作者从别人的筐里捡来的。作家的思想应该是建立在对社会、历史、文化的切身体验基础上的洞察和识见。吴玄不缺这样的思想,不过他从不在小说中炫耀思想。在他的小说叙述里,思想就像是盐粒一样被完全融化在水中,只有当我们在阅读中被他的叙述形象所打动时,才会尝出思想的咸味。所以吴玄的小说有很丰富的思想韵味。《陌生人》就是这样一部小说。

在《陌生人》中,吴玄对社会、历史、文化做出了自己的整体性阐释。当然他不是靠议论和说教,而是靠人物的活动来完成这种阐释的。因此小说中的人物塑造体现出作者清醒的理性精神。吴玄毫不隐讳这一点。这恰好是吴玄的又一可爱之处。其实小说作家有很强的理性精神，并不一定会伤害小说的形象感染力，关键还在于作家有没有能力将其处理好。在小说的前面"自序"和附在后面的"北大演讲"中，吴玄把他写这部小说的前因后果都说清楚了。小说中的人物何开来确实是一个具有丰富思想内涵的典型人物。在我们结识这个人物之前，不妨先读一读吴玄的自序和演讲，因为在这两篇文章里他交代了塑造何开来的来龙去脉。吴玄说，他的何开来有"多余人"和"局外人"的影子，他们之间有一种延续的关系。但何开来既不是多余人也不是局外人，他是陌生人。吴玄认为，多余人是社会人物，局外人是哲学人物，陌生人"开始可能就是多余人，然后是局外人"，再往下走，到了连自我也感到陌生的时候就成了陌生人。陌生人属于什么人物，吴玄没有说，看来他自己也对陌生人感到陌生，他无法确认。但他确认了陌生人的存在环境是无聊。他是这样描述无聊的："当你和无聊遭遇，时间就停止了，意义也丧失了，你处于空无之中，这种状态类似于死亡。"无聊表明了人类存在的困境。而何开来是陷入存在困境中的典型。因此，何开来这个人物是吴玄对于世界认知的形象表述。

吴玄塑造陌生人何开来的路子与鲁迅塑造阿Q的路子相似。鲁迅不断思考国民性问题，从而有了阿Q这一体现国民劣根性的形象。阿Q具有广泛的共名性，就在于他身上集中了国民劣根性，甚至推而广之，阿Q的性格不仅体现为中国国民的劣根性，也体现为人类的劣根性，因此阿Q典型的共名性超越了时空。吴玄则是从思考当代世界的存在困境入手，才有了何开来这样一个充满无聊感的形象。无聊是吴玄对当今世界的一种概括，它比较准确地抓住了当下社会的本质特征。我以为，何开来这个人物形象也具有一定的共名性，他是当下中国式的后现代文化语境下的精神表现，或许我们特别是我们中的年轻人，多多少少都能够从何开来身上找到一丝自己的影子。但吴玄对人物体验的方式又不同于鲁迅。鲁迅是以启蒙者的姿态冷眼观察世界，观察世界上芸芸众生的表演，所以鲁迅说他的小说写作的材料"多采自病态社会的不幸的人们中，意思是揭出病苦，引起疗救的注意"。而吴玄是把自己放置到世界中来观察，因此他所塑造的何开来明显是以自我为摹本的，融入了很多自身的生活经验和体验。当然《陌生人》不是吴玄的自传，否则它做为文学典型的共名性就要大打折扣，不过如果说这是吴玄的精神自传倒是很贴切的。这意味着吴玄是以自察、自嘲的方式来探询人类存在困境这样一个哲学性的、历史性的问题的。这些年来吴玄一直在以自察、自嘲的方式探询世界，我发现，他这段时间写的小说几乎都是在表达同一个主题：无聊。因此可以把他几篇小说中的主人公都看成是何开来，或者说是不同身份的何开来。请注意，他是自察和自嘲，而不是自省或自我忏悔。这前后两种对待自我的态度是现代与后现代的区分。无论是在古典还是现代的文化语境下，人们都有一个明确的理想目标，这个目标或许是宗教的、神性的，或许是理性的，这并不重要，重要的是这种目标是确定的，是高度秩序化的。这样一个秩序化的、确定性的目标就成为人们进行自省或自我忏悔的参照。但是后现代恰好就是要摧毁一切秩序，否定一切确定性，让自我在这种摧毁和否定中获得真正的解放。因此后现代是不会为自我设置一个理想目标的，既然没有一个理想目标做为参照，那么，吴玄对于自我只能是一种自察和自嘲的方式。也就是说，他不做出判断，他只是在描述自我的状态。吴玄的几个中篇和《陌生人》一样都是在描述陌生人的状态的。中篇《谁的身体》中就有一个意味深长的情节。小说中的傅生（网名"过客"）也是一位何开来式的人物。有一位女性李小妮要与他同住一个单元房。李小妮一来就要傅生帮她在卫生间里挂一面镜子。镜子装上后，傅生上卫生间就被迫也要照镜子，但他照镜子"没有任何实用目的。他是对着镜子凝视，直至发呆，那是全神贯注的自我关注吧。好像他要看的不是自己的形象，而是灵魂"。吴玄大概就是像傅生那样，有一面无形的镜子摆在他的跟前，他不得不照镜子，他在镜子里看见了自我，也嘲笑着自我。后来傅生想把那面镜子扔掉，因为他在镜子里看见了他的身体，觉得这具身体几乎是多余的。傅生的心态反映了他面对自我的恐慌，面对自我就有了追问自我的可能性，但追问下去就追问到了意义层面，而傅生是不愿意被意义所约束，所以他宁愿扔掉镜子。这大概也就是吴玄的心态。所以他一再强调，在后现代之前是一种追寻意义的文学，那么后现代的文学就应该是一种丧失意义的文学。吴玄甚至将这种文学命名为"无聊派"。吴玄一方面通过自察和自嘲来追询世界，另一方面他又恐惧在追问中回到意义层面，因此他的自察和自嘲就表现出犹疑不决的状态，他不敢彻底面对自我。本来，第一人称叙述应该是最适合进行自察和自嘲的叙述。但是，吴玄放弃了第一人称叙述，而采用第三者的转述来完成自察和自嘲。毫无疑问，让何燕来讲述何开来的故事，这对于吴玄来说是最好的解脱方式。毕竟，像何燕来这样一位生活在体制内的好姑娘，是难以看真切她的不愿让所有的秩序约束自己的兄长的。她看不真切，却不是吴玄的责任。也许，吴玄在不断的自察和自嘲中感到了筋疲力尽，也发现自己无法再追问下去了，于是他最终选择了让何开来逃逸。但一走了之并不能消弭我们需要对人类存在困境的追问。吴玄没有办法，只好转移视线，他让何雨来生出一个小何幸，"长得很像小时候的何开来"。我记得最初我读到《陌生人》的电子文本时，曾对吴玄说，结尾应该呼应一下开头，落到何开来的身上。吴玄以为我提的只是一个技术性问题，他并没有在意。其实这完全不是一个技术问题，而是一个意义问题。

我们对后现代有一种误解，以为后现代就是彻底否定意义，就是摧毁一切秩序；以为后现代就是破坏分子。因此有人把后现代看作是进行现代化的思想障碍。其实不是这样。后现代确实充满着批判精神，它的批判性更准确地说，应该是扬弃和超越。也就是说，后现代确实批判现代性，甚至否定现代性。但它否定的不是现代性的"存在"，而是否定现代性的"霸权"。同样的，后现代否定"意义"，只是否定固有意义中的一元论和绝对性，它并不否定意义本身，它认为每一种意义都具有存在的权利。因此我想修正一下吴玄关于后现代文学与过去文学的区别的说法。吴玄认为，过去的文学都是追寻意义的文学，在他看来，后现代文学不会去追寻意义。其实，后现代文学并没有放弃意义，不过，它不会像过去那样死死地追寻意义的确定性和唯一性，它所要追寻的是意义的广阔空间，这个广阔的空间可以容纳所有的创造性。从这个意义上说，后现代不仅是一个破坏者，更是一个创造者。后现代具有最强大的创造力。因此后现代思想家特别推崇叔本华的一段话："由于创造者不仅创造世界，而且创造可能性本身；因此，他应该创造一种比这个世界更好的世界的可能性。"这就说到《陌生人》，小说其实为我们提供了追寻意义的可能性的，这是小说重要的精神价值所在。当然，吴玄会说，我不过是在呈现何开来的存在困境，我所关心的是陌生人的状态，我对陌生人的意义不感兴趣。问题在于，当小说将何开来的状态一一呈现出来时，这个社会的秩序和意义的荒谬性也一一呈现了出来。这就给读者留下不断追问下去的空间。

我以为可以将何开来看成是患了后现代综合征的当代人，他陷入一种无从把握自己的存在困境之中。中国的社会形态越来越具有后现代特征，而且是一种中国式的后现代。因此生活在当下社会，你很难摆脱何开来所遭遇的困境。我所说的中国式的后现代，是一种什么状态呢。这是一个高贵与庸俗、正常与荒谬、集权与民主、复杂与简单、革命与守成等元素并行不悖、相安无事的社会形态。在这个社会形态里，权威已经被否定，但权威仍在行使权力。大厦看似已坍塌，但大厦里的机器照样在运转。但中国式的多元化将不同的意义纠合到了一起，它们具有高度的协同性，使新的结构与旧的结构成为共谋的合作者，造就了一种大厦欲坍塌而又不曾坍塌的文化环境，这种文化环境更容易导致人们精神世界的存在困境。我以为何开来典型地反映了这一特定时代的精神状况。陌生人不是世纪的落伍者，更不是颓废者。他看透了固有秩序和规约的僵死性，因此他不愿意将自己的生命创造力耗费在固有秩序之中。这一点若上升到哲学的高度，就可以说，何开来看透了现代性的弊端和局限，他采取了对抗和拒绝的姿态。所以从根本上说何开来就是一名后现代思想者，哪怕他只能坐在马桶上思想，这也不妨碍他"上半身思考形而上难题"。做为思想者，他不过是没有把思想转化为言论，而是转化为行动罢了。他的行动若以现有秩序的标准来衡量，全都是毫无意义的无聊行动。但我宁愿把这些看作是对现实世界的挑战。何开来是为未来而活着的。他等待着现实世界的坍塌，于是他将在一个废墟上开始他新的创造。所以他对废墟会怀着莫名的兴奋。当他和他的爱人李少白一起去圆明园时，他在大水法这座最著名的历史废墟面前"总有一种强烈的冲动"，甚至当着爱人的面以手淫的方式释放内心的冲动。这个情节具有耐人寻味的象征性。问题在于，在现实世界里，也许废墟不会出现。那么我们怎么去设想未来呢？这是需要何开来蹲在马桶上重点思考的形而上难题。美国后现代主义思想家格里芬对当代中国做过这样的描述："我的出发点是：中国可以通过了解西方国家所做的错事，避免现代化带来的破坏性影响。这样做的话，中国实际上是'后现代化'了。"陌生人的越来越陌生感，从外部因素看，与此大有关系。但无论是何开来也好，我们的作家也好，不应该终止于由此带来的存在困境。也许，重构的或建设性的后现代主义能够引领我们走出困境。

2009年

五十年代生人的精神之旅
——读张炜的《你在高原》

我把张炜的《你在高原》看成是一次伟大的行为艺术。我首先要对张炜花二十余年工夫而完成了这一伟大的行为艺术肃然起敬。张炜在这一行为艺术中证明了他的耐力和定力,他必须始终如一地坚守着自己的信念,抵御着现代性的种种诱惑,才能完成这一伟大的行为艺术。当然,我也做好了准备,花相当多的时间来阅读这部作品。事实上,我的阅读,以及所有读者的阅读,都可以看成是张炜的这一伟大的行为艺术的一个环节,因为我们将跟随着小说中的主人公宁伽开始漫长而又愉快的精神之旅。准确地说,宁伽的精神之旅就是张炜的精神之旅。唯有从精神之旅的角度,我们才能明白,这十部看上去并没有太多关联的长篇小说为什么可以构成一个整体。因为这些作品都是张炜在这次漫长的精神之旅中留下的足迹。

用任何一种简单的方式都难以归纳出这十部小说是如何衔接起来的,既不是时间序列,也不是空间序列。当然有一个主人公宁伽,他在小说中以第一人称出现,我们毋宁将其认作是张炜的精神主体的承载者。张炜的精神之旅是沉重的,也是艰难的,他并不知道前面的路在哪里,但他知道必须走下去。可以想见,他的精神之旅是曲折的,是摸索着前行的,这就构成了现在这样一种错综复杂、无规律可循的结构。但他的精神之旅又是自由的,他任自己的思绪朝前闯荡。事实上,《你在高原》的结构充分体现出一种自由思想的特征,因此它非常真实地表达了作家对世界的认知和评判。当然,在开始精神之旅之前,有必要对精神的仓库作一番清点,于是,张炜的第一部就从"家族"开始了。

平原、高原、农场、葡萄园、美酒、地质工作者，这些都是张炜精神之旅沿途最重要的路标，这些路标引导我们走向一个理想的家园。张炜将他对故乡的真挚感情和美好想象在一片广袤的平原上展开，在张炜的心目中，平原曾是人间天堂，但如今富庶的平原成为了荒原，由平原演变为荒原，这将包含着多少惊心动魄的故事。张炜并不是单纯为了把这些故事讲给我们听，更重要的是，他力图以文学的方式来改变平原的现状，比如说他在这里种植起一个世界上最壮观的葡萄园。关于葡萄园的叙述主要体现在《我的田园》和《荒原纪事》这两部作品之中。这两部作品在情节上也有某种逻辑关联。《我的田园》是写主人公宁伽突然被葡萄的精灵缠住了，于是在东部平原上承包起一个葡萄园，将这个葡萄架都东倒西歪的葡萄园彻底变了个模样。《荒原纪事》则是说这样一个美丽的葡萄园却遭遇到现代化的吞噬。可以说，文学在张炜手中是改变世界的一种方式，这也是我将他的这次写作视为一次行为艺术的缘由。但张炜也深知这样一种改变世界的方式是何等的艰难，比如在《我的田园》的开头，张炜就表达了他内心一个强烈的愿望："如果能拥有一片葡萄园多好啊，哪怕它只伴我十年二十年。"于是他安排他的主人公宁伽接手了一个几近凋敝的葡萄园，在三年的时光里，宁伽和朋友们终于把这里改变了个模样："整个葡萄园都在风中陶醉，原野上全是葡萄的香味。"然而一切成功的背后都暗藏着危机，张炜在小说的结尾说："为了这片田园，我已经做好了准备，准备在将来迎接无法测知的各种磨难。"最大的磨难在随后几集的《荒原纪事》中凸显了出来，美丽的葡萄园几近凋敝，众多的财团虎视眈眈地要将它吞并，宁伽的朋友们也在恶势力的追捕下不得不四处躲藏。因此张炜的叙述就显得格外的深沉、复沓，吟咏低回，但即使如此，张炜并不悲观绝望，他的叙述始终贯穿着一个高亢的主旋律，这个主旋律就是对高原的向往，高原寄寓着张炜的理想，他在这部宏大的作品中以复沓的方式不断咏叹这一主旋律。比如在《鹿眼》和《人的杂志》的结尾，都安排了一个"缀章"，以书中的女主人公的独语去怀想自己的恋人，而她们的恋人都与高原融为一体。在《鹿眼》中，由于他在高原上流浪的缘故，于是"从此'高原'两个字在我眼中化为了神圣和希望。我仰望它，直到永久"。在《人的杂志》中，当她思索什么是高原时，她得出的结论是："一个英俊男孩的父亲，一个女人的男人？或者他直接就是——高原。"这部十大卷的系列也就毫无悬念地会将终止符定格在高原上——第十卷的《无边的游荡》中，凯平和帆帆将平原的农场转手他人，毅然奔赴高原，在那里办起了新的农场，他们在这里看到了希望："这里高，这里清爽，这里是地广人稀的好地方！"高原的希望牵引着张炜走完了这次精神之旅，他才如此充满自信地说："你在高原。"

这样一部历经二十年的精神之旅，并不是任何一位作家都愿意去跋涉的，这分明打上了五十年代生人的历史印记。五十年代生人在新中国的成长史上有着太多的特殊性。这一代人"生在新中国，长在红旗下"，他们的精神成长烙上了革命时代的印记，而他们的成长履历则见证了新中国的风风雨雨。他们自然而然地成为了新时期文学的主力军。新时期文学主要有两支队伍，一支是从"五七"干校走出来的新中国的第一代知识分子，一支则是以知识青年为代表的五十年代生人。他们共同建构起了以拨乱反正为旨归的宏大叙述。延续了五四思想启蒙。但是这种思想启蒙还没有完成，中国就被拉到了以经济为中心的后革命时代，五十年代生人的精神信仰顷刻间变得一钱不值，这肯定不是精神信仰本身的问题，而是这个社会的问题。在这样一个巨大的变异面前，五十年代生人的选择是不尽相同的。有的选择了遗忘，有的选择了逃避，有的选择了妥协，有的选择了抵制。我们在《你在高原》里，可以看到五十年代生人的不同选择，张炜要告诉我们的是，尽管他们选择不同，但"我们也许有着这一代人共同的生存基因和生命密码"。张炜还要告诉我们的是，五十年代生人无论选择了什么样的生存方式，其实都在对这个现实进行追问，五十年代生人有能力进行这种追问。在《忆阿雅》中，在企业经营上获得成功的五十年代生人林渠说到一番关于五十年代生人的话，这段话被张炜在"自序"中再次引用，可见这段话也是张炜所要表达的意思。这段话是这么说的："时代需要伟大的记忆！这里我特别要提到五十年代出生的这一茬人，这可是了不起的、绝非可有可无的一代人啊……瞧瞧他们是怎样的一群、做过了什么！他们的个人英雄主义、理想和幻觉、自尊与自卑、表演的欲望和牺牲的勇气、自私自利和献身精神、精英主义和五分之一的无赖流氓气、自省力和综合力、文过饰非和突然的懊悔痛哭流涕、大言不惭和敢作敢为，甚至还要包括流动的血液、吃进的食物，统统都搅在了一块儿，都成为伟大记忆的一部分……我们如今不需要美化他们一丝一毫，一点儿都不需要！因为他们已经走过来了，那些痕迹不可改变也不能消失。"是的，五十年代生人曾经在一个沸腾的时代燃烧着理想，他们又在一个犬儒主义盛行的时代寸步难行，五十年代生人跨越冰与火两重世界，他们最有资格来总结这段历史，同时在总结中重建起一个民族的精神信仰。事实上，不少五十年代出生的作家在他们的写作中都在做这样一个重建的工作。但是，像张炜这样非常明确地、非常执着地重建民族的精神信仰，却是很少有的。这也是张炜在《你在高原》这样一次漫长的精神之旅中所要追寻的目标。但从他的复沓、深沉的叙述中，我们能够感觉到，这种重建是何等的艰难。对于张炜来说，他也不是处在云开雾散、晴空万里的思想状态之中。因此我们在阅读《你在高原》时，会感受到张炜的困惑、犹疑和迷茫。但他真实地呈现了现实的浑浊和混乱，他也直面这种现实。现实的变化是如此之大，一切仿佛都失去了准绳，这是张炜犹疑不决的主要原因。就像那位说出"五十年代出生的这一茬人"的林渠，他成了亿万富翁，他捐助了十几所学校以及城市的收容所，但他的朋友办杂志需要他给予一些支持时，他却以"这不是钱的问题，而是用在什么地方的问题"而搪塞了。也许从这里我们看到了企业家为现实功利而作秀的一面，然而就是这个林渠，他强烈诅咒自己的"成功"，因为他意识到，贫富两极分化是快速成功的前提，他说他追求"成功"是"为了从根儿上消灭这种'成功'"。他说这话的时候是否也有作秀的成分？不过张炜仍然接受了他，显然张炜注意到了一个亿万富翁的复杂性。也许正是现实的复杂性，促使张炜要在精神之旅的路上不断地跋涉。张炜两次用到同一个构思：官员布置专家写传记，说明他很在意这一构思。这一构思分别出现在《海客谈瀛洲》和《曙光与暮色》中。在《海客谈瀛洲》中，城市领导提出跨越式发展思路，认为当年徐福就是在这座城市组织三千童男童女东渡日本的，"我"被安排来写一部徐福与这座城市的传记。在《时光与暮色》里，营养学会的黄老授意"我"为他的自传润色加工。"我"却从材料中发现其所述历史和定论藏着多么可怕的虚假和诡秘。这正是张炜要进行精神之旅的出发点。他对所谓位高权重的人不能信任，他对现成的文字充满怀疑。虽然张炜对现实中的种种变化不敢做出斩钉截铁的决断，但他有一点是明确的，现实的浑浊和混乱是由于我们失去了精神信仰的明灯，他力图去点燃这盏明灯。

　　高原，在张炜的叙述中是一个象征词，并非具体指向某个确定的地域。我们不必用中国实际的地理环境和现实去对应张炜的叙述，如果以这种实证的态度去解读《你在高原》，就一定发现不了这部著作的闪光之处。张炜的写作是在申辩一个作家的存在意义。作家从根本上说不是求真的，而是求善的。特别是对于形而下的真，这不是文学应当承担的职责，它应该交给历史学家、社会学家，以及政治家们去做。张炜从八十年代的批判现实主义转变到今天的精神之旅，我以为意味着他对作家存在意义的极端认识，可以说他是彻底放弃了求真的负担，在求善的圣途上决绝地走到底。因此他注定是一个有争议的作家。比如有人质疑张炜所坚守的是陈旧的精神，是对抗现代性的，认为张炜是为衰败的农村文明唱挽歌。也许挑出张炜小说中的具体细节来追究，是可以得出这样的结论的，但从整体来看，这样的结论又似是而非，因为我们也可以挑出另一些具体细节来证明与这结论相反的观点。重要的是张炜坚守的道德立场和精神信仰，他把这一切以一种文学的方式体现出来，从而构成了他的小说的丰沛的文学性。他在这个红尘滚滚的世界里，执着地秉持着一盏灯，给人们一线道德的亮光，提醒人们不要轻易放弃精神的追求。我以为，这就是作家存在的最大意义。

从整体上说，张炜对现实是持批判态度的，但他不是一个恋旧的悲观主义者，更不是一个被新时代抛弃的遗老遗少。因此才有他这样一种处理现实与理想的方式。现实显然不是他理想中的现实，于是他把他的理想安妥在西部高原。但他并不舍弃现实中的平原，他始终在平原中游走、战斗，也许是屡战屡败，但他同时又是屡败屡战，而且从来都是斗志昂扬。为什么能够屡败屡战，能够斗志昂扬？因为有一个西部高原的理想在支撑着他的精神。所以他在《你在高原》的最后一卷中说："然而我还是难以停止东部的游走。"我相信，即使《你在高原》的这次精神之旅已经结束，张炜还会继续游走下去的，也许一直要走到他心中的理想在平原上实现，当他想象着达到这一理想之境时，情不自禁地赞叹道："好一片田野，五谷为之着色！"这多像是一声虔诚的祈祷，这祝福显然不是给予物质的，而是给予我们的精神。

2010年

从激情的莫言到思想的莫言
——读莫言的《蛙》

在当代作家中,莫言无疑是一位风格独特且鲜明的作家,他写小说仿佛就是在一个自由的王国里纵情狂欢,他的叙述是如此的汪洋恣肆,他的想象是如此的诡异奇特。但《蛙》大大减弱了莫言的风格特征,喜欢莫言风格的读者也许会觉得这部作品不是莫言最好的,他们会举出《红高粱》《檀香刑》等等,认为最该获奖的应该是莫言的这些风格鲜明的作品。我也非常喜欢这些特别"莫言化"的作品,但我同时也对莫言以另外一种姿态来写作感到了惊喜。相比于以前的写作,《蛙》显然是一部结构更为新颖、构思也非常缜密的小说。莫言在这部小说中无疑有了一些变化。在我看来,这些变化对于莫言来说具有非常重要的意义。我是这样来理解这些变化的,莫言在《蛙》这部小说中由以往的激情的莫言转化为思想的莫言。

事实上,这是一个最适合莫言发挥特长的写作素材。据莫言自己说,他的姑姑是新中国第一批接生员,几十年来在农村做妇科医生,从接生到抓计划生育,她的经历既曲折又传奇。农村抓计划生育的故事,我们也时有耳闻,黄宏、宋丹丹表演的小品《超生游击队》以计划生育为题材,曾经火遍了大江南北。比这个更加荒诞或更加残忍、更加令人捧腹或更加令人触目惊心的故事可以说是俯拾即是,莫言要在这个基础上挥洒想象力是太轻而易举的事情了。但莫言的这部小说却写了七年。为什么写得这么艰难?因为一直有一个思想的石头压在莫言的内心,这使他的写作变得沉重起来。这个思想的石头莫言在小说的一开头就抛了出来。小说一开头是作家蝌蚪(不妨将蝌蚪就视为莫言本人)

写给日本作家杉谷义人先生的第一封信。在这封信中莫言告诉读者,杉谷义人先生曾在他的故乡做了题为《文学与生命》的长篇报告。"文学与生命"与其说是一个日本作家的报告题目,不如说是莫言一直萦绕在心的思想难题。文学与生命的确是一个宏大的题目,也是古今中外的作家共同的题目。文学首先就是一种生命的书写。莫言是一位生命意识极强烈的作家,他的汪洋恣肆的风格又何曾不是他内在生命力的下意识狂欢,那些活生生的生命体在他的遣使下恣意地活着,慷慨地死去。文学同时也是凝视生命的一种方式。作家通过文学去叩问生命的奥秘,捍卫生命的尊严,张扬生命的价值。以此看来,莫言过去主要是把"生命的书写"放在第一位,因此他的叙述充满了激情。而在《蛙》的写作过程中,莫言悄悄地将"凝视生命"放在了第一位,理性和反思成为了叙述中的主要角色。于是他面对乡村实行计划生育政策中各种奇异的故事时,收敛起他的汪洋恣肆,以一种谨严和深沉的姿态,去叩问故事背后因文化、传统、伦理、政治、权力、金钱等种种因素而构成的玄机,批判了在中国充满悖论的现代化进程中顽固的国民性痼疾以及由此而来的人性悲剧宿命化的延续性。

　　严格说来,这并不是写计划生育的小说。当代文学批评有一种很成问题的思维定式,即所谓的题材思维,将《蛙》判定为写计划生育的小说,就是这种题材思维定式在作祟。如果作者真的拘泥于计划生育,就不可能有如此宽广的思想空间。小说虽然写了很多计划生育中的事情,但作者并不是要对计划生育的得失做出判断。何况计划生育并不是小说的全部,小说由一位乡村妇科医生的引领,巡视了当代农村的生育史。生育自然关乎生命。莫言通过姑姑的故事,对深受传统伦理道德观念影响的乡村生命意识进行了全方位的表现。莫言所写的乡村,有一个非常特别的习俗,生下孩子,好以身体部位和人体器官命名。于是我们遇到的都是一些叫陈鼻、陈耳、王肝、王胆的人物。这个习俗尽管只是出自莫言的想象,但这一想象恰好是抓住了乡村传统的生命意识的关键。乡村传统的生命意识是建立在彻底物化的基础之上的,关注生命也就是在关注物质。陈鼻一家费尽心机要保住王胆腹中的胎儿,并非期待一个新的生命,因此当王胆在木筏中产下一个女婴时,陈鼻不是喜悦而是痛苦地发出"天绝我也"的哀号。姑姑此刻骂陈鼻"你这个畜生",她所责骂的是人们的生命意识中严重的欠缺。在传统的生命意识中,最稀缺的就是对于生命质量的关注。这是乡村长年累月的艰难生存环境所决定了的。能活下来就是万幸，哪能去追求生命的质量。当人们不关注生命的质量时，生命的尊严、生命的关爱、生命的精神价值等等都变成了一种奢侈。

莫言在这部小说中强调了结构的重要性。莫言说他最终选取了书信体的形式，通过给一位日本作家的五封书信，来讲述姑姑的故事。其实这部小说算不得严格的书信体。也许在每一部前面以楷体出现的数百字才算得上是一封书信，而后面讲故事的部分只能说是一种"伪"书信，它更像是莫言为自己设置的一道樊篱，以免在故事情节的牵引下信马由缰。但更重要的是，莫言通过对书信体的仿制就很自然地将自我摆了进去，莫言在讲述姑姑忏悔的故事时贯穿着一种强烈的自我救赎的意识，因此这部小说也可以说是莫言在严峻的社会现实面前对知识分子立场的追问。至于第五部的"九幕话剧"，我以为是莫言在讲述完故事后仍有思想表达的欲望，这个话剧的确也深化了关于生命质量的思考。话剧文体的嵌入或许还透露出这样一个信息：莫言越来越在意语言的功力。话剧无疑是磨炼语言的文体。文学最高的境界是语言的境界。《蛙》或许可以说是莫言更加成熟的标志。

2011年

做官与做人

——王跃文"官场小说"主题析

王跃文被看成是官场小说领军人物,这样的头衔也许很有市场效应,但我估计王跃文本人并不见得格外喜欢这样的头衔。因为说起官场小说,首先让人们想到的是在图书市场泛滥的畅销读物,这些读物都冠以官场小说的名称,虽然有的作品颇有吸人眼球的故事,但其文学性乏善可陈。如果说王跃文是这样一些作品的领军人物,那实在是一桩张冠李戴的笑话。当然,官场小说在图书市场上有一定的号召力,这其实反映了官场与当代社会具有密不可分的关系。中国本来就有官本位的文化传统,这一传统在现代化的趋势下不仅没有淡化,反而更加得以强调,官场权力渗透在经济、文化、社区等社会运行机制的各个方面,因此反映当代社会问题的小说几乎都无法绕开官场,民众对社会的期待和不满最终也会聚焦于官场。这是官场小说畅销的根本原因。但从文学批评和文学研究的角度看,官场小说是一个模糊不清的概念,缺乏明晰的外延,你可以随意地将一部小说纳入或不纳入到官场小说的行列里。事实上,反映官场生活,讲述官场故事,并非始自王跃文,周梅森从二十世纪九十年代中期开始所写的一些小说就是典型地反映官场生活的小说,我曾将周梅森的这些小说称之为新政治小说。这些小说的主题基本上与政治有关系,贴近当代政治的变化,表达了作家对当代政治的态度和识见。这种直接表达政治主题的小说自然主要是以官场做为展开故事的舞台的。如果纯粹从题材选择来看,周梅森的这些小说完全可以纳入到官场小说的范围之中。那么,比较一下王跃文与周梅森在反映官场生活上的异同,倒是有助于我们对他们的小说有更准确的把握。两位作家都具有浓厚的现实主义精神，真实地反映了当代官场的生活现状，勇于揭露官场中的种种问题，诸如腐败、官僚、官场潜规则等现象在两位作家的小说中都有深刻的表现。但两位作家的差异也是很明显的。在周梅森的一系列反映官场政治的小说中，作者是以政治官员的视角去观察问题的，是从政治的立场设置和处理矛盾冲突的，但作者尽管是以政治官员的视角去观察问题，所传达出来的政治意识又与现实中的政治官员的思想是有差距的，小说中的政治意识仍是周梅森本人的政治意识，他不过是借用了政治官员的视角而已，因此这些小说表现了强烈的政治乌托邦意识，也即是说，他在小说中表达了一种知识分子的政治理想。这种政治理想还突出表现在作者着力于塑造理想型的政治领导干部形象这一点上。他对自己为什么热衷于塑造理想官员形象有一个解释，他说："我的作品还能给各级官员树立一个标杆，告诉他们真正的好官是这样的。"如果说，周梅森关注的是官场中决定社会进程的政治问题的话，那么王跃文所侧重于关注的是官场中的人的境遇，用王跃文自己的话说就是，"我其实更多的是写有关官场人生的孤愤与彷徨、痛苦和救赎"。在官场上如何做人，做官与做人的冲突，就成为了王跃文小说中主要表达的主题。批评家段崇轩较早就注意到王跃文的这一特点，他在2001年所写的一篇评论王跃文创作的文章，其标题就是"官场与人性"，他说："王跃文无意于从理性的角度去把握和表现官场，他更痴迷的是各种大大小小的官员的生存状态和心理流变。"因此，尽管王跃文的小说也涉及了官场现实中存在的种种政治问题，但他并不在意如何去解决这些政治问题，他也没有在小说中提出自己的政治理想。他关注的是在这样一个问题丛生的官场里做人是如何的艰难。

　　做官与做人并不完全一样，做官有做官的原则，做人有做人的原则。有的人完全遵循做官的原则，彻底摒弃做人的原则，这样的人也许在官场上能够飞黄腾达，但他同时也许就完全丧失了人的模样。有的人坚守着做人的原则，他不断地要与做官的原则发生冲突，他因此会失去很多官场上的利益，甚至会被官场踢出局，但他宁愿接受这样的悲剧，他为自己保全了人的全身而庆幸。更多的人则是在做官与做人之间彷徨、掂量，甚至他们会被这二者的矛盾冲突而搞得身心疲惫。像以上官场不同类型的人物，在王跃文的小说中基本上都得到了充分的表现。准确地说，第二类人物的表现并不是很充分，这显然与王跃文的写实性的叙述有关。王跃文的写作基本上是依照现实主义的方法来构建自己的小说世界的，是对现实的本真反映。而在现实中，官场体制发展得如此完备，一个人要完全遵循做人的原则，在官场原则面前丝毫也没有半点妥协，他是不可能在官场上干下去的。

写完《国画》后的王跃文却在接下来的一部小说《梅次故事》中对自己的写作姿态作了一次大的调整，让《国画》中丧失做人原则的朱怀镜脱胎换骨，成为了一个坚守做人原则的好官。这个调整也许说明了王跃文对自己的文学追求有了更清晰的把握。他不想自己对现实生活的复述被戏剧性搅乱，尤其不想因为这种戏剧性而使得自己的小说往模式化的反腐小说、官场小说靠拢。他后来的小说更具有一种生活的常态，更确切地说，也就是官场的常态与在常态中的人性挣扎才更具有一种内在的紧张感。因此，尽管《梅次故事》中的朱怀镜多少有些理想化的色彩，但这个人物与周梅森所塑造的所谓"理想型的领导干部形象"相比，更具有现实性。当然，换一个角度看，《梅次故事》中的朱怀镜尽管被写成了一个好官形象，但他身上缺乏英雄气象。从《梅次故事》开始，他能够以一种冷静的眼光去观察官场，以一种平常心态去体察官场中人的言行，于是他对官场就会看得更加真切细致，围绕着做官与做人这对矛盾，他看到了官场之人的不同表现，在小说中描绘出一幅官场众生相。《梅次故事》之后的王跃文也就具有了更深邃的现实性。

人们都注意到王跃文的官场小说对人性的揭示是深刻透彻的，揭示人性之深刻，这应该是小说所追寻的目标之一，也是衡量一部小说艺术水平高下的重要标准。不少批评文章充分肯定了王跃文在这方面所做出的努力。但我想特别强调一下王跃文的独特之处，他从人性的深度去观察官场中人的所作所为，同时也就揭示了官场的反人性倾向。这种反人性倾向注定了官场对人的异化。但官场的人并不是甘愿接受这种异化的，他要守住人之为人的本性，就会做出反异化的反应。王跃文的小说可以说就是对官场上的异化与反异化的纠结的最为形象生动的表现，他以一种客观平实的叙述和日常生活化的细节，将官员在异化与反异化的冲突中的微妙心理和精神状态表现得淋漓尽致。《苍黄》最为典型地体现了这一特点。王跃文非常幽默地设计了两个刘星明，一个刘星明是乌柚县委书记，另一个刘星明是县里黄土坳乡的党委书记，开人大会时被领导他的刘星明指派为差配。这两个刘星明都是被官场异化的典型，但两个异化的方向并不一样。县委书记刘星明是典型的一把手异化症。他在县里可以一个人说了算，缺乏有效的监督和约束机制，在一种至高无上的幻象中，很容易地放弃了做人的原则。王跃文的过人之处就在于，他以日常生活化的细节十分传神地写出了人物的内心心理，又在客观叙述中不动声色地表达了自己的嘲弄。《苍黄》的一开头就很精彩地勾画出刘星明的一把手异化症。他在众人面前装着很洒脱地吟出一首郑板桥的诗，众人拍马屁夸他才思敏捷，出口成章。他也不说这是古人的诗，反而自鸣得意，走到哪里就吟这首诗，而每一次都会有人夸书记写的好诗。别人背后给他取了一个"刘半间"的外号奚落他，但从来不会有人当面给他指出不是。就是在这样的环境中，刘星明的第一把手异化症越来越恶化，凡是对他有一点不从的官员，他都会变着法子给以惩治。而他与身边的人员却没有了人与人之间正常的情感交流。最终，刘星明是被他手下最为密切的四个干部联名告状而倒台的。刘星明的异化还揭示出做官与做人这对关系是一种对立统一的辩证关系，做官原则需要做人原则来加以平衡，一个人如果完全不顾及做人原则，做官原则缺少了必要的约束和牵制，他也就同样不把做官原则放在眼里。刘星明后来的很多做法也是违背做官原则的，即使在官场也不能容他，这是异化到了极端的人物。当然，刘星明是一个腐败的贪官，但王跃文并没有简单把他仅做为一个贪官来写，王跃文写这个人物丝毫没有一般官场小说中的模式化的东西，这正是他观察官场和官员的角度和重点不一样的缘故。所以把王跃文的小说简单地称之为官场小说是不准确的，这很容易将其混同于畅销小说而忽略了他对官场的独特视角。至于另一个刘星明，显然是属于承受不住做官与做人之间冲突的巨大压力而异化的。他最初被安排为当差配，是不情愿的，感到做人的尊严受到了打击。但做官的原则又使他接受了这一角色，同时也指望通过差配能获得提升。升迁的欲望与受辱的心理感受交织在一起，终于在人大会选举的场合中爆发了，他做为差配自然被选下来了，但他的受辱的心理感受在众目睽睽之下顿时得到放大，终于超出了他的心理承受能力，他癫了。他是一种精神分裂式的癫，也就是说，他的精神分裂成做官与做人两种状态，当他在日常生活中时，他言行举止十分正常，而一旦进入到官场环境中，他就变得不正常了，他自以为已经当选为副县长，他以一个副县长的身份要与人谈谈工作。而后，他被强制性地送进了精神病院，后来虽然病愈出院，其实他并没有解决精神分裂的问题，只不过是他远离了官场，精神分裂的症状不再显露而已。所以当他思考起为什么还有另外两位官员也被送进了精神病院时，无疑又触发了与官场相连的神经，他又陷入到了精神分裂状态了。这个人物本身就包含着极其丰富的寓意。这个刘星明在日常生活中很正常，只是在以官员身份出现时就被人们看成是癫了。但细细阅读就会发现，他的"癫"不过是没有按照做官场处事，他是按做人原则来处理官场上的事。特别是他从精神病院出来后更加凸显出了这一点。如果说在前面他拎着包站在机关大院俨然一个副县长的模样的确是一个癫子的模样的话，那么后来他对于舒泽光和刘大亮两位官员为什么关在疯人院里的质疑，显然就不像是癫子说的话了。

李济运是《苍黄》的中心人物，小说是以他的视线展开叙述的，同时作者也把自己的一些立场和情感赋予了李济运。甚至我想，李济运也许就是王跃文对现实生活中官员的一种期待。这是一种去理想化的文学期待。李济运显然是很现实的，是可以在现实生活中复制的，也许我们阅读《苍黄》会觉得小说缺乏更加亮堂的理想之光来烛照官场，但应该看到，作者对于他所期待的人物李济运还是颇费心思的，作者让这个人物具有一种难得的反思精神，他能够在浑浊的官场里保持清醒的头脑，他虽然如履薄冰，但他敢于承担责任，也勇于自责。事实上，在现实中能够这样做也是不容易的，这也涉及王跃文在小说中所表达的主题，王跃文是要揭露出官场对人的异化。李济运难得的是他对此有着警惕，他在做官与做人冲突的旋涡中保持着一种自控力，在异化与反异化的路途上跌跌撞撞地保持着平衡。在《苍黄》这部小说中，李济运与朱芝这一对人物的设计很重要，在乌柚的官场上，李济运与朱芝这一对年轻人还真像是一对"金童玉女"（宣布刘星明双规的会上，李济运与朱芝没有安排工作人员，亲自给大家倒茶，有人就开玩笑说他俩是金童玉女），因为在充满着尔虞我诈、欺上瞒下、虚与委蛇的乌柚官场上，唯有他们俩能够坦诚相待，真诚相见，相互支持，相互理解，他们的真情仿佛是晦暗之中点亮的一盏灯。我想，王跃文设计了这一对真诚相待的年轻干部，并不是想为小说增加一些可读性的情节，因此，他对这一对人物的情感处理上始终把握着一个度：不让他们往情欲方面发展。事实上，李济运与朱芝这一对人物，起到了深化主题的作用。他们的经历在告诉人们：在做官与做人的冲突中，避免自己异化的良方，就是人的真情。有一个细节对此表现得非常透彻。他们俩从骆副书记那里得知，新上任的市委宣传部长是他们的死对头成鄂渝时，身为县委宣传部长的朱芝感到了极端的害怕，她再也不敢在官场上往前走了。小说接着写到，他们在宾馆住下，朱芝感到六神无主,她让李济运抱紧她,"李济运抱紧了朱芝,心里隐隐作痛。他想这样的女人,应该让男人好好疼着,出来混什么官场啊!"女人意味着人性中最温润的东西,她怎么能够经受得住官场的强硬。但是,朱芝在官场上虽然也不断地经历着风霜雨雪,却始终保持着女人的温润。而这一切都离不开李济运的真诚相助。

　　总之,王跃文的官场小说准确说来,却不是官场小说,他从官场进去,从人心出来。官场中的种种问题无不在他的小说中得到反映,但他并无意于去解决这些问题,官场小说一般来说都是针对社会问题而设置主题的,是社会问题小说。王跃文始终在做官与做人的冲突中深化小说的主题,这是一个政治人性的主题。

2011年

中国知识分子成长的沉重主题
——读谢冕的《1898：百年忧患》

我们生活在两个世纪之交的年代，这个年代的选择只不过是随机和偶然的，其本身并不包含历史性的意义。但"百年"这个特定的数字显然会引起人们的极大兴趣，并为人们重新回首历史评价历史提供一次契机。从表面上看来，我们能够读到以谢冕教授任主编的《百年中国文学总系》（山东教育出版社出版）这样一套皇皇十几卷数百万字的文学史新著，是因为我们偶然生活在一个特定的年代。但若深研近些年来的中国学术动向，就该承认，在"百年"的后面其实还深藏着内在的必然。从十九世纪末中国受到现代思想的冲击起，中国的文人学者就着手建设中国自己的学术思想。当然这个过程非常艰难坎坷，有过对国故的批判清点，有过饥不择食的"拿来主义"，也有过莽撞的摸索，也遭过粗野的干涉，尽管一直还没有真正建立起自己的学术思想，但进入二十世纪九十年代以来终于显出成熟的端倪。今天我们到了应该进行总结的时候了。"百年"则是进行总结的很合适的话题。

这套文学史丛书显然从体例上说就很新颖，它是在一百年的发展过程中选取十来个典型的年代，通过这些典型年代发散式地波及前后。尽管这种写作体例不能说百分之百的独创，谢冕自己就说过他是受到《万历十五年》《十九世纪文学主潮》的启发，但由于我们读惯了传统的编年史式的文学史著作，因而《百年中国文学总系》即使在形式上给我们的冲击也是很大的。然而这套文学史的意义决不仅仅在于形式。我以为，正是有了学术思想的趋于成熟，才会寻找到这样一种更适合表达新的文学观的写作形式。

以往正统的文学观强调文学是社会生活的反映,因而被引作教材的文学史往往就是社会性背景、作者生平、作品思想性和艺术性的框架。后来这种逐渐被机械化了的文学观被突破,出现了不少以新的文学观来观照文学史的论文甚至著作。然而在相当长的时间里,这些新的文学观还处在不成熟的阶段,有的从思维方式来说甚至与过去的机械的反映论一样是一种二元对立的思维方式,非此即彼,水火不相容,其表现就是对过去文学史的简单的否定。谢冕教授显然要从这样一种观念的拉锯战中脱身出来,并在现有的观念上得到某种超越。这种意图通过主编《百年中国文学总系》得到了实现。他从社会文化发展整体格局中考察文学的运动和变化,并在社会文化的变革中寻求文学观演变的内在动因。谢冕在这套文学史著的总序中是这样表述的:"中国的近、现代就充斥着这样的悲哀,文学就不断地描写和传达这样的悲哀。这就是中国百年来文学发展的大背景。""它不仅是文学的来源,更重要的是,它成了文学创作的原动力。由此出发的文学自然地形成了一种坚定的观念和价值观。"

谢冕教授撰写了这套文学丛书的第一部《1898:百年忧患》,很显然,这开头的一部必须由谢冕本人来承担,这是全套史著的纲,"纲举目张"。谢教授在这部书中提出了中国近一百年来的文学主题,实际也是这套丛书的主题:"1898年的泪和血,都成了哺育中国文学的母亲之乳。中国百年文学因吮吸了这样的母乳而染上了忧患难与共的遗传,并由此如蚕吐丝般地萌生出众多的小说、诗、散文和戏剧,以及众多的言说这些作品的理论、批评和文学史。这一切,又都无例外地体现着、抒发着和叙说着那些痛苦的思索,悲哀的寻求,以及无尽的哀愁。"

谢冕的这一思路就把一种狭小的文学观念转化成一种大文学的观念。这种大文学的观念是与谢冕始终坚持的人文精神相吻合的。在对百年文学的思考中,谢冕实际上是将文学的主体确定为知识分子,知识分子将文学做为其人文精神的载体,一百年来文学的沉沉浮浮,也映现着人文精神是张扬还是委顿的状态。所以就有一个"有用"还是"无用"的视角。文学有用还是无用,并不是一个客观的判断,而只是中国知识分子的一种期待,有了不同的期待也就有了文学的不同发展。谢冕这样来叙述百年文学时就为我们提供了认识中国知识分子思想发展史的一条途径。在中国,现代意义上的知识分子的形成应该是十九世纪末的事情了,但从传承的意义上说,中国传统的文人可以视作特定的中国社会中传统的知识分子。中国传统的文人历来主张匡世济民的人文理想，而文人又与仕是分不开的，文人实现其理想的首选途径就是从政，这是古代文人与仕的一种特定关系，所谓的"学而优则仕"。古代有入世与出世两种文人的人生态度，有儒士与隐士两种文人的身份。但这二者从本质上说其人文理想并没有发生变异。文人唯有当参政不成时，便只好出世当隐士。孔子的话精辟概括了这二者的关系："天下有道则见，无道则隐。"有道无道，出世入世，在朝在野，古代文人的这种不同角色不同态度的转换，决定了传统知识分子的深沉而又内涵复杂的忧患意识，在漫长的封建文化历史中连绵不断。而这种忧患意识也就与谢冕所阐述的"百年忧患"衔接了起来。于是我们通过谢冕在这部文学史中的叙述，看到了一百年前，中国古代文人在新旧两个时代交替之际，是如何艰难地为完成一次更深刻的角色转换而作准备的。这次角色转换就是从传统意义上的知识分子转换为现代意义上的知识分子。

一百年前，由于西方文化强悍地进入，中国稳定的政治和社会结构已在悄悄地松动。对于文人来说，首先士与仕的密切关系就变得游离不定。谢冕以梁启超、康有为等人的出场开始这部文学史的章节，也就把读者的注意力吸引到对文人政治地位的历史性思考上来。接着在关于黄遵宪的一章里紧扣"才大世不用"进行了详尽的分析，指出："一个时代若是剥夺了它的精英的所有可能性，而独独留下了'无用'的诗，这是诗家的福音，却是社会的悲哀。"我想，还可以再加一句话：这是传统文人的悲哀，却是即将诞生的现代中国知识分子的福音。在黄遵宪之后关于刘鹗的一章里，谢冕则着重谈到了决定传统文人角色转换的另一个重要因素，这就是西方文化正在改变中国文人的知识结构。他认为刘鹗的实践"展现出一种与旧式文人并不相同的生活道路。学问的观念，在这里已经有了新的内涵，一种可供经世的实用之学的观念，正在代替传统的经过科举进入仕途的学问的观念"。两种不同的因素生发在文人身上，就会得到文学的多种可能性。黄遵宪"才大世不用"，他只能将诗做为"他关怀国家和社会命运的最后的方式"，尽管他大胆提出了"诗界革命"，但他只能做到将"新理想"的酒往旧模式的瓶子里装。刘鹗虽屡遭失败却仍怀着很大抱负，做小说只是他不经意间的一件事情，这反而使《老残游记》具有了超前性。

谢冕在第五章结尾引述了美国俄亥俄州立大学历史教授张灏的一段话，并称之为"精彩的评述"，可见对其观点的充分认同。张灏通过分析十九世纪末中国文人与社会、国家以及文化传统的关系所发生的变化，认为"可以看到维新时代产生了新的社会类型的人，这些人和旧式士大夫截然不同"。谢冕在著作中对1898年间的几位具有代表性的文人的分析，为张灏的这段评述提供了更为充足的论据。但我觉得还有必要进一步指出，谢冕的分析不仅仅是为这段评述提供论据，他在这部文学史中对新旧时代交替时期的中国知识分子的把握和剖析，要比张灏的评述包含着更为深厚的思想内涵。

谢冕的深刻性就在于，他不仅仅关注新型的知识分子的形成，不仅仅指出新型的知识分子与传统社会的旧文人的差异，还指出了这二者之间的某种传承关系。如果没有中国文人历代相承的以匡世济民为主旨的人文理想精神，中国近现代的知识分子就不会有那么浓烈的忧患意识。"百年忧患"这个主题，既是对中国现当代文学、对中国现代知识分子成长历程的准确表述，也是对中国文人精神的历史性观照。谢冕在这部文学史著作中详细论述到严复、林纾、苏曼殊等人的言行，其深刻的思想启迪性也正在此。沿着这一新的思路，我们对于"五四"革命以及新文化运动也许会有不少新的思想发现。所以谢冕在书中特意写了重评"五四"的一节，他从1898年的历史叙述跳跃性地回到当代，引述了一位教授在1996年写的文章："故'五四'的根本精神不是救亡、爱国，而是启蒙、民主，做为新文化运动，其本质更不在救亡而在启蒙，不在激进、排他，而在渐进、兼容。就此而言更不能将'五四'运动的精神归结为'激进主义'。"谢冕不得不在1898年和当代之间来回地作大跨度的跳跃，因为他要展示"百年忧患"是中国知识分子不断反省并走向成熟的历史性过程，同时也是一个充满了悲剧色彩的过程。中国这一百年的文学由于与"百年忧患"紧紧捆绑在一起而显得过于的沉重。今天的文学似乎正在力图消解历史的沉重，越来越显得轻松、虚缈、洒脱、娱悦，不知这是喜还是忧。但无论如何，请记住谢冕教授的告诫，不要"失去历史记忆和对事实的麻木不仁"。

谢冕是一位具有诗人气质的理论家，他的这部文学史著作一如他以往的理论著作一样自始至终渗透着诗的激情。诗的激情一般来说是同理论的客观、公正的态度相对立的，谢冕却能将这二者兼容得恰到好处，因而使得这部著作更加具有文采、对读者更加具有煽动性。但也有激情泛滥的时候，这主要是叙述北京大学的一章："陆沉中升浮起一片圣地。"在一部文学史著作中详细叙述一所大学的诞生及其发展，这本身就是一种创新，当然也更深刻地阐发了作者所主张的文学观。然而也许作者长年身处北京大学的缘故,在叙述北大时难免夹带更多的主观情感,而忽略了客观公正的理论姿态——如果要对著作严加挑剔的话,我且作此妄言吧。

2012年

林那北北北：一体两面

北北的一个转身，就成为了林那北。这或许纯粹是一次笔名的更改。但这两个笔名传达出来的信息显然是不一样的，北北带有一些后现代的意味，而林那北却俨然是充满古典气质的大家闺秀。我动笔的前夕才发现它给我设置了一点儿障碍：我这是要写北北，还是要写林那北？看来保险的方式还是循着时间的轨迹，从北北再说到林那北。

北北的"调皮"

北北这个名字是在二十一世纪到来之际映入小说读者眼帘的，《美乳分子马丽》《王小二同学的爱情》《转身离去》《寻找妻子古菜花》等小说相继冠以"北北"之名像集束炸弹似的在重要的文学刊物上轰响。事实上，在此之前，散文家北北早已成绩斐然了。仿佛她的散文写作就是为她在新世纪之际的小说写作作铺垫似的。我以为她的散文风格具有鲜明的后现代特征，她不像那个时期非常时尚的小女人散文施展女人的魅力，在小情感上做文章；或者说她其实知道当时如果女人发发嗲是非常讨人喜欢的，但她偏偏对此深恶痛绝，因此她的散文叙述没有多少性别色彩。相反，她爱用戏谑、正话反说、调侃等"调皮"的方式表达她的严肃观点。比方她曾被修补处女膜的广告惹怒过，为此她写过一篇散文，但她不是愤怒声讨，而是以反讽的笔调，加以嘲弄和批判，其散文标题就是"消费过处女膜的小丽你好"；其叙述则是活泼谐趣的："处女膜好歹是自己的东西，将它弄破或者补上，都是自个儿的事，犯不着别人来说三道四。

我当时还以为自己挺前卫的，不免沾沾自喜过。"我们也从活泼谐趣的叙述中看到了一位调皮的北北。同样，北北带着调皮的性格转向小说写作。调皮的性格让她的小说更加轻松和生动。如《美乳分子马丽》，就很有调皮的特点。马丽是一个没心没肺的市井女子，她当然渴望幸福的生活，但她在现实中屡屡受挫，她认为原因在于她的乳房太小，所以被男人们所轻视，于是她只好靠隆胸为自己增加一份身体的本钱，因为"美乳"能在男性中心的社会里卖个好价钱。北北说这是"一个生活在底层的女子以愚蠢的方式争取幸福的平凡故事"。又如《一男一女》，给偷偷相爱的一男一女设置了一个非常荒诞可笑的结局：他们跑到火车站，钻进一个集装箱里幽会，没想到集装箱被火车拉走了，这一男一女关在箱中共同生活了几天几夜，但时间没有让他们的浪漫燃烧得更加旺盛，面对生命困顿时，他们首先想到的是自保。结局则耐人寻味，当他们最终被救出来后，两人已是一对形同陌路的人了。又如《王小二同学的爱情》，则写了一个淘气的男孩王小二，他对充斥在现实中的广告词滚瓜烂熟，常常脱口而出，他以这种童稚的顽皮去应付成人世界，结果自然是不妙的，因此一次偶然的顽皮就被成人当成了早恋，于是这位还未脱离爱情蒙昧期的王小二同学就有了自己的"爱情"。

但如果以为北北仅仅有"调皮"就错了，事实上，后现代式的调皮只是北北的表现形态，在她骨子里却是现代知识女性的"深明大义"。因此阅读她的小说，你就会发现，在她戏谑、轻松的叙述背后隐藏着一颗凝重的心。事实上，她的"调皮"并不完全缘于她的个性，而是因为当她带着知识女性的"深明大义"去看待世界时，她对当今世界的荒诞就会有特别的敏感，并从世界的荒诞中发现这个世界与"深明大义"相悖的症结。比如《家住厕所》，写一个以清扫厕所为生并住在厕所里的渺小人物，小说标题凸显了事情的荒诞感。据说，这的确是北北在生活中遇到的荒诞。她有一次在福州西禅寺里邂逅一个厕所清洁员，发现他就独住在厕所里头，仿佛与世隔绝。但北北却试图去探问这个躲避在寺院角落里的男人的内心，去发现这个男人曾经与这个世界的关系，所以她说她"写的时候不是荒诞，是沉重"。同样，在《美乳分子马丽》中，虽然北北坦陈马丽在生活中显得多么愚蠢，但她丝毫也没有嘲弄的意思。愚蠢并不是马丽的过错，透过马丽的愚蠢北北要揭露的是男人们的卑鄙。而《一男一女》的荒诞显然让我们看到现代爱情的脆弱与虚假。至于《王小二同学的爱情》，结尾北北让大人们在撕扯着要去法院时，王小二与刘巧儿忘乎所以地玩着"挖洞"

的游戏,这简直就像扇了龌龊大人们两个耳光(王小二曾挨过大人的两个耳光,北北最后为他报了仇)。北北后来又写了一篇关于爱情的小说:《我对小麦的感情》。在这里,爱情不再是她调皮的对象了,她在认真与我们讨论爱情,但现实中的爱情已经被恶浊的环境玷污,北北便把爱情安置在虚拟的世界里。小说中的主角朱家平是一位出租车司机,小说讲的则是这位司机的婚外恋故事,然而他的婚外情是一个虚拟的爱情,他爱上的是电台广播的女主持小麦。他从来没有见过小麦,但他天天能从车上的广播里听到她的声音。小说让我们看到,城市病对人的情感伤害是多么的可怕。朱家平在现实中并非没有爱的可能,他有一个好妻子,有一个宁静的家,他与妻子也曾美美满满地生活了好几年。但他们夫妻俩都是出租车司机,两人合开一辆出租车,一人开白天,一人开黑夜。这使得他们夫妻俩除了在交车的时候能见面外,几乎就没有在一起进行情感交流的时间了。作者关注到城市这一特殊的群体,他们虽然每天在城市的繁华中穿行,但他们实际上是孤独的。孤独的朱家平并不是一个非理性的情感痴迷者,因此他能够清醒地帮助乘客尹苏丹从虚拟爱情中走出,他也对自己的行为深深自责,但这一切都无法将他的感情挽回到现实中来,因为现实已经把爱情简约为欲望的享受和世俗的幸福,而像朱家平这样固执地需要获得爱情的精神性,连爱他的妻子也不能理解。这大概就是物质化城市对于精神排斥的必然结局。这篇小说仍然有着"调皮"的成分,但让人觉得这是一种认真的"调皮"。

也许是发现荒诞背后的太沉重,北北的"调皮"逐渐有所收敛。《转身离去》就是这样一篇小说,小说展现了一个女人凄苦的命运,主人公芹菜曾是一个乡村女孩,嫁给了城市里的一个志愿军战士,战士在新婚之夜后就奔赴朝鲜,并牺牲在战场上。村里人认为她过上了城里的好日子,在城里她却找不到自己的位置,这凄苦只是心灵的凄苦,更重要的是,这凄苦与一个伟大的历史事件"抗美援朝"有着不可分割的联系。但历史的伟大并不能抚慰芹菜的心灵。面对这样一个沉重的话题,北北的叙述也变得凝滞起来。《转身离去》仿佛是一个提示,调皮的北北即将转身成为端庄的林那北。当然,无论如何转身,北北本来就有林那北的端庄,林那北仍然保留着北北的调皮。在北北期间写作的《寻找妻子古菜花》,最能说明这一点。寻找无疑是这篇小说的关键词,寻找应合了我们对一种普遍的文学精神的苦苦寻找,北北是寻找中的一员。北北在小说中讲述了一个农民寻找幸福的故事,这样的故事我们并不陌生,在这样的故事里,乡村往往是一个弱者,受到城市的压迫,挣扎在城市与乡村的二元对立中,这篇小说虽然同样摆脱不了这种二元对立的困惑,但它让我们感到了一种精神震撼力,这震撼力来自小说中的一位乡村弱女子奈月。她虽然矮小、平庸,却自尊、自信,无论生活对她是如何不公,她始终坚守着自己心灵中的理想。她的行动就像在黑暗之中点亮了一盏灯,让那个总是被大雨浇淋的桃花村变得灿烂。奈月是北北思想深邃的结晶,奈月意味着坚守,坚守让寻找变得有了意义。奈月独自站立在山上,以身体护卫着山林,这种壮举也许有些模式化,而我更感动于她那些看似软弱却内心顽强的行为,如她一次又一次的沉默的抗争。奈月无望地生活在贫穷的山村,她的爱情,她的生活愿望,一再地受到打击,但她执着、坚韧,外表虽然弱小,内心却异常顽强,她的主见任何人都无法更改。她对爱情和理想的憧憬,都带着作者强烈的情感认同而表现得淋漓尽致。在物欲被充分合理化和合法化的当代文化背景下,作者为我们塑造了一位公然蔑视物质、蔑视城市的人物,这大概正表明作者内心激荡着一种精神性的焦虑和渴望。中国当代文学迫切需要奈月这样的形象,她传递了我们民族精神和未来延伸的信息,她唤醒读者的慈爱之心和悲悯情怀,也使读者有了敬畏和仰慕的觉悟。

林那北的端庄

林那北在改名时曾经有一个声明,虽然这声明不能当正式文件对待,多少是作者的调侃之语,但我还是在意其中的一句话,她说她对北北这个笔名不满意,"觉得偏嫩了"。"偏嫩"是文学的表达,或许我可以把它理解为,当北北正面直视现实和历史的问题时,她感到后现代的姿态难以承受生命之重。

以林那北为笔名发表的第一篇小说《唇红齿白》就关乎生命之重。因为关乎生命之重,所以林那北没有围绕副市长欧丰沛将其写成一篇揭露体制问题的小说,体制问题固然会培植出类似于欧丰沛这样的贪官,但林那北更关注恶劣的体制是如何摧毁善良的人心,是如何吞噬美好的情感,是如何扭曲正常的伦理的。李凤是一个多么善良的女人,也是一个好妻子,好母亲,她丝毫也没有过错,但又是谁剥夺了她的夫妻情、姐妹情和母子情呢?一个好人,从身体到心灵都被"肮脏"了,李凤的悲惨遭遇反衬出整个社会的精神境遇是多么的肮脏。林那北的《息肉》所反映的现实内容是当下被人们议论得较多的拆迁的问题。这是一个非常敏感的社会问题，把它写成一篇直接干预现实生活的"问题小说"也未尝不可。但一般的问题小说仅仅起到一个揭露问题的目的，说实在的，揭露问题并不是文学的根本目的。对问题进行更深邃的思索才是作家的本分。《息肉》显然不是以直接揭露社会问题为主题的，因此作者并没有从强制拆迁的社会性上去做文章，而是关心在拆迁纠纷中的不同人物的内心世界。何光辉站在街道主任的立场上，自然也对朱成民这位上访专业户十分恼火，他把这样的人看成是社会赘生物，似乎也在情理之中。社会赘生物大概也像长在人体内的息肉一样，任其发展就会转为癌症，但对待社会赘生物，也能像对待息肉一样做个手术一刀割掉就解决问题吗？这个问题很尖锐，但也不是简单地就能给出答案。林那北敢于触及这个尖锐问题，再次显现出她的"深明大义"，而她非常巧妙地揭示出这个问题的复杂性，也正是林那北的"端庄"所在。"端庄"还体现在另外一方面，当林那北正面直视现实和历史的问题时，她更倾心于人类的永恒精神价值，更倾心于社会的正能量。《龙舟》就是这样去立意的。小说的场景并不大，写一个小区的物业纠纷，但林那北将龙舟嵌入到情节之中，境界顿时就升华了。龙舟的象征性随着情节的发展而逐渐弥散开来，这种正能量是与人类的永恒精神相吻合的。

端庄的林那北自然不会停留在热闹的现实，她对历史有了越来越浓厚的兴趣，或者说她力图打通历史与现实之间的隧道，在历史的维度上眺望现实。《风火墙》就是这样一篇作品。小说具有较强的传奇性，人们完全要以把它当成一个跌宕起伏的故事来读。这是一个与五四新文化运动密切相关的故事，大家闺秀吴子琛为了营救因学潮而被捕的老师，毅然下嫁到普通人的李家，目的是获取深藏于李家的勾践宝剑。小说并没有多少曲深的含义，它直指信诺和道义。难得的是，林那北通过一个传奇故事将信诺与道义讲述得风生水起。林那北如此庄严地礼赞信诺，显然是有感于现实中信诺的一文不值而发的。我还得说说《风火墙》在艺术上的精致和在语言叙述上的古朴典雅，这是一个很容易滑向通俗的传奇故事，林那北却以一种虔诚的态度精心处理，许多细节都能看出她的匠心。这也说明了一点，艺术上的成熟应该是"端庄"的内涵之一。同样是写历史的《浦之上》，无论是文体还是叙述，都给我们带来惊奇感。

长篇小说《我的唐山》应该是林那北的最重要的收获。林那北通过一个爱情故事为我们打造了一条"唐山过台湾"的船只。我们乘船到达海峡的彼岸，我们送去的是一种承诺，我们获得的也是一种承诺，这是一种千年的庄重承诺。小说中的一个个人物仿佛都是为了各自的承诺而奔波。哪怕这个承诺只是心底的承诺，也要托付给生命。林那北所写的人物都是敢于担当的人物。她从爱情故事入手，那么惊世骇俗的爱情，有着多么刻骨铭心的爱恨情仇，然而一旦为了一个承诺而要担当起责任时，一切恨一切仇仿佛都可以消弭。九九归一，都因为人们心中萦绕着一个最大的承诺：关于大唐江山的承诺。什么叫大唐江山，在我看来，大唐江山就是我们祖先对后辈的承诺，就是一个民族对它的子民的承诺，这个承诺许了千年之久，一直没有改变，因此在一代又一代的流落在台湾以及海外的人，心中总有一个"我的唐山"存在。因为有了这个承诺，漂泊在外的人就有了根，就有了安放灵魂的故土。这样看来，"大唐江山"也是漂泊者对故土的承诺，无论我们走到哪里，都是这棵大树的一片树叶，都会落到"我的唐山"。这个承诺是用大爱来兑现的。小说看上去讲了那么多的爱情故事，而且爱与爱相互纠缠，但一点也不关风花雪月，也不是耳鬓厮磨、浅吟低唱，就因为这些爱情故事最终都指向关乎"我的唐山"的大爱。林那北用一个美丽的想象诠释了这个大爱：台湾岛本来是拴在大陆石柱上的，突然石柱断了，台湾岛会被大鲨鱼拖走，岛上的人吃下杨梅，变成钉子，就把台湾岛钉住了。岛上共有六十四个人，他们一个个都变成了钉子，就成为了现在的澎湖六十四个岛屿。其实何止六十四颗钉子，林那北在小说中就是把每一个人物都当成一颗钉子来讲述的，无论他们的性格是温柔还是刚烈，他们为了"我的唐山"都会成为一颗坚硬的钉子。林那北要表达的也许就是："我的唐山"是钉在我们每一个人心底的承诺。我们固然可以将其理解为爱国主义，但林那北所表达的爱国主义，在精神指向上要宽阔得多。

我注意到，林那北的博客和微博的签名是"林那北北北"，这既说明了林那北割舍不掉北北的牵连，也说明了林那北具有一体两面的特征。一面是北北，她是反叛的，是蔑视现有秩序质疑现成结论的；一面是林那北，她是建设的，是对美好充满期待对人心怀有善意的。过去读北北的作品，其实里面已经藏着一个林那北了。如今读林那北的作品，分明还能发现北北的影子。一体两面，使得林那北小说的精神更丰满。

2013年

怀着孤独感的自我倾诉
——读刘震云的《一句顶一万句》

二十年前,《一地鸡毛》和《新兵连》让人们知道了刘震云的名字,同时也将刘震云与新写实紧紧铆合在了一起,仿佛刘震云就是一位写实性很强的、会讲故事的作家。事实上,刘震云讲述的那些非常世俗的故事和非常日常化的叙述背后充满着思想智慧,这些思想智慧很多时候不被人们所理解,于是刘震云会陷入一种孤独之中,一种不被理解的孤独。我知道,生活中的刘震云其实是非常随和也非常有人缘的,大家乐于同他交往,但即使如此,我也敢断定,人们面对刘震云的笑容可掬时并不十分了解刘震云内心真实的想法。我相信刘震云深深明白这一点,否则他不会对"说话"保持着持续高亢的兴趣。说话只是一个通俗的说法,却掩盖不了它的哲学意义,说话的问题就是语言的问题,文字的问题。人类的所有文明都是由语言和文字建构起来的,人类的先贤们从茫茫天际到浩浩生命不断地追问,于是有了哲学,哲学的追问到了现代,最后归结到了语言。当代的思想大家们告诉我们,语言哲学是最哲学的哲学,是元哲学。显然,刘震云关注说话,并不是纯粹关注人们在生活中说了一些什么话,他关注的是说话与人的生存和生命的关系。多年以前从《一腔废话》起,刘震云的小说似乎都是与说话有关的,《一腔废话》自不用说,又如《手机》,不就是写人们如何通过手机来说话的吗?后来又有了《我叫刘跃进》,这个标题就是一个人说的一句话。如今则是《一句顶一万句》。刘震云俨然是在以小说的方式来完成一个元哲学的猜想,关于说话的猜想。假如说他在这些小说中一直进行着这种猜想的话,那么,《一句顶一万句》可以说是他在这个猜想的攀登中达到了一个顶峰。

刘震云对于说话的思考在两个层面展开。第一个层面，他将小说叙述当成了说话的技术，他在小说中的追求可以看成是对于说话的艺术领悟。一方面他很讲究小说的叙述方式，叙述方式其实就是作者本人的说话方式。另一方面他从日常生活中的说话获取灵感，从而找到了属于他自己的小说叙述方式。他的小说叙述方式用一个民间的词汇来描述也许最为合适，这个词汇是"喷空"。"喷空"是我从《一句顶一万句》中向刘震云学到的一句延津话，什么叫"喷空"？刘震云解释说："就是有影的事，没影的事，一个人无意中提起一个话头，另一个人接上去，你一言我一语，把整个事情搭起来。"小说写了好几个"喷空"的高手，其中一个高手就是主人公的弟弟杨百利，他凭借自己的三寸不烂之舌和天马行空的想象，征服了许多的听众，并为自己谋得了一个铁路上的美差。刘震云深得喷空的精髓，他才是喷空的真正高手，小说中的这些喷空高手也不过是他"喷空"的成果罢了。这恰是刘震云的聪明，他悟到了民间"喷空"的妙处，然后就把小说当成"喷空"来做，于是他的写实性的小说完全超越了现实生活的约束，达到一种天马行空的程度，却又不会堕入玄幻、虚妄的地步。注意到刘震云是在以民间"喷空"的方式来构思小说，这对于我们解读刘震云的小说非常重要。刘震云的小说叙述是写实性的，他与那种浪漫的、夸饰性的、虚诞的风格相去甚远。但是，真正彻底的写实性是建立在日常逻辑和常识和基础之上的，而在刘震云的写实性叙述中，基本上不去遵循日常逻辑的因果关系，这恰是民间"喷空"的特点："有影的事"和"没影的事"靠着人们不同的思维路径就搭起来了。人们正是在这喷空的过程中以摧毁日常逻辑为快事。

这就涉及刘震云思考说话的另一个层面。刘震云的"喷空"并不是纯粹为了获得一种摧毁的快感，他其实是对人们习以为常的日常逻辑表示深深的质疑。世界是一个关系的世界，人与人之间也构成一个关系的世界，人们通过对因果关系的判断来把握世界，演绎人生。日常逻辑是人们判断因果关系的基本前提。而人们是通过说话来维系这种关系，推演因果的实现。但刘震云发现，这种建立在日常逻辑基础之上的关系是虚假的。比如小说中的主要角色杨摩西从学杀猪开始，日子一直过得不顺，遇到牧师老詹，当了信徒，由杨百顺改名为杨摩西。后来在一次社火中，被人拉去顶替了扮阎罗的角色，没想到因此被县长老史看中，进了县政府当差。杨摩西感叹："过去我以为帮我的会是人，或是主，谁知是个社火。"这个杨摩西终于发现，日常逻辑靠不住。但刘震云认为杨摩西悟得还不透，因为杨摩西在社火中是顶替了苏小宝的角色，苏小宝是因为他的老舅突然死了要去奔丧。所以刘震云说："杨摩西能进县政府，以为该感谢社火，其实应该感谢锡剧中这位男旦苏小宝；接着应该感谢苏小宝的老舅，死的是个时候。"对因果关系的追问，是缘于对人们说话的不信任。说话所表达的意思往往与内心要表达的意思相去甚远。县长老史告诫杨摩西："人在干东的时候，都在想西。"说的就是这个道理。刘震云借助小说中的人物反复宣讲这个基本的道理。如中医老胡他爹说："好把的是病，猜不透的是人心。"这话说到了根子上。在人际伦理关系中，最考量人心的是朋友关系。朋友意味着坦诚相见，同甘共苦。但小说就从解构朋友关系开始的。赶大车的老马和卖凉粉的老杨，在外人的心目中，他俩是好朋友。等到老杨瘫痪在床，老段来到他床前，告诉他一个事实："不拿你当朋友的，你赶着巴结了一辈子；拿你当朋友的，你倒不往心里去。"这老段其实是来报仇的，报老杨从来不把他当朋友的仇，他讲出来的事实仿佛揭了老杨的伤疤。受到打击的老杨只好在杨百业跟前说了实话：他之所以要把老马当成朋友，是因为他曾经在"话上被老马拿住了"，他对杨百业说了一句至理名言："事不拿人话拿人呀。"不是人拿话而是话拿人，在这里，说出来的话成为了主体，成为了掌控者，说话的主体虽然是人，但一旦话说出来后，他就创造出一个新的主体，他反而沦为被掌控者，他被他说出来的话所掌控。这真是一个弯弯绕的道理。而刘震云在这一部小说中反复呈现的就是这个道理是如何左右着人们的行为举止乃至人生命运的。刘震云甚至还从中国传统文化的鼻祖孔夫子那儿找到了理论依据。这个理论依据是教私塾的老汪说出来的。老汪是刘震云笔下的又一位民间的高人，因此他对《论语》的理解往往与常人的理解大相径庭。如"有朋自远方来，不亦乐乎"，一般人都理解为远道来了朋友，十分高兴。但老汪说："高兴个啥呀，恰恰是圣人伤了心，如果身边有朋友，心里的话都说完了，远道来个人，不是添堵吗？恰恰是身边没朋友，才把这个远道来的人当朋友呢。"老汪说到这里还伤心地流下了眼泪，仿佛孔夫子正在等着他这个远道的朋友去说话呢。无论是朋友关系，还是父子关系，还是上下级关系，在这部小说中都有所涉及，每一个人生活在各种各样的关系之中，人的生存其实在处理各种关系。因此马克思说人是社会关系的总和。说话或语言，可以说是人际关系之间的链条和纽带，各种关系通过说话或语言得以实现交互作用。但刘震云提示我们，说话既是链条和纽带，又是一层无形的屏障。也就是说，人与人之间的交往和关系是由说话所构成的，它使得人们之间的关系不是直接的、真实的世界了，它转换成了说话的世界，因此，在说话的世界里实现人与人之间的交流，是不可能做到心与心之间的沟通的。哪怕是人与人处在零距离的身体接触，有时候也许两人都会感到心与心之间相距遥远。让我感到震惊的是，刘震云以不动声色的方式讲述着很琐碎的人与人之间的关系，却件件细节都在传达着这层意思：说话具有不可预知的力量，说话的结果又往往不是说话者的本意，人们每天都不得不说话，却又无法通过说话真正与人沟通。在说话中看似热闹，其实每个人都是孤独的。

  这就说到孤独了。编辑将这本小说称为是写孤独的小说，甚至用上吓人的广告词"千年孤独"，似乎直追世界文学经典《百年孤独》。说这是一部写孤独的小说，又对又不对。小说中的众多人物，虽然相互之间说话说得顶亲热，但没有谁和谁能真正成为朋友，谁和谁能心贴心地相互了解，每一个人都是孤独的个人。这有点像萨特的"他人即地狱"的通俗版。也许刘震云就是一个存在主义者，他从写《新兵连》《一地鸡毛》起，就有比较明显的存在主义倾向。即使是这一部《一句顶一万句》，我以为它仍有存在主义的影子，它通过普通人的日常生活，写了一种孤独的存在。所以要把这部小说看成是写孤独也未尝不可。但是，为什么说又不对呢。因为在这部小说中，虽然芸芸众生都处在孤独的存在之中，然而他们浑然不觉。他们甚至感到与周围的人相处融洽，他们常常把别人当成自己的朋友。这一切缘于说话，说话的世界虽然阻隔了心与心的真正交流，但说话的世界会给人们一个虚假的感觉，人们在这种虚假的感觉里就远离了孤独的困扰。也就是说，小说中的人物基本上是没有孤独感的。所以严格来说这部小说并不是在写孤独。这也是我们不能把刘震云的思想简单地等同于存在主义的地方。

  刘震云探讨的不是社会问题，而是语言的问题，语言完全是一个形而上的问题。从他写《一腔废话》起，开始他只是感到人们所说的话缺乏实质性的意义，说话只是一种形式，因此说的都是废话。而到他写《一句顶一万句》时，他发现他过去的结论也许不准确，因为人们说的废话并非没有意义，这些废话其实是在制造一个屏障，掩饰住我们真实的内心。在他探询说话或者说探询语言的真实意义时，他也就对人际关系的真实性表示了公开的不信任。他用小说的方式表示了他的不信任。当他有了这层发现后，他也就洞穿了世事人生，也就看透了俗与雅之间的差异不过是通过说话设立起来的，他就可以自如地往来于俗与雅之间。因此当他去写大俗的电影时，他会把雅藏在里面；而他要写非常雅的小说时，他又故意采用一种非常俗的叙述。也许从一开始人们就没有真正读懂他在小说中所要表达的意思。这促使他对说话亦即语言有了更大的兴趣。但他既然发现了说话是一个虚假的世界，那么他自己就陷入到了一种尴尬的境地之中，因为当他要把自己的发现表达出来时，他又不得不使用这个虚假世界里的语言，他知道一旦他把话说出来后，就会把他的真实内心屏蔽起来。于是他变着法子破坏说话的规矩，或者反着说，或者拧着说，或者是戏谑，或者是反讽。有时他用特别正经、庄重的态度表达他的嘲弄，有时他又用非常亵渎、调侃的口吻表达他的忠告。然而这一切是否就能毫无阻碍地将他的内心发现完完全全地传达给读者呢。并非如此。于是他有了很强的孤独感。越来越强。在《一句顶一万句》里，我们分明能够感觉到，在那些活动着的小说人物和故事情节背后，有一个怀着浓郁孤独感的作者，他借助他笔下的人物倾诉着自己的孤独感，但他完全是一种自我倾诉，因为他本来就没有准备让别人来分担他的孤独感。他就怀着孤独感固执地追问着说话的问题、语言的问题，他把这些问题引向形而上的方向，引向元哲学的方向。元哲学就像是我们头顶上的浩渺而寂静的天宇，在这个天宇中漂泊，没有孤独感才怪。

　　小说的故事情节有很多头绪，人们为生存在奔波，但最终归结到了寻找一句话上。小说的主人公罗长礼，也就是后来改了名字的吴摩西，离开故土延津在外漂泊，临终时留下一句话给孙子罗安江，于是罗安江千方百计要回延津去找爷爷当年丢失的女儿巧玲，要把这句话当面告诉她。可是罗安江还未找到巧玲就去世了。为此，牛爱国千辛万苦找到了延津，想知道七十年前他的姥爷罗长礼到底留下了一句什么话。牛爱国仍然找不到这句话，但他自己有了一句新话，他要把这句新话告诉他过去的情人章楚红，于是他要去寻找章楚红。小说就在这里戛然而止。看来，罗长礼留下的一句话，就是刘震云认为能够顶一万句的那句话吧。那么，牛爱国的一句新话，会不会就是他姥爷留下的那句话呢，会不会也是顶一万句的话呢？刘震云没有提供半点线索让我们去寻找答案。其实未能寻找答案本身就是答案。因为只有当一句话人们不知道，人们又迫切要去询问这句话是什么时，这句话就能够顶一万句了。也许我们的生存方式就是这样的，一方面我们没完没了地说了很多的话，一方面我们又在寻找一句顶一万句的话。这句能够顶一万句话，或许就是哲学家们称之为的元哲学。说到底，刘震云所做的事情不就是在寻找一句顶一万句的话吗？他明明知道没有这句话，但他仍要寻找。这就是刘震云的独特之处。因此他还会怀着孤独感继续漂泊。

2014年

从新历史小说到新政治小说
——周梅森研究导论

周梅森是新时期成长起来的作家。人们一般将1976年粉碎"四人帮"的政治事件做为新时期的开端，从此文学创作逐渐走向正常化。当时年轻的周梅森还在矿井下掘进煤矿，但他同样也尝试着拿起了笔写作。1978年，还不到22岁的周梅森在《江苏文艺》上发表了他的小说处女作《老书记的西凤酒》，其后的四五年，他陆续有作品发表，这些均可以视为他的练笔。1983年底，周梅森在《花城》第6期上发表了中篇小说《沉沦的土地》，这是他的成名作。小说一问世，就引起了人们的关注。《文艺报》的副主编唐因专门为这篇小说写了一个短评，以于晴的笔名刊登在《文艺报》1984年第2期的"新作短评"栏目中。一个名不见经传的新人，为何会让一个当时最具权威性的文艺报刊的副主编迫不及待地为其写短评进行推荐？因为在唐因看来，这篇小说"独具特色"。而其特色就在于作者对以往创作模式的突破。唐因认为，《沉沦的土地》所写的内容在以往的小说中都有过不同角度的反映，但还很难见到像这篇小说一样"能通过重要的生活侧面，将当时非常错综复杂的阶级矛盾，刻画得如此生动真切而又脉络分明，具有历史画卷特色"。唐因感叹道："看惯了那些把'倾向性'和作者的评价直接'说明'出来的作品……再看此篇，可能就不甚习惯。因为在这里，作者的强烈的爱憎和分明的是非，他对生活的观察和评价，往往并不直接表白，而是从情节和场景中自然流露、自然呈现出来的。"[①]

[①] 于晴：《新作短评：沉沦的土地》，《文艺报》1984年第2期。

唐因的短评也是周梅森发表作品后获得的第一个评论。

《沉沦的土地》奠定了周梅森在新时期阶段的创作特点。这篇小说以煤矿生活为背景，把我们的视线引向民国年代那段沉重的历史。小说具有厚重的历史感和沉郁的叙述风格，他第二年写作的战争小说《军歌》与其风格相似，该小说还获得了全国中篇小说奖。在以后的十来年里，他相继写了反映中国煤矿草创期的艰辛和血泪的《黑坟》《原狱》，反映清朝末年洪帮起义的《神谕》，反映中国托派和早期革命者真实境况的《重轭》，反映民国初年社会动荡历史的《沉红》《孽海》《孤乘》《英雄出世》，以及一批战争小说《国殇》《大捷》《沦陷》等。对于周梅森这一时期的小说，批评界给予了较高的评价。时任中国作协党组书记的唐达成曾惊叹周梅森"大有当年茅盾写《子夜》的气魄"。《文艺报》的主编冯牧则提出了"周梅森现象"一说。冯牧问道："为什么周梅森没有经历过民国生活，没在旧时代待过一天，却能写得这么好？"①

周梅森被认为是新历史小说的代表性作家。对于周梅森的历史小说的评论所占的分量也最大。分析周梅森历史小说的思想内涵，是这类评论文章的重点之一，论者强调了周梅森的历史反思和人性挖掘，也有对周梅森小说中的历史意识和历史观进行研究。总体说来，人们都不约而同地注意到周梅森如一个异类，即使书写当代文学中的带有普遍性的历史题材，周梅森的小说总能给人一种陌生感。黄毓璜便感慨："倘要从近数年林林总总的小说品类中，为周梅森的作品寻找一个副实的'名目'，恐怕便不能不感到棘手乃至陷入困惑。"②吴亮干脆认为"很难把周梅森归入某个流派"。③晓华、汪政则针对周梅森现象给周梅森的小说提出了一个新的命名："元历史小说。"他们认为，周梅森以历史为题材的小说看上去难以纳入到流行的历史小说概念之中，但这些小说的主题正是元历史学即历史哲学所关注的命题。因此他们说："周梅森的历史小说的艺术精神支柱就是这种历史哲学观，狭义历史学的真实观无法理解它，它面对的是超越具体历史、超越时空的历史理性和人性世界，它只对它们负责。和一般流行概念的历史小说相比，周梅森的元历史小说具备的是抽象的理性的真

---

① 参见《关于"周梅森现象"的对话》，《花城》1989年第4期。
② 黄毓璜：《大写的历史　大写的人——简论周梅森的小说创作》，《文学评论》1987年第5期。
③ 吴亮：《微型作家论》，《文学自由谈》1989年第2期。

实，至于选择怎样的历史事件，怎样去为主题想象出具体的场景是无关紧要的。"①晓华、汪政当时敏锐地指出了周梅森的历史小说与传统历史小说的本质区别：在历史观上的区别以及在历史叙述上的区别，它不拘泥于历史真实，而是在历史哲学亦即面对历史的世界观和认识观上用力。这其实就是二十世纪九十年代初期兴起的新历史小说的基本特点。伴随着九十年代新历史小说创作的小高潮，新历史小说也成为文学批评和学术研究的重要对象。关于新历史小说，学界基本认定有以下几个特点：其一是"以民间的历史观念评判历史，大胆挑战政治视角对历史理解的垄断"。其二是"以'一切历史都是当代史'的观念书写历史，大胆挑战客观历史真实"。其三是"以虚构的手法还原历史，表达对人类生存状态的关怀和对生命意义的终极叩问"。②我们可以发现，这三个特点在周梅森的历史小说中都有明显的体现。因此，毫不夸张地说，周梅森应该是新历史小说的开创者之一。没有八十年代周梅森等作家的开拓，就不会有九十年代的新历史小说的小高潮。洪治纲就指出了这一渊源和传承的关系，他在1992年的一篇文章里就指出：八十年代中后期陆续出现了一批系列小说，如周梅森的"战争与人"系列、莫言的"红高粱"系列，"这些小说叙述的都是一些作者及其同时代人不曾经历过的故事，若从题材上进行简单的归类，它们都明显超越了传统历史小说的某些既成规范，显示出许多新型的审美意图和价值取向，显示着历史小说发展的某些新动向。因此，我把它们称为'新历史小说'"。③

周梅森八十年代的小说具有较明显的悲剧意蕴。许多评论文章围绕悲剧性做了较深入的分析。苏童做为一名作家，对其会有一种直接的感性印象，他在他唯一的一篇谈论周梅森创作的文章中是这样表达他的阅读印象的："周梅森总是冷酷地把人物往生存绝境上推，总是把故事推向悲剧，你能感觉到被毁灭的战栗和深沉的悲怆。悲剧美在周梅森的作品中不是借助于语言技巧，而是在整个故事大动态中诞生，因而显得壮观博大，触目惊心。"④在《沉沦的土地》

---

① 晓华、汪政：《元历史小说——对周梅森现象的新的提法》，《当代文坛》1990年第3期。
② 参见李建国《"新历史小说"的内涵和外延》一文，《山东社会科学》2006年第5期。
③ 洪治纲：《论新历史小说》，《浙江师范大学学报（社科版）》1991年第4期。
④ 苏童：《周梅森的现在进行时》，《中国作家》1988年第1期。

发表之后，李庆西就敏锐地把握了这篇小说的悲剧观，他认为在《沉沦的土地》中，包含着一种超越故事本身的"审美价值的结构形式"，这是一种"大失败"的悲剧形式，这种悲剧形式具有本体象征性，"确乎使我们有可能对古往今来的世态人情作一番历史的观照。仿佛在你眼前不断闪现民族的灾难，一出又一出悲剧，一篇又一篇'大失败'的记录"。[①] 周梅森后来的创作完全印证了李庆西的阐释，他陆续发表的小说在为读者提供了"一出又一出悲剧"。王干、费振钟则从美学追求的角度对周梅森的悲剧意蕴进行了阐释，认为正是这种悲剧性，使他的创作"走向史诗"："尽管笼罩在周梅森小说中的悲剧气息和氛围是那么浓郁，但做为叙述主体的作者并没有因此被这种气息和氛围所淹没，他机智地跳出这种氛围之外，冷静地审视着历史风云的翻滚和人物命运的兴衰。"[②]

还必须注意到，周梅森在八十年代的历史书写，同样具有强烈的现实情怀。他的确是把历史当成当代史来书写的。正是这种强烈的现实情怀，使他在八十年代末期遭遇到人生的挫折。这一次人生挫折并没有消磨他的意志，但却改变了他的生活轨迹。他一度放弃了文学，投身到商海之中。至于他是赚是赔，不是这篇文章需要讨论的内容，但这段商海生涯，大大丰富了他的生活经验。更重要的是，这段生活经历使他的现实情怀直接与现实生活对接起来，他不再满足于八十年代通过历史小说来表达现实情怀的迂回方式了。当他再一次拿起笔时，他就要采取正面强攻了。由迂回战转向正面强攻，就有了由新历史小说向直面现实的新政治小说的转型。这种转型从题材和时空上说是迥异的，但现实情怀却是二者的内在一致性。也就是说，尽管八十年代周梅森的小说具有浓厚的沧桑感，他甚至被评论家形容为"像个严峻的历史老人"（曾镇南语），尽管他也对历史资料作了大量的研习，但他并没有沉湎在发黄的典籍里。寻根文学兴起，年轻作家热衷于以历史为掩体，借以逃逸出现实政治和宏大叙事的约束，但周梅森对此并不感兴趣，相反，在他的新历史小说中，"更多的深刻理解历史、理解社会矛盾、理解阶级斗争的兴趣，获得了开阔的艺术视野

[①] 李庆西：《〈沉沦的土地〉的悲剧观——兼谈小说的本体象征》，《读书》1985年第5期。

[②] 王干、费振钟：《走向史诗——论周梅森的美学追求》，《文艺研究》1988年第1期。

和宏伟的艺术胆魄"[1]。因此，周梅森历史小说中的思想意义也是最值得人们言说的，有评论家对他的作品做出了这样的总结："他不动声色地指点我们看燃烧着血与火的一部民族苦难史，不动声色地以自然主义的笔调去再现那些血淋淋的，或极粗俗、极野蛮、极残酷的人生可怕的场面，不动声色地解剖人心深处最肮脏的欲念、最卑鄙的意识、最险恶的计谋。不动声色的每一个字又仿佛是刀劈斧研而成，刚硬有力。"[2]

持有正统文学观的人并不认同周梅森后来的文学转向，他们看不到二者之间的内在一致性，完全把周梅森前期的新历史小说与后期的新政治小说割裂开来。说实在的，这样的观点并没有真正读懂周梅森。下面，我想着重谈谈周梅森后期的文学创作。

从二十世纪九十年代初开始，周梅森转向了现实题材的写作，他的小说与现实的政治话语和社会主题有着密切的联系，从1997年出版长篇小说《人间正道》起，他仿佛是掘开了一口富产的油井，不可遏止地喷发出直面现实问题的作品，几乎一年就有一部长篇小说问世。相继出版了《中国制造》《天下财富》《我主沉浮》《国家公诉》《至高利益》《绝对权力》《梦想与疯狂》等十来部长篇小说。这些小说几乎都改编成了电视剧，并都创下了极高的收视率。转向后的周梅森也就成了一位在社会上拥有极高知名度的作家，他的作品在市场上也非常畅销。也许主要是这两个因素，让那些自认为坚持文学性的批评家们对周梅森后期的作品采取蔑视的态度。我们可以说周梅森是一位"两栖作家"，电视剧的成功无疑对他的小说带来了正面的效应。这也许正是后现代文化的一个重要特征，文学借助电视等现代媒体扩大影响。当下的一些有广泛读者的作家几乎都与影视有关系。另外，影视语言对于作家写作的影响也不能绝对地断定是负面的，它或许是拓展文学性的新途径。因此我们不能因为周梅森在电视剧上的成功就否定他的小说的文学性。至于他的小说的畅销，我们似乎不能依此就说周梅森是一位"畅销书作家"。因为他的小说尽管在市场上畅销，但他并不是采用我们一般所理解的畅销小说的固定套数和写法。在我看来，他的小说的畅销，正是他的文学性所起的作用。在一个越来越认同多元化的社会进程

---

[1] 曾镇南：《周梅森论》，《当代作家评论》1986年第3期。
[2] 樊星：《从历史走向永恒》，《文艺评论》1988年第4期。

中，文学也朝着多元化的方向发展，如果我们的文学观念固守在某一点上，只认同某一种文学样式，那么我们就无法解释在新的时代下文学的丰富多样性，也无法把握文学发展的可能性。这篇文章里，我所要讨论的则是周梅森文学转向后的作品。在我看来，周梅森在二十世纪九十年代以后的文学写作是一种自主性的政治文学，在文学与政治的关系上，周梅森的写做为我们提供了一种新的表现方式。而他的一系列具有强烈政治意识的小说，开启了文学干预政治的新的一页，我把这些小说统称为"新政治小说"。

早在七八年前，我在评论周梅森的《中国制造》时，用了"政治小说"这个概念。现在看来，政治小说虽然不能涵盖周梅森小说的全部，但还是突出了他写作上的特殊意义。问题在于，政治小说并不是一个新的概念，早在十九世纪末期，中国面临西方的强权侵入，不得不图求民族振兴时，一些政治思想家极力主张"政治小说"，梁启超是从"欲新一国之民，不可不先新一国之小说"[1]的高度力倡政治小说的。在梁启超等一批仁人志士的推崇下，晚清民初掀起了一股政治小说创作的小高潮，如梁启超的《新中国未来记》、羽衣女士的《东欧女豪杰》、陈天华的《狮子吼》等，这些政治小说虽然具有鲜明的政治倾向和政治主张，但缺乏文学性，没有留下什么成功之作。不过付建舟认为晚清的政治小说对以后的文学产生了一种泛政治化的影响。[2]陈平原也说过："纯粹'借以吐露其所怀之政治理想'的政治小说，本身成绩并不可观；可影响于'谴责小说'的写时事与发议论，'言情小说'的借男女情事写时代变革，'社会小说'的政治热情与寓言式象征……以至在晚清大部分小说中都隐隐约约要见到政治小说的影子。"[3]同时还得注意到，在泛政治化的社会思潮中，有些批评家无限扩大了政治小说的疆界，甚至连《红楼梦》也被称为"政治小说"。在对当代小说的批评中，这种泛政治化的观点更为常见。比如反映社会问题的小说、改革小说、反腐小说，等等，都可以指称为政治小说。周梅森的政治小说既不是晚清时期兴起的政治小说，也不是泛政治化视角下的社会问题小说。但周梅森的政治小说承续了晚清政治小说的以强烈的政治意识统领情节的基本

---

[1] 梁启超：《论小说与群治之关系》，《新小说》第1号（1902年）。

[2] 参见付建舟《晚清社会转型中的政治小说》，《洛阳师范学院学报》2004年第6期。

[3] 陈平原：《陈平原小说史论集》，河北人民出版社1997年出版。

特点，而对当下社会问题的干预又与社会问题小说、反腐小说以及改革小说相呼应。二者结合起来构成了周梅森政治小说之新。

他转向的第一部小说《人间正道》写于1996年，是家乡的变化打动了他，他的停驻在历史陈迹中的目光拉了回来。他在两年前回到家乡徐州，被家乡改革开放带来的巨变所震惊，有了反映家乡改革现状的创作冲动，为了更好地了解情况，他到徐州挂职，在徐州市政府当副秘书长。大量耳闻目睹的新鲜事情成就了一部《人间正道》。当时他的家乡正在集资建公路，许多人对修路的意义并不了解，因此反对的意见也很激烈，修路过程中充满了矛盾和困难。周梅森的《人间正道》基本上是围绕修路的事件而结构起来的。估计不少的人物和情节都有着直接的生活原型。所以小说出版后，就引发出一场"对号入座"的大麻烦。这个"对号入座"的事件激怒了周梅森，也使他对中国官场和中国政治有了更大的兴趣。据他自己说，如果没有这一事件，也许他写完这部小说就会再去写他的历史小说的。而我要说的是，尽管周梅森写《人间正道》时并不是有意识地在写作上转向当代政治，但这部小说大致上确立了他以后的政治小说的基本思维方式，开启了新政治小说的路子。

我在这里之所以要专门介绍周梅森写作《人间正道》的动机，就是想说明一点，尽管从写作的对象来看，周梅森来了一个一百八十度的大转身，从过去的历史小说转向现实小说，但无论是过去的历史小说，还是后来的现实小说，周梅森的写作动机并没有完全改变，二者之间有着根本的一致性，这种一致性就在于他是一个充满挑战意识的作家，他的写作都是对现实的挑战。八十年代中期，随着西方现代思潮的不断引入，作家们在过去的政治意识形态凝固作用下的历史观和世界观逐渐有了松动，一些走在思想前沿的作家从各个方面寻求突破。部分当代小说在表现抗日战争历史时，基本上是紧趋当政者对抗日战争所做出的政治结论：中国共产党领导的八路军新四军是抗日的主力，国民党始终是消极抗日、积极内战。这种政治结论是一种强大的意识形态，在无形中文学形成了种种不可逾越的禁忌，其中一条就是不能正面表现国民党的抗日，国民党军队在抗日题材作品中即使出现了，也基本上是一种消极的甚至反面的形象。自二十世纪五十年代以来，这也成为了一种社会共识。周梅森做为一个充满挑战意识的作家，首先就选择了对这种社会共识的挑战。他具有这种挑战的优势，因为他的家乡徐州在抗日战争时期曾是国民党的主要战区，可以料想，他从民间听到了不少关于国民党军队抗日的故事。应该说，他也尝到了挑战的甜头，同时也体会到挑战带来了刺激。《军歌》《沉沦的土地》这些作品尽管也获了奖，得到首肯，但也引起争议，恰是这种争议凸显了周梅森挑战的思想价值。但随着思想解放的深入，国民党抗战的历史逐渐被人们所认可，表现国民党抗战也成为文学中很正常的事情，在这种情景下，周梅森在历史题材的写作中也许感到了一种乏味，因此从一定程度上说，周梅森的转向也是他寻求挑战刺激的一种内在需要。而在写完了《人间正道》之后，他找到了新的挑战对象，一种更富刺激性的挑战对象。这也许得感谢那些主动对号入座的官员们。因为正是官员们的告状以及他们利用手中权力干扰作家正常写作的行为，使周梅森认识到了文学对于现实仍然具有杀伤力，同时也发现了现实中充满着诱惑力。于是，他放弃了他已经写得得心应手的历史题材（何况历史题材写到这个时候也失去了最初的挑战性），转而直接扎向现实的大海之中。

作家的挑战意识是创新的动力，但选择什么对象来挑战在不同的作家身上会有不同的表现。周梅森选择的挑战对象往往是具有鲜明的政治话题的内容，在写历史小说时，他最感兴趣的是政治意识形态对历史真相的遮蔽，这显然是一个敏感的政治话题。其后在写现实题材时，他所涉及的内容往往是社会热点，直接问责政治。因此，政治情怀、政治抱负、政治眼光，这些都可以说是周梅森进行写作的内在因素。他毫不掩饰自己的政治立场和政治意识。这本身也构成一种挑战性。因为从二十世纪八十年代中期开始，有一股否定政治的潮流在文学中弥漫，许多作家故意掩饰或模糊写作的政治性内涵，仿佛这样就是在做真正的文学。九十年代以来，文学与政治的关系正处在相当紧张的状态之中，新写实就是在这种状态下产生的，通过所谓零度情感的、原生态的方式，作家放弃了对意义的关注，以此来解决对政治的紧张性。但周梅森则是正面出击，迎着政治而上，他试图在接近现实政治的过程中表达自己的政治见解。

周梅森始终关注着中国当代政治的变化。他的小说主题基本上都与政治的主题有关系，这使得他的小说具有一种政治文献的价值。《人间正道》是周梅森写的第一部新政治小说，当时他就敏感地探到了中国政治的脉搏：中国政治正从虚幻的思想争斗转变到实干。也就是邓小平所说的"不争论"的政治策略，因此他将小说的主题设定在地方官员干不干实事的矛盾上。而后写的《天下财富》显然是对政治路线转向经济建设为中心的这一最大的政治动向所作的呼应。当经济改革向着纵深发展后，政治体制上的问题逐渐成为最大的掣肘，于是他就写了《中国制造》，《我主沉浮》是关于一个经济大省25年改革的反思与回顾。主人公是一个省长，他从乡镇长干起，一直升到权力高层。他面对的是中国加入世贸组织之后自己在政治和经济领域的沉浮。长篇小说的主旨是探讨资本原罪、改革原罪问题。《至高利益》写了一个市委书记上任后，面对一座城市历届一把手的政绩工程的抉择，追问了什么是共产党人的最高利益；《绝对权力》以反腐为主线，探讨的是做为党的高级官员如何正确地行使权力、维护权力，为人民掌好权、用好权；《国家公诉》中，周梅森进一步剖析体制上有哪些问题需要改革和改进，着重对渎职行为和滥用权力进行重新认识，它最终要说明的是如何能够真正实现"以法治国"，而不让它仅是一句口号。而在《梦想与疯狂》这部新作中，周梅森直指当下政治的核心——资本。在资本时代，资本就是最大的政治。如果不解决好体制的问题，每个国人都将被资本彻底改造，我们只会留下一些"英雄兼混蛋"的资本时代的新物种。在周梅森的笔下，无论是孙和平、杨柳、刘必定也好，还是简杰克这样的国际金融投机者也好，大概都算得上是"英雄兼混蛋"的新物种。周梅森凭借敏锐的政治识见，对这些人物并没有采取简单的褒贬，而是呈现出事物发展的多种可能性。他们有可能为社会创造财富，推动社会经济的发展，但他们也有可能贻害无穷。怎么解决这个问题，这就需要建立起一个真正具有中国特色的、真正体现了人文精神的、真正为广大人民群众带来幸福的社会主义的经济体制和资本运作体制。这是一个最具现实意义的政治课题。我们在阅读《梦想与疯狂》时，会从这些"英雄兼混蛋"的各类人物的表演中感受到这一强烈的现实穿透力。

这使我想起巴尔扎克的《人间喜剧》以及恩格斯对巴尔扎克的评价。恩格斯认为巴尔扎克的《人间喜剧》是"给我们提供了一部法国'社会'，特别是巴黎'上流社会'的卓越的现实主义历史，他用编年史的方式几乎逐年地把上升的资产阶级在1816—1848年这一时期对贵族社会日甚一日的冲击描写出来"，恩格斯说："我从这里，甚至在经济细节方面（诸如革命以后动产和不动产的重新分配）所学到的东西，也要比从当时所有职业的史学家、经济学家和统计学家那里学到的全部东西还要多。"[①]从恩格斯的这段话可以看出巴尔扎克的成功，是与他始终如一地关注着法国社会的革命性变革分不开的。在一定意义上说，巴尔扎克也是一位充满着政治热情的作家，周梅森凭着持续的政治热情，以小说的方式记录着现实变革的进程。

我以为可以从三个方面来描述周梅森的新政治小说的特点。

其一，新政治小说是以政治官员的视角去观察问题，从政治的立场设置和处理矛盾冲突。《人间正道》是以一个城市的修路来展开矛盾冲突的，而这部小说的主要冲突就是官员内部的冲突，是一群干事的官员和不干事的官员的冲突。在这种矛盾冲突中，作者所要表达的主题是："不干事就是最大的腐败。"《中国制造》的主要冲突则是老书记姜超林与新书记高长河之间在权力交接时因为体制的原因而造成双方的隔阂、提防、制衡，从而提出了一个政治体制改革的问题。《我主沉浮》的矛盾冲突是经济发展与权力的关系，小说以一个经济大省的省级领导班子做为叙事主体，塑造了省长赵安邦、省委书记裴一弘、省委副书记于华北等一批领导干部形象。

但要注意到，这种政治官员的视角所传达出来的政治意识又与现实中的政治官员的思想是有差距的，小说中的政治意识仍是周梅森本人的政治意识，他不过是借用了政治官员的视角而已。这就决定了新政治小说的第二个特点。

其二，新政治小说塑造了理想的政治人物形象。

周梅森的每一部政治小说都反映了现实政治的某一重要问题，其矛盾冲突具有强烈的现实针对性，而在每一部小说中他都最终让其矛盾冲突获得有效的解决，在这种解决中，周梅森表达了自己的政治理念，为现实政治提出了自己的操作方案。如在《中国制造》中周梅森就涉及当时最为敏感的政治体制改革的问题。小说所描写的平阳市在经济上得到飞速的发展，但旧的政治体制影响到了经济的进一步发展。他认为，"中国制造"虽然走向了海外，但真正要让"中国制造"站住脚，必须是用中国自己的"机床"——中国特有的政治体制、社会现存秩序等"加工"出来的产品。老市委书记姜超林与新上任的市委书记

---

① 恩格斯：《恩格斯致玛·哈克奈斯》，《马克思恩格斯选集》第4卷，人民出版社1974年版，第463页。

高长河，其对党的忠诚、其事业心、其政治抱负，基本上是一致的，他们之间不应该构成冲突，但只要他们之间在职务上发生了接替的关系后，他们之间就不可避免地会构成冲突。周梅森非常准确地描写了他们两人之间的冲突，这是一种几乎不掺杂个人私欲的冲突，又是目标并不相左的冲突，显然，这是一种典型的"中国制造"的冲突，人物冲突背后的原因是政治体制的弊端。周梅森以其政治意识赋予了高长河挑战现有政治体制的勇气。周梅森安排了一个很微不足道的细节，高长河拒绝了办公厅主任为他安排的0001号牌照的奥迪车，果断地要求"换车！"也许这一换车意味着平阳市更伟大的"中国制造"已经开始：领导班子建设，政治体制改革。这是在制造一个中国独有的更伟大的辉煌。

周梅森的政治意识在小说中凝聚成理想型的政治领导干部形象。他对自己为什么热衷于塑造理想官员形象有一个解释，他说："我的作品还能给各级官员树立一个标杆，告诉他们真正的好官是这样的。"

其三，新政治小说的立意主要落在对当时政治行为的合法性进行审视和质疑。

周梅森的新政治小说无疑关注的是涉及国家发展和民生民权等政治性和社会性的问题，从聚焦点来看，所谓改革小说、反腐小说、官场小说都有相似之处。我之所以要以政治小说的称谓将周梅森的这类作品区别开来，就在于周梅森在关注这些社会问题时，都是将其归结到政治权力和政治生活中，直接向政治问责。如《至高利益》的故事核心是某市国际工业园的恶性污染事件，这是现实社会中普遍存在的环境污染问题，许多作家在处理这类题材时多半都是突出生态的主题。但周梅森则是归结到政绩工程，这完全是一个政治权力的问题。党的至高利益是为人民谋福利，但有些官员满足于做表面文章，搞政绩工程。周梅森在这部小说中将政绩工程上升到关乎政权存亡的高度来认识，在他看来，政绩工程比贪污腐败更可怕。为此他塑造了一位敢于挑战政绩工程的市委书记李东方，李东方不仅不搞自己的政绩工程，还不惜得罪领导和政治上的恩人，冒着被撤职的风险，掀开了过去政绩工程问题的盖子，为前两任领导的政绩工程"擦屁股"，逐步将城市的经济建设纳入了正轨。小说中李东方有一句点题的话，他说："我们的任何政绩都必须建立在代表最广大人民群众的根本利益这一基点上，离开了这一基点，事情就会起变化。"这句话看似很普通，但抓住了问题的实质，不仅体现出周梅森强烈的政治意识，也体现了周梅森的政治智慧。

不可否认，周梅森的新政治小说有其不足之处。首先，他带着强烈的明确的意识，势必影响到文学形象的多样性和复杂性的充分展开。特别是他小说中的政治英雄人物，其个性化色彩不够鲜明，而且多部小说中的政治英雄人物有着千面一孔的模式化痕迹。显然这些人物都是用他的政治意识做为原料塑造的。以理想型的人物形象来表达自己的政治意识，这种方式无可厚非，但在这样一个大前提下，如何去追求人物形象的个性化和文学化，则是在考验作家的功力和耐心，周梅森在这方面下的功夫还是不太够。另外，做为政治小说，其视点无疑集中在政治层面，因而就造成了小说缺乏日常生活的风景和情趣，太强烈的政治性完全挤占了诗性发挥的空间。套用古人对诗词不同风格的形象说法，我以为，周梅森的新政治小说不乏"大江东去"的气魄，却缺少了一些"晓风残月"，难以让十七八女孩儿"执红牙拍板"吟唱。

周梅森的新政治小说体现了当代文学在处理文学与政治的关系上步入一个良性的正常的状态之中。通过新政治小说的写作样式有效地表达了当代作家的政治情怀。这是周梅森新政治小说不可忽视的意义。自新时期文学以来，文学与政治在相当一段时期内处在一种紧张的对立的关系状态中。许多作家为了保持自己的政治立场和政治意识，往往采取与政治现实不合作的方式，因此去政治化与非政治化的观点也占了上风。在这类观点的影响下，日常生活叙事特别发达起来，而正面表达作家政治情怀的宏大叙事却遭到了冷遇。事实上，去政治化与非政治化只是作家表达政治意识的另一种方式，也是一种与政治处于非正常状态下的写作方式，它并不利于作家更好地表达自己的政治情怀。在这种情景下，周梅森坚持新政治小说的写作，实际上也就是坚持宏大叙事。更重要的是，周梅森并不是坚持过去的受制于政治意识形态的宏大叙事，而是充分利用社会转型带来的新的因素，将宏大叙事与民间精神结合起来，从而使受到冷遇的宏大叙事获得新生。应该看到，宏大叙事是表达文学的政治情怀的重要方式，缺少这种方式，文学的表达就是不健全的。在我看来，新时期文学的叙事中大致上有两种不同的政治情怀，借用吉登斯的理论，我把这两种政治情怀分别称为解放政治的情怀和生活政治的情怀。解放政治和生活政治，是吉登斯的两个基本概念。吉登斯把解放政治"定义为一种力图将个体和群体从其生活机遇有不良影响的束缚中解放出来的一种观点"。[①]吉登斯认为，从近代到现代的政治，在本质上都是解放政治。吉登斯所谓的生活政治则是指应对现代化发展中解决现代性所带来的问题的政治策略。生活政治"关注个体和集体水平上人类的自我实现"。[②]新时期以后的拨乱反正，也就是中国本土在二十世纪末期重新启动现代化的"解放政治"。但发生在中国本土的现代化又是一种后发式的现代化，它使前现代、现代、后现代处在同一时空之中，具有鲜明的"时空压缩"的文化特征，因此生活政治在社会领域中占据着越来越多的空间，它们需要通过文学叙事获得认同。解放政治和生活政治这两种政治模式尽管存在矛盾甚至对立，但在复杂的现代化处境中，二者并不是谁取代谁的态势，而是相互依存，相互补充，形成纠缠在一起的难舍难分的关系。在相当长时间里以及在相当作家的心目中，解放政治被当成了政治意识形态的专有物，因此文学中解放政治的声音很弱。周梅森的新政治小说显然强化了解放政治的声音。

2015年

[①] ［英］安东尼·吉登斯：《现代性与自我认同》，赵旭东译，北京三联书店1998年，第248页。

[②] 同上，第10页。

曹文轩的文化姿态及其作品分析

一个作家应该具有良好的文化姿态；良好的文化姿态，也是能否让自己的文学作品走向世界的重要条件之一。曹文轩获得国际安徒生奖，被视为中国儿童文学走向世界的标志性事件。曹文轩能够获得这一荣誉，也与他的文化姿态有关。我将他的文化姿态概括为：守成、自信、自觉。

其一，文化守成。

我一直认为，曹文轩是一位真诚的文化守成主义者。今天是一个急速变化的时代，追新逐异成为了现代人最基本的生存方式，当代文学也处在一个充满着"创新""焦虑"和"进步"的语境中，但在这样一个大的文化背景下，曹文轩却以守成的方式去应对急速变化的社会，去迎接创新的挑战。因为他看到了急速变化所带来的另一个后果，这就是把过去的一些好的东西放弃了，甚至连常识性的、基础性的东西都被摧毁了，没有了边界和底线。因此曹文轩宁愿成为一个守成者，坚守着那些美好的东西。但曹文轩并不是消极的守成者，而是积极的守成者，或者更准确说，他是一个进攻型的文化守成主义者。他既坚守着传统中美好的东西，又不把自己封闭在一个小圈子里，也不拒绝时代所带来的新的东西；他既有坚守，又有拓疆。正由于这样的缘故，曹文轩才能够在每一部作品中都有所创新和突破，而且他的成就也证明了，传统仍有着强大的生命力，坚持传统同样也是可以创新的。

曹文轩的文化完成突出体现在他的审美追求上。在其数十年的创作历程中，曹文轩始终如一地坚持古典美学精神，并以此勇敢地挑战了一度在小说领域出现的审美缺失倾向。曹文轩的小说风格基本上是"优美"的美学风格，他通过一系列宁静和谐与充满诗意的意象，为作品确定一种优美的愉悦感。优美典型地代表了古典美学精髓，也是由古典精神营造得最为精致和谐的审美殿堂。现代主义后现代主义反对古典的精神和秩序，优美就成了它们否定和颠覆的对象，在这种思潮影响下，作践优美、以丑为美、以残酷取代优美，这俨然成为当代文学写作的先锋性和革命性的标准。即使那些恪守传统的作家，在这种潮流的波及下，对于优美的表达也变得暧昧含混起来。但曹文轩面对汹涌的潮流毫不退缩，反而张扬起优美的大旗，把优美的器皿擦拭得铮亮，甚至他为了明确自己的主张，宁愿把优美推向极致。这对于当代小说来说具有一种匡正极端的意义。曹文轩的文化守成还表现在对小说基本元素的坚守。传统小说演进到现代小说，过去的很多小说观完全被颠覆了，甚至有"反小说""非小说"种种说法（这些新的概念推进了小说的发展，也无可厚非）。但即使现代小说样式成为了香饽饽，曹文轩仍坚守着传统小说的一些基本元素，比如故事、人物、语言的文化性、风景的描写等，并让这些基本元素焕发出新的光彩。

其二，文化自信。

曹文轩能做到对古典优美的审美理想的坚守，还在于他的文化自信。他对自己所生活的这块土地有一种自信，他说过，"中国这块土地一天24小时都在生长着故事，有着人类社会所独有的品质，我看到了这个资源，汪洋大海般的资源"。他对在这块土地上孕育出来的文化更是充满了自信。他坦言他是非常推崇鲁迅、沈从文等中国作家，并从他们身上吸取营养。正是在此基础上，他对中国的当代文学特别是中国当代儿童文学充满了自信，他说，中国儿童文学的最高水平就是世界儿童文学的最高水平。这是多么难得的文化自信！而且他认为，有没有这样一种文化自信，对于作家的创作来说是非常重要的。从这样的文化自信出发，曹文轩对"走向世界"这样的口号也有了不一样的看法。在他看来，中国文学曾经需要"走向世界"的目标来激励，但通过中国作家的不懈努力，当代文学取得了可喜的发展，如今的中国当代文学并不逊色于其他国家和地区的文学。既然如此，中国文学就不存在一个走向世界的问题，因为我们就在世界之中。至于为什么中国文学在世界范围内的影响并不大，曹文轩的回答更是自信满满的，他说，根本的原因是世界的眼光有问题！我觉得曹文轩的文化自信并不是妄自尊大，而是建立在对世界文学的了解和对中国文化的研究的基础之上的。

其三，文化自觉。

最后，曹文轩的文化姿态还有一点特别可贵，这就是他有一种文化自觉。文化自觉是费孝通先生提出来的，所谓文化自觉，就是说要有自知之明，要对文学的发展历程和未来有充分的认识。文化自觉也就是文化的自我觉醒，自我反省，自我创建；是对自身文明和他人文明的反思。文化自觉体现在曹文轩的儿童文学的创作之中，最突出的表现就是他有自己的儿童文学理念和审美追求，他能将自己的审美追求上升到美学的高度，因而他的文学作品充溢着鲜明的美学和诗学品格。

曹文轩有一个很重要的观点："儿童文学是文学。"也就是说，儿童文学不应该因为"儿童"的限制就降低其文学性的标准，更不能因此减少文学所应有的元素。曹文轩也强调想象在文学上的作用，在他看来，想象是文学的生命力。他说过，文学从根本上来讲，是用来创造世界的。他也不赞成把儿童文学简单地理解为给儿童带来快乐的文学。他认为，文学正是因为具有悲悯精神并把这一精神做为它的基本属性之一，才被称为文学。又比如，他强调儿童文学的温度。他批评现在的一些儿童文学作品刻意去表现残酷，连温暖都没有了，认为这是一种没有人的温度的儿童创作，无关于感情，无关乎人心理，只满足人的情绪。事实上，曹文轩的儿童文学理论形成了自己的系统，这是文化自觉的结果，也非常值得我们来研究。

曹文轩具有良好的文化姿态，当然并不是说唯有曹文轩的文化姿态是正确的。每一个人因为处在不同的文化语境中，出于不同的文化思考，当然会采取不同的文化姿态，不能简单地说什么样的文化姿态才是正确的，关键是有益于自己的写作。但一个作家应该在文化姿态上有一种自主性，意识到文化姿态是写作成败的重要因素，从而选择一种良好的文化姿态。毫无疑问，曹文轩的文化姿态是良好的：因为文化自信，曹文轩才敢于文化守成；因为文化自觉，才让文化守成焕发出新的理性力量。

从文化姿态去读解曹文轩的作品，其独特的审美价值和思想价值也许才能够看得更清楚，以下是我阅读他的几部作品的体会。

《细米》：优美的陶醉

这是一个超凡脱俗的纯美世界："月亮越升越高。是个好月亮，薄薄的一片,十分纯净。天空蓝得单纯,偶尔飘过云彩,衬得它更为单纯。天空与月亮,就像一块蓝色的绸子展开了,露出了一面镜子。"从苏州城来的梅纹跟随农村少年细米,登上芦苇丛中的瞭望塔,看到大自然神秘而美丽的景色时,内心感到了"陶醉"。这是一种优美的陶醉。也许这正是曹文轩写作《细米》(上海文艺出版社2003年出版)的唯一意图,他就是那个农村少年,他要带着所有的读者登上高高的瞭望塔,去欣赏他在小说中展开的一个超凡脱俗的纯美世界,阅读它,你一定会得到一种优美的陶醉。

或许我们仍可以说《细米》是一部成长小说。是的,我们清楚地看到细米是怎样成长的。甚至我读《细米》时还会联想起作者的另外两部小说《草房子》和《红瓦》,这两部小说都写到了少年的成长。当然,引起我联想的主要原因是,我发现曹文轩是把他心中的超凡脱俗的纯美世界构筑在如诗如画的江南水乡,这或许就是承载着他童年生活的故乡。至少我相信,在《细米》中一定启用了他童年记忆中的隽永的经验。也许正是这种童年记忆,使曹文轩的这几部小说具有了某种内在的呼应。

但细米就是细米,他不同于我们在《草房子》或《红瓦》中遇到的少年。细米淘气而又腼腆,瘦小而又胆大,充满了想象力,更有自己的主见。我相信细米的不少非凡举动一定会引起读者的兴趣的,如他惩罚小七子,如他骑发疯的大白牛,如他为了梅纹而去偷考试卷子,但最让我倾心的是他用一把小刀在满世界刻下的图像,还有他在竹林背后的高墙上创造的一幅巨大的"壁画"。这就是细米最大的不同之处。他不爱说话,别人以为他腼腆,其实他不是腼腆,而是因为他说话的方式与别人不一样,别人用嘴说话,他是用手中的小刀说话,小刀表达了他对世界的认识,更表达了他对世界的艺术处理。可是别人听不懂他的表达。现在好了,来了一位知音,能够听懂他的表达,这知音就是从苏州城来的女知青梅纹。梅纹从那些胡乱刻画的痕迹中就看到了一个孩童丰富多彩的心灵世界,梅纹看到,这个世界是用艺术的元素搭建起来的,这是一些最纯朴的、还未经雕琢的艺术元素。这些艺术元素先天地生长在细米的心灵里,它是出自生命的需要而通过细米手中的小刀表达出来,连细米自己也不明白它的内蕴,也难怪别的人甚至包括他的做校长的父亲都不懂得细米要表达的是什么。梅纹是以自己的艺术的眼光发现了细米的艺术心灵。梅纹发现了这个秘密后是多么的惊喜,她决定要帮助细米。她从小在艺术环境的熏陶下培育起精致典雅的艺术素养,这时候就变成了一把锋利的刻刀,她用来精心雕塑细米,像雕塑一件艺术精品。有的人读到这里也许会自以为恍然大悟:哦,不就如此吗,细米一定在梅纹的帮助下成为了一名有出息的艺术家。不能说这种猜想没有道理,因为很多小说就是这样极其世俗化地讲故事的。但《细米》不是这样,作者越过了世俗的层面,他并不想为我们讲一个世俗的成功故事,而是从生命的角度肯定艺术的精神价值。在梅纹的启发下,细米对于艺术有了一种心灵的自觉,于是他在精神上走向了成熟。有个细节很能说明问题。梅纹曾满腔热忱地推荐细米的雕刻参加县文化馆的展览,可是当文化馆的人很敷衍潦草地处置细米送来的作品时,梅纹气愤了,指责他们是不懂艺术的"白痴",同时也放弃了让社会承认细米的艺术的念头。小说的进一步发展告诉我们,文化馆看得上还是看不上细米的艺术已无关紧要了,重要的是艺术带着细米的精神不断地飞升。因为艺术,细米的生命才变得更优美,不仅细米,对于每一个人来说都应该是如此,这就是曹文轩要在《细米》这部小说里告诉我们的。这里我还要举一个很有深意的细节。梅纹在乡村的学校办了一次细米的木雕展,那些平时就爱撒野的乡村孩子井然有序地来看展览时也变得彬彬有礼了,这时作者说:"当他们长大成人,再看到'庄重'这个词时,一定会想到这一天。"这就是艺术元素在我们生命中的作用,艺术使我们的生命变得更高尚,更纯洁,更优美。小小的细米在梅纹的引导下,最终明白了这一点,所以在小说结尾,面对梅纹留下的一切,他会感动得"泪水涌出",也会看到"一片纯洁的白色"。这"一片纯洁的白色"也是对整部小说超凡脱俗的纯美世界的最恰当的描述。

引导也许是一个陈旧的概念,它表达的是前现代的观点:乡村代表着原始和蛮荒,城市代表着文明和进步,乡村必须在城市的引导下才能走出蛮荒,而人性也必须在文明的引导下才能摆脱原始的状态。毫无疑问,这曾经是古典时期的一个重要的文学主题,但事实上,《细米》丝毫没有要重复这一主题的意思,相反,作者完全摒弃了这一主题背后的二元对立的思维。作者告诉我们,细米生长在乡村,虽然有些野性,但他的心灵先天就孕育着艺术的元素。梅纹固然来自城市,她对艺术有一种自觉的认识,但她面对细米混沌的艺术世界时也感到了新奇和迷惑,她后来终于明白了,细米以及他父亲这两人的"心灵与血液里暗藏着与艺术息息相通的东西",她对细米的帮助与其说是引导,不如说是共同创造来得更合适。所以，从思想主题上说，《细米》完全超越了古典的成长小说，贯穿着一种民主、平等、自由的现代思想。但在审美思想上，作者却取一种反现代的姿态。他曾这样表达过他对当代审美现状的忧虑："现代主义思潮大波大澜之日，便是'礼崩乐坏'、倒行逆施之时。从前的审美原则以及由这些原则产生的细致入微的理论，皆成为一纸空文，再也不被用来指导文学艺术的创作以及对文学艺术进行价值判断了，甚至再也不被想起。"读曹文轩的作品，可以发现他始终在追求着、捍卫着古典审美理想，这简直说得上是力挽狂澜之举。《细米》同样如此。但我也发现，在现代思想主题与古典审美理想之间，存在着一种内在的矛盾。为了解决这一内在矛盾，曹文轩不得不对苦难采取淡化或虚化的处理方式。小说涉及两重苦难，一是乡村的生存苦难，一是城市的精神苦难。曹文轩对城市精神苦难的根源表达了明确的批判态度，但他不愿这种批判破坏了小说审美理想的完整性，因而所有精神苦难的图像都后移到背景，如梅纹一家在"文革"中的遭遇。另一方面，曹文轩是把小说的审美世界构筑在如诗如画的江南水乡，因而乡村的生存苦难，就被笼罩在一片诗意之中，偶尔透露出淡淡的忧伤。从整体上说，《细米》是一部与现实世界保持着距离的小说，我们若用惯用的社会学的方式解读它也许会失之千里。

《细米》不是提供给我们沉思的，而是提供给我们审美的。在现代主义和物欲主义的双重夹击下，当代社会越来越失落了审美的激情，因此，阅读《细米》，得到优美的陶醉，这实在是一种难得的幸福。

《青铜葵花》：孤傲的唯美

这是一部意象优美、文字优美的小说。

翻开书页，一个可爱的女孩葵花就出现在我们眼前。她独自一人坐在大河边的老榆树下，静静地眺望着。这是一个孤傲的身影，她的眼前和心底只有金黄的野菊花和叶子上美丽的瓢虫。当我读完全书，就发现这个孤傲的身影其实就是作者的自画像。曹文轩在当下文坛的写作姿态是孤傲的，他眼前的大河奔涌着滚滚的时尚潮流，但他可以视而不见，充耳不闻，执拗地坚守着自己的文学家园。曹文轩就像是当下文坛的一位孤傲的葵花，他的孤傲不仅决定了他的文学意义，也决定了他的文学价值。

这种价值首先体现在他对优美的追求。优美典型地代表了古典美学精髓，也是由古典精神营造得最为精致和谐的审美殿堂。这个精致和谐的审美殿堂自然首当其冲地成为现代主义后现代主义集中力量摧毁的堡垒。我们发现，在许多现代后现代大师的文学空间里，优美已经荡然无存。作践优美、以丑为美、以残酷取代优美，这俨然成为当代文学写作的先锋性和革命性的标准。即使那些恪守传统的作家，在这种潮流的波及下，对于优美的表达也变得暧昧含混起来。但曹文轩面对汹涌的潮流毫不退缩，反而张扬起优美的大旗，把优美的器皿擦拭得铮亮，甚至他为了明确自己的主张，宁愿把优美推向极致，这种推向极致的做法在他最近的写作中如《天瓢》、如这部《青铜葵花》，都表现得特别充分。我把他的这种推向极致的写作称为"唯美写作"，因为优美几乎成了作者唯一的追求。曹文轩在这方面可以说是殚精竭虑的，他通过一系列宁静和谐与充满诗意的意象，为全书确定一种优美的愉悦感。因此，在曹文轩的小说中，其基本构成不是故事而是意象，如《青铜葵花》，就是由"小木船""葵花田""老槐树""冰项链""大草垛"等一系列优美的意象连缀而成。曹文轩不是现代派的追随者，他自然不会仿效一些现代派经典，彻底抛弃小说的故事性。但他为了营构优美的意境，就对故事作了纯化和简化处理。他剔除那些指向世俗生活层面的情节，减少人物和事件的交代性叙述，小说的故事线索于是变得非常单纯。另一方面，作者在对故事进行简化处理的同时，筛选出一些可以意象化的细节，他对这些细节反复渲染、烘托，使细节变得丰润饱满。所以曹文轩的小说是需要品味的，从讲故事的角度说，他的小说也许很简单。如这部《青铜葵花》，三言两语就能把它的故事讲清楚，但作者通过对细节的反复渲染烘托所传达出的审美意蕴，却是只能在阅读中品味到的。

曹文轩的唯美写作自然会注重修词炼句，在辞藻上精雕细琢，也会注重形式的华丽和对称，在结构上达到一种匀称感。《青铜葵花》就包含了这些特点。如"小木船"这一章节，故事元素非常简单，就是葵花独自一人爬上大河里的小木船，但作者有意放慢故事的节奏，以最贴切的文字去缓缓触摸人物的神经末梢，触摸乡村田野的一草一木，淋漓尽致地挥洒文字的想象，他写葵花从"高高的草垛"一直看到"在芦苇上空飘动着"的炊烟，写小船催生出来葵花心中的念头"就像潮湿的土地上长出一根小草"，写葵花紧张地从陡峭的堤坡溜到水边，写她终于爬上小船，"随着小船的晃动，心里美滋滋的"……这完全是一个文字的华彩乐段。类似的华彩乐段，会在叙述的过程中不断地出现。但这种形式美感有时显出雕琢的痕迹，也让人联想起王尔德式的唯美主义风格。的确，从对优美的追求和提倡来看，曹文轩的唯美写作与欧洲十九世纪兴起的唯美主义思潮有着内在的可比性，唯美主义思潮的兴起显然与古典美受到现代性的严峻挑战有着密切的关系。唯美主义文学的代表人物王尔德就痛感现实的丑陋正在腐蚀和毒害艺术，主张文学应该恢复美的声誉，而恢复的方式就是远离现实，因为"唯一美的事物，是与我们无关的事物"。唯美主义文学在艺术技巧上的精致细腻和在文字上的华丽装饰，无疑给曹文轩对形式感的痴迷提供了完美的范本。但曹文轩并没有陷入"为艺术而艺术"的象牙塔之中，他的重心放在挖掘优美的精神内涵，这使他完全可以超越唯美主义而构建出自己有思想深度的唯美写作。《青铜葵花》通过两个孩子的关系营造出一个温暖优美的境界，但这显然不是一个远离现实的虚无缥缈的乌托邦，因为作者着力用很实在的精神内涵去填充这个优美的境界。这种精神内涵也就是作者在后记中所表白的"苦难"主题。所以说，曹文轩的唯美写作并不是企图逃离现实的写作，他不过是强调优美在当代的重要性。他是要把一切精神性的东西通过审美体验的方式传达给读者。或者说，他希望人生体验、知识体验和情感体验，都能与审美体验达到和谐共振的地步，这也就是他所主张的文学性。

《黄琉璃》：玄幻外衣下的宏大思想

尽管曹文轩在众多批评家的眼里是一位特别追求小说审美性和艺术性的作家，但我一直就认定，他同时也是一位极富思想性的作家，在他那些几近唯美的叙述中，其实包含着他独具慧眼的对世界对人生的思想表达，也许因为他所营造的优美太炫彩，从而让人们只注意到他的美的形式，而忽略了优美背后的深刻思想。所以当我听说他要写系列性的小说时，我就想他一定是因为思想容量的巨大而要做一次集束性的爆炸。最近终于看到他的这部系列小说的第一部《黄琉璃》，虽然它只是这次集束性爆炸的第一声，但我仍感到了它的振聋发聩的效果。

曹文轩的这部宏大的系列小说叫《大王书》，《黄琉璃》做为其第一部，已经确定了整部小说的风格和价值。这部小说不同于曹文轩以往的写作。如果说过去曹文轩是依托于自己的童年记忆和家乡意境而建构一个优美的文学世界的话，那么，在这部小说里，直接的生活体验就退居到了背后，作者在考验自己的想象力，他完全凭借思想智慧的无限性为小说营造一个艺术的空间。小说把我们带到了一个非现实的神话时代，从地狱里逃离出来的熄以魔法统治了整个世界，为了巩固自己的王位，他将所有反抗者变成了失去光明的人、失去听力的人、失去语言的人和失去灵魂的人，将光明、声音、语言和灵魂这四件东西全部收聚在一起，分别装进四只魔袋，又将这四只魔袋放置在王国边缘的四座大山的顶峰，并由魔力无穷的狗把守，人们永远也无法触及到。从此生活在这个世界的人，或者眼睛看不见，或者耳朵听不见，或者嘴巴说不出，或者精神一片空虚；黑暗包围着人们，寂静笼罩着人们，人们失去了交流的权利，内心充斥着孤单和恐惧。可以想见，这是一个多么可怕的世界。但人们为了夺回失去的宝贵东西就要抗争，于是人与魔、光明与黑暗、正义与邪恶之间的较量开始了。小说由此把我们带入了一个又一个惊心动魄、跌宕起伏的情节之中。《黄琉璃》只是这场较量的第一个回合，人们在他们所拥戴的大王茫的率领下，终于攻克了第一个山头，让这个世界重现了光明。

　　像其他非现实的小说一样，《黄琉璃》包含着众多神秘、奇幻、魔法等元素，我们也可以将其看成是一部玄幻小说。但它又不是一般的玄幻小说，因为一般的玄幻小说是以娱乐为原则的，将玄幻做为写作的目的，为玄幻而玄幻。但曹文轩的《黄琉璃》不过是为宏大的思想穿上一件玄幻的外衣罢了。这一宏大思想是以一场可怕的焚书事件开始展露的。靠魔法统治王国的熄在夺去了人们的光明、声音、语言和灵魂之后，仍不能高枕无忧，因为他发现还有一件更有魔力的东西，能够唤醒那些失去光明、声音、语言和灵魂的人，这件东西就是文字！于是他派手下将全国的书籍都收缴上来，在宫殿前的广场上堆成了一座雄伟的大山。熄要用大火将这座大山烧成灰烬。但就在焚书过程中，一桩意想不到的事发生了："一本大书突然从火山的顶端呼地飞出，激起一团火星，然后迅速飞向高空！"这本从焚书的大火中诞生的书就是"大王书"，当牧羊童茫从草丛中拾起这本书时，就注定了他要成为真正的大王。大王茫全靠这本"大王书"，最终战胜了熄。熄网罗了各种妖魔鬼怪，凭着魔法为非作歹，但他的邪恶用心和魔法，终究敌不过茫的"大王书"。大王书为什么如此神力无边，这正是这部小说的思想焦点，因为大王书是用全部书籍焚烧而成，全部书籍的文字都凝聚在大王书中，它成为"书中之书"，它记录着"关于这个世界的全部奥秘"。曹文轩通过这一非凡的想象表达了对人类思想智慧的尊敬。小说用了一个章节来描写焚书的过程。熄将地狱里的魔鬼们都邀请来助阵，他们唱呀跳呀，像过盛大节日一样为焚书举行隆重的仪式。但善良的人们心里在流泪，天空也在流泪。最后，烈火铸就了一本新书，它像一只金红色的大鸟展翅飞翔。曹文轩是在告诉我们，文字是消灭不了的，文字中包含的人类的思想智慧也是消灭不了的。书中的焚书让我想起了中国历史上的秦始皇，这个暴虐的帝王曾经制造了"焚书坑儒"事件，他不仅把书烧毁，还把能读书的儒生杀死。但中国的文字，中国的伟大文化并没有因为秦始皇的残酷行为而终止其发展，反而发展得更加彪炳辉煌。曹文轩的《大王书》可以说是在为文字作一哲学上的总结，为文字的发展立传；他证明了文字的永恒的生命力，他也证明了文字与人类的相依为命的关系，人类掌握了文字，也就有了战胜一切邪恶和妖魔的力量。邪恶之王熄要把光明、声音、语言和灵魂全部收进魔袋里，这也是很有深意的。这四样东西是人类赖以成为人类的基本元素。所以，茫所率领的正义之军首先并不去攻打熄的都城，而要去王国的四周，一件件地夺回光明、声音、语言和灵魂。而且可以想见，在文字的烛照下，人类的眼睛会更加光明，声音会更加洪亮，语言会更加坚实，灵魂会更加美丽。

《黄琉璃》让光明重又回到了人们的身边，这是一个多么惊心动魄的过程，也是一个多么激动人心的过程。茫凭借着一本大王书，克服了一个又一个难以想象的困难。但茫从大王书中并不是得到明确的指导，而是某种暗示、寓意，需要你去认真地领悟和沉思。在这里，曹文轩启示我们文字具有神秘性和神奇性，这正是文字的生命力所在。而且曹文轩的叙述也充分发挥了文字的神秘性和神奇性。尽管书中有很深刻的思想寓意，但没有以直白的说教方式加以表达，而是隐藏在那优美、精致的文字叙述之中，需要我们细细地去品味。因此读《黄琉璃》也是一次惬意的文字享受。当我跟随着茫夺回了光明之后，就有了一种迫不及待的心情要读到《大王书》系列的其他几部，以便继续跟随着茫去夺回人类的声音、语言和灵魂。我相信，曹文轩一定不会让我们失望的。

《我的儿子皮卡》：从童年经验到父亲经验的写作空间拓展

曹文轩的儿童文学有两个关键词，一个就是童心，一个就是优美气质。从

"我的儿子皮卡"这一套书中同样可以看到曹文轩这两个写作特点。当然"我的儿子皮卡"相对于曹文轩以前的那些儿童文学作品来看,给人感觉是发生了明显的变化,但是我更愿意用另外一个词来描述曹文轩的变化,这个词就是"拓展"。也就是说,曹文轩的"我的儿子皮卡"是将儿童文学写作空间大大地拓展了。这套书和他前面的书在审美追求上是一致的,在叙述方式、内容的组成、结构方式上又发生了改变,但是他的儿童文学理念并没有改变,仍然凸显了童心和优美这两大特点。

曹文轩是怎么扩展空间的呢?他是通过调整思维的路径来扩展空间的。曹文轩的文学思维是从童心出发,以儿童思维的特点去进行叙述,这就会面临一个矛盾,就是成人思维和儿童思维的矛盾。曹文轩以往的作品是让成人思维循着儿童思维的特点而展开,找到两种思维的共同之处,而回避两种思维的冲突。但曹文轩在写"我的儿子皮卡"的时候则调整了思维路径,他是以突出儿童思维中的反成人思维来解决这个矛盾的。过去的处理方式能够挖掘儿童文学的思想深度,而在"我的儿子皮卡"中突出反成人思维,就可以在思想的锐度上做文章。

假如说过去的作品曹文轩主要倚重的是童年记忆和童年经验的话,那么皮卡所倚重的是父亲经验和父亲记忆。"我的儿子皮卡"通过反成人思维,悄悄地传递着他的思想内涵、他的审美追求,这是非常巧妙的。

我想举一个例子,就像《再见,钢琴》,它的基本故事就是家长要皮卡去学钢琴,这是一个普遍的社会现象,我们今天的家长都巴不得孩子多学一些特长,学钢琴、学绘画、学各种乐器等等。在成人思维里面,我们面对这个现象去进行儿童文学创作的时候,很可能他就会涉及教育观的问题,涉及如何看待孩子的天性的问题,等等,你会在这些方面做文章,并通过做文章达到寓教于乐的目的。这就是成人思维的特点。但是曹文轩写《再见,钢琴》的时候,他的叙述方向完全不一样,比如他写皮卡,最开始他也不愿意学,但是他为什么又愿意学了呢?曹文轩写,因为教他钢琴的梁老师有一个小女儿絮絮,这个絮絮吸引了皮卡去学钢琴。这大概涉及儿童的性别意识的问题,这恰好是儿童思维的特点,这恰好是从反成人思维来展开情节,这样孩子会更喜欢看。皮卡后来为什么越学越有兴趣?那是因为他有一次看到长发叔叔来进行钢琴表演,那优美的旋律,以及长发叔叔的那种狂放的姿态吸引了他,他觉得钢琴太奥妙了,他就要好好地去练。最后皮卡还是跟钢琴说再见了,其原因则是一个很沉重的社会话题,因为梁老师家庭破裂,梁老师离婚了,絮絮被判给她的父亲,絮絮离开了梁老师。这一天皮卡再去学钢琴的时候没有看到絮絮,没有看到絮絮,他学钢琴的动力就没有了,所以他就跟钢琴再见了。曹文轩在这里写到了离婚这样一种社会现象,也写到"望子成龙"这样一个很普遍的教育话题,但他没有遵循成人思维的方式去写,没有像有些作家一定要在故事发展中赋予"寓教于乐"的内容,好像最后一定要写到皮卡通过学习钢琴获得一些正面的思想,或者写皮卡在学钢琴中的反抗来表达我们应该如何保护儿童的天性,总之,好像不这样写,小说就没有达到目的。可是曹文轩就不采取这样的思维,他恰好是从儿童思维里的反成人思维出发,去写皮卡的成长过程,写他对社会的慢慢理解,也写一个父亲对儿童的逐渐理解。这时候,我们就发现,当曹文轩采取了反成人思维的方式后,儿童与成人之间的关系反而由紧张变成了对话,变成了相互熟悉和理解。这就是曹文轩的特点,也是曹文轩这套书最值得我钦佩的地方。

《火印》:既守成又创新

曹文轩是一个进攻型的文化守成主义者。今天有不少作家,也表现出一种文化守成的姿态,但其实他是在退缩,固守在一个小圈子里,很难有所做为。而曹文轩是进攻型的、开放型的,他不断地拓宽自己的疆域,所以才能够在每一部作品中都有所创新。而他的成就也证明了,在坚持传统的东西时是可以创新的。《火印》就是曹文轩一部既守成又创新的作品。可以从两个角度来看:一是曹文轩对优美的美学原则的坚守和发扬。我们古典的、经典的文学,基本上是以优美做为灵魂的。但是随着现代主义和后现代主义的不断冲击(当然它们把我们对美的理解大大地拓宽了),有一些作家完全放弃了优美,完全是以丑为美。曹文轩对优美的美学原则的坚守特别难能可贵。尤其是写《火印》这样一部战争题材作品,涉及暴力、血腥、凶残、撕裂的苦难,对他来说,更是一个考验和挑战。如果说,曹文轩过去写童年记忆和自己的家乡,很容易和优美接轨,而《火印》这部作品,写这些看似不优美的东西,同样表现出一种优美的风格。这证明了他的优美原则是一个普遍的原则,不是说有些看上去不容易跟优美接轨的题材就不敢去写。《火印》中对暴力和血腥的处理,始终在追求优美的叙述风格。比如写河野的死,他跟着马坠下悬崖,整段文字是非常文学化的。说到底,文学是给我们审美感受的,而不仅仅是来教育我们的。

第二是曹文轩对小说基本元素的坚守。传统小说演进到现代小说,过去的很多小说观完全被颠覆了,甚至有"反小说""非小说"种种说法(这些新的概念推进了小说的发展,也无可厚非)。但在这样的语境下,曹文轩这样的作家,始终坚守着传统小说的一些基本元素,并把这些基本元素发挥到极致,同样写出了优秀的小说。小说的基本元素,比如故事、人物、语言的文化性、风景的描写等,曹文轩尽量让它们得到充分的发挥。

曹文轩在《火印》序言中强调,小说要写故事,的确,《火印》的故事非常精彩。全书一开始写坡娃和狼群的战斗,通过利用细节、想象力等,津津有味地写了12页之多,非常吸引人。结尾处雪儿和河野的斗争,就写了《复仇(一)》和《复仇(二)》两章,也是写得津津有味。曹文轩注重通过故事对人物进行塑造,他写日本侵略军,也是有特点、有突破,不是脸谱化、符号化,也不是为了复杂化而复杂化。曹文轩在《火印》中没有为了河野形象的复杂化而故意增加一些人性化的内容,而是通过河野特殊的一些性格和他内在的素质,以及他处在侵略战争中的现状来表现他的性格,这点他处理得很好。

另外,曹文轩的小说一直很注重风景描写。恰好我们当代小说有一种趋势,就是越来越忽视风景描写和乡土叙述,很多写乡土的小说里都看不到风景描写了。在《火印》中,曹文轩写的是他不太熟悉的风景,为此他多次实地去熟悉这些风景,了解这些风景,这些都看出他对小说基本元素的坚守。

曹文轩主要写作儿童文学,但他的儿童小说已经超越了单纯的儿童小说的范畴,成人孩子都可以读。如果说优美在儿童文化体现的特别突出的话,曹文轩他是把儿童文学的优美导向成人文学。而同时恰恰有些人是把成人文学的恶导向儿童文学,以为这才是儿童文学的突破和创新。曹文轩恰好是用相反的思路,写出了非常优秀的儿童文学作品。

2016年

先锋性的空洞化以及《匿名》的冒险

　　2016年前后,有两桩文学事件让我对"先锋性"这个词语格外地在意。第一桩事件是"先锋文学三十年"。1985年中国文坛出现了一批新潮小说,无论是叙述方式,还是小说结构形式,还是主题内涵,都与人们熟悉的小说样式大相径庭。后来这股创作潮流被称为"85新潮",这些文学作品则被称为先锋文学。2015年这一年以"先锋文学三十年"为名义先后举办了各种纪念和研讨活动,人们重提三十年前的文学事件,是因为在这桩事件中体现出鲜明的先锋性,这种先锋性给文学带来了活力。第二桩事件则是王安忆的长篇小说《匿名》引起争议,批评者认为这部作品难读,王安忆放弃了自己的写作优势。肯定者则认为,难读是因为这部作品具有先锋性,人们甚至认为,功成名就的王安忆仍能保持先锋性是一件特别值得赞赏的事情。

　　在中国的文化语境中,若要赞赏一个作家的创作,先锋性无疑是最好的赞词之一。同时也得承认,对于批评家来说,先锋性还是一个保险系数很高的概念,如若你对一个作品把握不定,或者你特别想夸奖一个作品很有独创性,不妨就用先锋性来进行评价,人们一定会觉得你的评价很有见地。因为很时尚,也因为保险系数很高,先锋性就成了一个被频繁使用的概念。但是,当人们说起一部作品具有先锋性时,意味着什么呢?或者更准确地说,先锋性具体所指是什么呢?

　　毫无疑问,先锋性具有反叛性,但先锋性并不等同于反叛性。也就是说,有些反叛性并不具备先锋性的品质。衡量一次文学实践或文学主张是否具有先锋性,关键是要看它是否针对现实具有革命性的意义,它能否在改变现实的过程中起到重要的作用。如此看来，二十世纪八十年代的先锋文学是名副其实的。也就是说，八十年代的先锋文学实践，其先锋性是有具体所指的。余华、马原、格非、残雪等这些年轻的实践者完全以一种反叛的姿态进行小说写作，他们反叛的对象非常明确，那就是当时正统的、已成为人们习惯性阅读期待的所谓现实主义叙述的小说。他们反叛的武器同样也很明确，那就是西方现代派文学。毫无疑问，当年他们的小说给人们带来陌生感和新鲜感，尽管今天我们对这种陌生感和新鲜感已经习以为常，但当年这种陌生感和新鲜感不亚于给文坛扔下一颗重型炸弹，因为在这种陌生感和新鲜感的背后是小说观的颠覆性改变，新的小说观仿佛为小说打开了另一扇窗户，让人们看到了与过去不一样的文学空间。当然，八十年代的先锋文学试验只是小范围的，客观地说，那些当时给人们带来陌生感的作品并不见得都是经典之作，也许这些作品因为开创性的意义而成为了文学史上必谈的作品，但它们在艺术上的幼稚和不足也是被公认的。然而不能否认它们从此起到了无可挽回的"破坏"作用，即对现实主义大一统的文学格局的彻底破坏，或者说，它打破了传统写实模式和主流意识形态的垄断地位，终结了一个被政治权威控制着的小说时代，中国的小说创作，从此呈现出多元化的态势。当然这样说并不意味着对现实主义的否定，也不意味着现实主义的失败和被抛弃，因为先锋文学所破坏的，不过是被政治意识形态所固化的现实主义，也许真正的现实主义倒是应该感谢先锋文学，正是先锋文学的冲击，反而激活了现实主义自身所具备的活力。比方，被做为先锋文学的一些显著标志，如时空错位、零度情感叙述、叙事的圈套等，在九十年代以后逐渐成为一种正常的写作技巧被作家们广泛运用，现实主义叙述同样并不拒绝这些先锋文学的标志，相反，因为这些技巧的注入，现实主义叙述的空间反而变得更加开阔。现实主义至今仍是中国当代文学的主流，但必须承认，在八十年代先锋文学的影响下，当代文学的现实主义进入了一个新的发展阶段，这是一个现实主义多元化的新阶段。现实主义是最有力的证人，它在历史法庭上出庭作证，以自己的深刻变化证明了八十年代先锋文学的先锋性。

　　了解了这段历史，便完全可以理解为什么先锋性会成为一个高度赞美的批评词语。但在这种使用中，先锋性逐渐也就被偷换了意思。人们在说先锋性时，似乎不言自明地都在以八十年代先锋文学做为参照系，因此所谓先锋性就转换成了西方现代派文学，大凡在形迹上与西方现代派文学相似的文本，都被人们看作是先锋性。比如"70后"作家明显受到八十年代先锋文学的影响，他们在创作中对于现代派的手法似乎比他们的前辈运用得更加自如，就有人评价他们是坚持先锋文学创作。又如，有的作家在小说中爱用"变形"的情节，有批评家认为这来自卡夫卡的影响，于是也将其称为先锋性。显然，当人们这样使用先锋性时，先锋性的实质性内涵逐渐被掏空，成为了一个空洞化的概念。什么是先锋性的实质性内涵？我以为，这种实质性内涵是指，先锋性所具有的反叛性和创新性必然体现在它对已有的文学成规和文学观念的否定上，必须体现在对艺术自律法则的破坏上。艺术自律法则是德国批评家比格尔提出来的，他在其著作《先锋派理论》一书中认为，艺术是遵循着审美规律而具有独立的品格，有着自己的法则。而先锋派就是"对艺术自律的否定"。比格尔所说的艺术自律法则是指在具体的历史阶段所形成的，并规范着艺术家创作的观念和行为准则。八十年代的先锋文学做到了"对艺术自律的否定"，因为当时的"艺术自律法则"就是被政治意识形态规约和阐释的现实主义。但是九十年代之后，在新的文学观念的冲击下，这一"艺术自律法则"不得不进行修改，容纳了新的观念和新的法则。尽管现实主义仍然做为主流而存在，但现实主义不再是一统天下，修改后的"艺术自律法则"适应了多元化和多中心的文学格局。既然如此，人们再把带有八十年代先锋文学特征的作品视为先锋性的作品就有点像到历史的长河中刻舟求剑了。这必然导致先锋性的空洞化，无论是一个作家自诩为先锋性写作，还是一个批评家在肯定作家的先锋性，其所谓的先锋性其实都是语焉不详的，无非有两种含义：一是指与主流的写作范式有不一样的地方，一是指承继了八十年代先锋文学的遗产。而这两种含义都不能给我们带来实质性的意义。

先锋性的空洞化，空洞化的先锋性，这实在是一个应该引起我们重视的现象。

先锋性的空洞化，也许说明了八十年代先锋文学给人们留下的印象太深刻，这笔文学遗产还没有得到人们充分的利用。另一方面，也说明文学界的不满情绪总也挥之不去，人们希望再有一次类似于八十年代的先锋文学潮，给文坛造成一次大的冲击和颠覆。那么，今天的文学是否还需要先锋性呢？是否需要再发起一次先锋文学的浪潮呢？人们似乎怀有这种期待，因为眼下因袭的东西太多太强大。这些年还兴起一个词，叫新锐写作，显然人们也是希望年轻的作家能够成为新锐,去发起文学的进攻。那么,新锐写作能否担当起新一轮战役的先头部队的使命呢?我看很难。表面看上去,现在的新锐写作具备先锋文学的条件,年轻人,带着年轻一代的审美观,有反叛意识,等等。但是,新锐写作缺乏最关键的东西,这就是先锋文学的灵魂。先锋文学的灵魂是什么?是新的小说观。任何一次成功的先锋文学,都是因为有新的文学观念的指引,才会对传统文学构成一次挑战,从而带来新的技巧、新的文体、新的表现方法、新的叙述方式,以及新的世界观。八十年代的先锋文学尽管是对西方现代主义文学观的粗暴实践,但正因为余华、格非、马原、苏童等一批年轻作家的粗暴实践,中国的当代小说才逐渐接纳了现代主义和后现代主义,也才大大拓宽了小说的审美空间。但是,今天的新锐写作有什么不同于以往的新的小说观念吗?没有。这就意味着如果把他们看成是先锋写作的话,他们就是一种没有灵魂的先锋文学,没有灵魂的先锋文学就像是一群无头苍蝇,他们虽然在勇敢地四处冲撞,却是没有明确的方向,也不可能有所收获。所以,对于今天的新锐写作来说,关键是重铸灵魂。重铸灵魂,也就是要建立起新的小说观念,一种反抗传统因袭的小说观念。

王安忆的《匿名》也被赞誉为先锋性的写作,那么它也是一种没有灵魂的先锋文学吗?至少从一些肯定这部作品的批评文章来看,批评者基本上还是以八十年代先锋文学的图样来界定其先锋性的,并没有指出它提供了什么新的小说观念。然而,我不得不承认,这一回应该是批评家们看走了眼,人们没有发现,在《匿名》中隐含着一种新的小说观,这是王安忆的一次新小说观的尝试。当然,批评家们看走了眼也情有可原,因为这种新的小说观在王安忆的头脑中还不是特别清晰,她的尝试也不是那么的坚定有力。

王安忆对自己的小说观有比较清晰的表达,她说:"以前我很想写的就是生活,生活里隐藏着自身的美学,人际关系……(《匿名》)这个东西吧,我就觉得它不是具象的,它是写一个在我们表象底下抽象的存在,抽象的美学。""以往的写作偏写实,是对客观事物的描绘,人物言行,故事走向,大多体现了小说本身的逻辑。《匿名》却试图阐释语言、教育、文明、时间这些抽象概念,跟以前不是一个路数的。这种复杂思辨的书写,又必须找到具象载体,对小说本身负荷提出了很大挑战,简直是一场冒险。"不妨将王安忆的小说观表述为"阐释"化的小说观。这无疑是对以往小说观的完全颠覆。简单地说,以往的小说观，无论古典小说，还是现代派小说，都是描述化的小说观，是通过小说去描述世界。而王安忆的阐释化小说观，则是变描述为阐释，要通过小说去阐释世界。这不是要跟理论家思想家们争夺话语权吗？非也。王安忆并不是像理论家思想家们那样用概念去阐释世界，而是要用小说的基本元素——细节、形象去阐释世界。这的确是一场冒险！

以既定的小说观来看《匿名》，它接近失踪和悬案一类的故事模式，又可以朝着类似于《鲁滨孙漂流记》的孤岛小说发展，但王安忆根本不按正常的小说逻辑展开情节，这让我们阅读起来很不习惯。不过如果知道王安忆并不是在描述一个故事的始末，而是对这个世界进行阐释的话，也许就能读出其中的意味了。小说有一个总的阐释目标，这就是文明与人类的关系。王安忆尝试以一个被绑架者为对象，去探究文明印迹从一个人身上逐渐褪去以及这个人再次进入文明圈后的情景。但王安忆并不是在描述这一情景，而是通过情景去阐释。因此小说会不断地生出一个又一个的阐释点，每一个阐释点就像分出的枝丫，使情节变得非常不连贯。阐释点仿佛随时都会冒出，比如在写到杨莹瑛因老伴失踪，一人待在家中无所事事，变得很安宁时，便有了一大段对于安宁的阐释，这段阐释是从日常生活心理的哲学意蕴来理解安宁的。在阐释的过程中，王安忆充分开发了细节的功能，把细节当作阐释中最基本的概念，让细节与抽象理念衔接起来，构筑起小说的阐释方式。在王安忆的"冒险"中，还有一点值得关注，这就是她对文字的态度，她是在探寻和展现文字表达世界和构建世界的能力，显然她把文字在小说中的地位置于人物、情节和结构之上，这也应该是她的新小说观中的重要内容。

无论《匿名》在多大程度上实现了新的小说观，但王安忆的这一次"冒险"是非常有意义的冒险，因为她以这样的冒险为空洞的先锋性注入了充实的内容。王安忆的先锋性直接挑战了以往小说对现实的过分依赖，她从否定"描述"入手，正是抓住了穴位。或许我们应该响应王安忆的挑战，进行一次去空洞化的先锋写作。

2016年

短篇小说：铁凝的福地
——读铁凝的小说集《飞行酿酒师》

《飞行酿酒师》是铁凝一本最新的短篇小说集，由人民文学出版社出版，书中收录了12个短篇小说，这是她担任中国作协主席后的五年间所收获的成果。在阅读这本书时，我突然发现，短篇小说对于铁凝来说具有特别的意义。在铁凝的人生遇到重要转折的时期，她在文学创作上往往会进入到短篇小说思维的状态，她更愿意在短篇小说这种文学形式中去调整自己的文学方向。

被选定为中国作协的主席，这显然无论是在创作上还是在生活上都会给她带来极大的改变，于是短篇小说成为她几乎唯一的选择。当然，这种选择并不排除因为作协主席的社会身份使她没有大量的个人创作时间这一原因。但是，回顾一下铁凝的创作经历，就能明白短篇小说是她的福地。新时期文学之初，年轻的铁凝就是凭着短篇小说《哦，香雪》引起文坛瞩目。二十世纪的九十年代初，铁凝也有四五年的时间里基本上只写短篇小说。同样是她人生面临的一次重要转折。这是在一次大的政治风波之后。之前的铁凝正处在文学创新的兴奋期，社会思潮的剧烈变化使她冷静了下来，她开始调整自己的思路，并选择了短篇小说来表达自己的思路。不妨列一个清单：1989年，写了一个短篇小说《遭遇礼拜八》；1990年，写了三个短篇小说《遭遇凤凰台》《哀悼在大年初二》《我和王君之间》；1992年，写了《孕妇和牛》《笛声悠扬》《砸骨头》《马路动作》《棺材的故事》《峡谷歌星》《大妮子和她的大披肩》《甜蜜的拍打》等八九个短篇小说。在这些短篇小说中，一个曾经充满善意看世界的铁凝，逐渐变得有些冷漠和无情了，她从小说的颜料盒里撤走了热情洋溢的暖色，以一种客观、冷峻的笔调描述她所观察到的社会人生。但是，铁凝的善良之心并没有变，只是她在寻找一种更稳妥的表达善良的方式。待她写《孕妇和牛》时，她终于找到了最稳妥的表达方式，一种恬静、温馨的田园诗意在她的心底升起，她要借助夕阳下的静穆的孕妇形象来传达她已经获取的静穆的精神境界。《孕妇和牛》可以说是一个标志，标志着铁凝思想上的成熟。铁凝对社会人生有了新的体认，这些新的体认孕育在她的内心，就像是孕育着新的生命。综上所述，铁凝在二十世纪九十年代初的一段短篇小说写作期，帮助她顺利渡过了一次人生的转折，使她的文学创作迈向一个新的高度。《飞行酿酒师》则在告诉我们，新世纪以后，短篇小说依然是铁凝的福地，再一次帮她渡过了又一个人生的转折。从这样的角度来读这本短篇小说集，其中对于铁凝文学创作上的意义就彰显了出来。

　　铁凝的这一次人生转折是由中国作协主席的职务带来的。这意味着她的政治身份更加凸显，她的言行不仅代表着一名作家的个人心声，而且还要承担一名公众人物的社会责任。这二者之间有时候难以协调，甚至很可能还会发生冲突。因此她必须认真思索，应该如何处理这种二重性？她的思索结果在短篇小说创作中得到了验证。铁凝是在一个对话和交流的全球化时代接任中国作协主席的，这为她提供了具备世界性视界的可能性。铁凝意识到了这一点，因此在她就任中国作协主席之后，她便把加强对外文学交流做为自己的重要工作来做，也培育了一种自觉的世界文学意识。这种意识在她的短篇小说创作实践中得到了体现，她努力去表现"人类的心灵能够共同感受到的东西"。这就构成了《飞行酿酒师》这本小说集的基本主题。

　　这本小说集中的作品基本上写的是身边的日常生活和普通的人物，但铁凝在观察和处理日常生活时分明带着大世界的眼光。比如《咳嗽天鹅》就是一篇因为生态的忧思而有了创作冲动的小说。生态危机被认为是人类文明发展到今天面临的三大危机之一（另外两个危机是能源危机和精神危机），生态问题也成为当代政治和当代思想学术最前沿的问题。不少作家关注生态问题，书写生态题材的作品，生态叙述无论在中国还是在西方发达国家，都被看成是文学的积极姿态。铁凝这一阶段的小说中，不仅《咳嗽天鹅》涉及生态问题，另一篇小说《七天》更是将环境污染带来的恶果做为小说的核心情节。铁凝的小说中也有不少新知识带来的文学灵感。如《海姆立克急救》，其构思来自一个专业的医学术语；而《飞行酿酒师》则将大师的葡萄酒知识穿插在故事之中，变成了一个个情节发展的活扣。但铁凝并不是生硬地搬用新知识和新观念，而是融化在自己的文学体验中。比如铁凝的生态叙述就不是简单地追随生态主题，更不像国内某些生态小说那样唯生态而生态，与中国现实相去甚远。中国现实情景是：一方面，生态意识被当成最先进的思想，另一方面，生态意识又与实践完全脱节。铁凝的小说虽然不是正面表现中国现实的生态问题，但她准确地把握了这一点，并以此来深化小说的主题。天鹅是国家一级保护动物，连最普通的村民都知道这一点，但出人意料的情节发生了，病天鹅到动物园以后反而遭遇劫难，而且杀它的竟是那位天天与天鹅相伴的、将天鹅馆收拾得像天鹅们的"天堂"的景班长。铁凝由此表达了比一般生态小说更见深刻的思索：从生态的忧思进入到人态的忧思。就是说，生态问题不仅仅依赖于人的理性来解决，它从本质上也是与人态相关的，人的情感状态、心理状态和精神状态如果没有与生态意识融洽起来，人们再多么有理性地认识到生态的重要，如果他的天性没有醒来，是不会真正与动物们成为朋友的。在另一篇以环境污染问题为核心情节的小说《七天》中，铁凝同样将生态的忧思引向人态的忧思。

铁凝无疑要表达出"人类心灵能够共同感受到的东西"的，但她尽量不去重复别人的表达，而是在学习经典的表达，在与世界对话的同时，寻找到自己的切入点。比如《1956年的债务》，写了一个吝啬人形象。在世界文学经典之林中，有不少吝啬人的典型形象一直为人们所津津乐道，如莎士比亚《威尼斯商人》中夏洛克、巴尔扎克《欧也妮·葛朗台》中的老葛朗台、莫里哀《悭吝人》中的阿巴贡、吴敬梓《儒林外史》中的严监生。我相信，这些经典作品中的典型人物，铁凝也是熟悉的，她在写这篇小说时，显然会与这些典型人物进行对话，做为一种非常强大的参照系，铁凝可以从中学习到很多塑造吝啬人的诀窍。我们甚至可以从中发现学习的痕迹。比如小说一开头父亲临死前将还债的事托付给儿子的情节，特别是父亲托付完了之后，抬起身子向儿子张开两条胳膊的细节，会让我们联想起《儒林外史》中严监生临死前心疼两根点燃的灯草而举起两根手指的经典细节。这同时也说明了一个问题，这些文学经典不仅是参照系，也是一面高高的墙，你如果不能跳过去，你就只能在原地重复。铁凝面对这面高高的墙并没有退缩，她勇敢地超越了过去。是什么给予她超越的力量，应该是她对个人经验的自信。因为铁凝写的这个吝啬人是与中国特定时代相关的，是中国特定的饥饿年代铸就的一种吝啬性格。如果说以往的吝啬人形象多半是让人厌恶和反感的话，铁凝所写的这个吝啬人却是让人感到心酸。铁凝所写的这个吝啬人是小说中的父亲。父亲在1956年因为孩子的出生不得不向同事借五块钱渡过难关。但他一直没有能力还钱，为了这五元钱的债务，父亲在生活中变得越来越吝啬。穷困的生活摧毁了父亲的尊严，失去尊严的父亲就会在吝啬上越走越远，逐渐地，他竟还能从吝啬中尝出乐趣。但父亲终究要寻回自己的尊严，所以他在临死前要庄重地将还债的事托付给儿子。铁凝的立意并不在于写吝啬，她通过一笔债务，对比了两个时代的巨大差异，这种差异自然是物质上的，今天的物质丰富程度是当年的饥饿时代完全不可比拟的，然而在铁凝的叙述里却隐含着一个质问，质问今天的时代，虽然物质丰富了，却是不是遗漏了一些更重要的东西。这种质问正是铁凝在学习经典基础上开掘出最有力量的切入点。《风度》这篇小说的构思表面看上去比较一般化。小说中的几位老知青都成了今天的成功人士，因此他们筹划的相聚显得特别有风度。这种题材的选择正在小说界流行，无论是知青聚会，还是同学聚会，其叙述方式和主题表达都大同小异。但铁凝的这篇小说仍能脱出窠臼，就在于她选择了一名当年与这些知青相处很好的农村青年程秀蕊的视角来看他们的"风度"，更在于铁凝内心所认定的风度与物质无关，而是与感恩、信诺有关。感恩和信诺不正是"人类心灵能够共同感受到的东西"吗？

铁凝相信文学是与人的心灵相关的，所以她致力于挖掘人的隐秘内心，将善良的光亮投射到幽暗的内心世界。比如《伊琳娜的礼帽》就突出地体现了铁凝的这一特点。这篇小说读起来有些许俄苏文学的韵味，或许铁凝对俄苏文学的经典有所偏爱，进而出神入化。仿佛是要与这种韵味相协调，铁凝也把故事的发生地安排在了俄罗斯。铁凝再一次发挥她以小见大的特长。这一次的"小"专门用在对人物的观察上，小到一个眼神，一个手势，透过"我"的一双敏锐的眼睛，在飞机窄狭的空间里简直就在上演着一出惊心动魄的大戏！无论是一个当母亲的伊琳娜与一名陌生人瘦子的暧昧的亲热，还是三个年轻男女放肆的调情，还是一对衣冠楚楚的华丽男士在众目睽睽之下走进洗手间的龌龊，都集中在飞机这一特殊的空间里发生了。这个特殊空间就像一个临时组织起来的社会，这个社会很快又会解散，因此置身在这个空间里，人们会把平时的约束和禁忌置诸脑后，都想趁机让自己的欲望释放一把。但是，当飞机降落后，一切又恢复到常态，伊琳娜和瘦子尽管都十指相扣地握着手了，此刻又像是陌生人一样各走各的。读到这里，我们或许要对人的瞬息万变表示叹惜。但是，伊琳娜的礼帽出现了！伊琳娜礼帽这个小小的细节引导我们发现了人性的美好一面：瘦子拎着礼帽盒的追赶，"我"当机立断的夺过帽盒，还有小萨沙把笋尖般细嫩的食指竖在双唇中间，都可以看作是他们对一对恩爱夫妻的祝福。也许这就是铁凝要告诉我们的关于人生的发现：美好和善良总是持久的、常态的，我们不要被偶尔溢出来的非分欲望破坏了常态中的美好和善良。连伊琳娜也对自己一度溢出的欲望心生愧疚，她将礼帽扣在自己头上，企图用这个滑稽的举动遮掩住愧疚的表情。而铁凝则以一种宽容之心谅解了欲望的一时溢出，因为她相信善良的人们终究要回到常态中来。

  铁凝在这本小说集的自序中说，她热爱短篇小说，她相信人生有可能是一连串的短篇。正如铁凝所言，短篇小说已经与她的生命密切联系在一起，每一个短篇都展示了她生命中的"生机和可喜"。

2017年

以小说的方式布道弘法
——谈谈徐兆寿长篇小说《鸠摩罗什》

徐兆寿的长篇小说《鸠摩罗什》出版时间并不长，但作家及其作品引起的反响已经很大，而且反响远在文坛之外，这就不得不引起我们注意，一部"小说"何以有这样的力量？我想，还是要回到《鸠摩罗什》的文本中去看，回到徐兆寿的写作中去追问。

《鸠摩罗什》这本书可以看作是真实记录了徐兆寿借鸠摩罗什去问道的心路历程。徐兆寿最可贵之处就在于他始终在问道。从《荒原问道》开始，就能感觉到这是他作品中最大的特点，这也是做为一个学者很可贵的地方。他不断地让自己的思想往前走，往深处走，往广大处走。《鸠摩罗什》中有很多对中西文化、哲学、宗教的书写，且比重很大，这使得本书的思想容量特别大，也成为本书最重要的特征。所以，这本书在一定意义上也是徐兆寿布道弘法的一部书。这个道，就是中国传统文化中的道；这个法，也是中国传统文化儒道释共同的法。同时，徐兆寿的写作完成了对古典文学伟大传统的皈依，这个传统便是"文以载道"。

一、小说与大道

如果用一句话来概括《鸠摩罗什》的特殊性的话，我觉得它其实是以小说的方式来"布道弘法"。这是小说主人公鸠摩罗什所决定的。鸠摩罗什是中国历史上一个很伟大的高僧大德，用我们俗人的话说是个伟大的和尚，其实他有很多头衔，比如佛学家、思想家、翻译家、语言学家等。我看过一些有关讨论翻译问题的文章，大多都要谈到鸠摩罗什，认为鸠摩罗什形成了一个翻译史上的流派，就是直译的流派。

　　研究翻译史，不管你是直译也好，还是意译也好，自然都绕不开鸠摩罗什。仅从这一点来看，他确实是一个有伟大贡献的历史人物。他又跟佛教有密切的关系。今天中国是佛教遍地开花，但是如果去问那些信佛的人，鸠摩罗什你知道吗？我估计大多数人都不知道。所以他既是一个伟大的历史人物，又是一个被我们逐渐淡忘了的历史人物，这其实是一个民族的文化悲哀。我相信徐兆寿对这一点深有感触，他写这本书最大的一个心愿就是要让更多的人知道鸠摩罗什。在这一点上，徐兆寿有点像鸠摩罗什，或者说，他是在努力向鸠摩罗什看齐，他们都是把弘法传道做为自己的写作目的。徐兆寿在这本书中也讲述了自己有一个不断认识和学习理解鸠摩罗什的过程。鸠摩罗什最大的一个贡献就在于他把佛教最重要的经书推广到中国的中原大地，他把这些经书翻译介绍过来。他最辉煌的时候应该是他进入长安以后，那个时候他有三千弟子，这真有点像孔子，事实上我们完全可以将他与孔子进行类比，比如他有三千弟子，其中他最看重的弟子大概十来个，就像孔子也有几个最看重的弟子一样。鸠摩罗什当时在长安建立了译经场。现在文化创意搞一个工作坊是顶时尚的事情，要知道鸠摩罗什在一千多年前建立的译场就是最早的工作坊，他翻译了那么多的经书，单纯凭他个人的能力，是不可能完成这么巨大的工作量的，他又没有电脑，完全靠一个字一个字地翻译，这就是译经场的功劳。三千弟子在他的带领下边学习边实践。译场有很严密的程序，分工精细，制度健全，首先有译主对文本进行整体把握，然后又一个字一个字地推敲"度语"，接下来还要经过"证梵本""润文""证义""校刊"等好几个程序，而这一切都取决于鸠摩罗什对经文的理解。另外还得力于鸠摩罗什掌握了娴熟的汉语，他知道以什么对应的汉语把经文翻译过来，正是通过译经场，鸠摩罗什完成了一个伟大的工程。一共翻译了多少本？300本。300本译文都是他带着三千弟子翻译过来的，我觉得这是他最辉煌的业绩，也是最伟大的贡献。可以说今天流传于世的经文是很大一部分都出自鸠摩罗什及其弟子之手。他对佛教做出这么大的贡献，说他贡献大，并不在于他翻译了多少部经书，而在于他通过自己的努力，让佛教思想和佛教精神传播得更广，让更多的人从佛教教义中获取智慧。这就是弘法传道的工作，实际上鸠摩罗什从一开始就确定了要把弘法传道当成他自己最大的一个心愿。徐兆寿在学习中对鸠摩罗什的这一点理解得很深，也很钦佩鸠摩罗什的精神。他渐渐感觉到自己也应该担当起弘法传道的职责，于是他调整了自己的写作思路，要把鸠摩罗什的贡献和价值讲深讲透，让今天的人重新认识这样的历史伟人。这本书基本上达到了徐兆寿的目的，所以我要说，徐兆寿也像鸠摩罗什一样做了弘法传道的工作，他的这本书也是一本弘法传道的书。

徐兆寿在前言中也详细介绍了自己在写作上的转变过程。最开始他是打算写一本学术著作的。徐兆寿本人就是一名学者，吃的是学术饭，做学术研究是他的安身立命之本，从世俗功利的角度说，他写学术著作是最优选择。何况鸠摩罗什是很值得研究的学术选题，很多大学者都研究过鸠摩罗什，像汤用彤、陈寅恪、伯希和等都做过这方面的研究，日本学者也很重视鸠摩罗什的研究，他们的学问做得很细，如研究鸠摩罗什到底是哪一年出生的，这都可以做为一个选题。但是徐兆寿发现了在今天鸠摩罗什几乎从普通民众的视野里完全消失了，尽管现实中走进佛教寺庙里的人越来越多，但那些求神拜佛的人并不见得知道和了解对佛教做出伟大贡献的鸠摩罗什，即使知道他的名字，也不见得知道他的思想精髓在哪里。徐兆寿为这种情况感到忧虑，他觉得自己首先要做的工作是向广大民众介绍鸠摩罗什。这是一种文化普及的工作，显然写一部学术著作是无法达到文化普及的目的的，所以他决定放弃写学术著作，而是要以小说的方式来写鸠摩罗什，小说可以让更多的人读得懂，可以让更多的人知道有一个伟大的鸠摩罗什。从这一点来说，徐兆寿真的就像鸠摩罗什。我说徐兆寿像鸠摩罗什还有另外一层意思，是指他在学习和研究鸠摩罗什的过程中，也在尝试着与鸠摩罗什进行对话，他会将自己的研究成果和对话心得融入书写过程中，于是我们就在鸠摩罗什中看到徐兆寿的影子，或者说，他的这本书是写了一个徐兆寿化了的鸠摩罗什，他通过这种方式记载了自己借鸠摩罗什去问道的心路。

徐兆寿用小说的方式弘法传道，在一定意义上完成了对小说文体的超越，《鸠摩罗什》所承载的东西或许超出了我们对一部小说的理解，它需要放在更大的视野中去看。大道行于天下，徐兆寿《鸠摩罗什》的写作带我们走进鸠摩罗什的传道过程，重走高僧心怀天下的传法大道，实为可贵。

二、小人物与大历史

在《鸠摩罗什》的写作中我们发现有两个人物值得关切，那就是代表大历史的鸠摩罗什与代表小人物的张志高。当然，这绝不是在标签化人物，在有关历史人物的书写中，最怕把历史人物崇高化，甚至不食人间烟火，而又容易把小人物污名化，俗不可耐。但在徐兆寿的笔下，无论是鸠摩罗什还是张志高的塑造，都是有血有肉的，特别是看似在故事之外的张志高有如神来之笔，与整个文本形成了很好的呼应。

我觉得《鸠摩罗什》并不是一部单纯客观记载鸠摩罗什生平事迹的作品，而是带有作者鲜明的主体性，而作者的主体性并没有伤害传主的客观性，作品通过作者主体性的介入，能够更有效地阐释和展开鸠摩罗什的思想和智慧。比方说我最欣赏的两个章节就比较集中地体现了这一点，一个是"舌战群僧"，一个是"与商谷论道"。这两个章节分别写了鸠摩罗什的两次经历，这两次经历都与思想论辩有关，而且在有关史籍中都有所记载，但史籍的记载很简略，基本上只是记载了发生了什么事情，至于思想论辩的具体内容就没有在史籍中留下来。比如舌战群僧的事迹，在好几处史籍中都有记载，但这些记载基本上都是写当时的场面，强调鸠摩罗什当时还是一个少年，居然能够把人家驳倒，至于双方提出了什么观点，是怎么驳倒对方的，基本上没有涉及。但如果还是按照古籍上的写法仅仅渲染一下鸠摩罗什的神童传奇，显然是无助于让读者充分理解鸠摩罗什的思想内涵的。这时候，徐兆寿就让自己的主体性有效地介入，以他对佛教的理解以及他对传统文化的理解，去和鸠摩罗什对话。在此基础上，他合乎逻辑地想象了当年鸠摩罗什是如何进行论辩的，这些论辩的话其实表达的是徐兆寿本人的观点，但又令人信服地安置在鸠摩罗什的身上，因为这些观点本来就是徐兆寿学习鸠摩罗什的成果。另外，这本书写了鸠摩罗什的思想发展和成熟的过程，在书写这一点时，徐兆寿也把自己的学术思想转变融入了进来。他最开始是迷恋西方哲学思想，基本上是以西方文化观去观照中国文化思想，后来逐渐转到开始重视中国传统文化，研究传统文化是怎样在本土的环境下演变的，然后再到把西方文化与东方文化结合起来。徐兆寿也从鸠摩罗什的身上印证了自己思想转变的合理性，因此在书写过程中也镶嵌进了自己的心路历程。总之，我觉得《鸠摩罗什》不仅是鸠摩罗什的客观记录，而且还写了一个徐兆寿化了的鸠摩罗什。所谓徐兆寿化了的鸠摩罗什，是指徐兆寿的书写有意让两个人的心路相碰撞，或者说突出徐兆寿在和鸠摩罗什进行对话。鸠摩罗什最伟大的贡献是弘扬佛法，徐兆寿在书中反复强调了这一点，我觉得对这一点我们不能作狭窄的理解，不要把佛法仅仅理解为是指具体的佛教教义。"舌战群僧"里的一段描写很能说明这个问题。有一个人问鸠摩罗什，说我们这些修行的人最后能够进入到极乐世界，这是很好的事情，但是佛法会衰败消亡吗？鸠摩罗什回答说，如果我们不去弘扬佛法，它就会消亡。虽然佛法看上去很神圣，他能够将我们带入极乐世界，但是我们如果不去弘扬的话，它就会衰亡。我觉得这是一个非常深刻的思想见解，它说明永恒的东西是可以存在的，但一个东西的永恒性不会存在于静止不动中，只能存在于运动之中，运动才能带来永恒性。佛法应该是永恒的，但假如没有人去传播佛法，就不能保证有很多人继续接受佛法，当逐渐没人相信和接受佛法的时候，佛法就真的会毁灭了。这是鸠摩罗什说的。所以不要小看弘扬佛法的普遍意义。弘扬佛法的意义就是要让我们的最可贵的东西、最有价值的东西能够永恒地存在下去。

  从小说的角度来看，我觉得写得最弱的是关于凉州的这一部分。这一部分写得弱些首先有一个客观原因，即鸠摩罗什在凉州留下的资料是最少的。但另一方面，徐兆寿掌握凉州的其他知识可能又太丰富了，他想把这些知识尽量充实到作品中来，让凉州的内容变得更为丰满，于是在这一章里，更多的笔墨是在写当时的政治形势如何发生变化，军事斗争的情况，政治内部的阴谋，等等。但问题是这些知识与鸠摩罗什并没有实质性的或直接的关系，这样一来，鸠摩罗什就变成配角了。另外，还涉及怎么把握和理解鸠摩罗什在凉州17年的经历和行为。比方说有一种观点认为鸠摩罗什在凉州身份不是和尚，而是一个谋士了。徐兆寿并没有采纳这种观点，但这种观点的存在正说明了凉州经历的复杂性。徐兆寿的处理比较审慎妥当。其中自然不能回避他是被吕光绑架过去的史实。但徐兆寿把握了最关键的一点，即无论如何，鸠摩罗什始终不忘传教的宗旨。如何围绕鸠摩罗什的基本性格来虚构想象，从一些细节描写来看还有所欠缺。比方吕光吊打鸠摩罗什的情节设计就不是很妥当，因为这不符合吕光和鸠摩罗什之间的关系。古人的传记只是说吕光通过让鸠摩罗什骑马骑牛来羞辱之，他不会这么直接地就像抓着一个下层的人似的去吊打，至少吕光应该有所顾忌。从人物性格的连贯性来看，怎么抓住鸠摩罗什几个主要性格特征也不是十分明晰。

张志高这个人物让我的心很是颤动。尽管这个人物出现在小说后面的卷外卷中，但这个当代人物以一种特别的方式照应了前面所书写的鸠摩罗什。徐兆寿通过张志高，将自己对鸠摩罗什的理解，对传统文化的理解，以及由鸠摩罗什研究引出的一些哲学话题，以非常直接的方式表达了出来。更重要的是，张志高这个人物本身又是这一系列哲学话题中的一个环节，这些哲学话题关乎宏大历史、关乎时间的永恒性，而张志高只是一个活在当下的个体，这一个体面对宏大和永恒似乎显得十分渺小与无助，但宏大和永恒又填满了这一个体的大脑中。徐兆寿在《鸠摩罗什》的写作中，将宏大的历史以亲切可感的笔触书写出来，鸠摩罗什的破戒，鸠摩罗什在一次次的精神炼狱中挣脱、跳跃，最终完成了他的历史使命。与此同时，作家徐兆寿也与文本融为一体，张志高的意义也逐渐突显出来。在对历史人物的书写中，徐兆寿开了个好头。

三、"边地"的启示

兰州地处西北，是传统意义上的边地。郜元宝曾讨论过中心与边地的关系问题，如今看来，边地与中心的概念不免粗暴，或许曾经的边地是现在新的中心。当我们今天站在现代主义的立场上，用现代性来批判现代文明的时候，我们更多地看到它的弊端和问题，而且我们在看的时候，会把精神和物质分离开来看，给人的感觉就是好像现代文明给我们带来很多糟糕的地方，人类的精神已经被破坏得很严重，照这样的逻辑，人类文明应该倒退到过去才行。实际上现代主义对现代文明的批判，其目的不是在提倡倒退，而是要让人类文明不断地完善，继续往前走。必须承认现代文明给我们生活带来很多的方便，必须看到物质文明的进步和发展本身就包含着精神上的内涵。由此我就特别看重张志高这个人物，因为他会让我们想到问题的另一面。张志高在精神世界里钻研得那么深，他对精神那么痴迷，他好像变成一个纯粹的人了，在他身上根本看不到当代社会普遍存在的精神疾病。但是无论他的精神世界多么完善，他还必须回到现实中去，他不能把日常生活完全抛弃掉，他不能全是虚的，他还有实的一面。当他变成一个实的张志高的时候，他就是个失败者。他是个失败的人。比如张志高答应徐兆寿一起上北京，他们坐上飞机，飞到了北京，一出机场张志高就慌了，他被高楼大厦压垮了，他都不敢离开机场，他哀求徐兆寿替他买张回兰州的机票。这个细节的寓意非常清楚，一个在精神上非常完善的人，却被现代文明轻易压垮了。张志高其实给了我们一个提醒，我们必须思考一个问题，如何让传统文化中伟大的精神遗产和现代文明有机地融合起来，这二者不应该是冲突的关系。如果我们弘扬传统文化中的精神遗产就意味着要过清贫的生活，就意味着要对现代文明采取拒绝的态度，那完全是不可思议的事情。这就说到如何看待兰州的问题。兰州做为边地，相对于中心城市来说在现代文明上要落后一些，有些人就认为，幸亏兰州现代文明落后一些，它才没有像那些中心城市那样充斥着现代化带来的弊端和问题，它还保持着传统文化纯朴的一面。这完全是一种将精神和物质对立起来的机械主义的思维方式。兰州少了一些现代化的弊端和问题，比中心城市要纯朴一些，这固然是由于兰州做为边地在现代化进程上比中心城市来得慢一些的缘故，但我们不能因此就要求兰州拒绝现代化。相反，我们应该重视边地与中心在现代文明程度上的差距，应该在现代化上给边地以倾斜，当然在现代化上给以倾斜时我们可以充分吸收中心在现代化方面的经验教训，有意识地让边地的纯朴精神参与到现代化进程中来。否则，兰州如果始终是落后的边地，始终在现代文明的程度上比中心城市要慢好几步，兰州的那些坚守传统精神的志士文人就有可能逐渐与时代脱节。徐兆寿在这本书中专门写的卷外卷绝对不是多余的，他揭示出边地与中心差距加大的尖锐性，并认为只有通过现代文明的洗礼，传统文化的精神遗产才能在现实中发扬光大。这也说明徐兆寿在写鸠摩罗什这样一个历史人物时同样具有鲜明的现实针对性。

　　传统的边地现在已经是中华文明新的精神高地，徐兆寿《鸠摩罗什》的写作可以看作是对中国优秀传统文化新的召唤，如果说上世纪八九十年代人文艺术完成了新的启蒙，那么做为知识分子写作群体的代表人物徐兆寿则是对这"新"的启蒙的延续。当然，《鸠摩罗什》的超越性在于重新赋予了边地的意义，以及完成了对"文以载道"这一古典文学伟大传统的皈依。徐兆寿在问道的同时，也是在传道，《鸠摩罗什》是以小说的方式布道弘法，或许每一个《鸠摩罗什》的读者都能在阅读中体味大德高僧鸠摩罗什的荣耀与光辉。同时，阅读的过程也是一次救赎，俗世男女如能像佛经中所说的那样"破除千般执，跳出轮回苦"，便也不枉作家的一颗赤诚之心。

2018年

中庸之美
——读老藤的长篇小说《刀兵过》

写下中庸这两个字，心里还有一丝犹疑，因为中庸并不是一个高大上的字眼，甚至在相当长的一段时期内以及在相当多的人群中，中庸被视为一个贬义的词语，认为中庸就是推崇和稀泥、做老好人，就是走中间路线，就是甘当平庸之辈。但是，当我想到人们对中庸的这些误解之后，更加坚定了我对这部小说的理解，我一定要将"中庸之美"的评价赋予它，而且我相信人们最终都会意识到，这是一种难得的褒奖。

三圣祠与至臻至善的天道

先看看小说讲述的是一个什么样的故事。小说主人公王克笙，从小就跟随父亲学习中医，十六岁成人的那一年，父亲将家族秘密告诉了他。原来王家的祖先姓朱，因为当过大周王朝的医官，被清兵俘虏后侥幸逃脱，从此改为王姓，在天津开办名为"酩奴堂"的中医诊所，几代人隐姓埋名地生活下来。听完家史的王克笙在心里立下誓言："不复祖姓，誓不为人。"怀着这一誓言，王克笙跟随吴先生去关东，后来在一个叫碱滩的不毛之地落下脚，建起了"酩奴堂"，因为王克笙的到来，仅有四户人家的碱滩逐渐兴旺了起来。王克笙将这里改名为"九里"，小说就以九里为背景，讲述了一百年来在这里发生的故事。一百年来，中国大地经历了各种动荡，社会发生了巨大变化，战争频仍，灾难不断，九里尽管地处偏远，但各种动荡仍然会涉及这里。有时候一场突然袭来的灾难都会让类似于九里这样的小村落被彻底毁灭。然而九里一直顽强地挺过来了，究其原因，可以说，就因为九里的领头人王克笙以及他的儿子王明鹤一直坚守着"中庸之道"，从而化解了各种险恶。

　　在讨论这部作品的中庸之美时，我想首先应该辨析清楚"中庸"的含义。"中庸"是中国传统文化的核心观念。《论语》说："中庸之为德也，其至矣乎。"这就是说，人的道德如果能够达到中庸，就是最高的道德。中庸源自孔子，后来经过历代思想家的完善，逐渐形成关于中庸之道的完备理论，中庸之道的主题思想是教育人们自觉地进行自我修养、自我监督、自我教育、自我完善，培养一个人的理想人格，从而达到至善、至仁、至诚、至道、至德、至圣的理想境界。中庸之道的理论基础是天人合一，天地万物甚至人、神、鬼三界都在至善、至诚的境界下达到统一。《刀兵过》抓住了这一点，并由此设计了"三圣祠"这一意象。王克笙的先祖在酪奴堂挂了儒家孔子、药王孙思邈和佛教祖师达摩三位圣人的画像。为什么要将三位圣人挂在一起供奉？王克笙的父亲解释说："人无信仰，犹长夜无灯，不能夜行。孔子为儒，儒家讲心、性、命。药王是道，道家讲精、气、神。达摩乃释，释家讲戒、定、慧，三教虽殊，同归于善，参透此道，遂成君子。"这是王家追求的信仰，分明体现出天人合一的中庸之道。当王克笙决定离家去关外开设酪奴堂时，他的母亲特意临摹了三圣的画像交给他，对他说："三圣衣钵要代代相传。"王克笙在九里落脚，得到大家的拥戴，他也当仁不让地担当起九里乡绅的职责，并在九里建起一座三圣祠，将三位圣人的画像恭恭敬敬地挂在祠堂的正面，以三圣的精神感化村民，以三圣的教导来规范村民的行为。从此三圣祠成为了九里的一块神圣之地。九里有什么大事，几位主事的户主一定要来到三圣祠里商量，哪位村民在人生道路上将做出新的选择时，也要到三圣祠里烧三炷香。三圣祠培育起九里人的信仰意识，也让九里的人们养成了一种敬畏感。小说沿着时间的顺序一路写来，让我们看到九里这一偏远的海边碱滩，如何从稀落的几户人家逐渐发展成一个由三十几户人家组成的规模有致的村庄，家家都住上了青砖瓦房。而在九里的变化中始终贯穿着三圣祠的影子。小说写的是九里村民们的日常生活，但在他们的日常生活中分明浸染着信仰精神和敬畏感。三圣祠同时也为九里点亮了一盏文明的灯。小说看似漫不经心地写到一些日常生活的细节，比如写蒲娘的到来，如何改变了九里妇女们的生活习惯。有时文明的熏陶是潜移默化的，但对于王克笙这样的怀有自觉的文化信念的人来说，他们懂得文明的重要性，会将传播文明、以教化去提升地方文明水平做为自己的义务。这正是中庸之道的践行方式。蒲娘一来到九里，就发现了妇女们的很多习惯是不好的，她为了改变妇女们的习惯，费了很多巧妙的心思。比如改变妇女们抽烟的习惯，她将芦花晒干泡茶，常常约妇女们来酪奴堂喝茶，还告诉她们喝茶的好处是解毒。慢慢地，妇女们爱上了喝茶，也就把烟戒掉了。更重要的还不是改掉不良的生活习惯，而是带来了人的尊严和品德。比如蒲娘编了很多蒲团，让妇女们习惯于坐蒲团，从而不再席地而坐。她这是要让妇女们学会如何端庄。她告诉姐妹们："端庄，对于一个女人来说是底色，有这层底色，粉黛是缎上锦，失了这底色，脂粉便成瓦上霜。"老藤饶有兴趣地书写这些细节，是因为他相信："女人是一个地方的风标，看一个地方是否开化，只要看看当地女人的嗜好就能得出答案。"王克笙应该明白这一道理，他也一直期望九里的风化有所改良，但他不急于求成，而是等蒲娘来了以后才进行。这也正是中庸之道的处事方式。三圣祠的存在，更是善的存在。王克笙以及他的儿子王明鹤所坚守的中庸之道，就是引导人们抵达至善的人生之道。王克笙对三圣祠是这样解释的："三教虽不同，却可归于一道，即圣人所言之天道，儒家的畏天命，释家的见真性，道家的道法自然，要得到的都是至臻至善的天道。"所谓至臻至善，就是说不仅仅是做一点小善事，小施舍，而是关乎正义、仁慈以及家国情怀的大善。日本鬼子侵略中国，九里不能幸免，对于九里来说，这是最严酷的一次"过刀兵"，虽然王明鹤认为最好的御敌办法是不战而退刀兵，有时不得不"含垢让步"。但面对侵略者，王明鹤更懂得首先必须坚守什么，因此他为村民写下九里十戒，他写道："国破山河在，黎民忠故国，三省负铁骑，九里焉能免？淫威之下，九里父老虽为尘中埃，泥中沙，却不能随波逐流，与倭寇合污，应有莲之操守，学伯叔而耻周粟。"这就是一种大善。于是我们就看到，王明鹤尽管不能正面对抗日本侵略者的刺刀，但他能够智慧地周旋，利用一切机会予以反击。比如霍乱病流行，他表面上答应为黑木提供治病记录和设立基地，从而保全了九里不被日本鬼子的扫荡所毁灭。王明鹤也不是简单地以柔克刚，关键时刻他同样会以暴制暴。比如，他为了阻止日本开拓团进驻玉虚观种植水稻，便专门设计了一次九里人庆贺酪奴堂落成60年的皮影戏堂会，趁机安排野龙和鬼蜡烛杀死了霸占玉虚观的几个日本人。

三圣祠，是一种象征物，它虽然简陋但有一种神圣感。因为三圣祠，王克笙和王明鹤便不敢懈怠自己的职责和义务；也因为三圣祠，九里的村民无论老幼便有了一种道德约束的自觉性。王克笙在设立三圣祠的同时还立了《彰善》《记过》两簿，用于劝善黜恶。村民们都知道酩奴堂有这两个簿子，他们都希望自己的言行能进入《彰善》簿而不要进入《记过》簿。九里最初的几户人家，虽然有着各自的毛病，但他们后来都知道在与人相处时，如何遮掩自己的毛病，甚至克服自己的毛病。他们非常享受这样的改变。姚大下巴是这样来总结的："用三圣之道凝聚人心，教化村民，日积月累，九里便成了街坊和睦相处、奉信守约的礼仪之乡。"这正是先哲们提出中庸之道时所期待的理想结果。九里所处的时代已经是传统思想走向衰败，新思想的洪流锐不可当，但即使如此，在九里这样一个偏远的地理环境下，只要有一位坚持传统思想的智者，就能够发挥出传统思想的作用力。小说由此证明了，传统思想并非在新的时代下就应该彻底被抛弃。

从过刀兵到刀兵过

小说虽然写的是偏远之地的故事，但作者老藤的心里装的是百年来的时代和历史。他通过一个偏远之地的变迁以及一个固守自己精神信仰的普通乡绅，表达了他对中国近现代历史的反思。小说采取了年度叙述的方式，从清末的光绪七年写起，结尾于1981年，这可以说概括了中国的一段特别的历史时期，在这一段历史时期内，革命和战争持续不断。老藤找到了一个民间用语来概括这段历史时期的特点，这个民间用语就是"过刀兵"。刀兵是古代的重要兵种，用来泛指军队和战争。民间将遭遇到军队的骚扰称为"过刀兵"。九里尽管地处偏远，在那样一个战争频仍的年代，同样也躲避不了过刀兵。从甲午海战，到义和团运动，到抗日战争，到国内革命战争，以及各种土匪部队，都在九里留下深深的印记，既给九里带来深重的灾难，也让九里人经受了精神的洗礼。过刀兵，经过老藤的转化，成为一个比喻性的词语，它比喻在这一特别的历史时期内人们的思维方式和行为方式都具有革命和战争的痕迹，"过刀兵"式的社会思潮成为了这一历史时段的主流。我们有大量反映这一历史时段的长篇小说都无一例外地描写了"过刀兵"的社会思潮所带来的巨大变化。老藤在写

《刀兵过》时同样正视这一主流的社会思潮，但不同之处在于，他尝试着辟出一小块地方，让一位坚守信念的人，以中庸之道的方式来治理，于是便有了九里和王克笙及他的儿子王明鹤。九里做为一个文学想象的结果，有点像一个世外桃源，或者说有点像一个乌托邦。但它又不完全是世外桃源或乌托邦，它是作家反思历史、重新认识传统文化的思想结晶。虽然作者老藤并没有以理论性的叙述来表达他的历史观，但小说所提供的形象可以让我们做出以下的解读：革命和战争带来了中国社会翻天覆地的变化，破坏了一个旧世界，为建设新世界做出了充分的准备。然而，当我们被"过刀兵"的社会思潮所裹挟的时候，不要忘了还有一个九里。九里在提醒人们，传统文化中的积极有效成分不会轻易地被摧毁，它蛰伏在民间，仍然在发挥着作用。

"过刀兵"思潮是二十世纪中国社会发展和变革的思想动力。老藤在肯定历史进步的前提下，对"过刀兵"思潮也进行了批判性的反省。"过刀兵"思潮强调了对旧世界的破坏，但是，在这一思潮下，不少人往往只追求破坏的痛快，却未曾对被破坏的对象进行认真的辨析。姚远这个人物就是这样一个代表性的人物。姚远在九里长大，少年时到省城读书，后来考入了北京大学，北京城闹学潮时，他成了学生领袖。他在回九里治病时，马上以其敏锐的革命嗅觉发现了这里的问题，认为"这里的平静有一种死寂的味道，像一潭多年不变的死水，需要用民主和科学的思想进行一番革命才行"。他要在这里采取革命行动，目标首先是三圣祠，他直接找了王克笙，要求他将三圣祠的塑像都撤掉，在这里办学堂，向九里子弟传播新思想、新文化。王克笙问他撤掉的理由。姚远的回答是"因为三圣祠代表旧传统"。王克笙继续追问他对旧传统知道多少。姚远倒是很坦率地说他知道并不多，但他坚持认为"旧传统禁锢人的发展"。王克笙便叹口气说："不懂传统却来反传统，这是不是盲动？"

小说还反思了"过刀兵"思潮的无限漫延所带来的社会危害。"过刀兵"是一种战争状态下的现象，但是当"过刀兵"思潮无限漫延之后，就会出现一种非战争状态下的"过刀兵"。中国社会自1949年宣布中华人民共和国成立之后，基本上进入到一个和平时期，但是整个社会似乎还难以从"过刀兵"的思潮中摆脱出来，执政者也习惯性地以"过刀兵"的思维来处理事务，于是就出现了非战争状态的"过刀兵"现象。由戚书记带队来九里进行的土改可以说是第一次非战争状态的"过刀兵"。按说土改就是进行土地改革，让"耕者有其田",但在戚书记的眼里,土改是一场革命,他说"革命若是失去了对象,就像打仗没了对手,仗会打得不咸不淡"。所以必须在九里发现革命的敌人,找到斗争的对象。而最大的一次非战争状态的"过刀兵",则发生在"文革"时期,"这是一支由洼里一中串联红卫兵组成的队伍",这支不带武器的"过刀兵"其破坏程度甚至超过了带武器的"过刀兵",王明鹤就是被这支看上去毫无危险的队伍彻底击垮的。红卫兵一来到九里就砸掉了三圣祠里的三尊塑像。三圣祠历经近百年的风云,来过不同面目的"刀兵",他们对三圣祠有过各种非礼的行为。但不管怎么样,三圣祠还能保存下来,还能在九里发挥着精神引领的作用。但红卫兵的到来让这一切都变成了不可能。他们不仅砸掉了三圣祠的塑像,而且要把革命进行到底,便一举拆毁了三圣祠。三圣祠的被毁无疑对王明鹤构成了致命的打击,从此他变成了一个痴呆的老人。三圣祠的被毁也是一个时代的标志,它标志着"文革"对于优秀文化传统的毁灭性破坏。这种破坏不仅仅体现在当时对物质文化的毁灭,更重要的是在文化传承和文化习俗上的长远影响。小说通过喝茶一事专门点出了这种影响的严重性。王克笙来到九里,也把喝茶的习惯带到了九里。但自从红卫兵来九里造反之后,王明鹤发现九里喝茶的习惯正在淡化,他与栗娜对此有一番讨论。喝茶的习俗是王明鹤父母带来的。当时王明鹤的父亲给每家赠送一套茶具并定时送一些茶叶,王明鹤的母亲则亲手制作蓬虆茶让那些买不起茶叶的人家也能喝上茶,栗娜评价说:"这实际上是一场移风易俗运动,很了不起!"王明鹤当然懂得父母为什么要这样做:"家父希望通过饮茶来引导村民知礼达仪、纯化民风确是事实,北地民风彪悍,多与饮食有关,值得欣慰的是,家父的愿望已经实现,九里民风血脉,无非一杯清茶。"接下来他对这一良好习俗为什么逐渐淡化的分析可谓一语中的。他说:"现在九里由初级社、高级社已经变成公社,人人都是组织中人,自有纲纪约束,茶之礼仪便起不到那么大的作用了,最为窘迫的是,酪奴堂也无茶无器可赠,旧茶具如有损毁,缺少新器皿补充,村民自然又瓢饮碗灌了。"

小说不仅对"过刀兵"思潮盛行的时代进行了反思,而且也提出了"过刀兵"时代结束之后应该怎么办的问题。这个问题就包含在"刀兵过"这个小说标题上。"刀兵过"巧妙地利用了汉语多义性的特点,我们可以对其作两种理解。"过"既有经过的意思,也有过去了的意思,按"经过"的意思来理解,

"刀兵过"指的是有刀兵经过，即"过刀兵"之义。按"过去了"的意思来理解，"刀兵过"则是指刀兵已经过去了，也就是说过刀兵的时代已经结束了，过刀兵的思维已经被放弃了。从"过刀兵"到"刀兵过"，这是历史的轨迹，也应该是人民普遍的愿望。小说从一开始就把这一人民的愿望镶嵌在情节线索里。这就是王克笙父母所嘱托的改姓的愿望。当王克笙怀着恢复祖姓的愿望要去关外创办酩奴堂时，母亲郑重叮嘱他，恢复祖姓的事情"不到河清海晏之时，不可草率为之"。所谓"河清海晏之时"其实就是"刀兵过"之时。王克笙在九里经历了一次又一次的"过刀兵"，每次刀兵过去之后，他都要判断一下，是否迎来了"河清海晏之时"。小说最后终于迎来了"河清海晏之时"，这就是以"1981年"为年度这一章所述的内容。王明鹤在他的生日午宴上，他向大家郑重宣布，他不叫王明鹤，而是叫朱明鹤。这基本上吻合了历史的进程。在1978年召开的党的十一届三中全会上，正式提出了以经济建设为中心的战略思想，从此中国社会就与以阶级斗争为纲的时代告别了。这也意味着与"过刀兵"的时代告别了。"过刀兵"时代结束之后应该怎么办呢？小说有两个细节给予了回答。一个细节是三圣祠在九里重新修建起来。另一个细节是在九里出海口的槐花岛上建起了一座灯塔。三圣祠是中庸之道的象征。而灯塔的寓意更深，无论是社会进程的探索，还是文明的发展，还是人的命运选择，有了灯塔的照耀，才不至于迷失方向。那么，刀兵过后，我们更需要有灯塔将前进的方向照亮，在这灯塔的光芒中，应该有一道光线是中庸之道发出来的。

在叙述中传递中庸之美

老藤的文学风格也体现了中庸之美。这种中庸之美也许主要来自对中国古典文学的传承。从一定程度上说，中庸之美是中国古典文学之正统、之主流。比兴是中庸之美的基本表现方式。儒家在阐释《诗经》时概括出"风骚颂，赋比兴"的美学原则。郑玄说："赋之言铺，直铺陈今之政教善恶。比，见今之失，不敢斥言，取比类以言之。兴，见今之美，嫌于媚谀，取善事以劝之。"郑玄确立了"赋比兴"的儒家诗学立场，即"陈今之政教善恶"，同时又区分了赋与比兴在表达方式上的不同，比兴不采取直言，从而构成了一种"中庸之美"。在后来的诗歌创作中，比兴也逐渐成为最主要的表现方式。老藤善于从中国传统文学中吸取营养,看得出来,他对比兴充满了兴趣。在《刀兵过》中,就有很多物件起到了比兴的作用。

如兔毫盏。兔毫盏是宋朝建窑最具代表性的瓷器,它在黑色釉中透出均匀细密的筋脉,因其形状好似兔子身上的毫毛一样纤细柔长而得名。在小说中,塔溪道姑将一只兔毫盏送给王克笙,并特意强调,这只茶盏是送给他未来的孩子的。王明鹤天生就与这只兔毫盏有缘,他出生后总是不安分,父母十分着急,这时拿出这只兔毫盏,在他面前晃了晃,"奇怪的一幕出现了,他不再哼哼,也不再扭动,两只眼睛很专注地看着茶盏,露出了憨憨的笑容"。显然,写兔毫盏就是为了写王明鹤。兔毫盏做为一个起兴的物件,赋予王明鹤优雅、淳厚的品格。兔毫盏是宋朝最有档次的茶具。不少诗词都写到了兔毫盏,如苏轼诗"忽惊午盏兔毫斑,打作春瓮鹅儿酒"。黄庭坚诗"松风转蟹眼,乳花明兔毛"。作者描述王明鹤的文化追求时,兔毫盏往往起到了点睛的作用。如写他十二岁生日时,父母正式将兔毫盏送给了儿子,"得到这个心爱的茶盏后,王明鹤迷上了茶,进而迷上了《茶经》"。写王明鹤与栗娜讨论饮茶对纯化民风的作用时,让王明鹤抚摸着兔毫盏"若有所思地说"。河清海晏之际,五位外出有所成就的弟子要回九里见老师,王明鹤则是换上长衫,带上兔毫盏,"坐在三圣图下品茶等待五个弟子"。

如蒲团。蒲团是一种很普通的农家用品,是用蒲草或其他植物的茎秆编织成的坐垫。它看似平常、低廉,却美观、实用。蒲团是自然与人类文明完美的结合,原材料蒲草来自大自然,但每一个蒲团都是由人编织而成,凝聚着人类的智慧,有些蒲团堪称精美的工艺品。蒲娘很擅长编蒲团,"蒲娘教妇女们编制蒲苇,把晒干的蒲苇编织成各种各样的容器、蒲团,柔韧的蒲苇茎叶在她纤指间银梭般穿来绕去,一件件精美的苇编眼看着就织成了,编织中她加上褐红色的老叶,织成蝙蝠、蝴蝶、牡丹状的图案,让苇编更加喜人"。小说中的蒲团有时便成为蒲娘的比兴物,烘托出蒲娘的质朴之美和内蕴之美。蒲娘要带儿子到户外去认识大自然,是提着两个蒲团去的,她提着两个蒲团道:"《诗经》中说:谁谓荼苦,其甘如荠,你也该知道荠菜长什么样子。"蒲娘第一次见到止玉,心疼这位入道观的年轻女子,便送给她"一个带有阴阳鱼图案的蒲团",要她打坐功课时坐在蒲团之上。蒲团的比兴之义在王明鹤身上体现得更突出。如写到"文革"后修复三圣祠,王明鹤去祠内查看修复工作,一进祠内,他就闻到一种久违的味道，"是父亲和自己都十分熟悉的野燕麦干草味"，他说这是蒲团发出的味道。最后，王明鹤还是坐在蒲团上告别人世的。他在三圣祠里一块蒲团上坐了下来，感觉这样的蒲团只有母亲才能编得出，于是眼前浮现出母亲的笑容，从心里长长叫了一声娘。他坐在蒲团上走得如此安详。

如宋聘号。宋聘号是一座茶庄，以生产优质普洱茶而闻名。冠以宋聘号的普洱茶都称得上是普洱的极品。塔溪道姑有饼宋聘号普洱，她打算在适当的时候将这饼宋聘号送给王明鹤。塔溪道姑所说的适当时候是指什么呢？她是指当王明鹤找到了自己的心上人，她就要将这饼宋聘号送给这个幸福的女人。宋聘号做为一个比兴物，寓意着一个美好的爱情。王明鹤的爱情同样具有中庸之美，他的爱情不是热情奔放、浪漫刺激的，而是含蓄内蕴，恰似一杯普洱茶，柔和、温润，清香久久不会弥散。他的爱情与两位女人有关。一个是栗娜，一个是止玉，但他与两位女人基本上说只是精神上的相恋。需要说明的是，这种精神相恋并不等同于柏拉图式的爱情，因为柏拉图式的爱情是刻意强调精神与肉体的对立，从而排斥肉欲。王明鹤的爱情并不是在压抑自己的肉欲，只是因为因缘不到，他以不逾矩的原则与他钟爱的女人相处，不逾矩也使得他与恋人的内心走得更近。我们知道，普洱茶最大的特点就是越陈越香。这不也正是王明鹤与栗娜、止玉之间的爱情的最大特点吗？宋聘号做为一种比兴物，在小说中显得比较隐蔽，需要仔细体会才能品出其内在的关联，但一旦品出其内在的关联，一定会有一种大美的享受。

我略感不足的是，老藤对这些比兴物还过多地停留在实写的阶段，没有充分地从修辞的方式上发挥它们的比兴之功能。尽管如此，这部小说中庸之美仍是很突出的，包括比兴的运用，结构的稳重，叙述的平和，形象的优美，等等。审美上的中庸之美更能彰显中庸之道的主题。

2018年

应物兄的不思之思

《应物兄》是一部关于当代知识分子的小说，这一点大致上说得过去。李洱一直关注着知识分子，他对知识分子相当熟悉，写知识分子自然如囊中取物。小说写了各种类型的知识分子，有在大学当教授的，有在学术机构当学者的，也有在政府部门当专业官员的，也有在公司企业出谋划策的；既有体制内的，也有体制外的；既有从事人文社会科学研究的所谓文人，也有从事科学研究或理工技术工作的所谓科学家，可以说是当下知识分子的群像。小说充满着反讽的笔法，由此可见，李洱并不是要为知识分子们评功摆好，更不像是要为知识分子树碑立传的，他对知识分子的反思、不满、批评，乃至嘲讽，在小说中俯拾皆是。但不要以为这就是一部当代的《儒林外史》，不要以为李洱只是在以揭露和批判为快事。在反讽、嘲弄、戏谑的叙述之下，完全可以体会到一位作家的赤子之心，他在批评知识分子的同时，又以知识分子自许，因此他的批评也可以视为他的自责和自省。粗略一看，《应物兄》中所写的知识分子形象我们并不陌生，这些年来知识分子题材成为一个热门题材，许多作家都在为知识分子画像，我们从其他作家的小说中也能找到相似的知识分子面孔。但是，还没有一位作家能够像李洱这样对知识分子安身立命的东西——思想，进行如此透彻的批判性反思。

所谓知识分子问题，最终归结到人文知识分子的问题上。因为我们强调知识分子的社会功能，突出知识分子在社会活动中的作用，也是从这一点出发，提出了知识分子的使命感和责任意识。而这一社会责任主要是由人文知识分子来承担的。《应物兄》主要写的也是一群人文知识分子。小说以济大成立儒学研究院为核心情节来书写这些知识分子的行状。以孔子为代表的儒学虽然只是先秦诸子百家学说之一，但后来逐渐形成一套完整的思想体系，成为中国传统文化的主流，不仅是中国古代的主流意识，也对世界产生过深远影响。中国现代化进程以来，知识分子一直在寻找自己的思想源动力，新儒学的兴起与此有关。新儒学的优势就在于它抓住了中国文化的本土资源，济大的校长葛道宏具有高度的学术敏感，因此他要在济大成立儒学研究院，并且还要聘请世界最有影响的儒学大师、哈佛大学的教授程济世来当儒学研究院的院长。李洱在写到儒学时，他的态度多少有些暧昧，但他分明对儒学进行了一番研究。他知道，新儒学的倡导者们期待儒家思想能够像古代造就出一代文人的风范那样，也塑造出当今知识分子的文化品格，从而使知识分子能够担当起现代化建设的历史使命。李洱大概就是从这样的思路出发，为程济世在北京大学设计了"儒教与中国的'另一种现代性'"演讲题目。程济世的演讲毫无悬念地获得了极大的成功。李洱显然通过程济世这一形象表达了他对儒家思想的理解。小说中提到应物兄写过一篇论文讨论了程济世对儒学的历史性贡献。应物兄在这篇论文中是从道统、学统、政统三个角度来讨论程济世对儒学的历史性贡献的。道统、学统和政统是所谓的儒学"新三统论"，这是现代新儒家的重要代表性人物牟宗三提出来的，牟宗三被誉为现代中国最具"原创性"的"智者型"哲学家，他的"新三统论"是针对儒家思想如何在中国现代化中重新发挥作用而提出来的，他认为，历史上的中国文化是有道统而无学统和政统，这就造成了内圣强而外王弱，为了解决这一问题，他认为要开出学统和政统，学统解决学术独立性的问题，政统解决民主政治的问题。学统和政统的开出就能够将儒学的道德精神落实到"外王"事业上，亦即发展科学和民主上。李洱将牟宗三的思想观点挪移至小说人物程济世身上，一方面使得程济世的世界级的儒学大师称号可以成立，另一方面也说明李洱本人是高度认同新儒家的思想见解的。李洱选择儒学而不是其他学科来观察当代知识分子，还出于这样一层考虑，即儒家思想与中国文化乃至中国人的思维方式和生活方式有着密切的关系。小说就让程济世表达了这样的观点："在历史上的任何一个时代，儒学研究从来都跟日常化的中国密切联系在一起，跟中国发生的变革密切联系在一起。儒学从来不是象牙塔里的学问。"因此从儒学的言论出发，更容易揭示出当代知识分子在社会中处于一种什么状态之中。不妨这样来解读李洱构思《应物兄》的思路："新三统论"对现代知识分子提出了更高的要求，因此就以道统、学统和政统这三个层面来考察一下知识分子的表现吧。《应物兄》在此思路下，绘制出了一张对比鲜明的图画，小说情节围绕济大筹建儒学研究院而展开，建立儒学研究院显然是一桩庄严的学术建设，但筹建过程完全演变成了一场喜剧和闹剧。一方面是儒学思想的庄严性，而另一方面则是现实中尊儒学为圭臬的知识分子们言行不一、趋炎附势、争名夺利的表演。

　　围绕着筹建儒学研究院，小说大致讲述了四段故事，第一段是应物兄奉济大之命专程去美国诚恳邀请程济世出任儒学研究院的院长。第二段是程济世来北京大学演讲，济州的官员和济大的校长、领导们如何去游说程济世。第三段是为程济世提供经济援助的美国GC集团的大老板黄兴来济州考察和商谈建儒学研究院之事。第四段是济州市隆重地将建立儒学研究院做为一件大事来抓，提供最好的地段，给以优惠的政策，筹建工作进行得轰轰烈烈。但具有讽刺意味的是，在这个过程中，我们感受不到儒学的道德力量，而是发现了人们都在争相借助儒学这一平台，来达到各自的私欲。我们看到的是，这些知识分子肚子里确实装着渊博的知识，嘴上对儒学思想也如数家珍，但是道统在他们身上只是一系列精彩的警句而已；学统对于他们来说不过是可以将学术转化为资本而已；政统则成为学术与权力相互利用和勾结的方式。无需一一举出小说中的具体描写，只要读了小说相信人们就会得出这一阅读结论，因为几乎每一个牵涉进来的人物都处于这种状态。我同时特别注意到，李洱完全没有采取戏剧化的方式来处理情节，一切仿佛都是一种生活常态。有人说李洱这是有意学习《红楼梦》的风格，李洱喜欢《红楼梦》不假，但与其说他刻意学习其风格，不如说他意识到唯有放弃戏剧化的手段，像《红楼梦》那样写日常生活的琐事，才能更真实地表现出他对这个世界的认知。也就是说，李洱揭示了我们这个时代学术产业化、思想实用化已经成为生活常态的尴尬处境。《应物兄》看上去轻松书写着日常生活中知识分子们的交往应酬，但在这日常生活背后分明是这个时代的大悲剧：虽然我们有着儒家思想这么一个好东西，虽然经过几代学人的努力指出了一条将儒学与现实密切结合的新途径，但一旦进入到学术体制内，一旦与现实相接触，再伟大的思想也会被产业化和实用化所吞噬。这也许不是这些知识分子或大学者们的错，因为我们这个社会经过经济和资本数百年来洗礼，已经将"物"贡奉为最高的神灵。（李洱给小说主人公取名为应物兄，其实也包含着他试图挑战这一神灵的意愿。）孔子是讲仁讲德的，仁和德可以说是儒家的核心概念。当代的儒学大师程济世自然在多种场合都讲到了仁和德，但为了迎接程济世来济大，最终仁德就转化为"物"的仁德——一条街道仁德路和一种食物仁德丸子。寻找已在城市版图上消失了的仁德路和寻找在济州餐桌上从来没有听说过的仁德丸子，竟然成为济州市筹建儒学研究院的重要工作。读到这些叙事后，我的感觉就是，那些把儒学看得非常重要的人们，无论是商人黄兴，还是官员栾庭玉，当然也包括济大校长葛宏道，等等，其实并不在意在程济世的头脑里是否有一个精神的"仁德"，对他们来说，只要有了"物"的"仁德"就大功告成了。这真是巨大的讽刺。

  这不仅是儒学的问题，而且是整个社会在对待知识和思想上存在的问题，知识和思想失去了自己的独立品格，沦为资本与权力附庸风雅、装腔作势的摆设和面具。最说明这一点的情节是，慈恩寺的大和尚释延安附庸风雅写书法，当乔木先生评价他的草书有点像唐末书法家杨凝式时，释延安竟然茫然地问此人是在北京还是在上海。出了这样的丑后，释延安并无不安，反而大言不惭地宣称自己在临摹杨凝式的帖。释延安写书法还有一绝活是把毛笔绑在"那话儿"上，"既是书法艺术，也是行为艺术"，却因此使他的润格特别高。而大省长的秘书邓林竟然煞有介事地评价释延安的书法是"疏可跑马，密不透风"。我读到这里，暗自感叹李洱的嘲讽真是不露痕迹之犀利。神圣的佛教也挡不住物欲的邪风往寺庙里吹呀，就连小说中同在慈恩寺修行的释延源都动了还俗的念头，因为他"看到僧人丑恶而退失信心"了。因此《应物兄》是以儒学为切入点，以知识分子为视角，而辐射至整个社会，深刻反映了当今社会思想缺失的严重性。

  《应物兄》的思想价值还不止于此。最让我欣赏的是，李洱揭露了当今知识分子的窘态，但他并没有满足于揭露和批判。他认为，当今社会思想缺失，不应该仅仅把责任推到社会对物质和欲望的崇拜，而且还应该从思想本身找找原因。由此他提出了一个"不思"的概念。我以为，不思，恰是这部小说最大的亮点。不思一词出现在第15节"巴别"里。双林院士拒绝在济大的讲坛上做讲座，但葛宏道仍然将海报贴了出去。即使这样，双林院士在演讲厅也不愿意上讲坛，主办方只好播放一些关于双林院士的视频。一些人在对双林院士的演讲发表议论。议论的人显然看不起双林院士，他们很轻蔑地说双林院士的问题是"不思考"，说的都是大白话，即使上台讲也讲不出什么东西来。在一旁的应物兄听到这些议论，便想起了自己曾经参与过的一场讨论，在这场讨论中大家认为古代科学家当中虽然也有从事艺术活动的，但他们却从未形成自己的思想。文德斯听了之后便嘲讽道："在我们这个激发思的时代，最激发思的，是我们尚不会思。"文德斯进一步阐释了自己关于"思"的观点："确实有一种观点，认为'科学并不思'。科学不像人文那样'思'，是因为科学的活动方式规定了它不能像人文那样'思'。这不是它的短处，而是它的长处。只有这样，才能保证科学以研究的方式进入对象的内部并深居简出。科学的'思'是因对象的召唤而舍身投入，而人文的'思'则是因物外的召唤而抽身离去。"李洱在这里强调了科学与人文在认识世界的方式上是有区别的，人文的特点是"思"，而科学的特点恰恰相反是"不思"。李洱强调，"不思"正是科学的长处，它能够"保证科学以研究的方式进入对象的内部并深居简出"。我以为，李洱在这里戳到了人文知识分子的痛处。人文知识分子的武器就是他们的思想，他们要用最先进的思想来改造社会的弊端，以最完美的思想来设计人类未来美好的蓝图。人文知识分子的思想是照亮黑暗的一盏灯，是给迷茫的人们指明方向的指南针。但是，今天的人文知识分子却已经"不会思"了。"不会思"也就意味着人文知识分子的功能衰退。当人文知识分子在"不会思"的状态下还继续"思"的话，我们还能指望他们会带来什么好的结果吗？我们还能指望"不会思"的知识分子成为照亮黑暗的灯和指明方向的指南针吗？如果要我来概括《应物兄》的内容，其实很简单，它就是在表现李洱对人文知识分子功能的最大质疑。当人文知识分子"不会思"了，那么他们以思想为武器作用于社会的功能也就消失了。以儒学为例，儒学之所以成为历代文人的圣学，就因为它强调要"为天地立心，为生民立命，为往圣继绝学，为万世开太平"。以往历来儒学思想家都是这样做的。程济世应该也是朝着这方面努力的，因此他被人们誉为儒学大师，在应物兄看来，这突出体现在程济世多年前就提出，二十一世纪中国最重要的目标是建立和谐社会。尽管如此，当程济世出现在小说中时，我们已经看不到他的思想活力了。面对济大一再来邀请他领衔儒学学科建设，他似乎对学科建设提不出什么新的思想见解，于是他只好不断地倾诉他的乡愁和旧情。

第91节"譬如"是非常重要的一节。这一节是主管文化教育的副省长栾庭玉听取济大汇报筹建儒学研究院的情况。济大在筹建上真是煞费苦心，但他们并不是将精力耗费在学术上，而是考虑如何在任何细节都不放过的程度上恢复程济世记忆中的济州场景。在这一节里，栾副省长亲自和大家一起落实重建程家大院。济大搜罗到程济世所有与济州有关的文字，并制作了一个沙盘，要"核对沙盘上的一山一石、一草一木"。比如栾庭玉看到沙盘上的堂屋前有一丛花，就问这是什么花，听到汇报说是杜鹃花时，马上说要挖掉，改种太平花，因为小册子上程济世提到的是太平花。其工作之细致和认真，实在令人叹服。但仔细想想我们就会发现问题，这个程家大院将成为儒学研究院，然而人们连要在院里安排一名胖丫头、要在门槛上挖一个猫道等这样的琐碎细节都考虑到了，却似乎从来没有考虑一下要在哪里安放儒学。问题还不止于此，接下来我们更会发现，尽管儒学在儒学研究院里消失了，另一门传统学问却在这里大显身手，这就是风水学。唐风不仅从风水的角度给程家大院提了重要建议，还充分论证了风水不是迷信，而是国学，它的祖师爷就是孔子。栾副省长不由得称唐风为大师，济大校长则表示要在儒学研究院开设风水学课程。这一节关于程家大院重建的具体描述，完全可以看作是李洱对思想学术界整体状况的暗喻式书写。儒学缺位，风水流行，这寓意着在我们的思想学术界，真正的学术思想难以存在下去，而那些虚假的学术则因为现实的需要可以打扮得冠冕堂皇登堂入室。这一节的最后所引用的应物兄关于"觚不觚"的一段话则将这一暗喻式书写作了更深刻的阐释。应物兄认为，孔子发出"觚不觚"的感叹，是因为觚的形制发生了改变，"所以'觚不觚'不仅仅是酒壶的问题，'觚不觚'与'君不君，臣不臣，父不父，子不子'是相通的，是相同的。进一步说，看上去孔子说的是觚，其实说的是国家的法度"。而发生在济大的"儒学缺位，风水流行"，说到底就是一个"觚不觚"的问题。李洱是在谈一个具体的物件"觚"吗？非也。我以为他是要借谈觚来谈国家的法度；来谈亚里士多德的"道德习惯"；来谈朱熹的"失其制而不为棱也"，亦即"礼"的丧失。如前所述，我将《应物兄》的内容概括为讲述人文知识分子丧失功能后的"不会思"的情景。而这一节通过寓意的方式点明了知识分子"不会思"的根本原因是我们这个时代发生了根本性的变化，我们的形制变了，我们已经没有"礼"的规约了，整个社会的"道德习惯"也发生了变异。李洱要寻求那只被孔子念念不忘的"觚"。尽管我们身边还遇见各种觚，但它们"都已经与'礼'、与国家法度，没有关系了。它变成了装饰品，变成了摆设，变成了花瓶"。李洱对"觚"的感慨分明是针对今天的思想学术的。第91节是全书的核心，读懂了这一节的象征和寓意，也就读懂了全书。也许可以说，《应物兄》就是李洱面对当今人文知识分子颓势而发出的"觚不觚"的喟叹。

李洱一方面揭露了人文知识分子的"不会思"，另一方面也设想应该用科学的"不思"来拯救人文知识分子。为此他塑造了一个善于运用"不思"之长的科学家双林院士。李洱对双林院士的夸赞是无以复加的："双林院士更像是一个范例，一个寓言，一个传说，就像经书中的一个章节。"双林院士是一名物理学家，当年曾参与了中国的原子弹试验工作。"不思"在他身上的表现首先是言语上的，他被人称为闷葫芦、沉默的石头。当他在进行原子弹试验的科研工作时，他的"不思"是一名科学家纯粹的"不思"，即他要"保证科学以研究的方式进入对象的内部并深居简出"。后来他和众多中国知识分子一样遭遇到"文革"的厄运，和济大的几位老教授乔木、何为、张子房等关在同一个牛棚里。这时候他的"不思"体现在他对内心信念的坚守，因此他仍保持着用毛笔写字的习惯，仍然要用文言与友人通信，在猪圈旁还在用算盘计算着导弹运行的数据。"不思"还体现在他忠实于对生活的直接体验。比如他说他在牛棚劳动时发现了自己的腿、手、肩，甚至发现了脚后跟的意义——蹲下吃饭时，脚后跟就是你的小板凳。因为吃不饱，也发现了自己的胃。这显然与我们平时习惯于从批判和控诉的角度总结牛棚生活大不一样，这正是"不思"的特点——不让自己的思想被习惯所绑架。"不思"还体现在把自己的思想收藏在行动里，因此双林院士从牛棚回到北京后就去了甘肃玉门，那里有一个隐秘的核生产基地。双林院士这一形象初看起来与我们平时所倡导的英模人物有相似之处，比如他的自我牺牲精神，他对事业的执着，等等。不妨说，这是科学家的共性。因为双林具有科学家的共性，所以我们会觉得他与那些被宣传的英模人物有相似之处。但双林又不同于那些英模人物，就在于李洱激活了双林身上的"不思"基因，从而让我们看到一名科学家如何将科学的"不思"带入人文领域。双林是一位有着坚定信仰的知识分子，他的信仰体现在他的行动之中，晚年的双林像一块沉默的石头，他不言语，但他始终处在行动之中。他常到重孙女读书的小学，义务给孩子们上课，教孩子们读古诗。他自己也写古诗。对于双林院士而言，他写古诗与其说是执着于一种文类，不如说是执着于一种道德理想，其中涌动着缅怀和仁慈。当他意识到自己时日不多，便只身去了西北的核工业基地，他要在那里祭奠英灵。历史沉淀在双林院士的"不思"之中，他会对历史做出清晰的判断。因为他知道："科学家首先是要面对事实，要找到事物之间的因果关系。"双林院士当然看到了知识分子功能衰退的事实，因此他只能走出知识圈另辟行动的路径。这就是关注孩子的教育。因为希望寄托在下一代人的身上。他编了一本《适合中国儿童的古诗词》，他对入选的诗词非常挑剔，因为他认为给孩子看的应是那些有益于他们成长的诗。这就是一位善于发挥"不思"之长的双林院士，在双林身上，我们真正看到了儒家之道统。

所谓"不思"，不是不要"思"，不是否认"思"，也就是说"不思"不是"无思"。在"不思"里，"思"仍存在着，只是因为要解决"不会思"的问题而暂时被悬置了起来。这说明，"不会思"既是思想者自身的问题，也是思想者外部环境的问题，当思想者处在一个扭曲思想的环境里时就有可能导致"不会思"的情景发生。双林在晚年曾以错发短信的方式委婉地提醒做为生物学家的儿子双渐。他在这条短信中说，马克思提出一门包含自然史和人类史的"历史科学"，历史是自然界向人生成的历史，自然史是人类史的延伸。马克思批判了西方观念中自然和历史二元对立的传统。"自然"的概念是理解马克思科学发展观的一把钥匙。李洱显然看到了思想传统中将自然与历史截然对立的弊端。这一点在中国文化传统中表现得尤为突出。我们过去的文史哲是完全无视自然与科学的。李洱或许是认识到，今天人文科学必须有自然科学的参与才能走出困境，人文知识分子也必须向自然科学家学习观察和认识世界的方式。我们一般认为人类具有两种思维，一种是哲学思维，一种是数学思维，哲学思维走向宗教，数学思维走向符号化。哲学思维是人文科学的根基，数学思维是自然科学的根基。现在有一种趋势是强调两种思维的融合。李洱注意到了这种趋势。他在小说中多次提到了这种趋势。比如他写到程济世喜欢与自然科学家交朋友，他认为儒学的发生、发展也是一种物理现象。在倡导科学与人文结合的科学家中，李政道是非常有代表性的一位，李洱自然也不会放过。在小说中，李政道成为了程济世来往很密切的朋友。他们两人也一起讨论过人文科学与自然科学的关系问题，并一致认为，它们可以互相影响。李政道有一个生活习惯对程济世的影响很大。李政道的这个生活习惯就是自己给自己理发。在李政道看来，给自己理发很简单："只要有两只手，一把剪子，就可以完成了。"程济世后来也试着给自己理发，但他差点把耳尖剪出豁口。也许这就是人文知识分子与科学家的差异。科学家不仅要思考，而且要行动；不仅有赖于头脑，而且也有赖于手。但李洱讲述这个故事还有更深的用意。他让程济世对李政道给自己理发作了一番"强制阐释"，认为它体现的是君子固穷的美德，体现的是孔子的躬行践履精神，等等。其实这些阐释要点并不是关键，关键是程济世通过强制阐释这一行为，强调了这把剪子的象征意义远远大于物件本身。因此程济世手上经常握着一把剪子。他给他的所有弟子赠送的纪念品也是一把剪子。程济世手中的剪子以及他送给弟子们的剪子，显然不是用来剪自己头发的，而是用来修剪自己的思想的。李洱要用剪子来暗喻科学家的"不思"精神，正是这种"不思"精神，使得他们具备了"深入对象内部"的行动能力。但并非程济世的每一位弟子都明白这把剪子的寓意。应物兄的可敬和可爱之处就在于他懂得这把剪子的用途，他一直在努力用这把剪子剪去"不会思"的累赘。

这就是李洱的"不思"之思。它涉及历史与现实，也涉及学制与观念，值得探讨的话题还有很多，但这些话题都有可能汇集到"不思"之思上。应物兄就是李洱的代言者，有人猜测应物兄就是李洱以自我为原型写的，但李洱已经否定了这种猜测。尽管如此，李洱将自己的想法完全赋予了应物兄，却是不言自明的。李洱最后让应物兄遭遇到一场车祸从而结束了小说。应物兄是生是死，他故意不明确地告诉读者。这似乎也表明了李洱的基本姿态：既不乐观也不悲观。这也是双林院士的姿态。程济世说他是既悲观也乐观。这大概是因为程济世还少了一点"不思"。从这个角度说，小说如此结束很好。因为无论应物兄是生是死，也无论儒学研究院是建立了还是没建立，也无论程济世是来了还是没来，这都不会阻止李洱的"不思"之思继续进行下去。

2019年

做祛邪除恶的侠士
——读"铁西三剑客"的小说

　　辽宁文坛的"铁西三剑客"风流倜傥地走了过来,让我有点招架不住了。

　　他们是三位"80后"双雪涛、班宇、郑执,将他们命名为"铁西三剑客",是因为他们都在沈阳铁西区成长起来的。铁西区好威武!它曾被称为"东方鲁尔",它的历史就是中国大工业的历史。十多年前来沈阳,我专程去了铁西区,它刚刚经历国企改革的阵痛,再也看不见昔日的辉煌,我看着路边一张张淡漠的脸色,就猜想他们也许是刚刚下岗的工人。那时候,"铁西三剑客"只不过是十多岁的少年而已,这里曾经的辉煌以及正在发生巨大变化的现实会在他们的内心留下什么样的印记呢?不用去问他们,就读他们的小说吧。这些印记在他们的内心慢慢长出了一株株文学之花。

　　铁西区对这三位年轻作家来说,显然不仅仅是一个地理名称。铁西区更是一个历史符号和一种时代精神。因此尽管三位年轻人对于语言的感悟和嗜好不一样,但从他们的叙述里是能够感受到相同的"铁西"味道的。"铁西"味道与"铁西"人有关。他们在小说中基本上都是写的普通人物,这使得他们能够准确触摸到铁西区的实质。因为铁西的世界就是由众多的普通人敲打出来的,铁西的辉煌也是由众多的普通人创造出来的。还有像他们小说中冷静的观察、宽广的胸襟、世俗的情怀,应该都与铁西区有关。

　　双雪涛最初的小说把我们带向铁西区的艳粉街。他用客观冷峻的叙述呈现了人性在这里所经历的煎熬和考验。但这一回他写《火星》加强了主观的成分,所以在看似很写实的叙述中埋伏下了不少神秘的东西。小说的男女主人公魏铭磊和高红是高中时的同学，他们当年有过一段相恋的经历，相恋时高红给魏铭磊写过三百封信。信里肯定包含着丰富的故事，但我们不得而知，作者只将最后一封信的内容告诉了读者。这封信可以说也是高红的绝命书，她在信中说她要用一根绳子结束自己的生命，但她希望未来能与魏铭磊在火星上相见。读到这里，作者以"火星"为小说标题的用意才清晰起来。不用怀疑，高红肯定是对地球上的现实已经彻底绝望了，才期待着能在另外的星球上寻找到幸福。为此我将这篇小说理解为一篇祭奠往昔的小说——祭奠往昔的青春、爱情、理想和任性。小说中埋伏的神秘东西也使小说具有更多的不确定性，读者完全可以做出不同的解读。比如可以解读为：高红当年已经自杀身亡，小说所述去酒店的一段经历不过是魏铭磊的幻觉而已；也可以解读为：两位少年时代的恋人几十年后相约来到酒店一起殉情而死。至于"火星"这个标题，或许是借用了一下网络用语，形容一个人对新事物不知晓，对现实感到绝望。但无论如何解读，我们大概都绕不开祭奠的情绪。

班宇的《于洪》用很多笔墨写了两个男人的故事，这两个男人在一个部队当兵，转业回来后都为找工作发愁，于是一起干起了销售香烟的活儿。但班宇写这两个男人的真正目的是要写一个命运多舛却心境高远的女人，这个女人叫郝洁。郝洁是其中一个叫三眼儿的男人的姐姐，又是另一个男人"我"的妻子。这些人的家境很糟糕，他们整天为了生计而犯愁。底层生活之困顿，困顿中人的精神之压抑和不安，是这篇小说的主要内容。这似乎也是班宇特别熟悉的内容，但这些内容从班宇的笔下写出来并不会给小说带来灰暗、低沉或颓败的调子，这在很大程度上缘于班宇的内心充满阳光。在这篇小说里，他用内心的阳光照亮了郝洁。郝洁是一个喜爱文学的女子。小说写到郝洁和"我"一起去北京旅游结婚，逛王府井时郝洁"一个劲儿往书店里钻，一看上书就迈不动道儿"。她在书店里买了两本书，一本是《鹿苑》，一本是《绿阴山强盗》。《绿阴山强盗》是美国著名作家契弗的短篇小说集，想必契弗是班宇特别喜欢的一位外国作家，事实上班宇小说的风格与契弗就有某些相通之处。因此班宇也把他的最爱赋予了他所钟爱的人物，并且将契弗的名篇《再见了，我的弟弟》拿来做为小说情节的道具。郝洁读这篇小说时被感动得哭了，她还情不自禁地为新婚的丈夫朗读了这篇小说的结尾。这显然是班宇的精心构思，它意味着是文学让郝洁变得心境高远。生活如同茫茫大海，有人面对大海会感到恐慌，有人却从大海中看到生命的活力与美丽。班宇对两个男人显然是有不满的，就因为他们看不到大海的活力与美丽。本来这两个男人都应该承担起保护郝洁的责任，他们的确也在这么做，可是做得竟不是那么彻底，他们局促的心境使他们难以走向开阔之处，常常在生活中迷茫。在班宇看来，这两个男人缺少担当的清醒意识。于洪，于洪，最初它是叫御洪，有身先士卒抵御滔天洪水的意思。可是他们自己都卷入洪水之中了。

郑执的《仙症》成功地塑造了一个患精神病的人物形象王战团，据说"匿名作家计划"的评委们称赞这是写得最像精神病人的形象。精神病人言行迥异于正常人，作家描写的时候稍不小心就会滑向夸张和做作。郑执的叙述既潇洒自如，又分寸把握得恰到好处，活画出王战团半清醒半玄幻的精神状态。一个短篇能够写活一个人物，这已经就大获成功了。但郑执写这篇小说的目的显然不是想通过写一个精神病人而炫技。我们不能忽略了小说中的另一个人物，这个人物就是小说的主叙者。他喊王战团为大姑父，他是这个家庭里另一个属于不正常的人，他小时候有口吃，为了纠正口吃的毛病，父母及长辈们想尽各种办法，这导致他的自闭和自卑，甚至都患上抑郁症。小说以他做为主叙者，在他的讲述里其实蕴含着太多特别的感情，他痛恨父母对他的折磨，他在同学们的嘲弄中感到了羞耻，他只有与大姑父相处时才感到了人与人之间的亲近和信赖，因此在他的眼里，大姑父的言行并非不正常，他与大姑父有着一种同病相怜的理解。大姑父的心曾经很阔大，他要"指挥着一大片太平洋"，可是他的心也很脆弱，舰艇上的一场批斗就让他的心崩溃了。主叙者随着年龄的增长，他对社会越来越抵触，也就越来越懂得大姑父曾经很阔大的心。后来他与新婚的妻子一起去法国的凡尔赛宫，他看到墙上的一幅画着一片大海的画时哭了，显然这是因为这幅画让他想起了大姑父崩溃的心。直到最后，我们发现，主叙者貌似轻松的讲述，其实掩盖着他的激烈情感，他的心已经到了崩溃的边缘。只有患精神病的大姑父以微不足道的力量在呵护他。终于有一个懂他的姑娘走到他身边，于是他的心也释然了。小说带有一种不可承受之轻，我们在轻松叙述中感受到一种精神的沉重。

铁西区的厂房不在了，但铁西区的浩荡之气还在。"铁西三剑客"携着浩荡之气，他们要做祛邪除恶的侠士。

2019年

笑看历史　依旧青春
——评王蒙的《笑的风》以及乐观的人道主义

六十多年前，年轻的王蒙写出第一部长篇小说，取名"青春万岁"。现在，我才明白，他这是为自己许下的诺言呀！他也真的实现了自己的诺言。六十多年来，在王蒙的内心始终鼓动着青春的风帆，在王蒙的笔端也始终跳跃着青春的音符，他通过文学的方式让"青春万岁"在自己的身上成为了现实。当他八十高龄之后，青春的再一次证明便是他酣畅淋漓地写起了爱情故事，继《生死恋》之后，他的又一部爱情小说《笑的风》很快完稿，并意犹未尽，从中篇小说的篇幅充实为长篇小说，从在刊物上发表到在出版社出书。这一路上，王蒙情绪饱满，发了力又再发力，他说他"每一粒细胞，都在跳跃""每一根神经，都在抖擞"。我尊敬王蒙，我叹服他是不老的王蒙，但我很快就修正了我的想法，我不能将"不老"这样的词汇用在王蒙身上，因为他的每一粒细胞和每一根神经都洋溢着青春，他是青春的王蒙！

《笑的风》以农民子弟傅大成的爱情故事为主线，讲述了他六七十年来如何在时代大潮的推动下、席卷下和裹挟下成长为一名著名作家，并经历婚姻、情感的各种波折和变故的。故事线索简单明晰，但讲述这个故事只是王蒙写作的由头，一旦下笔（亦指敲击键盘），他大脑所有神经的闸门全部打开，才思从各个闸门不可遏制地喷涌而出，创造出一个由语言狂欢和想象盛宴构建的恢宏文本。我阅读这样的文本，有一种银河倾泄、飞瀑流泉、酣畅淋漓的痛快感受。这是典型的王蒙风格，过去我读王蒙的作品时都会领略到，但在《笑的风》中，这种感受是如此强烈，它密不透风，它让人喘不过气来，它见证了王蒙风格的无穷魅力。进入八十高龄后的王蒙在文学写作上丝毫没有衰退的迹象,而是进入到出神入化的自由境界。因此他的特有风格得到最充分的表现。这种表现不仅来自他的语言天赋和想象力,而且也来自他丰富的人生阅历和人生智慧。

傅大成的爱情来得很突然。当他还在读高中时,就被家长包办婚姻娶了农村姑娘白甜美,他与白甜美说得上是"先结婚后恋爱"的一对儿,他们有了自己的儿女,生活很幸福。但傅大成成为著名的作家后与作家杜小鹃有了自由恋爱的机会和愿望。经过一番周折,傅大成与白甜美离婚了,与杜小鹃结婚了。但与杜小鹃生活了十余年后,傅大成还是与她办了离婚手续。最后傅大成来到白甜美的墓地,感慨良多。王蒙并没有孤立地写傅大成的爱情故事,他把傅大成的爱情之旅贯穿在共和国之旅之中,既有个人情感的"小我",也有国家民族和时代的"大我"。王蒙也借助这一巧妙的构思,尽情地抒写了自己对于历史的认知和人生的感悟。而王蒙对于历史的认知和人生的感悟可能概括为一点,即乐观的人道主义。

有专门研究王蒙的学者认为:"王蒙是一个伟大的人道主义者","人道主义是贯穿王蒙整个创作过程的最核心的东西,也是最具生命力的东西。"(温奉桥语)我非常认同这一评价,同时我还认为,王蒙在数十年的创作生涯中逐渐形成了一种独特的人道主义,这种独特性在他晚年的创作中更加突出和鲜明,我把它称为"乐观的人道主义"。从二十世纪五十年代初期王蒙开始文学创作起,重视人的价值,维护人的尊严,就成为王蒙小说的基本主题。但同时我也发现,王蒙的人道主义具有明显的乐观性。他是以一种积极和乐观的态度去观察世界、历史和人生的,乐观性也是他坚定的理想主义在人道主义精神上的具体呈现,相信理想终将成为现实,光明一定会取代黑暗。他在文学中热情张扬和讴歌人道主义精神,他善于发现人世间那些人道主义光芒,人道主义光芒也让王蒙的文字变得格外的明亮。"笑的风",就是乐观人道主义带来的风啊。

王蒙以乐观的人道主义回望共和国七十年的历史,他就看到了人民的力量和智慧。小说从二十世纪五六十年代写起,这是人民共和国诞生不久的建国初期,人民当家作主人,王蒙写出了这一时期朝气蓬勃的时代特征。主人公傅大成也因为得到资助农家子弟的扩大招生助学金而重入校园,他迎着疾风一路高歌,考上外语学校,毕业后又到Z城成为一名边事译员。白甜美同样感受到朝气蓬勃的时代气息,她以一双贤惠的手和高超的厨艺将一个家庭操持得温暖如春,让一直不满意包办婚姻的傅大成在听到儿子出口成章朗诵出"穿棉袄"的诗歌时,也心生愧意。对于"文革"十年的叙述,更显出乐观人道主义的独到眼光。王蒙写傅大成与白甜美一家成为Z城广交朋友的地方,大家在这里品尝白甜美精心做的美食,大家又相互帮衬,互通有无。王蒙赞叹道:"他们是真正的成功者,他们是能干的老百姓。"王蒙是将傅大成和白甜美看成是"文革"中的逍遥派来描写的。王蒙总结道:"为什么出现了逍遥派,出现了那么多自由与任意、靠边站的不甘与靠边后的轻松如意,还普遍有了度假感娱乐感自主感……中国人民的顺水推舟的智慧哪个能比呢?"在王蒙看来,逍遥派就是人民应对那个动荡、荒诞年代的智慧方式,有了人民性的逍遥派,才有了社会"平实平稳平衡的三平"。傅大成和白甜美也就是在逍遥派的生活方式下"平安幸福地度过了动荡的年代"。二十世纪八十年代最重要的变化莫过于改革开放,人们的生活发生了变化,观念也发生了变化。这种变化也明显体现在傅大成与白甜美的身上。白甜美发挥自己的优势,开办了Z城第一家棋牌茶室,"小地方小人物小茶室随着历史的节拍而摇曳多趣"。傅大成的文学才华则得到充分发挥,他进入到全国文坛,感受着文学观念变化的风起云涌。王蒙还用详细笔墨描写傅大成的出国之旅,这既可以尽情展现傅大成与杜小鹃爱情的孕育和酝酿,也能最直接反映国门打开后国人在外来文化的浸润下开启心智的时代之风。当然观念更新的结果不仅是文学的多样化发展,而且也使傅大成与白甜美离了婚。1990年代中国全面推行市场经济,经济发展的速度越来越快,人们生活的节奏也越来越快。"速成,所以,速灭。生活的发展,快得你眼花缭乱。"这时傅大成已与杜小鹃正式结婚,王蒙写他们的婚姻和爱情也卷入到快节奏之中,"随着全球化信息科技的进化而进化",可是"大众化的同时还有肤浅化与闹剧化",王蒙便感叹道:"发展的飞速使他头晕目眩了哟。"进入二十一世纪,傅大成的爱情也进入了沉着期,他为了让杜小鹃更好地与她早年遗弃的儿子一起生活,主动和杜小鹃办理了离婚手续。他有了更多机会对自己的一生进行反思。傅大成也像王蒙一样具有乐观人道主义精神,他在反思自己一生时显得十分潇洒,他觉得与古人和前辈们比,"我们就算活得有声有色的了,我们比古人差的不是环境也不是运气,是自己的本事、智慧和品质"。总之,王蒙为我们提供了一部内容丰富、信息密集的长篇小说,它既是傅大成从一个农家子弟到著名作家的成长史和爱情史，也是共和国70年成长壮大辉煌历史的一种充满明快和谑趣的变奏曲。

王蒙的乐观人道主义并非盲目乐观，并非只看到光明面看不到黑暗面，更不是说他因为乐观就放弃了文学应有的批判功能，而是说他从乐观人道主义出发会有另外一种处理黑暗和批判的方式。这种方式又与王蒙独特的文学风格构成了最佳状态的无缝对接。在共和国的历史进程中，我们遇到过问题，经受过挫折，这些问题和挫折也影响到傅大成的人生命运。王蒙写到这些问题和挫折时，采取了一种自我解嘲和戏谑的方式。如傅大成在二十世纪六十年代，因为文学写作也被批为有资产阶级和小资产阶级思想，他在这种大环境下只能停止写作。但这倒是促成他在修理自行车上自学成才，靠为大家修自行车密切了与各方的关系。王蒙便以自我解嘲的口吻说："家有图书腹有读书万卷，不如红尘俗艺随身，他就是'劳动创造世界'这一历史唯物主义根本原理的样板与形象代言人。"又如写到1980年代初社会发生根本性变化，过去被禁止和压抑各种文艺样式都能够充分展现时，王蒙会捎上一句："二十世纪后半世纪的中国，出来多少赤脚医生、赤脚作家，还有赤脚政治家啊。呵呵，而二十世纪八十年代后，也不知怎么的，赤脚诸君，都穿戴起靴鞋来了，或者悄悄蔫蔫地告退了呢。"短短一句话，却蕴含着非常丰富和深刻的历史反思性，看似戏谑的文字却透出一种思想的严肃。

王蒙一贯的、在八十高龄后愈演愈烈的乐观人道主义有力地证明了王蒙是永葆青春的。也就是说，乐观人道主义是王蒙青春焕发的直接结果，乐观人道主义也最充分阐释了王蒙的青春内涵。我想就王蒙的青春内涵多说几句。王蒙是在共和国诞生不久开始写作的，当时他还不满二十岁，一个是青春的王蒙，一个是青春的共和国，两个青春重叠在一起，王蒙内在生命的青春力在新生共和国的朝气蓬勃的时代精神的灌注下获得了自然生理向社会心理的升华，使他的青春具有特定的精神内涵，它意味着信仰、信念和理想，意味着为理想而永不放弃地向前进。他于是写下了《青春万岁》，他写新中国成立后的中学生，心情是那么地阳光，青春是那么地飞扬，他们就是共和国和时代的象征。这种代表一个时代本质的青春内涵就凝聚在王蒙内心，哪怕命运不断遭遇挫折，思想困惑不断生成，但青春内涵难以从他内心抹去，只会变得越来越沉稳和成熟。新时期之初，王蒙的青春重新焕发，当时文学"解冻"，各种思潮各种观点纷至沓来，但王蒙会以一个庄重的布尔什维克的"布礼"，再次擦亮青春的信念和信仰底色。在《活动变人形》中，王蒙揭示民族性格的痼疾，反思中国知识分子的弱点，青春则像一股潜流涌动在叙述背后，他由此撇去了青春表面的飞沫，让青春紧贴着大地。如今王蒙八十高龄，青春更加轻盈，更加飞扬。因为在他的内心，信念、信仰和理想更加坚定，更加明晰，这一切在《笑的风》中得到了充分的展示。他为自己的青春而骄傲，其实也是在为自己一生坚守的理想而骄傲。他因为骄傲才变得如此地乐观，为文学而乐观，为未来而乐观。王蒙喜欢普希金的诗歌，他在小说中多次引用到普希金的诗《假如生活欺骗了你》，我想起普希金的另一首诗《预感》，诗中说："是否让我骄傲的青春／以坚强的耐力／迎接它的来临？"这诗句用在王蒙身上再贴切不过了。王蒙的青春就是一种"骄傲的青春"，他以骄傲的姿态再一次扬起了青春的风帆！

2020年

匍匐在污泥中的和平天使，你恐惧什么？
—— 评邓一光的《人，或所有的士兵》

读邓一光的长篇小说《人，或所有的士兵》不是一件轻松的事情。这不仅在于将这本近七十万字的砖头式的书捧在手上就有沉甸甸的感觉，更在于我们的作者始终怀着沉重的心情在书写，我们从字里行间能够感受到作者的精神空间上笼罩着厚厚的阴霾。邓一光是一位擅长于战争文学的作家。这并非他参加过战争，而是因为他对战争中军人的英雄行为充满了敬仰，他年轻时写的第一部长篇小说《我是太阳》就是一部向英雄致敬的作品。他始终是抱着一种英雄情怀来书写战争的。《人，或所有的士兵》同样能够感受到邓一光的英雄情怀。但毫无疑问，我也明显地感受到他的变化。他不满足于以敬仰的心情去写英雄，我以为在他书写战争和英雄的几十年里，他将自己也磨砺成了一名英雄——我是说，他有英雄般的强大内心，因此他敢于直视战争中的血与火，敢于敞开心灵去与战争中的孤魂对话。这也就是为什么我们能从作品中感受到在他的精神空间上笼罩着厚厚的阴霾，因为他这一次不是把注意力停留在进攻中的兴奋和胜利后的喜悦，而是徘徊在战火下的残酷和死亡，他的心也变得越来越沉重。然而他不会被残酷和死亡所击倒，强大的内心会让他的文字穿越战争的硝烟，飞向高洁的蓝天。《人，或所有的士兵》不是一部普通的战争小说，它是强大的。

这一次是七十多年前的一场战争引起了邓一光的兴趣，这是发生在抗日战争期间的香港保卫战。他耗时五年，完成了这部作品。作品有宏大的格局和纵深的视野，远远超出了一次局部战争的范围，而由此生发开去，追问历史和人性。邓一光的这部作品让我不由得联想起托尔斯泰的《战争与和平》，因为这两部同样书写战争的小说有很多相似之处。两部作品的写作都是缘于一场作者并未亲历的战争，邓一光是因为对七十多年前的香港保卫战感兴趣；托尔斯泰则是因为对发生在五六十年前的一场战争感兴趣，这场战争是1812年的俄法战争，这场战争俄国最终取得了胜利，因此被俄国人骄傲地称为"卫国战争"。两部作品同样都是作者多年心血的结晶，邓一光耗时五年，而托尔斯泰则耗时六年。两部作品都是以一场战争进入构思，但都不局限于写战争本身，而是将笔触伸向历史、社会和人性。托尔斯泰的《战争与和平》出版后一直受到人们的赞叹，被誉为"世界文学中最伟大的作品"。邓一光的《人，或所有的士兵》所书写的其实也可以概括为"战争与和平"，因为他在作品中的思考可以看作是托尔斯泰在《战争与和平》中所思考的延伸。邓一光对于战争与和平的思考，当然是在前人的基础上展开的，但我们从《人，或所有的士兵》中又能够读到邓一光对此有了新的拓展。这种新的拓展是一名中国作家面向世界对战争做出的自己的回答。《人，或所有的士兵》证明了，一名中国作家的回答是有力量的。那么，它能不能也像《战争与和平》一样被誉为"世界文学中最伟大的作品"呢？我知道我还没有权利做出这样的评价，我期待时间最终能够做出这样的判断。

既然说作家对战争做出了自己的回答，那么就看看他是怎么回答的。邓一光的第一个回答是关于中国抗日战争的。抗日战争是中国人民永远也不会忘记的历史，这是一场捍卫国家主权和民族尊严的战争，自然是中国作家的重要写作资源，中国作家在大半个世纪以来写出了大量的抗日战争题材的小说。邓一光在过去所写的战争小说中也涉及抗日战争，但当他写《人，或所有的士兵》时，他已经站在一个更高的历史平台上来认识中国的抗日战争了。他有一种全球视野，并不是单纯地将中国抗日战争做为孤立的反侵略战争来对待。在他看来，二次世界大战把各个国家编织成一张紧密相连的网，一个国家和民族就是这张网上的一个结，任何一个结的动静都会牵动网上所有的结。为此，邓一光对二战前后的世界历史作了详细的研究，从小说中就可以看出，他对这段历史烂熟于心，许多关键性的细节信手拈来。小说的主要情节是置于一个非常清晰的二战历史背景之下展开的，事实上，关于小说中对这一背景的叙述几乎已经构成了一个比较完整的二战世界史。我相信，以邓一光所掌握的材料以及他对这些材料的研习，他要撰写一本二战世界史的著作是毫不费力的。指出这一点，是想说明邓一光为这部小说打下了一个非常坚实的基础，只有在如此坚实的基础上才有可能稳稳地建立起一座像《人，或所有的士兵》这样宏伟的文学大厦。

抗日战争一直是中国作家热衷于书写的一段历史，但在大量的反映抗日战争的作品中，我们几乎看不到关于香港保卫战的描写。这其实是一个值得讨论的话题。香港保卫战之所以过去在当代文学的视野里被忽略了，就因为当代文学的抗日战争叙述缺乏一种强大的世界性视野。香港当时属于英国殖民地，主要由英国军队保卫香港的安全。但即使从民族尊严的角度看，我们也不应该忽视香港众多的华人在战争中的流血牺牲；更不应该忘记香港失守后香港人民遭受的巨大灾害。我相信邓一光在打算写一部反映香港保卫战的小说时也一定想到了这一层。也就是说他希望中国人民在铭记抗日战争历史时也要记得在这段历史中还有过香港保卫战。因此邓一光把强调历史的真实性放在了重要位置。他为此作了充分的准备，多次进出香港，翻阅和查证了上千万字的历史资料，有一个细节可以看出邓一光对历史真实性的重视程度，香港保卫战进行了十八天，他对这十八天每一天的天气情况都作了详细的了解。邓一光对待写作的态度是严肃和庄重的，同样他对待历史的态度也是严肃和庄重的。我们从小说中能够感受到邓一光对于还原历史的真实性所作的努力，他的客观冷静的叙述也令我们对他充满了信任。为了尽量保存历史的真实度，邓一光采取了一种非虚构与虚构相结合的叙述方式，他让自己虚构的人物带上一张文学想象的通行证回到历史现场，去邀请历史真实的人物为历史真相作证。比如，小说的主人公郁漱石先后在日本和香港与作家郭沫若、萧红、张爱玲都有过交集。小说写到，郁漱石在日本留学的时候，正赶上鲁迅先生逝世，日本留学生组织追悼活动，他参加了在东京日华学堂举行的纪念会，郭沫若就是在这次纪念会上作了慷慨激昂的演讲。而后，他又在学姐的引领下去见了萧红，并和萧红建立了密切的关系。就这样，邓一光让虚构的小说人物与几乎所有的重大历史事件和历史人物联系起来。在非虚构与虚构的衔接上，邓一光也是处理得十分巧妙的。比如，小说写郁漱石偶尔翻报纸得知许地山逝世的消息，于是便去许地山府上吊唁，在许地山府上又遇见了《光明报》社长梁漱溟和牛津大学教授陈寅恪。去许地山墓地献花时遇见一群年轻人在这里举行追思会，年轻人中就有张爱玲。通过非虚构与虚构相结合的叙述，小说很圆满地完成了第一个任务：真实而全面地记录香港保卫战的历史。

真实记录香港保卫战的历史，是这部作品的内容之一，但这并不是邓一光书写这部小说的唯一目的，甚至可以说，香港保卫战以及香港沦陷后的真实记录只是为邓一光更宏大的叙述拉开了序幕。为此，他采取了一个特别巧妙的结构，这是一个由多个当事人的视角相互补充和印证的频繁变换主体的第一人称叙述结构，这一特别的叙述结构又将其具体化为一次冗长的法庭审判过程。小说的主人公郁漱石在参加香港保卫战后被俘虏了，在日军俘虏营里关了三年多，临近二战结束时终于从俘虏营里逃出来。但日本宣布投降后他又被做为汉奸嫌疑关押起来。小说的结构便是围绕军事法庭对他进行审判而展开的。邓一光仿佛在写一本厚厚的法庭审判文书，被审判者郁漱石以及辩护律师、审判官、相关证人相继在法庭上做出陈述。这样的写法很聪明，因为每一个陈述者都是以第一人称在说话，不同的陈述者具有不同的身份，会选取不同的视角和立场，从而使叙事将历史的客观性与主观性有机地结合了起来，能够揭示出历史背后深层次的原因。

这样一来，我们就接触到小说最主要的内容了。香港保卫战只是背景，它引导我们进入到一个日军的战俘营。战俘营才是这部小说的主要内容。战俘以及战俘营是战争小说中经常出现的人物和场景，但在中国当代文学系列中，似乎还没有作家专门写过战俘营的小说。但在世界文学系列中，战俘以及战俘营越来越被作家们看重。这关系到作家以什么样的方式去观照战争的问题了。士兵走上战场，不外乎三种结果，一是成为凯旋者，二是成为烈士，三是成为战俘。当我们的战争文学强调英雄主义、辉煌胜利和英勇牺牲时，自然也就不愿去触碰战俘这一涉及失败和屈辱的对象了。在宁死不屈、杀身成仁成为社会的主流话语时，我们也很难指望文学能够改变战俘身上灰暗的色彩。但在世界文学潮流中，由于战争文学越来越注重个人生命价值的探讨，战俘往往成为一个正面的形象被写进小说中。美国的华裔作家哈金多年前曾写过一部《战争垃圾》，是写志愿军战俘在美军战俘营里的遭遇的。美军与台湾当局合谋，在战俘营内挑动反共情绪，鼓动志愿军战俘通过"甄别"前往"自由中国"。但主人公于远坚持要回国，他就被强行在身体上刻下反共标语，而这身上无法抹去的反共标语，使他回国后继续遭受着苦难和折磨。哈金的这部小说获得了2005

年度的美国笔会/福克纳文学奖。另一部讲述战俘故事的小说《深入北方的小路》是由澳大利亚作家理查德·弗兰纳根完成的，小说获得了2014年度的布克图书奖。布克图书奖被认为是当代英语小说界的最高奖项。小说描写了二战期间关在日军战俘营的一群澳大利亚士兵，他们被迫修建泰缅铁路，这是一条死亡铁路，每天都有人因为挨打、饥饿、疾病或劳累而死去。主人公多里戈·埃文斯是靠着等待自己恋人艾米的来信而支撑下来的。他终于收到了一封信，这封信也改变了他的一生。因此论者认为这部小说不是传统意义上的战争小说，是关于爱以及爱的救赎力量的小说。西方作家对战俘的书写，贯穿了西方文学的人道主义传统，因此看上去是顺理成章的事情。但是对于中国当代文学来说，邓一光在《人，或所有的士兵》中一改人们习惯性的认知，对战俘和战俘营作正面的书写，这本身就具有突破性的意义。

邓一光很早就关注战俘问题了。1998年他写过一个中篇小说《远离稼穑》，就表达了他在战俘问题上的思考。小说主人公是一个"最好的种田人"，却在大革命中被迫成为了军人，他当了一辈子的兵，又有过三次当战俘的经历，这使他在战场之外遭受了比枪林弹雨还要可怕的灾难。虽然晚年在政治上得到平反，但他怀有的"种最好的田"的梦想是永远无法实现了。在这篇小说中，邓一光要将英雄与战俘这一在人们心目中截然对立的两种形象重合为一体，对这位有过三次战俘经历的士兵寄予了极大的同情。但阅读邓一光这一阶段的小说时，就感觉到这种同情也许只是偶然的、瞬间的。因为他这一阶段在小说中更多的是在抒发他强烈的英雄主义和理想主义精神。他出生于军人家庭，他对在战火中出生入死的父辈们充满着敬佩之情，便写下了《父亲是个兵》《我是太阳》等向父辈致敬的小说。那个时期，文学界正是流行犬儒主义，英雄遭到贬斥，崇高受到嘲弄。由于革命历史英雄往往以父辈为代表，因此当时的文学以弑父叙述来表达对英雄和崇高的否定。就是在这一背景下，邓一光勇敢地搀扶起被打倒的父辈，翻检父辈的英雄历史。邓一光的小说显然是与这样一种潮流和时尚公然作对的，他要在战争叙事中为父辈们辩诬，为英雄们的流血牺牲唱一支壮烈的颂歌。但他书写这一切时，并非没有想到战争带给人类的破坏，他内心里还埋着一枚和平的种子，《远离稼穑》其实是这枚种子在他心里蠢蠢欲动时流露出来的信息：他在一个戎马一生的军人心中植入一个侍弄稼穑的念想。稼穑就意味着和平。是战争以及战争意识让人们远离稼穑，也只有全社会能够安稳地侍弄稼穑时才会远离战争。说到底，这是一个战争与和平的问题。这次写《人，或所有的士兵》，邓一光又把这个关于和平的念想植入主人公郁漱石身上，郁漱石说："仁爱的人才是勇敢的人，和平的樱花不正是这样吗？"

战争是残酷的，许多生命会因为战争而丧失。但人类社会目前还不能摆脱战争的困扰，因为战争是政治集团之间、民族和国家之间矛盾的极端表现形式，因此作家完全以绝对的方式反对战争并不可取，有时候，唯有正义的战争才能为人类赢来长久的和平。正因为战争与和平的问题一直纠结于邓一光的内心里，所以他写战俘营时，就能在揭露战争创伤的基础上，对战争的本质有深入的思考。战争创伤在战俘营中会表现得非常突出，无论是哈金的《战争垃圾》，还是理查德·弗兰纳根的《深入北方的小路》，都把重点放在揭露战争创伤上，《人，或所有的士兵》在这方面的叙述同样会给人留下难忘的印象。但邓一光并没有停留在揭露上，而是要为战俘"正名"。有战争就会有战俘，战俘是战争的衍生物。在中国传统道德观中，战俘是被贬斥的，正统道德观所宣扬的是宁死也不当俘虏。《杨家将》几乎是家喻户晓的古代战争传奇，杨家父子都是在战场上出生入死的虎将，他们大多战死于沙场。杨业被俘了，为了保全他的英名，也要让他被俘后绝食而死。日本的传统道德提倡武士道精神，也不接受被俘的行为。在小说中邓一光专门安排了一段关于战俘的辩论。辩论双方是战俘郁漱石和日本学者冈崎。郁漱石指责日军太残忍，居然杀死了196号战俘。冈崎则认为武士的德行就是绝不允许做敌人的俘虏，决不会同情懦弱到投降的士兵。因此不能责怪日军残忍，只能怪196号本人没有选择自杀，而选择了做战俘。郁漱石愤怒地反驳道："196号的确做了俘虏，但他至死都没有投降，比那些仍在战场上惊恐万状使用劣等滑膛枪抵抗中国派遣军进攻的士兵更勇敢。"

邓一光就是以这样的态度来写战俘的。在他的笔下，D战俘营里的战俘仍然还是士兵。香港保卫战仍然还在D战俘营里延续着。D战俘营前后关押了一万余名战俘，D战俘营的人员组成也充分体现出二战的复杂格局。这里的战俘来自不同的国家和组织。既有国军战俘，也有由共产党领导的游击队战俘，还有英军战俘，还有同盟军的战俘，这些同盟军战俘分别来自美国、加拿大、意大利、荷兰、菲律宾。这些战俘在战俘营里仍然保持着军人的体例，军官仍然具有指挥权。他们组织起战俘联合自治委员会，按各国武装编成、制度、条例、纪律、生活和宗教习俗进行分别管理。这些战俘即使身处战俘营的恶劣环境，但仍努力保持着军人本色，战俘营成为他们的一个特殊战场，他们为了自己的生存和尊严与战俘营的日方管理者进行斗争。邓一光塑造了一批性格各异的战俘形象。郁漱石做为小说的主人公是邓一光精心塑造的一个人物，也是一个具有震撼力的人物形象，我将在后面再详细评述。还有如摩尔上校，这位英国海外殖民部特派大臣，始终保持着英国绅士的风度；徐才芳，国军的一名少校稽查官，工于心计，把国民党上层的一套官僚作风带进了战俘营；邦邦，菲律宾陆军情报部的中尉，具有从事情报工作的机敏秉赋；马仔仔，游击队里的一名最年轻的士兵，他那早熟的脑袋是他营养不良的身体难以承受得住的，他的忠诚与执着则打上特殊环境的印记；亚伦上尉，这位美国航运学校的教师，是个典型的美国实用主义者，艰苦的战俘营生活仍然不会磨蚀掉他对生活的热爱，他不关心政治，但他充满着同情之心；曹家旺，这位国军的少校军医，在战俘营也担负了战俘的医疗工作，他对条件简陋的医疗室极为不满，恨不得将周围任何东西都变成能疗救疾病的药物；肖子武，游击队战俘的领导，深藏不露，胸有大志，是游击队战俘们的主心骨。

  如果把D战俘营看成是二战的另一特殊战场，那么战俘就是这一战场上的士兵了。这些士兵的作战目标是什么？就是活下去。摩尔上校在酝酿成立战俘联合自治委员会的会议上就很简单明白地说明了战俘们应该做的事情是什么，他说："人们希望活下去，战后返回祖国，与家人团聚。"摩尔以一种绅士的方式说出"活下去"的作战目标，但对于战俘们来说，这个作战目标是一个艰巨的任务，不亚于在他们曾经参加的战役中去攻克一个炮火猛烈的高地。战俘们之间的关系是复杂的，盟军之间也有相互的矛盾。但"活下去"的目标将矛盾的各方统一了起来。郁漱石在给亚伦处理伤口时就很坦诚地说道："所以，亚伦，你，德顿，还有我，我们这些人不应该分裂，我们得先把伤口里的蛆弄干净，设法活下去，活得时间足够长。总有一天，魔鬼们坚持不下去，战争会结束，人们溃疡的伤口会痊愈，这就是我的想法。"在联合自治委员会的作用下，D战俘营的战俘们就像一支严密的军队一样在行动。他们为战俘的生存和尊严赢得了一些权利。比方在委员会成立后第一次与日本管理方交涉时他们就提出要给战俘们配备床。虽然一开始被管理方很轻蔑和粗暴地拒绝了，但最终战俘睡觉的设备得到了改善。许多看似微不足道的事情都因为与"活下去"有关而变得十分重要。比如，设法获得战俘营之外的战事情报，他们认为这些战事情报能够鼓舞战俘们在残酷的环境中活下去。他们还会组织一些文体娱乐，从而保持团队的信念。在活下去的战役中赢得最大胜利的则是由肖子武领导的一群游击队战俘。肖子武整天叼着一个用泥巴烧制的烟斗，看上去像一个木讷的中年农民，却有着坚定的意志和果断的决策力。事实上，对"活下去"的作战目标有着透彻理解的就是这位共产党培育的教导员，他明确告诉郁漱石："我们不想让鬼子轻松。我们希望D营是一个战场，这里的人一直在战斗。"肖子武从进入战俘营起，就与游击队战俘们一起制定了一个挖地道的计划，他们在战俘营里建了一座神龛，迷惑住日本管理方，然后从神龛内开挖地道，为了移除大量的土方，他们又主动承当起战俘营清理垃圾的工作，在战俘营的五年时间内，挖地道的工程始终在进行。地道一直通到大海边。最后，他们利用这条地道，成功地率领数十位战俘逃了出去。在最后时刻，肖子武为了确保这次大逃亡能够成功，决定自己留下来与日本军方周旋，他的伟大人格也真相大白。

《人，或所有的士兵》对于战俘营的书写达到了登峰造极的程度。像邓一光这样把一座战俘营做为二战的一个缩影来写，至少在以汉语写作的战争小说中这还是第一部。将战俘营视为二战的特别战场，将战俘仍然视为在战场上作战的士兵。邓一光也许是第一个以这样的视角去书写的作家，这也正是《人，或所有的士兵》独领风骚的一点。邓一光告诉人们，D战俘营里所进行的这一场战役非常精彩，如果从追求故事性的角度说，小说完全可以采取另一种写法。讲述故事，本来就是邓一光特别擅长的。但邓一光放弃了讲述故事的结构方式，显然他是要弱化强大的故事性对读者的吸引，从而凸显他对战争的思考。战争与和平的问题始终萦绕在他的思绪里，而战俘营这样一个特别的战场上，更有可能将战争与和平的问题推向尖锐的程度。当然，邓一光首先要为战俘"正名"，战俘虽然被俘虏了，但他们是士兵，他们仍然身处战场上。邓一光知道，对于士兵来说，战俘营这一特别的战场对人性的考验更为险峻。这正是邓一光所要追问的问题。

为此，邓一光专门设计了日本学者冈崎小姬这一形象。冈崎小姬是日本帝国大学的学者，二战期间她成为日本的俘虏情报局的高级雇员。她正在进行一项关于"战争认知理论"的研究，"战争认知理论"的研究需要大量来自不同地域和文化背景的个体行为观察、任务表现、个性适应等数据采集和分析，这个工作在瞬息万变的战场上无法完成,而拥有过战争行为的战俘,无疑成为最优质的研究对象。冈崎来到D战俘营,选择郁漱石做为她的研究对象。她与郁漱石之间的往来成为小说的一条重要情节线。冈崎研究的"战争认知理论",无非是要为日本当局发动的侵略战争提供理论说辞,她希望像郁漱石这样的战俘能够给她的理论提供充分的证明材料。但郁漱石并不愿意按照冈崎的要求去做,反而揭穿她的伪装。郁漱石认为,为战争寻找合理性与合法性的依据,那不过是政治家和军官在撒谎。政治家们说要通过战争保护国民,可是为什么他们只在政府中建立负责战争和国防的部门,而不建立负责和平的部门。郁漱石要告诉冈崎的是,战争并不是人民愿意接受的,它是政治家们为了达到自己的目的而强加给人民的。同样的,冈崎所强调的诸如"战争英雄、战场神话、爱国人士和民族伟人"等种种"战争动力"也是欺骗人的鬼话。他直率地告诉冈崎,士兵在战场中的那些勇敢的行为,不是因为他想到了这些,而是因为他内心的恐惧。"恐惧是天生的,自打有了生命它就存在,和生命一起栖伏在湿润的子宫里,一点点长大,然后随同生命一起来到这个世界,它只能靠自尊心来抑制,一旦自尊心没有了,恐惧将最终战胜这个人。"邓一光在这部小说中第一次把恐惧提升到重要的位置。恐惧显然是战争文学无法绕开的心理感知,作家们会在他们的作品中描述战场上人们的种种恐惧状态。邓一光同样也描述过恐惧,但他这一次不仅是描述恐惧,而且是把恐惧做为一个正面的问题提到桌面上来讨论。在邓一光看来,恐惧是人的天性,是"阳光下人的影子",我们虽然不喜欢影子,但我们无法摆脱影子,人们以一切方式遮蔽或隐藏恐惧,这就像是要摆脱掉自己的影子一样是无效的。为此,郁漱石和冈崎有了一场尖锐的对话。香港圣保罗书院的女学生邝嘉欣也是一名战俘,但她被单独关在一栋碉楼里,供日本的军官们发泄淫欲。她从不反抗,看上去很平静,这是因为她把内心巨大的恐惧深深地隐藏起来了。郁漱石问道:有谁关心平静者的恐惧和耻辱?想不到冈崎则要为军中的这种丑行辩护,认为这些女性是在"用纯洁的身体来温暖和抚慰在海外作战的父兄",她们"丝毫看不见恐惧,是勇敢的女性啊!"冈崎的辩护激怒了郁漱石,他不顾自己只是一名战俘的身份,竟然恶毒地质问冈崎,如果天皇有要求,你也会做那样的事情吗?尽管这一质问让郁漱石付出了痛苦的代价,但它也击穿了冈崎封闭的内心,她的家人中也有这样的女性被迫在军中做这样的事情,但她一直试图让自己以平静的心情去对待,其实这种平静不正是因为内心太恐惧吗？我们从邓一光的叙述中就发现，哪怕冈崎这样一位看似在战争中十分得意的日本学者，其实她所有的行为都是在掩盖自己内心的恐惧。

郁漱石是这部小说最丰满的人物形象，在当代文学的战争小说系列里，他也是一名崭新的、富有独创性的文学典型。郁漱石出生在一个军人世家，父亲在当时的最高军事机构担任要职，他的几个兄弟都在军中效力，有的还付出了生命。郁漱石的身世和经历也是复杂且丰富的。他是一个私生子。父亲曾与一位来中国的日本女学者相好，生下了郁漱石。但郁漱石从来没有见过自己的母亲。郁漱石去日本留学。在日本遇见了阿国加代子，他们相爱了。但因为两国关系恶化，父亲催他回国，他不得不舍弃自己的爱情，不辞而别。郁漱石似乎生性孤僻，又是一名文学青年，有着敏感的内心。他虽然出生在军人家庭，父亲一直灌输军事教育，但他有着强烈的反战情绪。他在法庭上陈词："我出生和长大在一个不缺少战争的国家，我曾经做过一件事——寻找一个没有战争侵入的世界。"但他失望了，父亲命他必须加入军队为国效力，不得已，他要求不上战场，于是他加入军队的后勤部门，从事军中的贸易工作。他被派往美国华盛顿，而且工作非常出色。他在香港是某兵站总监部的中尉军需官，香港保卫战前夕，他本来应该跟随大家撤离香港，但因为照应工作，他临时留了下来，顷刻间就遭遇到日军的进攻，不愿摸枪的他不得不加入真刀实枪的战斗之中。他是在去水库抢修给水设备时被日军俘虏的。在D战俘营，郁漱石因为会日语，被安排担任联合自治委员会方面的传译员。他有了更多机会与日本军方接触，但这反而使他的处境更难受。日本人要经常找他的碴子，战俘联合自治委员会方面则经常怀疑他与日本人有勾结。郁漱石痛苦地感到自己是身处两座集中营里，一座是日本人的，而另一座则是战俘们的。即使这样，他仍然按照自己的原则行事。他在D战俘营里，就像是一位和平天使，尽一切可能给那些受难的人们施予一些帮助。纳什医生就是这样由衷地称赞郁漱石的："中尉，上帝知道你做了什么。""你会看到上帝在对你微笑。"让上帝能够微笑的人不是天使还是什么？但他不是我们在经典绘画中所见到的飘逸在空中的优雅天使，他只能匍匐在污泥浊水中，他是一个匍匐在污泥中的和平天使。

二十多年前，邓一光写了《我是太阳》，塑造了一个硬汉军人形象关山林，是战争精神铸造了关山林的英雄气质，也酿制了他在和平年代的心理焦虑。小说正是通过这种心理焦虑,对抗了当时的英雄主义缺失的普遍社会心态。如今,邓一光在《人,或所有的士兵》中所塑造的郁漱石,则是一个拒绝战争的悲剧式英雄。二者之间可以看出邓一光创作思想的变化。这是一种从战争思维转向和平思维的变化。以战争思维看待战争,只是看到战争的表层;而从和平思维看待战争,看到的是战争的内核。每一个怀着人类良知进行写作的作家都能看到战争给人类带来的破坏,但同时也无奈地意识到人类在前进的征途上离不开战争。人类也在战争中经受锻炼。邓一光在前一段的创作中亦即他的战争思维阶段,他把注意力放在后者,关心人类是如何经受锻炼的。当然,战争与和平的问题一直纠缠在他的心中,他坚持一点,战争最终的目的是为了和平。现在,他从和平思维的角度去思考战争与和平的问题,越来越意识到战争的破坏性,这使得邓一光的心绪越来越沉重,因为他发现:"人类却在短短30年中,在两次全球战争中让自己建立了几千年的文明之杯粉碎掉,在一地的碎片中清晰地看到自己的罪恶。"战争与和平一直是文学的重要主题。我在前面提到了托尔斯泰的《战争与和平》,托尔斯泰写到了战争的残酷性,但他重点是放在写人性的美好和善良是如何在战争中经受磨炼的。邓一光是在托尔斯泰的思考基础上继续出发,他担心如果战争无休止地进行下去的话,将会耗尽人性所有的美好和善良。因为他发现:"战争的结局不是一些人死了,一些人活了下来,也不是世界经过胜利者的分配拥有了全新格局,它最大的结局是人性的改变。人性的改变潜伏在价值观下,政治主张下、人们的日常生活中,比任何建立在对世界重新瓜分诉求和修缮立法秩序上的愿望都要重大无数倍,它决定了未来的人类是什么样的人类,它比战争本身更加危险。"郁漱石在邓一光的构思中也许具有告知先觉的成分。因此他从来都是一种忧心忡忡的模样。这大概才是邓一光强调恐惧的真正原因吧。在邓一光看来,恐惧是人的天性,人应该从天性上说就是恐惧战争的,但人们以种种理由掩饰内心的恐惧。郁漱石是第一个公开承认恐惧的人。因为恐惧他才对战争的破坏性有更清醒的认识。战争的破坏性不仅在战争中存在,而且在战争之后仍然存在,因此郁漱石在战争结束之后他只说战后而不说胜利两个字,他悲观地发现,战后的香港,甚至整个世界,不过是另一座D战俘营,他将继续生活在战俘营中。小说中的一个细节耐人寻味。一个乖巧的女孩艾弥儿两岁时就跟随母亲被关在拘留营里,直到六岁才等到战争结束,她走出营区看到人们为庆祝和平的到来而狂欢,她却十分忧伤地问妈妈："和平什么时候才会结束？我们就不能再有战争吗？"这意味着，当一个孩子所有的人生经验都是在战争环境中形成的时，她就会以为战争才是生活的常态。这才是郁漱石内心里最为恐惧的事情，应该也是邓一光最为恐惧的事情。

正如邓一光所说，恐惧是天生的，每个人内心都怀着某种恐惧。可以想见，邓一光本人一定也是心存某种恐惧来写这部小说。他为和平的生存而心存恐惧。但恐惧并不等于绝望，人类的伟大就在于能从恐惧中积攒起力量，寻觅到希望。邓一光以两段情节表达了他对希望的寄托。一段情节是邝嘉欣搜集死去的蝴蝶和草籽，另一段情节是郁漱石在战俘中搜集名字的举动。邝嘉欣沦为日军的性工具，她宁愿死去，其实她的心早已死去，但她把活着的愿望寄托在每天捡拾的那些草籽上，如果把草籽播撒在大地上，一定会长出一片绿色来的。绿色不就代表着生命与和平吗？郁漱石要送一件礼物给邝嘉欣，他认为只有战俘家人的名字才能与邝嘉欣搜集的草籽和死去的蝴蝶相匹配——战俘来到战俘营，也带来了家人的名字，这些名字就像满处盛开的草籽，"无须四处寻找，只需要用记忆的手小心捧住它们"。无论是草籽，还是名字，它们活在大地上，也活在人们的记忆里。我惊叹邓一光的文学神思是如何一下攫住了这两段情节的。这两段情节是这部小说自始至终非常坚硬的叙述中最为柔软的一部分，因为柔软，会抚平人们内心的恐惧。

2020年

重述爱情的意义
——读钟求是的长篇小说《等待呼吸》

钟求是很会写爱情，他写爱情的小说我读了都被感动得不得了，我暗自猜想他一定是一个恋爱高手。他的小说中常常会有一些让人眼睛一亮的细节，这样的细节只有在一对恋人置身于热恋现场时才会发生，怎么都被钟求是捕捉到了呢？《等待呼吸》写的是杜怡和夏小松这一对恋人的故事。他们的恋爱竟然是在苏联的地铁上开始的。地铁车厢里尽管坐满了人，但这一对中国恋人可以旁若无人地说起中国话。他们说的并不是亲密的私房话，却比私房话更令人怦然心动。他们不过是刚才在大街上邂逅的两个陌生人，却没想到在同一趟地铁上又相遇了。他们之间发生了一场有趣的谈话，谈话内容是从一个大胡子乘客穿着两只不同颜色的鞋子引起的，他们相互猜想为什么会发生这种情况。两个年轻人就是这样在无意中开启了爱恋的心门。但精彩的细节只是钟求是小说令我喜爱阅读的原因之一，给我带来惊异甚至震撼的原因则是钟求是书写爱情的方式和态度。

橙色的爱情

《等待呼吸》的第一部分以温暖、明亮的笔调讲述了一个美丽的爱情故事。它的色彩是橙色的。

文学艺术离不开写爱情，可以想象，小说中如果缺少了男女之间的那种卿卿我我、腻腻歪歪、干柴烈火，读起来一定要乏味很多。英国作家福斯特写了一本仿佛是小说写作指南的书叫《小说面面观》，他在书中说人生有五件大事：出生、死亡、睡眠、饮食和爱情。但出生、饮食和睡眠在小说中占的比重少之又少，只有死亡和爱情是小说家要大写特写的内容。我们从小说中读到了各种各样的爱情故事，每一位作家笔下的爱情各不相同，这是因为每一位作家持有不同的爱情观。一般来说，在人们眼中，爱情是美丽的，是神圣的，也应该是纯洁的，我们从那些爱情经典作品中如《罗密欧与朱丽叶》或《梁山伯与祝英台》中大概获取的都是这样的印象，爱情就像是文学天空上的一道艳丽的彩虹。但是，现代主义的风暴袭来，这道彩虹失去了光彩。在现代派作家笔下，爱情是消极的、失败的，是海市蜃楼，是对自由的阴谋占有。现实也在不断地嘲弄爱情，人们对待男女相爱变得越来越实际和功利了，爱情的神圣光环自然渐渐消失。在现代主义文学和现实的双重影响下，当代小说的爱情书写不再强调爱情的神圣性，它沉溺在日常生活的油盐酱醋之中，它失去了爱意，仅留下情欲。当然，审视当代小说的爱情书写，它远比我这几句话的概括要丰富得多，但我以为，作家们似乎对爱情本身不感兴趣，他们更多的是把爱情做为一个切入点，去揭露社会和人性的问题。这样的小说也非常好，但我仍然觉得不满足，因为爱情本身在这些问题面前消失了。钟求是却是与其他作家的兴趣截然相反，他要表现的仅仅是爱情本身。他就像是一位古典时期的作家，弹拨起爱情的小夜曲，把爱情描述得如此美丽和清纯。这就是《等待呼吸》的爱情基调。小说的第一部分简单地说就是写了主人公杜怡和夏小松的一段短暂的爱情，人物就是他们两个，出现的其他人物都不过是他们俩恋爱的背景。他们恋爱的场所竟然多半是在一些公共场所，比如在学校图书馆，在地铁的车厢里。但你千万不要误会，以为无非是那些三流爱情影片中经常出现的年轻人如何勇敢地在公众场合旁若无人地做出亲昵举动的镜头。显然在钟求是看来这样的镜头所表现的爱情不足挂齿，最美好的爱情尽管离不开情欲，但更是心与心的交融。钟求是要写的正是心与心交融的一对年轻人，当心与心交融时，他们坐在图书馆的阅览室里，"即使两个人许久不搭腔，杜怡仍然觉得心里是熨帖的，有一种一屋相守的踏实"。钟求是要告诉人们什么才是真正的恋爱。"原来恋爱可以相互不讲话，原来恋爱只需要一只手伸过来按在她的脑袋上，原来恋爱在一百个人中间也能悄悄生长。"钟求是写出了爱情的神奇作用。在他的笔下，杜怡与夏小松恋爱后他们的学习和日常生活并没有发生变化，但因为在他们的日常生活中有了爱情之光的照耀,他们周围的所有物体他们每天所做的每一桩事情都显得明亮美丽起来。钟求是以他略带抒情性的语言和精准细致的叙述,展现了两个年轻人的爱情是多么的美丽。没错,爱情是美丽的!这就是钟求是要告诉人们的!钟求是将他们的一举一动都写得那么美。比如,他们的第一次接吻,钟求是便安排在他们一起去影院看电影之后,影片中的接吻镜头感染了他们,当电影散场后,他们再一次退回到空无一人的观影厅,仿佛在捕捉电影的余味,然后两人的嘴唇贴在了一起。当然,钟求是对这一细节的描写比我的复述要优美多了,而且他还抒情道:"这种经过情绪培养的接吻,味道真是不一样。"但是,如此美丽的爱情对于两个年轻人来说实在是太短暂了。几个月后,他们走进莫斯科广场的那场导致苏联解体的群众示威活动中,夏小松被一颗流弹击中了胸脯,最终他还是死在了医院。一个美丽的爱情就这样以凄美的方式结束。

纵览中外文学经典,美丽的爱情往往都是悲剧的结局,这仿佛是文学写作不成文的规律。仔细想想也有道理,因为美丽的爱情常常是一种难以兑现的理想,一种反世俗的情感活动,当两个人因为爱情而走到一起时,也就会与现实构成矛盾冲突,真正的爱情无法与现实达成妥协,作家们写到这里的时候,无法让爱情延续下去,只能以悲剧的方式终结爱情以此保持爱情的纯洁。如果单纯从故事结构来说,《等待呼吸》写完第一部分就已经是一个非常完美的爱情故事了。但是,钟求是显然并不是仅仅为了写一个感人的爱情悲剧。我想他也许看到了这样一个尴尬的现实:尽管文学经典里有许多的爱情悲剧,但生活在当今时代的人们早已把文学中的爱情悲剧看成是骗人眼泪的谎言,人们的爱情观完全向世俗倾斜,爱情与现实的矛盾不仅和解了,而且双双成为利益的合谋者。对爱情充满美好想象的钟求是也许对这样的现实深感困惑。于是钟求是要顺着这个爱情悲剧继续向下追问,追问爱情的本质到底是什么。从这个角度说,《等待呼吸》的第一部分仅仅是一个开始,真正核心的故事还没开始呢!

黑色的现实

小说第二部分的标题是"北京的问号",它其实就是爱情的问号。这个问题直接向杜怡提出来了。这是一个残酷的问题,它直面爱情与现实的矛盾冲突，是否美丽的爱情只能存在于理想之中，是否面对现实，爱情只能偃旗息鼓落荒而逃。

第二部分的画风与第一部分相比完全构成了冷暖两色的对比，第一部分描写恋爱的画面是温暖的橙色，而第二部分描写现实的画面则是冷峻的黑色。杜怡一下子从爱情的诗情画意中跌落到冷冰冰的现实。杜怡陪伴着病情恶化的夏小松回到了北京，住进了北京的医院。医院每天的治疗都需要钱，钱，这就是活生生的现实！待夏小松去世之后，她已经欠了一身的债。她不得不想尽一切办法去挣钱还债。何况因为与夏小松的一场爱情和突如其来的灾祸，不仅使她痛失了最爱的人，而且还使她失去了在苏联留学的身份，她也不敢与家人联系，只能独自待在北京设法找到挣钱的途径尽快把债还清。但是，一个普通的年轻女性，又能有什么办法挣到大笔的钱呢？钟求是就是这样将杜怡置身于1990年代初期中国社会经历转型后混乱无序的文化处境下，写她选择了许多匪夷所思的挣钱方式以及在这过程中所遭受的种种屈辱和不堪。当然，钟求是所写的这一切仍是为了写爱情，而且写的是爱情走到了最艰难的一步：爱情走到了现实的栅栏之前，有的人也许就止步于此，真正相爱的人们才有勇气要去跨越栅栏。而这对于杜怡来说，她面临的挑战更大，因为爱情本来需要两个人共同执守，但此时此刻，爱她的人先她而去，她只能独自一人去跨越现实的栅栏。当然，杜怡完全可以面对栅栏转身离去，因为既然爱她的人已经死去，她在爱情上已经解除了道德的约束，她不必为过去的爱情承担任何道义的责任。这也许正是钟求是故意设置出的绝境，以此来证实真正爱情的力量。从小说中我们便看到，支撑着杜怡在泥泞的现实中一步一步艰难地走下去的，仍然是她与夏小松短暂却又刻骨铭心的爱情。她的身边虽然没有了夏小松的身影，但她的心里始终跳荡着夏小松的笑容。她可以忍受各种屈辱，但要她弃夏小松而去，哪怕前面是巨大的诱惑她也不会为之心动。比如她在处理与胖卷毛的关系上就是这样做的。胖卷毛是杜怡与夏小松在回国治病的火车上认识的一个商人，他在车上就被杜怡的美貌所吸引，因此当杜怡找他求助时，他慷慨答应了，但他提出一个条件，如果夏小松治好了病，他的钱不用还了，但如果夏小松的病没有治好，也不用还钱，只要杜怡跟随他做他的俄语翻译。夏小松死后，胖卷毛再次找上门来，杜怡答应三个月后给他答复。她需要有一段时间让她"在心里慢慢送走夏小松"。但她发现自己根本无法送走心中的恋人。可是当时急着要用钱时答应了别人苛刻的条件，她不能失约，只能想出一个很拙劣的办法来对付，即让自己变丑，丑到让胖卷毛见了她也不愿意认领。于是她拼命吃东西，任自己长胖。她就是以这种破罐子破摔的方式阻断了胖卷毛的纠缠。然而欠的钱必须偿还，杜怡便开始了她挣钱还债的行动。她这一路经历下来有了各种尝试，从自荐做文字翻译，到上门做家教，但真正能够挣到大钱的却是干一些奇奇怪怪的事情，比如，给行为艺术家的作品当模特儿，将自己的身体当成宣纸让书法家在上面写字，或者为一个生意场上成功的变态男做心理安慰工作，等等。

通过对杜怡挣钱还债的书写，仿佛就是在为中国二十世纪九十年代画一幅社会百态图。二十世纪九十年代中国社会向市场经济转轨，人们的物质欲望得到极大的释放。由胡姐儿操纵的一个类似于黑社会的公司，公司美其名曰为人排忧解难，却完全是充分利用了权力寻租、权钱交易、以黑吃黑等现实的潜规则，贩毒吸毒、营私舞弊在他们的运作下就可以变得合理合法，它几乎聚焦了现实社会一切丑恶的现象。在这样一种极端物质化的社会现实中，爱情也不可避免地被腐蚀。这一点其实也在当代小说创作中得到了真实的体现。1990年代的小说大凡书写现实生活中的爱情故事，几乎都成为欲望化叙事。爱情不再神圣，它变成了欲望的发泄，变成了物质的交易，或者变成了日常生活中的无聊游戏。杜怡在挣钱还债的过程中，也逐渐学会了如何与这个欲望化的现实周旋，她甚至被黑社会头目胡姐儿看上，让她成为了公司里的一名成员。但杜怡终究没有在这个至暗的现实中沉沦下去，这是因为她的内心还点燃着一盏爱情之灯。导致杜怡与这个至暗现实决断的原因就与爱情有关。在她接办的一桩事情中涉及到了爱情。求她办事的是一位外地的小学教师，老师的弟弟傅亮在大学与一位女孩恋爱，"关系好得已住在一起"，但有一天傅亮的女友竟跟着一个法国胖子去了巴黎，她并不为自己轻易背叛爱情的行为感到羞愧，相反还理直气壮地对傅亮说，你不能帮我出国，但这个法国人能帮我出国。面对爱情如此迅速地破灭，傅亮的心理崩溃了，就是在对爱情绝望的状态下傅亮做出了入室抢劫的举动。显然是因为杜怡心中那一盏爱情之灯让她对傅亮有了不一样的同情，她不仅拿出自己的积蓄帮傅亮的姐姐凑钱，还主动在胡姐儿面前揽下责任。当她替傅亮办成事后，便以不辞而别的方式与这个至暗的现实断绝关系了。但她也由此付出了一根手指的痛苦代价。

灰色的理论

　　小说的第三部分换成了第一人称叙述，叙述者是一个对爱情失望的年轻人，他叫章朗。他本来有一个完整的家庭和美好的童年，但他目睹父母无穷尽的吵嘴，直至离婚。就在父母办离婚手续的这一天，家里的门咬断了他的一根手指——就像杜怡为至暗现实付出了一根手指的代价一样，钟求是再一次设计了一个断指的细节，它暗示着章朗从此会陷入无爱的现实中。章朗尽管天资聪明，但他从此对世界的一切似乎都失去了热情，直到有一天在书店里遇见了杜怡，被她无邪的眼神和超然的姿态所打动，他冰冻的心开始融化，便以各种方式向杜怡表示自己的爱慕。章朗和杜怡都是拒绝现实诱惑的人，他们因各自不同的原因而关闭了通往现实的情感之门。杜怡是因为有过一段在现实黑暗中磨难的经历，且在自己内心还驻守着至爱的人；章朗是因为父母婚姻爱情的悲剧在他内心留下了巨大的阴影。当他们俩相遇时，自然会有一种惺惺相惜的感觉，各自敞开了封闭已久的心扉。但两人虽然能够相互接纳，但这并不是真正的爱情，对于杜怡来说，章朗仿佛就是一把锤子，一下子敲开了久已封闭的内心，在她的内心还藏着一个问题，这就是追问爱情的本质到底是什么，追问在当今的时代为什么爱情变得难以寻觅。杜怡在经历现实磨难的过程中也在寻求答案，但她在现实中找不到答案，于是她关闭了心灵之阀，隐蔽在现实的某个角落里沉潜了下来。尽管如此，她心里的问号始终还在那里时不时地敲打着她。章朗的出现，又激活起她内心的疑问，这一次，她一定找到答案。

　　当然，这个问题说到底还是作者钟求是的问题。第三部分也许可以看作是钟求是试图来回答这个问题，甚至他觉得光用形象来回答还不能把意思传递得非常清楚，便干脆直接以理论来说话。他请马克思出场了。夏小松是经济学的研究生，他选择的专业是马克思主义的政治经济学。当他初次认识杜怡时，正在研究马克思的《资本论》。有意思的是，《资本论》这部纯粹的理论著作也成为了他们爱情的发酵剂。比如，在地铁行人通道里，夏小松翻开随身携带的《资本论》，为杜怡朗诵起书中的片断，杜怡虽然听不太懂朗诵中的术语，但她记住了夏小松朗诵时的神情，"像是进入了资本家反对者的角色"。当然，《资本论》在这部小说中绝对不是一个装饰和摆设，钟求是如此精心地将《资本论》镶嵌进爱情故事的情节中,是因为他被《资本论》的理论魅力所征服,他试图从《资本论》中找到关于爱情的答案。

马克思当然在《资本论》中不会去直接回答什么是爱情,他写《资本论》是要回答更重要的问题。《资本论》是一部揭示资本主义社会发展规律的伟大著作,创立了马克思主义的政治经济学,它被誉为"工人阶级的圣经"。虽然我没有认真读过这部伟大的著作,但我从一些文章中看到,马克思在这部著作中将爱情做为比喻体用在他的论证中,他说:"商品爱货币,但其'爱情'的道路绝不是平坦的。"即使从这一比喻中也能感觉到,马克思是将爱情视为非常神圣的情感。他说过:"爱情是基于一定的客观物质条件和共同的生活理想,在各自心中形成的真挚的爱慕,并渴望对方成为终身伴侣的一种最强烈的感觉。"他还给自己的女儿写信,提醒女儿不要把爱情混同于一般的爱,他对女儿说,爱情是一种"使一个人变成真正意义上的人"的爱。显然,在马克思看来,真正的爱情是与人的理想、人性之完善融合在一起的。当爱情使一个人变成真正意义上的人时,也就意味着人性最美好的内涵得到了充分的释放,这样的爱情当然是纯洁和神圣的。从根本上说,马克思做为一位伟大的思想家,他形成了一个先进的世界观,他看世界的方式是统一的,他在揭示社会的内在变革时,也看到了人们在爱情上的变化;他对人类文明的信心也体现在他对爱情的美好寄托上。夏小松选择了马克思和他的《资本论》,也就是选择了像马克思一样去看世界。以《资本论》做为塑造主要人物的元素,这是钟求是的一个大胆构想,但我必须承认,这一构想不仅令夏小松这一形象熠熠生辉,而且也让《资本论》这部马克思主义的经典著作充满了亲切感。就像夏小松向杜怡所介绍的那样:"《资本论》这样的书,不仅有严密的逻辑,还经常能读出文学的味道。"夏小松为了表明他不赞成哈耶克的经济彻底自由化思想,便在自己前胸文了马克思的头像,并兴奋地宣布:"我的心跳马克思都能听到了。"钟求是就是这样通过《资本论》写出了一位中国年轻人在那个政治迷茫而又狂躁的年代是如何具有自己清醒的头脑和独立的品格的,他的爱情就是从他的理想之中生长起来的,这样的爱情何等珍贵!

马克思和《资本论》在小说中出现不仅是为了塑造夏小松这一形象,更重要的是,钟求是要以此做为基本理论依据,去寻求爱情本质的答案。钟求是将夏小松与杜怡的爱情故事设置在苏联解体的前夕,苏联解体可以说是二十世纪以来新旧时代更替的标志性事件。马克思和哈耶克这两位伟大的思想家则从经济的角度分别代表了不同时代的理论主张。杜怡与夏小松当年在莫斯科的时候，人们高喊着要按哈耶克的理论进行改革，但夏小松坚定地认为不能放弃马克思的理想。夏小松最终死在了那场政治动荡之中，将一个问号留在了杜怡的心中，现实的问题是否意味着我们在经济理论的选择上发生了错误呢，夏小松的坚守是否抓住了现实的要害呢？杜怡为此请教经济学教授。教授便在杜怡的书店专门讲了一堂经济学的课。小说居然拿出五六页的篇幅记录下了这堂经济学课的内容。我再一次叹服钟求是敢于采用非常规的写法，他在完全讲故事的叙述中，插入这么一大段理论性的文字，显然会让我们的阅读有些不适应。但不得不说这一大段文字又是非常重要，它甚至可以说就是这部小说的穴眼。扼要地说，经济学既要解决财富增长的问题，也要解决分配公平的问题。中国1990年代以来经济领先市场的自由和开放，解决了财富增长的问题，但人们在自由经济的旗号下，一切都以发财为第一要务，财富成为人们的上帝，社会也由此积累了极大的怨气，它集中体现在财富分配不公上。今天重读马克思的《资本论》，就会发现马克思就是针对今天的现实而写的，他在《资本论》中深刻指出，资本主义生产方式将商品拜物教和资本拜物教推向极致，导致人与人的关系变成了人与物的关系和人与钱的关系。这也就是爱情问题的症结所在。在商品拜物教和资本拜物教的时代，爱情也进入了商品交易的市场，我们还能指望有真正的爱情吗？

　　黑格尔说过："爱情里确实有一种高尚的品质，显出一种本身丰富的高尚优美的心灵，要求以生动活泼、勇敢和牺牲的精神和另一个人达到统一。"真正的爱情会把人类所有高尚的品质都串连起来，它关乎理想、情操、责任、奉献。真正的爱情又是脆弱的，它需要社会提供温暖的土壤。今天我们社会的土壤板结了，污染了，它长出的爱情之花也就变异了。小说还写到章朗在与杜怡交往后逐渐恢复了生活的热情，他与一个叫朱溪的姑娘结婚成家了，一开始两人的生活还平平淡淡，但终于朱溪嫌他没有赚钱能力离婚了。章朗的故事揭示出当今社会仍然缺乏爱情合适的土壤。杜怡则以一种特别的方式延续着她与夏小松的爱情。她生下了孩子，带着孩子回到夏小松的家乡，回到夏小松父母的身边，她把孩子当成夏小松的亲生儿子一样精心抚养长大，当孩子长到十来岁，她带着孩子去俄罗斯，去贝加尔湖畔寻觅当年他与夏小松留下的爱的踪迹。这是钟求是在这部小说中的又一个大胆构思。他告诉人们，真正的爱情并不在乎血缘，而是在乎情感的坚贞。

歌德说："理论是灰色的，而生命之树常青。"但这并不妨碍钟求是在这部小说中加进大量的理论，因为灰色的理论有了爱情的滋润，它也会发出光彩。借助理论，钟求是更有效地重述了爱情的意义。

2020年

胡冬林：一位和熊站立在一起的英雄

  胡冬林是一位优秀的生态文学作家，他写了很多生态文学作品，但我过去对他关注不够。最近我收到由胡冬林生前好友和他的妹妹胡夏林精心整理出来的胡冬林的《山林笔记》，读了之后，顿时对胡冬林多了一份敬意。我发现，仅仅把胡冬林做为一名作家来认识是不够的，即使他自己始终执着于文学写作，他也不是一般的作家，他身上的特殊性是一般的作家所没有的。但我们仅仅这样评价胡冬林还不够，我们不应该仅仅从作家这一身份去认识胡冬林，或者更准确地说，不能仅仅从我们所习惯性理解的作家角度去认识胡冬林，胡冬林不是我们传统意义上的作家，他大大拓宽了作家的边界，也大大拓宽了文学的边界。

  胡冬林是一名行动知识分子。在参加冯骥才的学术研讨会上，我说冯骥才的意义就在于他是以行动知识分子的姿态担当起知识分子的责任的。在我们这个习惯了只说不做、言行不一的知识社会里，行动知识分子太稀少，因此也特别可贵。后来我也一直关注，还有谁是行动知识分子。我发现了，胡冬林也是一位令人敬佩的行动知识分子。

  我们应该探讨一下，行动知识分子意味着什么。美国的托马斯·索维尔写了一本《知识分子与社会》，是反思及批判"公共知识分子"的社会学名著，索维尔对二十世纪以来的知识分子提出了尖锐的批评。他认为知识分子基本上对社会没有做什么好事，反而是不断地给这个世界添乱。萨特、罗素、杜威、等等，都在他的批判之列。他认为，知识分子总认为自己掌握了真理，发现了治理社会的最佳方案，他们想尽办法影响执政者的行动，来塑造公共舆论，最终影响事件进程。无论执政者是否接受知识分子的一般构想或者决策,知识分子的这种影响都会实现。更有甚者,一些知识分子还堕落成了极权独裁者的同谋和帮凶。索维尔写道:"在这方面,二十世纪知识分子的记录尤其令人震惊。在二十世纪,几乎没有一个滥杀无辜的独裁者缺乏知识分子的支持;这些独裁者不仅拥有自己国家内部的知识分子支持者,而且也拥有自己国家外部的民主国家的知识分子支持者。"索维尔的话提醒我们,知识分子在这个世界是掌握着话语权的,知识分子也是热衷于争取话语权的。面对话语权,知识分子可能变得非常自负,最终成为话语权的奴隶。但索维尔的观点显然有偏颇之处,因为知识分子也有清醒者,也有行动者。

当然,行动知识分子是有特定含义的,不是说他动动手而已,不是大贬知识的时代所号召的知识分子要向工农学习的行动。行动知识分子的行动首先是文化理想的实践性行动。孔子就是特别强调知识分子的行动性的。他对文人提出了很高的道德要求,并认为这些道德要求并不是说说而已,而是要自己躬行践履。孔子躬行的就是他的文化理想。孔子为古代文人确立了一个高标准,这个高标准的核心就是要做行动知识分子。当代作家也有能够继承古代文人高标准的,柳青就是代表。柳青在解放初期放弃城市的生活,到皇甫村去体验生活,在这里住了十四年,皇甫是他写作《创业史》的生活基地,同时又是他实现文化理想的行动基地。他的文化理想就是要让农民走上集体富裕的道路。他和农民一起劳动,一起商量生产的事情。柳青在皇甫更多的时间就不是在考虑写作,而是考虑如何把皇甫村建设好。

行动知识分子还必须是专业性的行动。要在专业上做好充分的准备。索维尔为什么对二十世纪的知识分子那么痛恨,其中一个重要的原因,就是那些造成社会重大影响的分子缺乏专业性,他们滥用自己的话语权,以为自己对世界的一切都了解,但因为缺乏专业性的支撑,他们那些看似深刻、新奇、犀利的思想观点却离真相和真理太远,造成的负面效果就更大。胡冬林致力于生态文学和生态保护,他并不是生态专业出身的学者,但这并不妨碍他对专业的学习,他在专业的学习上充满热情也大有收获,他后来完全成为这方面的专家。

行动知识分子还必须有一种大爱。爱世界上一切美好的东西。胡冬林当然充满了大爱,他把自己的爱都施予了大自然。他也自称这是一种偏执的爱。他说:"爱,偏执的爱,爱一棵树,爱各种植物,爱林中的鸟类及动物甚于爱一个人。"

胡冬林热爱长白山,他被称作守卫长白山的卫士。由此我想起了另一位人物,可可西里的杰桑·索南达杰,他为了保护濒临灭绝的藏羚羊而献出了宝贵的生命,他是可可西里保护第一人,他被誉为"环保卫士",在纪念中国改革开放四十年的活动中,他被授予"改革先锋"的称号。可可西里有了杰桑·索南达杰而有了春天,同样我们也可以说,长白山有了胡冬林而更加郁郁葱葱。我们不仅要把胡冬林看成是文学界的骄傲,也要把胡冬林看成是长白山的骄傲。他本来也应该像杰桑·索南达杰一样在人民大会堂接受"改革先锋"的荣誉称号,但我们把他遗漏了。今天我们就应该把他补上来,记住胡冬林是我们新时代的英雄,是一名为人类未来文明而献身的英雄。

我们也不能以我们习惯性所理解的文学来看待胡冬林的《山林笔记》。如果按习惯性所理解的文学来看待《山林笔记》,它就是胡冬林为自己的创作所准备的素材,是他创做出好作品的原材料。如果我们只是满足于习惯性的思维的话,这样的判断并没有错。的确,胡冬林就是为了写作的目的才记笔记和日记的,他就是在这些笔记的基础上进行创作的,他生前也曾计划了还要写好几部作品。但我要提醒的是,如果就止步于习惯性理解,就完全会淹没掉《山林笔记》的独特价值。我以为,胡冬林有着双重人格,一个是社会人格,一个是自然人格。胡冬林的社会人格很健全,他遵守着社会规矩待人接物,但他也清楚社会秩序对人性的约束和异化,所以他在社会上并不是一个游刃有余的成功人士。这在很大程度上缘于他具有自然人格,他的自然人格在社会上游走时往往是处在被压抑的状态,只有到了长白山,融入大自然中,他的自然人格才尽情释放。他在进行文学创作时,基本上是处在社会人格状态之中,他会认真地按照文学的规则去构思,去支配文字。但他在写《山林笔记》时,绝大多数情况都是处于自然人格状态之中,他不在乎什么文学规则,也不受各种社会的制约,完全敞开心灵,自由地书写,把眼里看到的、心里想到的痛痛快快地书写出来。他在《山林笔记》里就说:"我的身体有一部分是植物,一部分是动物,在长白山生活的时间里,这个感觉十分明显。"因此《山林笔记》在很大程度上是胡冬林自然人格的真实呈现,最自然,最率真,也最质朴。

胡冬林是长白山的魂灵,他在活着的时候,已经不适合生活在喧嚣的人类社会了,因为他把灵魂搁置在了长白山中,只有当他返回长白山时,他才活过来，他的灵魂才和躯体合为一体。他属于长白山，他就是长白山里的一种生命。长白山里成千上万种生命，有各种各样的植物，各种各样的动物，有胡冬林专门提到的那些可爱的动物：青羊、水獭、熊、狍、马鹿、星鸦、狐狸、山猫，但是我们一定不要忘记除这些以外还有一种生命，这种生命就叫胡冬林。胡冬林死去了，但他的生命还存在，他的灵魂还在长白山里陪伴着那些动植物们。我相信，胡冬林在我们这个时代会是一种顽强的生命，他会像长白山的所有生命一样生生不息。也就是说，会有一个又一个的胡冬林诞生，像胡冬林一样成为行动知识分子，以英雄般的意志守护着大自然，守护着我们的精神家园。胡冬林有着自己的英雄观，他也按照自己的英雄观去行动，他曾经说过："在长白山，每头被打死的熊和活着的熊，都是英雄。"他还说："熊是山林中最神奇的自然瑰宝，过去是我们的老师，现在是我们最好的朋友……"胡冬林就是和这些熊站立在一起的一位英雄。

2020年

个人化的宏大叙事
——读林白的《北流》随感

林白在这部小说的一开始，就露出了她的诗人本相。她以一首《植物志》的长诗做为引子，才把读者带入小说的繁复的叙述之中。记得林白最早是以写诗走上文坛的，她的诗带有明显的先锋味道，读她的诗，仿佛在迷宫中穿行。后来她专注于写小说，但我一直有一种预感，她迟早会要再一次捡起诗歌的。果然我的预感应验了。然而我猜想这首长诗一定仍是一座迷宫，我不想纠缠在这座迷宫里，只是浅浅地浮过诗的表面，便直接进入到小说的文本。这并不妨碍我对小说文本的阅读。

这是一部有着强烈艺术追求的小说。当然，对于林白这样一位始终保持着先锋性的作家来说，她的写作动机基本上都不是由故事引起的，往往是因为内心生长出某种特别的艺术感受而酝酿出相应的叙述来。读她的小说，最突出的印象便是她的敏锐感觉和丰沛感性，以及主观化的色彩。这一切构成了林白鲜明的个人化风格。毫无疑问，这也决定了她的小说具有很高的辨识度。《北流》即使遮住了作者的名字，但其叙述和语言却轻易让人分辨出这是林白的言说方式。这同时也是一部具有自觉艺术创新诉求的小说。也许这部小说将成为林白创作生涯的一个里程碑。

这部作品在结构上采取了后现代式的麻花结构。小说由一首长诗做为引子，正文则由"注卷""疏卷""时笺""异辞""尾章""别册"等部分组成，其中还嵌入"李跃豆词典"和"突厥语词典"的条目。这种麻花结构不仅打乱了时序，造成叙述的错位，而且也将多重主题弥散开来，使作者的表达更加隐晦多义。在林白以往的小说写作中几乎很少在结构上如此地大动干戈。林白过去基本上采取的是线性结构，主要遵循着个人化的思想逻辑展开叙述，借以表达她对历史或人物的认知，这种认知又是建立在主观性很强的感性情绪的基础之上的。在《北流》这部作品中，个人化的思想逻辑还在，强烈的感性情绪也还在，但显然林白所要表达的内容远远比针对某一人物或某种历史状态要丰富得多，因而难以在一种线性结构中承载下来。她在决定写作《北流》时，大概是她心中隐隐感觉到，她与历史和世界已经达成了某种默契，她应该将自己所思考所观察所体悟的一切和盘托出。因此不妨将这部作品视为是林白在完整呈现自己的世界观。她通过完整呈现世界观让自己得到了一次艺术的提升。

北流是林白的家乡，当然也是她最重要的文学资源。正如许多作家都会把自己的文学创作根置于家乡这片特定的土地上一样，林白的长篇小说几乎都与家乡北流有着不同程度的关系。但家乡对于林白来说，其意义远远不止于从这里获取写作资源。北流，既是林白的文学策源地，也是林白的精神栖息地和文学乌托邦；除此之外，我以为还可以说，北流是林白的思想炼狱之地，是林白的情感过滤器，也是林白个人的"宗教"仲裁所。总之，林白是将北流视为人类社会的浓缩版，是一个无所不包的小世界。世界的一切仿佛都汇聚到了这里，北流的一切也都能从世界上找到附会的影子。在《北流》这部小说中，她对北流作了一次整体性的描述，同时也是通过北流将自己对世界的认知作了一次整体性的表达。"注卷"大致上是讲述林白与北流的关系，小说主人公李跃豆自然可以视为林白的精神化身，或者说在李跃豆身上有着较重的自传性，林白不仅将自己的经历，也将自己的价值取舍和思想好恶赋予了李跃豆。在"注卷"中，通过李跃豆及其家人、朋友的生活和交往，展现了北流丰富驳杂的世界。"疏卷"则是讲述李跃豆在北流以外的活动。

对于林白来说，她的可贵之处就在于，自从她离开家乡北流，无论曾经历过多少事情，到过多少喧嚣繁华之地，她始终能够守住在北流的原初状态和心理。她的世界观似乎早已在北流就型塑好了，以后只是不断地丰富、不断地成熟而已。因此林白非常迷恋在北流的童年和少年生活，因为这一段对于林白的世界观具有奠定基础的意味。关于这一点林白在以往的小说创作中就得到了充分的表现，《北流》不过是再一次重申了这一点，于是那些曾在以往小说中出现的少年时代的人物和场景又纷纷进入到林白的叙述中。我发现，如果将《北流》和林白以往的一些小说对照着来读，会是一件非常有意思的事情，这不仅能将某些人物的线索勾连得更加结实，而且还会对林白的思想脉络有更清晰的理解。比如林白在多部小说中都写到了上中学时在学校宣传队进行文艺演出的事情。在那个特定的年代，人们以排演样板戏为荣，中小学生排演样板戏便成为最普遍也最疯狂的活动。林白饶有兴趣地写到当年的疯狂。但她的关注点却总是让人意想不到。如在十多年前写的《致一九七五》这部小说中，她写到小学的文艺老师林南宁如何带他们排练《白毛女》第一场，尽管发生了很多精彩故事，但林白的关注点却在一双软底鞋上。这是学生们挖空心思买回的芭蕾舞鞋，林白赞美道："芭蕾舞鞋，那么奇异，那么超凡脱俗，除了专业的县文艺队，哪里还会有呢！在我们凡俗庸常的生活之上，在南流镇（注：在这部小说中，林白称家乡为"南流"）的米粉和酸萝卜之上，在我们的头顶，闪耀着光芒的芭蕾舞鞋，它根本就不是人穿的，仙女的脚才能穿得进去呢！难以想象，它竟从天而降，落在我们小学里。"到了《北流》，林白仍不会放过书写文艺宣传队的活动。她写到在北流演出《白毛女》的情景。尽管扮演喜儿的姚琼是她最艳羡的人物，但她的关注点却越过人物停驻在一盏木头灯上。这盏木头灯是舞剧中的一个道具，喜儿第一场端着这盏灯出场。林白赞美这盏灯"遥远而神圣""没有火而能发出光"，她详细讲述了有一次去看演出时如何意外地替姚琼拿着这盏灯入场。她写道："手举那把木灯，我仿佛也变成了神奇舞台的一部分。"哪怕后来她把木灯交给了姚琼后，"但我仍然觉得它还在我手里，在我的头顶和四周围，某种光环绕着我"。最终她在颤抖中感觉到自己"成为姚琼手上的木灯"。其实所谓意想不到，都是一名少女出自内心的本真反应。所幸的是，北流这个偏远的小城镇，宽容地给予了这种本真反应存在的空间。另一方面，林白智慧地为这种本真反应找到了与宏大政治话语和社会话语衔接起来的途径。我曾经把林白的自传性叙述称为她的个人化的小历史，但她并不是将小历史置于与大历史的对抗之中来叙述，而是在小历史与大历史的合流状态中呈现小历史是如何遵循着生命伦理法则以柔弱之躯一路前行的。这恰好就是林白观照世界的出发点。

《北流》强调了北流之于林白认识世界的重要性。北流在林白心中是一个自成系统的世界，她通过对这里的人物、场景、习俗和行为的描述，表达出她对现实、历史、社会、人性的看法。这种世界观的呈现带有林白鲜明的特点，她不像有些作家那样会以清晰的理性来统领自己的看法，而是让这一切附着在自己的感性之中，因此整部小说基本采用的是一种碎片化的叙述。可以说，碎片化是她的世界观以及文学观的一种基本体现方式。她在作品中写到一个细节，李跃豆在香港的大学讲课，她对学生们提出要求："找到自己最喜欢的方式琐碎，琐碎到底，将来琐碎会升华，成为好东西。"这其实就是林白写这部作品的基本原则。她是把琐碎上升到世界观的层面来理解的。可以说，这部小说就是一堆琐碎的排列组合，而这种排列组合并没有十分清晰理性的逻辑关系，她的叙述又充分发挥了她的跳跃性思绪的特长。

　　林白世界观成熟的最鲜明的标志是她对语言的深刻认识。在《北流》中，林白表现出对北流方言的格外钟情。在她的描述下，北流之所以显得那么强悍，那么有趣，那么生机勃勃，都是与北流人说一口流利的方言有关系。但是，北流的方言只属于小历史和小世界，大历史和大世界则是普通话的天下。在作品中林白展示了分别操持方言和普通话的两类人，不同的语言塑造出人物的不同思维方式和行为方式。让林白感到幸运的是，北流还保留着生动活泼的方言，因为方言，才有了这个独特的北流小世界，才构建起了北流的独特品质以及北流人的个性。因此方言在这部小说中被林白肆无忌惮地加以运用。同时，林白在作品中还反复将北流方言与普通话加以对比来书写。尽管普通话构建起了大世界和大历史，但林白高度警惕着普通话对小世界的侵略性。小说中的李跃豆发现自己的弟弟米豆爱说普通话，但一旦弟弟说起普通话，就失去了自己的灵性："这个句式不像米豆的。是规范语言、书面语，央视腔，像梦一样高拔虚幻，完全是他生活的反面。"而只有当他回到母语——北流方言时，他才变得像野蜂一般的活跃。林白的叙述似乎在传递这样一层意思：世界的丰富性是存在于语言之中的，语言又把这种丰富性移植到人的精神层面，从而使人也变得丰富起来。但普通话是一种规范语言，它伤害了世界的丰富性，它也会磨蚀掉人们固有的丰富性。林白还与我们探讨了一个语言与生活的关系问题，她对北流方言的描写，充分表现出方言与日常生活的密不可分，但她嘲讽普通话、书面语等这些规范语言与生活的隔膜。她以"爱情"这个词为例，她说爱情写在书中看上去还不错，但它不是口语，"当它以口语出现，它就变了，变得生硬别扭古怪，直到丑陋……即使是用普通话讲出，在日常中，爱情这个词也是生硬和可疑的，很不合身"。李跃豆是从北流走出去的，她离开北流后自然放弃了北流的方言，改说普通话，但所幸的是，她一直对北流方言心存好感，她深知北流方言的魅力。她曾反省自己改说普通话是在用她的脚、她的脑浆一点点磨熟路上生硬的石头，"普通话这种第二语言使她没有自信，光彩顿失"。但林白更担心的是，北流方言的生存危机。既然普通话代表了至高水平，"时代车轮滚滚，随便一想，方言迟早会被普通话的大车轮碾轧掉的"。当然，林白不是为一种方言的衰落而担忧，因为在她的世界观里，语言就意味着世界。北流的方言不存在了，那个丰富多彩的北流还能存在吗？林白于是让李跃豆孜孜以求地做了一件与北流方言有关的事情，编写一本《李跃豆词典》，她希望李跃豆能以这种方式将北流传承给未来。果然，四十多年后的2063年，北流人只会讲普通话，北流方言基本消亡。一个年轻人想要为消亡的北流方言制作一套语膜，最终发现唯一可以依赖的便是这本未完成的《李跃豆词典》。遗憾的是，这个词典"实在简约，只注了词义，没有例句，不能知道一个词在一句话是怎样用的"。最终这个挽救北流方言的工程只好取消。

林白的世界观似乎是一种语言本质论的世界观。当然以理论概念来描述一个感性充沛的作家总是不靠谱的。但我仍然要提到维特根斯坦的"语言游戏"说。维特根斯坦说："想象一种语言就意味着想象一种生活形式。"这多少有些像林白对待家乡北流的态度。这也许同样解释了为什么林白要以一首长诗做为序章来开启小说的叙述。布罗茨基说过，诗歌是语言存在的最高形式。当林白将语言与世界之间画上等号时，她自然要重视诗歌的作用。我也是在阅读小说的过程中发现林白对语言的态度后，回过头去认真读了她放在开头的长诗《植物志》，才明白这首诗对于小说文本来说绝不是可有可无的摆设。诗歌一开始就说："寂静降临时／你必定是一切。"这似乎是一个暗示，当北流的方言不存在时，只有北流的植物才能将北流这个小世界保存下来。于是林白要为北流的植物写一首叙事诗，记录下它们的风采和形态，也只有"无尽的植物"，才能穿过"无尽的岁月"。当然，担当起这一任务的也必须是诗歌这一语言存在的最高形式。林白在诗歌中赞颂了北流植物旺盛的生命力，语句洋溢着诗人的激情。它是林白世界观的另一个窗口，当她面对生机勃勃的植物时，顿时充满了一种自信心。林白或许希望诗歌能够担当起拯救语言的功能，但回到现实中，她又不免大失所望。作品中写到了多位诗人，以及各种诗歌活动，但要么是闹剧、喜剧，要么是悲剧。

《北流》显然不是孤立地在说北流这么一个偏远的小乡镇，北流完全是一个象征，它以一个小世界映射着眼下我们大家共同生活着的大世界，它揭示了我们这个大世界在处置多样性时的态度和趋势。这是一种难得的宏大叙事。有意思的是，林白真正引起文坛重视的作品便是以拒绝宏大叙事为突出特征的，为此她成为当时"个人化写作"的代表性作家。从此她的创作一直在逃避宏大叙事。但在《北流》中回顾历史时，林白坦然陈述了这样一个事实，他们这一代人都是在宏大叙事的文化语境中成长起来的，她说："我们真心热爱宏大叙事，书信、日记、写文章、恋爱，统统假大空。"然而她并没有被宏大叙事所规训。这还得感谢北流这个小世界，这个特殊的小世界让每一种个人化的精神之花都能够尽情地开放。林白也是凭借这一点给文坛带来新异的东西。当代文学曾是宏大叙事一统天下，自1980年代以来，作家们迎来了一次文学大发展的热潮，在这股潮流下，宏大叙事则被视为阻碍新型文学前进的敌人，于是逃避宏大叙事乃至解构宏大叙事，成为许多作家的首选。日常生活叙事、个人化的小叙述逐渐变成了最为流行的写作。但这并不意味着我们要彻底放弃宏大叙事，因为任何解构的举动背后都暗含着进行重构的诉求。我们解构的只是一种不合时宜的宏大叙事，而一个完整的文学版图，是不能缺少宏大叙事的，因为文学的精神承担就是最根本的宏大叙事。从这个角度说，重构宏大叙事，正是中国当代文学迫切需要解决的问题。事实上，眼下许多作家都在进行这方面的努力。林白的写作也有一个逐渐变化的过程，她从早期的自恋式的个人化写作，逐渐走向与社会对话的写作，她的《北去来辞》就是一次小历史与大历史的成功对话。《北流》则让我看到她大大拓展了自己的精神空间，她试图通过一个小世界去解答大世界的问题，她也以未来的眼光去质疑今天的精神忧患。所有这一切，都表现出一种文学的精神承担，因此它是一种宏大叙事，但它又是一种非常个人化的宏大叙事。

2021年

一个温情的怀疑主义者

我奉命为艾伟写一篇文章。艾伟的小说我当然很熟悉,但我尚未准备好对他的小说进行条分缕析的评论,就这样仓促上阵,只能把我最直接的印象和感受说出来,顾不上逻辑性和深刻性了,但也好,说出来的话就会多一份真切。

艾伟的小说具有明显的丰富性,而且人们也从他的丰富性中总结出一些被大家所认同的特点,如他对内心的重视,他看重文学的寓意,他强调个人命运与时代意志之间的关系,等等。这些无疑都是论说艾伟非常恰当的切入点,我过去也曾从这些方面评论过艾伟的作品,但这次我想从另外一个角度来谈谈艾伟。因为在阅读艾伟的小说时,总有一种印象在我头脑中不能抹去,这就是艾伟面对世界时的一副不信任的眼光。他不会轻信什么,哪怕是权威,哪怕是真理,他都要用自己的眼睛再审视一遍。当一个作家对什么都不相信时,很容易在写作中变得冷漠和寡情。这也是我为什么会特别在意艾伟的不信任眼光,我担心艾伟因此会走冷漠风格的路子。但艾伟并不是这样的,尽管他是以一种不信任的眼光看世界,他的情感却是温暖的,他的内心有一片温柔的湿地。这使他能够在黑暗的时刻寻觅到光亮,能够在进入人的内心时候多一份体贴和理解。我愿意将艾伟称为一个温情的怀疑主义者。艾伟小说的所有独特性也许都与他的这一重身份有关。

做为一名怀疑主义者,自然始终保有强烈的批判精神。批判性是艾伟小说的闪光点。艾伟的批判性是立体的,他不仅对社会上的不良之风予以针砭、对文化特别是对现代文明充满忧虑,而且,他对人性的黑暗面更是有着持久的批判激情。但是,艾伟的批判不是零碎的、片断的,他的所有批判都源于他对历史和社会的整体判断。可以说，艾伟的批判具有一种历史和社会的整体性。艾伟对历史和社会的整体判断是以"革命"为出发点的。他认为，他们这一代作家（即"60后"）经历了两个年代，他称一个是革命的年代，一个是经济的年代。这两个年代表面上看是截然相反的，一个是禁欲的，一个是纵欲的；一个是严肃的，一个是戏谑的；一个有所谓的信仰，一个是精神世界完全的破败，这两个年代看上去是如此不同，但它们背后的逻辑是一模一样的，都是革命意识形态的产物。他将自己置身于这两个年代的转换之中，因此便建立起了"双向批判的目光"。

《爱人同志》典型体现了艾伟是如何以"双向批判的目光"来剖析人心的变化的。《爱人同志》讲述了一个曾在社会上非常流行的故事，一个在战场上光荣负伤的战士刘亚军，被一位仰慕英雄的姑娘张小影爱上，刘亚军成为全社会拥戴的英雄，张小影因为爱上一名身体残疾的英雄而被媒体赞誉为"圣母"。这在1980年代是非常具有典型性的事情，人们也会以习以为常的心态接受这样的宣传。艾伟显然对这样的事情和这样的宣传怀有极大的不信任感，这促使他写了这部小说。小说的批判性也是非常明显的。我读到不少关于《爱人同志》的评论文章，论者大多是围绕作品的批判性来立论的，这些文章论述得非常充分，但我想补充一点的是，当我们讨论这部小说的批判性时，应该注意到艾伟的批判向度。艾伟并不是简单地对英雄和圣母进行批判，他是将英雄和圣母的现象放置在他所说的"革命的年代"和"经济的年代"这两个年代的转换中来进行反思和批判的。

在艾伟笔下，刘亚军无愧于英雄的称号，张小影称其为"圣母"也未尝不可。她最初对刘亚军的感情一方面出于对英雄的崇拜，另一方面也是少女之心的萌动，小说写到，她"迷恋"他的声音和眼睛，同情他的不幸遭遇，"她觉得他很可怜很可怜，从那时起她发誓一定要好好照顾他"。"她觉得自己只不过做了一件简单而普通不过的事情，也就是说她喜欢上了他。没有更多的理由。"一个少女愿意献身于一位身体残疾的英雄，这种行为当然从公共道德角度说是值得称颂的。当张小影被称为"圣母"后，她也将此做为对自己的鞭策。所以当有人指责她的婚姻"不人道"，反而激励起她要做一个完美无瑕的圣母的决心，她更为主动地把照顾刘亚军当成了自己为之奉献一生的事业，默默忍受着生活中的烦恼和负累。孤立地看，张小影是一个相当正面的人物，这一人物如果交给有些作家来处理，完全可以塑造成一个具有奉献精神和善良品质的圣母形象。但艾伟基本上不会"孤立"地塑造人物，他在一篇创作谈中说："作家是人性的守护者。他的立场应该永远站在'人'这一边。"同时他也指出如何才能准确认识"人"，他说："人不是孤立的，人处在各种力学关系中，这种力学的相互作用才决定他具体的表演。"要"从经验出发去觉察时代意志，看破时代的重重机关，并由此体恤人的真实处境"。这是艾伟判断世界和人的基本原则。他既不会孤立地处理张小影所做出的圣母般的行为，同样也不会孤立地将这些行为看成是一个女人的心机和伪装。艾伟揭示了英雄和圣母做为在革命年代的核心话语所具有的合理性，但他要强调的是这种合理性不是出自人物的内心，相反，当这种核心话语嵌入人物内心时，将对人物的心理造成扭曲和变形。

更重要的是，艾伟的批判并没有止步于此，他从革命年代写到经济年代，这时候，尽管英雄和圣母的合理性并没有被取消，但这种合理性已经得不到社会的支持了。刘亚军相对来说一直保持着比较清醒的头脑，他自认为不是英雄，特别是到了经济年代，英雄话语不再被社会重视，他反而有了一种愿望要做回一个真实的自我，于是他要去捡破烂。张小影还一直幻想着社会聚光灯能够再一次照到他们身上，但刘亚军捡破烂的事情给了她沉重的一击，她才发现真正的境况是"他们的存在已没有任何意义了"。这样说来，革命年代中他们的心理扭曲和变形，在经济年代他们的心理又遭到来自另一个方向的伤害。

我以《爱人同志》为例是想说明，艾伟的批判向度，基本上是通过对人性的探询，去追责历史和社会。艾伟的小说在人性刻画上很下功夫，他自诩："我可能是中国作家当中为数不多的向人物的内心、向人物的精神世界掘进的作家。我相信人们不是我们习见的那个平庸的面貌，而是有着像宇宙一样深不可测、谜一样的领域有待于我们去探寻。"他同时又说道："我不是历史虚无主义者，我相信人的内心以及精神世界和我们这个时代是紧密联系的，人是被时代劫持的，谁都逃脱不了庞大的时代意志。"

艾伟在探询人物的内心和精神世界时，从来不把人心当成一座孤岛来对待，哪怕一个人的内心有多封闭，他也要找出这个封闭世界与外部世界的秘密接头点。我以为艾伟应该是相信古人所说的"性本善"的，他在小说中不乏写到人物作恶，但他一定要写出是一种什么样的外在力量将人物推向了"恶"。正是这样一种理念，让艾伟始终保持着温情和体恤之心。大家都认为艾伟的小说中经常会写到罪与罚的主题，对于一位致力于探询人物内心的作家来说，不可避免地要涉及罪与罚的主题，比如《爱人有罪》，可以说就是以罪与罚构成小说的基本结构的。然而我发现，尽管艾伟会不断涉及罪与罚的主题，但他基本上不会将这个主题延伸到赎罪或自我救赎的主题上来。这大概就与他所坚持的理念有关系，他既然强调是外在力量将人物推向了"恶"，那么就应该追究历史和社会的罪责，如果一味强调让个人来赎罪就显得不公正了。《爱人有罪》也写到了救赎。鲁建出狱后把诬陷他的俞智强奸了，但俞智反而决定要嫁给鲁建，她是要以这种方式为自己赎罪，她的赎罪意识也足够强大，以至于对于鲁建在精神和肉体上对她所施予的伤害她都能够容忍下来。但俞智的行为不仅没有救赎鲁建，而且也将自己毁了。最终鲁建被他人所杀，俞智也丧失了理智，去派出所自首。俞智的救赎之所以不起作用，就在于施予人物内心的外部力量仍很强大。从这里也可以看出，不以赎罪或自我救赎的方式来拯救人物，表现了艾伟对人物所怀有的一种温情。《盛夏》同样也能充分说明这一点。《盛夏》里的人物都有着复杂和黑暗的一面，他们陷在善与恶的交锋之中，游走在道德和法律的边界。有雨夜车祸逃逸，有雇杀手为父报仇，有对爱情的不忠，但我们又能从每一个人物幽暗的内心里看到一丝善的光亮。

艾伟剖析了人物内心，却将批判的锋芒指向了纷乱的现实，如同小说中所呈现的上访、拆迁、跟踪、为民请命，甚至温州的动车事故，这些社会现实都成为艾伟的批判对象。这部借用了侦探小说模式的、追求故事悬念的作品，其实具有很强的社会批判性。

但艾伟的批判性不是孤立地揪出一点做文章，而是建立在整体判断的基础之上的，这一点更突出体现在他对"革命"的认知上。革命是中国现代历史发展道路的必然选择，是推动中国现代化进程的核心动力。艾伟自言他的成长是处于革命年代和经济年代的过渡期，因此对于革命的体认会有与革命父辈们不一样的地方。他曾多次说过："革命曾经是我们的父亲，从某种意义上说，我们都是革命的遗孤。"他把革命视为自己的父亲，可见他对革命于中国历史的重要性有着充分的认识；他同时又把他这一代人称为革命的遗孤，这是一个耐人寻味的称谓，遗孤，既暗示了死亡和终结，同时又蕴含着担当和责任。我们也许可以从艾伟的书写中拼接出一个革命遗孤的精神版图。

艾伟是这样表述自己的写作的:"我试图写出革命以及后革命语境下人的复杂性,1949年以来,中国社会一直处在眼花缭乱的变化中,迅捷、生猛、浩大,如何有效地写出社会主义经验的复杂性,写出时代洪流下人的处境是我的写作兴趣所在。"做为一个怀疑主义者,艾伟当然要对革命采取审视的态度。他的《风和日丽》则是一部审视革命最有分量的作品。

关于《风和日丽》的评论文章已有不少了,这些文章围绕小说对于革命的反思和审视发表了许多精彩的意见。我想在本文补充一个被大家所忽视的方面,即艾伟在这部小说中还审视了革命与精英文化的暧昧关系,对于精英文化在革命历史中的被压抑又被征召的尴尬处境进行了批判性的反思。这种批判性反思集中体现在私生子这一角色的设计上。艾伟本人就坦承:"在某种程度上私生子这样的身份是一把锋利的匕首,它虽然在革命之外,但有可能刺入革命的核心地带,刺探出革命的真相。"

《风和日丽》是以一个私生女做为主角的,这本身就很耐人寻味,私生女并不是一个给人带来愉悦的词,杨小翼第一次知道自己是一个私生女时,她那单纯高傲的心无疑受到了极大的打击:"这是个难听的词,这个词就像随意掷在街头的垃圾,有一种肮脏的气味。"但这种"肮脏的气味"可能就会引起人们对小说的极大兴趣。无论是私生女还是私生子,这样一种特别的身份似乎必然包藏着很多的故事,他们会勾起人们的窥视欲望,作家们也愿意去挖掘他们的隐秘信息,故而小说中经常会出现私生子或私生女的形象。比如艾伟小说中所提到的《牛虻》,主人公亚瑟就是一个私生子。

杨小翼是一个将军的私生女。她的出场就意味着她的父母经历过一段浪漫的情事。这段浪漫的情事发生在革命战争的年代。年轻的军人尹泽桂在战斗中负伤,被悄悄地送到上海一所同情共产党的教会医院里治疗,在这里他遇见了年轻美丽的小护士杨泸,他们相爱了。但军人尹泽桂必须返回战场,他到了延安后,与组织安排的对象结了婚。杨泸怀上了将军的孩子却只能做为私生女抚养大。最重要的是,这个革命加浪漫的故事不是一个轻率的、欲望化的故事,这是两个年轻人的真诚的相爱。这恰是艾伟要追问的症结所在。也就是说,艾伟讲述的这个故事与我们听得比较多的同类型故事有了一个根本的不同,常常有作家讲述革命者的风流故事,但这种风流故事多半只是革命者在伟大革命行动中的一个插曲而已，留下的也多半是一段轻率的故事和一个悲剧性的痴情女。艾伟很不理解，为什么这么真诚的爱情却会戛然断裂，为什么当革命胜利了，一切障碍清除了之后，这段革命加浪漫的情事仍然讳莫如深。于是他与私生女杨小翼一起走上了寻父和审父的道路。

杨小翼寻找父亲的过程虽然非常艰难，但更艰难的却是得到父亲的承认。所以当杨小翼看到父亲却又被迫离开北京后，她就开始了一个审父的过程。直到她成为了革命历史研究所的研究人员，她最感兴趣的研究题目就是研究革命者的遗孤及其私生子问题。她在接触了成百上千个革命者的遗孤及私生子后发现，私生子的处境要比遗孤艰难得多，这些私生子是"因为伦理的原因和某种革命意识形态的纯洁性要求，而被抛弃在外，流落民间，其血统成为一个问题"。

在小说中将军与杨泸的恋爱虽然着墨不多，但我们能够感觉到这是一对心心相印的恋人，这是一个纯洁高尚的爱情。艾伟在这里暗示我们，革命与小资产阶级情调结合将是一件非常美妙的事情。然而这样一件美妙的事情却只能埋藏在革命的隐蔽处，不能赋予其合法的位置。而以后的一系列悲剧都与它的不合法有关。如果我们继续追溯杨泸的文化血统，她的身上深深留下了贵族文化精神的印记。反思中国革命进程，正是对贵族文化精神的暧昧态度，给新社会的文化精神建设埋下了祸种。贵族阶级做为革命的对象无疑是要被打倒的，但贵族精神积淀了人类文明的精华，却应该传承下来。事实上，当革命成功之后，必然要通过吸收贵族精神中的精英文化来建立新的秩序的。但是，革命始终不愿给精英文化一个合法的身份。就像将军那样，即使他非常喜爱他的女儿杨小翼，但一旦杨小翼公开自己的身份，要认他做父亲时，他就毫不留情地将杨小翼赶出了家门。杨小翼的隐喻义就在于，革命需要与精英文化的结合，这样才能建立起新的文化秩序，让革命的蓝图落到实处。但是，在革命成功后，精英文化却始终戴着不合法的枷锁，像一个私生女一样小心翼翼地生活着。艾伟以一种非常冷静客观的叙述，再现了精英文化被视为私生女的历史事实。

否定精英文化是以革命的名义进行的，它是那么的理直气壮。夏津博做为杨小翼的同龄人，也在进行着审父。但因为夏津博的文化身份不同，他的视角也不一样。他的父母都是参加革命的知识分子，他们身上保留着坚实的精英文化。因此夏津博说"不要看我父母有点儿小资产阶级情调，他们挺会生活的，会苦中作乐"。但这些只能说是他父母的精英文化的不自觉的流露，在思想上他们是非常自觉地摒弃精英文化意识的。夏津博发现了他的父母的革命意志坚如磐石，为此他都感到害羞。精英文化就这样变成了一个没有合法身份的、却又不得不在新的文化秩序里担当起自己的一份职责的东西。它的历史结果便是建立起来的新的文化秩序变得非常脆弱，缺乏有效的保护。于是那些暴力文化、粗鄙文化、造反文化就可以尽情的生长。吕维宁这个出身贫苦农民家庭的大学生就是一个有力的反证。他的堕落并不在于他身上的荷尔蒙太旺盛，而在于他接受了精英文化的教育，却从来没有以敬仰之心去理会精英文化的实质，而是将亵渎精英文化当成正道。他轻蔑地说班上同学"这帮少爷，懂什么，满身都是资产阶级幼稚病"。他就这样纵容着自己身上的文化恶习，直到彻底堕落。伍思岷是一个根正苗红的革命后代，他的悲剧就在于，他清楚地看到了新文化秩序中的精英文化不过是没有合法身份的"私生女"，他挑战新的文化秩序就变得名正言顺。更重要的是，当精英文化只能以一种"私生女"的身份进入到新的文化秩序中时，这种新的文化秩序的成长就难以在阳光下得到健康的发育。杨小翼在干部子弟学校上学时，因为穿了一双皮鞋，会在课堂上被刘世晨悄悄脱下，并被训斥为资产阶级小姐。这个细节具有极丰富的象征意味。

经历了巨大的历史磨难，将军也在反省，也在调整自己的思路。将军后来对杨小翼的儿子宠爱有加，又是一个重要的暗示。它暗示着革命开始从绝对的二元对立思维中走出，能够正视精英文化的建设性，将军在天安的墓前刻下自己当年在巴黎写的诗句，就明显有这层含义。尽管如此，将军仍然不愿公开认杨小翼为自己的女儿。我们与其将这看成是历史的悲剧，不如看成是历史与革命交汇时的瓶颈。而这一点，只有始终在寻父和审父途中的杨小翼理解到了，因此，当将军的儿子尹南方对杨小翼说将军对不起她和她的母亲时，她告诉尹南方，事情比你想的要复杂得多。艾伟让我敬佩之处就在于，他不仅洞穿历史之核心，而且有一种历史的勇气，他要把这复杂得多的事情告诉人们，在这样一个历史与革命交汇的瓶颈处，他要为革命的"私生女"争取到合法的身份。

艾伟在《风和日丽》中对于私生女的讲述以及隐喻，让我对艾伟的怀疑主义者的姿态有了更深层的理解。他的怀疑主义与后现代无关，他不是以解构主义的方式去对待他所怀疑的对象，相反，他力图建立起一个完整的艺术图景，对待革命同样如此，这也正是艾伟的温情在发挥作用。做一个温情的怀疑主义者，非常不容易！

2021年

身体的乌托邦和美丽性
——读须一瓜的《五月与阿德》及其他

须一瓜说她一直想写一部关于身体的小说，直到写了《五月与阿德》，她的心愿才算实现了。我理所当然地要将这部小说当成写身体的小说来读了。可是问题来了，难道须一瓜以前的小说就不是写身体的吗？在我的阅读记忆里，她仿佛早就在写身体了，而且可以说身体始终是她关注的一个点。但须一瓜要特别强调这部小说是多年来一直萦绕在心头的关于身体的小说。我想，这大概意味着，这次她写的身体与过去有很大的区别。五月与阿德是小说的两个人物，他们都遭遇到身体的问题，须一瓜写他们是如何去克服身体问题的。我必须说，这是一部非常异类的小说，须一瓜再一次为大家提供了她的异类思维。因为须一瓜所说的写身体，并不是人们所期待的身体。

难道有一个人们所期待的身体吗？也许这是一个比较拗口的问题，但它又确实是一个真实存在的问题。身体已经是当代小说重要的书写对象，这不妨视为当代文学在观念上的一种进步。因为在过去，身体多多少少还被当成禁忌的范畴。即使在西方，身体似乎也很难进入到大雅之堂，他们认为身心是二元对立的，研究心灵或灵魂才是学者们需要做的事情，身体顶多让那些从事自然科学的人去关注关注。这种状况在半个多世纪前发生了根本性的改变，身体进入西方思想学术界的研究视野，学者们仿佛像发现了"新大陆"似的，在身体上开发出许多新的思想。这首先得感谢女性主义的兴起。女性主义是女人们的一次整体性觉醒，她们要从男人的压迫中解放出来，身体便是她们必须攻克的第一座堡垒。因为在以男性为中心的传统观念中，女性一直被等同于自己的身体，只有男性是可以超越肉体束缚的精神主体，这样就把男性的精神主体扩展为世界的精神主体，女性必须服从于男性的精神主体，这其实是勒进女性身体的一根"绳索"，女性主义必须把这根绳索彻底扔掉，让女性成为与男性一样的自由主体。女性主义对于身体的解放启发了充满现代精神的思想家，他们开始认真对待身体的问题。福柯也许应该说是在这方面的受益者。福柯建构起"身体—历史""身体—权力"的谱系学框架，将身体问题隆重地推向了理论的前台，他认为，历史是身体的历史，而身体则是权力的身体。正是从福柯开始，身体成为西方社会科学和人文学界的研究热点。当然，福柯也可以说帮了女性主义一大忙，因为他为女性主义提供了一个很有效的切入点。从此，身体成为女性主义的理论"根据地"，她们在探讨女性身体以何种方式塑造与"书写"自我，如同女性主义思想家埃莱娜·西苏所言："妇女必须通过她们的身体来写作，她们必须创造无法攻破的语言，这语言将摧毁隔阂、等级、花言巧语和清规戒律。"

这是一场前所未有的时代大潮，觉醒的女性用身体冲决了男人们构筑了数千年的精神堤坝。所有女性作家书写身体的作品都是这场时代大潮中的浪花。须一瓜在以前小说中对于身体的书写也可以归入此列。如在《淡绿色的月亮》里，须一瓜就强调了身体在支配女性情感上的关键性。在盗贼入室抢劫时，身材魁梧的丈夫桥北未能起到保护妻子的作用，这让妻子芥子非常失望，在后来的日子里，她逐渐接受了丈夫为自己辩解的说辞，打算修复与丈夫的关系。丈夫也选择了在妻子生日的晚上，想像以往那样以红缎带制造出浪漫的气氛，尽管丈夫极其温柔地用红缎带绕着妻子的身体一环一环地绕出一个爱之结，但芥子的身体却丝毫不听她的使唤，"芥子感到自己的身体和过去就是不太一样了。因为觉察到不一样，觉察到自己身体对红缎带反应迟钝，心里就更加慌乱了，而身体也就更加木然。她被绝望地排斥在情境之外"。"芥子绝望地闭上眼睛。她的脑海中一片黄沙，荒凉无际。她的全身，都变成了干涸的大沙漠。"在这里，我们看到，身体比头脑更加忠诚于主人的情感，芥子即使从理性上希望重新回到两人相亲相爱的情境之中，但身体告诉她已经回不去了。须一瓜也写到了身体做为女性的性别符号所带来的伦理冲突。《海瓜子，薄壳的海瓜子》就展示了这种冲突的悲剧。小说写了一个普通家庭三口人的关系。这个家庭本来只有阿青与他父亲阿扁父子俩，后来阿青娶了晚娥，从此一家三口过日子。在这个三人组成的家庭里，人伦关系十分清晰，父亲对儿子媳妇的关爱，儿子对父亲的孝顺，媳妇对公公的恭敬，在他们的日常生活里很自然地显露出来，所以这是一个并不缺乏亲情的幸福家庭。但孤寂的公公每天眼前有一个年轻的女性在晃动，他内心的欲火中烧，便有了去偷看媳妇洗澡的事件发生。晚娥发现公公的偷看，却不敢公开堵住门洞，更不敢告诉丈夫，只能含蓄地催促丈夫装上门把子。当儿子终于发现自己的父亲在偷看媳妇洗澡，而暴怒的儿子此刻就失去了伦理的约束，将一簸箕鸭蛋砸在父亲的脑袋上。在这个曾经很平和的家庭里所发生的这一切，都缘于一个女人的身体。在《第三棵树是和平》里，须一瓜写了一个女人肢解了自己丈夫的残忍案件。在这个案件背后，须一瓜要揭露的是整个社会纵容男人暴力和女人处于性歧视的恶劣道德环境下的现实。但这种男人暴力和性歧视的现实又是通过女人的身体最直接地呈现出来的。那个被妻子杀死的杨金虎是一个野蛮粗暴、具有性虐狂的男人。他一方面逼着妻子孙素宝去发廊挣钱，另一方面又对妻子极不放心，他不放心的方式就是紧紧盯着她的身体，他在她的身体上施暴，在她的肚皮上刻下"荡妇"的字眼，将她的下体捅出了血。当他在发廊里看到别的男人摸了她的头，他便凶恶地将发廊的玻璃和镜子击个粉碎。更悲惨的是，孙素宝所有的亲人没有一个人在乎她的身体遭到虐待。这篇小说是须一瓜为所有的女人呼喊出和平的声音——当然也是为了女人的身体。

在以往的创作中，须一瓜一直在关注着女人的身体，而且这种关注大致上是与女性主义的思想相向而行的。但是，须一瓜始终觉得还有一些没有说出来的话，这些话她终于在《五月与阿德》这部小说中说出来了。她要说的是一个完美的身体，一个健全的身体，一个有尊严的身体。小说塑造了一个很特别的人物，这个特别的人物我几乎在其他小说中都从来没有见到过，哪怕多少有些相似性。从阿德这一人物的特别性上就可以看出须一瓜关于身体的想法是非同寻常的。阿德看上去是一个在骊州城里很不起眼的人物，但他内心有着美好的理想，他怀着这样的理想曾经辉煌过，他经常沉浸在美好的回忆里。他的理想与身体有关。小说中用了一个词：正确身体。阿德就是一个"对正确身体的敏感与狂热，异乎常人"的人，当然，他本人有着良好的身体条件，当年他在骊州城算得上是"周正美男"，他"一米八三的身高、八十公斤的体重""在同龄人里总是鹤立鸡群"，就因为他的完美身体，一下子就被征兵办带兵的军人盯上。他参军去了京城，还成为中央警卫队仪仗营的一员，因此当年他就像明星一样成为当地征兵季轰动一方的传说。但是，阿德的身体并非完美无缺，他有轻微的罗圈腿，这种瑕疵平时根本不会被注意到，只有当长时间处在立正站立的姿势时，这一缺陷才暴露出来。训练教官以非常严厉的方式为他进行强力矫正。为此阿德受了很大的苦头，最终，他将轻微罗圈腿的缺陷克服了，从此他可以真正地英姿挺拔起来。阿德非常享受自己的强力矫正过程，由此他明白了一个道理："人的身体，是可以人工改变的，只要你想改。"完美的身体是阿德骄傲的资本，他凭借完美的身体，不仅成了中央警卫队仪仗营的成员，还因为优秀的礼宾表现立了功。即使以后退伍回到骊州，他仍非常注意保养身体，让自己的身体"看上去就像一棵笔直的水杉，始终保持着生长直上之气势"。当然，身体的完美性绝不意味着空有皮囊，在阿德看来，完美的身体必须配上优雅、高贵、礼貌、文明，因此，回到骊州后的阿德，始终就像绅士般地生活着，他很庆幸自己住在一座别墅般的寓所里，他乐于给别人讲述这座别墅的故事，他保持着居室的干净、整洁，他在闲暇的时光里就阅读经典名著，或者背诵《世界名人名言》。完美的身体也强化了阿德的自尊和清高。我想起福柯曾经的一次演讲，题目就叫"乌托邦身体"。对于阿德来说，他完美的身体就是他的乌托邦。他其实没有钱，在众人眼里他非常小气，他很孤独，生活很单调甚至枯燥乏味。但他在别人面前，只要挺拔起他的身姿，他就会觉得自己的一切都很光鲜。哪怕后来五月在老人院里见到阿德，他坐在肮脏轮椅里，"曾经挺拔的身子，天鹅般的脖颈，骄傲的城里人气质，它们统统不见影踪"，五月不禁号啕大哭，但阿德仍说只要带他回家，他就可以恢复走正步的，他的身体很好。阿德就是这样一个人物，他始终生活在乌托邦身体里，他的身体就是他的乌托邦。阿德对于身体的看法显然迥异于众人，但他也许最接近现代思想家福柯。福柯在那篇《乌托邦身体》中就说："无论如何，一件事是肯定的：人的身体是一切乌托邦的首要行动者。"而阿德干脆就把身体当成了乌托邦。如果不是遇到了五月这个十七八岁的女孩，阿德也许一直会沉湎于身体的乌托邦里，直至老终。

须一瓜同样是从身体的视角来写五月这个女孩的。但这是一个世俗层面的视角，对于一个世俗的女性来说，身体是她的性别标识，当然，其他人看女孩，首先从女孩的身上也是看到性别的标识。从性别的标识出发，每一个女孩都希望自己具有一个美丽的身体。因为美丽的身体对于女人来说，就是一笔巨大的财富。上天非常眷顾五月，给了她一个美丽的身体，这"几乎激怒了岭北菇村的所有人"，因为在众人看来，她不该拥有这笔财富。五月的母亲"干枯焦黑"，父亲"从来就没有过人的正形"，她的两个哥哥都像田鼠一样，但五月一出生便"眼如星光，一头柔软鬈发，美好地掩映着净如满月的脸"。须一瓜这样写五月的出场是非常高妙的一笔，这一笔充分呈现出世俗社会在对于女性身体的价值判断上基本上是统一于一个固定的标准的，无论是在贫穷偏僻的乡村，还是在纸醉金迷的城市，使用的都是同一杆秤。但是，五月一开始并不知道自己身体的价值，她也不明白为什么村里的女人们都要憎恨鄙夷她，她的哥哥也要咒骂她。直到有一天城里来的山货客用一包酒心巧克力的诱惑，占有了五月的身体后，五月才懂得了自己身体的美好和价值。当她明白了这一点后，她就敢于独自一人到骊州城去，她要去寻找山货客。即使没有找到山货客，她也不愿意回到那个贫穷的村子了，她从城里人注视她的身体的目光中，就知道了凭着自己的身体也能在城里待下去。五月这个才十七八岁的乡村女孩，没有文化，没有才艺，而且还"又懒又馋"，她的资本也就只有她的身体了。何况她的身体在城市非常受欢迎。须一瓜写了一句精彩的话来描述这种情景："五月就是来自老天致人间的问候。"这句话也体现出须一瓜在女性观上的基本姿态，尽管女性的美丽同样被男权中心所左右，但这并不意味着反对男权中心就必须也要反对女性的美丽。须一瓜更愿意以积极的方式对女性的美丽进行自我欣赏。她在描写五月的美丽时便丝毫不掩饰她的欣赏之情。但她也知道，男人们看到五月美丽的身体时也许会点燃内心的欲火，甚至动起邪恶的念头。五月在骊州城里的确时常要面对这样的危险。有一次，在下夜班回宿舍的路上，她差点被一个陌生男子强暴，但幸亏这时阿德从门内走出，他毫不犹豫地救了五月。于是便有了五月与阿德长长的故事。

阿德是在五月所接触到的所有男人里面，唯一一个不用性的眼睛或邪恶的念头来看五月的人。骊州城或许应该向阿德表示致敬。我们大多数人则或许难以理解阿德的行为，难道他在道德上处于偏执的地步，或者是他在生理上有难言之隐？很遗憾，凡是摆脱不了世俗念想的人都容易产生这样的疑问。恰是这一原因，我要赞赏须一瓜，她能够超越世俗念想，塑造了阿德这一异类的人物。他的异类就在于，他是一个生活在身体乌托邦中的人，凡是有着乌托邦情结的人，其内心的善良往往会得到充分的释放。因此，阿德在看到五月因为下夜班回宿舍有危险时，便主动邀请她免费住在他的寓所，这丝毫不是心怀不轨，而是他的良善之心的自然流露。阿德并不厌恶女性的美丽，不然他也不会主动表示要帮助五月。但当他能够仔细观察到五月的身体时，他首先看到的不是女性的美丽，而是身体的缺陷。五月的身体虽然从美丽的角度说无可挑剔，但以阿德身体乌托邦的要求来看，五月的身体是不完美的，不符合阿德所说的"正确身体"的标准。她的身体左右不对称，事实上这是一种脊椎侧弯病症的先兆。不由分说，阿德要强迫五月进行矫治性治疗，他拿出了超人的意志，"立志创造一个好的女人"。五月对身体的认知基本上还停留在美丽不美丽上，她好不容易认识到美丽的价值，哪里会想到身体还有一个完美性的问题。她其实早已觉察到自己身体的不对称了，但她指望通过结婚生孩子，身体的不对称自然就会好转。也就是说，她以为只要把美丽身体的价值充分发挥出来，身体的其他问题也能解决。当阿德告诉她，脊椎侧弯任其发展的话人就会死去，她恐惧得哭了起来。此刻她才明白，身体不仅仅需要美丽，还需要健康，甚至还需要更多的她所不了解的内容。因此尽管矫治的过程很痛苦，她还能勉强坚持下去。在阿德的一再督促和精心护理下，五月的病情逐渐得到缓解。从这个角度说，阿德是五月的救星，他修正了五月身体完美性上隐埋的严重问题。但阿德并不能解决五月在身体上的全部问题，五月身体的美丽性将五月带到世俗的大海中，她在大海中一次次遭遇风浪，海浪也把她越带越远，对这一切，阿德却无能为力将五月营救上岸。也就是说，他的身体乌托邦一旦与世俗现实接触，乌托邦的虚幻性就显露出来了。阿德不仅无法帮五月解决世俗的困境，而且因为身体乌托邦的虚幻性，甚至他还替五月帮了倒忙，当五月在绝望中在老人院找到了阿德时，阿德还沉湎在乌托邦的虚幻中，还在劝说五月回家，还在夸大麦人好……这也许就是压在五月身上的最后一根稻草，五月最终选择了跳楼自杀来逃过世俗的厄运。

　　须一瓜对于身体的诉说远不止这些，她把身体问题想象得更为复杂，也更为神秘。她还要审视阿德的身体问题。阿德的身体乌托邦其实是一种逃避现实的身体，它压抑了身体的世俗性诉求。阿德以为自己所追求的身体是完美的，但身体如果缺了世俗性的诉求时，这本身就构成了一个很大的不完美。过去阿德似乎满足于身体乌托邦所带来的优雅、高贵，他认为女人是一种陌生的生物太费解，他也不愿去了解。当年他与宝玲结婚，并不是觉得宝玲漂亮，而是看上了宝玲的干净。即使在新婚夜，"为了自尊，他进去时，刻意腰板更加挺直""他认为好女人根本不在意性"，而他在意的，是妻子的罗圈腿，他要为妻子矫治罗圈腿，但遭到妻子的反抗。直到妻子死去，他为妻子整理仪容时，还为妻子的罗圈腿感到巨大的遗憾。妻子死后，妻妹宝红曾裸身求婚，竟被阿德斥之为"贱"而严加拒绝。阿德一直把自己视为高尚的人，他享受这样的生活状态。但五月带着美丽的身体来到他面前，无拘无束地展示身体的美丽性时，阿德身体内一直被压抑的世俗性逐渐被唤醒，他的身体乐于去接受来自世俗层面的另一种享受。阿德过去以为只有自己最了解身体，最懂身体的意义，但此刻，"面对五月，那身体天成的纯然之美，令他哀伤失落"。更重要的是，女人美丽的身体不仅仅是用来"看"的，而且是用来"爱"的，当阿德的身体乌托邦回避了世俗时，也就是回避了人类最美好的情感——爱情。阿德也曾辜负了几位女人的爱，只有当他晚年与五月相处，面对她水嫩鲜活的身体，得到另一种享受时，他才有了"爱"的感觉。其实这时他已经悄悄地爱上了五月，可是他还不知道怎么去表达爱情。直到五月与她的丈夫大麦一起住到他的寓所里，他们缭绕的做爱声就像冲击波一样彻底撞醒了阿德，"阿德这辈子第一次明白，女人是可以被男人奏响的"。他也回想起曾经裸身向他求婚的宝红，原来"那是等待他奏响的乐器"。但阿德意识到这一点时有点晚了，因为他的身体已经衰老了，他的"挺拔"不过是为了遮掩衰老的一个手段而已，他已感觉到自己"失去了创造力和想象力"，因此面对保姆小张这件"端正无缺的乐器"，阿德却有自知之明，知道自己"无论身心，都不是它的匹配乐手"。当五月最后一次见到阿德时，阿德"就像一个八九十岁的糟老头子，整个头脸，脖颈，鸡皮稀松，皱纹密布，那些老年斑，羊屎一样到处都是"。这就是说，阿德的身体乌托邦在五月的美丽身体的攻势下最终完全坍塌了。

  须一瓜在这部关于身体的小说中，对于身体的描述是多面的，也是开放的。她让两个对身体抱有不同认知的人走到了一起，他们的身体在暧昧状态的接触中相互影响，他们试图克服各自身体的不完美性。其实，阿德对于五月的影响不可低估，这种影响远远不止于缓解了她身体的变形，更在于她在精神性上变得更为丰富。且不说她在日常生活中经常以名人名言为自己辩解。最有深意的一笔在小说的结尾，五月决定要自杀后，她还想到要将自己的遗体捐赠出去。其实，我发现，阿德和五月这两人，他们各自身体的所缺乏的东西，不在别的地方，而是在对方的身体内。如果五月将自己的身体（不仅指身体的不完美性，也包括身体的美丽以及所伴随的爱）全部交给阿德的身体，她不仅能矫治好自己的身体缺陷，而且也许就能逃避世俗中的种种陷阱。同样，如果阿德能够将自己的身体完全向五月敞开，也许他就能始终挺拔着自己"擎天一柱的脊梁骨"。当然，这种"如果"又必须建立在对方身体的允诺下。也许可以简单地将阿德与五月各自对身体的认知区分为，前者指向精神性的，后者指向物质性的。须一瓜应该感到了，对于一个人的身体而言，既不能缺少精神性，也不能缺少物质性。这就构成了身体的复杂性。自现代以来，思想家们之所以围绕身体争论不休，不正说明了身体实在是太复杂了吗？可是世俗的社会只关注身体的物质性。这一点也许是须一瓜始终都很鄙视的，因此她在写到五月最后要捐赠遗体时，她都用一种戏谑的方式嘲弄了社会对此的冷漠和盲视。读了须一瓜的这部小说，我心中在感慨，珍惜自己的身体吧，同时也要好好审视自己的身体。还是福柯说的好，他在《乌托邦身体》中一方面指出，"一切乌托邦都是从身体中产生，但它又转过来反对身体"。另一方面他又指出，如果我们不顾身边的危险，"如此喜爱做爱，那是因为，在爱当中，身体就在这里"。

2021年

东北土地的魂魄书
——津子围《十月的土地》人物析

津子围的《十月的土地》讲述的是发生在东北黑土地上的故事,具有醇稠的东北味。津子围生于东北,长于东北,他对东北这片土地不仅熟悉,而且也充满了感情。这部小说或许是他倾诉这一乡土情感最放肆的一次写作。津子围爱他的家乡,爱他家乡黑油油的土地。但津子围其实是一位很有理性的作家,他讲礼貌,懂得节制,仿佛是一名儒者,我很少从他的小说中看到他放纵自己情感的叙述。哪怕他对东北文化很熟悉,但他在小说写作中似乎也不会刻意去强调这一点,因此他以往的小说不会给人具有突出地域文化色彩的印象。我想,也许是他特别珍惜自己所掌握的东北文化资源,他不愿意随意地挥洒掉。他在深思熟虑,不断地消化,一再地酝酿。终于,他出手了!他一下子打开了闸门,蕴藏在心中的对于东北的文化记忆、知识积累、情感积淀汇聚在一起倾泻而出,从而就有了这部《十月的土地》。我得承认,这是一部只有在东北土地上才能长出来的文学作品。也是只有一位作家对东北这片土地有着深刻体验才能写出来的文学作品。小说非常形象地描绘了东北地域在中国现代化进程中最初始时刻的原生状态,围绕人与土地的关系书写东北历史风云和人物命运变迁,是一部关于东北土地的魂魄书。

津子围充分发挥了他讲述故事和塑造人物的特长,小说写了数十位性格各异的人物,精心塑造人物,是这部小说成功的重要原因。小说以民国初年至抗战时期东北某地章姓家族的命运变迁为主要内容,这是一个与土地有着密切关系的家族。津子围重点写了章家三四代人的生命延续,通过这些人物形象表达了土地魂魄的主题。

章家的爷爷章秉麟是当年闯关东的一员，他的创业充满了艰辛，也充满了传奇，津子围讲述章秉麟的创业故事时故意语焉不详，因而章秉麟在后代的眼里也成为一个神奇的人物，关于他的创业演绎出了很多神秘而又荒诞的传说。但无论如何，他攒下了丰厚的家产，成为那一带最大的富豪。津子围以这样一个地方上的富豪家族为书写对象，应该说具有一定的典型性，因为这能够比较典型地反映民国初年以后近半个世纪以来东北社会的主流。这个家族里的不同人物又各自体现了不同阶层的意识和精神状态。章秉麟追随和信奉着传统文化的精英，他把自己关在玄薇居草屋里，这座草屋的门上挂着"读舍"两字，他是相信天下是属于读书人的。他看上去推崇儒家文化，但也不尽然。他受东北民间神秘文化的浸染也颇深，他的文化心理可以说是中原文化与东北文化两相中和的产物。章秉麟虽然仍是章家最威权的人物，但他越来越游离于世事之外，竟在后辈们为他举办的寿诞上失踪了。这似乎暗示出过去主宰东北的传统文化意识已经无法掌控急剧变化的现实了。

章家的第二代是章兆龙和章兆仁两位堂兄弟。他们都是土地的获益者，但他们对待土地的态度截然不同。章兆龙虽说是大掌柜，但他对土地上的农事毫不感兴趣，把运作农庄的事情全都交给章兆仁去打理，而把精力和心思主要用在生意上，当然章家的生意做得也红火，如百草沟金矿、绥芬河货栈、三岔口油坊和烧锅等。章兆龙也根本看不上自己的堂弟，认为他除了开荒种地，别的什么都不懂。当然他有理由看不上章兆仁，因为他的生意远远要比章兆仁的农事赚钱赚得多。他总能抓住时代的机会，努力追赶时代的步伐。在追赶中他也越来越远离了土地。更决绝的事情是他还把章兆仁赶走了。但是他没想到当他这样做时，他的厄运也就开始了。他后来惊恐地发现，离开了章兆仁后，章家的农业就开始走下坡路了。这时他才意识到，过去他根本看不上的章兆仁，才是为章家立下了汗马功劳的人。这时他迫切想见到章兆仁，可是一切都晚了。章兆仁则是把自己绑在了土地上的人，他的一生都是在土地上度过的。他把土地看成是自己的命根子。

章兆龙和章兆仁这一代人明显是属于土地的一代，土地是他们的根。而到了他们的下一代：章文智和章文德等人，就有了更多的选择。因为一个新的世界逐渐在他们的面前打开，这个新世界与他们脚下的土地并不接壤，它从西方飘过来，充满现代气息。这一代人的最大特点便是他们不能再像老一代人那样平静地守着土地过日子了。他们必须面对现代性的入侵。现代性是工业文明的产物，代表了一个新的时代，它来势汹汹，要取代从土地上长出来的农业文明。这是一个新旧交替的时代，这一代人便处在新旧交替的时刻，而且他们也将成为新旧激烈争斗的主力一代。章文智和章文德则分别代表了两种类型。章文智属于亲近现代性的类型。这得益于他较早接受了西方现代教育，他喜欢这种现代气息，并被这种现代气息搅得神魂颠倒，比如虽然他的生活仍然与土地有关系，但他对种地不感兴趣，而是对农作物改良有着浓厚兴趣，显然他一知半解地学到了嫁接的知识，于是他把茄子嫁接上辣椒，把洋柿子嫁接上黄瓜。他的这种反常行为被他的妻子看成是魔鬼附身了。章文智曾迷上了两件来自西方的洋玩意儿，一件是一个瑞士的座钟，一件是放大镜。没想到正是这两个小物件泄露了章文智这一类型的内心。现代性首先就是一种时间观念，瑞士座钟代表了现代时间，但依存于土地而生活的人们所遵循的是"日出而作，日落而息"的自然时间。津子围最精彩的一笔是他写章文智仿佛是被座钟精制的结构和神奇的功能勾住了魂儿，他为了探其究竟，竟专门磨制了一把螺丝刀，将座钟全部拆开，但他怎么也没能把这座钟复原。也许通过拆解座钟这一细节，我们可以看到章文智在时间上的错位。事实上他在精神上还没有作好准备，又怎能按照现代时间的序列往前走呢？而他所着迷的放大镜，似乎在暗示着现代性所带来的新鲜放大了他对世界的认知，可惜的是，他只能囿于自己的经验去利用放大镜。拆解座钟和放大镜寓意着章文智既有着追随现代性的冲动，又改变不了传统对自我人格的形塑。明白了这一点，也就对他后来的一切看似匪夷所思实则又很顺理成章的行为不会感到意外了。章文德显然属于固守在土地上的类型。小时候，章文德的爷爷章秉麟很喜欢他这个孙子，希望他好好读书，他读书也的确很有灵性。如果不是他的父亲坚决要他跟着去地里干活，也许他就成为了一个读书人。但从骨子里来说，他是属于土地的。当爷爷再一次想劝他读书时，还特意问了他一个问题，在读书和种地之间，问他愿意选哪一项。章文德的回答很有意思，他说，庄稼活儿累，可读书更累，两个必须选一个，我选种地吧。孟子说过"劳心者治人，劳力者治于人"。章文德看来宁肯做一个"治于人"的人，他的理由不过是"劳心"更累而已。爷爷对章文德的选择也很释然，因为他毕竟还是懂得土地对于人类的重要性，无论是劳心者，还是劳力者，最终都得靠土地养活。孟子就在那句话后面接着说了："治于人者食人，治人者食于人。"这意思就是说，无论是治人还是治于人，最终都要靠劳力者从土地上获取食物。当然，对于章文德来说，更重要的还不是他选择了种地，而是他是从土地出发来思考问题的。章文智曾将放大镜当成稀罕物在章文德跟前显摆，章文德尽管也觉得很新奇，但新奇劲很快就过去了，他不会被放大镜牵着走。他的爷爷送给他一个精致的木漆小盒，盒子里装的是带壳的谷子，这是章秉麟垦荒第一年的种子，具有极其重要的纪念意义。章文德收下后感叹道这是宝贝。章秉麟不知孙儿所说的宝贝是指盒子还是指种子。津子围这一笔寓意深远。盒子是一个精致的工艺品，象征着财富和高贵；种子则是象征着土地和勤劳。这可以说分别代表了两种世界观。章文德把种子看成宝贝，显然他一直是通过土地来看世界的，这是一种世俗的，也是现实的世界观。

小说写了一群女性形象，个性鲜明，她们的命运似乎都逃不开凄惨二字，但津子围的描写也许印证了这样一个历史事实，女性的命运是一个时代的晴雨计。章吴氏、章韩氏、曹彩凤属于章兆龙、章兆仁那一代的女性，这一代女性基本上依附于男人，就像依附于土地一样。佳馨、桂兰、郑四娘、薛莲花、阿满等人属于章文智、章文德那一代的女性，时代的变化也给她们摆脱土地和男人提供了可能性，叛逆的愿望在她们内心生长，她们对自己的爱情和婚姻有了更多的自主性，比如佳馨宁愿以妾的身份来到袁骧的身边，阿满主动将自己嫁给章文德。但是，她们只是凭借个人懦弱的身子去与强大的社会抗争，她们能够存活下来就是幸运了。当然，津子围的主要意图不在写女性，这里也就不对女性形象过多展开分析了。

章兆仁和章文德是父子俩，这一对父子塑造得很生动形象，是一对具有典型意义的父子形象。也许这部小说还有一些可商榷或可修改之处，但即便如此，有了这一对父子形象，这部小说就可以说大获成功了。章兆仁是章秉麟的侄子，在老家因穷困跑到东北投奔叔叔，章秉麟不仅收留了他，还认他为儿子，因此他在农庄里被认为是二掌柜。但事实上他就是一个种地的农民，他把所有的心血都挥洒在土地上。在他的堂兄、农庄的大掌柜眼里，他就是一个雇工而已。他的妻子章韩氏一直就质疑他的这个二掌柜的身份是不靠谱的。章兆仁应该感到得意的是他有一个好儿子承继了他的梦想，这个儿子就是章文德。这一对父子让我们看到，在东北动荡不安的二十世纪中期，土地的魂魄是怎样通过血缘关系延伸下来的。章兆仁和章文德父子在土地上可以说都是强者、胜者。但有意思的是，这两人从外表上看一点也不强悍，在人们的印象中更多的是窝囊、懦弱。小说的一开头便是章文德在死亡线上挣扎的描写。他染上了霍乱，生命垂危，人们用尽所有民间的办法也无力回天，只好将他扔到后山，免得传染给别人。幸亏是他的爷爷派人将他背了回来，用一个古方救了他一命。章兆仁则是一直拖着痨病的身子，好几次都差点死了过去。读到这些描写，我很沮丧地想起了一个很有羞辱性的词语"东亚病夫"，我必须承认，恰是这一点，也许证明了津子围对这两个人物的刻画颇具有历史的典型性。他们的病体正是当时中国积弱难返的真实写照，但同时，他们尽管只有一副患病的躯体，却有着旁人难以想象的坚韧劲。这种坚韧劲更能代表中国人在那个特定时代的精神特征。章兆仁的坚韧就体现在他一生都在开垦荒地。他在莲花泡开了四十垧地，又在寒葱河开了四十垧地，为章家立下了汗马功劳。他被章兆龙赶出去后，又是凭着自己的坚韧带领孩子们在蛤蟆塘开荒种地。因为开荒种地，章兆仁把蛤蟆塘置办成了一大片自己的产业，在旁人眼里这里都富得流油了，在他苦命的几十年里，总算在风烛残年之际满足了心愿。章兆仁深深懂得土地的重要性，他是这样教育孩子的："农民没有土地，就像没娘的孩子！文德你要记着，一辈子都给我死死地记着，没啥也不能没有土地，地就是咱农民天大的事儿。"章文德在这一点上完全继承了父亲的精神，他把自己的精力都用在了土地上，并且他对土地的理解也超越了他的父亲。

章兆仁和章文德这一对父子形象，最大的意义就在于他们表现出土地是农民的魂魄。章文德的弟弟章文海曾经比较过父亲与哥哥在对待土地上的不同之处，认为父亲稀罕土地主要是稀罕土地种出的粮食，而哥哥章文德稀罕土地是真稀罕，像稀罕命一样稀罕。也就是说，父亲章兆仁还只是从土地上获取物质，这是生存的需要，而章文德完全把自己融入了土地之中，土地就是他的魂魄，或者反过来说也成立，他就是土地的魂魄。当然，对于章兆仁来说，土地也是他的魂魄，这是中国农民的基本性格。比如他们对土地的熟悉程度是常人无法想象的。章兆仁早就看出了蛤蟆塘是一块风水宝地，但当他对"二掌柜"这个身份还抱有幻想时，就相当于把自己的魂魄拘禁了起来，他就忽略了这块风水宝地。他失去了"二掌柜"的身份后反而意味着魂魄回来了，于是他面对蛤蟆塘这片荒地，看到的却是"长满了庄稼，郁郁葱葱"的美丽蓝图："开春先开东山西坡和北山岗子的地，西坡种玉米、高粱，北山岗子种黄豆，春播之后再沿西坡向下面延伸开垦。今年，咱可以在那些低洼地上种些耐涝的糜子。"章文德既佩服父亲对土地的谙熟，他会吸收父亲的智慧，同时又会有所发展。后来他在父亲的基础上要继续在低洼地开垦出种稻谷的田地以及坚持植树的举动，都让父亲看到了儿子有更远大的构想。章文德对父亲的超越尤其突出体现在灵魂的沟通上，他与土地似乎是一种"心有灵犀"的关系。津子围用很多细节的描写来烘托他们之间的"心有灵犀"。比如，他写到章文德"可以闻出土的味道儿，一闻就知道土从哪儿挖的，山坡来的还是河套来的"。章文德的这一灵性让专门从事地质勘探的日本人岩下惊异不已，直问他是不是"从泥土里长出来的"。津子围完全把章文德写成了一个由土地变过来的人形儿，无论在什么场合下，他与土地才是最亲近的。章文德被派去管金矿，他对金矿的事不感兴趣，倒是发现那里的土质非常好，不种可惜了，于是便起早贪黑地翻地、备垄、撒种、浇水，把百草沟的淘金工看蒙了，怀疑他是冒牌的章家少爷。后来他被当成人质卷进了马蹄沟的胡子窝里，又是土地拯救了他，胡子困在山里没有吃的，"不起眼的章文德却发挥了无法替代的作用，虽然他不会舞枪弄棒，但是他会种地"。于是胡子们跟着章文德开荒种地了。津子围所写的时代正是社会最为动荡的年代，革命风起云涌。但章兆仁和章文德并没有革命的冲动。当他们被章兆龙一脚踹出门变成一无所有时，想到的也不是革命，而是去开荒种地。这大概就是土地魂魄的真实写照。

　　但是，章文德最终还是参加了革命。这大概是中国现代革命时代中最重要的魂魄改造！章文德参加革命还是与土地有关。日本军队占领东北后，准备把东北变成自己的家园，他们美其名曰征地，其实就是强行霸占中国人的土地。章文德在蛤蟆塘开垦出来的土地也在被征之列。这等于是要夺去他的命。他说了一句硬气的话："我的命没了地也不能没了。"就跟着弟弟章文海组织起一支自卫军要抗击东洋鬼子。尽管如此，章文德的革命性经常表现出不彻底的一面。这一笔也是非常重要的啊，这就是中国土地的魂魄！当然，时代的大潮会推着章文德们往革命的方向走下去。津子围以非常客观冷静的态度书写了章文德在民族危亡和时代剧变下的选择，他没有将章文德塑造成一个农民英雄或一个勇敢的革命者。这是因为章文德还保持着土地的魂魄。由此可以看出这部小说的历史反思和历史批判具有较大的容量。

最后，津子围告诉我们，章文德的躯体内承载着章秉麟的灵魂，这一构思顿时将作者写作的用意全盘托出，它把从章秉麟到章文德的几代人的魂儿连成一条线，暗示着土地的魂魄是由传统文化建构起来的。当然这一构思貌似是一种非现实的手法，与全书的写实风格是否有不谐调之处？我想，也未必。因为东北的神秘文化渗透在民间的日常生活之中，小说中对东北神秘文化多有描述，我们读到"章秉麟从章文德的躯体里钻出来，飘浮在半空中"时也不会觉得突兀。其实，东北神秘文化就是在东北土地上生长起来的，它飘着土地魂魄的精气。这种精气也萦绕在津子围的笔端。但在小说结尾，津子围让沉睡在章文德身体内的章秉麟的魂魄醒了过来，醒过来的章秉麟想到这样一个问题，人的魂儿被身体囚禁，而人的身体却被大地囚禁着，"说到底，无论你怎么折腾，永远都离不开脚下的土地，土地不属于你，而你属于土地，最终身体都得腐烂成为泥渣，成为了土地的一部分"。这段话不是分明要把小说精心编织起来的一本土地的魂魄书解构掉吗？或许这才是这部小说的真正用意。

2021年

"有"的哲学与"无"的爱情
——评鲁敏的《金色河流》

千万不要低估了《金色河流》的力量，鲁敏是要携着它对习成的观念发起一场挑战的。

我一直把鲁敏看作是专注于精神世界的作家，她对物质世界的丑陋和邪恶始终保持着足够的警惕和批判。但她这一次的挑战首先便是从物质开始的。小说的主人公是一位老板，他叫穆有衡，从创办第一个企业"衡祥水泥厂"起，他在商海中闯荡四十余年，拥有了令人艳羡的财富。这样的老板在文学中往往被做为反面形象来对待，认为他们有悖于精神和道德的目标。但是鲁敏郑重地宣布："他们都是前赴后继创造财富的人啊，是了不起的。"

鲁敏的挑战也是面对现实的挑战。穆有衡是中国改革开放的产物，代表了民营企业家这一新型的群体。对这一群体的非议一直不断，如说他们的"第一桶金"都是有问题的，说他们是金钱与权力的合谋，等等。鲁敏并不想在这方面进行直接的辩驳，而是提醒人们，不要忽略了他们决定进行创业的原初动机。鲁敏便是从原初动机写起的。穆有衡和何吉祥曾是部队里最铁的战友，他们共同经历过饥饿的年代，吃过吸血的蚂蟥，啃过杂面饼子，他们有着摆脱饥饿的强烈欲望。南方的改革就像一道曙光从天边升起，何吉祥率先办了辞职去赴南方。他与穆有衡约定，等他去开好路，再两人一起"赚大钱，享大福"。六年后，穆有衡在何吉祥的激励下，两人共同在本地创办了衡祥水泥厂。这是穆有衡与何吉祥成为老板的前故事，小说多次重复着这个前故事，它与饥饿有关，与贫困有关，它揭示出最早投入改革开放大潮的一代人是饥饿的一代，因此才会有他们以后对于创造财富的拼命。鲁敏点出了穆有衡和何吉祥们的原初动机，也就是点出了改革开放的原初动机。另外，鲁敏还发现了改革开放中所嵌入的平等精神。穆有衡在机械厂凭着自己的吃苦劲儿还指望着干到车间主任，但事实上他离开没几年厂子就倒闭了。何吉祥在电影院里工作已是五六个月没领工资了。如果不是改革开放给他们提供了机会，他们只能照旧艰难地过日子。改革开放的机会对所有人都是平等的，只要你有勇气便可去追逐这个机会。何吉祥便是这样痛快地开导穆有衡的："给你讲个硬道理。有一样东西，是能跟人上人平起平坐，去叫板，甚至能压过一头的。啥呢，钞票。所以必须的，我们俩必须要发大财，要赚上大把的真金白银，连家带口的，肥肥地过起日子啊。"穆有衡在小说中出现在读者面前时已是他脑中风后的偏瘫形象，他应该腰缠万贯了，但他四十年的商场闯荡并不容易，光是他遭遇的性命危险就有无数起，称得上是"死过好多回的人了"。鲁敏在这里展示了穆有衡创业的艰难以及他在创业过程中磨炼出的机警和智慧。也可以说，他对商机的敏锐和在商场上的应变能力，无疑都是一个成功老板的必备条件。鲁敏以不一样的眼光，塑造了穆有衡这一有个性、有思考，也有故事的老板形象，这是一个物质创造者的典型形象，这一形象同时也是由改革开放伟大时代所塑造出来的。穆有衡的可贵之处就在于他清醒意识到自己与时代的关系，当他说到自己的财富时便感叹："它不是我穆有衡一个人的，而是我们所有这帮老家伙三四十年拼下来的啊。"这也就是最后他决定将自己所有的财富都捐赠出去的根本缘由。

　　面对穆有衡这一新的形象，大家是否也会循着鲁敏的思路去进行解读呢？面对这一问题时恐怕不要低估了习成观念的力量。我读到一些评论文章，几乎都在用类似"第一桶金"、救赎和忏悔等角度来分析穆有衡的。显然，评论者们还是将穆有衡归入老板形象的固定序列里，认为他们是带有原罪的，他们必须通过忏悔来获得救赎。小说的确写到了穆有衡的"第一桶金"，这就是何吉祥拉着他一起创办的衡祥水泥厂，但这与资本积累的原罪无关，这里显示的是何吉祥对于市场的敏锐判断力，他从全国大修公路的趋势中判断出水泥的巨大市场潜力，便有了办水泥厂的行动。至于穆有衡挪用了何吉祥临死前托付给他的钱款，这只是与朋友之间的信任和担当有关，无关乎资本的原始积累。当然，穆有衡一生都背负着对何吉祥的歉疚，他多次去寻找何吉祥所托付的女人，但他的犹疑不决，并不是想私吞金钱，而是不愿让自己的朋友上当受骗，因此当他确认了河山就是何吉祥的女儿后,便以一种特别的方式一路帮扶着河山的成长。穆有衡对自己的人生充满了自信,虽然他像扔垃圾一样将那些奖章胸牌照片证书等等见证着他这一生辉煌经历的东西统统扔掉,但他不过是将这一切看成是达到目的的手段,至于他的目的,他从来没有后悔过。当然,穆有衡在回顾自己拼搏的一生时会有遗憾,他最大的遗憾是何吉祥与他的约定仅仅实现了一半。当年何吉祥说咱俩要赚大钱,然后全家人"肥肥地过上好日子"。他是赚了大钱,可是没有实现全家人幸福地过日子这一目标。因此他要那么迷恋地收集大家的"全家福"照片,他是要通过别人的"全家福"来弥补自己的遗憾呀。

鲁敏大概意识到人们不会轻易接受穆有衡这一形象,因此她不是采取完全正面书写穆有衡创业辉煌史的方式,而是写他中风之后,与家人以及几个亲近者的关系的变化,来一层层地剖析穆有衡的精神世界。谢老师这个人物主要就是为了纠正人们对于物质和金钱的认识偏差而设置的。谢老师曾是报社记者,当年写揭露穆有衡雇用童工的报道,却被穆有衡以金钱将事情摆平。事后穆有衡看上了谢老师的执着劲,特意上门请他来做公关总监。谢老师抱着将计就计的心理来到穆有衡手下干活,他准备了两摞红皮本子,记载着穆有衡的点点滴滴,暗自计划对穆有衡进行全面的揭露。他最初认定的是要写穆有衡的黑暗原罪史或者是黑暗财富史,但随着对穆有衡了解得越多越深入,谢老师的思路也一再地游移不定,他对所谓钱权交易、商海沉浮等没有了兴趣,倒是从穆有衡的身上发现了一种"别的"和"没看明白"的东西。最终,谢老师被穆有衡的人格所征服,他为穆有衡所捐赠的基金取名为"梦想基金",就是他对穆有衡人格的一种理解,他因此还不客气地当上了基金理事会的秘书长。他告诉大家他将来写出来的绝对是另外的样子。毫无疑问,谢老师将要写的正是《金色河流》这样一本书,鲁敏在《金色河流》中要告诉人们的,也正是穆有衡身上的"别的"和"没看明白"的东西。

《金色河流》并不是简单地为一位老板正名,这是一条翻腾着哲理浪花的河流。鲁敏说,她写《金色河流》是想表达她对物质与物质创造者们的尊重与爱慕。但事实上她并不是在进行一次简单的情感表达,她的尊重与爱慕是建立在严肃的思考之上的,她将这种思考上升到了哲理的层面。首先,她将物质与非物质做为对应物,看到二者相反相成的关系。为此她以忤逆子的定位来设计穆有衡的二儿子王桑。王桑不愿成为父亲生意的接班人，他蔑视财富和物质，因而被非物质文化遗产的昆曲所吸引。他最初是用昆曲来抗衡父亲的金钱物质，当他将昆曲引入他的凹九空间后，便逐渐意识到："没有什么是非物质的。归齐到最后，都是不灭不幻结结实实的物质。"他也发现，自己对父亲以及金钱的抗拒立场"实则还是怯弱和口头主义的"。昆曲在小说中做为一个重要的情节元素和文学意象，被鲁敏应用得非常充分。昆曲不仅应对着物质与非物质的辩证法，而且还将古与今、传统与现代的相互纠缠彰显了出来。鲁敏将每一次对昆曲的征用，都做为一次对当下的暗喻。这种暗喻也唤醒了王桑，"应当公正地看待金钱，像看待阳光和水。应当爱慕商业，崇拜经济规律，像爱慕春种秋收、崇拜季节流转"。——这样的话完全出自王桑的内心，他也与父亲达成了彻底的和解。

鲁敏在对物质与非物质的辩证法的追问中，建立起一个关于"有"的哲学。穆有衡很喜欢名字中的"有"字，他让别人都叫他"有总"，说是越叫越有，"活着嘛，得争，要'占'要'有'"。但一个人要想在物质上真正"拥有"，还必须在非物质上有所"拥有"。穆有衡之所以能在物质上信心十足地去"拥有"，是因为他在非物质的"拥有"上作了充分的准备。这种拥有突出体现在他的"有情有义"，他是一位有爱情、有亲情、有友情的男人。穆有衡与云清的爱情是在苦水里浸泡出来的，当我读到他们俩躲进小林子你一口我一口喝青梅酒，"连亲嘴儿都甜津津的"时，仿佛自己的心都化了。但云清还没有等穆有衡赚了钱过上好日子就因为忍受不了生活的折磨而跳楼自杀了。穆有衡珍惜这段苦水里浸泡的爱情，他将爱情，以及对两个孩子负责的亲情和铭记何吉祥嘱托的友情，都藏在心底，成为校正他行动方向的罗盘。

穆有衡的大儿子穆沧从另一个维度对"有"的哲学内涵加以延伸。穆沧从小患有阿斯伯格综合征，因为未得到及时治疗，成为他终身的疾病。但这样一来，也将穆沧带入一个与世无争的境界。的确，穆沧是一个非常沉静的人，他不会受到世事的干扰，他的心灵像一张白纸一样干净，他关闭了通往外在世界的窗户，因此他干净的心灵丝毫不用担心被污染。河山与穆沧的情景正好相反，她从小就被这个社会扔进了污浊的泥坑之中，她被迫早早关闭了自己的情感阀门，以一颗冷酷的心去应对所有的人和事，这是她孤独地闯荡世界的有力武器。穆沧与河山各自失去了一个人应该具备的一些东西，但因为失去，又使他们拥有了别人所没有的东西。世界就是这样,"失"是"有"的影子,当你拥有什么,也就意味着失去什么。穆沧和河山是穆有衡始终操心的两个人,同时也成为了穆有衡行动的参照物,他因此不会在"拥有"时变得贪婪和疯狂,他也会以豁达的心态去面对"失去"。

小说写到几个人的爱情,鲁敏同样以"有"的哲学对爱情作了新的阐释。她追溯爱字最早的写法是由"无"和"心"两个字组成的,认为这是古人对"爱"做出的最准确的界定:爱是没心没意、无心之属。也就是说,只有"无"的爱情才是最纯粹的爱情,但今天人们面对爱情时心太重了。云清因为被生活的重负所压倒,穆有衡因为怀着对云清的愧疚而无法重启爱情的大门,王桑拒绝爱情的世俗性而移情于昆曲,丁宁固守世俗的爱情而迷失了自我,河山则是因为周旋在邪恶之中不敢谈论爱情。只有穆沧做到了心里彻底无一物,他的爱真正是一尘不染,但他的爱却无法与人沟通。看来彻底的"无"是行不通的,只有处理好了"无"与"有"的辩证关系,"无"才有可能释放出能量。我总觉得,穆沧就是小说中的另一支昆曲。时间在穆沧和昆曲这里都停滞了,这使他们活在一个纯净的空间里,但他们的心仍在跳动。现在的问题是如何让他们活在当下,活在人们的日常生活中。这就需要开辟一条通道,向他们的心中注入新鲜的内容。王桑对昆曲进行一番乔装打扮获得了成功,而河山以她的"不在一起"的"在一起"方式连通了穆沧的心跳。

小说的结尾别有深意。凹九空间正在表演昆曲,台下观众席里,河山倚偎在穆沧的肩膀上,一个"亦真亦幻",一个"稳坐如钟",仿佛在进行内心的交流。在这里,物质与非物质,有与无,构建起了一个非常和谐的意境。这才是鲁敏要表达的全部想法:她既爱慕穆有衡的物质化,也爱慕昆曲的非物质化。这一切都是以善良与温暖的人性为标尺的。

在故事的最后,有总走向了生命的终点,这场从小说开端就开始酝酿的死亡如期而至,但无论是对于书中的其他主角,还是对于我们读者,这场死亡带来的都绝非是沉痛,而是希望。在死亡之后,紧接着就是生命的来临(王桑的儿子出生了),在穿越生与死的金色河流之后,他们都已抵达善的彼岸。

一个故事结束了,但又何尝不是另一个故事的开启。

2022 年

国有企业情怀的叙事诗
——评李铁的长篇小说《锦绣》

李铁是国有企业的忠实儿子，他仿佛就是专门为国有企业而出生的，所以当他进行文学写作时，就注定了绕不开国有企业的时空。纵观他的创作，可以说他就是在为国有企业立传写史。国有企业是由众多工人的一双双坚实的手抬举起来的。国企工人曾经是令人艳羡的职业，李铁也是其中一员，但当他进入工厂时，正是国有企业遭遇最大困难的时候，国有企业不吃香了，工人们"靠边站"了。李铁当年在工厂肯定感受到了这样的整体气氛，他也像众多工友们一样，心情郁闷、憋屈，但国有企业所铸就的工人本色也使他和众多工友们一样男儿有泪不轻弹。这就决定了李铁当年开始书写工人生活的小说的基本旋律。李铁的旋律不像过去的工业题材小说那样高亢、雄壮，总是在高音区飘荡；也不像有些揭露国企改革问题的小说，总是在低音区徘徊。李铁的旋律是在中音区回旋，就像是说唱音乐一般地诉说着日常生活的酸甜苦辣，偶尔会下沉到低音区发出悲壮的吼声。这是国有企业在特定时代以及下岗工人最真实的声音。如他的《乔师傅的手艺》《工厂的大门》《杜一民的复辟阴谋》等。李铁的工人小说带着当代工人的喘息声，引起文坛的关注。但这种关注也就那么一瞬间，大家依然回到自己纵情的欢乐中去了。李铁把国有企业工人的喘息声带到文坛，这样的小说我们给它的赞誉声太少太少。李铁小说的遭遇与他所描写的国有企业工人的遭遇完全一样，都是被冷落、被边缘化的遭遇。也许是这个原因吧，李铁转而去写其他的小说，当然，他在写其他小说时同样证明了他具有小说叙述的天才。他有点像他在小说《锦绣》中所写的工人，他们不得不从国有企业下岗，只好到社会上闯荡，以一技之长生活。我很想仿效锦绣厂的董事长把下岗工人重新召回工厂，去把李铁再召回来写工人小说。但事实上李铁并不需要召唤，因为他的身体内流淌着工人的血，他的情绪牵挂着工厂的炉子和机器。果然，他回来了。他回来就写了一部反映一个国有企业七十多年来变迁的长篇小说《锦绣》。当我准备为李铁写一篇文章时，我就想好了要写李铁身上的国有企业情怀。正是这种国有企业情怀与他的文学情怀相遇，便炼出了一种文学中的"特殊锰"。国家有了特殊锰，就能造出具有特殊功能的飞机、舰艇，文学有了"特殊锰"，同样也会让我们的文学精神具有了金属的质地。

一、国有企业情怀

《锦绣》突出体现了李铁所具有的一种宏大的国有企业情怀。这种情怀并不是李铁个人化的情怀，在新中国的历史中，国有企业情怀曾经是非常公共化的情怀，而且这种情怀在一定意义上说是中国社会体制人民性的呈现方式之一。因为工人阶级做为国家的领导阶级，在新中国最初建立的社会主义体制下，最直接体现在国有企业的重要性上，工人阶级几乎成为国有企业职工的代名词，中国现代化所开启的中国工人的精神传统也主要由国有企业所传承和延续的。李铁的国有企业情怀正是对中国工业史的强烈呼应。

李铁的《锦绣》以东北大工业基地为背景，书写了一个现代钢铁企业——锦绣金属冶炼厂自新中国成立以来的变迁和发展。李铁所写的锦绣厂具有典型性，它俨然是中国的国有大型企业的样板，李铁通过这一样板真实反映了国有企业情怀所形成和壮大的社会原因。锦绣厂是日本侵略中国后在东北建起的一家钢铁厂，新中国成立后成为国有企业，工人们成为工厂的主人，工厂也担当起为建设新中国生产更多钢材的重任。这是一个根本性的变化。小说紧紧围绕这一变化展开故事情节，"主人"便成为小说中频繁出现的一个热词。前来接管工厂的共产党干部刘英花来到锦绣厂就给职工们开大会，她在大会上说，要把锦绣厂变成人民的工厂。她还特别对工人们说："你们也要从思想上解放自己，把自己从一个奴隶变成主人。"[1]小说真实再现了在中国大地上发生的这一场天翻地覆的变化。

---

[1] 李铁：《锦绣》，沈阳：春风文艺出版社2021年版，第9页。

马克思首次提出，工人阶级是产业革命的产物，他看到了资本主义大工业对工人阶级的压迫和剥削，也预言工人阶级将成为资本主义的掘墓人。但不知马克思是否料想到当工人真正成为工厂的主人后将会是一种何等兴盛的场景。马克思曾论述到工人与机器的对立关系，工人们把对资本家的仇恨转嫁到机器身上，以破坏机器的方式与资本家进行斗争。马克思认为，工人与机器的对立是不可调和的。但是，当工人成为工厂的主人后，工人不再仇恨机器，而是与机器建立起了深厚的感情。[1]李铁在小说中饶有兴趣地写到了这一点。小说主人公张大河在给徒弟们传授手艺时，特别对徒弟们说，电炉也是有生命的，你必须用自己的生命来和它肝胆相照。这种与机器的感情最典型地体现了一名工人的主人翁意识。张大河从共产党的干部来接管工厂起，就强烈感受到国家是把自己当成工厂主人来对待了，他在自己的日记里写道："工人当家作主，我完全可以在锦绣厂干出一番大事业。这大事业是个啥？我现在也说不清楚。"[2]虽然说不清楚，但这阻拦不住张大河把所有的热情都投入到工作之中，他知道干好了工作，也就是干好了大事业。这是一种比较朴素的国有企业情怀，但也是共和国初期最强大的精神支撑。小说非常真实地描写了锦绣厂就是因为有一群怀着朴素国有企业情怀的工人的热情和积极性，才在极短的时间内创造出了国有企业的兴盛。可以说，国有企业情怀是贯穿在这部小说始终的一条思想红线。

二、工匠精神

李铁在塑造张大河这一工人形象上，突破了以往在工业题材上的思维定式，找准了在这一人物身上最具代表性的时代精神，这就是工人群体的工匠精神。张大河新中国成立前就在日本人办的厂子里练就了炼锰的好手艺，连他的

---

[1] 马克思在《资本论》《哲学的贫困》等著作中反复论述到机器与工人矛盾关系的问题，如在《1857—1858年经济学手稿》中马克思写道："最发达的机器体系现在迫使工人比野蛮人劳动的时间还要长，或者比他自己过去用最简单、最粗笨的工具时的时间还要长。"（《马克思恩格斯全集》第31卷，人民出版社1995年版，第104页。）在《资本论》中，马克思谈到工人反抗机器的悲剧性结果："机器成了镇压工人反抗资本专制的周期性暴动和罢工等等的最强有力的武器。"（《马克思恩格斯全集》第5卷，人民出版社2009年版，第501页。）

[2] 李铁：《锦绣》，沈阳：春风文艺出版社2021年版，第34页。

日本师傅都不得不佩服。新中国成立后,他想要让自己的手艺充分发挥出来,为国家炼出好钢。张大河很看重技术,认为工人就是要有技术。李铁还写了一个同样看重技术的工厂领导牛洪波。牛洪波本来是军人,被上级派来锦绣厂当书记。他满腔热情来到工厂,却不知道从哪里下手,是张大河给他上了一堂"课"。当他带着一帮人在厂区清理垃圾时,张大河冲过来喝止了他们,训斥他们什么都不懂,是瞎搞,把炼钢铁用的金属块锰都当垃圾扔掉了。牛洪波虽然被人当面训斥,但他并不恼火,因为他明白了专业和技术的重要性,于是他决定在厂里成立技术核心组,还专门把张大河叫到办公室,要他担负起为新中国炼好第一炉锰的光荣任务。有了领导的支持,张大河的底气更足了,他在日记里写道,他的理想就是做一个技术大拿,他还要把技术传授给大家,"我要让大家都跟我学,成不了大拿也要成个内行"[1]。这就是曾在新中国成立后掀起建设社会主义高潮中被工人们广泛认同的"技术第一"论,它是工匠精神在中国的通俗版。李铁紧紧围绕这一点展开情节,不仅将张大河塑造成了一个具有独特光彩的新中国的工人形象,而且也十分准确地表现了二十世纪五六十年代的时代特征。比如小说写到张大河在爱情上的痛苦抉择,这是与当时社会普遍流行的阶级斗争意识有关的。张大河与古小闲相爱了,但是古小闲的阶级成分不好,厂领导告诫张大河,如果跟成分不好的人结婚,就不能得到重用。张大河为了要在厂里"干一番大事",就逼迫自己与古小闲分手了。但他对古小闲的爱始终无法从心底抹去,这成为他一生的"痛",他只能暗暗地以各种方式关爱着古小闲。又如小说还写到苏联政府对中国建设的帮助。上级给锦绣厂派来了苏联的专家,他们的确也给锦绣厂带来了先进的设备和技术,但张大河很看不惯他们的指手画脚、牛哄哄。在一次因为不熟悉苏联的机器设备而发生了故障后,苏联专家彼得罗夫便断言张大河做为炼锰高手是徒有其名。张大河很不服气,当面向他提出要一比高低。小说非常生动地描写了两人比试炼锰手艺的场景。比试的结果是张大河略胜一筹,这让张大河很开心,痛痛快快地让徒弟们"宰"了他一顿。当然,因为对技术的痴迷反而使张大河和彼得罗夫成为朋友,他们在翻译的帮助下交流起了炼锰的心得。在讲述这些故事时,李铁充分显示出做为一名曾经有过工人经历的作家独有的优势,这些故事里包含着很多

---

[1] 李铁:《锦绣》,沈阳:春风文艺出版社2021年版,第4页。

工业技术的专业成分，李铁不仅十分了解这些专业知识，而且能够将其转化成文学元素，从而使故事具有浓烈的工业味道（关于这一点的意义后文详谈）。李铁在塑造张大河这一形象时便是主要围绕"技术第一"论而展开的。在李铁笔下，张大河的理想与技术大拿有关，他工作的目标也是如何发挥他技术上的长处，他因为在技术上精益求精而获得进步，不仅承担起生产的重担，而且还被评上了全国劳模。小说真实再现了二十世纪五六十年代在工业战线看重技术、提倡技术的整体氛围，也正是在这样的氛围中，张大河的精益求精的工匠精神得到良好的发挥。

同时还要看到，在新中国工业的初创期，人们还只是停留在工匠精神的通俗版，还缺乏建立在科学基础之上的战略眼光，人们即使具有强烈的国有企业情怀，在思想和行动上仍有局限性。李铁并不回避这一点，而是始终贴着历史进程来塑造人物。在二十世纪五十年代末期，正是我国社会主义建设处于热潮的阶段，用小说中的描述是"全国进入了一个火热、奔腾、到处流淌钢水的时代"，"赶超英美，产值翻番"的口号对锦绣厂太富有刺激性了，他们决定上马钛白粉项目。这一项目当时在国际上也是前沿的，从客观上说锦绣厂还不具备上马的条件。这一决定让张大河热血沸腾，他自告奋勇，向组织上提出要去钛白粉车间当车间主任。尽管工厂投入巨大精力，但三年后仍以失败告终，牛洪波书记在职工大会上作了犯冒进错误的检讨。这一段虽然小说是以虚写的方式简略记述出来，但它把新中国的国有企业发展的曲折性和复杂性非常连贯地勾勒出来了。

三、工人精神的传承

李铁以钛白粉项目的失败做为第一卷的结束，其实是一个充满寓意性的安排，它意味着中国新兴的国有企业的高光时刻已经进入尾声。以后它将面临日益严峻的挑战。因此第二、三卷基本上是从改革开放后国有企业在市场经济大背景下的尴尬处境写起的。张大河这个时候退休了，但他心中的国有企业情怀之帆仍被主人翁意识鼓得满满的，他有三个儿子，他让三个儿子都成为了锦绣厂的工人。也正是在国有企业遭遇困难和挑战的时期，这三个儿子逐渐在锦绣厂挑起了大梁。大儿子张怀智是生产技术部副主任，二儿子张怀勇是锰冶炼分厂的副厂长，三儿子张怀双虽然只是摊长，但他最像自己的父亲，他传承了父亲的手艺，如今是锦绣厂的炼锰高手。张大河的三个儿子便成为小说第二、三卷的主要角色，李铁通过三个儿子的书写，成功塑造了"工二代"的整体形象。相比于父辈一代，"工二代"在精神层面上显得更为丰富多彩，他们的人生选择也更加多样。三个儿子的命运各不相同，大儿子张怀智选择了辞职下海，组建起自己的民营公司，事业干得风生水起，一度还成为锦绣厂的有力竞争对手。二儿子张怀勇在锦绣厂最危难的时刻出任厂领导，以坚韧的毅力带领工人们闯过难关，使锦绣厂迎来了新的腾飞，他也被评选为全国优秀企业家。三儿子张怀双则热爱工人的技术活，他乐于坚守在生产的第一线，享受着生产的成功喜悦。尽管张大河在故事情节中已退到了幕后，但三个儿子身上分明都有着他的影子。这显然是作者李铁的有意为之，他是要通过"工二代"写出新中国铸就的中国工人精神是如何传承的。如前所述，李铁是通过张大河这一形象把中国工人精神集中理解为国有企业情怀和工匠精神的。那么这些精神内涵在张大河的儿子们的身上又是如何表现的呢？首先，他们的国有企业情怀显得更加舒展，他们将国有企业情怀与国家意识、家国情怀以及个人事业更好地衔接了起来，因此他们并不拘泥于某一个具体的工厂，而是能够站在国家和社会的大格局中去认识和处理问题。工匠精神则突出体现在三儿子张怀双的身上。李铁也是刻意要塑造这样一个热爱技术的"工二代"，以此表达他对工匠精神的呼吁。因为在很长一段时期内，现实社会中几乎没有了工匠精神的落脚之地，在李铁的心目里，新中国之初培育起来的张大河不应该随着历史的翻篇而被遗忘，即使在今天越来越科技化和现代化的工业体系内，仍然需要张大河式的工人，仍然需要发扬他身上所具备的追求精益求精的工匠精神。从一定角度看，李铁是把张怀双当成张大河的延伸体来书写的，他以一个暗示性非常强的情节来点明这一点。他写到张大河当年评上全国劳模时，画家老朱为他画了一张画像，这张画像当年在全国都红火了，张大河因此也成了工人阶级的代名词。几十年后，老朱的儿子成为画家，他为张怀双画了一张画像，张大河看到这张画像时，还以为这是画的他年轻的时候。作者在这里所要表达的，显然不仅仅是说他们父子俩的模样非常像，而且是要借此说明，虽然时代发生了变化，但张大河式的具有工匠精神的工人仍然是今天的楷模。

　　李铁的可贵之处就在于，他并不是拘泥于某一种理念，或某一种道德观，而是把自己心仪的人物置于历史发展进程中来对待。张大河是他精心塑造的人物形象，这个形象凝聚着新中国工业发展的时代特质，的确可以称得上是那个时代的"工人阶级的代名词"。但李铁的思想并没有止步于此，他的文学思考完全遵循着现实主义精神，他勇敢地直面现实的急剧变化，让自己的思想以及笔下的人物跟随着现实朝前走。他在第一卷里写出了国有企业的高光时刻，而在第二、三卷里，他聚焦于锦绣厂的现实场景，既有阳光，也有风雨，写出了国有企业的改革阵痛和雨后彩虹。他知道，国有企业所处的大环境发生了变化，处在这一大环境下的工人群体的精神世界也会发生变化。张大河的儿子们既继承了父亲的工人品格，又接受了社会发展的新事物和新观念，他们同样有一种国有企业情怀，但在他们的国有企业情怀里，包含了许多的现代性和时代性。李铁也是凭着自己的国有企业情怀，他才能与小说中的工人们心贴心，他才能深深理解锦绣厂在七十余年所迈过的每一道坎、翻越的每一座山。《锦绣》是一部忠实于历史和现实的小说，李铁通过锦绣厂几十年的兴衰、发展和蜕变，谱写了一首真切动人的国有企业情怀的叙事诗。

四、工业题材的审美化

最后，我要说说李铁小说的工业味道。《锦绣》是写炼钢工业的，其中有大量情节是与生产直接相关的，也写到不少的工业专业知识，但李铁基本上都能将其转化为文学元素。过去有评论家批评工业题材小说写得不生动，就是因为写了太多的生产活动，他们认为，写生产活动太枯燥，所以要少写生产活动，多写工人的生活。批评过去的工业题材小说写得太枯燥是对的，但问题并不在于写生产活动就枯燥，而在于能否将生产活动转化为文学元素。李铁的小说写了大量的生产活动，但小说同样写得生动形象。因此，李铁的创作具有一种普遍性的启示意义，这就是如何进行工业题材的审美化处理。以前的小说给人们留下一个印象，仿佛写乡村的小说更具有文学性一些，而那些写工厂和工人的小说，则显得文学性弱一些。这其实有一个重要原因，即乡村叙事经过长期的磨炼和实践，文学能够自如地将乡村进行审美化处理。但工业叙事相对来说还缺乏长期的磨炼，作家们还没有完成对工厂的审美对象化。那些粗笨的机器，那些标准化的金属零件，以及那些站在流水线前进行重复操作的工人们，作家们很难将其转化为审美意象。但是，仍有不少作家在努力闯过这一关。李铁就是这样一位作家。他在这方面有着得天独厚的条件，因为他曾是工人中的一员，他对工厂怀着深厚的情感，他对工厂的事物非常了解，他在了解的基础上再去吃透它们的内涵和意蕴，于是便找到了将其审美化的途径。如《锦绣》多次写到炼锰，有为新中国炼第一炉锰，有与苏联专家比试高低的炼锰，有退休后仍然上阵成功炼出"特殊锰"，等等。每一次书写都直接从炼锰的技术进入，但每次都能以不同的色调来写。如写炼特殊锰，李铁重点放在写张大河的沉思上，别人以为他坐在那里是在发呆，其实头脑里在不断涌现出过去的经验。当他想起二十世纪五十年代一次炼高锰的经历时，便"眼睛一亮，信心一下子冲到了嗓子眼儿。对，要加料。他打定主意，人立马有了精气神儿"[①]。接着写他在儿子的疑惑下不紧不慢地吩咐加料，然后继续闭目养神。尽管如此，炼完后他还是心里不托底，提前回家了，走到家门口便接到儿子兴奋报告炼成功了的电话。整个场景写得有起有伏，人物性格也跃然纸上。

　　李铁对工业题材进行审美化处理，也许是他对自己所处的工业环境有一种自然而然地自我欣赏的结果，如果他对此有一种理论上的自觉，他在工业题材审美化的处理上肯定会做得更加完美。在此，我不得不提到他在《锦绣》之后又写的一个中篇小说，从中可以看出他具有了这种自觉性。小说的标题就是"手工"，专门写工人手上的技术，李铁将其当成审美对象，把技术的精彩和魅力描写到了出神入化的地步。小说中的红星机械厂曾是当地一家大型国有企业，他们工人的技术水平是在全市最牛的。李铁告诉我们，在工厂的工种里，最能体现工人手艺水平的是钳工。他写了红星机械厂的钳工"大把"巩凡人，带出了两位技术同样高超的徒弟荆吉和西门亮。小说的主要情节就是写了两次为这两位高徒而安排的擂台技术比赛。一次是当年国企正红火的时候，巩凡人将要退休，就有了两位徒弟"大把之争"的一场比赛。另一次是眼下正在倡导工匠精神，市总工会牵头要组织一场钳工技能擂台赛，获胜者将获得"工匠大师"的称号，荆吉和西门亮这两位师兄弟都各自凭借自己的技艺在外地闯荡，但他们都答应回来参加比赛。李铁将这两场比赛写得风生水起。我读小说才知道钳工这活儿的内涵太深了！有意思的是，做一个好钳工，不仅在技术上得过

[①] 李铁：《锦绣》，沈阳：春风文艺出版社2021年版，第275页。

硬，而且还得在酒量和女人上也能镇得住别人。我读到这里时还一愣，但接着读下去才明白，他们所说的女人，是指厉害的钳工必然眼力好，眼力好就能找到正点、标致的女人。这说明了，当年有技术有手艺的好钳工，也是好女人追慕的对象。真是物是人非，今天的追星潮比过去凶猛得多，可是还有谁会把好钳工当成追慕对象呢？工人的技术比赛不仅比工人手艺的高下，实际上也比性格，比修养，最终也比出了人品。李铁对于手艺在工人心目中的位置琢磨得非常透彻，在他的笔下，工人对待手艺的态度，就像武侠对待武功的态度一样，他们怀揣手艺的绝招，便如同武侠一般可以笑傲江湖，独行天下了。李铁将工人手工技艺做为审美对象，便为我们提供了另一幅美的景致。如这样的描述："我看过荆吉做四方套，那是一种熬，不是熬粥，是熬鹰，需要有足够的耐性。一块钢铁卡在老虎钳上，荆吉并不急于操作，而是先去洗手，擦干净了手，才会拿锉刀，摆出前腿弓后腿蹬的姿势，再目视前方做足够长时间的冥想，然后才会下刀，仪式感十足。"又如："他拎着锉刀站在老虎钳前，目光凝视那块钢铁。正是冬日的下午，接近四点钟，太阳快落下去了，该称夕阳了，这艳丽的夕阳透过窗户落到钢铁上，落到荆吉的身上，他的脸一半阴一半阳，一副思想者的样子。我问他，你咋不挫？他说，思考比动手重要。我说，一块破铁有啥好思考的？他说，阳光穿越了这块铁，让我看到了它的前世。"[1]这是写工人的技术，又是多么审美的文字！我愿意让我的文章结束于这样审美的文字中。我也期待李铁对工业的审美化处理有更大的收获。

2022年

---

[1] 李铁：《手工》，《十月》2021年第4期。

在日常生活叙述中长出的大树
——《谁在敲门》的读书笔记

罗伟章的《谁在敲门》洋洋70万字，一本超厚的大书。尽管罗伟章表示他在写这部小说时并没有一个明确的规划和提纲，"随心所欲"，但我相信在他动笔之前，早已有一个宏大的野心在他的身体内部鼓动跳荡，不然他最初也不会给小说取的名字是将时间与空间一并囊括进来的"家春秋"了，他在后记中坦率地承认这个名字显示出他"有些狂妄"，其实这无关乎狂妄，只是说明他内心已经积攒了太多的内容需要表达出来。这部小说其实包含了一个家庭三代人命运历程的全部内容，它完全可以建造起一部家族小说的大厦。可是，尽管内容足够宏大，但罗伟章并没有去写家族小说。我猜想从一开始罗伟章就没有往家族小说这方面正眼看过，现在的家族小说往往是成功人士小说，即使写成了悲剧，也一定要有伟大目标和野心；或者是贵族小说，有家传、有世袭、有名望，即使主人公是个没落者，但他的血液里流淌着高贵。但是，罗伟章从来都是把目光投注在普通人身上，他的人物多半生活在底层和边缘，平凡的身世，庸常的日子，让他们来支撑起的家族小说显然也无甚光彩。从这里就可以看出，罗伟章写这部小说时心里丝毫没有准备什么参照的对象或模板，他以特立独行的方式开启了这一次的写作。如果一定要追问他的模板的话，只能说他的模板就是生活本身。装在他心中的生活就是普通人的日常生活，他的小说是最典型的日常生活叙述，但是，就在这典型的日常生活叙述中，长出了一株郁郁葱葱的大树。

当代小说这40年来最重要的变化，莫过于日常生活叙述的正常化和普及化。中国现代文学大致上形成了宏大叙述和日常生活叙述这两大叙述类型，两种叙述类型在文学发展进程中的遭遇又各不相同，宏大叙述在很大程度上成为了主流，日常生活叙述则一度销声匿迹。直到二十世纪八十年代开启改革开放时代以来，日常生活叙述才得以正常化和普及化，其发展势头之猛，仿佛要抢了宏大叙述的风光。但事实上，这两种叙述并不构成对抗和冲突，而是并行不悖的关系。随着小说叙述的发展和成熟，宏大叙述和日常生活叙述逐渐呈现出相互渗透和相互融合的趋势，二者的融合不仅大大拓宽了小说叙述的空间，而且也深化了小说叙述的表现力。罗伟章在《谁在敲门》中采取了彻头彻尾的日常生活叙述，他将日常生活进行了本体论的表达。因此看上去都是日常生活的琐碎事，似乎是家庭日子的"流水账"，却每一件琐碎事仿佛都有一个线头，每一个线头都牵引到父亲。围绕父亲，罗伟章记了三笔"流水账"，第一笔是子女们为父亲庆生日，第二笔是亲人们陪父亲在医院住院治病，第三笔是在老家燕儿坡为父亲办丧事。"流水账"里是满满的烟火气，这烟火气是亲情和伦理熬出来的。罗伟章写这三笔"流水账"也很讲究，三笔"流水账"是在三个固定的空间里分别发生的。这三个固定的空间都与父亲有关系，父亲具有一种凝聚力，会将分散在四处的人们吸引到一个固定的空间里。这就透露出罗伟章写父亲的更深用意，他从父亲身上看到了一种无形的力量，尽管父亲是一个普通的、平凡的父亲，但在罗伟章的眼里，父亲其实就是一种文化传统的象征。父亲是由农业文明形塑出来的，关于这一点，许多评论文章都进行了深入的阐述，罗伟章也是通过父亲这一形象寓意了农业文明走向衰落的历史趋势，他在小说中说："父亲的名字表达了某种愿景，或者说某种可能，但现在他老了，事实上早就老了，愿景也许还在那里——那是一种乐观主义疾病，会把人陪伴到死——可能性是彻底没有了。"[1]农业文明的衰落，以父亲的形象来象征当然是非常贴切的。

罗伟章一直在小说中书写父亲，如果说在以往的小说中他主要写到了父亲的坚韧和顽强，那么这部小说父亲形象就有所变化了，他一出场就是一个衰弱的老者，他代表了农村的现状。罗伟章并没有把视线直接投向农村的社会面，

---

[1] 罗伟章：《谁在敲门》，广西师范大学出版社2021年版，第4页。

但他抓住了农业文明衰落的两个关键点，一个是土地，一个是家庭。这两个关键点又都深刻影响到父亲一家人的日常生活。

  土地是农民赖以生存的基础，当年毛泽东就对斯诺说道："谁赢得农民就能赢得中国，解决了土地问题就能赢得农民。"①但罗伟章在《谁在敲门》中给人们呈现了农民与土地的另一种情景，农民已经不再完全依赖土地才能生存下去，人们纷纷离开土地去城市寻找希望。如果说过去父亲是有着威权和力量的，这些威权和力量无疑都是土地所赋予的。小说回忆了当年，母亲死去后，留下七个孩子，虽然父亲在人们心目中不是一个强悍的男人，但他仍然把孩子一个个拉扯大，就因为他依仗着土地。如今，父亲的孩子们都长大了，有出息了，而且不必再像父亲那样只能凭土地生存了，他们多半离开了土地，活得似乎更好。过去依赖土地，才有故土、故乡一说，可现在是稍有一些活路的人都不愿留在故土上，最耐人寻味的是，大姐夫是村支书，却长年累月住在回龙镇，村民有事要办，"都是提了烟酒鸡鸭，来镇上找支书反映"②。父亲想在乡下过生日，却拗不过子女们的安排，坐着儿子的摩托车到镇上来过。镇上虽然是大女儿的家，但他每次来女儿家的结果"不是害头痛，就是害身上痛"。这一切都在暗示，父亲的魂是与土地连在一起的。父亲的问题是他再也不能真正回到土地了，他最心疼的也是土地再也留不住他的子女们了，他揩着眼泪对子女们说："你们爸爸没本事，要是我有本事，每个月给你们发他妈一万块，叫你们一辈子不离乡，一辈子不去吃外面的苦。"③小说所记的关于父亲的"流水账"，前两个"流水账"的空间都与乡村土地无关，一个是镇上的女儿住房，一个是县里的医院，这样的设置看似漫不经心，却真能见出罗伟章的心机。父亲唯有死去以后才能再一次回到土地，因此这就有了在燕儿坡为父亲办丧事的书写。这同样是"流水账"式的日常生活叙述，但我们也明显看到不同于前面两笔"流水账"，这里是大量乡村丧葬习俗，充满了仪式感，这些习俗、规则和禁忌自然是农业文明的表现形态，但它们平时几乎都处在沉寂消弭状态中，只有当一个人死去的时候，它们才复活一次。当父亲埋入土里以后，亲人们也

---

  ① 转引自：孙乐强：《农民土地问题与中国道路选择的历史逻辑——透视中国共产党百年奋斗历程的一个重要维度》，载《中国社会科学》2021年第6期。
  ② 罗伟章：《谁在敲门》，广西师范大学出版社2021年版，第4页。
  ③ 罗伟章：《谁在敲门》，广西师范大学出版社2021年版，第88页。

就四散开来，回到他们各自该去的地方。这仿佛是在说，在土地上长出来的农业文明，如今被埋进了土地里，回到了它的原初处。

另一个关键点是家庭。中国人大概是世界上最有家庭观念的族群了，家庭是中国传统社会结构的细胞，小说一再强调了家在乡村的重要性，比如说"没有不孝的出家人"，又说"这片大山大水地界，没有六亲，寸步难行"①。父亲则是家庭的主心骨，但眼下的父亲不仅老了，而且已经无力掌控着子女们了，他的唯一作用便是做为一个家庭的象征，有他在，这个大家庭还在，"他生日的全部意义，就是提供一个机会，让儿孙团聚。能聚的人越来越少，表面的理由万万千千，最深层的，是父亲正在远离"②。农业文明衰落最突出地刻印在家庭上，从形态上说，家庭变得越来越松散，特别是到了父亲的第三代，几乎没有了一个相对稳固的家庭观念，要么是像丽丽那样还没扯结婚证就有了孩子，孩子生下来以后男的又跑了；要么像燕子那样都准备办婚礼了，却发现自己的新郎正在与自己的表妹谈恋爱。家庭的外壳名存实亡，这还是次要的，重要的是，家庭的内涵已经变得十分苍白。在中国传统文化理念中，亲情是家庭的润滑剂，因此将"亲亲"做为家庭的本体，所谓"亲亲"，意思是要亲爱你的亲人，这种亲爱更强调奉献和施爱的行为，是孝悌，是恩爱，因此古人说"亲亲为大"。③ 罗伟章以大量日常的生活细节来展现许家几代人的来来往往，但从这些细节里，我们会感到，"亲亲"的情感和理念随着一代又一代的更迭变得越来越淡薄。我很欣赏罗伟章在最后一章专门设计了一个"红灯笼行动"的情节。县里的张书记要倡导传统道德，便在全县开展"红灯笼行动"，给全县的每一个家庭进行评比，能够做到人生八德的，便在家门上挂盏红灯笼。有意思的是，不少村民在挂红灯笼和评上扶贫户这两件事上反复加以掂量，有的为了得到扶贫户的实惠，宁可不挂红灯笼。于是在挂红灯笼这件事情上闹出了不少啼笑皆非的故事，"红灯笼行动"也挽救不了满是裂缝的家庭。结局是令人沮丧的，曾经是照顾着许家三代，谁有难处都要到这里寻求帮助的大姐和大姐夫家，最终也被官方将门上的红灯笼取掉了。罗伟章用一句话描述了被取掉红灯

---

① 罗伟章：《谁在敲门》，广西师范大学出版社2021年版，第58页。
② 罗伟章：《谁在敲门》，广西师范大学出版社2021年版，第111页。
③ 参见：孙向晨：《在现代世界中拯救"家"》，《探索与争鸣》2021年第10期。

笼的大姐家:"屋子里照旧纤尘不染,只是更加落寞了。"①这与小说前面所描述的在这屋里为父亲庆生日的热闹场面形成了鲜明的对比,这仿佛是父亲离去后的必然结局。

  出于对农业文明的整体性思考,罗伟章在叙述中就特别用心于气的贯通和空间意识的铺展。父亲无疑是这部小说的灵魂,甚至可以说这就是一部祭奠父亲的小说。故事就是围绕父亲而展开的,父亲的形象仿佛就是小说的一股气,罗伟章顺着这股气连绵写来,由强到弱,由聚到散,一气呵成,正因为气的连贯性,尽管小说是一个又一个的日常生活细节,却丝毫不给人有零碎之感。小说明显分为四个部分,前三部分是三个关于父亲的"流水账",但小说并没有写到父亲去世而终止,因为父亲虽然埋进土里,他的气还没有断,还弥散在亲人们的身心,因此小说继续写了第四部分,写父亲死去之后,人们的生活状态。土地与家庭都给人一种突出的空间感,罗伟章说:"我的家乡人,世世代代被钉死在土地上,空间便成为最深的渴望,而今他们满世界跑,空间本不构成标准,但血脉里关于空间的神往,依然活着。"②因此他在叙述中具有自觉的空间意识,并通过空间意识的铺展,使小说结构形成一种板块式的递进关系。以父亲的生前和死后为界,在空间感上形成了明显的区别,父亲生前的三个部分,以父亲为中心,是一个朝着中心凝聚的空间,而在父亲去世后,人们就如同一盘散沙各奔东西,构成了一个向外扩散的支离破碎的空间。这种空间感的变化更加凸显了父亲做为农业文明的象征意义。

  罗伟章是通过父亲这一象征性形象进入到对农业文明的思考的。对于父亲形象的重要性,许多评论文章都专门进行了阐述。但是,在罗伟章的内心还存有一个母亲形象,当他在这部作品中要全面表达他对中国农村兴衰史的看法时,母亲形象不可避免地要从他的内心走出来。因此,我们在关注小说中的父亲形象时,同样应该关注小说中的母亲形象。母亲虽然在孩子们都很小的时候就去世了,但母亲的强悍一直留在大家的心里。母亲去世后,大姐担当起了这个家里的母亲角色,她后来基本上就成为这个大家庭里的主心骨,事实上,罗伟章就是将大姐做为母亲形象来书写的。从早逝的母亲,到担当起母亲职责的

---

① 罗伟章:《谁在敲门》,广西师范大学出版社2021年版,第662页。
② 罗伟章:《谁在敲门》,广西师范大学出版社2021年版,第77页。

大姐，共同完成了一个母亲的文化阐释，这是小说中非常重要的一脉。当我们要理解农业文明时，仅靠父亲形象是不能达到全面理解的。父亲和母亲才能共同组成一个完整的家。我甚至认为，中国传统文明就是关于家的文明，古人把宇宙看成是一个大家庭，天为父，地为母，于是便按家思维去建构国家，确立秩序。父为阳，母为阴；父为刚，母为柔，阴阳互补，刚柔相济，这便是中国传统文明的精神图谱。有意思的是，罗伟章在写到父亲与母亲时，特意来了一次阴阳转换。当年母亲支撑起全家老小的生活，父亲只是个影子，母亲有着旺盛的生命力，"生龙活虎地活着"，她与侯大娘没有休止的吵架可以说就是她的生命力太旺盛的缘故。她的死也是死得那么地果断，宁死也不愿在她的死对头侯大娘面前输一口气，硬撑着从床上下来，坐到火塘边，就这么体面地坐着死去。母亲的强悍也许压过了父亲的风头，当时母亲死后，人们都感叹，这一家应该让父亲死去，留下母亲，因为父亲懦弱，母亲能干，担忧这一家以后怎么生活。但父亲并不是真正懦弱，他的坚韧是藏在心里的，从此他为了让儿女吃饱饭，"像牛一样，累得吐白沫"，甚至有好几回，都差点饿死在山上。事实上，母亲已经活在了父亲的心中，他知道在这个家庭里，他不仅要做好一个父亲，也要做好一个母亲。大姐做为这个家里最大的女性，她懂得母亲的重要，她也主动担当起了母亲的职责，同时她也最清楚，父亲的心里一直活着母亲，因此她鼓励父亲要活下去的理由之一便是要帮母亲把寿数活够。这意思就是说，母亲的寿数已贴补到父亲的生命里了。但母亲的魂魄可以说完全附着在大姐身上了，她对父亲的孝顺是没得说的，而她对待自己的兄弟和妹妹，以及他们的后代，就完全是一个母亲的角色了，她深谙人情世故，处事圆润周全，她慈爱兄弟，体贴晚辈，胸襟坦荡，乐于助人。大姐是一个好母亲，但她又是一个浸泡在农业文明里的母亲，因此她最终也像父亲一样是做为悲剧角色而谢幕的。她从另一个层面诠释了农业文明衰落的必然性。自一百多年前开始的反封建反传统的现代启蒙以来，人们出于批判传统的目的，更多关注了传统的父亲形象，也就忽视了在传统中还有一个母亲的形象，或者只是把母亲看成是父亲的附庸，既然传统文化从本质上说是男权中心的，将母亲看成是父亲的附庸似乎也言之有理。然而还应该看到，母亲做为传统家庭中的重要角色，有其独立的文化内涵。在甲骨文里，母的象形字是一个跪着的人，中间的两点表示两乳，强调了母亲对生命的哺育。传统文化不仅强调母亲对生命的哺育，也强调母亲在孩子成长过程中的启蒙教育作用,我们很早就有"孟母三迁"这样的典故,近代的思想家梁启超则说:"蒙养之本,必自母教始。"①然而小说呈现给我们的情景是,大姐尽管担当起母亲的职责已做得真是滴水不漏了,但在新的现实面前她仍是无法挽救溃散的家庭。

农业文明在一个人的身上会具体化为一张脸面,每一个人都很看重这张脸面。小说中的人物往往会持一种"丢脸论"来处置事情。比如父亲不愿接受子女们各自打着不同的算盘来左右他的生活,他在无可奈何之中,便决定哪个子女的家他都不去住,他要去后山住到岩洞里,这才让子女们慌了张,因为"一个有子嗣的老人,说自己去住岩洞,表明后人把他的心伤透了,同时也是宣示后人的不孝,要丢后人的脸"。大姐夫要把他得到的各种高档酒摆在自家客厅的酒柜里,哪怕大家提醒他这容易让人看到了眼红生事,他也不把这些高档酒收藏起来,因为这就是他的脸面,过去由于穷而失尽了脸面,所以现在"只有把好东西摆在光亮处,心里才踏实"②。大姐出于好意和担心便把这些好酒都收捡起来了,谁知这一收捡也伤了大姐夫的脸面,"他每次回到家,都心慌意乱地站在酒柜前,东摸摸,西摸摸"③。大姐和大姐夫是一对凭借农业文明的夕照仍然获得成功的夫妻,他们的家是一个还能为农业文明显摆一下的家。因此许家人都以大姐夫和大姐为荣,也愿意听他们张罗。以小说的"丢脸论"而言,便是"一个家庭,一个部落,一个国家,脸是长在一两个人身上的,那一两个没脸,所有人都没脸"④。但事情后来的发展却证明,以农业文明确立的规则和方式行事已经行不通了。大姐夫这么一个能把乡村人事处理得滴水不漏的村干部,却最终抓进了牢里,我怎么读也没觉得这是一个腐败与反腐败的故事,而是一个关于宣告乡村伦理和规则不合法的故事。大姐夫的悲剧就在于,他还没有理解城市,"城市澎湃的灯火,涌动的人潮和车流,都是不定形的世界,与他们血统里稳固的村庄背道而驰,并因此不知所措"⑤。也就是说,在城市这个

---

① 梁启超:《倡设女子学堂启》,《梁启超文集》第51页,北京燕山出版社1997年版。
② 罗伟章:《谁在敲门》,广西师范大学出版社2021年版,第664页。
③ 罗伟章:《谁在敲门》,广西师范大学出版社2021年版,第486页。
④ 罗伟章:《谁在敲门》,广西师范大学出版社2021年版,第53页。
⑤ 罗伟章:《谁在敲门》,广西师范大学出版社2021年版,第124页。

新世界面前，他们的脸面都不知道往哪里搁了。"挂红灯笼行动"其实就是充分利用了"丢脸论"在乡村的广泛影响，连疯癫了的亚琼都知道红灯笼的重要性，不给她家挂，她就趁夜深人静去偷别人家的红灯笼，挂到自家的门上。更可悲的是，大姐在自家的红灯笼被摘掉以后，感觉到脸面失尽，便上吊自杀了。

小说的最后一句是："火车呼啸着钻进洞子，信号断了。"[1]罗伟章想要表达的所有意思，似乎全在这句话里。

2022年

---

[1] 罗伟章：《谁在敲门》，广西师范大学出版社2021年版，第665页。

当文学做为一种信仰
——重读蒋韵的《你好，安娜》

蒋韵的《你好，安娜》读来感到特别亲切，因为她写的是1950年代人的精神史和情感史，我恰好也是1950年代人，我在阅读中总是情不自禁地将自己带进了小说的情境之中，那些人物的言行总是引起我的共鸣。尽管这一代人后来的命运大不相同，但他们在呼吸着新生共和国的新鲜空气长大，唱着同一首歌唱祖国的歌曲开启心智之门，特定的时代在他们的精神模板上抹上了相似的底色。蒋韵曾是过来人，她从这一代人的人生历程中反复淘洗，筛选出那些弥足珍贵的东西，凝结在她所塑造的人物身上，便有了这本令人感动的《你好，安娜》。

小说首先出场的是几位年轻的姑娘，安娜、素心、三美，她们是好朋友，要去看望在乡下插队的凌子美。一个帅气的男青年出现了，他是从北京来到山西的知青彭承畴，他们的相遇、相识点燃了青春与爱情的火花，继而酿成了爱情的悲剧。当然不止是爱，还有善，有为朋友和美好的舍命担当。因此这是一本蕴含丰厚的小说，它关乎爱情，关乎承诺，关乎救赎。它是一种让人的精神获得洗礼的作品。

故事的陡转急变都是由一个黑羊皮的笔记本引起的，彭承畴在笔记本里写下了自己隐秘的情感，他将笔记本托付给自己心爱的人安娜。安娜在万般无奈下，只能以自己的性命来严守秘密。素心则以失去自己的身体保护了笔记本的安全，她从此则为了这一切而选择了一条罪与罚的人生道路。笔记本，就像是1950年代人的特定徽章，那时候，几乎每一个学生，都会有一个笔记本，虽然质地不一样，但都会被精心保存好，会在上面写下最中意、最重要的文字。透过笔记本，还显露出这一代人与文学的亲密关系。因为在笔记本里，人们往往会抄录下从文学作品中读到的精美段落。就像小说中所描述的："却往往有一本笔记本，上面摘抄着查良铮翻译的普希金诗歌：《假如生活欺骗了你》《致大海》《自由颂》等等。也许不是普希金，是莱蒙托夫，是屠格涅夫的某段小说或者是契科夫的戏剧，总之，这样的东西，是他们的食粮。"小说中的几位年轻人，都是文学爱好者，他们在那个图书匮乏的年代，会想尽办法去寻找文学书籍阅读，文学世界打开了他们的视野，文学也在形塑他们的身心。安娜、素心、凌子美、三美和彭承畴这几位年轻人看上去身上都有一些与当时社会风尚不谐调的地方，这些不谐调正是文学赋予他们的异禀。安娜对文学尤其痴迷。她还在识字不多的小小年纪，读到了第一本小说《晋阳秋》，就被小说所吸引，从此想尽办法找文学书籍来阅读。《晋阳秋》是1960年代出版的一本小说，不像当时出版的《青春之歌》《红日》等小说那么有影响，蒋韵这一笔其实非常有深意，她要告诉人们，即使是一本普通的小说，也能将一位刚识字的孩子深深吸引，这充分证明了文学的魅力，同时也揭示出当年文学阅读环境之低劣。安娜自从打开了一扇文学之门后，就沉浸在文学的海洋里，她几乎读遍了当时最有影响的文学书籍，"阅读，使她觉得活着很幸福"。不仅如此，蒋韵以更多的笔墨书写了文学对一个人的影响，文学在悄悄给阅读者带来变化，她详细描写了安娜在阅读了外国小说《牛虻》后发生的变化，牛虻是一名革命者，经受了许多磨难，最后为革命献出了生命。"牛虻的故事，让她震撼，让她战栗"，她迷恋和崇拜上了牛虻，甚至都要学牛虻那样结巴说话。蒋韵特别强调，安娜从牛虻身上感知到了信仰的魅力，而这种信仰与宗教无关，也与政治无关，这是一种关乎美与善的信仰，蒋韵写道："小小的安娜，十几岁的小少女，却正是从牛虻这里，学会了一往情深、永恒的崇拜：对那些美好的事物。"

虽然我说，这篇小说"关乎爱情，关乎承诺，关乎救赎"，但信仰才是小说最重要的主题。蒋韵在一次图书分享会上谈到她写这部小说的初衷时说，她是为那一代人的文学信仰而写的，她说："他们都是文学的信徒。"文学能不能成为一种信仰？蒋韵是这样回答的："人类只要有自己的精神，有真实的痛苦，有真实的欢乐，有真实经历的一切，文学就会永存，作家负责记录每一个个体生命的歌哭、记忆，以及他存在过的痕迹。"文学的精神担当是如此厚重，当然值得人们将其做为信仰。蒋韵写了几位将文学做为信仰的年轻人。小说让我们看到，当文学做为一种信仰时，人们将变得如此的高贵，灵魂将变得如此美丽。

　　安娜便是一位最真诚的文学信徒。文学几乎渗透在了她的日常生活之中，她以自己的文学方式生活。当年她处在一个疯狂、荒诞的年代，但因为有了文学，她便能有效抵制现实中的疯狂和荒诞对人性的摧残，也使自己的精神保持着纯净的成色。彭承畴第一次去安娜家，就觉得自己是来到了一个"小说的场景里"。虽然这是一个简陋的家庭，但屋里"没有一点真实的时代特征和气息。比如，没有一张领袖像，没有印成年画的样板戏剧照"。安娜独自的小蜗居里，竟被安娜用"零零碎碎的布头"等材料将其布置得"有了一种异域的风情，热烈、奇妙、神秘"。彭承畴便是在这浓郁的文学氛围里重新燃起了心中熄灭的爱情。文学也使安娜的思想变得更加纯粹。她和凌子美一起写血书去兵团当知青，这是当时绝大多数青年学生的选择，但即使如此，安娜也是怀着一种文学理想去兵团的，她希望自己能像俄罗斯文学中的十二月党人一样去迎接西伯利亚的苦难，她想象自己的行为"浪漫而且有贵族气"。怀着这样的文学理想，就不难理解，她为什么会跳进刚解冻的河水里去救一只落水的小猪仔。同时也更不难理解，她为什么在素心那里没有拿到笔记本后会断然选择了自杀。要知道故事发生的背景是一个疯狂而荒诞的年代，那时候谈爱情和文学都是一种罪过。安娜的父亲是教俄苏文学的教授，却因为文学受到政治上的惩罚，母亲因此拼命阻挡孩子们与文艺沾边，安娜也懂得文学潜在的危险，她才会在不知笔记本的下落时那样惊慌，她深深担忧心爱之人的生命安危。当她觉得自己无颜面对爱人时，当她觉得文学理想破灭了时，她只能选择死，她是将生命托付给爱情，更是将生命托付给文学理想。

　　素心是这几位好朋友中最有文学才华的，她也像安娜一样，往往生活在一个文学的世界里。比如，当她第一次见到她的教母彭姨时，她想到的竟是，彭姨像简·爱，于是她马上喜欢上了彭姨。彭承畴的出现，竟让她与安娜成为了情敌，这是她不愿将笔记本的真实状况告诉安娜的根本原因。但她没想到安娜会刚烈到以死来表白，她觉得自己在安娜之死上负有罪责，从此便选择了此生此世"负罪而行"。素心的方式完全就是一种文学的方式，当她听到安娜自杀的消息时一定相伴着就想到了《罪与罚》这部她曾深深被感动过的文学经典。

可以说，素心也是一个文学信徒。看上去，安娜在小说的前半部分就死去了，其实她并没有死去，素心从一定意义上说是安娜生命的延续，因此素心说："我活一天，安娜就活一天。"后来她成为作家了，也要用"安娜"做为笔名。

蒋韵讲述了一个关于文学信仰的凄美故事，但她并不是对文学怀着悲观、绝望的心情，而是对文学充满着热望和信心。她要告诉人们，在那个年代，尽管文学书籍被烧毁了，尽管文学给人们带来了灾难和迫害，尽管在公开场合，人们不敢谈论文学，但是文学是顽强的，也是富有召唤力的，蒋韵以抒情性的笔调写道："那些毒草，那些似乎被红色的风暴铲除净尽的毒草，在被荡涤过的空旷如荒漠的土地上，不知何时，像雨后的蘑菇一样，眨眼之间，破土而出。""它们诱惑着如安娜一样的少男少女。"蒋韵写了几个少男少女在一个文学被贬斥的年代里是如何获得文学信仰的，又是如何在文学信仰的指引下让自己的青春绽放的。后来他们在人生命运中遇到了各种坎坷，他们在渡过难关的过程中也少不了文学信仰的作用。今天，文学不再成为被诅咒的东西，文学也不再是珍稀之物，我们还会像安娜那样做一个真诚的文学信徒吗？"你好，安娜"——这是蒋韵对文学在这个时代的美好祝愿。

2023年

第五章

年度记录

体会明亮和温暖的精神内涵
——关于2003年小说的一种解读

2003年在一片平和的气氛中走进人们的视野，虽说是平和，但第1期的《人民文学》一上市就引起了热烈关注。在这个年代，文学刊物能被关注就是一件好事，这似乎预示着这一年的文学不会太冷落。引起关注的是刊发在头条的池莉的中篇小说《有了快感你就喊》，不过使得人们感兴趣的只是这个带刺激性的标题而不是小说本身，媒体围绕这个标题的讨论充满了炒作和浅薄的口味，并不值得文学留恋，但这种热闹却掩盖了同一期《人民文学》上真正值得关注的作品，这部作品就是北北的中篇小说《寻找妻子古菜花》。这是一个农民寻找幸福的故事，这样的故事我们并不陌生，在这样的故事里，乡村往往是一个弱者，受到城市的压迫，挣扎在城市与乡村的二元对立中，这篇小说虽然同样摆脱不了这种二元对立的困惑，但它让我们感到了一种精神震撼力，这震撼力来自小说中的一位乡村弱女子奈月。她虽然矮小、平庸，却自尊、自信，无论生活对她是如何不公，她始终坚守着自己心灵中的理想。她的行动就像在黑暗之中点亮了一盏灯，让那个总是被大雨浇淋的桃花村变得灿烂。而我想到的是，这盏灯其实也点亮了今天文学的角落，让我们可以重新捡起一些被冷寂的文学话题。

理想精神

话题应该首先从理想这个被几十年的政治揉皱了的词语进入。理想对于人类文明的重要性是不言而喻的，记得西方的一位哲学家曾说过，如果夺去一个人的理想和希望，就无异于将这个人变成只会攫食的野兽。人类是在理想的引导和激励下走向进步的。文学做为一种精神性的产品，无疑承载着理想的精神。但中国在二十世纪的后二十年间，经历了质疑、贬斥、否弃理想的过程。不过应该意识到，这种"理想失落"的普遍社会现象，所针对的还是理想的具体内涵，而不是理想这个抽象的理念。因此所谓的理想失落，是对旧理想的舍弃和对新理想的期盼。对于文学而言，旧的理想曾演变成一种精神的桎梏，于是理想失落的社会现实反而带来了文学的解放。这恰好对应于现实社会在理想失落后的物欲的狂欢，它带来一个文学的结果便是写实性的充分发展，文学发挥自己描摹的功能极尽现实的物质形态。但是，失去理想也就是失去了精神的烛照，因而文学的解放仿佛是在黑暗中的狂欢，狂欢之后就感到一种找不到方向的迷茫。而写实纯粹成为生活的摹本，到了这个时候，写实可以说是已经走到死胡同的尽头。所以，在2003年这一年，理想再一次出现在作家的笔下，我对此丝毫不感到惊异。

让我们再回到《寻找妻子古菜花》，作品的主角显然不是那位令我们敬佩的弱女子奈月，作者的本意也许是要通过发了财的李宝贵寻找妻子的故事，表现一种城市与乡村的文化冲突，但小说的进展却出人意料，李宝贵和他的妻子古菜花这两个主人公一步步地将配角奈月烘托得更加光彩。奈月恐怕是作者在写作过程中的额外收获，作者将自己内心的理想冲动赋予了笔下的人物。奈月无望地生活在贫穷的山村，她的爱情，她的生活愿望，一再地受到打击，但她执着、坚韧，外表虽然弱小，内心却异常顽强，她的主见任何人都无法更改。她父亲为她在省城找了一份很不错的工作，但她就是不去，多少人来劝她都劝不动。她说，我哪儿也不去，我活着在桃花村走路，死了埋进桃花村土里。在物欲被充分合理化和合法化的当代文化背景下，作者为我们塑造一位公然蔑视物质、蔑视城市的人物，大概正表明她内心激荡着一种精神性的焦虑和渴望。也许这种焦虑和渴望的所指并不是很清晰具体，如同小说中所展示的那样，奈月最初的精神支撑显然是对李宝贵的执着爱情，而随着故事的进展，爱情的含意越来越稀薄，她的精神追求更多地指向土地，指向田园的诗意。

把乡村做为理想的寓所，这大概是在当前文化背景下唯一的选择。因为是城市的现代化提高了我们的世俗生活质量，不断满足了我们的物质欲望。而欲望的膨胀就把人们的精神挤压得越来越干瘪。这也许是现代化进程中无法逃避的后果。于是思想家们诅咒城市，诅咒现代化对精神的污染。十九世纪的西方作家把现代工业诅咒为撒旦，产生了波德莱尔笔下的鬼魅的城市。但如今中国作家所面对的世界更为复杂，他们不仅看到急遽的都市化进程在吞噬着田园的诗意，也在充分享受着一百多年来的现代化在物质和精神上的实惠。城市和农村的冲突，对于当代中国来说既具有空间感，也具有时间感，同时还存在着历史与现实的叠置。社会普遍的现代性焦虑诱使传统的精英文化向城市缴械，即便对现代文明持有批判的人也不过是在城市打一场"巷战"而已。这就是我们在大量写实性作品中所看到的情景。池莉的《有了快感你就喊》就是这样一篇写实性的作品，它把城市庸常日子对人性的折磨和销蚀表现得淋漓尽致，作者的写实本领充分体现在对于这种庸常生活的生动传神的描写中。卞容大自认为是一个不甘平庸且小有成就的男人，也是一个壮志难酬的男人。尽管"难酬"，毕竟证明他胸有"壮志"。而生活逐渐磨平了他的壮志，他在社会漠视的目光下变得委顿沮丧。没人承认他是真正的男子汉，这是一种精神被阉割的痛苦。公正地说，这个人物本身就包含着作者的社会批判意识，它揭示出这个社会对于人的理想志向的极端冷漠，但这种意识淹没在琐细的写实之中，同时也由于作者的批判指向并不很确定，她一方面坚定批判了社会的精神冷漠，另一方面她似乎对卞容大本人也不乏嘲弄、戏谑，这些大大减弱了应有的思想力度。

李佩甫的长篇新作《城的灯》（长江文艺出版社2003年版）是一个典型的背叛乡村的故事，小说详尽描写了冯家昌为自己及兄弟们走进城市所作的艰难拼搏和所付出的代价，如果小说仅仅写了乡村的叛逆者冯家昌们，哪怕不是以某种道德标准简单地加以评判或谴责，那只能说是在重复以往关于城市与乡村冲突的叙述而已。小说在描写背叛乡村的同时，同样塑造了一位承载理想的乡村女子，为小说立起了一个理想的标杆。"城的灯"做为一种寓意，来自圣经，显然这个城并非城市之城，这是一个立在农业文明基础上的封闭城堡，它象征着人类的美好精神的圣洁境界。刘汉香这位农村女性形象的塑造完全浸透着李佩甫对宗教神圣性的景仰，她几乎是一位东方化的圣母。但她有一个涅槃的过程。正是冯家昌的背叛，使她从八年的道德幻象中惊醒，她看到了农业文明不再是田园的诗意，而是在培植着仇恨。仇恨促使冯家昌逃离农村跪倒在城市面前，刘汉香却把仇恨埋在心底，决心以植树来净化堕落的乡村。她最后死于人的贪欲，埋葬她的香姑坟其实才是真正的"城的灯"。这部小说更像是农业文明的最后晚餐，冯家昌们对农村的背叛有着深刻的社会原因，农村在城市的蛊惑下已经失去了往日的诗意，滋长起来的"寒气和毒意"，一步步熄灭了人性之灯。作者只能让打着农业文明印记的刘汉香死去，并期待在火中能涅槃出新的理想。新的理想是什么，小说没有告诉我们，但作者提示我们，它应该具有宗教的神圣感。

　　文学不是给读者提供理想指南，不能要求文学家像思想家那样明确地指示当代人的理想应该包含什么内容。但在当前的文化环境下，文学中的理想烛照也许显得格外重要。我们社会在经历了上个世纪末的理想失落之后，紧接着的是市场经济带来的彻底世俗化，至今在人文精神的理想建树上还是一片空白，思想理论界尚看不到新的理想端倪。在这种状况下，文学倒有可能擎起理想的旗帜，点亮理想的灯，起到一种激励和振奋的作用，使人们的精神不至于在物欲的黑夜中沉寂得太久。当然，我们不能指望文学中的理想具备充实的理论内涵，因为当今社会对人文理想的理论建设还很贫乏，新的人文理想既缺乏实践的基础也缺乏理论的基础，但文学可以为理想找到某种依托，使理想的精神传承下去。乡村精神则是作家们首先找到的一种依托。如我们在北北和李佩甫的小说中所看到的。而另外一种重要的依托则是古典精神。

　　乡村精神的依托立足于社会层面，古典精神的依托则是立足于审美层面。曹文轩的长篇小说《细米》（上海文艺出版社2003年版）就是比较突出的一部。小说主人公细米是一位农村少年，喜爱用刀在身边的木材上雕刻出各种形象，但他的这种艺术天赋被人们看作是淘气的劣习，从城里来的知青梅纹才知道要保护和培育他的艺术天赋。但作者越过了世俗的层面，他并不想为我们讲一个世俗的成功故事，而是从生命的角度肯定艺术的精神价值。在梅纹的启发下，细米对于艺术有了一种心灵的自觉，于是他在精神上走向了成熟。有个细节很能说明问题。梅纹曾满腔热忱地推荐细米的雕刻参加县文化馆的展览，可是当文化馆的人很敷衍潦草地处置细米送来的作品时，梅纹气愤了，指责他们是不懂艺术的"白痴"，同时也放弃了让社会承认细米的艺术的念头。小说的进一步发展告诉我们，文化馆看得上还是看不上细米的艺术已无关紧要了，重要的是艺术带着细米的精神不断地飞升。因为艺术，细米的生命才变得更优美，不仅细米，对于每一个人来说都应该是如此，这就是曹文轩要在《细米》这部小说里告诉我们的。这里我还要举一个很有深意的细节。梅纹在乡村的学校办了一次细米的木雕展，那些平时爱撒野的乡村孩子井然有序地来看展览时也变得彬彬有礼了，这时作者说："当他们长大成人，再看到'庄重'这个词时，一定会想到这一天。"这就是艺术元素在我们生命中的作用，艺术使我们的生命变得更高尚，更纯洁，更优美。从思想主题上说，《细米》完全超越了古典的成长小说，贯穿着一种民主、平等、自由的现代思想。但在审美思想上，作者却取一种反现代的姿态。他曾这样表达过他对当代审美现状的忧虑："现代主义思潮大波大澜之日，便是'礼崩乐坏'、倒行逆施之时。从前的审美原则以及由这些原则产生的细致入微的理论，皆成为一纸空文，再也不被用来指导文学艺术的创作以及对文学艺术进行价值判断了，甚至再也不被想起。"读曹文轩的作品，可以发现他始终在追求着、捍卫着古典审美理想，这简直说得上是力挽狂澜之举。张洁在2003年发表的几个短篇小说，如《玫瑰的灰尘》（《北京文学》2003年第8期）、《听彗星无声地滑行》（《作家》2003年第7期）等，集中表达了她的古典审美理想。在张洁的作品中，始终贯穿着浓郁的理想精神，我以为她的理想内涵完全是靠经典充实起来的，她通过写作热烈地坚守着自己的理想。这两篇小说中的人物艾玛和露西，都是对现实的世俗之风十分蔑视、在日常生活上仍崇尚着经典的愤世嫉俗者，在这两个人物身上，我读出了张洁的自勉、自况，乃至自嘲；但她无怨无悔，反而变成一个理想追求上的完美主义者，完美得连袜子上的一根细丝都要挑剔。在这个欲望化的时代，我觉得应该对张洁的完美主义致以崇高的敬礼。

无论是坚守乡村精神的奈月、刘汉香，还是洋溢着古典审美理想的细米、艾玛们，他们都因为理想对灵魂的灌注而使得精神飞扬起来，他们传达给读者的是一种精神的力量。在大量的写实性作品中，虽然不乏批判和揭露的锋芒，但有些廉价的批判不仅不能触及本质，还认同着一种无奈、无望的沮丧情绪。文学陷在写实的泥淖中，向前每迈出一步都显得非常吃力，这时候的确应该借助理想的升腾之力。而张扬理想精神的文学形象，将传递我们民族本性中生命延伸的信息，激发读者的慈爱之心，也使读者有了敬畏和仰慕的觉悟。

人文关怀

讨论二十世纪末的写实性潮流时，不能不提到平民意识。写实性潮流是伴随着市场经济飞速推进而壮大起来的，市场经济使过去建立在政治基础上的社会等级结构濒于坍塌，为平民意识的觉醒创造了空间。而在理想失落的背景下获得解放的写实性，自然而然地把写实的重点放在日常生活、普通人的生活，这恰恰应和了社会逐渐兴起的平民意识。但即使是谈到平民意识，2003年的小说也让我们感到了某种细微的变化。

如同我在前面所说的，由于理想的失落，最初的写实性是一种沉浸在黑暗中的狂欢，因而这一阶段的写实性尽管也靠近普通平民，但作家们所感兴趣的是平民身上的委琐、卑微、屈辱、阴暗的一面。同时也不可否认，写实性作品的批判精神也主要来源于此。2003年的细微变化就在于，重新崇尚理想就像一缕阳光照射在平民意识上，于是在一些表现平民生活的小说中，传达出一种明亮的、温暖的精神内涵。我曾以"英雄回到广场"为题写过一篇短文，这个题目应该是我在感受到这种精神内涵后得到的。我想要表达的是，英雄精神正以平民化的姿态回归到文学之中。陈昌平的《英雄》（载《作家》2003年第3期）就是一个典型的例子。小说主人公老高是一位普通的退休工人，过着平常的甚至有些百无聊赖的生活，但当他走到人民广场中间，对着众人讲述战争年代英雄的历史时，他突然发现在他的内心就藏着一个伟大的英雄情结，从此他的生活就变得壮丽辉煌，他的精神也充满了阳刚之气。所谓理想精神的平民化，就是说作家们不是以英雄精神去包装一个人物，而是从人物的普通生活中去展现一种英雄精神；从人物塑造上说，小说并没有为读者提供英雄，但英雄精神却弥漫在人物的行动之中，这种行动更多的是一种面对生存困境，面对日常琐事的行动。如铁凝的短篇小说《逃跑》（载《北京文学》2003年第3期），故事所反映的是平民面对贫穷而求生存的艰难和无奈，那位善良的乡下人老宋为了家人的生存毅然锯掉自己的一条腿，在我看来称得上是一次"英雄壮举"，更重要的是，这位普通乡下人是有尊严和原则的，当他做出"英雄壮举"之后，又不愿失去尊严和原则，于是只好选择了逃跑。

如果说，英雄精神是一种明亮的精神内涵，那么人文关怀就可以说是一种温暖的精神内涵。而这种温暖的精神内涵在2003年的小说中也许显得更加突出。这种温暖的人文关怀首先就是一种理解。我们说作家是人类灵魂的工程师，从现代性的意义上阐释这句话，就并不是要证明作家的职业有多高尚，而是强调文学的本质是探询人类灵魂。探询灵魂首先准备好理解之心，否则对方的心灵之门是不会为你开启的。叶弥的《明月寺》（载《钟山》2003年第3

期）是一个很精致的短篇小说，小说带我们走进山里寂静的寺院，寺院里的罗师傅和薄师傅像一对老夫老妻，他们三十年前从某个城市来到这里，肯定有着不一般的身世遭遇。作者不是把读者的兴趣引向他们的隐秘，而是怀着极大的同情心去理解这两位孤独的老人。通篇小说看似平淡的叙述，却透出最温暖的人文关怀。

理解有时候与身份认同有关。所以往往是那些来自切身体验的小说更能打动读者的心灵。荆永鸣也许就属于这一类型的作家，他的写作历史也比较长了，但真正引起人们注意恐怕还是这一两年，这或许可以归因于他的生活变故。这位煤矿工人，由于生产不景气只好背井离乡（或者叫下岗），到京城来闯荡。他写的"外地人"系列显然融进了自己的生活体验。也就是说，他是以一种外地人的身份在写那些在京城求生存的外地人的，因此他与笔下的人物处在同一个情感世界里，与他们进行"零距离"的接触。他在2003年写的《北京候鸟》（载《人民文学》2003年第7期）是他最有分量的一篇。他把打工者像候鸟一样地为了自己临时的栖息地而苦苦挣扎的状态表现得淋漓尽致。但如果仅仅表现到这一层还不能说明荆永鸣与别的平民写作有什么两样。他的不一样就在于，他进而探寻人物行为的情理依据，对普通人的顽强性格作了最充分的解读。荆永鸣说过，这些生活底层的外地人怀着小小的愿望，他们的愿望却常常被现实击碎，"不过他们又总是能从破碎中萌发新的希望"。荆永鸣的小说可以说就是冲着这"萌发新的希望"而写的。而他在写到这些人物的艰难时，不是怜悯、同情，而是申诉、发泄，所以读他的小说在感动之余会让我们觉得汗颜。

我这样评说荆永鸣的小说，并不意味着我绝对贬低怜悯、同情这类情感立场。这类情感立场应该还属于人文关怀的姿态。但我想同时不能否认，人文关怀是一个不断发展的概念，比方说，在一个非民主的社会，在一个社会等级非常严明的社会，文学中的同情、怜悯，甚至施舍，都显得弥足珍贵。但到了现代社会，仅仅是这些就不够了，甚至面对施舍，人民都会鄙夷地表示拒绝。现代社会与非现代社会的区别就在于是否具有平等意识。当代文学的精神资源主要可以归纳为两个方面，一是来自传统文化，一是来自五四新文学运动引进的西方文学思潮。传统文化中同样充溢着人文关怀的精华，但在这种人文关怀的精华里多少欠缺清晰的平等意识。而这种欠缺伴随着传统文化精神会渗透在作家的创作思维定式里。比如我读迟子建的《门镜外的楼道》（载《作家》2003年第5期），多少感到有这种欠缺的遗憾。小说描写了一位收垃圾的女工，充满同情心地为这样的弱者呼吁，作者在写作中其实清醒地意识到要拉近与被同情者的距离，因此我们能感觉到作者对小说中的"我"的叙述往往采用一种低姿态，让"我"经常处在自我贬责的心态中。可是当我读到"我"故意躲在门镜后对垃圾女工的窥视，故意在垃圾袋里做些手脚，就有一种矫饰的心理反应，它将施舍的真相用怜悯包裹起来，终归流露出"我"的优越感。但我相信这并不是作者企图表达的意思，它不过是随着创作思维定式带出来的结果。

在谈论人文关怀时，有必要再就写实性问题饶舌几句。回到我在文章开头对写实性潮流的描述，我认为，写实写到极致也就遁入到技术主义和物质主义。这种笼罩在技术主义和物质主义阴影下的写实性不过是把描写对象视为纯粹物质化的客体，观察得特别到位，描摹得也特别到位，但缺乏主体与客体之间的情感交流和思想对话，这种写实性过于痴迷于文学技巧，过于痴迷的语言自身，把语言做为一个自足的系统；在小说中构建一个语言的自足系统，其结果就不是人化而是物化，自然也将人文关怀排斥在外。我读王安忆的《发廊情话》（载《上海文学》2003年第7期）时就感到了一种评价上的矛盾。王安忆的小说艺术可以说达到了炉火纯青的程度，这篇小说就是一件精打细磨的艺术品。这好像是一场体操比赛，王安忆挑选了难度系数最高的技术动作，她将两种故事元素混合在一起，纺成一条故事线，你推搡着我，我簇拥着你。一种故事元素是发廊里这一天的经历，老板，两位小姐，她，还有来来往往的顾客，他们的行为、交流、心态；另一种故事元素是"她"讲述的自己曾经开发廊的故事。在这里我们真正体会到语言的魅力。王安忆侍弄语言到了痴迷的程度，我估计她在写作时，各种词汇一定像小精灵般在她头脑中跳荡，她能捕捉到与生活印象最贴切的词语、节奏，于是就有了色彩，就有了情调。然而掩卷细想想，就感到通篇叙述过于冷静，仿佛有一块巨大的玻璃窗，将叙述者与叙述对象分隔为两个世界。

2003年的小说让我们感到了精神的力量，当然这只是一种解读的方式，这种解读方式使我在另外一些同样非常重要的小说面前却步，如莫言的《四十一炮》、林白的《万物花开》等。这也许是明智的选择，在这个文学产品过剩的多样化年代，谁还有资格称自己是一名全知全能的使者呢？但是，看到精神内涵的逐渐加重，特别是明亮的、温暖的精神内涵的加重，这又是我们在谈论2003年的小说时不应该忽略的。文学做为人类的一种精神产物，在文明的淘洗下，留下一些抽象的精神符号，具有永恒的生命力。

2004年

小说家的"居安思危"

——关于2004年的中短篇小说

2004年是一个缺乏重大事件的年份,它没有伊拉克战争带来的全世界的震荡,也没有"SARS"造成的全民性的恐慌。因此,可以把2004年认作是一个平稳的没有多少起伏的年景。对于普通百姓来说,平稳最好,没有重大事件最好,大家可以过平平安安的日子。但是,一年来恐怖活动在世界各地持续不断地发生,时刻提醒着人们这个地球并不太平,尤其是年末的一场惊世骇俗的海啸席卷了东南亚,让人们看到,即使是美丽的大自然,背后也暗含着凶险,和平从来就不会一劳永逸的。这时候,我们更加懂得了"居安思危"这句古训的分量。也许,我们就应该以这样的眼光来看待2004年的中短篇小说创作。这一年的中短篇小说虽然缺乏重大作品做为亮点,但作家们并没有被眼前的平稳所迷惑,我们从这一年的作品中读到的作家们的"居安思危",这是一种一以继往的忧患意识。我们的文学精神恰恰是通过这种一以继往的忧患意识表达出来的。从这个角度说,2004年的中短篇小说并不让人失望。

两个世界的精神向度

作家的忧患意识首先强烈表现在对社会普通民众尤其是弱势群体的情感关怀上。综览2004年的中短篇小说创作,就可以发现,作家们通过小说构筑起两个恢宏的文学世界,一个是平民的世界,一个是乡村的世界。而这两个世界都是关乎普通民众的。它证明了作家们对民众的关心,体现出作家的良知。从一定意义上说，文学就是普通人的辩护律师。即使在当今市场化浪潮猛烈冲击着文学的条件下，作家们仍未放弃文学的这一功能。2004年恰好进行了第三届鲁迅文学奖全国优秀中篇小说奖的评奖工作。获奖的四篇作品都出自这两个文学世界，可见由作家构建的这两个文学世界对于人们的感染力。在评选过程中，一些评委就担心最后评出来的作品会不会都是关于"我们村里的事"。显然这个担心是针对入围作品大部分是关于农村生活而来的。果不其然，最后评出来的四篇作品，无一不是村里的人和村里的事。毕飞宇的《玉米》写了一个叫玉米的乡村女孩的成长过程，陈应松的《松鸦为什么鸣叫》通过伯纬冒着生命危险将同伴的尸体背回家乡的故事，揭示出乡村的苦难，夏天敏的《好大一对羊》写的是农村扶贫、助贫工作中发生的令人啼笑皆非的故事，孙慧芬的《歇马山庄的两个女人》写了两个乡村女人的友谊以及这种友谊的脆弱。而且这四位作家基本上在2004年都有各自的新作，也基本上仍是发挥他们农村叙事的长处。如陈应松的《马嘶岭血案》、孙惠芬的《一树槐香》等。也许在我们的文学思维定式中存在着一种对农村叙事的偏爱，无论是作家还是评论家，还没有建立起能够紧贴时代脉搏的、表达我们社会正在进行着现代化运动的城市叙事。通过这次评奖引发我们去思考这样一个创作问题，这本身就是很有意义的。但需要强调的是，这个问题尽管是从评奖中辐射出来的，却并不能由此掩盖几篇获奖作品的分量。恰恰相反，正是由于几篇农村叙事的小说集中获奖，让我们感到了在农村叙事中有一些值得珍视的经验。在这两个弱者的世界里，寄托了作家们的审美理想，因此更重要的是，我们应该分析一下在这两个世界里的精神向度。

在这个世界里，城市的下岗工人、农民打工者这类典型的群体自然会成为作家关注的重点。在2004年第1期《钟山》上就有叶弥的一篇以下岗女工为主角的中篇小说《小女人》。正如标题所示，这个叫凤毛的下岗女工比起谈歌笔下的陈长平来说，就是一名无助的、懦弱的小女人了。凤毛是在离婚后的半年就遭遇到下岗的。作者的这种处理其实暗含着两种因素，支撑着女人生活的因素有男人，还有组织，有男人才有家庭，有组织才有工作。凤毛有工作时，敢于理直气壮地提出离婚，就在于离婚尽管失去了男人的支撑，但她的生活还有另一个支撑点：组织。而等到面对下岗的处境后，她就为自己的潇洒而后悔了。失去了男人又失去了组织，凤毛的内心没有丝毫的支撑，她的情感世界就变得裸露、生硬。她在迫不及待地寻找工作和男人，但裸露的情感因为没有柔软的缓冲，经不起直面现实的刺激。小说细腻地描述了这位无助的普通女工的心态，在同胡老师的约会时，或者在与派出所所长董长根的交往时，她变得委琐、犹疑、绝望，当她遭到矮个男人的抢劫时，她想呼喊这两位眼下接触最密切的男性，却喊不出来，因为"他们不能给她增加力量"。凤毛也会有力量的时候，那是她喝醉酒以后。她伸手向胡老师讨一万元钱，不给就唾他一口；她捶派出所的门，把董长根叫出来，没说话就唾他一脸。但醒来后的凤毛只会更加妥协。作者或许是在为小女人叹息，这并不是女人的错，在她看来，女人也可以干一些伟大的事，所以她要为这些无助的小女人的"精神申冤"。陈继明则有一篇以农民打工者为主角的小说《粉刷工吉祥》（《上海文学》第4期）。小说写一个在城市当民工的青年农民吉祥，到邮局寄钱时因为与营业员发生了一些小小的口角，遭到几位保安的非法折磨和凌辱。但我想，这不仅仅是一个同情弱者的问题。陈继明笔下的农民工的遭遇让我们看到，在合法性的道德语境下人的本性的彻底丧失。小说写到吉祥被保安强行灌醉后，又扒掉了他的裤衩扔在臭水沟里，吉祥醒来后赤身裸体在楼里一家一户敲门找寻自己的衣服，这个读来让人心里战栗的场景可能隐含着一层象征义在内，吉祥被剥去的不仅是遮羞的裤衩，还有保护他精神的道德外衣。所以，我们对待吉祥，千万不要慨然地学鲁迅的姿态，说这真是"哀其不幸，怒其不争"，我们怎么能轻易地责怪吉祥"不争"呢？

应该说，对弱者的关怀，这是五四新文学的良好传统。这些作品体现出当代文学对于五四新文学传统的继承。但这还不是最重要的，重要的在于，在这传承中，我们看到了作家观念随着时代的进步而进步的履痕。现代文学史上的关怀弱者多少带有一种施舍和怜悯在内，因为那个社会还处在普遍不平等的意识之中。当代文学则是建立在现代性的基础之上的，如果还满足于在不平等意识下的关怀弱者就显然是很不"现代"了。当代作家的观念进步正是表现在越来越自觉的平等意识和民主意识，因此他们面对社会的弱者时，就不仅仅是怜悯，而多了一层理解，他们试图进入到普通人的内心，真实地表达普通人的情感和愿望。这种真实表达就不能完全以怜悯来概括了，还包含着批判、扬弃和建设。须一瓜可以说是一位表现普通人心理世界的高手了，我曾说过须一瓜是一名温柔的精神警察，她在2004年写的《穿过欲望的洒水车》（《收获》2004

年第4期）直叩人的心灵。她在这篇小说中照例执行着她的警察职责。警察的职责是维护社会治安，那么须一瓜做为一名精神警察，则是要维护我们精神世界的正常秩序。就像这篇小说中，须一瓜通过一件小事发现我们社会普遍存在的日常情感的麻木。丈夫外出时意外遭遇车祸而死亡，处理这件车祸的警察、医务人员等竟没有一人想到要设法告知死者的亲属，死者的妻子和欢在几年里得不到丈夫半点消息，这导致她的生活和心理无端地变形，而当她最终获知丈夫的死因后，她再也无法从变形的生活轨道上回来了，于是她只能驾驶着洒水车冲向大海。作者在展示和欢心理悲剧的同时，也向那些看似在生活中并不违规的人们发问，为什么死者在你们的眼里只是车祸的案件而不是一个与他人有着千丝万缕联系的活生生的人？正是在这一点上，人们的精神通道发生了严重的堵塞。这是比车祸更可怕的、最为隐蔽的悲剧。须一瓜这一年还有一个短篇小说《海瓜子，薄壳儿的海瓜子》（载《上海文学》第3期），她由普通人的情感入手，最终归结到对传统文化的沉思，这种沉思涉及中国传统中的亲情程式化的问题。小说写了一个普通家庭三口人的关系。这个家庭本来只有阿青与他父亲阿扁父子俩。我们常用"知书达礼"来夸奖一个人，这父子俩虽说不上"知书"，但的确是"达礼"的。父亲在村里是公认的好人，儿子阿青虽然话不多，但十分孝顺父亲。两个人相依为命，和和睦睦。在旁人看来，这真是一个幸福的家庭。按说晚娥能加入这个幸福的家庭里应该感到同样的幸福。晚娥是阿青刚刚嫁过来的妻子，丈夫是好丈夫，公公也不错，"一家人生活挺好，阿青很快就腰粗了起来，公公看上去气色也不错"。但日子久了，晚娥还是觉出了一点点不自在，因为这父子俩太不爱说话了，有时一天都没有一句话。语言本来是人们交流感情的工具，对于这一对父子来说，语言的稀少实在是因为他们之间情感交流的稀少。因此，晚娥在这样一种缺少情感交流的环境中会觉得"真难受"。但这并不是说父子俩没有感情，只不过他们互相表达感情的方式不是直接的、率性的，就像公公与媳妇晚娥一起看电视时，"碰到确实非常好笑的节目，晚娥笑得前仰后合，公公依然笑得很节制"。我以为须一瓜的这篇小说恰恰写到了亲情的程式化问题。须一瓜敏感于情感与伦理道德的冲突，从她接连发表的几篇小说中，我们看到一位带着现代色彩的女子，是如何钻进人的心灵世界，不依不饶地追问道德的合法性。以这样一种追问的姿态，须一瓜揭示了这个幸福家庭的内在危机。在这个三人组成的家庭里，人伦关系十分清晰，父亲对儿子媳妇的关爱，儿子对父亲的孝顺，媳妇对公公的恭敬，在他们的日常生活很自然地显露出来，所以这个家庭并不缺乏亲情，可是这种亲情的表达是一种程式化的表达，是"很节制"的表达。亲情的程式化导致了亲与情的分离，因为程式化使情感指向道德意识，于是在这种表达中，只留下了"亲"，而枯竭了"情"，说到底，中国的亲情是一种没有情的亲情。

韩少功的《山歌天上来》（《人民文学》2004年第10期）是一篇意义蕴含丰厚的小说，体现出韩少功在思想上的锐利。他的精神绝对是反贵族化的，又充分吸收了现代民主的清新。所以看上去这篇小说面对的仍是平民的世界，但在韩少功的思想系统中，平民世界就是这个世界的一部分，没有本质的区分，而他的批判锋芒是指向整个世界的。那个改不了乡土本色的毛三寅，既可以成为音乐天才，也可以成为癫子，但这不是毛三寅的错，也不是乡村的错，那么也许只能是上帝出了错。我以为，毛三寅这个人物是一个值得深思的人物。谢有顺说："在这个人身上，有着极端艺术人格该有的全部绚丽和不合时宜，可以说，他的存在本身，就构成了对时代迷误、人心荒凉的反讽。"（见《文艺报》2004年11月20日）这是一种解读。韩少功的写作姿态决定了小说的精神向度始终指向灵魂、指向未来。在这样一种精神向度的感召下，作家也会放下自己的架子。我想这样来谈池莉的《托尔斯泰围巾》（《收获》2004年第5期）。小说基本上写的是日常生活和身边琐事，这本来就是池莉所擅长的。她把我们带到汉口的一个居住小区，守传达室的寡妇，装修的民工，还有互相算计着的邻居，这些仿佛就是我身边常见到的人和事。但为什么是托尔斯泰围巾，池莉好像完全忘记了这个题目，直到故事讲了一大半，我们才发现那位老扁担的脖子上围着一条华贵的围巾，这条围巾戴在收破烂的老扁担身上，和他一身臃肿破旧的棉袄棉裤配在一起，也许显得非常滑稽。小说最后才点题，老扁担非常喜欢俄国作家托尔斯泰，学托尔斯泰的样子弄了一条长围巾戴着。于是池莉将这条围巾命名为托尔斯泰围巾，这样的命名代表了一次庄严的仪式，因为在我们的连卖破烂的斤斤两两都要计较的日常生活里，恐怕难以注意到这样一条围巾，池莉赞美它"是一点人工色彩，是一段春种秋收之外的童话"。我注意到，因为这条系在民工脖子上的围巾，池莉的写作姿态都发生了某种位移，她先是把读者带到关于生活琐事的、邻居之间为蝇头小利而争吵斗气的场景之中，她以一种近似唠叨的叙述非常贴切地表现出这种场景的庸常性，她的叙述也恰如其分地宣泄了自己的愤懑和冤屈的情绪。但她从字里行间流露出的愤懑和冤屈，在托尔斯泰的围巾面前就很知趣地戛然而止。这是一种向贤良和高雅表示敬意的姿态。

在2004年小说的平民世界里，其精神向度可说是多层面的，特别值得一提的是作家对于自由的表达。大凡写小说的，都会看重自由。我们经常说，要自由地写作。这是一种尊重个性的表现。尊重写作中的个性，我们的小说才不至于千人一面。但还有比写作的自由更大的自由，那就是生存的自由。小说家在获得了写作的自由后，理应去关注更大的自由，往大了说，这是一个小说家必不可少的精神使命。一些作家不约而同地表达了他们对生存自由的关注。这里不妨列举几篇作品：汪晟的《子非鱼》(《大家》2004年第5期)、尉然的《菜园俱乐部》(《莽原》2004年第5期)。

《子非鱼》传神地塑造了大舅朱云鹤。朱云鹤在世俗人的眼里肯定是一个一生都倒霉的人，他出身于富裕之家，聪明绝顶，可他不把聪明用在正经地方，却痴迷于玩棋，按古训真的是玩物丧志，全部家产都被他折腾掉了。而他参加了抗日游击队却又在关键时刻当了逃兵，胜利的果实从此与他毫无关系。特别是在他的晚年，中央和省里的高官体恤式地下到乡里，来看望他这位当年游击队时的上级时，人们一定会为朱云鹤的潦倒一生而扼腕叹息，但是朱云鹤面对高官们的抚慰和乡亲们的惋惜时，说出了一句耐人寻味的话："子非鱼焉知鱼之乐。"这句话出自古代大思想家庄子之口，作者深得其中三昧，他的小说是在把这句话的玄思泅化到历史、人生之中。朱云鹤的生存方式是独特的，而这种独特性又把头脑中固化的历史图景拆解了，揭示出历史生存方式的多种可能性。编者在谈到这篇小说时，认为主人公朱云鹤"独特的生存方式和价值观念也许是一种境界，也许是一种逃避"。这种犹疑不决的判断方式首先说明了我们的生存方式应该具有多种可能性，因为生存方式的多种可能性，也才会产生多种价值判断的可能性。而问题还在于，我们根本不必对这种多种可能性做出价值判断。你能说谁的生存方式就是最好的吗？子非鱼焉知鱼之乐？

《菜园俱乐部》也涉及生存哲学的命题，一开始就为我们描绘了农民陈世清的幸福感，他的幸福感来源于他的菜园，他只有与他的蔬菜们在一起的时候，他会滋生出幸福感。但是这种幸福感背后已经隐含着悲剧了，因为离开了菜园，陈世清就无所适从，也不是陈世清无所适从，而是他的生存方式不被他人所接纳，于是他成了被人愚弄的对象。粗看上去，陈世清有点像鲁迅笔下的阿Q，但实际上陈世清要比阿Q伟大得多，因为从生存哲学上看，陈世清有着自己的精神世界，而阿Q的最大问题是没有自己的精神世界。陈世清不屑于去计较别人的愚弄，他把菜园当作自己的幸福王国，有了这个幸福王国，世俗的一切烦恼都可以抛之脑后。真正的悲剧性在于，陈世清的独特性不会被人们理解。作者最后写到村里人瓜分了陈世清的菜园，我以为这是最点题的一笔，我真的不敢想象，陈世清回来后看到他的菜园消失了，他还如何继续生存下去。放大了说，我们民族的悲剧就在于不能理解每个人自己的"幸福王国"，哪怕这个幸福王国只是一个小小的菜园俱乐部。在现实生活中，不是经常发生理直气壮地摧毁他人的"菜园俱乐部"吗？

旺盛的现实主义精神

我还想从第三届鲁迅文学奖全国优秀中篇小说奖引出另一个话题。四位获奖作家或出生在二十世纪五十年代，或出生在六十年代，这两个年龄段正是目前创作的主力。而从他们的获奖作品中，我们就能感觉到，这一批中青年作家从整体上说，具有强烈的现实精神，他们的情感体验来自现实生活，他们关注的焦点也基本上是现实社会的焦点。旺盛的现实主义精神，可以说也是2004年中短篇小说的另一亮点。

我首先想介绍陈世旭的《海参崴红帆》（《长城》2004年1期），这篇小说并不是陈世旭最好的作品，但作者对待经济的冷峻态度值得我们重视。毫无疑问，现在是经济为中心的时代，经济给我们带来了很多实惠，我们的确应该表示感谢。但是，这并不意味着经济就有了豁免权。最近报纸上关于民营企业家的原罪问题讨论得很热烈，有一位著名经济学家却站出来理直气壮地宣布，民营企业家根本不存在原罪问题。我在报纸上读到的这条消息说，有几个民营企业家表示自己有负罪感，说起当初他们在原始积累时期如何如何，深感内疚，这时，那位著名经济学家马上把他们的话打断，安慰他们道你们是创业积累，不是资本原始积累！我不知道这位著名经济学家为什么要如此迫不及待地打断别人的"忏悔"，他大概认定自己是企业家们的牧师，而他对企业家的抚慰还真有些牧师宽宏大量的风度,可是牧师的职责应该是为信徒指出一条通向天堂的道路,而不是抹杀信徒向上帝忏悔的罪孽。所以我宁愿把著名经济学家的表现看作是一种献媚,一种对经济的献媚。这时候,陈世旭通过小说表达了文学的声音:人的精神决不能被经济所奴役。小说写的是市长助理向海洋带领由几家企业老总组成的经贸代表团在海参崴旅游参观的故事。一踏上异域之地,企业老总们粗鲁、猥琐的恶习就毫无顾忌地暴露出来,"一窝蜂,扎堆,争先恐后,高声大气,乱吐痰,当众挖鼻子剔牙,随手乱丢包装盒塑料瓶,戴着名牌表圈着金项链却衣冠不整,行头再富贵也脱不了土气",这一口气的数落表达了作者对那些缺乏文化熏陶的富豪们的鄙夷。让我惊叹的还在接下来的描写,作者进而把犀利的灵魂解剖刀对准了权势者。向海洋虽然对这些一介武夫似的大老板们表现出鄙夷之情,但面对漂亮的俄罗斯导游小姐叶莲娜,他就把持不住自己,其行径甚至比老板们还要龌龊。说到底,权势不过是金钱的另外一种存在形态,有权势就可以攫取到金钱,有金钱就可以买到权势,这就如同水可以结成冰,冰可以化成水是一样的道理。我支持作者的立场,既然鄙夷富豪们,就也应鄙夷权势者。与这个财大气粗的代表团形成鲜明对比的则是那位身陷贫寒的俄罗斯小姐叶莲娜,作者以仰慕的色彩描绘她,不仅描绘她美丽的外貌,也描绘出她美丽的心灵。她的心灵为什么那么美丽,就因为没有被经济所污染。而向海洋们的问题就在于他们的内心已经灌满了经济混凝土。

  经济能给我们带来财富,经济上去了,人们的贫穷问题才能得到解决,贫穷都不解决,怎么能有幸福呢?所以在一般人的眼里,发展经济就是为了给人谋幸福。这当然是一个必须质疑的命题。陈希我的《又见小芳》(《人民文学》2004年2期)就在讲述一个结论相反的故事,得到财富的时候,却失去了人的幸福。小说的主角也是一位财大气粗者。这是一位富婆,不仅富裕之极,而且还是一个女性,这更容易使人艳羡。但富婆也有富婆的烦恼,她留恋往年窈窕的身材和青春亮丽的容貌,而这些早已随着逝去的年华一同逝去。作者是如此不动声色地嘲弄着金钱,金钱让富婆要买什么就能买什么,但她就是买不来精神的幸福。她几乎是用乞求的口吻对她的网友说你可以抱抱我吗,因为女人是喜欢被抱的动物。有了这一抱,她就满足地选择了死。富婆的死足以让我们深思,但我知道这不是金钱的错,不过是我们的头脑发生了错乱,可是为什么我们不论是穷还是富都会面对金钱时稳不住自己的阵脚呢？可见，即使在这个物质第一的世界里，除了金钱我们还需要更多别的东西。但这篇小说的"所指"并不是如此简单明了，在我看来，女权主义者就一定会从这篇小说中读到另外的东西。因为作者显然对于女人太残酷了些，他给了富婆金钱，就一定要剥夺她对青春和美丽的拥有。至于"我"的未婚妻，敢于对"我"颐指气使，无非就是因为有着青春和美丽的资本。这似乎在说，女人可以指挥金钱（通过指挥男人达到指挥金钱的目的），女人却不能拥有金钱；一旦她拥有金钱，她就失去了最有女人价值的东西。对于这个悖论，女权主义者可以进一步发问，谁来确定女人价值的标准，难道不是男人吗？如果女人的青春和美丽不过是对于男人才有意义，那么女人为什么还要在乎它呢？可是那个肥胖的富婆却从楼上跳下来摔死了。

现实总是与理想对应着的。文学既要有现实精神，又应该张扬理想的旗帜。而且，最彻底的现实精神恰恰是生长理想的土壤。这方面我想举聂鑫森的《薄胎瓷、青铜鼎和一个女人的故事》（《山花》2004年2期）为例。这是一个发生在2003年非典时期的故事。两位中学同学毕业后一直没有联系，却在大街上偶然相遇，女同学马丹准备办喜事，正春风得意；男同学夏侯尊考古系毕业，在博物馆工作，没见出有什么值得炫耀之处。男同学登门给女同学送礼时，竟碰上非典的突然隔离，使两人在一套居室里共同生活了十多天。在这样一种突如其来的近距离接触中，两人的文化气质、生活态度就会发生直接的碰撞，正是在这种碰撞中，一直自我感觉良好的马丹觉出了自己生活得太轻飘。作者显然要表达的意思是，生活中最有分量的还是文化。没有文化的生活是薄胎瓷，看上去漂亮，却非常脆弱；有文化的生活则是青铜鼎，搁在居室里，就像一个镇邪之宝。在作者看来，最完美的生活应该是二者的结合："博物架上方的那只青铜鼎，庄重地立着，闪着褐绿色的光彩。那些薄胎工艺瓷，分列在其他方格里，洁白、单薄，透出一种温柔的情致。"但小说中的夏侯尊却明白这种完美的生活难实现，因为若要坚守自己的文化理想，那么"未来的生活会很清贫"，清贫是无力保护那些脆弱的薄胎瓷的。

有一个现象值得注意。伴随着二十多年的出国留学和旅居国外的热潮，培育起了一支海外华文作家队伍，这些年陆续有一些海外华文作家在大陆的文学刊物上登台亮相，也为当代文学带来许多新的元素。对于理想的渴望在这些作家的作品中表现得格外突出，这也许与他们生活在中外文化冲突的旋涡中大有关系。从这个角度出发，我想介绍2004年的两位新人的作品。一位是居住在美国的华裔作家王瑞芸，2004年她在大陆发表了好几篇小说。这里介绍她的《华四塔》（《海峡》2004年5—6期）。小说写的是一位华人在美国的经历。这些年来留学生文学或移民文学在内地逐渐走红，美国炫目的现代生活与中国人的成功经历在这类作品中交相辉映，更吊起了向往美式文化的人们的胃口，但说句实话，这类作品借助域外遭遇要么表达一种民族主义情绪，要么表达一种成功者的优越感，与我们在美国文艺作品中看到的华裔形象大相径庭，从文艺形象的塑造中就已经鲜明地体现出中美两种文化的差异和冲突。而《华四塔》就像一名饱尝文化冲撞的历史过来人给我们以忠告。华四大概属于第二代的华裔移民，他最初的形象正是美国文艺作品中惯常出现的华裔形象："身高不足一米五，差不多是个流浪汉，卑贱丑陋，微不足道。"他十六岁到美国，跟所有那时到美国的中国人一样只能生活在美国的底层，他拼命地干活，在人家的欺凌面前忍气吞声，甚至想到了自杀。后来他好歹在美国扎下了根，有了自己的家。然而作者让这位一生平庸的华四干了一件不可思议的事。这个行为就是华四从四十二岁起，在他住房的院子里建造一座古怪的东西，当他七十多岁完成这个"不是楼，不是屋，不是纪念碑，却是一个三十米上下的井架似的大家伙"后，就连房屋和院子一起送给邻居，自己悄悄离走了。华四建造的这个古怪的东西就将美国文艺作品中定格的华裔形象完全颠覆了。这个大家伙被当地人称为华四塔，成为了一件了不起的艺术品，头面人物还成立起华四塔保护协会，大学教授们则将华四塔做为研究课题。

读完《华四塔》，你会感到这里面充满着象征和暗示。作者通过后现代的方式把美国文化的精神实质揭示给我们看。美国人在现代性的精神疲惫中轻易地就把任何古怪的东西升格为文化英雄，只有民族主义膨胀者才会把华四塔被尊为艺术精品视为中华文化的胜利。而作者更深刻之处则在于，她通过华四的刻画，展示了一位看透人生的华裔移民的执着和坚韧，只有通过他的平庸的生活才能理解他的性格中的伟大，这种伟大也许才是中华文化的精髓所在，而这一点恰恰是被人们所忽略的。在我看来，《华四塔》是近些年来最为准确地阐述中美文化冲突和融合的小说。

另一篇值得关注的是旅居加拿大的薛忆沩的《通往天堂的最后那一段路

程》(《书城》2004年第5期)。薛忆沩曾经在长篇小说《遗弃》中以非常先锋的叙述姿态给我留下深刻印象。在这篇小说中，他那孤傲的、反叛的精神依然存在，但他在叙述上表现出对古典的崇敬。无论是语言还是结构都让我们感到向古典小说的靠拢。向古典靠拢的倾向大概说明他对现实的失望，他企图从历史中寻找到精神的资源。小说中的怀特大夫令我们这些经历过革命年代的中国读者联想起白求恩大夫的高大身影。薛忆沩似乎是在改写我们所熟悉的白求恩，但他的改写显然不同于成为时尚了的后现代对经典的改写，后现代改写惯用的手法是颠覆，而薛忆沩并不打算颠覆历史，他要做的是对历史的修正。白求恩大夫在我们的心中已经是一位纯粹的、高尚的英雄，这就是历史留给我们的记忆，薛忆沩对此完全是认同的，他所要修正的不过是政治对白求恩大夫的过分遮蔽，他不认为白求恩纯粹是一个政治化的英雄，于是他依托于怀特大夫的神圣爱情，通过怀特大夫遗留下的一封给前妻玛瑞莲的信，让我们穿越政治的屏障，进入到一位不远万里来到中国的怀特大夫的内心世界。爱情引导着怀特大夫朝着天堂走去，对于无神论的怀特来说，天堂不是上帝的所在地，而是理想的所在地。但是怀特的爱情在现实与理想的冲突面前却无能为力，他不能放弃理想，也不能放弃爱情，于是只好与现实中的妻子分手，让爱情陪伴着他继续上路。怀特大夫的这封信应该让我们明白，我们有了理想和爱情的话，我们就有了自己的天堂，我们也就会像怀特大夫那样，把人生的路程变成通往天堂的路程。

三个关于中篇的研讨会

现在，每年都有数不清的文学作品研讨会，烘托出文学的一片繁荣景象，也许这样的繁荣只能算得上是虚假的、注水的繁荣，但即使是这样的繁荣，也多半有市场利益的驱动，因此这些数不清的作品研讨会多半都带着推销图书的目的，难得有一次是专门为了研讨中短篇小说而召开的。在这样的背景下，就非常有必要介绍一下2004年间为中篇小说而召开的三个研讨会。这三个研讨会分别是：中国作协创研部和湖北省作协等召开的"陈应松神农架系列作品研讨会"，山西省作家协会召开的"葛水平小说创作研讨会"，辽宁省作协和《小说选刊》杂志社召开的"津子围作品研讨会"。

陈应松的"神农架系列"是他到神农架挂职体验生活以后创作的一批中篇小说。有关方面为此举行研讨会，显然是为了肯定和宣传他对待生活的态度。的确，他对待生活是认真的，他去挂职绝不是蜻蜓点水式地走走形式，装装门面，而是真正深入到乡村和农民中间，为此吃了不少苦，也做出了牺牲。所以陈应松很容易地会被我们树立为一种正面的形象，用来证明我们一直倡导的理论的正确性。我所说的"一直倡导的理论"主要指"现实主义"，指"创作与生活的源流关系"，这二者在我们的理论架构中又是互相关联的。因为在中国的语境中，现实主义已经不仅仅指一种纯粹的创作方法，而且还意味着一种世界观，一种认知世界的方式。在很大程度上，现实主义构成了一种意识形态，对于文学具有一种指导的姿态。这自然决定了现实主义与中国当代文学的密切关系。但关系密切了不见得就是一件好事，过于密切的关系发展到一定时候就会造成紧张和矛盾。今天，我们就明显地感到，现实主义对于文学而言，就处在某种紧张的状态中，这表现在不少作家存在着一种对现实主义的恐惧和焦虑。不能说这种紧张状态对文学创作无益，因为正是这种紧张状态，促使作家们有意突破现实主义创作方法的单一路子，寻求创作的多样性。但是笼罩在一种恐惧和焦虑中时，就有可能反而会使我们的思维迷茫。比如有的作家本来对现实生活有着切身的体验，本来很娴熟地运用现实主义的创作方法，而且显示出充分的潜力，但他们突然之间觉得这样做是犯了大错似的，坚决要与现实主义划清界限。陈应松并不回避现实主义这个巨大的魔鬼，相反他还坦言他的创作得益于现实主义。但我在这里不是想借陈应松的创作来证明现实主义的伟大胜利，我是想强调一种心态的重要性——对于现实主义的心态。陈应松在面对现实主义时，没有恐惧和焦虑，他的心态不是紧张的而是放松的。他轻松地、自然地跟着现实主义走进现实生活，他却获得了现实主义以外的东西。他的神农架系列展示了他是如何从深入现实到超越现实的。我读他的神农架系列小说，最有神韵的，最出彩的都是来自非现实的因素，那么，他走进现实又超越了现实。他蜕去了现实主义的意识形态性，跟他选择神农架这个特定的地域是有关系的，这是一个生存环境非常艰苦的地方，人为了生存与自然搏斗，又与自然妥协，甚至不得不跟自然合作，也还有人与人之间的搏斗和合作。陈应松进入这个地域时他就不是隔河遥望，表现一种悲悯、同情的心情，他的小说就不是那种渲染苦难的小说。包括一些来自苦难层的作家也在对苦难进行渲染,这是另一种类型的作家,为了博取同情,归结为一点,还是在渲染苦难。

陈应松深入神农架,既为苦难所震惊,更重要的是他被在苦难中搏斗的精神所震撼。在苦难的环境中,生命经历着生与死的厮杀,生命的创造力得到了淋漓尽致的发挥。在他的小说中明显地感觉了这样一些意象:死亡,绝境中的重生,理想愿望的极限的表达,凶杀,残酷等等。如他2004年写的《马嘶岭血案》(载《人民文学》2004年3期)就是讲述一个凶杀的故事。凶杀仍然关乎金钱。马嘶岭本来是荒无人烟的地方,它都养不活生存要求最低廉的农民,但城里的踏勘队不辞劳苦地爬上来了,因为他们知道山里埋藏着金矿。踏勘队雇用两位农民当挑夫,这两位农民如果不是被生活逼得走投无路就绝对不会来受这个苦。"我"就快做父亲了,可是今年天旱,庄稼没有收成,"我"家交不起农特税,村主任威胁说不交税就不准生娃儿,"我"是为了生娃儿为了交税来当挑夫的。九财叔养着三个女儿和八十多岁的老母,他只想弄点钱做学费好让三个女儿继续上学。两位农民和七位踏勘队的成员一起走向马嘶岭时,似乎都是朝着各自怀揣的心愿走近,但是最终发生的却是一桩血案,九财叔在接连遭遇到扣工钱和提前解雇的打击后,微小的心愿也随之破灭,于是失去理智地朝踏勘队的祝队长等人举起了开山斧。我们无须为农民的犯罪辩护,但是当我们目睹他们如何走向犯罪后,就应该坚决地诅咒金子:"也许就是那个该死的'金'字,这黄灿灿的让人想到荣华富贵的'金'字,开始撩拨了我们。不对,应该是撩拨了九财叔了,撩拨他心中早已枯死的那个欲望了。"归结为一点,在严酷的生存环境中,坚持实际上是人们一个很重要的武器。在神农架生存,不仅要拿起获取物质的武器,更重要的是必须拿起精神的武器来。陈应松更关注的就是这种人文的精神性,也因此在作品中带来了一种不可思议的非现实的东西。

毫无疑问,山西女作家葛水平是2004年最耀眼的一颗新星。说她新,并不是说她像所谓少年作家或美女作家那样的时尚。她坚持写作已经十余年了,以前的写作以诗歌、散文、戏剧评论为主,她是做戏剧研究和创作的,戏剧为她打下了坚实的基础,可以说她是一位厚积薄发型的作家,因为有了长年的积累,才会有2004年这一年的"井喷"。这一年内,她密集地、高质量地在《黄河》《小说月报·原创版》《人民文学》连续创作发表了多部中、短篇小说《甩鞭》《地气》《天殇》《狗狗狗》《喊山》等，这些作品分别被《小说选刊》《小说月报》《中篇小说选刊》《北京文学选刊版》等选刊转载十余次。葛水平的作品能从现实生活中吸收丰裕的"地气"，又洋溢着一位女性的浪漫情怀。如她的《地气》(《黄河》2004年1期)、《喊山》(《人民文学》第12期)都是写当下农村生活的，这是葛水平的强项。在她的精神世界里，充溢着乡村田园的诗意。这不是传统士大夫的诗意，而是生活在乡村土地上的一位女孩在她的想象飞升起来后而获得的诗意，所以她写当下农村生活的小说，既直视着裸露着苦难的现实，又体会着农民丰富的精神想象，她的情感与乡村处在一种无障碍的沟通之中。《地气》写一名乡村教师王福顺，因为正义，就要受校长欺负，校长把他派到十里岭教书。十里岭只有两户人家，两户人家只有一个孩子上学。但王福顺要争一口气，一个学生也要认真教好。他不仅教二宝考了个全区第一，还让山上的两家人走近了闪亮的灯火。王福顺宁愿待在无水无电的十里岭，因为在这里他吸收到暖暖的地气。王福顺那么一个清瘦、倒霉的模样，却让好几位女人争相喜爱他，不为别的，就为他那清高的文化。叙述中铺就一层暖暖的理想色调。《喊山》中那些生活在山梁上的农户，物质生活无疑是匮乏的，但作者透过他们日常生活中的喜怒哀乐，发现他们的质朴的心灵在艰难生活的磨砺下闪耀出金子般的光泽。这显然与有些作家对苦难乡村投入的怜悯和同情不一样，它具有更难得的民主精神。这尤其体现在结尾的处理上。结尾写到警察要带韩冲走时，在有些作家的笔下，肯定会让哑巴红霞奋不顾身地冲出来，为救韩冲而开口说话。这看上去的确更有戏剧性，但要从深化人物精神世界来说，还是葛水平的这种蓄而待发的情节设计更能发人深思。这不仅见出葛水平对农民心理的熟知，其实也体现了她在艺术处理上的功夫。

在研讨会上，山西评论家傅书华对葛水平的概括比较有代表性。他认为，葛水平的小说有传统文化的底蕴，即传统文化形态（生活的表层形态）和传统文化神韵。这种传统文化的底蕴又是依托在比较现实的、实际的生活层面的，是一个非常现实的、实际的、乡村的山西内陆形态。而过去山西的一些作家往往把这种依托意识形态化了。傅书华认为这一点正是弘扬了赵树理的精神。赵树理小说当中真正的魅力在于他的现实主义形态。另外，葛水平小说还有一种形而上的层面。她通过抒情的文字、景物描写的文字，构成了一种象征的、隐喻的世界。这种象征、隐喻的世界把实在的具象的层面一下子提升到了一个高度。形而下、形而上的世界在葛水平的小说中融合得比较成功，这就是现实主义和现代主义的一种融合。

津子围是一位脚踏实地、执着于文学的作家，二十世纪八十年代起开始创作，创作量十分可观。为津子围召开的研讨会体现出一种提升作家创作的真诚和可能性。津子围是一个爱讲故事，同时也是一个会讲故事的作家。讲故事是津子围的强项。但对故事的偏爱，也使他总被故事所束缚。他有一种要从故事中摆脱出来的愿望。2004年他创作的《小温的雨天》(《中国作家》2004年第5期)就看出他在这方面的追求和突破。研讨会上，人们对他的创作提出了坦率的批评，也提出了很好的建设性意见；既肯定他九十年代中后期以来对人物精神世界的关注和探寻，也希望他从故事的包围中跳出来。

广西群体的意义

2004年第6期的《上海文学》组织了一个广西青年作家专号，毫无疑问，编辑的嗅觉是灵敏的，他们发现了广西地域的独特优势。从这个专号中，以广西籍作家林白领军，出现了一批新的名字：潘莹宇、纪尘、李约热、光盘，他们的作品也让我们感到，广西作家的潜在前景还很难估量。对于广西作家来说，重要的是他们所处的文化环境。在我看来，这是一个密集重叠的文化时空。从空间维度上说，这里有海洋文化，也有山地文化，更包括多种民族文化的交融；从时间维度上说，前现代、现代和后现代激烈地挤撞并置在一起。这样一种特定的文化时空使得广西的文化景象看似错乱无章，因此，从这里孕育生长出一些新异的文化现象应该是充满着可能性的。二十世纪九十年代开始，广西年轻一代的作家如东西、鬼子、李冯等冒了出来，他们以现代和后现代的叙述方式呼啸而来，让文坛大吃一惊。有人说，他们与过去的广西文学毫无关联。事实并非如此。人们之所以会有这种印象，不过是由于他们的文化符码不再单纯。他们的作品体现出文化时空重叠的时代特征，多种文化因素被打成碎片，又重新糅合在一起。在他们的现代和后现代叙述下面涌动着浓厚的本土经验。这浓厚的本土经验恰是他们与广西大地和传统相沟通的桥梁。这就注定了广西文学不会跟着时尚起哄。广西的日常生活并不乏时尚。漫步在漓江、阳朔的洋味十足的酒吧街，人们或许会被这里的美酒香风薰醉。但文学的头脑却保持着清醒，作家们没有装模作样地吟唱些许小资情调，或者扮酷式地来一点身体写作、欲望化写作，而是直接面对底层的苦难。这构成了当下广西文学的基调。更重要的是，同样是苦难叙述，他们并不像西北作家笔下的叙述那么沉重、绝望。苦难成为他们直面现实的兴奋剂。另一方面，广西做为一个经济后发地区，迫切希望在现代化进程中追赶上去，参照经济发达地区，这里滋长起强烈的现代性焦虑。这是一个现实性非常强的问题，而广西新一代的青年作家准确地捕捉到这种普遍的焦虑。

李约热是广西文坛的一位新人。发表在2004年第1期《广西文学》上的《戈达尔活在我们中间》是他的处女作，后来又在第6期《上海文学》专号上发表了《李壮回家》。虽然只有两篇作品，但我以为他是用自己的真心在写作。他的处女作《戈达尔活在我们中间》一出来就非同凡响。小说通过电影写了一种理想的执着。苗红和阿灿都把电影当作自己的理想，不过苗红只是沉迷在理想里，而阿灿是在拼命实践着理想。问题是，今天这个社会似乎是一个物质丰富的社会，物质把我们的空间都塞满了，我们已经没有理想的容身之地。所以苗红和阿灿这两名理想主义者注定是悲剧人物。沉迷在理想里的苗红就会与现实格格不入，她与"我"的浪漫婚姻也就只能以离婚而告终。为着理想而实践的阿灿则更惨，因为实践就不得不走进现实，现实不给它提供实现理想的条件，他在现实面前碰得头破血流，最后付出了自己的生命。《戈达尔活在我们中间》的成功得益于作者对电影的信念。其实小说中写到了三位痴迷的电影理想主义者，除了苗红和阿灿以外，第三位就是作者本人。作者对电影艺术非常了解，他把电影的元素巧妙地溶解在小说叙述当中，把电影意象与小说意象重叠在一起，使小说叙事的色调异常的丰富。但更重要的也许是，作者不仅理直气壮地鼓吹理想，还针对我们眼下这个理想缺失的社会提出了一个很严肃的问题：我们用什么来承载理想。在小说中，作者自然将电影做为了理想的载体。这里其实是进行了一次很有意味的颠覆，将做为消费品的电影颠覆成理想的圣殿。苗红领取结婚证后为新婚的丈夫准备了一部特殊的电影，这是她把无数影片中有关婚礼的场面剪接下来的结婚的盛典。所有的盛典都是为了理想而举行的，这真是一个富丽堂皇的构想，难怪小说中的新婚丈夫看了电影以后也会感动不已，可是他只能止于感动，因为他离理想太遥远。这就是我们现实的悲哀。

读完李约热的小说，我对戈达尔产生了强烈的兴趣。为了更好地了解这位电影大师，我专门找来一些电影书籍，查阅了有关戈达尔的介绍。戈达尔是法国新浪潮的代表人物。新浪潮反对传统电影的娱乐性，强调电影是一种个人的艺术创作。新浪潮来势凶猛，退潮也快，大部分导演经不住商业性的诱惑而退回到老路，唯有戈达尔在革命性的道路上英勇而又孤独地走下去，他要创造一种全新的电影。戈达尔分明是一名英雄，他挑战消费，挑战纸迷金醉，捍卫文化的神圣地位。今天，革命英雄的时代已经过去，代之而起的，应该是文化英雄的时代，唯有文化才能引领我们的精神。英雄情结说到底是人类永恒的精神主题，英雄的意义就在于英雄是人类理想的领跑者。但今天的问题是，理想的大厦早已坍塌，在一个缺失理想的社会还会需要领跑的英雄吗？而且这不仅是中国当下的问题，准确地说，这是一个现代性的产物。戈达尔本人的遭遇就颇能说明这一点。以戈达尔为代表的新浪潮运动正是针对着电影艺术越来越流俗、越来越丧失艺术品格的现实而兴起的一场张扬艺术理想的运动，但新浪潮并未能扼止住电影的流俗，不仅不能遏止，反而是电影的世俗化席卷了大部分新浪潮的参与者。戈达尔虽然坚守着自己的艺术理想，但他丝毫也改变不了什么，人们根本也不理会戈达尔的努力。电影是一面镜子，照出了我们社会沉浸在物欲狂欢的景象，李约热一定对此有着强烈的感受，他的内心一定是在极力地抗拒着物欲的巨大吸力，他由此想到了孤傲的戈达尔。但戈达尔是与当今的世俗社会格格不入的，如同今天的中国电影，我们只会看到张艺谋对"英雄"的蹂躏和消解，哪里还有戈达尔的生存空间。于是戈达尔只能成为一种精神的慰藉，他并不能改变现实。李约热感受到了这一点，所以他只能让"戈达尔活在我们中间"，这对于一位充满理想热情的年轻人来说，实在是一件很伤心的事情。李约热通过一种凄婉的叙述，表现出一位呼唤理想的年轻人的内心迷惘和伤感。

　　李约热的执着就在于他并不因为迷惘就放弃，他像一位精神饥渴的跋涉者，一路寻觅着滋润心田的甘泉。这就有了他的第二篇小说《李壮回家》。李壮回家的经历其实暗合着作者本人寻求精神世界的心路。这篇小说同样涉及理想的话题。李壮这个贫困乡村的小学教师，不满足于浑浑噩噩的生活，也不甘于被世俗的权势所击倒，他把理想寄存在远方，终于有一天他宣布他要到北京去，因为他的文章被北京采用了。这不过是他的一个谎言，但这个谎言是由他的理想装扮成的，它看上去是美丽的，会给他一种心理的幻觉，美丽的谎言使他摆脱现实的困扰。但谎言再美丽也是虚幻的，它不能真正地指引李壮寻找到理想的家园，最终就有了李壮回家的举动。我不知道李约热是因为什么因素的触动而有了这样一个回家的构思，但我感觉到这篇小说其实是李约热对《戈达尔活在我们中间》所作的某一种修正。在《戈达尔活在我们中间》中，作者是把理想与现实看作是两个截然对立的世界，二者的界限是泾渭分明的，因此他笔下的苗红等人有一种清高的性格，他们不与恶俗的现实同流合污，他们心目中的电影也是高高在上的。在《李壮回家》中，最初的李壮可以说仍然是苗红的延伸，他有着高蹈的心志，他把理想寄托在远方。所不同的是，李壮虽然也与现实格格不入，但他不能像苗红那样把自己与现实隔绝开来，沉浸在类似电影这样的纯粹的精神空间里，因为他的身份决定了他要为自己的生存而挣扎。于是，小说展现给我们的理想与现实不再是两个截然对立的世界了，二者交织在一起。我以为这正是李约热对于理想的一个重要的修正。必须让理想回到现实，否则我们只能像苗红那样让心灵生活在彼岸。这恰是李壮回家这个情节的意义。也许对这个情节我们可以做出截然相反的解读，比方说，我们可以认为，李壮最终的回家不过是表明了他寻求理想的行动彻底失败，他不得不回到现实中来。但必须看到，李壮怀揣的理想不过是一个美丽的谎言，不可能引领他的精神飞升。然而李壮也只有通过这么一次逃离现实的冒险，才能从美丽的谎言中走出来。所以当他往回家的路上走去时，他显然对理想和现实都有了新的体认。李约热很聪明地用虚写的方式叙述李壮的出走，是什么原因什么遭遇让李壮回家，读者尽可以去想象，也许对理想抱有不同理解的读者会想象出不同的遭遇。因而小说的意象更加丰富理想主题的内涵。

那么，回家的李壮就真能在现实中找到自己的理想吗？小说并没有提供一个肯定的答案。这是对的，事实上，关于理想与现实的关系本来就应该具有多种可能性。问题在于，现实也在发生着变化，这种变化是拉拢我们与理想的距离还是疏远我们与理想的距离呢？也许很难预料。小说中的李壮当他再次回家时，家园已经变成了废墟。这多像一个充满哲理的寓意：在回家的路上我们丢失了家园。我以为这是李约热最为精彩的一笔。事实上，生活在现实中的哪怕很平庸的人也有着对理想的向往，就像李壮的爹爹和兄弟，以及他们的朋友，我以为这几个普通的小人物都写得非常有感染力。李壮没有他们的支持，就没有追寻理想的勇气。而对于李壮来说，他回到家园，也就是回到他们中间。可是当他懂得了他们的价值，他要把理想种植在他们身上时，他却无家可归了。李约热在这篇小说的结尾再一次留下一个疑问，丢失家园的李壮还会到哪里去寻找他的理想呢？这种疑问恰恰也表现了李约热的执着，他在执着地寻找。

杨映川是另一位广西在2004年的代表性作家。这一年她也发表了两个中篇。杨映川的创作同样体现出一种对现代性的执着寻找，但她是从另一个角度去寻找的，她的寻找带有鲜明的女性意识。女性解放和独立是一股世界性的潮流，它催生了女性主义理论，女性主义针对着以男性为中心的社会发起了挑战，这既是一种文化的挑战，也是一种政治的挑战，它不仅指责男人们对世界的独霸，也指责男人们对历史的独享。于是，男人们在漫长历史过程中营造起来的一统天下变得分崩离析。那么，女性意识的觉悟是否就意味着两性之间的鸿沟永远无法弥合？杨映川在她的小说中以一种温柔的语气说道，不一定吧。于是她开始了拯救男性的伟大而又崇高的工作。她通过拯救男性的方式完成了她对现代性的寻找。

《我困了，我醒了》（《人民文学》2004年第6期）是映川进行这项工作后的第一个成果，她不仅表现了拯救男性的艰巨性，也表达出男性可堪拯救的判断。小说看似在写爱情，又不完全是写爱情。在卢兰与张钉的恋情中，卢兰始终充当着一位痴情不改的角色，但她所爱恋的张钉实在是有太多的毛病，他犹疑不决，他颐指气使，他还有一个最奇怪的毛病，动不动就犯困，他一犯起困来，可以几天几夜沉睡不醒。医生给他诊断出的结果是他得了冬眠症。我没学过医学，不知道是不是有这样的病症，或许人真的也会像青蛙一样冬眠，但我宁愿把这看作是映川对男性逃避责任的一种比喻。因为张钉总是在需要他承担责任的时刻就开始犯困。他就是以睡觉的方式摆脱了与他第一个恋人李芳菲的关系的。李芳菲需要集资建房，他明知道他没有理由拒绝出资，但他仍采取了逃避，悄悄搬出李芳菲的宿舍，躲进他的山庄里一睡睡了三天。映川接着写到，李芳菲满世界找不到张钉，只好跟一个对她有意的人借了钱，后来又嫁给了这个人。这似乎在说明，有所得必有所失，张钉在逃避了责任的同时也失去了他的恋人。问题在于，这个社会既然是一个男性社会，男人你就必须承担起责任，你逃得了初一，也逃不了十五。因此，三年以后，李芳菲又带着一个先天性耳聋的孩子来找张钉了。映川用了一个颇有深意的描述，"三年时间就像睡一觉的工夫",而一觉醒来,李芳菲就站在了张钉的面前。这就是说,哪怕你睡了三年时间,这个责任你也赖不掉。虽然像众多的女性作家一样,映川鲜明地批判了男性的不负责任,但在这种批判中映川又表达出一种宽容和理解,这构成了她不同于众多女性作家的地方。卢兰承载起了这种对男性的宽容和理解,她像圣母玛利亚一样坚定不移地朝张钉走来,把一缕阳光洒在张钉阴暗的内心,让一个沉睡的男人从黑暗中慢慢苏醒。她代张钉做主将五万元钱借给了陷入困境的李芳菲,这虽然使张钉在感动中恢复了一些男人的自信,但仍敌不过他内心的睡意。当他再一次醒来时,发现卢兰已把她自己的五万元摆在他的面前。这是卢兰夜晚兼职攒起来的工钱。这种大慈大悲才会使张钉有了担当的勇气,才不至于被王双双和杨吉卷走两千多万公款的突发事件所压倒,才会下决心让卢兰买来十斤茶叶熬汁喝,要彻底治好自己的冬眠症。映川写到卢兰一次又一次地拯救,我在阅读中一次又一次地感到映川对于男性的宽容和理解是多么的博大。她甚至让卢兰在求婚仪式上毫不犹豫地退让。在求婚仪式上女性应该扮演被动的角色,这不仅缘于男性的主宰也缘于男性的责任。但张钉却找到"时代不一样了,女人应该掌握主动权"的托词,他连这一责任也不愿承担。(当然也说明男性主宰的社会已经瓦解。)卢兰很欣然地把"嫁给我"的求婚仪式转换成为"娶了我"。

一次又一次的拯救,也是一次又一次的拯救未完成式,最终是为了推出关键的一刻。这一刻在穷凶极恶的杨吉把刀子架在张钉脖子上时来到了。卢兰为救张钉被杨吉扎了一刀。这时候,张钉终于惊醒了,他意识到自己的责任,他说:"兰子,别怕,我送你上医院。"但偏偏这时候他的嗜睡症又犯了,他简直要令我们彻底失望,这时候不是他故意逃避责任,但逃避责任已经成为男人骨子里的元素。这时候只有卢兰才能创造奇迹了,她一口咬着张钉的手,从牙缝里挤出话来张钉你不能睡,映川很抒情地描述了这一关键时刻:"卢兰的嘴紧紧吸在我的手上,像一只水蛭。我血管里静止的血液找到了突破的口子,它们上上下下欢腾地流窜。"于是张钉成为一个真正醒着的男人,抱着他心爱的女人冲向夜色里。

鲜血让男人彻底醒来,也让男人成为真正的男人。这是一个非常重要的细节。女性对男性的期待也包蕴在这个细节里。从一定角度上说,鲜血象征着暴力,而暴力构成后现代很重要的审美符号。暴力摧毁了我们曾经和谐的世界,追究起来，这也是和谐世界自身酿制的，因为人们在把世界变得和谐的同时也把暴力变得和谐起来，暴力转换成各种体面的霸权，像一把温柔的刀子杀人不见血。事实上，现代性就意味着人们只能在各种霸权的强制指挥下生存，它是一种高度和谐化的暴力。人们要反抗这种和谐化的暴力，就只能采用不和谐的方式，于是带着血腥味的暴力油然从人们内心升起。为了使血腥的暴力获得合法的地位，就只将它转化为审美的方式，于是暴力审美成为了后现代的一个重要特征，它弥漫在各种当代文化的文本之中，它甚至成为构成经典的一项重要指标。于是青春片不再甜腻清纯，而是让人们领略一帮野蛮、好斗的青春期少女的厉害。暴力审美显然具有其革命性的意义，在这里我借用摩罗先生的概括，就是说，它"以其丰富的精神资讯，构成强大的精神冲击力，无情地击碎人们的日常经验和日常思维，将人们逼到不得不正视这种既陌生又真实的艺术图像的生存极境，所以有可能促使人们焕发出最深刻的生命激情，最热切的创造欲，将开辟新生活和新人生的可能性膨胀到极限"。因此，我们不应该把当下普遍流行的暴力审美倾向仅仅看作是审美形式感的事情，它的动机更多来自对以往的精神秩序和历史结构的挑战。映川从鲜血中找到了拯救男性的途径，我以为这表现出她对时代性的一种天然感应。

到了《不能掉头》（《人民文学》2004第10期），映川仿佛对拯救男性胸有成竹，且充满了自信，于是她让拯救者隐匿到了背后，而让她心目中的男子汉带着血腥的暴力直接登场。小说的开头就是主人公黄羊杀死情敌的描写。黄羊用刀子在胡金水的身上连捅了九刀，鲜血从刀口喷射出来。我想起了列宾的油画《伊凡雷帝杀子》，但列宾传达给我们的是极度惊恐的情绪，而映川把一场血腥的凶杀描绘得像一株美艳的花朵："血雾很有力气地喷射到发黄的蚊帐、干爽的草席、暗黑的瓦顶，还有黄羊苍白的脸上。"这场血腥的暴力如同是给主人公行了一次成人礼，黄羊于是带着这股血腥味开始了男子汉的行程。在长途汽车上，两个流氓当着一车乘客要奸污何甜，正是血腥的记忆给了他勇气，他蹬腿翻身就下了床，制服了两个流氓。这一英雄般的行为连他自己都感到惊奇，要知道过去他只有受别人欺负的命，所以当何甜激动地对他说你让我见识了什么是不怕死的男人时，他的脸都害臊地红了。如果说映川在《我困了，我醒了》中，写的还是一名"问题男人"的话，那么她在《不能掉头》中就已经对全新的男子汉有了明确的表达，小说一开始的血腥暴力的洗礼，就表明一名男子汉站立了起来，他一路朝着阳刚奔去，不能掉头，因为掉头就前功尽弃，因为掉头就会回到原来的屈辱、窝囊的境地。接下来映川为黄羊设计了几次重大的行动，分别展示了她心目中一个男子汉应有的要素。首先自然是道义，在社会普遍存在着道德沦丧、正义失衡的情况下，男人能不能"铁肩担道义"就显得格外重要。黄羊在担当道义的行动中还表现出智慧。他在追回劣质饲料的赔偿款的行动中，真说得上是大智大勇，当他留张条子说他出去散散心时就表明他一定要把事情办成，他先是不动声色地在躲起来的技术员张君华家附近埋伏了几天，又打听到张的妹夫是县公安局长，一个伟大的计谋就在心中酝酿成熟了。他趁公安局长销魂之际悄悄偷走他的手枪，让公安局长乖乖地做一回大义灭亲的角色，把张君华从外地押回来，照章赔偿了养虾户的损失。最重要的是，男人应该将真情视为至高无上的追求。因此映川把最关键的行动安排在六山矿的春衣饭庄。黄羊对开饭庄的宋春衣怀着一番纯真的情感，他把她当大姐看待，他虽然无力为宋春衣改变一切，却始终像关心大姐一样地关心她。当他冒死下矿井里救人时，首先想到的不是自己的安全而是要为宋春衣争回饭庄。当真情像埋在地下的热流喷发出来以后，真正的拯救者就从背后走到前台了，拯救黄羊的恰恰就是宋春衣，但这一回的拯救不同于《我困了，我醒了》中的拯救，映川把拯救问题置于更复杂的层面。

　　映川显然不是想通过小说单纯地塑造一个理想的男子汉形象，这样的事情在现代女性看来恐怕是一种冒傻气的行为，因为我所理解的现代女性，首先是建立在女性独立意识的基础之上的。映川对于男性的拯救，说到底还是从女性独立意识出发的。从物极必反的规律来说，女性文学中过多地渲染女性与男性的对抗、以塑造反叛男权社会的新女性为宗旨的做法到今天几乎成为让男性读者也非常乐于接受的、被男性的欲望所消费的文学模式，清醒的女性作家肯定会对这一文学模式表现出警惕和反抗的。文学上的物极必反也应合了社会思潮的变化。我从有关女性主义的介绍文章中了解到，做为世界性思潮的女权主义，在风起云涌了一段时期以后，现以有一种向"后女权主义"转化的趋势。后女权主义看到女权运动对女性造成的实际伤害，对妇女解放有了新的理解。美国女权主义者弗里丹在二十世纪六七十年代尖锐地指出，所谓女性奥秘不过是男性中心社会精心策划的阴谋，但十多年以后，她却反省到，女权运动过于男性化了，女权主义成了女人想当男人的代名词，她从男性与女性对抗的立场转变为从女性的角度来肯定男女两性的差别的宽容的立场。这样一种宽容的立场也许就会把某些利益和伤害看作是男女两性所共有的。而就是试图从这一角度来理解映川对于男性的拯救。事实上，她笔下的男性首先是这个社会的受伤者。《我困了，我醒了》中的张钉不是不想担当责任，而是社会变得如此无序，不负责任被得到了纵容，他于是选择了睡觉的方式逃避社会。至于《不能掉头》中的黄羊，映川首先通过一次血腥暴力将他置于非法性的地步，他只有处在一种非法性的心理状态中才会体现出男子汉的本性。在一个合法性的生存环境里，黄羊是屈辱、卑微的，但这并非他已失去了男子汉的本性，只不过这种本性被深深地压抑。小说有这么一个细节，在合法性的生存环境里，他不长胡子令他深感自卑，为了长出胡子，他偷钱买一把刮胡刀，把脸刮得脱皮发炎。为此他只能忍受着胡金水对他的羞辱。但是，当他出色地完成了追回养虾款又开始新一轮的行程时，胡子突然从他脸上钻了出来，映川代他抒发感情："胡子，他的胡子从腮帮、下巴，积累了二十多年，用一夜的工夫钻出来，硬挺挺的像一块针毡子。"但是，这种男子汉的表征并不能带他回到合法性环境，相反，当他成长为一个真正的男子汉时，甚至在合法性环境里做"一名恪尽职守的护工"都成为一件不是名正言顺的事情。

那么，难道说，真正的男子汉只能是一种非法性的存在吗？我以为，这个问题是映川在拯救男性的过程中从心底冒出来的。她为自己设问，并以一种彻底颠覆的方式来化解这个问题。她把最初出现的一场血腥暴力解释为一场梦境，黄羊不过是在梦中杀死了阻碍他成为男子汉的胡金水，通过这种颠覆，非法性顿时成为虚幻的存在。当虚幻的存在被说破以后，黄羊变得焦躁和失态，他惶惑不知所以，于是拯救者宋春衣就出场了。她用真情呼唤着黄羊从梦境中走出。宋春衣在这里等待着黄羊的到来，她等了六年，她等待黄羊回来一块过日子，她显然会相信这是一个真正的男子汉回到生活中来。可是，我在阅读中不会像宋春衣那样充满信心。我以为映川在问题面前采取了妥协的方式，我对她的妥协表示质疑。

以上只是从若干个角度对2004年的中短篇小说作一粗略的扫描，难免挂一漏万。不过总体来说，2004年虽然热闹的是长篇小说或小说之外的东西，但真正代表小说创作水平的还是中短篇小说。长篇小说越来越变成受市场支配的产品，作家不得不为此而妥协，否则你的作品就将被这个市场所拒绝。所幸的是，中短篇小说还没有被市场所吞噬，因而在刊登中短篇小说为主的文学期刊上，我们还能够看到文学精神那恃傲的身影。仅仅以此为理由，我们都应该给中短篇小说投去更多的关注和热情。

2004年

波澜不惊的无主题演奏

——2008年中短篇小说述评

  2008年，对于中国人来说，应该是一个会在脑海中留下刻骨铭心记忆的一年。这一年，发生了那么多的惊天动地的事情，充满了轰动性和传奇性，无论是四川汶川大地震这样的自然灾害，还是北京奥运会这样的世界性的盛会，都使得2008年不再平凡，都可以成为2008年的独一无二的主题。因此各类新闻媒体在做2008年的年终总结篇时，会显得异常兴奋。但是，当我们来做中短篇小说的年度总结时，就会感到这一年的中短篇小说似乎没有沾染上半点2008年的轰动性和传奇性，似乎也没有可以聚焦的一个主题。过去的几年并不是这样，比方说，某一年可能会冒出一位新人，让人惊呼这一年是"某某年"；比方说，某一年可能会出现某一种题材或某一个话题的热点，让批评家集中谈论起类似于"底层写作"或"八〇后"这样的话题。2008年的中短篇小说简直有些如这一年不合节拍，它平淡无奇，波澜不惊；它没有中心，也没有主题。但是，如果我们抛弃官场上流行的政绩观的话，就会意识到这种平淡、这种无中心，恰是中短篇小说写作最正常的表现。小说不是新闻，更不是现实生活的跟屁虫。当这一年的小说写作并没有跟在那些轰轰烈烈的社会事件后面不断变换面孔时，就说明了小说写作具有充分的内在力量，它不需要靠外力来推动，而是按照小说写作的既有目标向前行进的。因此，2008年的轰轰烈烈，让我们看到了当下的中短篇小说写作的定力，这是一种成熟的标志。

一、从事件的现实感到精神的现实感

  首先还得说说中短篇小说的现实性。尽管我强调了2008年的中短篇小说并没有跟风去直接反映重大的社会新闻,这证明了小说写作的成熟。但这并不意味着小说写作的成熟是以疏远现实为标志的。因为道理很简单,跟风并不是紧贴现实的最佳表现。事实上,中短篇小说写作始终具有很强的现实性,每年发表的数千篇中短篇小说新作中,大量的作品是反映当下的现实生活的。但小说对现实的反映最终是要进入精神层面的,只有进入精神层面的小说才是真正具有现实感的小说。毫无疑问,充满现实精神的小说家会关注社会现实的重大事件,我相信,2008年的轰轰烈烈也在绝大部分小说家的心中留下深刻的印记,他们会在小说中表达他们的意见——当然,不会以跟风的方式。事实上,2008年的小说中并非没有直接以这一年的重大社会事件为素材的作品。比如说,聂鑫森生活在株洲市,那正是2008年初南方所发生的罕见冰雪灾害的所在地,在这场冰雪灾害中,他亲眼所见、亲耳所闻的事情给予他写作的冲动,他相继写了几个以这场冰雪灾害为背景的短篇小说,如发表在《中国铁路文艺》第10期上的《冰雪归途》、发表在《广州文艺》第6期上的《塑佛》。同样,以四川汶川大地震为背景的小说也有乔叶的短篇小说《家常话》(《上海文学》第7期)、晓剑的中篇小说《篮球》(《芒种》第8期),阎欣宁的短篇小说《母亲的绿丝带》(《福建文学》第8期)。但重要的并不在于有没有直接反映2008年重要事件的小说,而在于小说家无论是直接反映还是间接反映,都始终记得小说家职责是在精神层面上进行追问。这一点米兰·昆德拉说得非常到位,他说:"小说不研究现实,而是研究存在。存在并不是已经发生的,存在是人的可能的场所,是一切人可以成为的,一切人所能够的。小说家发现人们这种或那种可能,画出'存在之图'。"①因此,对于大多数小说家而言,他们并不满足于以小说的方式来记录社会重大事件,而是希望通过对现实的反映表达精神层面的东西。晓剑创作《篮球》的过程就体现了这一点。在四川发生大地震后,一位

---

① [法]米兰·昆德拉:《小说的艺术》,孟湄译,生活·读书·新知三联书店1992年出版,第23—24页。

电影导演约他写一个反映抗震救灾的电影,他应约深入到震中进行采访。面对太多的惨烈和哀痛,他以作家的视野,"寻找着生命表现的另一种形式——灵魂,在灾难面前以各种各样形态出现的灵魂",并有了自己的创作理念:"不写惊心动魄的事,只写惊心动魄的魂。"但他的构思遭到剧组的拒绝,剧组希望他描写国家力量正面抢救生命的壮烈、感人的场景。晓剑以为这不过是克隆"24小时直播新闻中的人物和事件",理所当然地也拒绝了剧组的要求。晓剑说:"我在最后一刻恢复了作家的情感和思维,我的责任感使我清醒地认识到,我只能以小说来反映地震中感动了我的人和事,但这人和事应该是电视新闻镜头没有摄取到的,是记者通讯报道中被忽视了的,是其他作家用诗歌、散文、报告文学所未涉及的,这就是小说作家的使命!"[1]他后来在采访素材的基础上写了一个中篇小说《篮球》,他写一个父亲为了替儿子赔篮球,偷了学校的一个篮球,谁知这个篮球是一只奥运幸运篮球,校长准备用这只篮球去抵学校的债。就在校长们找上门来时,地震发生了,人们都被压到了瓦砾之下,父亲用这个篮球接尿给儿子喝,儿子最终获救了,全国各地热心的人给他寄来了很多的篮球,但他只想要爸爸。篮球接尿喝挽救了生命是作者在采访中了解到的真事,他从这件真事出发,去追问生命的价值以及人的良知。晓剑将这篇小说命名为"新闻小说",作者的命名是对的,因为从小说的角度看,这篇作品还有不少生硬之处,未脱新闻报道的痕迹。然而我们仍要对晓剑为维护小说家的责任所做的努力表示敬意。

我们很难笼统地谈论小说的现实性,尤其不能根据小说所叙述的事件来确定小说的现实性强不强。这涉及从事件的现实感到精神的现实感的转换。当前的中短篇小说写作,现实性题材的作品占有绝大多数,但不少反映现实的作品并不能让我们从中获得多少现实的感悟。因为这类作品基本上只是停留在事件的现实感上,时间是现实的,场景是现实的,但小说的叙述却总是游离于现实氛围之外,仿佛是发生在数十年前的故事,不过是将人物穿上现代的装束而已。我们应该提倡作家贴近现实,但是我们在评价那些反映现实的小说时要谨慎地使用赞美词,只有那些从事件的现实感进入到精神的现实感的小说,才算得上真正表现了时代精神和具有现实性的小说。从这个角度看,我们完全没有

---

[1] 晓剑:《小说家的使命》,见《小说选刊》2008年第8期。

理由要求小说家要在速度上和即时性上去反映现实，而应该看他们能否在精神的深度上反映现实。

不能否认，这些年来，作家们在精神深度上做出了极大的努力，2008年的中短篇小说中也不乏这方面的佳作。如叶舟的中篇小说《羊群入城》（《人民文学》第8期），一群羊浩浩荡荡地开进了高楼林立的城市，这样的场景大概只会出现在处于现代和前现代交叉的西北城市，然而就是这样一种现代与前现代交叉的文化位置，会让我们对现实的问题看得更真切，因此作者叶舟说他几次在西宁见到羊群拥进大街的真实情景时认为"这是一种神示"。但作者并不是简单地书写这样一个在现实生活中看到的场景，而是力图写出他获得的"神示"，于是他塑造了一个能和羊说话的羊倌平娃，他与羊群倾情的沟通反衬出这个现实世界人与人之间的变态。马秋芬的中篇小说《朱大琴，请与本台联系》（《人民文学》第2期），以一种反讽的笔法讲述了城市媒体如何忽悠社会下层弱势群体的，故事构思完全来自她在日常生活中与农民工交往时的一点一滴的感受，这点滴感受汇聚到一起就成为了一个困扰着她的久久挥之不去的"影子"："在都市人文生态的骤变中，农民工生存的苦难固然存在，但比这苦难更严酷的是精神遭遇。那鲜为人知的精神苦难，是最令人沉重的。"

作家具备了较强的现实精神和现实品格，也会在那些非现实题材的写作中体现出来。如蒋韵的《英雄血》（《北京文学》第10期），虽然写的是半个世纪前中国革命战争中的故事，但作者的表达的主题完全来自现实。蒋韵精心设计了她的小说，她分别讲述两个姐弟的故事，一个是关于中国姐弟的故事，一个是关于日本姐弟的故事。第一个故事把我们引向仇恨。一伙日本鬼子经过石湾村，面对手无寸铁的老百姓，大开杀戒，血洗村庄，宝生的姐姐在鬼子的血洗中，惨遭凌辱。与姐姐相依为命的宝生痛不欲生，毅然走上了复仇的道路，他加入八路军，出生入死，成为了革命军队里的一名团长。蒋韵把这种关乎民族大义的仇恨写得非常充分。接下来她又讲述了另一个故事。这一个故事把我们引向信仰。想做外科医生的日本人吉田耕夫被征兵到了中国境内，但他的姐姐临行前送给他一条白绫，上面是姐姐血书的大字："弟弟呀，我为你哭泣，你不要死去！"怀揣这样一条白绫，走上战场的吉田耕夫就神秘失踪了，他后来成为八路军的一名外科医生，以他高超的医术救治了不少生命。但真正让吉田耕夫放下手中武器的并不完全是姐姐的嘱托，而是一个崇高的信仰。他是一名日本共产党员,共产党员的信仰使他与侵略者决裂,哪怕他与侵略者属于同一个民族。突然间,蒋韵在一条河道上决开一个口子,于是两条河流汇合到一起,两个单纯的故事纠缠在一起,掀起了惊涛骇浪。团长鲍仇负伤送进了医院,是吉一刀抢救了他的性命。当鲍仇得知救他一命的医生是一名日本人时,他二话没说,掏出手枪就把他的救命恩人打死了。蒋韵分别讲述的两个故事对于我们来说并不陌生。第一个仇恨的故事可以说是几十年来的抗日题材文学的基本模式,甚至也成为革命历史叙事的基本模式。第二个信仰的故事则是我们讲述国际共产主义战士的基本模式。我们一直听着这样的故事,我们的历史也在这样的故事中建构起来。但这样的故事在单独讲述的时候具有充分的合理性,当把它们搁置在一起时,就会发现它们难以在一个历史话语中接榫。也许我们早就发现了这个问题,但我们并不想去修正它。也许我们都是因为仇恨才想到了英雄,才诞生了英雄。英雄总与血相连,而且流也流不尽,这背后其实包含着传统文化的伦理精神。传统的伦理精神中包含着仇恨动力学,它让人们牢记仇恨,心中有了仇恨就有了改变现实的动力,于是历史演绎为复仇史。在二十世纪的革命时代,仇恨动力学有了更新的现代装束,它叫阶级斗争学说。今天的人们吹着香风,喝着美酒,当然不希望老是让仇恨这杯苦水来败坏了胃口,有的人于是用另外的方式去讲述历史:他们或者宽宏大量地亲手为侵略者擦拭掉军刀上的血痕,或者干脆让热血女青年与汉奸在床上演绎一场色与欲的好戏。就是在这样一种背景下,蒋韵来讲述抗日战争的故事,这不能不使得敦厚的蒋韵变得凄厉起来。因为战争造成的灾难是不能抹去的事实,而在灾难中酿造的深仇大恨,牢牢地铭刻在历史的界碑上,这印记同样也是抹不去的。蒋韵不仅要将这历史的残酷性强调出来,而且还要告诉我们,正是这种残酷性中生长起来的仇恨贯注在人们的血液里,才有了英雄的壮举。这就是说,英雄是仇恨的血浸泡出来的,英雄在报仇雪恨中成就了英雄的伟业。既然如此,我们今天忘记仇恨也就是忘记历史,否定仇恨也就是否定英雄。今天的和平是凝固着鲍仇这样的英雄血的。然而我们就没有办法让英雄免去死的厄运吗?其实蒋韵在这篇小说中最终要追问的恰是这个问题。这就回到日本人吉田耕夫的故事了。吉田耕夫是民族战争中的另一种悲剧,这一悲剧体现出信仰与现实之间所存在的深深沟壑。一个有着崇高信仰的人也许不会被现实所理解、所接受,但一个人在信仰之光的烛照之下,就能超越现实,做出非凡之举。我们难道不能说，吉田耕夫也是一位英雄吗？相比较鲍仇和吉田耕夫，一位是用仇恨塑造的英雄，一位是用信仰塑造的英雄。因为信仰的引领，吉田耕夫的英雄行为更能超越民族的局限和现实的局限。蒋韵的《英雄血》就像一杯仇恨与信仰搅拌的苦酒，虽然是苦涩的，却让我们沉思。这种沉思在今天显得如此的必要。因为解决这一历史症结已经成为了全民族的共识。

二、全球化语境下日益开放的文学视野

大洋彼岸的美国刮起一场"金融危机"的风暴，我们马上感到了彻骨的寒意，因为全球化的趋势将世界连成了一体，这无疑也影响到小说创作，因为我们不得不在全球化的语境下进行思考。全球化语境让我们的文学视野越来越开放，这一点也突出体现在中短篇小说的写作之中，即使在那些看似很传统的题材里也能嗅出一些全球化的海腥味儿。是的，全球化像强大的海风扑面而来，我们都躲闪不过，但我们的很多作家很难说已经作好了准备迎接海风的吹拂，在他们的作品里，我们能够读出他们内心的困惑。葛水平的中篇小说《纸鸽子》(《小说界》第2期)就让我感受到了这一点。小说写的是家长为孩子网络上瘾而焦虑的故事。吴所谓这个中学生沉迷于上网，这让做母亲的何明儿非常苦恼，她想尽办法劝阻儿子不上网，甚至虚拟出一个网名通过QQ与儿子聊天，想套出儿子的真话。这一切都无用，最终，母亲几乎是用自己的生命才使得儿子回心转意。在作者看来，网络只能是纸鸽子，儿子想要放飞它们，但"鸽子们不是飞走的，是掉下去的"。叙述之间我们能感受到作者对网瘾的痛恨，她是在用自己的生命来维护下一代，"我多么希望孩子们，能做一个干干净净，儒儒雅雅，顶天立地的大写的'人'啊，而不是网络中的瘾者，糟蹋尽青春年华！"[①]当然，我们也从中感受到了作者的焦虑和困惑，也许作者还没有做好充分准备去应对网络这一全球化带来的新事物，因此作者在展开故事情节时，就对如何解决母亲与儿子的矛盾冲突感到了迷茫，但可贵的是，作者"保持一颗诚实的心来叙述"，包括叙述她的焦虑和困惑。曾被视为打工文学代表作家的王十月，身处改革开放前沿的深圳，更能体会到全球化的海风猎猎，这有助于

---

① 葛水平：《网络有生死对称的两片嘴唇》，见《中篇小说选刊》2008年第3期。

他开拓小说叙述的空间。他的中篇小说《国家订单》(《人民文学》第4期)就是一个证明。小说虽然写的仍是打工者的生活,但明显与作者以前写的作品相比有很大的变化。这是一个小小的民营工厂,这样的小工厂在深圳大概会有数千家,但这家小工厂接到了美国的一单大业务,要为美国市场赶出一批美国国旗。因为美国"911"恐怖袭击事件后,民众的爱国热情高涨,市场上的国旗供不应求,才到中国来寻求支援。把美国"911"事件与中国打工者的生活联系起来,这是绝妙的想象。然而也就是这样一种全球化的语境下,作者升华了打工文学的主题,它让我们认识到,国家利益是至高无上的,但是,在这个物欲第一的世界里,国家利益正在成为人们攫取财富最冠冕堂皇的名义。国家的"订单",获利者是谁呢?读完这篇小说,也许会让我们思索这个问题。何止国家利益,任何美好、善良和崇高的东西,都有可能成为私欲的口实。就像今天社会上叫得最响的"关注弱势群体""关注农民工",而这些言行的背后是否也藏着污垢。王十月的这篇小说可以说是对关注底层的社会潮流所表示了一点小小嘲弄。他提醒打工的兄弟们,更要警惕像周诚这样满嘴仁义道德的"好人",他们是更坚硬的石头,对我们脆弱的心灵,也对我们的社会,会带来更大的伤害。

当然,在谈论全球化语境下的开放视野时,不能不提到海外兵团的贡献。我在2006年进行年度评述时就说过:"有一支海外军团在近几年的崛起,的确是一件令人欣喜的事情。二十世纪八十年代以来,中国形成了又一次波澜壮阔的出国留学潮,而这支军团的成员都是出国留学潮中移居海外的中华儿女,他们挟带着中国经验,在异国文化的碰撞下激发出新的思想火花,他们加入当代中国的文学写作中,无疑带来一种新鲜的叙述语言。哪怕同样是在讲述中国土地上的生活,却是别开生面的天地。"[①]在此后的每一年里,总会有几位来自海外的作家给我们带来新鲜的经验和视角。2008年同样也不例外。如笛安的短篇小说《圆寂》和《阿德与史蒂夫》(《天涯》第2期),《塞纳河不结冰》(《十月》第5期),葛亮的中篇小说《阿霞》(《天涯》第2期),陈河的中篇小说《西尼罗症》(《人民文学》第6期),袁劲梅的中篇小说《罗坎村》(《人民文学》第12期)。

笛安是我们比较熟悉的作家了,她同时也做为"八〇后"的一颗闪亮的星

[①] 贺绍俊:《高原状态下的平庸和躁动》,见《理论与创作》2006年第2期。

星，使"八〇后"的阵营更为瑰丽。《圆寂》带有一种宗教情怀，让我们感到了一位年轻人的成熟。葛亮这个名字对于我们来说则比较陌生，因此《天涯》杂志是将他做为一位难得的新人隆重推出的，《天涯》第2期为他做了一个专辑，除发表他的两个短篇外，还配有韩少功、孔见等人的推荐文章。葛亮七十年代末期出生于南京，在香港上学，现执教于香港浸会大学文学院。严格说来，身处香港的作家不能称之为海外，香港回归已有近十年了。但文化的回归远远不是一次交接仪式就能解决了的，正是香港特殊的政治地理环境，使得这里的文化语境更为复杂。我曾在另一位香港作家吴正的小说中读到了这种复杂文化的浸染。吴正出生于二十世纪五十年代，八十年代移居香港。也是这一缘由，我们有理由对葛亮给以更多的关注。《阿霞》的故事看似是一个底层文学的故事，但小说叙述的基调和姿态明显不同于底层文学。阿霞是一名贫困乡村的女孩，来到繁华都市，在一个小餐馆里打工，她得到不少人的怜悯和同情才在都市里站住脚，但最终都市还是接纳不了她的善良和单纯。韩少功称赞这篇小说是一篇"真正感觉力强大的小说"。韩少功认为这篇小说的独特之处就在于，其圆熟的艺术感觉和叙述"指向他者，不光是指向自我；指向贫贱，不光指向奢豪；指向本真，不光指向流行——从而与传媒上大量的无病呻吟拉开了足够距离。给这篇小说戴上一顶'底层文学'的帽子当然不算太难，但这显然不足以描述它在我们心里的打击和震波。这个作品对一般政治和道德立场的超越性在于，它昭示一个人对艺术的忠诚，对任何生命律动的尊崇和敬畏，对观察、描写以及小说美学的忘我投入。从某种意义上来说，他是这个时代感觉僵死症的治疗者之一。诸多'人已经退场''个性已经消亡''创作就是复制'一类的后现代大话，都在这一位年轻小说家面前出现了动摇"[1]。陈河也属于一位海外兵团的新人，近两年相继在国内刊物上发表了为数不多的几篇小说，还没有引起人们的足够注意。但2008年的《西尼罗症》的确是一篇想象奇特的作品，这完全是一种地球村式的想象，作者的想象没有了文化乃至国界的障碍，自由地在地球村里漂移。

袁劲梅的《罗坎村》可以说是作者在以小说的方式表达她对中国社会问题的思考，也许应该将这篇小说归入到社会学的成果里去。我一直敬佩中国的社

---

[1] 韩少功：《葛亮的感觉》，见《天涯》2008年第2期。

会学家这些年的学术进展，他们从社会的细胞入手，对当代中国的政治、经济以及阶层的基本形态有着深入的解剖和分析，其实当代的小说家应该好好向中国的社会学家学习，从他们那里是能够获取很多有益的资源的。我由此都怀疑袁劲梅是否也是研究社会学的，至少也应该是对社会学充满兴趣的。袁劲梅在小说中描述的罗坎村应该是她想象中的中国社会形态的一个缩影。罗坎村是一个伦理化的社会形态，这个社会以伦理原则来维护社会秩序。它也有法庭，法庭设在猪场，这本身具有某种反讽意味，也表明了作者的基本立场。传统的罗坎村虽然消失了，但作者显然要表明的是，今天的社会，特别是官场社会，实际上不过是被进行现代处理了的伦理化社会形态，因此，人际关系显然格外重要。有意思的是，作者要让罗坎村长出脚来，竟然一脚跨出国门，伸进了美国社会。美国社会是一个法治化的社会，让一个伦理化社会的罗坎村镶嵌进来会有什么情景发生呢，于是我们就看到了罗洋、老邵、罗清浏等人物的遭遇，并从他们的遭遇中若有所思。小说中的"我"应该说代表了作者的立场，她似乎是不偏不倚地对待两种社会形态，并不想对其进行优劣判断，因为的确每种社会形态都会有自身的问题。但毫无疑问，她希望揭示出中国社会问题的症结所在，她对此也鲜明地表达出批判性。对社会问题进行批判，在当下的中短篇小说中并不乏这样的作品，但《罗坎村》仍然让我们感到了新鲜，因为作者找准了穴点，这应该得益于她有了中西方文化的双重参照系。

三、中年化的小说文体

中短篇小说对于当代文学来说，具有特殊的意义。在现代化不断加速的进程中，社会的文学生产系统发生了巨大的流变，文学已经不像传统时代那样基本上统一在一条文学链上，而是处于多样化的、生态化的文学环境之中，文学一方面更加丰富多样，另一方面也变异得非常厉害，纯正的文学显得相当脆弱。在这种背景下，中短篇小说的意义就彰显了出来，它几乎成为了文学的安身立命的场所。孟繁华认为，中篇小说是代表了改革开放三十年文学高端成就的一种文体，他说："八十年代初期以来，中篇小说在大型文学刊物的推动下，有了突飞猛进的发展，中篇小说的创作积累了丰富的经验，它的容量和传达的社会与文学信息，使它具有极大的可读性；当社会转型、消费文化兴起之后，大型文学期刊顽强的文学坚持,使中篇小说生产与流播受到的冲击降低为最小限度。文体自身的优势和载体的相对稳定,以及作者、读者群体的相对稳定,都决定了中篇小说在物欲横流时代获得了绝处逢生的机缘。这也是中篇小说能够不追时尚、不赶风潮,能够以'守成'的文化姿态坚守最后的文学性成为可能。在这个意义上,中篇小说很像是一个当代文学的'活化石'。"[1]孟繁华是从三十年的跨度来总结中篇小说的,其实我们完全可以从现代文学发生学的角度来认识中篇小说(当然也包括短篇小说)。中短篇小说是现代文学酝酿生成的一个新文体,在现当代文学近一百年的发展过程中,这一文体逐渐成长、成熟,到二十世纪八十年代,基本上定型,因而成为当代文学的主心骨。这才有了孟繁华所说的代表着三十年的高端文学成就。今天,当文学不断面临着泛化、矮化、俗化的危险时,中短篇小说就成为了一个文学的避风港,成为了作家坚守文学追求的安身立命的场所。如今,长篇小说越来越适应于这个浮躁的、欲望化的时代,它追逐时尚、揣摩市场,也许更显得青春,更显得鲜亮。相对来说,中短篇小说就是一种中年化的小说文体。所谓中年化的小说文体,是说它像一个人步入中年,思想成熟,处事成稳,而事业也渐入辉煌。中短篇小说至今在文体上达到了圆熟的程度,因而那些长期执着于中短篇小说写作的作家,并非要在这个领域制造轰动效应,而是要在这个相对稳定的空间里寄托或抒发自己的文学理想,因而中年化的小说文体就为一些作家提供了这样一个磨炼艺术功力的场所,使其创作保持着一个相对稳定的艺术水平,体现出中年化的成熟、成稳。当中短篇小说逐渐成为一种中年化的小说文体时,故事性就不会构成唯一的要素,我们就能从中读出更多的文学性的深层内涵和艺术韵味。而当中短篇小说越来越趋向于成为中年化的小说文体时,我们就不要指望它会造成多大的社会轰动效应。因此,从这个角度看,2008年的中短篇小说的波澜不惊的状态并不是一桩坏事。从中年化的小说文体这一角度来看一些长年坚持中短篇小说创作的作家,就会发现,他们在2008年的创作仍保持着他们固有的水准,有许多可圈可点之处。

做为中年化的小说文体,一个突出的特征是作家以系列性的构思方式来经营中短篇小说创作。如叶广芩的"京味怀旧"构思,杨少衡的官场人事构思,

---

[1] 孟繁华:《一个文体和一个文学时代》,见《文艺报》2008年7月11日。

徐则臣的"花街"系列,鲁敏的东坝系列,等等。叶广芩的《豆汁记》(《十月》第2期)沿用她的"京味怀旧"的构思,以一出传统京剧经典为引子,牵出一个独特的人物。这样的构思非常精巧,这不仅要求作者吃透京剧的神韵,而且还要嫁接到小说人物中天衣无缝。以这样的构思写一篇小说就很见功夫了,然而叶广芩接连写了好几篇,每一篇都让人赞叹,足见出叶广芩在中篇小说上已臻炉火纯青的程度,而我更叹服她的艺术追求的执着和勇气。作者在《豆汁记》中,首先引同名传统京剧中金玉奴的唱段"人生在天地间原有俊丑,富与贵贫与贱何必忧愁"作题记,这就是小说主人公的基调,出身低贱的莫姜正是以这种人生姿态面对风风云云。莫姜是一个文化遗迹式的人物,她出身下层,进入皇宫后受到贵族文化的熏陶,逐渐被传统礼教所驯化,虽然这使得她身上带上了奴性,但礼教中蕴含的道德精神又使她修炼出高雅的美德。在她身上,体现出传统文化的二重性。这是一个文学作品中少见的典型形象,具有很丰富的内涵。杨少衡的官场人事构思也是值得我们关注的,他写官场总能写出新意,总能找出新的视角。他对中篇小说写作也倾注了极大的热情,因此他的创作量也是很大的,2008年就有《多来米骨牌》(《人民文学》第1期)、《比铁还硬》(《芙蓉》第3期)、《鸟类生活》(《小说月报·原创版》第6期)、《湖洼地》(《中国作家》第3期)等作品,《多来米骨牌》塑造了一位"另类"官员张子清,杨少衡说张子清是"非标准",其实非标准是按官场潜规则来衡量的,我们不可忽视这类"非标准"的官员,因为或许正是非标准的"多来米骨牌"的存在,才避免了官场腐败无能的"多米诺骨牌"效应。徐则臣和鲁敏是"七十年代出生"作家中的领军人物,这些年执着于中篇小说写作,显然对这种中年化的小说文体得心应手了,因此他们尽管在尝试着不同的题材,但同时也有各自的系列构思。尽管徐则臣的中篇小说《天上人间》(《收获》第2期)是一篇不错的作品,但我更愿意推荐他的花街系列。他以花街为地域文化背景的怀旧式小说系列在2008年又有新收获,如《大家》第4期上的两个短篇《南方和枪》和《我的朋友堂吉诃德》,《十月》第4期上的中篇小说《夜歌》。花街完全成为了作者的精神故乡,而作者在这个系列上的不断耕耘,其叙述风格日臻成熟老练。鲁敏在2008年也发表了好几篇她的"东坝"系列,如中篇小说《纸醉》(《人民文学》第1期)、《墙上的父亲》(《钟山》第1期)和短篇小说《离歌》(《钟山》第3期),从这些小说中我们能感觉到作者对于人生的体验和审美的表达是相对稳定的。鲁敏对自己的系列写作有一个描述,她认为在这些小说中"另外还有一个主角的,甚或是唯一的主角:东坝,那里,温柔敦厚,圆通自足,人们有礼相亲……"[1]这其实也说出了一位作家为什么要去坚持进行中篇小说的系列写作的理由。

除上面提到的一些作家之外,王安忆、迟子建、范小青、须一瓜、胡学文等作家也是近些年进行中短篇小说写作的主力,他们在2008年仍有不俗的表现。王安忆的中篇小说《骄傲的皮匠》(《收获》第1期)和《月色撩人》(《收获》第5期)分别发表在年初和年尾,两篇小说写的都是在繁华都市里生活的乡下人。前者是一个小皮匠,大上海的气势并没有吓倒他,反而使他变得更为"骄傲",他以骄傲的姿态去维护自己的一片天地。后者讲述了来自江南的外乡女孩提提的遭遇,字里行间透露出对生命的关爱与反省。如同以往的小说,王安忆对人物刻画的细腻精准和对语言的讲究,在这两篇作品中得到了充分的展现。韩少功则是以思想见长,他这些年来特别注重文体形式,也许在他的创作理念里,形式被等同于思想本身,每一种思想表达都应该找到一种最适合的形式来承载。他在短篇小说《第四十三页》(《香港文学》第7期)和《西江月》(《西部·华语文学》第3期)都可以从其形式的新颖中体会到他的思想的智慧。当然,迟子建的中篇小说《布基兰小站的腊八夜》(《中国作家》第8期)和短篇小说《一坛猪油》(《西部·华语文学》第5期),范小青的短篇小说《幸福家园》(《人民文学》第6期)、《右岗的茶树》(《山花》第4期)和中篇小说《暗道机关》(《上海文学》第3期),须一瓜的中篇小说《乘着歌声的翅膀》(《山花》第9期)、《二百四十个月的一生》(《上海文学》第1期),胡学文的中篇小说《大风起兮》(《福建文学》第5期)、《轨迹》(《长江文艺》第3期),乔叶的中篇小说《最慢的是活着》(《收获》第3期)等等,都可以说是证实了作者在中年化的小说文体中进入到得心应手的地步,是他们的成稳成熟之作。

在2008年中短篇小说的版图中,还有两位老作家加入了进来,一位是王蒙,一位是宗璞。虽然他们各自发表了一篇作品,但我们不应该低估他们的分量,王蒙的短篇小说《太原》(《上海文学》第7期),完全是散文的笔法,在很短的篇幅里,将几十年的历史沧桑浓缩在一个具体的地理空间里。宗璞的

---

[1] 鲁敏:《主角其实是"东坝"》,见《小说选刊》2008年第2期。

《恍惚小说》（四篇）（《中国作家》第8期），以近乎白描的叙述，追忆往事，感叹人生。无论是散文化，还是白描，都是一种潇洒自如、庖丁解牛的境界，毫无疑问，中短篇小说在两位老作家的手下，更是一种稳定成型的文体，对他们而言，这种成型不是一种约束或障碍，在写作技巧上，他们已经法归自然，也许只有他们所表达的思想情怀和人生感叹，才把他们与年轻一代拉开了距离。

2008年

第六章

时代回望

《山乡巨变》中的隐形身份转变

身份认同是个体对自我身份的确认和对所归属群体的认知以及所伴随的情感体验及行为模式进行整合的心理历程。身份认同是对主体自身的一种认知和描述，包括很多方面比如，文化认同、国家认同。作家进入写作时便面临一个身份认同的问题，他要在自我身份与所归属群体的认知之间进行调整和取舍，身份认同的问题处理得是否妥当，关系到一个作家的主体性能否在写作中得以充分地彰显。

中国当代作家都有一个身份认同的问题，这一点表现在两个方面，一方面是民族身份认同的问题。中国是一个多民族的国家，现在官方承认的民族为56个，除汉族以外的叫少数民族。但当代文学的主流是以汉语写作的文学，因此少数民族作家用汉语写作时就面临一个身份认同的问题。另一方面则是一个政治身份认同的问题。因为中国当代文学是革命胜利者的文学，每一个作家面对革命也存在着一个身份认同的问题。周立波的身份认同属于后者。周立波在延安时期就完成了身份认同，周立波的妻子林蓝说得非常准确，她说"周立波首先是一名革命战士，然后才是一位文艺家"，她还说周立波"完全是为革命工作的需要而写，他是为革命而执笔为文的"①。周立波一直是以革命作家的身份进行写作的，这使他写出了能够得到革命文学阵营充分肯定的长篇小说《暴风骤雨》，该小说获得了苏联的斯大林文学奖。但周立波在写作中并非仅仅只有革命作家这一个身份，同时还要看到革命作家的身份对于周立波来说也具有一

---

① 林蓝：《战士和作家》，《人民文学》1981年第11期。

种约束的作用，使他难以发挥出他特有的文学才华。然而在一定的条件下，周立波在写作中能够发生身份的转变，从而能够摆脱革命作家身份的约束，使自己的文学才华得到有效的发挥。《山乡巨变》就是这样一部优秀之作，由于隐形的身份转变，使作品具有了更丰富的文学意蕴，因而从革命文学的角度看，它是非典型性的；而从乡土文学角度看，它不仅是典型性的，而且是富有独创性的。

周立波具有较好的中国古典文学的功底，在他求学期开始，他就对外国文学充满兴趣，打下了扎实的西方文化的基础。周立波翻译的外国文学作品就有近百万字，俄罗斯和苏联的作家对周立波的影响无疑是最大的，但同时他也密切关注当时世界文坛的走向，不少现代作家和作品都是他很喜欢的。他评介过马克·吐温、乔伊斯、萧伯纳、罗曼·罗兰、托尔斯泰、高尔基、普希金等作家，而且从他的一些评介诸如日本、波兰、西班牙等国文学的文章中可以看出他对当代外国文学创作的熟悉和了解。无论是中国古典文学，还是西方及俄苏文学，其精英文化特质对周立波具有深刻影响，并成为周立波文学理想的底色。这是做为作家的周立波很重要的身份：一个精英文学的作家身份。但是当他在延安接受了革命理论的教育，在完成革命作家的身份认同中，他毅然地对自己的审美情趣进行了自我批判，把自己身上的精英文学底色看成是必须舍弃的小资产阶级情调。他说："我们小资产阶级者，常常容易为异国情调所迷误，看不起土香土色的东西。"认为自己"是中了书本子的毒。读了一些所谓古典的名著，不知不觉地成了上层阶级的文学俘虏"。在延安时期完成了革命作家的身份认同之后，周立波就将自己的精英作家身份完全掩饰了起来。

完成了革命作家身份认同，也就意味着周立波的写作变得比较纯粹起来，革命内涵和革命指向相对来说比较明确。但是，经过长时间训练的精英文学的底色涂抹在他的内心深处也是不会轻易地被剔除干净的，这层底色始终存在于他的内心，只是未被触动而已。然而有了适当的条件，这层底色也许就会被激活，影响到他的写作。比如在他阅读的大量外国文学作品中，苏联的文学作品同样可以视为革命文学，他会因为在写作中吸收苏联文学的经验而复活了身上一部分精英审美趣味。他的《暴风骤雨》就有着苏联小说《毁灭》和《被开垦的处女地》的痕迹。但这种影响还很有限，并没有从整体上改变他的革命作家的写作身份。写作《山乡巨变》的情景大不相同。因为他回到了家乡，家乡的山水和亲人是他当年学习古典精英的亲密陪伴，在这里他感到一种久违的温情，这使他一定程度上卸下了厚厚的政治防护，他会不由自主地以精英作家的身份看待家乡的一切，他对家乡生活环境中的精英文化也会有一种亲近感，特别是因为当年他在家乡就是接受了这样的精英文化才开启了心智的，所以他回到家乡后，不仅对此会有亲近感，更有一种敬仰之情。尽管从理性的层面说，周立波是以革命的理念来处理《山乡巨变》的构思的，但在写作中他对精英文化的亲近感和敬仰之情也会不期然地在适当的时候流露出来。比如周立波在小说中就安排了一个代表着乡村精英文化的人物，这个人物着墨不多，也不显眼，但很关键。这个人物就是在清溪乡当过老师的李槐卿先生。这个人物在小说中很晚才出场，我猜想也许在周立波最初的构思中并没有给他安排相应的位置，但随着写作的展开，周立波对家乡的亲情也一点点浸润开来，这个代表着乡村精英文化的老者就在他的内心清晰起来，并自然而然地走到了他的笔端："这时候，厢房门口出现一个单瘦微驼的老倌子。大家让开一条路，老倌子戳根拐棍，颤颤波波，走了进来。他胡须花白，手指上留着长指甲，身上穿件破旧的青缎子袍子，外套一件藏青哔叽马褂子，因年深月久，颜色变红，襟边袖口，都磨破了。"[①]这分明是一个在乡村很普通却又很令人尊敬的长者形象，他没有威权，却凭着他的修养和知识获得人们的尊敬，因此他一出现，大家就让开了一条路。这位老者尽管出场不多，但在周立波的心目中却占有很重要的分量，像小说中好几位周立波非常欣赏的人物都是这位老者的学生。一位是清溪乡的党支部书记兼农会主席李月辉，还有一位是常青农业社社长刘雨生。周立波也通过李月辉，表达了对李槐卿先生的敬意。李月辉说："你不晓得，我们这位老师，人真是好，他把文天祥的《正气歌》背得烂熟。国民党强迫他填表入党，他硬是不肯，差点遭了他们的毒手。日本人来，他跟难民一起逃到癞子仑，躲进深山里，吃野草度日，宁死也不愿意当顺民。"[②]事实上，李槐卿这样的人物就是农村的乡贤绅士，他们是建设乡村文明的基石，也是维系乡村一个地区文明秩序的引领者。当

---

① 周立波：《山乡巨变》上海文艺出版社1982年出版，第112页。

② 同上，第113页。

然这是针对传统社会而言的，当中国近代以来发生的革命运动最终推翻了旧的社会制度，乡贤阶层也伴随着旧制度的倒塌而失落，他们甚至成为了革命的对象。但是必须看到他们曾经起到承载和传递精英文化的作用。周立波做为一名革命作家，他当然对阶级队伍的划分有清醒的认识，知道乡贤代表着旧时代，是需要施以革命的对象。但当他回到家乡，家乡山水唤醒了他的少年记忆，在他的内心深处对此难免滋生出犹疑和困惑的。至少，深厚的精英文化积淀是难以用理性的方式彻底从他的文化品性中剔除干净的。于是我们就在周立波的创作之中，看到了精英文化不期然地流露和呈现。这就构成了周立波创作的重要特点：从表层看，作品具有明确的思想意图和政治倾向性，而在艺术风格和审美倾向上则透露出作者的精英情趣。黄秋耘就撰文指出："比之《暴风骤雨》，《山乡巨变》在艺术上无疑是更为成熟和完整的，但缺少前者那样突出的时代气息，那种农村中阶级矛盾和阶级斗争的鲜明图景，这是令人感到美中不足的地方。"[1]

精英文化造就了周立波乡土文学的诗意美、抒情性和宽宏隽永的善意，这在《山乡巨变》中表现得非常突出，使得五十年代以来被改造为"农村题材小说"的乡土文学没有因为过度的意识形态化而完全丧失乡土文学的田园韵味，没有因为过于直接的政治功利性而失去乡土文学咏叹人性和人情的艺术魅力，也没有因为过分地追求通俗而让乡土文学蜕变为民间文学，保持了乡土文学应有的典雅性。更重要的是，精英作家的身份也使周立波悄悄地修正了一些革命的激进观念。比如他对李月辉这一乡村干部的塑造。合作化运动强调要快速发展，但周立波偏偏将李月辉设计为不温不火的慢性子，干工作也不慌不忙。他还曾被批评为"右倾"。但周立波似乎喜欢上了这位温和的慢性子，也认同李月辉的思想认识。邓秀梅应该是小说中表达主题意义的人物设计，是周立波完全以革命作家身份塑造的一个人物形象，而在写到李月辉时，周立波隐形的精英作家身份凸显了出来，笔下流露出对李月辉的无比欣赏。尽管邓秀梅和李月辉在工作中不可避免地要产生矛盾冲突，但周立波则巧妙地将两人的矛盾处理成和风细雨。比如他写邓秀梅批评李月辉不求冒进的右倾思想时，是这样的："'你真是个婆婆子，李月辉同志。'邓秀梅笑着

---

[1] 黄秋耘：《〈山乡巨变〉琐谈》，《文艺报》1961年2月26日。

说他。"而李月辉的态度则是："李主席没有回应，自然也没有发气。"这也是隐形的写作身份所带来的一种文学魅力。因为隐形，就不会与显在的写作身份构成剑拔弩张的紧张关系，更不会造成颠覆性的后果，而是一种暧昧、含蓄的效果。尽管如此，周立波会在小说中尽量表现出对李月辉的欣赏和肯定。比如小说充分显示出李月辉在农民群众中享有极高的威望，无论男女老幼都喜欢他，盛淑君的表白最直接也最有代表性，她说："李主席没讲过的话，我统统不信。"事实上，通过李月辉这一人物的塑造，周立波已经体现出他对合作化运动有着与官方不太一致的独立思考。比如李月辉就说过这样的话："社会主义是好路，也是长路，中央规定十五年，急什么呢？还有十二年。从容干好事，性急出岔子。三条路走中间一条，最稳当了。"这显然是一种与当时公开报纸上的统一论调不相一致的观点，这种观点是周立波独立思考的结果。必须看到，这种独立思考并不是来自做为革命作家身份的周立波，而是来自与乡村精英文化有着密切联系的精英作家身份的周立波。但毕竟这种精英作家身份只是以隐形方式出现的，因此小说中所表现的对于合作化运动的独立思考并没有任其无限扩展开来，并没有对革命作家身份构成根本性的伤害。

研究周立波在写作中的身份认同，其实在当代文学中具有普遍性的意义。在现代社会，身份变成一个非常复杂的元素，一个人可能具有多重身份，作家在写作中可能会有多重身份在起作用，甚至多重身份会互相冲突，从而构成了写作的复杂性，具有一种内在矛盾的张力。因此，一个作家如果过于执着于某种身份认同的话，可能会约束自己的写作。梳理中外文学史也许能发现一条基本规律：一个优秀的作家往往会忽略自己的身份认同，而是更倾向于将自己视为一位人文理想的坚守者，一位美学的创造者。文学从本质上说是人类想象力的自由空间，一个作家如果把握了文学的本质，就会逾越外在身份的约束，让想象力得到自由的舒展。周立波本来就是一位对自由想象充满憧憬的作家，还在他尚未完成革命作家身份认同之前，他曾写过一篇小说《麻雀》。这是他年轻时被关进监狱里所写的一篇小说，他以一只麻雀为核心，表达了监狱里的革命者对自由的渴望。小说写小陈在午睡时捉到了一只飞进铁门里的麻雀，他将麻雀藏在监牢里，狱友们知道了这一消息，都要小陈将麻雀传过去给他们看，"在外面，谁都不会欢喜麻雀这种过于平常的小鸟，但在囚房里，它变成了诗里的云雀和黄鹂"。小说写麻雀给监狱里带来的难得的欢乐，周立波是这样叙述的："有了一个初从外面进来的小小的新鲜的对象供我们，容受我们所有的喜爱和温存，也使我们的心神飞驰到阳光照着的青色的野外，暂时忘了眼前的狭窄和灰暗。"大家争论起要不要放走麻雀，最后决定留到第二天中午再放走，并让它带一封信走。经过讨论，这封信是这么写的："请爱惜你的每一分钟的自由，朋友。提篮桥监狱囚人启。"这篇小说曾受到严文井的激赏，严文井同时还认为："这个短篇比他以后受某些条条框框束缚写出来的某些作品，更为动人，更有着永久的艺术魅力。"严文井的确一语中的。也就是说，周立波以后以革命作家的身份进行写作，这是他的自觉选择，这使他能够为革命文学事业做出积极的贡献，但不可否认，当他执着于革命作家这一身份认同后，他的写作就不得不受到一些条条框框的束缚，他身上原有的自由想象的天分就难以施展出来。

周立波的创作实践充分说明，在当代文学史上，作家在写作中的身份认同曾是一个无法回避的问题，一个作家能否在身份问题上具有更大的主体性，能否自主地、自由地发挥自己的身份优势，是能否写出优秀文学作品的关键之一。周立波处理身份认同的方式是由于他深厚的精英文化积淀形成了他的文学审美定式，这种文学审美定式犹如一种习俗，它可能会被强大的理性所压抑，但它沉潜在心底，遇到适当的条件就会发生作用，从而改变身份认同的固定思维，使个人化的审美定式影响到写作之中。这是一种隐形的身份转变，通过这种隐形的身份转变，使得周立波被压抑的个人审美风格得到了一定的释放。毫无疑问，《山乡巨变》是最具有周立波个人风格的一部作品。二十世纪五十年代到七十年代末期，是当代文学日益被政治意识形态化的时期，是强调思想一体化的时期，在这个时期内的作家们其实都面临着如何处理好身份认同的问题，有的作家主观上对此有所体悟，便会比较主动地调整自己的写作身份；但更多的作家都像周立波这样，其身份的调整和转变是处于隐形状态的。而不同的作家其隐形转变的方式又不一样。赵勇曾经研究了赵树理的身份问题，他认为赵树理有三种身份："其一是政治身份：党员／干部；其二是文化身份：作家／书生；其三大体上可看作民间身份：农民／农业问题专家。"他具体分析了这三种身份在赵树理的写作中各自扮演了什么样的角色，并认为文化身份承担了政治身份与民间身份之间调解者的作用。我觉得赵勇所分析的调解者作用就是一种隐形身份转变的方式。[1] 显然，赵树理采取的是一种不同于周立波的隐形身份转变，因此也就形成了赵树理的独特的文学文本。考察其他的作家，会发现在他们身上或大或小都存在着隐形身份转变，且各自采取的方式不一样。我们不妨将当代作家的隐形身份转变做为一个普遍性的课题来研究，这应该是一个值得我们认真研究的重要课题。

2020年

---

[1] 赵勇：《在文学场域内外——赵树理三重身份的认同、撕裂和缝合》，《文艺争鸣》2017年第4期。

冯牧的延安时代评述

冯牧是我国重要的文学批评家和文学活动家，特别是二十世纪八十年代以来，他长期担任中国作家协会的主要领导职务，积极参与当代文学事业的发展和繁荣，其贡献和影响得到文坛的普遍公认。冯牧也是在二十世纪三十年代追随革命的大潮流而奔赴延安的一名青年，他的革命理念和文学理想基本上是在延安时期塑形而成的，这为他今后从事革命文学的理论批评和组织领导奠定了思想基础。冯牧这一代文学家中有相当大的一部分人都有过延安的经历，延安时代几乎可以成为他们的共有名词。冯牧的延安时代具有一定的代表性和普遍性，考察冯牧的延安时代，特别是那些容易被人们忽略的细节，显然有助于我们理解冯牧的文学思想和文学成就，也有助于我们准确认识冯牧这一代革命文学家的整体性。本文试图对冯牧的延安时代进行梳理并加以评述。

冯牧出生于北京一个知识分子家庭，父亲冯承钧曾留学西洋，是民国时期著名的历史学家和翻译家。冯牧读中学时就表现出强烈的进步倾向，他参加了"一二·九"运动，以后又在学校参加了"中华民族解放先锋队"，这是中国共产党在"一二·九"运动后领导成立的先进青年的抗日救国组织。冯牧在这个组织里参与了许多革命行动。日本侵略军占领北平后，出于安全考虑，地下党安排冯牧等一批中华民族解放先锋队的成员撤离到大后方去，就这样冯牧来到了延安。

冯牧1938年的岁末到达延安，此时的冯牧还不满二十岁。冯牧一到延安便进了抗日军政大学学习。当时条件紧张，大家都没有棉被，只能靠一件棉大衣和一套军装度过严寒的冬天。冯牧说正是在抗大他"接受了革命生涯的第一课"。①因此他一直还清楚地记得朱德总司令给他们讲课的题目是"抗日战争的战略和战术问题",还记得朱总司令时而戴上老花镜时而又摘下来的动作。他也清楚地记得,有一次上课时,突然响起了警报声,敌人的飞机来轰炸了,他们迅速地躲进山沟里的窑洞,敌机扔下很多炸弹,有两颗炸弹就在他们的窑洞上头,整个窑洞都晃动了起来。冯牧在抗大学习了将近十个月。

1939年9月,抗日军政大学结业后,冯牧就拉着从北京一起过来的同学陈紫去报考鲁艺。陈紫报考的音乐系,考上了。冯牧报考的文学系,却名落孙山,这让他有些懊丧。但他很快又振作起来,两个多月后,鲁艺再一次招生,冯牧又去报考了。主考人是何其芳。何其芳在面试的时候问了几个关于文学的知识性问题,冯牧的回答通过了。然后是笔试。何其芳出的题目是在一个小时内写出一篇人物速写来。何其芳出完题就出去了,留下冯牧在屋内完成考试。冯牧不久前刚刚读过法国作家纪德的一篇散文《描写自己》,他马上想到了这篇散文,心想何不也按纪德的方式来写呢?于是很快就写出了一篇一千字的名为"自画像"的散文。何其芳返回后看到这篇文章大为赞赏。他拍着冯牧的肩膀用浓重的四川口音说:"行了,你考上了!"何其芳还夸他题目选得好,说以后考生的作文就都用这个题目。冯牧成为了鲁迅艺术文学院文学系三期的插班生,后来又转入文学系四期继续就读。

冯牧把鲁艺文学系看成是一座文学殿堂,他说他考上鲁艺"有一种近于幸福的感觉"。这句话其实透露出冯牧一个隐藏的心愿。冯牧从读中学起显然就把上大学做为自己必须实现的目标,但由于抗战的爆发使他丧失了上大学的机会,他一直对此深感失落。在众人的眼里,鲁艺就是一座正规的艺术大学,这恰好弥补了冯牧上大学的心愿,因此他对上鲁艺非常重视,只是他觉得这一步来得太迟了点,他感慨道:"我已经二十岁了,二十岁才上大学,太晚了!"因此他也就格外珍惜上鲁艺的机会,他下定决心要在这里勤奋读书。

鲁艺的生活给冯牧留下的是"美好的、丰富的甚至是甜蜜的回忆"。在他的记忆中,"那里有着一种宁静、和谐、热烈、纯净、友善和好学的气氛"。也许可以说,在冯牧的一生中,延安时期(包括鲁艺和解放日报)是最让他留恋

---

① 冯牧:《寻找历史的足迹》,《冯牧文集》第5卷,解放军出版社2002年12月版,第205页。

的一段生活。这对冯牧来说绝不是一种政治抒情,而是发自他内心的感受。当然,在延安生活和工作过的老同志在回忆延安时确实会存在政治抒情的因素。我们也知道,处于艰难环境中的延安并非一直阳光灿烂,残酷的战争,复杂的思想,但我相信冯牧谈到延安时,他的情感和体验是真挚的,那些风风雨雨丝毫没有在他的心底留下阴影。这有一个重要的原因,就是他将自己定位在学习上,他怀着强烈的求学之心来到延安,他以学习的姿态去面对身边发生的事情。而实际上他也没有浪费这次的机会,他的确学到了很多的东西。有一个细节可以看出冯牧当时在学习上的投入和痴迷。鲁院的老师曹葆华为少数几个同学开设了英文班,专门讲授惠特曼的《草叶集》和菲尔丁的《汤姆·琼斯》,冯牧就是这少数几个学员中的一个。他为了上好这门课,特意向曹葆华借了几本英文原版书阅读,课后,他还会拿着书去曹葆华住的窑洞里向老师请教。有一天他又去请教,窑洞外有一个穿着灰色棉大衣的人在大声诵读英文诗歌。冯牧竟能听出来他读的是《雪莱诗选》。这个人是刚刚来到鲁艺的周立波,他即将为鲁艺学员开一门新课。曹葆华领着冯牧出窑洞去见周立波,冯牧与周立波初次见面就直接聊起了英文诗歌,周立波询问了冯牧的英语水平后还给他提建议,要他先读懂惠特曼的几首诗。边说边从冯牧手里拿过书来,在目录上划出了几篇,"先读懂这几首,读懂了再读别的。以你的水平,读菲尔丁的书还太早"。说完将书还给了冯牧。短短几句话,冯牧却记在心里,他确实认真读了这几首诗,不仅读懂了,而且深深印记在心里,一直到晚年,他还记得这几首诗:《大路之歌》《从帕门诺出发》《船长呵》……[1]正是从学习的目的出发,他对鲁艺最满意的一点就是这里有一个藏书相当丰富的图书馆。甚至他一直觉得这是一个谜,为什么在延安这么边远偏僻的山沟里,"居然拥有即使是现在看来也应当算是相当完备的关于文艺方面的藏书。你在那里几乎可以找到当时国内已经出版的大部分的新文学书籍和报刊,包括二三十年代出版的许多最早的新文学刊物"。冯牧拼命读书,还拼命抄书。抄书是鲁艺学员中普遍存在的现象,几乎每一个人都有许多笔记本,用来抄自己所喜爱的,但图书馆只有孤本的一些文学名著。冯牧尤其爱抄书。他曾在散文中回忆过他的一段抄书经历:"我曾经有一个时期想钻研一下散文写作,于是我便把当时可以找到的堪称散

---

[1] 参见:冯牧:《关于立波同志的回忆断片》,《理论与创作》1988年第3期。

文范本的一些散文：从法国的蒙田、美国的爱默生到西班牙的巴罗哈和阿左林的散文代表作，都抄在本子上，朝夕讽诵。我曾经有一本手抄的梅里美的散文《西班牙书简》（全文大约有五万字）和都德的《磨房书简》的选本，直到解放战争期间才遗失掉。"[1]

冯牧考上鲁艺的这一年，鲁艺已经搬进了桥儿沟的一座教堂内。这里距离延安有八里路。这是一座哥特式的教堂，教堂边还有几个由许多排石窑构成的庭院。鲁艺的学员就住在这些庭院里。从庭院出来不远处就是延河，它几乎成为了鲁艺不可分割的一部分。平时，学员们到延河边洗衣服、洗脚，夏天干脆下到延河里洗澡和游泳，冬天延河结冰了，可以在上面滑冰。冯牧愿意和自己相好的同学一起沿着延河岸边散步，或坐在延河边的岩石上聊天。这一切都给冯牧留下美好的回忆。他后来曾在一篇散文里充满抒情地写道："在我的记忆里和梦境中，这片田野却永远是一个美好的具有无限魅力的天地。在这片田野上的每一条小径和河边的岩石上，几乎都留下过我的足迹。我在那里和伙伴们认真地谈论文学，谈论理想；我在那里向我所依赖的同志倾诉自己的希望和苦恼；我在那里和朋友们畅怀吟诵、歌舞，尽情地享受着青春的欢乐。我甚至还相当清晰地记得河边一块平整如石凳的岩石的形状，我曾经长久地坐在这块石头上读书，把双脚放在流水中，或者望着夕阳，任凭自己的幻想驰骋。也是在这块石头上，我秘密地写下了第一张入党申请书……"[2]

鲁艺是一个活跃的文坛，经常会有各种形式的文艺活动，学员们也以各种方式训练自己的文学能力。冯牧并不是一个特别积极的活跃分子，但他对文学性很突出的活动特别投入。比如他和几位同学办了一个文学墙报，名为"同人"，把大家创作的文学作品刊发在墙报上，有一期还约到了周立波的一篇小说，这是周立波写的一组狱中生活的小说中的一篇，冯牧后来还记得，是周立波自己用娟秀的笔迹抄写出来的。文学系几乎每一个星期五都会举行"文艺沙龙"活动，这也是冯牧必参加的项目。说到底，冯牧刚到延安时还保留着中学生的清纯和天真，毕竟在优裕知识分子家庭成长起来，几乎还没有真正接触过

---

[1] 冯牧：《延河边上的黄昏》，《冯牧文集》第5卷，解放军出版社2002年1月版，第209页。

[2] 冯牧：《延河边上的黄昏》，《冯牧文集》第5卷，解放军出版社2002年1月版，第210—211页。

社会，他内心装满了理想，包括革命的理想和文学的理想，但理想还只是悬浮在现实上面，如今他终于脚踏着坚实的土地了，他对一切都好奇，但对一切又在谨慎地熟悉着。他当年在鲁艺的同学李纳曾说到的一个细节非常传神地表现了冯牧当时的心理状态。李纳说："想起在延安时的一次会议，他的发言，词不达意。那天我正坐在他旁边，发现他紧张得小腿直打哆嗦。"①

冯牧是低调的，甚至我觉得他可能还有些清高。他一方面非常兴奋地融入延安这个革命大家庭里，另一方面他的内心是有艺术的标准的。李纳当年与冯牧住在同一个四合院里，她后来回忆起，住在院里的男同学们喜欢聚在一起嬉戏，大家爱唱歌，"南腔北调，歌声不时飘来，但从未听到冯牧那纯正的北京腔介入其中"。

李纳说冯牧是"温良的品性"。他举到一个例子，整风之后，文学系的会议特别多，主要批判当时认为有问题的作品，不少同学站在保卫阶级利益的立场，争先恐后，慷慨激昂，把普通的情节提到原则高度。但当时做为高才生的冯牧却保持沉默。他大约接受不了那种挑战。毛泽东说过："革命不是请客吃饭，不是做文章，不是绘画绣花，不能那样雅致，那样从容不迫，文质彬彬，那样温良恭俭让。革命是暴动，是一个阶级推翻另一个阶级的暴烈的行动。"②可是，冯牧就是一位文质彬彬的人，一直习惯于温良恭俭让的举止，他难以接受革命事业中的粗暴行为。也就是说，他从家庭的熏陶和少年时代所接受的教育中，已经在自己的内心打下了一个精英文化的底子，并形成了世界观的雏形，这使他在精神价值的取舍上有了自己的判断。但这并不构成他向往革命的障碍，倒是丰富了他思考问题的层次。他在思想上完全接受了革命的理论，并且也愿意以革命理论的标准来反省自己，纠正自己身上的资产阶级和小资产阶级的思想。但在现实中面对具体事情时，他并不会轻易地附和简单和粗暴的做法，尤其不会在一些热闹的事情上冲在前头。现实永远比理论要复杂得多，革命同样是这样，一个人学习了革命理论，并不见得就能正确处理好现实问题。特别是革命如何处理好破坏与建设的关系，就是中国革命进程中始终存在的一个问题。革命"是一个阶级推翻另一个阶级的暴烈的行动"，这揭示出革命从

---

① 李纳：《沉重的回忆》，引自《远行的冯牧》，华龄出版社1996年出版，第62页。
② 毛泽东：《湖南农民运动考察报告》，《毛泽东选集》第1卷，人民出版社1991年出版，第17页。

根本上说就是要破坏一个旧世界,但这句话还隐含着另一层意思,即革命要在破坏一个旧世界的基础上建设一个新世界。但在现实的革命斗争中,破坏与建设往往是交织在一起,甚至难以区分,这就导致一些革命者犯下"左"倾或右倾的错误,将好同志当成坏同志对待,将建设的要素当成破坏的要素来对待。回到鲁艺文学系当年各种批判会议的现场,冯牧之所以保持沉默,是因为他从自己文学修养的辨析中,感觉到那些被大家彻底否定的作品虽然产生于旧世界,但其中包含的一些精神价值不应该彻底被否定,而应该成为新世界的建设要素。这基本上成为了冯牧一生中的文化姿态。这是一种非激进的、审慎的文化姿态,是一种对不同文化内涵采取宽容和辩证的姿态。这种文化姿态也就决定了冯牧在政治运动中、在处理公共事务中也是谨慎的,经过深思熟虑的,而很少充当一个冲锋陷阵的角色。后来有人评价冯牧时说他太胆小,说这话的人其实并没有真正读懂冯牧的内心。

冯牧在鲁艺写的《欢乐的诗和斗争的诗——对于我们诗的创作的几种现象的感想》就十分充分地表现出他的这种文化姿态。文章刊发在《文艺月报》1941年第11期上,同期刊发的还有布琴的诗《汇报》、萧军的通讯《致敬:延安东方各民族反法西斯大会》、逯斐的剧本《迫害》。冯牧文章从一首歌颂延安的诗说起,这首诗是模仿马雅可夫斯基的阶梯式的颂歌体,这类颂歌体在延安越来越多了。但冯牧说,尽管这类诗歌是我们需要的,却"不是顶必需的"。理由很简单:"因为我们所歌唱的时代不仅是一个欢乐的时代,而且还是一个斗争的时代;或者可以这样说:与其说是欢乐的时代,毋宁说是斗争的时代。"显然冯牧对于当时延安的一些对待革命的简单化做法是持保留态度的。不少文人或年轻人来到延安,恨不得以一切方式进行政治上的表白,以为最革命的方式就是写颂歌体赞扬延安。他认为,当时在延安的文人写出了大量的颂歌体的诗歌,但"至少有一半以上的'口号'是用太细弱的声音喊出来的,至少有一半以上的'进行曲'是唱得太平常,太轻微,或是唱错了拍子和音节的"。在冯牧看来,产生这一问题的原因"是或多或少地有一些'责任感'在他们里面作祟的"[1]。冯牧在文章里对这一打着引号的责任感并没有进行更多的阐释,但

---

[1] 冯牧:《欢乐的诗和斗争的诗》,《冯牧文集》第1卷,解放军出版社2002年1月版,第12页。

我们能够从中读出丰富的内涵来。冯牧并不排除责任感，而且他认为文学需要责任感，这是毋庸置疑的，责任感意味着文学的责任担当，意味着文学的社会功能，从冯牧以后的文学实践中可以看出他对文学的责任感非常重视，但他不认同打引号的责任感，也就是表面上显得有责任感，或者只是在口头上把责任感喊得很响亮，但实际上并不按照文学的实际要求去做的行为。

  冯牧在这篇文章中始终在维护文学性的神圣地位，也可以说冯牧在这篇文章里已经为以后的文学观定下了一个基调，这就是将文学性做为文学最起码的要求，衡量文学作品不能缺失文学性的标准，因此优秀的文学作品必须是思想性和文学性二者缺一不可，二者应该达到完美的统一。尽管在后来的文学生涯中，冯牧历经了不少风风雨雨，也遭遇过各种逆境和坎坷，但他内心的这杆文学性的秤始终没有失衡。他的文学性的标准基本上也是建立在古典审美的基础之上的。他批评那些简单地喊口号的诗就在于这些诗只有口号没有文学性。这种问题不仅存在于颂歌体上，也存在于那些面对斗争时代的诗歌上。他在文章中写道："做为一道有强烈的斗争性的诗，不仅是如马雅可夫斯基所说的，是'炸弹和旗帜'，而且还必须是真正炸得开的炸弹，真正竖得起来的，色彩鲜明的旗帜，而且最重要的，它本身还首先是诗；也不仅是像马雅可夫斯基在另外一个地方所说的，是'进行曲和口号'，而且还必须是能够鼓舞人的进行曲，能够叫喊得动人的口号，而且最重要的，它本身还首先是诗。"[①]冯牧通过一再的"而且"，将对诗歌的要求不断地向前递进，而最根本的要求便是"它本身还首先是诗"，这句话就是说，做为诗歌，必须具备文学性，否则你就免谈。

  《欢乐的诗和斗争的诗》是冯牧早期的一篇较为重要的文章，因为这篇文章显示出冯牧的文学观基本上成熟了，他的文学思想的一些核心要素在这篇文章中都有所体现。其一是现实主义，其二是文学的思想担当，其三是文学性。冯牧后来成为了一位真诚的现实主义理论家和批评家，尽管在这篇文章里并没有显示出他此时已经具备了系统的现实主义理论，但其现实主义精神的倾向性则是毋庸置疑的。他认为文学是反映现实的，是作家对现实最真切的体验，因此他反对写作中的虚伪，强调作家要忠实于自己的情感。他说："一个诗人，

[①] 冯牧：《欢乐的诗和斗争的诗》，《冯牧文集》第1卷，解放军出版社2002年1月，第13页。

做为一个高级的灵魂技师的人，比一切其他的作者更要忠实自己的情感，尊重自己的情感；从他的笔下所写出来的东西也必须更是自己的灵魂的言语，更是打动自己的、从自己心底流涌出来的言语。"关于文学担当和文学性，在上面的两段文字中基本上都谈到了，这里就不再重复。另一方面，这三个核心要素又是互相联系互相牵制的，三者缺一不可。冯牧强调文学性，但他并不陷入纯文学的狭窄胡同里，既要有文学性，又要有文学担当，同时他认为这一切都与作家真实的现实体验有关系。冯牧在文中引用了别林斯基的一段话："一切诗应当是生活的表现……但是，正为了生活的表现，诗首先应当是诗。"这就是说，文学是为了表现生活，但必须是以文学的方式表现生活。

冯牧在鲁艺学习了近两年，以优异的成绩于1941年提前毕业，毕业后便被安排在鲁艺文艺理论研究室工作。自从进入鲁艺后，冯牧写作也比较勤奋，各种写作都进行了尝试，有评论、散文、诗歌，还有译作。但早期的作品多已散失，现在能看到的写于1940年的有篇评论文章《"奥勃洛莫夫精神"和我们》。这篇评论文章也透露出一个信息，即冯牧在鲁艺学习期间更感兴趣的是西方和俄苏的文学。他在回忆周立波的一篇文章中也印证了这一点。在前面我已经介绍了冯牧与周立波第一次相见的场景，英语诗歌的探讨便成为两位初次相识者的见面礼。后来周立波为鲁艺学员开的课程是《名著选读》，这一课程的内容虽然包括了中外的作家作品，如中国鲁迅的《阿Q正传》和曹雪芹的《红楼梦》，但西方与俄苏的作家作品占据了绝大部分，而且从年代上说更偏重于古典时期。冯牧在他的文章中谈到他学习这门课和感受时说："我不可不无自豪地说，我大约是属于那些真正可以说是专心致志地听课的学员当中收获甚丰的一个。""我直到今天仍然时常怀着感激的心情，回想起我从立波同志的课程中和日常接触中所获得的益处。我大概可以毫不夸大地说：在对于西方文学史的认识和理解方式，立波同志是我最早的一位启蒙者。"[①]冯牧就是这样沉浸在古典文学的浓郁氛围之中，他像一只辛勤采蜜的蜜蜂，不知疲倦地穿梭在百花丛中。这种氛围似乎与当时紧张的抗日大环境有些不谐调。但它的确在一段时间里成为鲁艺的现实。当时鲁艺的现实逐渐引起人们的批评，包括周立波的《名著选读》课程，认为是完全脱离了抗日的现实。这种状况直到1942年毛泽东

---

① 冯牧：《关于立波同志的回忆断片》，《理论与创作》1988年第3期。

出席文艺座谈会,发表《在延安文艺座谈会上的讲话》后,才得到了重大改变。但也正是这一段相对安静的学习中西方古典文学的经历,冯牧的文学修养得到极大的提升,也夯实了他对文学性的执着信念。

冯牧在政治思想上是一名坚定的革命同志,但在文学思想上,他是一名虔诚的艺术圣徒。他与当时流行的革命文艺还保持着一定的距离。在延安对他影响最直接的作家和老师是何其芳和周立波,他敞开胸襟接受他们的教诲和影响,这是因为这两人身上的文学气质吸引了他,他也从他们身上获得了文学性的培养。冯牧与何其芳的交往更密切,何其芳是冯牧参加鲁艺入学考试的考官,冯牧的一份"自画像"的答卷给何其芳留下了一个非常好的第一印象。何其芳的诗人气质也深深地吸引了冯牧。将近半个世纪后冯牧还在说:"何其芳同志是把我从一个对文学只具有朦胧的幻想和追求的文学青年,带上了一条我至今仍在坚持着的文学之路的真正启蒙老师。"何其芳早期的诗歌带有唯美的倾向,抒发内心向往美好理想的情绪,精致、优雅,可以说是典型的"纯文学"。而这种审美趣味正投合冯牧的喜好,他当时几乎成了何其芳诗歌的狂热追逐者。何其芳也乐于与学员们分享他的诗歌创作。常常是在鲁艺的窑洞里,点一盏小小的柴油灯,冯牧等众多学员围坐在豆黄色的灯火旁,听何其芳用他柔和的音调朗诵他刚刚写就的诗歌《夜歌》。冯牧办墙报"同人",自然要向何其芳约稿。何其芳的那首传诵一时的短诗《我为少男少女们歌唱》,就是交给冯牧,先在墙报上贴出,然后才拿去正式发表的。冯牧一直还记得这首诗在墙报上贴出时的轰动效应:"很快就有人奔走相告,引来许多其他单位的文学青年,围在墙报前把这首诗抄在小本子上。"[1]冯牧不仅喜欢何其芳的诗,而且最关键的是,他懂诗,他懂得何其芳的用心。所以他在《欢乐的诗和斗争的诗》一文中谈到什么是好诗时要以何其芳的《夜歌》为例,认为"这样的诗句是比较柔弱的,太知识分子气的,然而,却是真实的,更接近人的纯真的灵魂的,也就是有着更大的斗争意义的"。这是对何其芳诗歌文学性的一种体验,在冯牧看来,何其芳诗歌的文学性(或说是诗性)是与何其芳的文人气质非常吻合,所以才显得这么真实和纯粹。冯牧是如此喜爱何其芳的文学性,甚至认为

---

[1] 冯牧:《何其芳的为文和为人》,《冯牧文集》第5卷,解放军出版社2002年版,第277—278页。

何其芳就应该写与自己的文人气质相吻合的诗,不应该去写别的诗。在《欢乐的诗和斗争的诗》这篇文章里,他都不怕得罪了自己的老师,公开批评何其芳的一首诗《革命,向旧世界进军!》,他在分析了这首诗的不成功之后说道:"这说明了我们的诗人选择了并不适合于他唱的歌里面所需要的音符。这说明了他所选择的内容和形式还不是非常适合于自己的情感的。"[①]也许冯牧并不了解何其芳的苦衷。何其芳到延安后,文学性却成为了他投身革命的阴影,受到越来越多的指责,何其芳在这种压力下,也试图改变自己,他甚至在《解放日报》上还刊登过一份检讨,把过去的诗歌都说成是小资产阶级的情调,他也彻底放弃了《夜歌》式的写作,或者干脆从诗人的身份转变为理论家的身份。当然这种改变是大势所趋,冯牧本人后来也在悄悄地改变自己,但无论是对待外界的变化也好,还是处理自身的变化也好,冯牧始终不会放弃对文学性的执着信念。二元对立的思维方式一度主宰了中国的思想文化界,比如将革命性与文学性完全对立起来就是这种思维方式的结果,冯牧的可贵之处就在于,他哪怕在政治化很极端的语境里,也不贬低文学性,他欣赏纯文学。他不接受二元对立的思维,相反,他认为纯文学本身就能容纳革命的内容,革命性和文学性不构成对立。这个观念冯牧一直保持不变,在新时期之后,冯牧再一次评价何其芳的时候,又特别强调了这一点。他认为,何其芳早期的文学创作一直还没有被我们的专家们做出比较充分的恰如其分的评价(这显然是革命性与文学性二元对立思维的影响)。冯牧则做出了这样的评价:"他(指何其芳)通过精美、简洁和独具风格的文笔所表达出来的那种纤细入微的思想感情,所描绘出来的那种正在旧中国苦难的土地上痛苦求索和徘徊穷途的正直知识分子的郁闷心态,我认为是很富有艺术感染力量的。他在那里为自己开辟了一个独特的艺术天地和创作领域,并且在这个领域中不断地探索前进,为我们留下了一批像编织得美丽而精致的花环似的艺术精品。"[②]读到这样的文字,我分明感到冯牧仍然是四十多年前在鲁艺求学的那个虔诚的艺术圣徒。

在鲁艺文艺理论研究室期间,冯牧还写过一些理论评论性的文章,发表在

---

① 冯牧:《欢乐的诗和斗争的诗》,《冯牧文集》第1卷,解放军出版社2002年版,第13—14页。

② 冯牧:《何其芳的为文和为人》,《冯牧文集》第5卷,解放军出版社2002年版,第276页。

《解放日报》上的有《论文学的朴素性》（1942年5月9日）和《关于写熟悉题材一解》（1942年5月25日）两篇。这两篇与《欢乐的诗和斗争的诗》的写作相距时间不长，共同见证了冯牧在文学观上的成熟。现实主义是这两篇文章的核心。《论文学的朴素性》写得非常机智，闪耀着思想的光彩。朴素是一种风格，但冯牧发现，现实主义从根本上说就是朴素的，因为现实主义追求的就是实在的内容，当内容和形式完全合致，思想和形象完全合致时，它就会呈现出朴素的形态来：单纯、自然和真实。冯牧在这里强调了现实主义的两个方面，一是实在的内容，一是真实的思想。当没有内容时，就只能靠辞藻的装饰来填充了。有了内容还要通过思想，"才能使这个在他脑中骚动的东西构成一个单纯的主题"，"才能用单纯的语言和形象把它们表现出来"。当然，冯牧尤其反对将朴素理解为简单、粗糙、无光彩，应该将朴素看成是文学性的一种表现方式。冯牧说："'朴素的风格'！我们应当肯定它，一如我们应当肯定文学的现实主义一样。"《关于写熟悉题材一解》则是讨论现实主义的一个基本问题：文学与生活的关系问题。这对来到延安的作家们来说，又是一个非常现实的问题，延安需要作家们来写革命事业，写工农兵的生活，但许多作家表示他们不熟悉这类生活，而文学应该写熟悉的题材。冯牧的文章正是从这一现实问题入手进行理论辨析的，既有正面阐述，也有驳论，逻辑清晰，层层递进，具有强大的理论说服力。冯牧认为，要写熟悉的题材，可以说是创作上的基本原则，但必须给它以正当的合理的解释。我们不能把"熟悉"狭窄化地理解为只有自己亲身体验过和观察过的生活才叫熟悉。熟悉也指我们对它进行了充分的研究和思考，"以主观的努力把那历来为他所陌生的题材换成为熟悉的题材"。冯牧在文章最后呼吁道："勇敢的作家也应当敢于而且乐于向任何为他们所不熟悉的生活搏斗，最后战胜它们，使它们变成自己的所熟悉的生活。"[①]

冯牧前后在鲁艺待了四年时间。

1943年，冯牧到南泥湾三五九旅下连当兵一年。三五九旅为执行中央的军队屯田政策，于1941年陆续开赴南泥湾，开荒种田，开展大生产运动。冯牧来当兵的时候，三五九旅经过两年的奋斗已经取得丰硕成果，南泥湾被誉为

[①] 冯牧：《关于写熟悉题材一解》，《冯牧文集》第1卷，解放军出版社2002年版，第28页。

"陕北江南"。也就是在1943年，鲁艺组织的秧歌队来到南泥湾，慰问三五九旅官兵，他们在拥军演出中献上了一出新编的秧歌剧《挑花篮》，这是鲁艺戏剧系的学员贺敬之专为这次拥军活动赶写出的剧本，音乐系学员马可为剧本谱曲，后来广为传唱的歌曲《南泥湾》就是这个秧歌剧的插曲。鲁艺的拥军演出在3月份，此时冯牧正在三五九旅当兵，不知他是否看了这场演出。冯牧后来写了多篇回忆延安生活的散文，但这些散文中几乎没有半点冯牧在南泥湾下连当兵的痕迹。在下连当兵之前，冯牧已经与南泥湾三五九旅有过一次深度接触。1942年春天，刚刚到《解放日报》当记者的黄钢邀了冯牧、陈涌一起去采访南泥湾，三人合作写了一篇长篇通讯《我们的部队在山林里》，发在1942年5月27日的《解放日报》第4版，整整占了大半版，还配上了古元的木刻插图，署名次序为冯牧、杨思仲（陈涌当时使用的笔名）、黄钢。在南泥湾当兵时，冯牧也将自己在连队的生活感受陆续写成了文章，并在《解放日报》上发表了几篇。当时周立波已调到《解放日报》编副刊，冯牧的散文都是寄给周立波再发出来的。在回忆周立波的散文中，冯牧提到了这段往事，他特别提到周立波在写给他的回信中对他的鼓励和支持，"信中有这样意思的话，使我长久铭记在心，他说：我了解并且同情你现在是在过着怎样一种艰苦而贫困的生活，但你一定要坚强起来；艰苦的生活磨炼会使你成为一个精神富有的人……"接下来，冯牧在文中袒露心迹道："我承认，在当时的艰辛劳累的生活中，我确实萌生过再也难以坚持下去了的念头。但立波同志的往往是三言两语的信，却给我带来了几乎可以说是巨大的温暖的力量。"寥寥数语，或许能够让我们以想象去填补冯牧在南泥湾当兵的空白。尽管没有实证的材料，但我以为，完全可以把冯牧去南泥湾三五九旅下连当兵看作是他学习了《在延安文艺座谈会上的讲话》后的一次抉择。周立波也是在学习《在延安文艺座谈会上的讲话》后申请离开鲁艺，去参加实际工作和斗争的。

1944年，当兵一年后，冯牧从南泥湾回到鲁艺研究室。没过多久，冯牧被选调到《解放日报》当编辑。《解放日报》是当时中共中央的机关报，创办于1941年，毛泽东对这份报纸非常重视，《解放日报》1942年进行改版时，毛泽东专门指示第四版应改为以文艺为主的综合性、杂志性的整版副刊，还亲自为副刊拟了一个征稿办法，并为副刊部派来了"理想的主编"艾思奇。改版后的副刊内容丰富了，同时也迫切需要增加新的编辑力量，他们到鲁艺去物色人才,冯牧就是在这一背景下调到《解放日报》的。《解放日报》的编辑部在延安清凉山上的石窑洞内。《解放日报》副刊部的主任是艾思奇,编辑还有陈涌、方纪、温济泽、韦君宜等,大家都在同一个窑洞里办公。《解放日报》的印刷厂设在清凉山的万佛洞。冯牧经常要从编辑部沿着曲折小路来到万佛洞的印刷厂,和工人们一道校改清样上的错字。冯牧在这里工作了三年时间,他参与编辑了赵树理的《李有才板话》、李季的《王贵与李香香》、孙犁的《荷花淀》等作品,这几篇作品如今已经成为了中国现代文学史,特别是中国左翼文学史绕不过去的经典作品。

在《解放日报》副刊部,冯牧与方纪成为了最知心的朋友。大概他们俩在性格、志向和兴趣上有太多相通的地方吧。比如两人都是京剧迷,他们常常在工作之余,坐在清凉山下或延河边唱京剧,方纪拉京胡,冯牧唱青衣,他们俩的友谊也成为延安的一段佳话。冯牧在1984年为《方纪文集》写的序言里专门写到了两人的友情:"我们在一个办公室工作,在一排土坯房里比邻而居。我很快就发现:我们有许多共同熟悉的人和事,有许多接近的情趣和癖好,比如,在我们身上都有相当浓厚的书生气,都有某种在那里常常含有'毁誉参半'含义的'才子气',都有些不知天高地厚而又恃才傲物的知识分子习气。这一切都成为开始联结我和他之间的友情纽带的一种独特因素。我们不但在一起工作、学习,并且从中发现我们在有些问题上常常是志同道合的,尽管我们也有过争吵。我们在有一年多的时间里几乎是每天一道在延河边散步,在窑洞外谈天;我们不但谈论国家大事和生活理想,也谈论俄罗斯和苏联文学,谈论自己的文学主张和文学抱负。我们是常在一道回忆北京的古老而又魅人的文化传统,谈论京戏、书法以至于围棋的发展。"[1]他们的友谊是革命的同志友谊,更是文人之间的心心相印,因此能够超越政治风云和世俗利益,岁月越久,情谊越坚,他们之间的相互帮助和支持都不需要什么过渡和铺垫,比如遭遇政治浩劫并落下终身残疾的方纪终于有机会编辑自己的文集出版了,方纪给冯牧去了一封信,信纸上用毛笔书写了十三个大字:"冯牧:我的书,你要写序。方纪左手。"1990年代初,方纪听说冯牧工作遇到很多阻力,身心疲惫,便给他

---

[1] 冯牧:《方纪——一位过早折断了翅膀的作家》,《冯牧文集》第5卷,解放军出版社2002年1月出版,第301页。

写一幅字寄去，写的是"见好就收"四个字。冯牧见后莞尔一笑，便回了一封信，同样是四个字："身不由己。"

进入《解放日报》，标志着冯牧完成了从做一个革命阵营里的文学工作者到做一名以文学为武器的革命者的角色转换。他后来写了一篇总结自己一生历程的散文，散文的标题是"窄的门和宽广的路"，其实就是对自己的这种角色转换的比喻性说法。他说他来延安的时候是怀揣着一个文学梦的，他把鲁艺文学系看成是一座文学殿堂，经过几年的学习，他觉得自己开始跨进了文学之门，但他同时也意识到，进了门之后，还有一个更为重要的问题要解决，就是选择一条什么样的道路，才是一条宽广的正确的文学之路。以前他以为进入文学这个"窄的门"就可以让自己成为一个生活在畅心如意的环境里闭门著书的作家了，但他后来意识到这只是"一条曲折狭窄的小径"，他应该走"一条和广大人民并肩前进的宽广的历史发展的必由之径"。促使他的思想发生这一转变的，是延安的现实，更是延安的整风运动，和在整风运动中学习的毛泽东的讲话，他特别记得毛泽东在鲁艺所做的一次报告中谈到小鲁艺和大鲁艺的问题，希望大家要到大鲁艺去生活，去体验，去实践。冯牧说："从此以后，我对于现实生活的关注和重视，明显地有了更大的发自由衷的热情。从此以后，我在接受任何分配给我的任务（比如生产劳动、下乡体验生活、采访英模人物）时，不再有那种被动的勉强的情绪了。我发现，我比过去更加热爱我所经历过和正在经历的虽然艰苦但却非常美好的生活了。"[①]

冯牧的这一段话是对他在《解放日报》近三年的工作的最准确的总结。他比以前显得更沉稳，更踏实，他把全部心思都投入编辑工作之中。《解放日报》的编辑必须是一个多面手，不仅能编稿，还要当记者去采访，不仅要写新闻特写，还要写评论。冯牧什么工作都干过，而且干的质量都不错。冯牧到《解放日报》后，副刊部正配合延安的学习英模活动，比较集中地刊发书写英模人物的作品。冯牧除了编稿之外，也被派去采访和写作，在1945年的1月间，冯牧就陆续写了两篇采访英模人物的特写在《解放日报》上刊出，一篇是6日刊登的《徐怀义改造丑家川——部队拥政爱民运动的模范》，这篇特写还被重庆的

[①] 冯牧：《窄的门和宽广的路》，《冯牧文集》第5卷，解放军出版社2002年1月出版，第245页。

《新华日报》转载了；另一篇是15日刊登的《模范乡长李承统》。《解放日报》1月份还刊登了吴伯箫、陈学昭、艾青、杨朔等作家的英模人物特写。在《解放日报》副刊部做编辑还有另外一项工作，就是为一些重要作品书写评论文章，这些作品有的是当时在延安引起反响的，有的是副刊发表的。冯牧也先后多次承担了这方面的工作。如1945年5月6日刊登的《敌后文艺运动的新收获——读晋绥边区"七七七"文艺奖金作品》，1946年3月17日为《解放日报》连载的穆青的《东北抗日联军斗争史略》所写的评论《不朽——向艰苦奋战十四年的东北抗日战士致敬》，1946年10月16日刊登的剧评《关于"升官图"》。在这类评论文章中，最重要的一篇是1946年6月26日刊登的《人民文艺的杰出成果——推荐〈李有才板话〉》。

也是从这一天起，《解放日报》开始连载赵树理的《李有才板话》。这是《解放日报》为了宣传赵树理的小说而作的一次精心安排。在十几天前的6月9日，《解放日报》首先发表了赵树理的一个短篇小说新作《地板》，并在编辑前记中说："《地板》的作者赵树理曾写过《李有才板话》和《小二黑结婚》，这都是很受欢迎的作品，本版将有专文介绍。"《小二黑结婚》和《李有才板话》是赵树理在1943年先后发表的两篇小说，当时就受到解放区读者的热烈欢迎，但是并没有引起文学界的足够注意，只是在广泛学习宣传毛泽东《在延安文艺座谈会上的讲话》后，文学界逐渐认识到赵树理的意义，因此要加强对赵树理的宣传。《解放日报》就是在这一背景下做出了推广赵树理小说的编辑方案。在连载了赵树理的《李有才板话》之后，《解放日报》又在8月26日发表了周扬的文章《论赵树理的创作》，此后，就有好几位重要的左翼作家写出了评价赵树理的文章，如郭沫若的《〈板话〉及其他》、茅盾的《论赵树理的小说》等。1947年夏天，晋冀鲁边区文联专门召开了赵树理创作座谈会，陈荒煤在会上作了《向赵树理方向迈进》的总结讲话，由此认定中国文艺在《在延安文艺座谈会上的讲话》的精神指引下开启了一个新的文艺方向——赵树理方向。赵树理方向的提出，对解放区文学以及新中国成立后的当代文学的发展产生了关键性的影响。

在这一背景下，我们再来看冯牧写的《人民文艺的杰出成果——推荐〈李有才板话〉》，就能感到这篇文章的意义和价值不应被低估了。冯牧的这篇文章是赵树理的小说广受读者喜爱的几年内出现的第一篇正式的评论文章，也是第一篇强调赵树理小说的启示意义的文章。强调赵树理小说的启示意义，应该也是《解放日报》这次的编辑思路,从这个角度说,冯牧非常出色地完成了报社交给他的任务。冯牧在文章中把赵树理的小说《李有才板话》置于文艺座谈会的大背景下来讨论,因为正是文艺座谈会后,解放区的文艺形势发生了极大变化。但小说相比于其他艺术形式,所获得的深受群众喜爱的作品"实在寥寥可数"。因此冯牧给以赵树理高度评价:"《李有才板话》的出现实在是在这种缺陷中一个极其可喜的开端,在小说中创立了一个模范。"可以说,赵树理在革命文学中的价值和意义的确立,以赵树理小说做为革命文学努力的方向,是从《解放日报》的隆重推荐和冯牧的"模范"说开始的。

《人民文艺的杰出成果——推荐〈李有才板话〉》也体现出冯牧在文学批评上的成熟,他在文学观上的三个核心要素:现实主义、文学的思想担当和文学性,相互之间已充分打通,有机融合在一起,构成了一个整体。文章的整体思路是建立在现实主义精神的基础之上的,冯牧充分肯定了赵树理在小说创作中的现实主义精神和方法。冯牧指出,小说写了一个"典型的解放区的村庄",赵树理最大的成就,"已经不只是在于他具体精确地描写了农村生活,也不只是在于他创造了一些栩栩如生的农民(如老杨和李有才)和地主(如阎恒元)的人物典型,更加重要的,是他能够以极大的热情和极其明确的思想写出了这一农村中的变化的全部过程和作者的爱憎所在"。冯牧在这里所涉及的真实反映现实、塑造典型人物、揭示生活本质,可以说都是现实主义的基本原则。在此基础上,冯牧进一步谈到了赵树理面对现实的态度,认为赵树理在小说中刻画了两种相对立的典型,一种是主观主义和官僚主义的典型,一种是和群众打成一片、全心全意为群众服务的典型。赵树理对后者给以热烈的赞美,对前者给以有力的鞭挞,从而使"艺术和革命的现实政策'工作方法',达到了极可赞许的高度的结合"。显然冯牧在这里说的是赵树理小说所承载的思想担当。冯牧也专门评价了《李有才板话》在文学性上的成就,这一成就主要是"群众化的表现的形式"。毫无疑问,这是赵树理小说最大的特点,也是他的小说一出来就受到普通百姓热烈欢迎的主要原因。但冯牧还特别分析到,赵树理这一特点并不是简单地照搬群众化的表现形式,包括语言和表现方法,赵树理都作了提炼和选择,这体现在:其一,没有特殊涂脂抹粉的毛病;其二,既避免了欧化语言,又尽量保留了已为大家所习用的现代语法;其三,摒弃了旧小说的陈腐滥套,而保留了它的简洁和朴素。没有足够丰厚的文学性的见识和修养是难以做出这样的分析的。

　　冯牧在《解放日报》的工作是多方面的，他还写过好几篇杂文和时评。杂文《魔鬼和妓女》（刊于1945年9月14日《解放日报》），借魔鬼变成妖媚的妓女迷惑人的故事，揭露日本法西斯如今将自己打扮成"和平使者"的骗人伎俩。杂文《身在"？"营心在"？"》（刊于1945年9月21日《解放日报》）讽刺汉奸庞炳勋之流在日本宣布投降后把自己打扮成是"身在曹营心在汉"的"地下军领袖"的卑鄙行径，告诫人们要认清他们的民族叛徒的真正嘴脸。杂文《谈"生根开花"》（刊于1945年10月8日《解放日报》），从《解放日报》刊登的一篇介绍知识分子干部如何全心为群众服务的文章说起，指出知识分子要为群众服好务，不仅要做到"和群众打成一片"，而且还要让自己在群众中植根。时评《人间何世——抗议北平当局的非法暴行》（刊于1946年4月5日《解放日报》）是针对国民党当局搜捕中共解放日报社和新华社北平分社的公然违反政协决议的暴行而写的义正词严的言论。《更好地反映我们的建设成果——纪念高尔基逝世十周年》（刊于1946年6月18日《解放日报》）虽然是一篇纪念性的时政文章，但冯牧并没有靠一些修饰性的赞美之辞来表达纪念，而是借这一次纪念的机会，专门讨论了一个非常具有现实意义的问题：我们的通讯报告作品如何在当前动荡的时代反映我们的建设成果，是一篇很有扎实内容和现实性很强的时政文章。冯牧还参加了延安秧歌剧的讨论，其文章《对秧歌形式的一个看法》刊登在1945年3月4日的《解放日报》上。开展轰轰烈烈的新秧歌运动，是延安整风后文艺的重要变化。文艺界不仅直接参加新秧歌运动，而且也就新秧歌的艺术展开了热烈的讨论。《解放日报》不仅始终跟踪报道新秧歌运动，而且也是讨论的主要阵地。周扬、艾青、丁玲、周立波、张庚等人都在《解放日报》发表文章参与讨论。冯牧在这篇文章中提出了一个很重要的意见，他认为，要让群众性的秧歌提高一步，就要突破过去的形式，创造出适合今天时代的表现手法和新的形式。这是一篇尊重艺术规律、力图将艺术性与群众性结合起来的评论文章。

　　1946年冬，冯牧接受了一个新的任务。在延安主持新华社工作的廖承志指派他参加前线记者组，到吕梁前线部队进行采访，从此冯牧开启了自己的战地记者生涯。但冯牧在延安时代所形成的文学观和文学审美倾向已经在他心里深深扎下根，只要机会适合，就会长成参天大树。

2022年

后　记

　　去年底的某一天，老孟（文坛无论老小都将孟繁华亲热地称为老孟）突然对我说，要给你出一套文集，快把你的文章整理一下吧。他言之凿凿，仿佛早就与我商定好了似的。但他大概没想到他把我吓了一大跳。我从来没觉得我已到了可以出文集的时候。他见我在犹豫，干脆打断我反复推脱的诉说，要我什么都别说了，赶紧整理文章！我以为敷衍拖延一阵老孟就不会再提这件事了，没想到过了一段时间，他以非常严肃的神情问我编好了没有。就这样在老孟的紧盯和催促下，我硬着头皮编辑了这本批评自选集两册。当我写后记时，首先想到的就是要衷心感谢老孟，如果不是他真诚的鼓励和鞭策，也不会有我的这本批评自选集的编辑和出版。

　　感谢老孟还有一层更重要的原因，是他给我提供了一次在文学批评上重新审视自我的机会。为什么我编的是文学批评的自选集？因为我自大学毕业进入文艺报社后，写得最多的文章就是文学批评。我一直没有离开过文学现场，就因为有文学批评这根绳索牵系着我。曾有人劝导我，文学批评只是追随文学潮流所写的文字，潮流一过，文字也就留不下来了，他建议我为自己定一个系统的学术目标，做一点自己的学术研究。这劝导直戳我的弱点，令我动容。但也许是我目光短浅，缺乏远大的学术理想，我终究还是没有去写大部头的著作，依然还是在文学批评的这条路上跟跟跄跄地行走着，这一走就走了四十余年。借着这次编辑自选集的机会，我清理了自己进行文学批评的经历，也加深了我对文学批评的理解。古今中外的文学理论都告诉我们，文学批评对于文学而言是非常重要的一环。中国的当代文学批评在这四十余年间发生了深刻的变化，在二十世纪八十年代，文学批评成为当时全社会思想解放运动和突破文学禁区最为直接和轻便的思想武器。自九十年代以来，随着学院派的兴起，文学批评开启了学理性和体系化的建制进程，文学批评逐渐形成了自成系统的批评话语和明晰理论化的内在逻辑，从而也具备了相对独立的精神品格。我很荣幸能够成为中国当代文学批评发展的参与者，当然也是文学批评深刻变化的见证者。因此重新审视自我的第一个结论便是：我对自己选择了文学批评并不后悔。

这四十年间，社会上指责文学批评的声音从来没有间断过，人们指责文学批评没有担当起应有的责任。面对这些指责，当我写文学批评时，一双敲击键盘的手也变得滞重起来。因此在从事文学批评的过程中，我一直在思考，文学批评对于文学发展到底有没有作用，文学批评应该怎样做才能真正发挥其作用。这些问题始终困扰着我，我没有得到一个最终的结论，但我一直在探寻一个最终的结论，这也就成为了激励我继续将文学批评写下去的一种动力。在这本自选集里，便能看到我在不断探寻中所留下的痕迹。这本自选集所选的文章是从我离开中国作协去沈阳师范大学为起点的，这使我的身份由处于文学现场的编辑变为处于学术中心的文学教授。正是身份的转变，我在文学批评中便有了一种理论的自觉性，才会主动去思考关于文学批评的一系列问题。也就是说，我具有了更自觉的文学批评意识，我做文学批评也显得更专业一些。既然这样，就把自选集确定为选这一时段的文章，我想以此检验一下，我做为一名专业的文学批评家是不是合格。

重新审视自我还有另一个结论：我对自己几十年来仅有的一些微薄收获感到一丝羞愧。在我的身边，从来不乏优秀的同行，我从他们身上学到了不少的东西。尽管如此，我也并不认为自己的文学批评毫无可取之处。中国当代文学批评在这四十年间基本上处于一种众声喧哗的批评生态之中，而这正是批评得到良性发展的重要前提。我将自己的声音融入众声喧哗之中，我知道它不够洪亮，更不会有振聋发聩的效果，但我尽量让自己发出不一样的声音。因为有了许许多多"不一样的声音"，才会营造出一个众声喧哗的批评生态。这也是我为什么从最初婉拒老孟的提议，到最终又接受老孟的提议，编了这本自选集的原因。

我曾在文章中谈到真诚是文学批评的伦理，我在文学批评写作中也告诫自己要恪守真诚的伦理，要与虚伪、敷衍、谄媚、亵玩、轻狂、恶意等心态敬而远之。在我看来，文学批评家要写好批评文章，必须首先写好批评的人格。否则你的文字将对不起文学。这也可以说是我长年从事文学批评所获得的一个重要体会。因此，我想将我写过的一段文字抄录在这里与大家分享：

> 文学批评最大的问题是能不能"出以公心"。所谓"出以公心"，就是说要从建设和维护文学精神的最高境界出发，这不仅要求文学批评家具有鲜明的价值立场，而且也取决于文学批评家的人格修炼。文学批评家要具有鲜明的价值立场，并且也应该做到自己的价值立场是与人类文明发展的走向相一致的，是与真善美相吻合的；这既取决于文学批评家的学识和世界观，也取决于文学批评家的人格修炼。法国启蒙时期的伟大作家狄德罗是这样要求作家和批评家的："真理和美德是艺术的两个朋友。你想当作家吗？你想当批评家吗？那就请首先做一个有德行的人。"在狄德罗看来，人格力量对于作家和批评家来说都是很重要的因素。这是非常中肯的见解。同时，狄德罗还认识到，文学作品的精神价值是通过作家和批评家共同创造，特别是通过批评家的阐释才能完全实现的。从这个角度说，文学批评家是与作家一起共同完成文学作品的经典化过程。一部文学作品能否经受经典化的考验，最终成就为文学经典，是由多方面的原因决定的，其中作家和批评家的人格也是不容忽视的因素之一。当批评家意识到自己的批评实践是为人类文明创造和积累精神财富时，他应该会以一种出以公心的博大胸怀来对待自己的文学批评。在批评时就表现出强烈的社会责任感和艺术良知，既不屈从权势，也不被金钱利诱；不让批评文字沾染上江湖气和铜臭味；坚持好处说好，坏处说坏；把文学批评营造成一个神圣的精神殿堂。

附录

点亮一盏度人的文学之灯
——贺绍俊访谈录

张晓琴

一、鲁迅,"字书"与《反杜林论》

张晓琴：贺老师您好，非常感谢您百忙之中做这次访谈。走进您的文学世界，感觉打开了一部丰富立体的个人史，照见了一段中国当代文学史和精神史。一个饶有意味的问题是，当对您的学术之路进行回望时，发现除了《读书的行为艺术》等极少短文中提到一些童年与青年的读书经历外，您没有写过什么回忆性的文章。同时，也找不到您更多的资料来参考。这倒也符合您为人为文的特点，低调，稳健，然而，这对于试图实践知人论世的研究者来说却多少是一个迷藏，能否谈谈您童年、青年时的经历？

贺绍俊：我出生在长沙。父亲在一个工厂做会计，母亲是印刷厂的装订工人。我基本上是在一个工厂宿舍大院里长大的。大院里有着鲜明的工人文化印记，也有着亲密无间的邻居友情，我有很多玩得好的朋友，大家也愿意与我玩，我似乎很有人缘似的，可能我的性格比较随和。同时我也显示出聪明的一面，别人也佩服我。童年很愉快。上小学后这一点更突出，因为我的成绩特别优秀，老师总夸我，考中学时毫无悬念地考上了长沙最好的中学：长沙市一中。中学的班主任也特别欣赏我，班主任是语文老师，我的作文写得好，所以他非常欣赏我。有一次，他来上课，首先就拿出我刚写的一篇作文朗诵起来，显得特别兴奋，他说因为有一个词用得不是太准确，所以扣了我一分，不然他要给我一百分的。我大致还记得写那篇作文的情景，头天晚上在教室里晚自习时，我做完了作业，没事就翻看一本成语小词典，特别喜欢其中的一些优美典雅的词语。第二天写作文时，把这些词语都用上了，作文显得特别华丽。他还专程到我家劝我妈妈，答应让我去学校寄宿，因为这样会让我学习得更好。但我家里那时很困难，拿不出钱来让我寄宿，班主任还提出要给我一点助学金。最后妈妈也就答应了。

但1964年我读初中二年级时，情景发生了很大的改变。我父亲是新华印刷厂的一名会计，新中国成立前曾在国民党的薛岳部下任职，解放战争中投诚，并获得了一张相关证书，凭这证书可以进当时的参事室工作，但父亲性格孤傲，并没用这张证书。新中国成立后自己找工作，通过考试进了湖南日报财会部门，后来又调到了新华印刷厂。父亲在工厂里受到控制，学校也把我当成可教育好子女，不能再担任班干部了。班主任也换了一个家庭出身好的党员老师。我被冷落了，明显也感到了歧视，后来想想这也许是好事，没有让我一直在一种夸赞声中生活，从小开始学习如何面对逆境，也使我对追逐虚荣或荣誉不再有兴趣。

张晓琴：您的经历让我想起鲁迅先生"看见世人的真面目"那句话。不过，看清世人的面目是一回事，如何面对逆境更为重要。说到鲁迅，您编著过《鲁迅与读书》，虽说这是一本人文知识普及的图书，但是我看到您为此做了大量的工作，梳理了鲁迅的读书史，并将鲁迅爱读的二十七种书进行了介绍。您还主编过《鲁迅儿童文学选集》美绘版的散文杂文卷和小说卷。在您的成长历程中，鲁迅是一个怎样的存在？

贺绍俊：鲁迅是我们这一代人都要接触的精神遗产，但我从来不敢说我深受鲁迅影响，我对鲁迅的学习很不够。小学时我特别喜欢鲁迅的几首古体诗，一边背诵一边仿写。比如《无题·万家墨面没蒿莱》一首，于我心有戚戚焉，就仿其意写了一首。中学时，我转而喜欢鲁迅的散文，尤其喜欢其散文叙述方式。《从百草园到三味书屋》《故乡》等散文中的很多段落我都忍不住要背下来。但少年与青年时期我并不喜欢读鲁迅的杂文，往往挑着读，只读其中比较抽象的、有哲理意味的部分。上大学后，我阅读了《呐喊》《彷徨》《故事新编》等小说集，但是当时的我将更多的兴趣与精力放在了当代文学上。在我看来，当代批评家追诉鲁迅的真正目的是追问什么是真正的文艺批评，还在于分辨清楚如何对待文艺批评中的否定性言论。今天，我们普遍感到缺乏像鲁迅这样的文学艺术大家，也许其中一个重要原因就是，我们缺乏相互接纳和宽容贬损评价的文艺批评的心态和环境。

张晓琴：是的，鲁迅对于许多人来说都是不可或缺而又不可言说的存在。再回到您的童年，能否谈谈您童年时的阅读经历？

贺绍俊：第一个刻在头脑里的读书行为艺术是我四岁时的印象。那时候父亲为我订了一份《小朋友》杂志。也许我童年的启蒙就是从这份杂志开始的，但我那时候从这份杂志里读到些什么倒是一点印象也没有了。或许还有一个张乐平的"三毛"，因为每期都会刊登一组《三毛流浪记》的连环画，但关于"三毛"的记忆与其说是四岁读《小朋友》时留下来的，还不如说是长大后反复看张乐平的图书留下来的。然而我会永远记得我小时候读《小朋友》，每当新的一期即将来到的那几天，我总是站在我家小院的门口，等待着父亲下班归来，一直等到暮色降临，我的目光都有些游散。而就在这时候父亲仿佛是从什么地方钻出来似的，突然站在了我的面前。如果这一天新的《小朋友》还没有到，我就非常失望，任父亲牵着我的手往家走去。但总会有一天，父亲把一份崭新的《小朋友》伸到我的眼前。我的眼睛一亮，双手赶紧接了过来，连蹦带跳地跑回家去认真地读了起来。

张晓琴：这是您生命中有关启蒙的最早记忆了，您童年时期应该有很多深刻的阅读记忆吧？

贺绍俊：认识几个字以后就开始对书籍充满了好奇，这大概是很多人共同的童年记忆吧。我记得自己是刚刚上了小学一年级，就迫不及待地找来大人读的"字书"，（那时孩子们把自己读的连环画之类的书称为图书，大人们读的书称为字书，因为大人读的书只有文字没有图画，在孩子们眼里字书是深奥无比的世界，能够读"字书"则是一种身份的象征，如果看到哪一位孩子捧着一本字书在读的话，马上会对他肃然起敬。）先是从书中寻找自己认识的那几个字，慢慢地就开始跳着读了，跳过那些还不认识的字，那些不认识的字真是一只只凶恶的拦路虎，不得不采取连蒙带猜的方式，蒙对了，就明白了书中的意思，心中格外高兴，但多数时候是蒙不对的，蒙不对就被生字拦截在那里，不能继续读下去，心中懊恼不已，就恨不得赶紧多学几个字。识字的人大概都会有读书的经历，因为书籍里面有我们所需要的知识，书籍其实也是我们大脑的延伸，一个人的记忆是有限的，有些东西就存在书籍里面，比方说圆周率，人们一般可能记得π≈3.14，至于将圆周率精确到小数点后面的五位数六位数乃至几十位数，人们的头脑也许有这个能力记住，可将头脑全花在记这样的数字上实在是不情愿。我过去一直相信"知识就是力量"这句话的分量，一直认为阅读就是为了学习更多的知识。的确我也从阅读中学到了很多的知识。但随着阅读经验的积累，越来越发现阅读不能等同于学习，阅读决不仅仅是要从书本中获取知识，有一些东西比知识更重要。这些东西是什么，我很难说清楚。

我小时候留下最深刻印象的一本书并不是什么经典作品，它是康濯的一部长篇小说《东方红》。那是我小学二年级的寒假，白天父母都上班去了，我一个人在家里，又不愿意出去玩，父亲说我到工会图书馆给你借本书来看吧，他就借了这本书。长沙市的冬天很寒冷，人们过冬天的时候有一个围在炉前烤火的习惯。家里生着一炉火，白天父母都上班去了，我就坐在炉前捧着一本厚厚的书阅读。我觉得那是我小时候度过的一个最温暖的冬天，我觉得那时独自坐在火炉前的时刻特别地温馨，我觉得那一段的时钟走得特别快，不知不觉中，桌子上的座钟就"当当当"地敲出了十二下。那时候肯定书上还有很多字我不认识，但这丝毫不妨碍我进入到小说的情景中，小说中的人物仿佛活灵活现地在眼前闪动。其实现在我一点也记不得当时读到了什么故事，也一点记不得小说中的人物。我只记得那次读的小说是康濯的《东方红》。后来我学习文学史，就知道这个长篇小说并不是康濯最好的作品，他最好的作品是《我的两家房东》，我也知道了《东方红》是写农村生活的。我很纳闷，我一直在城市长大，一点也不了解农村，当时八九岁的我怎么竟会读得有滋有味？也许这就是小说的魅力。也许就是这部长篇小说，开启了我的文学情趣。《东方红》让我在孩童时代曾经有了一个美妙的寒假，我独自一人在房里享受着语言的神奇，去展开我的尚未丰满的想象的翅膀。后来，我对《东方红》中的哪怕一个人物或哪怕一个情节都遗忘得干干净净，即使如此，我仍要感谢这部小说，因为它在那么一个瞬间触动了我心灵的某些东西，让我对文字的想象性充满了兴趣。在我个人的阅读史和文学史上，它当然是一部经典。

张晓琴：一个人的阅读史未必与文学史的写作标准重合。还有让您印象深刻的著作吗?

贺绍俊：还有一次印象深刻的阅读是在我的中学时代，那时候迷上了福尔摩斯的侦探小说，我好不容易从学校图书馆借到了福尔摩斯的《巴斯克维尔的猎犬》这本书，回到家，吃完晚饭就读了起来，不知不觉天都黑了。那时正是炎热的夏季，南方都有乘凉的习惯，家里人都到院外乘凉去了，我沉浸在小说的情节里，把炎热也忘记了，把时间也忘记了。当我读到在那漆黑的夜晚，福尔摩斯的助手华生来到郊外沼泽地，远远的一双幽蓝的眼睛在闪烁，我的心一下子提到嗓子眼，仿佛就置身在那片恐怖的沼泽地，我不敢再读下去了，但是当我抬头一看，屋里安静极了，在灯光照不到的四周，黑黢黢的角落里似乎藏着隐秘的东西，我感觉到那只可怕的猎犬已经悄悄地仆伏到了我的身后，突然，我扔掉书，掀开椅子，吓得拼命往门外跑，一直跑到院外，面对夜空璀璨的星星，满院子乘凉的人群和嘈杂的人声笑语，我长长地喘了一口气，慌乱的心跳终于平缓了下来。后来，我经常回想起这次阅读的经历，我从阅读中获得了什么呢。哦，是获得了一次冒险的经历，当然，这是一次精神的冒险，想象的冒险。

张晓琴：接下来的时光呢？是不是遭遇了一个特殊时期？

贺绍俊：1966年，"文革"刚刚开始，我在长沙市一中读初中。突然之间，学校的正常秩序全都打乱，课也停了，老师也不来管我们了，到处贴着大字报。但我们每天还跑到学校来。有一天，一个同学急急忙忙跑来叫我，说，快快，图书馆都撬开了，再不去，就没有书了。我跟着他跑到学校图书馆。图书馆无人看管，书库的大门虽然还锁着，但墙上的一扇窗户被砸开，同学们从窗户爬进书库。那一刻我很兴奋，有一种冲上战场的激动，一个翻身就从窗户上翻进了书库。书架上的图书已经凌乱不堪，地上也堆着书籍。我只记得当时的头脑突然出现了空白，一种浩渺的感觉涌上心头。我挤到书架前翻看那些凌乱的书籍。随手拿起来的一本就是我喜欢读的，再拿起一本又让我爱不释手。那时候的我特别爱读科幻文学、科普著作，还有诗歌。我捧着一本书痴痴地读了起来。我的同学推我一把，慌慌地说，莫看啦，快走快走。我才发现他背了一个书包，此时书包里已塞满了书。他已经朝那扇敞开的窗户走去，走了几步又回过身催促道，快点呀！我不情愿地合上手中的书，这真是一本好看的书。我后来一点也记不得这本书的书名，更记不得书里的内容，但我始终记得这是一本非常漂亮的书，非常精致的书，当我合上书时，硬皮封面上的艳丽色彩好像还闪耀着光芒，我还情不自禁地用手轻轻地触摸了一下。"快点呀！"我的同学已经站在窗户下面了，他使劲朝我喊了一声。我捧着这本书准备就走了，可那一瞬间不知为什么，像鬼使神差似的，刚迈出一步又转过身去，将手中的书小心翼翼地插回到书架上。跑到窗下，我帮着同学把他沉重的书包递了出去，忽然有些不甘心空手而归，我弯腰随便捡了一本不知是谁扔弃在地上的小册子，就赶紧爬了出去。我的同学把沉甸甸的书包抱在胸前，他一再地叹息说，你胆子太小了。后来我多次回忆这段经历，我也想不明白当时我为什么要那样做。是我胆子太小了吗？也许有一点，恐怕也不全是，否则我也不会那么果断地从窗户里爬进去了。但我永远记得，如此精美的书籍我是第一次亲手触摸到，我记得当我有意识地轻轻触摸它时，仿佛感觉到手微微一烫，紧跟着心也微微一烫。也许是我觉得它太宝贵了，我不敢以这种行为来亵渎我心中最宝贵的东西。

张晓琴：一个狂乱的时代中一个少年对美好书籍的珍视，甚至敬畏。这段文字场景感太强了，很打动人。您若写回忆录，应该是非常吸引读者的。

贺绍俊："文革"开始时我属于黑五类、狗崽子，当时我们学校的红五类组织起来在每个班训话黑五类同学。人缘不好的往往被打一顿，我也等候着训话，但他们一直没找我，我还私下里问过一个指挥这类行动的同学，他就说一句没你的事。这件事也让我有些意外，后来一想也许我在同学们中的印象太好了，大家也对我非常佩服吧。后来"文革"变成全民参与的群众运动，我反而成为了积极参与者，我记得当时特别兴奋，觉得我们像过去我们特别敬佩的革命先辈们那样也遇到了革命的极好机会，觉得应该像革命先辈那样为革命献身。我长年不回家就和一些怀着同样信念的同学们住在学校，我们成立起自己的造反组织，天天写大字报，对革命形势表达自己的看法，就像当年的地下党一样，写了大字报夜里偷偷贴到对立造反派的阵营里，还在房间里刻钢板，油印宣传材料，然后去散发，我的字写得好，刻钢板的事基本由我来。

1968年学校复课了，复课没多久就动员学生们下乡当知识青年，我毫不犹豫地报名了，和几个同学结伴选择了到洞庭湖的沅江县插队当知识青年。在农村，就把拼命干活当成了最优秀的行为，什么苦活累活都争着去干，我这弱小的身体，当时我竟咬着牙能挑起三百二十斤的重担。我在农村一直干了六年，后来通过上县里的师训班，被分配到县文化馆做创作辅导员。

张晓琴：为什么选您去做创作辅导员？创作辅导员主要是做什么工作呢？

贺绍俊：1972年，县里进入全县文艺会演，每一个区要编一台节目，最后还要评比。我们所在的区成立起文艺宣传队，调了很多知青来参加，也把我叫去了。宣传队的一台节目几乎全是我写的，有一个小戏曲，一个相声，还有对口快板，小合唱，诗朗诵，等等。我自己也串演了几个角色，这台节目在县里演出时把大家都镇住了，特别是因为所编写的节目内容特别新颖，人们发现我有创作才华，文化馆准备调我去，但外调时才知道我的家庭政治问题很严重，没人敢承担责任，直到几年后通过师训班的形式把我调到了文化馆，在文化馆当创作辅导员主要是辅导县里的业余文艺创作，给业余作者办创作班，给他们讲课，并辅导他们写作。另外就是下到基层辅导基层的文艺活动，帮他们写节目，那时我几乎什么形式的创作都搞，包括谱写曲子，我记得我曾谱写了一个儿童歌曲，特别动听，把当时的音乐老师都震住了，我也不知道我怎么写出了这么优美的旋律，可惜这支歌曲的乐谱没有留下来，我现在是一句都想不起来了。

张晓琴：这似乎是一个比较忙碌的工作，而且还需要"全能型人才"。没有想到您竟然能谱曲，那您是不是没有时间去读书了？

贺绍俊：当时的文化馆的馆长是一位革命立场特别坚定、思想觉悟特别高的领导干部。所谓革命立场，所谓思想觉悟，也许今天的年轻人听着就像听天书一般，但相信凡是经历过那种历史语境的人，对这两个词汇的丰富内涵会深有体会。说说他是如何革命立场坚定、思想觉悟高的吧。那时我们几位年轻人就住在文化馆里，住在文化馆里的还有几名家属在乡下的两地分居者。后来馆长也住进文化馆里来了。他住进来以后就宣布一条学习制度：每天早上六点起床统一到会议室政治学习。有几位爱熬夜的人可是叫苦连天，他们早上根本起不来。但馆长觉悟高，自然有办法，更何况他睡眠神经短路，天没亮就醒来了。于是六点没到，就穿着大皮鞋，在楼道里一路走过来，挨着门"咚咚"敲得山响，一边还使劲喊着，学习了学习了。我不爱睡懒觉，令我痛苦的不是起早床而是坐在桌前的枯燥的政治学习。馆长要我们学习当时下发的政治文件，还有报纸上的"两报一刊"社论或长篇大论的批判文章。开始，我带一份我想读的文章，压在政治文件或批判文章的最下面。我也在会议室的大桌子前正襟危坐，却把眼前的文件、报纸扒开一道缝，从这道缝我读着压在最下面的文章。但我的行为很快被馆长发现，自然遭到了严厉的批评。过了几天，我拿着一本恩格斯的《反杜林论》进了会议室，这次我不是把它压在下面，而是公开地摆在上面，让《反杜林论》压着那些政治文件或批判文章。我对馆长说，我想借政治学习的时间好好读一读马列的原著。他奇怪地看了我一眼，只好说，是要读马列原著，不过当前反击右倾翻案风，有些重要文件也必须好好学习。他不敢制止我读马列著作。没想到我是在这样一种情景下把《反杜林论》认真读了一遍。《反杜林论》中渊博的知识面吸引了我，恩格斯的辩论式的思维方式也对我有启发。

张晓琴：在那种情况下读理论著作，确实让人没有想到。

贺绍俊：在农村当知青时，当然就想着要离开农村，但对前程一片迷茫，也就不去想它，知青们在一起时还是顶愉快的。我们有一批知青爱学习，还成立起马克思主义学习小组，一起学习讨论，读了好几本大部头的马列原著。

在农村不知为何有那么大的学习愿望，几年光景，我自学了高中的数学和部分物理，特别是还自学了微积分（微积分当时属于大学课程），洞庭湖农村冬天要去洞庭湖中的洲子砍芦苇，砍下芦苇再用船运回来。我去参加砍芦苇，然后主动提出留下来守芦苇，这时候一个人守在洲子上用芦苇搭的棚子里，安静极了，我就趴在棚子里看微积分书，做微积分题，每解答出一个难题时，那个高兴劲真是没法形容。虽然那个时候只是孤单的一个人与茫茫的湖水和芦苇做伴，但觉得特别幸福和充实。现在回想起当年学习微积分的经历还是很有意思的。做为知识，我基本上对微积分学有了初步了解；同样做为知识，微积分学对我来说又是没有用处的，在我后来的人生经历中，再也没有与微积分学发生过关系，现在，微积分学的那些稀奇的公式和定理，我也早已忘记得一干二净。但正是一次没有用处的学习，让我的精神得到了解脱。也许可以说，这才是学习最大的用处。因此，我常想学习应该是一种精神的洗涤活动，也是一种心智的训练活动。因此我们要用心灵的触觉去读书，要通过读书让我们的心灵的触觉变得越来越敏感。

二、思想激情的自由释放

张晓琴：一个人的阅读史很重要，但意志力更为重要。您参加高考是否顺利呢？

贺绍俊：1977年恢复高考时，我参加了高考，当时似乎是考了全地区的第一名，但因为当时父亲的政治问题还没有解决，没有学校敢接受我。1978年我接着考，又考了高分，但同样没有学校接受。1979年我不想考了，但在周围很多朋友劝说下我又报了名，所幸这一年父亲的政治问题也平反了，我也就被北京大学录取了。

张晓琴：您的经历在我们看来就是一部起伏跌宕的命运之书。大学期间应该是非常充实了。

贺绍俊：我是1979年进大学，这一年是最后一次允许从社会上招生，社会上招的学生也比1977和1978这两届少了，我是我们班年龄第二大的（第一大的是吴秉杰，他后来当过中国作协创研部主任，他是"文革"前就考入北大数学系的高才生，因为写了与姚文元商榷的文章，被取消了入学资格，"文革"后平反就进了中文系），大部分同学是应届毕业生，还是孩子似的，因此我被推选为班长，我这个班长还真是像给孩子们做服务工作，包括给他们缝被子、买车票、买食堂饭票，送他们上医院，安抚他们的情绪等。我特别留恋当时北大的学习氛围，各种新思潮新知识扑面而来，开启了你的心智，我一方面上课学习很认真，保证成绩优秀，另一方面也不读死书，愿意接触新的知识，我几乎每学期都要到别的系去选修一两门课，主要是哲学系，好像还选过心理学系的课。大学时开始对当代文学感兴趣，读最新的作品，也有兴趣写评论文章。

张晓琴：您毕业后被分配到《文艺报》理论组工作，这对您的学术道路的影响主要在哪些方面呢？

贺绍俊：《文艺报》是一个全国性的文学理论和批评刊物，而且它与文学现场联系非常紧密，因此毕业后来到这里工作，就与文学现场直接发生关系。《文艺报》也不同于一般的文学刊物，它可以说是当代文学的一个风眼，一个聚焦点，一个风浪的旋涡。因此处在这样的地方，耳濡目染，使我不由自主地追随着文艺的最新动向、最新潮流，逐渐培养起我的问题意识。问题意识固然是学术研究的基本出发点，但我以为这对于当代文学研究来说尤为重要。

张晓琴："批评双打"也是在这一时期形成的吗？今天回过头看，"批评双打"的意义何在？

贺绍俊：是的。"批评双打"也可以说是特定时代的产物。二十世纪八十年代出了那么多的"批评双打",并不是偶然的事情。八十年代初有一个词叫得特别响亮:思想解放。文学界特别钟情于这个词,并身体力行要让这个词成为现实。那时候,我们被各种新奇的理论所震撼,这些新奇的理论也激活了我们的大脑,各种"奇谈怪论"由此应运而生。我们聚在一起,就愿意"高谈阔论",每一个人都有新的想法和新的见解。相聚和讨论,成了八十年代的文化时尚。"沙龙"一词在当时并不流行,可那时候在我们的身边其实有着大大小小的"沙龙"式聚会,或者在我们的单身宿舍,或者在下班后的办公室,或者在某一个周末的郊游,或者在某次会议的间隙。我们当时还年轻,旺盛的青春荷尔蒙却甘愿挥洒在相聚和讨论上。我们讨论的话题固然从文学出发,但不时却会扩散到政治、哲学与历史,而扩散开去有时就收不回来,有时又回归到了文学。我们的讨论是热烈的,有时甚至争得面红耳赤,但心态则是平等的,谁都可以反驳他人的观点,谁同时也会认真倾听他人的申辩。当然那毕竟还是乍暖还寒的时代,我们的耳边不时还会听到政治的警钟在敲响,但这并没有太多地影响到我们的相聚和讨论,在这样的小环境里,我们感受到了心灵最大的自由,思想的激情在自由地释放。

  现在回想起当年的场景,才体会到那种心灵的自由是一种多么难得的精神享受!说实在的,当时一波又一波的思想斗争和批判声音,加上我们身处工作岗位的特殊,让我们不得不常常绷紧思想的弦。但我们不能指望别人给你自由,因为别人给予的自由并不是真正的自由,现在看来,我们能够在当时为自己开辟出一个心灵自由的空间,实属不易,当然我们也在这个空间里真正享受到自由的愉悦。还得感谢我们那时候旺盛的青春荷尔蒙!终究还是年轻气盛,有一股初生牛犊不怕虎的劲头,更重要的是,"我们"是一个大的群体,分布在全国各地,因此在全国各地都有这种心灵自由的小空间,那时候没有QQ、没有微信、没有互联网等迅捷的交流方式,但我们仍能通过书信或电话,交流不同空间的相聚和讨论。那时我们都很珍惜出差的机会,到了某一个地方,办公事往往变成了次要的任务,首要的则是和当地的朋友接洽上,参与到当地的小空间里,在异地也来一次相聚和讨论。还得说说我们在讨论中的态度。在刚刚经历了一个知识荒芜的年代后,我们开始参与到文学批评时,备感自己知识储备的不足,这样的条件客观上带来了一种良好的讨论风气:相互尊重,相互学习。于是在讨论中,我们多半都愿意听到补充、修正,甚至反驳的意见,通过对这些意见的听取和消化，忽然就觉得自己的思想更加完善和成熟。"批评双打"就是在这样一种良好的讨论风气中悄然敲定下来的。在当时自由平等的讨论中，想必会有其中的某两位发现互相之间更容易理解，思维方式相对接近，两人通过互相之间的切磋总会将思想观点变得更完美。于是他俩便说"我们一起合作吧"。由此看来，促成一对又一对的"批评双打"的外在条件是：自由的意志，平等的讨论，真诚的对话和互补的思维方式。这一切，应该同时也是八十年代文化精神的重要内涵。"批评双打"的意义也就体现在这里吧。从文学批评写作的角度说，双打并不是值得推荐的写作方式，但八十年代"批评双打"现象中所体现的真诚的对话和互补的思维方式等精神内涵，恰是当下的文学批评所缺失的，应该加以提倡。

张晓琴：工作之初，您好像比较关注文学中的性别意识与性爱研究，后来也关注过当代诸多重要女作家，您的性别研究的基点是什么？

贺绍俊：其实也谈不上是关注性别意识与性爱研究。我和潘凯雄曾写过一篇评新时期小说性爱描写的文章，被出版社的编辑盯上了，约我们在此基础上写一本关于文学中的性爱描写的书，我们当时竟不知天高地厚地就答应了，这样一来也逼着我在这方面做了不少功课。但在后来的文学批评中，并没有在这些功课的基础上刻意做一些性别研究的文章。在性别研究中，女性主义批评是不可忽视的内容，我读过不少关于女性主义批评的文章，但我发现，其中有一些只能称其为虚假的女性主义批评。因为其批评路径、立场、方法以及价值观与非女性文学研究的文本基本上相一致，没有本质上的区别，只是研究的对象包含着女性的特征，比如是专门研究女性作家的作品，或者是专门研究作品中的女性形象，等等。真正的女性主义批评应该是建立在性别差异基础之上的批评。法国女性主义思想家伊丽格瑞认为，性别差异是一个本体论事实。她批评西方的哲学传统是一个无视女性存在的传统，这表现在或是在本体论意义上忽视女性的存在和独立性，或是以男性体验来代替人类的体验，把女性仅仅看成与男性、男性的欲望或者需要相关；或是把女性视为不完整的人，是不成功的和不充分的男性；抑或是以哲学是性别中立的为由抹杀女性的体验和利益。因此她断言，现有的哲学、心理学和政治学无法为性别差异提供基础。必须开展一场思想革命，为性别差异分析寻找新的理论资源。尽管我们现在还没有一个能涵盖政治、经济、文化的，被广泛认可的性别差异理论，但我以为，在对文学进行性别研究时，性别差异是最起码的思维方式。我在批评中凡是涉及女性作家的作品时，首先关注的是作品中所流露的女性心理和女性意识。这是否说明我比较在意文学中的性别差异，也不知能不能算是我在性别研究中的基点。

张晓琴：《铁凝评传》是您一本重要的著作，在当代文学史中，铁凝的意义何在？

贺绍俊：要说铁凝的意义，这个问题并不好回答，因为铁凝有多重身份，我曾强调她的三重身份：作家身份、女性身份和政治身份，她在三重身份之间转换与平衡，毫无疑问，她做得非常好。她在二十一世纪之后，政治身份更加凸显出来，特别是她成为中国作协的主席之后，她必须将政治身份置于首位。从政治身份来看铁凝的意义，就与从作家身份来看不一样。而且我觉得从政治身份来看铁凝的意义也是一个非常值得探讨的话题，这涉及对中国当代文学制度和文学观念的研究，但这个话题显然也比较敏感，还是留待以后再说吧。铁凝的女性身份在她的文学写作中同样具有很重的分量，但她对于女性文学的贡献并没有得到当代文学史学界的关注。二十世纪八十年代与九十年代之交，中国当代女性写作处在一个重要的转型阶段，当代文学史学界一般是将二十世纪九十年代的女性个人化写作做为其转型标志，用一些文学史专著的话来概括，它标志着女性文学的"性别觉醒"，意味着"女性意识和女性写作从无意识场景走向历史场景"，但无论是从"性别觉醒"的角度，还是从"女性意识和女性写作从无意识场景走向历史场景"的角度，应该承认，铁凝出版于二十世纪八十年代末期的《玫瑰门》具有开创性的意义。在这部小说中，铁凝公开、全面地表达了从身体到精神的女性自赏，"玫瑰门"是比喻女性最隐秘的部位，过去女性作家羞于提及，但铁凝则宣称，这是女性骄傲的部位，是美丽的器官，像玫瑰一样的美丽。可以说，《玫瑰门》是新时期以来第一部具有鲜明女性觉醒意识的长篇小说，它在当代文学史上的意义也是毋庸置疑的。当然最重要的是铁凝的作家身份。从作家身份来看，铁凝在日常生活叙事上的实践和努力也应该得到文学史的充分重视。关于这一点我在《铁凝评传》中说过这么一段话："铁凝的写作实际上起到了将启蒙叙事与日常生活叙事这两种叙事传统融合为一体的作用……她是以日常生活叙事为肉，以启蒙叙事为骨；日常生活叙事是水，启蒙叙事是糖，她把糖充分溶解在水中。但是，从八十年代起，在相当长的时间里，文学界仍被二元对立的思维模式主宰着，各种观念以泾渭分明的姿态在对抗中发展着，越是对抗性强的越是引人注目，而融合的思想往往被视为中庸、和稀泥、两面讨好、缺乏创新，得不到人们的重视。二十一世纪以来，世界文化思潮明显出现一种合作、对话、融合的趋势，在这样一个大的背景下，我们重新解读铁凝的写作，阐释铁凝的意义，也许会发现很多有价值的东西。"

三、重构宏大叙述，重建民族精神

张晓琴：您认为，"所谓真诚就是说对文学批评是抱有真诚的态度，是期待通过文学批评达到弘扬文艺精神的目的，是要用文学批评的方式来传递真善美。"真诚在您的文学世界中意味着什么？是态度，还是伦理？

贺绍俊：既是态度，也是伦理。

张晓琴：宏大叙述一度被看成新型文学前进的最大敌人，它包含着一种对文学发展的判断，即新型的文学肯定是消解宏大叙述的文学。新世纪之初，您却提出了重构宏大叙述的观点，先是发表了重要文章《重构宏大叙述：关于当代文学批评的检讨》，后又以《重构宏大叙述》为题出版了学术专著，重构宏大叙述成为您的代表性学术观点之一，能否谈谈您这一观点的核心思想？

贺绍俊：我提出重构宏大叙述，可以说是学习后现代主义的收获。后现代主义最初是以解构的方式去处理现代主义的困境，后现代主义认为现代性成为了一种宏大叙述，世界都得服从于这个宏大叙述，因此解决现代性造成的问题就得解构现代性的宏大叙述。后现代主义的解构理论对被长期受困于全社会统一于一种声音、一种思想的中国知识分子和作家来说是解决中国现实的非常实用的武器，因此，解构、颠覆、消解这些词语成为二十世纪九十年代的热词。但我注意到西方后现代主义也在随着社会的发展而不断发展，当后现代主义的解构获取成功后，西方社会出现了碎片化的状态，这使后现代主义思想家们认识到解构不是思想的终止，解构以后应该有自己的建构，人们把这一阶段的后现代主义称为建设性的后现代主义。我以为中国九十年代以来在市场经济的冲击下，社会的思想和伦理都处于无序和溃散的状态，解构主义大行其道。但一个社会如果长期处于思想和伦理的无序和溃散状态之中，必然会滋生出新的问题，甚至是严重的问题。中国到九十年代后期这些问题就非常突出了。我就是在对中国社会做出这样的判断之后，提出了重构宏大叙述的，我以为中国这时候更需要建设性的后现代主义。当然，重构宏大叙述是一个很大的题目，我在那篇文章里重点谈了两方面的构想。一是知识分子应该重新担当起社会职责。二是文学应该直面政治。关于这两点，我就引用文章中的两段话来说明吧。一段是谈知识分子的："自八十年代以来，我们学习西方现代后现代理论的过程，就成为了知识分子对其身份的传统性不断进行"脱脂"的过程，特别是对'仕'意识的'脱脂'，注重于对传统性的'脱脂'就带来一个后果：我们认同了现代知识分子的独立品格，却抽去了知识分子社会职责中的政治内涵。说到底我们还是对本土和传统缺乏真正现代意义上的认识，仍然在'入世'还是'出世'间游离。事实上，中国知识分子独立品格的缺失并不在于对政治的热情投入，而是在于社会政治结构的约束，因此我们所要否定的是致'士'与'仕'于一体的政治、文化结构，而不是传统士阶层沿袭至今的忧国忧民的政治立场。因为对社会职责的放弃，知识分子独立意识的觉醒最终导致了知识分子的自我放逐。"一段是关于文学与政治的关系的："文学尽管不再成为政治意识形态的重要部分，但也不会对政治意识形态构成威胁。真正受到损失的还是文学自身，文学虽然从政治中获得解放，但它转眼又沦为经济的附庸，它的独立性在市场化的腐蚀下大打折扣……因此文学批评应该为文学的精神承担重构起自己的宏大叙述，这个宏大叙述独立于政治、经济之外，体现出批评主体的独立品格和社会职责。从这个意义上，如果要问什么是宏大叙述，那么回答就是：文学的精神承担就是最根本的宏大叙述。"

张晓琴：与之相关的是对当代文学民族精神内涵的探寻与重建，《建设性姿态下的精神重建》一书是您不懈探索中国当代文学之道的重要成果。2014年，此书获得第六届鲁迅文学奖文学理论评论奖，它以当代的批评实践呼应了鲁迅"文艺是国民精神所发的火光，同时也是引导国民精神的前途的灯火"的观点，您如何理解文学精神的真正体现？

贺绍俊：文学是人类精神活动方式之一，承载着人类文明的精神内涵，因此文学精神应该是一个丰富的所指。我曾写过一篇文章，认为当代文学存在着精神贫困的问题。我在文章中认为，当代文学尤其缺乏三种精神资源，一种是诗性精神，一种是批判精神，一种是悲剧精神。我把诗性精神放在第一位，是因为文学从本质上说是感化心灵的，和人的内心世界有着不可分割的联系，它是神秘的，充满灵性的，充满情韵的。诗性精神是文学的灵魂。

张晓琴：您专门论述过生态文学文本《云中记》和《森林沉默》，读您此篇文章时，新冠疫情尚未平静，病毒仍在肆虐。您如何看待生态文学的本质和关键？

贺绍俊：生态文学是人类文明进入到生态文明阶段的产物，生态文学以一种新的世界观去处理人类与自然的关系，这种新的世界观是建立在生态主义基础之上的。生态主义告诉人们，人类不是地球上的任性的孩子，可以完全凭自己的喜好来处理地球上的一切事务。生态文学目前正是方兴未艾之际，但它也许代表了文学的未来。我以为，一个作家要进行生态文学的写作，他首先要学习好生态主义理论，真正做到以一种新的世界观去认识现实。现在有不少生态文学只能算是一种伪生态文学作品，因为作者在处理人与自然的关系上，也就是在世界观上是有问题的。生态文学同样也是人的文学，所以生态文学应该是生态主义与人道主义有机结合起来的文学，是将人道主义推进到更高层次的文学。

张晓琴：读到您最新的一篇文章《〈山乡巨变〉中的隐形身份转变》，您认为"身份认同的问题处理得是否妥当，关系到一个作家的主体性能否在写作中得以充分的彰显"。"一个作家能否在身份问题上具有更大的主体性，能否自主地、自由地发挥自己的身份优势，是能否写出优秀文学作品的关键之一。"批评家呢？一个批评家如何处理好自己的身份认同问题？

贺绍俊：马克思说：人是一切社会关系的总和。身份就是人的社会关系的表现方式，也是人在社会关系中的一张通行证。社会关系是复杂的，每一个人都可能有多重身份的指认，他在不同的场合会以不同的身份出现。一个人要对自己的身份认同有清醒的认识，他就会在不同场合选择正确的身份。在当代文学的语境中，作家或多或少都会面临身份选择的问题。因为中国当代文学制度是一种具有组织性与合目的性的制度，以便于统领全社会的文学活动，但这种制度很容易伤害到文学的自由精神。所以当代作家如何在写作中把握自己的作家身份，以及以什么样的方式使自己的作家身份得到最充分的彰显，这些都给我们留下了非常值得探讨的事例。这个问题对于批评家来说也许在操作上难度更大。

张晓琴：您多次提到，中国文学最根本的精神是"文以载道"，而所谓

"道"的理解可以有多种，但从根本上，它是"度人之道"，它承载精神价值的立场是一脉相承的。我非常想知道，在当代，文学如何度人？批评又如何度人？

贺绍俊：这个问题太宏大，也很有诱惑力，但回答这个问题很容易让人掉进"宏大叙事"的陷阱里啊！关于文学如何度人以及批评如何度人，也许我们可以列出许多条结论并加以理论阐述。但理论的概括性往往会牺牲事物的丰富多样性。比如对于每一个具体的人来说，文学如何在他们身上达到度人的目的都会因每个人的不同的条件而不一样，而且文学度人还要受制于人是如何看文学的，也就是说，人们看待文学的态度和观念不一样，文学对他们的影响也会不一样。总之，我更愿意将其看作是一个实践性的问题，我在每一次具体的批评实践中，都提醒自己，应该将内心的一盏文学度人的警示灯点亮，从而对自己的每一句话有所担当。

张晓琴：每一个从事文学批评的人都当如是观，坚守批评伦理与文学精神。走进您的文学世界，仿佛打开了一部丰富立体的个人史，由此照见一段中国当代文学史和精神史。再次感谢您！

（张晓琴，文学博士，北京师范大学教授，中国现代文学馆特邀客座研究员。主要从事中国当代文学研究与批评，闲时写诗著文。出版有专著《中国当代生态文学研究》《一灯如豆》《大荒以西》等。）

原载于《当代文坛》2020年第6期